DEBORAH CROMBIE

Das verlorene Gedicht

Buch

Superintendent Duncan Kincaid ist nicht gerade begeistert, als seine Exfrau sich aus heiterem Himmel bei ihm meldet und ihn um Hilfe bittet. Seit ihrer Scheidung vor zwölf Jahren hatte er kaum Kontakt mit Vic, die inzwischen Dozentin am Lehrstuhl für englische Literatur in Cambridge ist. Und nun stieß sie durch ihre Arbeit auf eine seltsame Geschichte: Bei Nachforschungen für ein Buch über die Lyrikerin Lydia Brooke, die vor fünf Jahren starb, entdeckte Vic Ungereimtheiten und hofft nun, Duncan könne ihr weiterhelfen. Denn es sieht so aus, als hätte Lydia keineswegs Selbstmord begangen, wie bislang angenommen wurde. Obwohl er zunächst wenig begeistert ist, überzeugen ihn Vics Entdeckungen und ein Blick in den Polizeibericht, daß am Tod von Lydia Brooke tatsächlich etwas faul ist. Da wird Vic ermordet. Überzeugt, daß ihr Tod mit dem von Lydia zu tun hat, stürzt sich Kincaid gemeinsam mit seiner Kollegin Sergeant Gemma James in die Ermittlungen. Die Hinweise führen zu einer Clique von Studenten, die sich in den sechziger Jahren in Cambridge kennengelernt hat. Doch welches tödliche Geheimnis dieser verschworene Freundeskreis hütet, liegt völlig im Dunkeln ...

Autorin

Deborah Crombie ist in Dallas aufgewachsen, hat aber lange in Schottland und England gelebt und ist mit einem Schotten verheiratet. *Das verlorene Gedicht* ist der fünfte Roman aus ihrer Serie mit Superintendent Kincaid und Sergeant Gemma James, für die sie von der Kritik mit Elizabeth George und Martha Grimes verglichen wurde.

Von Deborah Crombie als Goldmann Taschenbuch
außerdem erhältlich:

Alles wird gut. Roman (42666) · Das Hotel im Moor. Roman (42618) · Kein Grund zur Trauer. Roman (43229) · Und ruhe in Frieden. Roman (43209) · Böses Erwachen. Roman (44199) · Von fremder Hand. Roman (44200) · Der Rache kaltes Schwert. Roman (45308)

Deborah Crombie

Das verlorene Gedicht

Roman

Aus dem Amerikanischen
von Christine Frauendorf-Mössel

GOLDMANN

Die Originalausgabe erschien 1997 unter dem Titel
»Dreaming of the Bones«
bei Scribner, New York

Umwelthinweis:
Alle bedruckten Materialien dieses Taschenbuches
sind chlorfrei und umweltschonend.

Einmalige Sonderausgabe Mai 2003
Copyright © der Originalausgabe 1997 by
Deborah Crombie
Copyright © der deutschsprachigen Ausgabe 1998 by
Wilhelm Goldmann Verlag, München,
in der Verlagsgruppe Random House GmbH
Umschlaggestaltung: Design Team München
Umschlagfoto: Zefa/Flury
Druck: Elsnerdruck, Berlin
Made in Germany · Titelnummer: 45649

ISBN 3-442-45649-5
www.goldmann-verlag.de

TEIL I

Es gibt vier Formen, die Lebensgeschichte einer Frau zu schreiben: Die Betreffende selbst schildert diese in einer so benannten Autobiographie; sie erzählt sie nach Gutdünken in Romanform; ein Biograph oder eine Biographin zeichnen diese Lebensgeschichte in einer Biographie nach; oder die Betreffende schreibt ihr Leben im voraus auf, noch bevor sie es gelebt hat, sozusagen unbewußt, ohne den Vorgang als solchen zu erkennen oder gar zu benennen.

CAROLYN HEILBRUN
aus: ›Darstellung eines Frauenlebens‹

I

Wo Schönheit zu Schönheit kommt,
nackt und rein,
ist die Erde süß von Tränen,
und flirrend klar die Luft,
die wirbelnd, schwindelnd dich erfaßt,
mit leisem, trunkenem Lachen;
und alles verschleiert, das kommen mag,
später ... später

RUPERT BROOKE
aus: ›Schönheit zu Schönheit‹

Die Post glitt durch den Briefschlitz, ergoß sich auf den Fliesenboden des Flurs mit einem Rascheln wie Wind im Bambuswald. Lydia Brooke hörte das Geräusch im Frühstückszimmer. Sie hielt die Tasse mit beiden Händen. Der Tee war längst kalt geworden, doch sie blieb sitzen, unfähig, sich zwischen den nichtigen Tätigkeiten zu entscheiden, die ihren Tagesablauf bestimmen sollten.

Durch die gläserne Flügeltür am anderen Ende des Raumes konnte sie die Buchfinken beobachten, die unter den gelben Kaskaden der Forsythien auf der Erde pickten, und versuchte stumm, das Bild in Worte umzusetzen. Für sie eine Gewohnheit, fast so selbstverständlich wie das Atmen: die Suche nach Sprachbild, Metrum, Rhythmus. Aber an diesem Morgen wollte es nicht gelingen. Sie schloß die Augen und hob ihr Gesicht der schwachen Märzsonne entgegen, die schräg durch die hochliegenden Fenster des Zimmers mit der gewölbten Decke fiel.

Morgan und sie hatten sein kleines Erbe dazu benutzt, diesen Küchen- und Eßtrakt an das viktorianische Reihenhaus anzubauen.

Er ragte in den rückwärtigen Garten hinein, bestand ganz aus Glas, klaren Linien und hellem Holz, ein Monument gescheiterter Hoffnungen. Ihre Pläne für die Modernisierung des restlichen Hauses waren irgendwie in der Realität untergegangen. Die Wasserleitungen leckten noch immer, die Tapete mit dem Rosenmuster löste sich von den Dielenwänden, die Risse im Verputz platzten auf wie brüchige Adern, die Heizung zischte und rumpelte wie ein unterirdisches Ungeheuer. Lydia hatte sich an die Mängel gewöhnt, hatte einen fast bizarren Trost darin gefunden. Das alles bedeutete, daß sie klarkam, daß sie sich arrangiert hatte, und das war es schließlich und endlich, was von einem erwartet wurde, auch wenn jeder bevorstehende Tag wie eine trostlose Wüste vor ihr lag.

Sie schob ihre Tasse mit dem kalten Tee von sich und stand auf, zog den Gürtel ihres Bademantels enger um ihre schmale Taille und lief barfuß zum vorderen Teil des Hauses. Die Fliesen unter ihren nackten Fußsohlen waren sandig, und sie zog die Zehen ein, als sie in die Hocke ging, um die Post aufzuheben. Ein Umschlag wog den gesamten Rest auf. Das förmliche braune Kuvert trug den Absender ihres Anwalts. Sie warf die übrigen Briefe in den Korb auf dem Dielentisch und fuhr mit dem Daumen unter die Lasche des Umschlags, um ihn zu öffnen.

Von der Hülle befreit, glitt die dicke Urkunde in ihre Hand, und ihr Blick fiel automatisch auf die Worte ›In der Scheidungssache Lydia Lovelace Brooke Ashby gegen Morgan Gabriel Ashby ...‹ Sie erreichte den unteren Treppenabsatz und hielt inne, während ihr Gehirn eine Formulierung aus dem juristischen Kauderwelsch herauspickte ... Scheidungsantrag am heutigen Tag stattgegeben ... Die Seiten entglitten ihren gefühllosen Fingern, und es schien ihr, als segelten sie zu Boden wie Federn im Wind.

Sie hatte gewußt, daß es kommen würde, hatte sich gewappnet geglaubt. Jetzt erkannte sie mit niederschmetternder Klarheit, wie hohl und heuchlerisch ihre Tapferkeit gewesen war – die Schale der Akzeptanz so dünn wie der Algenfilm auf einem Weiher.

Nach endlosen Augenblicken begann sie langsam, mühsam die Treppe hinaufzusteigen, und ihre Waden und Oberschenkel schmerzten unter der Last jedes Schritts. Im ersten Stock stützte sie sich wie betrunken an der Wand ab und ging ins Badezimmer.

Sie fröstelte und atmete flach. Sie machte die Tür hinter sich zu und schloß ab. Jede Bewegung erforderte besondere Konzentration; ihre Hände schienen seltsam losgelöst von ihrem Körper. Als nächstes kamen die Wasserhähne; sie stellte die Temperatur mit derselben Sorgfalt ein wie immer. Lauwarm – sie hatte irgendwo gelesen, daß das Wasser lauwarm sein sollte. Und natürlich gab sie Badesalz hinein. Auf diese Weise war das Wasser salzig, warm und samtig wie Blut.

Zufrieden stand sie einen Augenblick da. Die dunkelblaue Seide ihres Morgenmantels glitt zu Boden. Sie stieg ins Wasser. Aphrodite kehrte zurück, woher sie gekommen war, das Rasiermesser in der Hand.

Victoria McClellan nahm die Hände von der Tastatur, atmete tief durch und schüttelte sich. Was zum Teufel war gerade mit ihr geschehen? Verdammt, sie schrieb eine Biographie, keinen Roman, und sie hatte nie dergleichen selbst erlebt, geschweige denn darüber geschrieben. Trotzdem hatte sie zu spüren geglaubt, wie das Wasser über ihre Haut schwappte, hatte die Magie des Schreckens gefühlt, die vom Rasiermesser ausging.

Sie erschauderte. Natürlich war das alles Unsinn. Die ganze Passage mußte gestrichen werden. Sie strotzte vor Spekulationen und Mutmaßungen. Objektivitätsverlust war für eine Biographie fatal. Hastig markierte sie den Text auf ihrem Bildschirm und zögerte mit dem Finger über der Löschtaste…Vielleicht trat unter dem entlarvenden Licht des Morgens doch noch etwas Brauchbares zutage. Sie rieb sich die brennenden Augen, versuchte den Blick auf die Uhr über ihrem Schreibtisch zu konzentrieren. Beinahe Mitternacht. Die Zentralheizung ihres zugigen Cottages in Cambridgeshire hatte sich schon vor einer Stunde ausgeschaltet, und sie merkte plötzlich, daß sie fror. Sie bewegte die steifen Finger, sah sich um und suchte Trost in der Vertrautheit ihrer Umgebung.

Das kleine Zimmer quoll über von dem Treibgut, das von Lydia Brookes Leben zurückgeblieben war. Und Vic, von Natur aus ordentlich, fühlte sich gelegentlich machtlos angesichts der Flut von Papieren, Briefen, Journalen, Fotografien, Manuskriptfragmenten und ihren eigenen Karteikarten. All das schien sich jeder Ordnung zu widersetzen. Eine Biographie war zwangsläufig ein Abenteuer. Dabei war ihr Lydia Brooke als die ideale Persönlichkeit für eine Biographie vorgekommen, und das Thema schien perfekt dazu angetan, Vics Position an der Englischen Fakultät zu festigen. Die Lyrikerin Brooke mit dem chaotischen Privatleben, geprägt von komplizierten Beziehungen und etlichen Selbstmordversuchen, hatte die Episode in der Badewanne in den späten sechziger Jahren gut zwei Jahrzehnte überlebt. Dann, nachdem sie die Arbeit an ihrer besten Gedichtsammlung beendet hatte, war sie völlig überraschend an einer Überdosis ihres Herzmedikaments gestorben.

Der Tatsache, daß Lydia Brookes Tod nur fünf Jahre zurücklag, verdankte Vic den Umstand, daß sie Kontakt zu Lydias Freunden und Kollegen aufnehmen und sämtliche erhaltene Manuskripte und Unterlagen einsehen konnte. Womit sie allerdings nicht gerechnet hatte, war, daß im Laufe ihrer Arbeit Lydia Brooke zu neuem Leben erwachen würde. Sie hatte Lydias Haus besucht – das Morgan Ashby, ihr Ex-Mann, geerbt und an einen Arzt mit Frau und vier kleinen Kindern vermietet hatte. Trotz Legosteinen und Schaukelpferden atmete es für Vic noch immer jene Atmosphäre, die sie mit

Lydia Brooke verband. Aber selbst dieses seltsame Phänomen konnte nicht ihre Faszination erklären, die einer Besessenheit von dem Thema gefährlich nahe kam.

Lydia Lovelace Brooke Ashby ... wiederholte Vic stumm und fügte mit einem ironischen Lächeln ihren eigenen Namen hinzu: *Victoria Potts Kincaid McClellan.* Das allerdings klang bei weitem nicht so poetisch. In den letzten Jahren hatte sie kaum über ihre eigene Scheidung nachgedacht – aber möglicherweise waren ihre Eheprobleme der jüngsten Zeit daran schuld, daß sie sich so sehr mit Lydias schmerzlichen Erfahrungen identifizierte. *Eheprobleme! Ist ja lächerlich* ... dachte sie wütend. Welchen Sinn hatte es, die Sache zu beschönigen? Sie war verlassen und verraten worden, genau wie Lydia von Morgan Ashby verlassen worden war. Dabei hatte Lydia damals wenigstens gewußt, wo Morgan sich aufhielt. Außerdem hatte Lydia kein Kind gehabt, auf das sie hätte Rücksicht nehmen müssen, ergänzte Vic stumm, als sie das Knarren von Kits Schlafzimmertür hörte.

»Mammi!« rief er leise von der Treppe herab. Seit Ian verschwunden war, hatte Kit angefangen, sie zu kontrollieren, so als habe er Angst, daß auch sie sich eines Tages einfach in Luft auflösen könne. Außerdem litt er unter Alpträumen. Sie hatte ihn im Schlaf jammern gehört, aber auf ihre Fragen am Morgen hatte er nur eigensinnig und stolz geschwiegen.

»Komme gleich rauf! Leg dich wieder ins Bett, Schatz.« Das alte Haus ächzte unter seinen Schritten und schien dann erneut in einen unruhigen Schlaf zu sinken. Mit einem Seufzer wandte Vic sich wieder dem Computer zu und strich sich das Haar aus der Stirn. Wenn sie jetzt nicht Schluß machte, kam sie am nächsten Morgen nicht aus den Federn, und sie hatte eine Frühstunde an der Universität. Aber das letzte Bild von Lydia war noch frisch. Sie konnte sich nicht davon losreißen. Etwas nagte in ihr ... da war etwas, das nicht zusammenpassen wollte. Und im nächsten Augenblick wurde ihr klar, was es war und was sie in diesem Punkt unternehmen mußte.

Und zwar jetzt gleich. Noch an diesem Abend. Bevor sie Angst vor der eigenen Courage bekam.

Sie zog ein Londoner Telefonbuch aus dem Regal über ihrem Schreibtisch, suchte die Nummer heraus und notierte sie. Dann griff sie mit klopfendem Herzen nach dem Hörer und wählte.

Gemma James legte den Stift nieder, bewegte die verkrampften Finger und hob die Hand an den Mund, um ein Gähnen zu unterdrücken. Sie hatte nicht damit gerechnet, den Bericht fertigzubekommen. Jetzt fiel alle Anspannung von ihr ab. Sie hatte einen anstrengenden Tag und einen komplizierten Fall hinter sich gebracht. Angenehme Zufriedenheit stellte sich ein. Sie saß mit angezogenen Beinen in der einen Ecke von Duncan Kincaids Sofa, während er das andere Ende mit Beschlag belegte. Er hatte das Jackett ausgezogen, die Krawatte gelockert, den Hemdkragen aufgeknöpft und schrieb mit ausgestreckten Beinen. Seine Fersen balancierten gefährlich kippelig auf der Kante des Couchtischs zwischen den leeren Schachteln eines chinesischen Schnellrestaurants.

Sid verteidigte, auf dem Rücken ausgestreckt, die Augen halb geschlossen, den restlichen Sofaplatz zwischen ihnen. Alles an ihm Ausdruck kätzischer Zufriedenheit. Gemma streckte die Hand aus, um den Bauch des Katers zu kraulen. Kincaid sah auf und lächelte. »Fertig, Liebes?« fragte er, und als sie nickte, stöhnte er. »Weiß auch nicht, weshalb ich mich nie kurz fassen kann. Alles nur Korinthenkackerei. Du schlägst mich immer um Längen.«

Gemma grinste. »Reine Berechnung. Ab und zu möchte ich auch mal die Nummer eins sein.« Mit einem Gähnen sah sie auf die Uhr. »Großer Gott, ist es schon so spät? Ich muß gehen.« Sie schwang die Beine auf den Boden und schlüpfte in ihre Schuhe.

Kincaid legte seine Papiere auf den Couchtisch, setzte Sid sanft auf den Boden und rutschte zu Gemma hinüber. »Sei nicht blöd. Hazel erwartet dich heute nicht mehr. Und das Mutterkreuz verdienst du auch nicht, wenn du Toby aus dem Schlaf reißt, um ihn mitten in der Nacht nach Hause zu bringen.« Mit der rechten Hand begann er Gemma den Rücken zu massieren. »Du bist wieder ganz verspannt.«

»Autsch ... Mmmm ... das ist nicht fair.« Gemma protestierte halbherzig, während sie ihm genüßlich ihren Rücken überließ.

»Was soll daran nicht fair sein?« Er rutschte näher, und seine Hände glitten zu ihrem Nacken. »Du kannst gleich morgen früh nach Hause fahren, um Toby Frühstück zu machen. Und bis dahin ...« Das Telefon schrillte. Kincaid zuckte zusammen. Seine Hände verharrten auf Gemmas Schultern. »Verdammter Mist!«

Gemma stöhnte. »Oh, nein! Nicht schon wieder. Nicht heute abend. Das sollen andere erledigen.«

»Mach dich schon mal auf das Schlimmste gefaßt.« Mit einem Seufzer hievte Kincaid sich aus den Polstern des Sofas und ging in die Küche. Gemma hörte, wie er sich schroff mit »Kincaid!« meldete, nachdem er das schnurlose Telefon von der Basisstation genommen hatte. Dann folgte ein verwirrtes: »Ja? Hallo!«

Falsch verbunden, dachte Gemma und sank in die Polster zurück. Aber Kincaid kam ins Wohnzimmer, das Telefon am Ohr, die Stirn in Falten.

»Ja«, sagte er schließlich. »Nein, das ist schon in Ordnung. Ich war nur so überrascht. Ist schließlich lange her«, fügte er mit einem Anflug von Sarkasmus hinzu. Er trat vor die Balkontür, zog den Vorhang zurück und starrte in die Nacht hinaus, während er zuhörte. Gemma konnte seine Anspannung an seinem Rücken ablesen. «Ja, es geht mir gut. Danke. Nur ... ich verstehe nicht ganz, wie ich dir helfen kann. Wenn das eine Polizeisache ist, wende dich an die örtliche ...« Er hörte erneut zu. Diesmal dauerte die Pause länger. Gemma beugte sich vor. Sie war seltsam beunruhigt.

»Na gut«, sagte er schließlich, als gäbe er nach. »In Ordnung. Bleib dran.« Er kam zum Couchtisch, griff nach seinem Notizblock und schrieb etwas darauf, das Gemma nicht entziffern konnte. »Gut. Also dann bis Sonntag. Wiedersehen.« Er drückte auf die Hörertaste und starrte auf Gemma hinab, als wisse er nicht recht, wohin mit dem Telefon in seiner Hand.

Gemma konnte sich nicht länger beherrschen. »Wer war das?«

Kincaid zog eine Augenbraue hoch und grinste schief.

»Meine Ex-Frau.«

2

*Ich weiß nur, daß du dort liegst
den ganzen Tag und in den Himmel über
   Cambridge schaust
und blumentrunken in schläfrigem Gras
auf das kühle Rinnen im Stundenglas horchst,
bis die Jahrhunderte verschmelzen und verglimmen,
in Grantchester, in Grantchester ...*

                             RUPERT BROOKE
                         aus ›Das alte Pfarrhaus‹

Kincaid hielt sich an Vics Wegbeschreibung, verließ die M11 über die Ausfahrt kurz vor Cambridge und nahm die Grantchester Road, die vom Kreisverkehr abzweigte. Über ihm erstreckte sich der strahlende Himmel von Cambridgeshire weit bis zum Horizont. Der Aprilmorgen war ungewöhnlich mild. Kincaid hatte Gemma vergeblich zu überreden versucht mitzukommen. Statt dessen hatte sie eisern darauf beharrt, mit Toby den angeblich vereinbarten Besuch bei ihren Eltern zu absolvieren. Sie hatten ihr gemeinsames Sonntagsfrühstück eingenommen und aufgeräumt. Kincaid hatte sich an Gemmas Wohnungstür in Islington mit einem Kuß von ihr verabschiedet, ohne daß sich das Unbehagen, das plötzlich zwischen ihnen stand, verflüchtigt hatte. Aber vorerst konzentrierte er sich auf das, was Vic von ihm wollte – das erschien ihm das mindeste, das er um alter Zeiten willen tun konnte –, und er hoffte, daß die Sache damit erledigt sei.

Er fuhr langsamer, als die ersten verstreut liegenden Häuser auftauchten und die Landstraße in eine gepflegte Dorfstraße mündete. Er bog nach rechts in die High Street ein und hielt nach einem Haus auf der linken Seite Ausschau. »Du kannst es nicht verfehlen«, hatte Vic amüsiert behauptet. »Du wirst schon sehen.« Und im nächsten Augenblick begriff er den Sinn ihrer Worte. Sein Blick fiel auf ein Haus mit buntem Ziegeldach und grell rosarotem Verputz hinter einer ausladenden Rosenhecke.

Kincaid bog in die Kiesauffahrt vor der alleinstehenden Garage ein, hielt an, stieg aus, und merkte erst jetzt, daß er keine Ahnung hatte, was er zu ihr sagen sollte. Die Fahrt hatte er damit verbracht, seine Erinnerungen an Vic aufzufrischen, hatte überlegt, wie sie gewesen war, als er sie kennengelernt hatte. Ihre Reserviertheit hatte ihn damals gereizt – er hatte sie für scheu gehalten – und er hatte die Ernsthaftigkeit, mit der sie ihr Studium absolvierte, anziehend, ja sogar amüsant gefunden. »Blöder, arroganter Idiot«, schimpfte er laut, und sein Mund zuckte verächtlich. Er hatte seine selbstgefällige Einschätzung ihrer Person damit bezahlt, daß sie ihn ohne ein Wort oder eine Nachricht verlassen hatte. Jetzt waren sie Fremde, mehr denn je, und die Erinnerung an die peinliche Beziehung von damals war eher hinderlich.

Wie sehr hatte sie sich verändert? Würde er sie überhaupt wiedererkennen?

Seitlich des Hauses ging eine Tür auf, und seine Befürchtungen verflogen. Ihr Gesicht war ihm vertraut wie sein eigenes. Sie kam auf ihn zu, ihre Turnschuhe knirschten auf dem Kies, und sie nahm seine Hand so selbstverständlich, als hätten sie sich erst gestern in gegenseitigem Einvernehmen getrennt. »Duncan! Vielen Dank, daß du gekommen bist.« Sie neigte den Kopf leicht zur Seite und betrachtete ihn, ohne seine Hand loszulassen. »Du hast dich wirklich kein bißchen verändert.«

Kincaid fand nur mit Mühe seine Sprache wieder: »Du auch nicht, Vic. Du siehst großartig aus.« Sie wirkt müde, dachte er, und zu mager, vielleicht ein bißchen kränklich. Ein Netz feiner Linien umgab ihre Augen, und zwischen Nasenflügel und Mundwinkel hatten sich zwei Falten eingegraben. Ihr Haar jedoch, das sie mittlerweile nur noch auf Schulterlänge trug, war noch immer flachsblond, und wenn sie kräftigere Farben trug als die Pastelltöne, an die er sich erinnerte, verlieh ihr das eine Eleganz, die ihr stand.

»Es ist verdammt lange her«, sagte sie lächelnd. Dabei wurde ihm klar, daß er sie unverwandt angestarrt hatte.

»Entschuldige. Es ist nur ... Ich weiß nicht recht, was ich sagen soll. Ich benehme mich wie ein Idiot. Gibt es bestimmte Regeln oder einen allgemein gültigen Verhaltenskodex für das Wiedersehen von geschiedenen Ehepartnern?« In die Stille zwischen ihnen drang lautes Vogelgezwitscher. Dann ertönte ein rauhes Krächzen, und eine Krähe schoß schimpfend im Sturzflug dicht an seinem Kopf vorbei.

Vic lachte. »Denken wir sie uns doch einfach selbst aus. Ich fange am besten damit an, dich ins Haus zu bitten. Dein Wagen kann hier mit offenem Verdeck erst mal stehenbleiben.«

Kincaid fiel plötzlich ein, daß der Kauf des Midget einen ihrer letzten Kräche heraufbeschworen hatte, aber Vics Blick hatte den Wagen ohne ein Zeichen des Wiedererkennens nur flüchtig gestreift.

»Komm rein«, forderte sie ihn noch einmal auf und wandte sich dem Haus zu. »Es ist so ein schöner Tag, daß ich zum Mittagessen im Garten gedeckt habe. Hoffentlich ist dir das recht.«

Er folgte ihr ins Haus und durch ein Wohnzimmer, in dem er flüchtig blaßgelbe Wände, verblichene Chintzbezüge und eine Gruppe Fotos in Silberrahmen auf einem Beistelltisch registrierte. Sie traten durch eine Glastür auf eine Terrasse hinaus. Der Garten fiel sanft vom Haus aus ab, und hinter der niedrigen Gartenmauer sah er eine Weide und eine Baumreihe, die das nahe Flußufer verriet.

»Grantchester hat seinen Namen von ›Granta‹, dem alten Namen für die Can«, erklärte Vic und deutete zum Fluß hinunter.

»Der Garten ist wunderschön.« Löwenzahn und wilder Lauch wuchsen auf dem struppigen Rasen, aber die Blumenbeete schienen frisch gejätet, und vor der niedrigen Mauer stand das Prunkstück des Gartens – ein riesiger Holzapfelbaum über und über voll rosafarbener Blüten.

Vic warf ihm einen Seitenblick zu, der ihm sehr vertraut vorkam, und deutete auf einen der Stühle an einem schmiedeeisernen Tisch. »Hier, setz dich. Dein Lob ist reichlich übertrieben. Mein Freund Nathan findet, der Garten sei eine Schande. Aber ich bin keine Gärtnerin aus Leidenschaft. Ich bin einfach nur gern draußen bei schönem Wetter und buddel dann ein bißchen in der Erde herum – meine alternative Beruhigungstablette.«

»Soweit ich mich erinnere, hat bei dir keine einzige Topfpflanze überlebt. Und kochen konntest du auch nicht«, fügte er hinzu, als sein Blick auf den Tisch fiel, der mit Käse, Salaten, Oliven, Schrotbrot und einer Flasche Weißwein gedeckt war.

Vic zuckte die Schultern. »Menschen ändern sich. Kochen kann ich allerdings immer noch nicht«, fügte sie mit entwaffnendem Lächeln hinzu. »Selbst wenn ich die Zeit dazu hätte. Aber ich kann einkaufen, und ich habe gelernt, das Beste daraus zu machen.« Sie füllte die Gläser und prostete ihm zu. »Auf den Fortschritt. Und alte Freunde.«

Freunde? dachte Kincaid. Sie waren Liebende, Feinde, Wohngenossen gewesen, aber nie Freunde. Doch vielleicht war es noch nicht zu spät. Er hob ebenfalls sein Glas und trank.

Als er seinen Teller gefüllt und den Kartoffelsalat probiert hatte, wagte er einen Vorstoß: »Du hast mir noch nichts von dir erzählt – über dein Leben. Die Fotos ...« Er machte eine Kopfbewegung in Richtung Wohnzimmer. Der Mann hatte hager und bärtig, der Junge blond und kräftig ausgesehen. Er warf einen verstohlenen Blick auf Vics linke Hand, sah den blassen Abdruck um ihren Ringfinger.

Sie wandte den Blick ab, trank einen Schluck Wein und konzentrierte sich darauf, ein Stück Brot mit Butter zu bestreichen. »Ich heiße jetzt Victoria McClellan. Doktor McClellan. Mitglied des All Saints' College und Dozentin für Literatur. Die Dichter des zwanzigsten Jahrhunderts sind mein Spezialgebiet. Damit habe ich mehr Zeit für eigene Arbeiten.«

»Dozentin?« sagte Kincaid verwirrt. »Dichter?«

»Ja, an der Englischen Fakultät der Universität. Erinnerst du dich an meine Doktorarbeit über die Auswirkungen des Ersten Weltkriegs auf die englische Lyrik?« fragte Vic, und zum ersten Mal hatte ihre Stimme eine gewisse Schärfe. »Die, mit der ich mich während unserer Ehe herumgeschlagen habe?«

Kincaid gab sich redlich Mühe, den Fehler wiedergutzumachen. »Du hast also erreicht, was du wolltest. Freut mich für dich.« Als er sah, daß Vics Ärger noch nicht verraucht war, redete er schnell weiter: »Bedeuten zwei Jobs nicht mehr Arbeit anstatt weniger? Wenn ich dich richtig verstanden habe, bist du für die Universität und dein altes College tätig, oder? Wär's nicht besser für dich, du würdest nur den einen oder den anderen Job machen?«

Vic warf ihm einen mitleidigen Blick zu. »So funktioniert das nicht. Lehrkraft an einem College zu sein ist fast Sklavenarbeit. Sie bezahlen dir ein Gehalt, und dafür mußt du tun, was sie wollen. Sie können dir soviel Arbeit aufhalsen, wie es ihnen Spaß macht, und du hast keine Handhabe. Aber wenn du einen Lehrauftrag an einer Universität hast, bist du in einer ganz anderen Position – und irgendwann kannst du deinem College sagen, sie können dich mal. Alles ganz höflich, natürlich«, fügte sie gutgelaunt hinzu.

»Und das hast du gemacht?« fragte Kincaid. »Höflich, natürlich.«

Vic trank einen Schluck Wein und lehnte sich auf ihrem Stuhl zurück. Sie wirkte plötzlich müde. »Ganz so einfach ist es nicht gewesen. Aber doch, so könnte man es ausdrücken.«

Als sie das Thema nicht weiter verfolgte, fragte Kincaid: »Und dein Mann? Ist er auch Dozent?« Er fragte das fast wie nebenbei, freundlich und unbeteiligt.

»Ian ist am Trinity College. Politische Wissenschaften. Im Augenblick hat er sich zu Studienzwecken beurlauben lassen. Er schreibt ein Buch. Über die Teilung Georgiens.« Vic legte ihr Brot auf den Teller und fing Kincaids Blick auf. »Ach, was rede ich um den heißen Brei herum. Tatsache ist, daß er das Buch über Rußland in Südfrankreich schreibt, und rein zufällig hat er sich eine Examensstudentin mitgenommen. In dem Brief, den er mir hinterlassen hat, steht, er sei wohl in der Midlife Crisis.« Sie lächelte verkrampft. »Er hat mich um Geduld gebeten.«

Zumindest hat er dir eine Nachricht hinterlassen, dachte Kincaid. »Das tut mir leid. Ist bestimmt nicht einfach für dich.«

Vic griff erneut nach ihrem Glas und aß etwas Salat. »Eigentlich nur wegen Kit. Er ist die meiste Zeit wütend auf Ian. Gelegentlich auch auf mich. Als sei es meine Schuld, daß Ian fort ist. Vielleicht stimmt es sogar ... Ich weiß es nicht.«

»Hast du mich deshalb angerufen? Brauchst du Hilfe, um Ian zu finden?«

Sie lachte überrascht auf. »Hältst du mich für so frech? Hast du das wirklich gedacht?« Als er nicht antwortete, fuhr sie fort: »Entschuldige, Duncan. Diesen Eindruck wollte ich nie vermitteln. Worüber ich mit dir reden möchte, hat mit Ian überhaupt nichts zu tun.«

»Diese vermaledeite McClellan«, schimpfte Darcy Eliot, als er die Damastserviette auseinanderfaltete und sorgfältig im Schoß ausbreitete. »Als sei es nicht schon Zumutung genug, daß ich im College und in der Fakultät mit ihr auskommen muß, schneit sie gestern in meine Wohnung und belästigt mich noch privat mit unangenehmen Fragen. Hat mir scheußliche Kopfschmerzen gemacht. Kann ich dir sagen.«

Er hielt inne, schenkte sich ein Glas Wein ein, trank einen Schluck, bewegte ihn zufrieden im Mund. Der Meursault seiner Mutter war ausgezeichnet, ja beinahe so gut wie der den Professoren vorbehaltene Vorrat im All Saints College. »Wär's nach mir gegangen, hätte sie nie eine Dozentur an der Fakultät gekriegt, aber Iris hat einen Narren an ihr gefressen. Dieser ganze verdammte ...« Mehrere Gläser des exzellenten Sherrys seiner Mutter vor dem Ritual des sonntäglichen Mittagessens hatten seine Zunge gelöst, und er war drauf und dran gewesen zu sagen: »Dieser ganze verdammte Weiberhaufen an der Uni.« Erst ein Blick auf die hochgezogenen Augenbrauen seiner Mutter ließ ihn abrupt verstummen. »Ach, ist auch egal«, murmelte er hastig und versenkte seine Nase erneut im Weinglas.

»Darcy, Liebling«, begann Dame Margery Lester, während sie die Suppe austeilte, die Grace in einer Terrine auf den Tisch gestellt hatte. »Ich bin Victoria McClellan öfter bei offiziellen Anlässen begegnet und habe sie immer als sehr charmant empfunden.« Margery Lesters Stimme klang so silbern wie ihr Haar, das sie zu einem klassischen Knoten aufgesteckt trug. Obwohl sie über siebzig war, hatte ihr Sohn gelegentlich den Eindruck, sie sei nicht gealtert, sondern vielmehr in einen anderen Aggregatzustand übergegangen. Die Eigenschaften, die Margery einzigartig machten – ihr wacher Verstand, ihr Selbstbewußtsein, die Hingabe an ihr Metier –, all das schien sich in demselben Maße zu verdichten, wie ihr Körper nachließ.

An diesem Sonntag wirkte sie noch elementarer als sonst. Der Perlmuttglanz der Perlenkette auf ihrem grauen Kaschmirtwinset spiegelte sich auf ihrer Haut wider, und Darcy fragte sich, ob in ihren Adern statt Blut vielleicht doch Quecksilber floß.

»Was genau hast du eigentlich an ihr auszusetzen?« fragte Margery, als sie Darcy den Suppenteller reichte, und fügte hinzu: »Grace hat Artischockencrèmesuppe gemacht. Dir zu Ehren.«

Darcy ließ sich Zeit beim Suppekosten und schob dann verräterischerweise einen Finger zwischen Hals und Hemdkragen. Vielleicht hatte er dem Alkohol in letzter Zeit etwas zu ausgiebig zugesprochen. Jahrelang hatte seine Eitelkeit als natürliche Bremse für seine leiblichen Gelüste funktioniert. Mittlerweile war das Fleischliche drauf und dran zu obsiegen. »Du weißt, was ich von den politisch Aufrechten halte«, erwiderte er und hob den Löffel erneut an die Lippen. »Mir graust vor ihnen. Und nichts verabscheue ich mehr als feministische Biographien. Die Autorinnen bemächtigen sich irgendeines trivialen Lebenswerks und blasen es mit Freudscher heißer Luft und grandiosen feministischen Theorien so weit auf, daß du es nicht mehr wiedererkennst.«

Margerys linke Augenbraue zuckte noch ein Stück weiter in die Höhe. Das war für Darcy das Zeichen, daß er entschieden zu weit gegangen war. »Du willst doch wohl Lydias Werk nicht als trivial bezeichnen, oder?« entgegnete sie. »Und wenn man dir so zuhört, könnte man glauben, Victoria McClellan sei ein ungepflegter Blaustrumpf. Auf mich hat sie stets einen sehr vernünftigen und gut informierten Eindruck gemacht.

Jedenfalls kam sie mir nicht wie jemand vor, der sich in wilden Theorien verliert.«

Darcy schnaubte verächtlich. »Oh, nein! Dr. McClellan ist alles andere als ungepflegt. Im Gegenteil, sie sieht eher wie das Model einer amerikanischen Shampoo-Reklame aus. Sie ist der Prototyp der perfekten Frau der Neunziger – brillante akademische Karriere, Parademutter und Ehefrau ... Leider war sie in der Frauenrolle nicht erfolgreich genug, um ihren Mann davon abzuhalten, reihenweise seine Examensstudentinnen zu vögeln.« Er mußte unwillkürlich lächeln. Ian McClellans einziger Fehler war seine mangelhafte Diskretion.

»Darcy!« Margery schob ihren leeren Suppenteller von sich. »Das war unerzogen und gewöhnlich.«

»Also, Mutter, ich bitte dich. Das weiß doch jeder. In der Englischen Fakultät sind die pikanten Einzelheiten Tagesgespräch. Man flüstert sie sich zu, sobald die blonde Victoria außer Hörweite ist. Und ich weiß wirklich nicht, weshalb es unerzogen sein soll, die reine Wahrheit zu sagen.«

Margery preßte die Lippen aufeinander und warf ihm einen mißbilligenden Blick zu, während sie den Deckel über dem Hauptgang lüftete und die Teller zu füllen begann. Eins zu null für mich, dachte Darcy zufrieden. Margery war nicht prüde, wie die mit zunehmend plastischer Deutlichkeit geschilderten Sexszenen in ihren letzten Romanen bewiesen. Darcy vermutete, daß sie sich lediglich in der Rolle der schokkierten Biederfrau gefiel.

Er seufzte zufrieden, als Margery seinen Teller vor ihm abstellte. Kalter pochierter Lachs mit Dill-Sauce, heiße neue Kartoffeln in Butter, frischer junger Spargel – er fürchtete den Tag, an dem sein Charme bei Grace versagte. »Und jetzt fehlt nur noch ...« Er legte überwältigt die Hand aufs Herz. »... Zitronentorte zum Nachtisch?«

Keinesfalls beschwichtigt machte sich seine Mutter über

ihren Fisch her. Darcy konzentrierte sich auf seine Mahlzeit, bereit, die Sache auszusitzen. Er nahm kleine Bissen, um den Genuß zu verlängern, und sah in den Garten hinaus, während er kaute. Vor Jahren hatte er Lydia hierhergebracht, in das aus dem siebzehnten Jahrhundert stammende Haus seiner Familie am Rand des Dorfes Madingley. Damals hatte sein Vater noch gelebt, ein reservierter Mann in Tweed; die Mutter zeigte die ihrem Erfolg entsprechende Eleganz. Es war an einem ähnlichen Frühlingstag wie heute gewesen, und Margery und Lydia waren Arm in Arm durch den Garten spaziert, hatten die Narzissen bewundert und gelacht. Er war sich wie ein Idiot vorgekommen, ein Hornochse und Ausgestoßener angesichts ihrer feenhaften Eleganz und Aura weiblicher Intimität. In jener Nacht hatte ihn die Frage wachgehalten, welche Geheimnisse sie sich wohl erzählt haben mochten.

Er erinnerte sich an Lydias Profil, damals im Auto auf der Fahrt von Cambridge nach Madingley. Es hatte vor Anspannung über die erste Begegnung mit Margery Lester ganz streng gewirkt, und er sah wieder ihr viel zu braves Kleid und sorgfältig frisiertes Haar vor sich. Dieses eine Mal war die rebellische junge Lyrikerin jeden Zentimeter die dörfliche Lehrertochter gewesen, als die sie geboren worden war. Er hatte darüber herzlich gelacht, aber leider hatte am Ende jemand anderer ...

»Darcy! Du hörst mir überhaupt nicht zu.«

Er sah seine Mutter lächelnd an. Schließlich hatte er gewußt, daß ihr Zorn bei der Aussicht, eine schweigende Mahlzeit erdulden zu müssen, verrauchen würde. »Tschuldigung, Mutter. Ich habe mich in den Gänseblümchen verloren.«

»Ich habe gefragt, was Dr. McClellan denn heute über Lydia wissen wollte?« Margerys Stimme klang noch immer leicht gereizt.

»Ach, den üblichen Unsinn nach dem Motto: Hat Lydia in

den Wochen vor ihrem Tod Anzeichen von Depressionen gezeigt? Hat sie über irgendwelche Sorgen gesprochen, hatte sie sich auf eine neue Beziehung eingelassen? Etc. etc. etc. ... Natürlich habe ich ihr gesagt, daß ich es nicht wüßte, und wenn, ich es ihr nicht sagen würde, weil nichts von alledem Einfluß auf Lydias Werk gehabt hat.« Darcy wischte den Mund an der Serviette ab und leerte sein Weinglas. »Vielleicht habe ich mich diesmal klar genug ausgedrückt.« Ein Schatten fiel über den Garten, als sich eine Wolke vor die Sonne schob. »Und es kommt doch Regen. Warum müssen die blöden Wetterfrösche nur immer recht haben?«

»Weißt du, mein Liebling«, sagte Margery versonnen, »ich habe deine Meinung über Biographien immer für sehr extrem gehalten. Zumindest für jemanden, der Tratsch und Klatsch so liebt wie du. Was wirst du nur machen, wenn dir je ein Verleger eine unanständig hohe Summe bietet, damit du meine Biographie schreibst?«

Nathan Winter wischte sich den Schweiß von der Stirn und sah zu den Wolken auf, die vom Nordwesten her über den Himmel jagten. Er hatte gehofft, die Pflanzen, die er am Morgen im Audley-End-Gartencenter gekauft hatte, noch vor dem Witterungsumschwung einpflanzen zu können. Leider hatte er wohl zu spät angefangen. Trotzdem hatte sich die Fahrt nach Suffolk gelohnt, denn in den Anzuchtbeeten des jakobinischen Herrenhauses gab es altertümliche Heilpflanzen, die sonst nirgends zu bekommen waren. Später hatte er der Versuchung nicht widerstehen können, durch Park und Gärten zu wandern, hatte sich sogar eine Tasse Tee und ein Sandwich im Restaurant genehmigt.

Jean hatte Audley End geliebt. Sie hatten so manchen Sonntag dort verbracht, waren durch das Herrenhaus geschlendert, hatten Lord Braybrooks Handschriftensammlung bewundert und sich kichernd wie Teenager vorgestellt, wie es wohl wäre, sich auf dem runden Divan zu lieben, der in der ›Feudal-Bibliothek‹, wie Jean sie immer nannte, seinen Platz hatte. Nathan hatte Jean ein letztes Mal dorthin gebracht, in einem Rollstuhl an einem schönen Sommertag. Das Haus war zuviel für sie gewesen. Sie hatten sich daher mit einem ausgedehnten Spaziergang durch die Kräutergärten begnügt.

Und in Audley End war er vermutlich auf die Idee verfallen, einen historischen Heilkräutergarten anzulegen. Damals jedoch hatten sie noch in Cambridge gewohnt, mit einem briefmarkengroßen Stück Land hinter dem Haus. Und Jean hatte jeden Zentimeter für ihre Blumen beansprucht.

Nathan verharrte in der Hocke und betrachtete sein Werk. Es war das erste größere Projekt für den Garten seines Cottages, und er hatte die Wintermonate damit zugebracht, viktorianische Kräutersammlungen und Gartenentwürfe zu studieren, sich das Passende herauszusuchen und eigene Entwürfe zu zeichnen. Königskerze, Gänsefingerkraut, Johanniskraut, Wacholder, Wermut, Myrte, Liebstöckel ... bei letzterem hielt er lächelnd inne. Die meisten Leute verbanden mit diesem Kraut einen eher romantischen Zweck, und er vermutete, daß man einen guten stärkenden Likör für kalte Winternächte damit ansetzen konnte, aber eigentlich war es vor allem wirksam als harntreibendes Mittel.

Ein Windstoß wirbelte die leeren Plastiktöpfe durch die Luft und trieb sie ratternd über den Plattenweg. Nathan warf einen Blick auf die dunkle Wolkenwand, die sich im Westen aufbaute, und begann hastig, die letzten seiner Pflänzchen einzusetzen. Er drückte die Erde sorgfältig um die Wurzeln fest, sammelte seine Gartenwerkzeuge und den Abfall ein und richtete sich vom feuchten Boden auf. Seine Knie protestierten, wie in letzter Zeit bei Wetterumschwüngen so häufig, und er erinnerte sich wehmütig an die Tage, als er stundenlang und ohne die geringsten Beschwerden hatte knien können. Vielleicht sollte er vor dem Abendessen ausgiebig in Arnika und Lavendel baden ... *Abendessen!* Wie hatte er nur vergessen können, daß er Adam Lamb zu einem frühen Imbiß eingeladen hatte? Und der Mann war eiserner Vegetarier. Das bedeutete, daß Nathan etwas Entsprechendes auf den Tisch bringen mußte, wenn er ihn nicht beleidigen wollte. Er ging im Geiste den Inhalt seines Kühlschranks durch. Eier, ein paar Pilze – er konnte ein Omelette machen – grüner Salat und ein halber Laib Schrotbrot von der Bäckerei in Cambridge im Schrank – ein mageres Abendessen, aber es mußte reichen. Und zum Nachtisch konnte er den Biskuitkuchen vom Supermarkt auftischen, den er eigentlich für festlichere Gelegenheiten aufbewahren wollte.

Was um Himmels willen hatte ihn veranlaßt, Adam einzuladen? Schuldgefühle vermutlich, gestand er sich mit einer Grimasse ein, als er zum Haus ging. Adam hatte ihm aus unerfindlichen Gründen immer irgendwie leid getan. Vielleicht weil Adam sich im Leben über die Maßen abmühte, ohne daß sein Einsatz für zahllose gute Zwecke je einen sichtbaren Erfolg gehabt hätte. Der Witz dabei ist, dachte Nathan, öffnete die Tür und schlüpfte aus seinen Gummistiefeln, daß er gestern am Telefon das Gefühl gehabt hatte, daß Adam offenbar Mitleid mit *ihm* hatte.

Adam Lamb fuhr mit seinem alten Mini gemächlich die Grantchester Road entlang, am Rugbyfeld der Universität vorbei, und stellte bei jeder Gelegenheit bergab den Motor aus, um Benzin zu sparen. Obwohl er von Automobilen nichts hielt, war er bei der Gemeindearbeit auf ein Transportmittel angewiesen. Also fuhr er seinem Gewissen zuliebe ein Auto, das nur durch Gottes Gnaden jedes Jahr durch den TÜV kam. Seine Sparsamkeit beim Benzin hatte sowohl einen moralischen als auch einen finanziellen Grund – ein paar sorgfältig koordinierte Fahrten pro Woche waren alles, was sein mageres Budget erlaubte.

Ein Windstoß rüttelte am Wagen, und Adam warf einen Blick zurück auf die düsteren Wolkentürme. Er hatte eigentlich zu Fuß gehen wollen. Am Fluß entlang waren es kaum drei Kilometer, und als Studenten hatten sie die Strecke bedenkenlos zurückgelegt. Aber das drohende Unwetter und eine leidige Erkältung hatten seinen Unternehmungsgeist gedämpft. Er fühlte sich plötzlich alt und müde.

Am Rand von Grantchester bremste Adam fast auf Schritttempo ab. So nahe es bei Cambridge lag, war er doch jahrelang nicht hierhergekommen. Und daß Nathan zurückkehren würde, war nicht zu erwarten gewesen. Schon gar nicht allein. Als er durch gemeinsame Freunde erfahren hatte, daß Nathan das Haus seiner Eltern geerbt und beschlossen hatte, dort einzuziehen, hatte ihn eine seltsame Unruhe erfaßt.

Die Grantchester Road ging in den Broadway über, und als Adam um die letzte Kurve vor der High-Street-Kreuzung bog, blinzelte er überrascht. War das eine Sinnestäuschung? Das Cottage in seiner Erinnerung war schäbig gewesen, mit bröckelnder Fassade, Brombeergestrüpp im Garten und Spatzen, die im Reetdach nisteten. Aber ein Blick in die Umgebung sagte ihm, daß er das richtige Haus gefunden hatte. Er hielt am Straßenrand und stieg gerade aus, als die ersten Regentropfen fielen. In seiner Verwirrung vergaß er, die Handbremse anzuziehen. Er stand da, starrte auf die neue, mit Ziegelsteinen gepflasterte Auffahrt und den halbmondförmigen Gartenweg, den grünen Golfrasen und die makellosen Staudenrabatten, den weißen Verputz und das Reetdach ... jemand hatte ein Wunder vollbracht.

Die Haustür ging auf, und Nathan kam grinsend heraus. »Da verschlägt es dir die Sprache, was?« sagte er, als er Adam empfing und ihm die Hand schüttelte. »Schön, dich zu sehen.« Er deutete auf das Haus. »Ich weiß, es ist fast peinlich ›putzig‹, aber mir gefällt's. Komm rein.«

Nathan sah erstaunlich gut aus. Sein Haar war seit Jeans Tod schlohweiß geworden, aber es stand ihm, bildete einen faszinierenden Kontrast zu seinen dunklen Augen und seiner gesunden Hautfarbe. Adam wußte noch, wie sie Nathan verspottet hatten, als er schon mit Mitte Zwanzig grau zu werden begann. Damals kannte Nathan Jean bereits. Es war ihm daher völlig gleichgültig gewesen, was sie über ihn gedacht hatten. Nicht einmal Lydia hatte ihn treffen können.

Bei dem Gedanken an Lydia zuckte Adam innerlich zurück und suchte Zuflucht in der Gegenwart. »Aber wie hast du ... ich meine, das muß ja ... deine Eltern haben doch nicht ...« Ein großer Regentropfen zerplatzte auf seinen Brillengläsern und nahm ihm im ersten Augenblick die Sicht.

Nathan legte eine Hand auf seine Schulter und schob ihn durch die Tür ins Haus. »Ich mache dir einen Drink und erzähle dir dabei alles – wenn du willst.« Er sperrte den Regen aus und hängte Adams Anorak an die Garderobe. »Ist Whisky okay?«

»Hm, ja. Bestens.« Adam folgte ihm in ein Wohnzimmer, das ebenso verwandelt war wie das Äußere des Hauses. Verschwunden waren die düsteren Möbel und die viktorianischen Nippes, die Nathans Mutter so geliebt hatte. Jetzt waren die Bezüge der einladend aussehenden Polstermöbel in freundlichen Farben gehalten, ein dicker Teppich lag auf dem Riemenboden, und im Kamin brannte ein Feuer, das sich in den Butzenscheiben der Fenster spiegelte. Es war ein schönes Zimmer, verführerisch gemütlich, und Adam dachte mit bedauerndem Frösteln an sein Pfarrhaus in Cambridge. Er ging zum Kaminfeuer und wärmte sich die Hände. Nathan schenkte an der Anrichte aus einer Flasche Macallan zwei Gläser ein. »Ein großer Fortschritt gegenüber dem elektrischen Kaminfeuer«, sagte Adam, als Nathan ihm sein Glas reichte. »Zum Wohl!«

Nathan lachte und setzte sich in einen der Sessel am Kamin. »Überrascht mich, daß du dich daran noch erinnerst. Es war ziemlich schwach auf der Brust, was?« Er streckte die Beine der Wärme entgegen und nippte an seinem Drink. »Meine Eltern hatten eine Zentralheizung einbauen lassen, aber die wurde nur morgens und abends jeweils eine Stunde angeschaltet. Sie hat das Waschen, Ins-Bett-Gehen und Aufstehen einigermaßen erträglich gemacht, aber die restliche Zeit haben wir uns ständig vor der blöden Heizspirale gedrängelt. Der Kamin hatte einen ausgezeichneten Abzug, aber nachdem sie sich einmal eingebildet hatten, daß ein elektrisches Kaminfeuer billiger sei, gab's kein Zurück.« Er schüttelte den Kopf.

»Ich habe mich hier immer wohl gefühlt«, murmelte Adam und setzte sich in den zweiten Sessel. »Deine Mutter ist sehr lieb zu uns gewesen und hat uns undankbare Bande klaglos mit durchgefüttert.«

Nathan lächelte. »Ich glaube nicht, daß sie das so empfunden hat.«

»Das mit deinen Eltern hat mir sehr leid getan.« Adam griff sich automatisch an den weißen Kragen und erinnerte sich dann, daß er einen Rollkragenpullover trug. Er fürchtete immer, daß die Kleidung des Geistlichen bei gesellschaftlichen Anlässen Verlegenheit auslöste – auch bei Leuten wie Nathan, der ihn noch aus der Zeit kannte, als er kein Geistlicher gewesen war. »Muß hart für dich gewesen sein ... so kurz nach Jean.«

Nathan starrte ins Feuer, drehte das Glas in seinen Händen und sagte nachdenklich. »Ich kann das gar nicht beurteilen. Zu diesem Zeitpunkt war ich zu keiner Empfindung mehr fähig. Ich habe wie ein Roboter reagiert. Manchmal bin ich nicht sicher, daß ich es überhaupt begriffen habe.« Er sah Adam an und lächelte. »Aber ich wollte dir vom Haus erzählen. Das Cottage hat mir die Entscheidung abgenommen, wie es weitergehen sollte. Ich hätte es nicht ertragen, ohne Jean im Haus in Cambridge zu bleiben. Ich hatte längst mit dem Gedanken gespielt, wieder ins College zu ziehen. Dann, als meine Eltern innerhalb weniger Wochen nacheinander starben und mir das hier hinterließen ...« Nathan stand auf, ging zum Fenster und zog die Vorhänge vor, während der Regen gegen die Scheiben trommelte.

»Es war schuldenfrei, aber in einem schrecklichen Zustand«, fuhr er fort. »Ich war völlig ratlos. Ein Freund hat mich alten Dickschädel schließlich mit der Holzhammermethode aufgeklärt. Jean und ich hatten fast fünfundzwanzig Jahre in Cambridge gewohnt. Die Hypothek auf unser Haus war fast abbezahlt. Und die Grundstückspreise waren sprunghaft gestiegen.«

»Also hast du das Haus verkauft und den Gewinn für die Renovierung benutzt.« Adams Gestik fiel ausladender aus als beabsichtigt. Der Whisky war ihm zu Kopf gestiegen. Er hatte einen leeren Magen. Vor dem Abendmahl am Morgen hatte er gefastet und dann entdeckt, daß der Gemüsekuchen, den er sich zum Mittagessen aufbewahrt hatte, schimmelig geworden war.

Nathan stand jetzt mit dem Rücken zum Feuer. »Es war komischerweise geradezu wie ein Befreiungsschlag. Jean und ich hatten im Lauf der Jahre auf so vieles verzichtet, weil wir warten wollten, bis wir es uns wirklich leisten konnten, und irgendwie war es dazu nie gekommen.« Grinsend fügte er hinzu: »Daß wir zwei Töchter haben, hat wohl auch was damit zu tun. Diese beiden zierlichen Elfen fraßen die Pfundnoten wie halbverhungerte Hunde in einer Wurstfabrik.«

Adam hatte Mühe gehabt, in den beiden jungen, dunkel

gekleideten Frauen mit den verweinten Gesichtern, die er bei Jeans Beerdigung flüchtig gesehen hatte, Nathans Töchter wiederzuerkennen. Für ihn waren sie noch immer zwei kleine Mädchen in weißen Rüschenkleidern und rosaroten Haarbändern. »Jetzt sind sie doch sicher verheiratet, oder?«

»Jennifer ja. Aber Alison ist zu sehr mit ihrer Karriere beschäftigt, um Zeit für Männer zu haben – es sei denn, sie haben das Glück des Augenblicks zu bieten«, sagte Nathan liebevoll.

»Sie ist immer Lydias Liebling gewesen, deine Alison, oder?«

»Lydia hat von Anfang an behauptet, Jenny sei mit einer konventionellen Seele geboren, aber Alison sei für Höheres bestimmt. Lydia war Alisons Patin. Überrascht mich, daß du dich daran erinnerst.« Nathan verstummte und schwenkte den Whisky in seinem Glas, bevor er ihn mit einem Schluck herunterkippte. »Komm mit nach hinten, dann mache ich uns was zu essen.«

Adam erhob sich aus den Tiefen seines Sessels und folgte Nathan in die Diele. Jetzt erst sah er, daß im rechter Hand gelegenen Zimmer, das von Nathans Eltern als Salon benutzt worden war, nur ein Flügel auf dem gebohnerten Holzboden stand. Adam erinnerte sich noch an das alte Klavier, das in Nathans und Jeans Wohnzimmer gestanden hatte. Das gute Stück war von Nathan stets übel mißhandelt worden, wenn er darauf die alten Varieté-Stücke herunterhämmerte, die ihm seine Mutter beigebracht hatte. Bevor Adam noch etwas dazu sagen konnte, bat ihn Nathan durch die mittlere Tür.

An der Rückseite des Hauses, wo ursprünglich Küche, Spülküche und Eßzimmer untergebracht gewesen waren, war ein einziger großer Raum entstanden. Hier gab es eine Küche mit Eßecke und einem gemütlichen Arbeitsplatz. Außerdem waren auf der gesamten Länge Fenster eingebaut worden, von denen aus man, wie Adam vermutete, an besseren Tagen den Fluß sehen konnte.

Nathan deutete auf den Tisch, der bereits gedeckt war, und ging weiter zur Küchenzeile. »Setz dich. Ich bereite inzwischen alles vor. Ich habe noch eine Portion Karotten-Linsen-suppe im Tiefkühler gefunden. Danach gibt's Omelettes und grünen Salat, wenn's recht ist.« Er lüpfte den Deckel eines Topfs auf dem Herd und rührte um. Dann holte er eine Flasche australischen Chardonnay aus dem Kühlschrank. »Ist alles von Ikea«, sagte er mit einem Blick auf Adam und öffnete die Flasche. »Von den Möbeln bis zum Besteck. Sonst hätte das Geld nie gereicht.«

»Es ist großartig, Nathan. Einfach großartig.« Adam nahm das Glas, das Nathan für ihn eingeschenkt hatte. »Auf dein Leben«, erklärte er, hob sein Glas und verschluckte sich, als der Wein unerwartet in seiner Kehle kratzte. »Entschuldige!« prustete er und nahm einen vorsichtigeren Schluck. »Du und Jean, ihr wart immer so gastfreundlich. Du scheinst das fortzuführen. Das bewundere ich.«

Nathan hielt inne, die Suppenkelle über einem Teller. »Die ersten Jahre habe ich Gefrierkost vor dem Fernseher verschlungen. Falls ich überhaupt gegessen habe. Und mit dem Haushalt und der Wäsche stand's auch nicht zum besten.« Er zuckte die Schultern und gab weiter Suppe in zwei grüne Schalen. »Aber nach einer Weile ist mir klargeworden, wie verzweifelt Jean über mich gewesen wäre. Ihre Nörgeleien verfolgten mich überallhin im Haus: ›Nathan, du solltest dich schämen, dich so gehenzulassen.‹ Also habe ich mich geändert, und es macht Spaß.«

»Würdest du wieder heiraten?« fragte Adam, als Nathan die Suppe und einen Korb Brot auf den Tisch stellte und sich ihm gegenübersetzte. »Wer einmal glücklich verheiratet war, tut das meiner Erfahrung nach wieder.«

Zum ersten Mal ließ Nathan sich mit der Antwort Zeit. »Ich weiß nicht«, murmelte er schließlich. »Vor einem Jahr hätte ich kategorisch nein gesagt ... sogar noch vor sechs Monaten ... Aber jetzt ...« Er schüttelte den Kopf und grinste. »Ach was! Ich bin ein Idiot und nicht mehr jung. Schätze, ich leide an einem reichlich verspäteten Anfall von Pubertät. Es geht vorbei.«

»Und wenn nicht?« erkundigte sich Adam, dessen Neugier geweckt war.

Nathan griff nach dem Suppenlöffel und tauchte ihn in die Suppe. »Dann helfe mir Gott.«

3

*Wir waren so heiter, war'n so im Recht, so strahlend
in unserem Glauben,
und der Weg war so sicher ausgelegt. Doch als ich
gegangen,
welch dummes Ding erhob da den Kopf? War es ein
Wort,
ein plötzlicher Schrei, daß ergeben und wortlos
die Treue du brachst und seltsam, schwach, dich
aufgabst?*

Rupert Brooke
aus ›Verlassen‹

Ein heftiger Windstoß erfaßte die Papierserviette auf Vics Schoß, wirbelte sie durch die Luft und über den Rasen. Kincaid beobachtete, wie sie Anstalten machte aufzuspringen, dann jedoch auf den Stuhl zurücksank und sich geschlagen gab, als die Serviette über die Mauer segelte und verschwand. Während ihres ausgedehnten Imbisses im Garten hatten sich düstere Wolkentürme am westlichen Horizont aufgebaut, und Vic sah jetzt auf und runzelte die Stirn. »Ich glaube, der Wettergott hat uns betrogen, was? Wenn wir schlau sind, gehen wir rein«, fügte sie hinzu und begann das Geschirr abzuräumen. »Ich hole nur ein Tablett.«

Während er zusah, wie sie von ihrem Stuhl glitt und sich über die Terrasse entfernte, dachte Kincaid daran, wie seltsam es war, wieder mit ihr zusammenzusein – und wie vertraut. Er war sich deutlich der Silhouette ihrer Schulterblätter unter dem dünnen Stoff ihres Kleids bewußt, der Länge ihrer Finger, des besonderen Schwungs ihrer Augenbrauen, all jener Dinge, an die er Jahre nicht gedacht hatte. Er erinnerte sich an ihre stumme Art des Zuhörens, als sei das, was man sagte, unendlich wichtig ... Dabei vergaß er nicht, daß sie ihm noch immer nicht den Grund für ihren Anruf verraten hatte. Aber auch das kam ihm bekannt vor. Bei der Trennung war ihm klargeworden, wie selten Vic ihm je gesagt hatte, was sie fühlte oder dachte. Sie hatte von ihm erwartet, daß er es *wußte*, und jetzt fragte er sich, ob er wieder einmal sein Stichwort verpaßt hatte.

Vic kam mit einem Tablett zurück. »Ich habe das Kaminfeuer im Wohnzimmer angemacht.« Sie hatte eine lange goldbraune Jacke übergezogen und begann das Tablett zu beladen. »Das war's mit unserem Picknick. Kurz, aber schön.«

Kincaid stellte Teller übereinander. »Kann man von vielen Dingen sagen«, murmelte er und fluchte innerlich, als sie bei dieser unverhohlenen Spitze zusammenzuckte. »Tut mir leid, Vic. Ich ...« Er verstummte unsicher. Wie sollte er sich entschuldigen, ohne die Minenfelder der Vergangenheit zu betreten, die er hatte vermeiden wollen?

Vic nahm wortlos das Geschirr und hielt mit dem Tablett in den Händen inne. Sie sah ihn einen Moment ruhig an. »Manchmal ist man zu unerfahren, um zu wissen, wie gut etwas gewesen ist. Oder den Wert eines Menschen zu erkennen. Ich war ein dummes Huhn, aber es hat lange gedauert, bis mir das klargeworden ist.« Sie lächelte. Als Kincaid sie verdutzt anstarrte, fügte sie hinzu: »Komm, hilf mir, das alles in die Küche zu bringen. Dann koche ich Tee. Es sei denn, du möchtest was Stärkeres?«

Kincaid suchte sein Heil in Allgemeinplätzen. »Nein, nein, Tee ist ausgezeichnet. Ich muß noch nach London zurückfahren. Und mit dem Wein habe ich die Promillegrenze schon überschritten.«

Er nahm ihr das Tablett aus den Händen. Sie hielt ihm die Tür auf. Er brachte es in die winzige Küche und stellte es auf die Arbeitsplatte. Vics Entschuldigung war für ihn völlig unerwartet gekommen, und jetzt wußte er nicht damit umzugehen.

Vic stellte Tassen und Teekanne bereit und bemerkte sachlich: »Es wartet also jemand auf dich.«

»Ist das eine spezifische oder eine allgemeine Feststellung?« fragte er grinsend. Er dachte an Gemma und den Balanceakt, der ihre Beziehung in den vergangenen Monaten gewesen war, und fragte sich, ob ihre Weigerung, ihn zu begleiten, einen anderen Grund hatte als ihren Wunsch, mehr Zeit mit ihrem Sohn zu verbringen. Sie hatte ihn zwar eingeladen, am Abend nach seinem Besuch in Cambridge zu ihr zu kommen, aber was ihn dort erwartete, war ungewiß.

Vic warf ihm einen Blick zu und schaltete den Wasserkocher aus. Nachdem sie Tee aufgegossen hatte, dirigierte sie Kincaid ins Wohnzimmer. Über die Schulter fragte sie: »Weiß sie dich zu schätzen?«

»Ich werde ihr erzählen, daß du nette Sachen über mich gesagt hast. Nach dem Motto ›Erprobt und für gut befunden‹.«

»Klingt wie eine Schlagzeile aus der Boulevardpresse. Untertitel: EX-FRAU GIBT GEBRAUCHSANWEISUNG. Das müßte es doch bringen.«

Sie setzten sich in die tiefen Sessel am Kamin. Vic zog die Beine an und trank einen Schluck Tee. »Ernsthaft, Duncan. Ich freue mich für dich. Aber ich habe dich nicht hergebeten, um dich über dein Privatleben auszufragen. Obwohl ich zugegebenermaßen neugierig bin.« Sie sah ihn über den Rand ihrer Teetasse lächelnd an.

Das Blumenmuster auf dem Porzellan war ihm schon die ganze Zeit irgendwie bekannt vorgekommen, und als er es so dicht an ihrem Gesicht sah, kam die Erinnerung zurück … Vic, die einen Geschenkkarton öffnete, eine Tasse herausnahm und hochhielt, damit er sie begutachten konnte. Das Porzellan war ein Hochzeitsgeschenk ihrer Eltern gewesen, ein ›gutes Service‹ hatte ihre Mutter es genannt, als befürchte sie, von seiner Familie könne etwas ›Unpassendes‹ kommen.

»Die Neugier hatte Alice von jeher in Schwierigkeiten gebracht«, neckte er sie. Alice war sein Spitzname für sie gewesen, und er hatte nicht nur wegen der physischen Ähnlichkeit gut zu ihr gepaßt.

»Ich weiß«, erwiderte sie leicht zerknirscht. »Und ich fürchte, viel hat sich daran nicht geändert. Der Grund, weshalb ich dich sprechen wollte … Es hat mit meiner Arbeit zu tun und ist ein bißchen kompliziert. Aber zuerst wollte ich dich wieder etwas besser kennenlernen, erst mal abwarten, ob du mich vielleicht für hysterisch und typisch weiblich überspannt hältst.«

»Ach, komm schon, Vic! Du und hysterisch? Nichts paßt weniger zu dir. Du bist von jeher der Inbegriff kühler Distanziertheit gewesen.« Während er das sagte, fiel ihm das einzige Gebiet ein, auf dem sie ihre Reserviertheit völlig aufgegeben hatte, und er wurde peinlicherweise rot.

»Einige Kollegen in der Fakultät würden weniger schmeichelhafte Ausdrücke für mich finden.« Sie zog eine Grimasse. »Und die Themenwahl für mein Buch hat mich in gewissen Kreisen äußerst unpopulär gemacht.«

»Buch?« Kincaid wandte den Blick von dem Foto, das Vics abtrünnigen Ehemann zeigte. Was hatte sie bloß an ihm gefunden? McClellan sah konventionell und bärtig aus, doch er erfüllte rein äußerlich das Cliché vom gutaussehenden Akademiker, und Kincaid konnte sich vorstellen, wie er seine Studentinnen einwickelte. Eigentlich hätte er Genugtuung darüber empfinden können, daß das Leben Vic so bitter bestraft hatte, statt dessen packte ihn die blinde Wut – nicht auf Vic, sondern auf den Geschlechtsgenossen.

Kincaid fühlte sich nicht schuldlos am Scheitern seiner Ehe. Sie waren beide jung gewesen, hatten gerade erst angefangen zu begreifen, was sie vom Leben erwarteten. Allerdings konnte er sich beim besten Willen nicht vorstellen, welche Entschuldigung Ian McClellan für sein Verhalten haben sollte. Und was für eine Sorte Mann, so fragte er sich, machte sich ohne ein Wort zu seinem Sohn aus dem Staub?

»Meine Biographie«, antwortete Vic. »Ich arbeite seit ungefähr einem Jahr daran. Die Biographie von Lydia Brooke.« Sie knipste die Leselampe neben ihrem Sessel an, so daß ihr Gesicht plötzlich im Schatten und ihre Hände an der Teetasse im Licht waren. »Ian hat behauptet, ich hätte ihn über meiner Arbeit vernachlässigt. Und damit hatte er vermutlich nicht ganz unrecht. Männer ... Augenblicklich stehe ich mit dem männlichen Geschlecht ein wenig auf Kriegsfuß. Sie wollen einen brillant und erfolgreich. Aber nur, solange das nicht mit einem Verlust der Aufmerksamkeit für sie und ihre Bedürfnisse einhergeht. Und natürlich nur, solange die Erfolge der Frau nicht größer sind als die des Mannes.« Sie sah lächelnd zu ihm auf.

»Klingt ziemlich zickig, was? Außerdem kann man das nicht verallgemeinern. Natürlich weiß ich, daß es Männer gibt, die anders sind. Aber ich komme immer mehr zu der Ansicht, daß sie die Ausnahme darstellen. Ian hat sich erst an Studentinnen rangemacht, als ich genauso viel verdient habe wie er.« Ihr Mund zuckte verächtlich. »Egal. Was weißt du über Lydia Brooke?«

Kincaid dachte angestrengt nach. Dann kam ihm eine vage Erinnerung an schmale Gedichtbände im Bücherregal seiner Eltern. »Sie war eine Lyrikerin aus Cambridge. So was wie eine Ikone der Sechziger ... Sie ist erst vor kurzem gestorben, glaube ich. War sie mit Rupert Brooke verwandt?«

»Sie war *besessen* von Rupert Brooke, als sie nach Cambridge kam. Ob sie mit ihm verwandt war, spielt keine Rolle.« Vic wechselte ihre Stellung, so daß der Schein der Lampe erneut ihr Gesicht erfaßte. »Und du hast recht. Lydia hat Mitte der sechziger Jahre die Szene beherrscht. Ihre Gedichte drückten Schmerz und Desillusionierung aus und haben das Lebensgefühl der Generation von damals genau getroffen. Nach dem katastrophalen Fehlschlag einer Ehe hat sie einen Selbstmordversuch unternommen, wurde jedoch gerettet. Anfang Dreißig hat sie es noch mal versucht, und dann ist es ihr schließlich vor fünf Jahren gelungen, sich umzubringen. Da war sie siebenundvierzig.«

»Hast du sie gekannt?«

»Ich habe sie einmal auf einer Veranstaltung des College gesehen. Kurz nachdem ich hierhergekommen war. Leider kannte ich niemanden gut genug, um vorgestellt zu werden. Und eine zweite Chance bekam ich nicht.« Vic zuckte die Schultern. »Klingt vielleicht komisch, aber ich habe mich schon damals zu ihr hingezogen gefühlt, spontan eine Verbindung zwischen uns gespürt, die alte Geschichte.« Sie wurde ernst. »Und als ich gehört habe, daß sie gestorben ist, war ich am Boden zerstört, als hätte ich einen mir nahestehenden Menschen verloren.«

Kincaid zog eine Augenbraue hoch und wartete ab.

»Den Blick kenne ich.« Vic zog eine Grimasse. »Jetzt fragst du dich, ob ich nicht doch eine Meise habe. Aber dieses Gefühl der Seelenverwandtschaft mit Lydia ist vermutlich der Grund, weshalb mir ihr Tod so merkwürdig vorkommt.«

»Es war doch Selbstmord? Das stand doch nicht außer Frage?«

»Die Polizei ist davon überzeugt.« Vic starrte aus dem Fenster und auf den Himmel voller tiefhängender dunkler Wolken. »Wie soll ich es erklären? Lydia hat sich angeblich mitten in einer ihrer produktivsten Schaffensperioden umgebracht.

Und zwar aufgrund von Depressionen, an denen sie Zeit ihres erwachsenen Lebens gelitten hatte. Ich finde, da stimmt einfach was nicht.«

Kincaid mußte unwillkürlich an die vielen Stunden denken, die er mit ähnlichen Theorien zu Beginn seiner Ehe mit Vic verbracht hatte, und wie absolut desinteressiert sie an seinen Fällen gewesen war. Mittlerweile hatte er Verständnis für ihr Verhalten von damals. Er war neu im Morddezernat und vermutlich in seiner Faszination für das Ungewohnte für jeden Zuhörer eine Zumutung gewesen. »Und weshalb?« fragte er vorsichtig.

Vic stellte die Füße auf den Boden und beugte sich vor. »Beide früheren Selbstmordversuche sind während lange anhaltender Phasen von Schreibblockade passiert. Ich glaube, Lydia war nur wirklich glücklich, wenn sie dichtete. Fielen persönliche Probleme mit einer unkreativen Schaffensperiode zusammen, kam sie mit nichts und niemandem mehr klar. So war es zum Beispiel auch nach dem Scheitern ihrer Ehe. Später allerdings, mit fortgeschrittenem Alter, war sie sich selbst genug. Sie lebte ganz zufrieden allein. Falls sie in den letzten zehn Jahren ihres Lebens eine ernsthafte Beziehung gehabt hat, habe ich dafür keinerlei Hinweise gefunden.«

»Hatte sie denn vor ihrem Tod eine solche unproduktive Phase?« Kincaids Interesse war geweckt.

»Nein.« Vic stellte ihre Tasse auf den Tisch. »Das ist es ja, verstehst du? Als sie starb, hatte sie am Manuskript für ein neues Buch gearbeitet – das beste, das sie je geschrieben hat. Die Gedichte haben Tiefe und Lebendigkeit, es ist, als habe sie für sich plötzlich eine neue, ultimative Dimension ihrer Kunst entdeckt.«

»Vielleicht war das der Auslöser«, gab Kincaid zu bedenken. »Sie hat keine weiteren Entwicklungsmöglichkeiten mehr gesehen.«

Vic schüttelte den Kopf. »Das war auch mein erster Gedanke. Aber je besser ich sie kennenlerne, desto unwahrscheinlicher wird das. Ich glaube vielmehr, sie hatte endlich ihre Stilebene gefunden. Sie hätte noch so viel schreiben, uns noch so viel geben können ...«

»Vic.« Kincaid beugte sich vor und berührte ihre Hand. »Was in einem anderen Menschen vorgeht, weiß man nie mit letzter Sicherheit. Es passiert häufiger, daß Leute morgens aufwachen und beschließen, genug vom Leben zu haben, ohne eine Erklärung zu hinterlassen. Vielleicht trifft das auch auf Lydia zu.«

Sie schüttelte energisch den Kopf. »Das ist ja noch nicht alles. Lydia starb an einer Überdosis ihres Herzmedikaments. Ist es nicht normalerweise so, daß Selbstmörder ihrer Methode treu bleiben? Nur zu noch drastischeren Methoden greifen, wenn sie keinen Erfolg haben?«

»Gelegentlich sicher. Aber das trifft nicht auf alle zu.«

»Das erste Mal hat sie sich im Bad die Pulsadern aufgeschnitten – nur weil ein Freund sie unverhofft besucht hat, konnte sie gerettet werden. Das zweite Mal ist sie mit dem Auto gegen einen Baum gerast. Sie ist mit einer schweren Gehirnerschütterung davongekommen. Später hat sie behauptet, ihr Fuß sei vom Bremspedal gerutscht. Verstehst du?«

»Du meinst, beim dritten Versuch hätte sie eine noch drastischere Methode wählen müssen?« Kincaid zuckte die Achseln. »Möglich. Worauf willst du hinaus?«

Vic wandte den Blick ab. »Ich bin nicht sicher. Bei Tag klingt es so absurd ...«

»Raus damit!«

»Was, wenn Lydia sich gar nicht umgebracht hat? In Anbetracht ihrer Vorgeschichte wäre es die logische Konsequenz gewesen. Aber überleg mal, wie leicht es darum für andere gewesen wäre.« Vic hielt inne, holte Luft und fügte bedächtiger hinzu: »Was ich sagen will ... Ich glaube an die Möglichkeit, das Lydia ermordet worden ist.«

In der nachfolgenden Stille zählte Kincaid stumm bis zehn. Sei vorsichtig, mahnte er sich. *Sag ihr jetzt nicht, daß sie die nötige Distanz verloren hat. Sag ihr nicht, wie weit Menschen gehen, den Selbstmord ihrer Lieben zu leugnen* – und er hatte keinen Zweifel, daß Vic sich Lydia Brooke enger verbunden fühlte als so manch anderer einem Familienmitglied – *und sag ihr um Himmels willen nicht, sie sei hysterisch.* »Also gut«, begann er laut. »Drei Fragen: Warum, wie und wer?«

»Ich weiß es nicht«, antwortete Vic beinahe heftig. »Ich habe mit allen geredet, die ich ausfindig machen konnte. Es gab offenbar niemanden, der Streit mit ihr hatte. Trotzdem ist was faul.«

Kincaid trank seinen Tee aus, während er sich eine Antwort zurechtlegte. Vor zehn, zwölf Jahren war er ein Faktenfetischist gewesen und hätte vermutlich über ihren Verdacht gelacht. Inzwischen hatte er gelernt, den Faktor Intuition nicht zu unterschätzen, auch wenn sie abwegig erschien. »Also gut«, seufzte er. »Nehmen wir an, du hast recht und an Lydias Tod ist was faul. Was erwartest du in dieser Angelegenheit von mir?«

Vic lächelte, und er stellte zu seiner Verblüffung fest, daß sie Tränen in den Augen hatte. »Sag mir einfach, daß ich nicht verrückt bin. Du kannst dir nicht vorstellen, wie sehr es mich erleichtert, überhaupt darüber sprechen zu können.« Sie verstummte. Ihre Finger berührten ihre Kehle. »Und ich habe mir gedacht, daß du vielleicht ein paar Dinge in Erfahrung bringen könntest ...«

Kincaid versuchte seinen Ärger zu unterdrücken. »Vic, der Fall ist fünf Jahre alt! Und er gehört nicht in meinen Zuständigkeitsbereich. Warum sprichst du nicht mit einem Beamten von der örtlichen Polizeidienststelle?«

Sie schüttelte den Kopf. »Machst du Witze? Du weißt genau, daß sie mich mit einem freundlichen Schulterklopfen wegschicken und die Akte verrotten lassen würden. Sie sind viel zu sehr mit Drogen und organisiertem Verbrechen beschäftigt, um ihre Zeit mit mir zu verschwenden. Du hast andere Möglichkeiten, kannst mit jemandem reden. Oder mir wenigstens Türen öffnen.«

Kincaid dachte an die Aktenstapel auf seinem Schreibtisch, an den täglichen Kampf um ein bißchen Zeit mit Gemma, an seine Glaubwürdigkeit ... Es war idiotisch, sich auch das noch aufzuhalsen. Dann sah er aus den Augenwinkeln das Foto im Silberrahmen, auf dem Beistelltisch – Vic, ihr Sohn und Ian McClellan, wie sie in die Kamera lächelten – und er wußte, daß er es ihr nicht abschlagen konnte.

»Verdammt«, murmelte er gepreßt. Er kannte jemanden bei der Polizei von Cambridgeshire, einen ehemaligen Kollegen, der sich dorthin hatte versetzen lassen – in der Hoffnung auf ein streßfreies Leben. Wie weit konnte er diese Freundschaft strapazieren? »In Ordnung, Vic. Ich versuche, an die Akte heranzukommen. Aber erwarte bitte keine Wunder! Wahrscheinlich ist die Akte ein einziger Persilschein für die Polizei.«

Sie lächelte flüchtig. »Danke.«

Ein Donnerschlag ließ sie beide zusammenzucken. Als er aufsah, prasselte Regen gegen die Fensterscheiben. Er warf einen Blick auf die Uhr und merkte, wie spät es geworden war. War Gemma inzwischen von ihren Eltern zurück und wartete auf ihn? »Tut mir leid, Vic.« Er stand auf und stellte seine Tasse auf den Tisch. »Ich muß los ... Mist!« entfuhr es ihm. »Ich habe das Wagenverdeck offengelassen!«

»Du wirst naß bis auf die Haut!« Vic sprang ebenfalls auf. »Ich hole Schirm und Handtuch.«

Bevor er sie davon abhalten konnte, war sie vor ihm aus der Tür gerannt und wartete bereits mit Schirm und Handtuch im

Flur, als er nachkam. Er packte beides, sprintete über den Kiesbelag der Auffahrt und versuchte dabei, den Schirm zu öffnen. Als er den Wagen erreichte, sprang der Schirm auf, und er klemmte sich den Finger ein. Er hielt den Schirm in der einen Hand und kämpfte mit der anderen mit dem Verdeck. Als die Verschlußscharniere schließlich einrasteten, war das Handtuch, das er auf die Kühlerhaube geworfen hatte, klatschnaß. Er lachte und trug es zerknirscht zu Vic zurück, nachdem er erfolglos versucht hatte, es mit einer Hand auszuwringen. »Entschuldige.«

»Ich kann es nicht fassen, daß du den Wagen noch immer hast.« Sie stand so dicht vor ihm, daß er die dunklen Punkte in der Iris ihrer Augen erkennen konnte. »Ich habe ihn immer gehaßt. Das weißt du.«

»Ja, ich weiß. Hier ist dein Schirm«, sagte er, die Hand am Verschluß.

»Du sagst Bescheid, wenn du was gefunden hast, ja?« Sie berührte seinen Arm. »Und Duncan ... Das war nicht der einzige Grund für meinen Anruf. Ich war dir was schuldig. Es nagt schon seit langem an mir.«

»Schon in Ordnung.« Er lächelte. »Es heißt, die Zeit heilt alle Wunden – und manchmal kommt auch noch ein bißchen Weisheit dazu. Wir mußten beide erst noch erwachsen werden.« Er legte seine Wange an ihre. Es war ein kurzer Augenblick der Berührung von feuchter Haut an feuchter Haut, dann wandte er sich ab.

Als er aus der Auffahrt fuhr, warf er einen Blick zurück. Sie stand noch immer bewegungslos hinter einem Vorhang aus Regen und sah ihm nach.

»Du hast *was* versprochen?« Gemma drehte sich um und hob einen Finger voller Spülschaum, um eine Haarsträhne aus der Stirn zu streichen. Sie und Toby hatten sich gerade zum

Abendessen gesetzt, als Kincaid eintraf. Er hatte Toby auf den Schoß genommen und mit den entsprechenden Flugzeuggeräuschen Karotten in den Mund des Jungen geschoben, selbst jedoch kaum einen Bissen angerührt, nicht einmal die warmen Fleischpasteten, die Gemmas Mutter ihr aus der Bäckerei mitgegeben hatte. Er hatte nichts über den Verlauf seines Tages erzählt, bis Gemma gefragt hatte. Und sein Bericht über das Treffen mit Vic war mehr als mager ausgefallen.

»Ich habe nur versprochen, einen alten Bekannten bei der Polizei von Cambridge anzurufen und zu fragen, ob ich mir die alte Akte ansehen kann«, antwortete er jetzt. Das klang selbst in seinen Ohren gewollt beiläufig.

Gemma löste den Stöpsel im Spülbecken ihrer winzigen Küche und trocknete die Hände ab, bevor sie sich umdrehte. Von dort, wo sie stand, konnte sie Toby in der ehemaligen Abstellkammer sehen, die als sein Schlafzimmer diente. Toby kramte in einem Korb nach seinem Lieblingsbilderbuch, das Kincaid versprochen hatte, ihm vorzulesen. »Warum?« fragte sie und versuchte so leise zu sprechen, daß Toby sie nicht hörte. »Warum solltest du freiwillig etwas für sie tun? Diese Frau hat dich ohne ein einziges Wort sitzenlassen, ohne einen Brief, hat einen anderen geheiratet, kaum daß die Tinte auf der Scheidungsurkunde getrocknet war. Und zwölf Jahre später taucht sie wieder auf und verlangt, daß du ihr einen Gefallen tust? Was denkst du dir eigentlich?«

Kincaid saß auf dem Boden, wo er und Toby mit Bauklötzen gespielt hatten. Jetzt stand er auf und sah auf sie herab. »So ist das nicht ... so war das überhaupt nicht. Du kennst sie nicht. Vic ist sehr verschlossen, und im Augenblick macht sie eine harte Zeit durch. Was du eigentlich am besten verstehen müßtest. Was soll ich deiner Ansicht nach denn tun?«

Die Spitze hatte gesessen. Aber sie erkannte an seinem Ton, daß sie sich auf verbotenes Gelände gewagt hatte. Also lächelte sie und versuchte, die Sache herunterzuspielen. »Sie in die Wüste schicken, vermutlich. Oder dorthin, wohin Ex-Frauen gehören, damit sie einen in Ruhe lassen.«

»Sei nicht blöd, Gemma«, erwiderte er ernst. »Ich rufe morgen Alec Byrne in Cambridge an und frage, ob ich ganz inoffiziell mal einen Blick in Lydia Brookes Akte werfen kann. Dann zerstreue ich Vics Bedenken, und die liebe Seele hat Ruh. Ist doch blödsinnig, deswegen zu streiten, oder?«

»Ich hab's gefunden, Mammi!« quietschte Toby und kam mit einem Buch in der Hand ins Wohnzimmer. »Alfis Stiefel!« Er zupfte Duncan an der Hose. »Lies es mir vor, Duncan. Du hast's versprochen.«

»Es heißt Alfis Füße, mein Herz«, verbesserte Gemma ihn. Toby liebte das Buch über alles und wollte es ständig vorgelesen bekommen. Gemma kannte die Geschichte inzwischen auswendig. Sie kniete nieder und nahm ihm das Buch ab. »Ich sag dir was, Liebling. Warum gehst du nicht in dein Zimmer und suchst auch noch das andere Buch von Alfi. Dann lese ich dir beide vor dem Schlafengehen vor.« Sie gab ihm einen aufmunternden Klaps, stand auf und wandte sich erneut an Duncan. »Ich streite nicht«, sagte sie. »Du bist nur so verbohrt.«

»Gemma, es ist die Sache nicht wert«, entgegnete Kincaid und lehnte sich gegen die Kante des halbrunden Tischs, der in der winzigen Wohnung als Eß- und Arbeitsplatz diente. »Du regst dich doch auch nicht auf, wenn ich so was für andere tue.«

»Sei nicht so verdammt blasiert«, zischte Gemma. »Für jemand anderen würdest du's doch ohnehin nicht tun!«

Ein Schatten glitt vor den vorhanglosen Fenstern vorbei. Einen Augenblick später klopfte es an der Tür. Gemma holte Luft und rieb sich die geröteten Wangen.

»Erwartest du Besuch?« fragte Kincaid, der mit verschränkten Armen an der Tischkante lehnte und aufreizend lässig wirkte.

»Muß Hazel sein.«

Gemma warf ihm einen wütenden Blick zu, ging durchs Zimmer zur Tür und schob den Riegel beiseite. Als Gemma sich von ihrem Ex-Mann getrennt und das gemeinsame Haus aufgegeben hatte, um in die Garagenwohnung in Islington zu ziehen, hatte sie in ihrer Vermieterin Hazel Cavendish ganz unerwartet eine Freundin und Toby eine Verbündete in deren Tochter Holly gefunden.

»Hallo, Schätzchen«, begrüßte Hazel Gemma mit einer Umarmung und hielt mit einer Hand eine Videokassette hoch, während sie mit der anderen Kincaid zuwinkte. »Hallo, Duncan. Wir haben noch mal den *König der Löwen* ausgeliehen, und ich dachte, Toby möchte ihn vielleicht mit uns ansehen, bevor wir die Gören ins Bett verfrachten. Und wenn die Kids vor dem Fernseher auf dem Sofa einschlafen, dann lassen wir sie einfach schlafen.« Sie warf Gemma und Duncan einen Verschwörerblick zu.

»Du bist ein Schatz, Hazel«, murmelte Gemma und versuchte, Haltung zu bewahren.

»Reiner Egoismus. Du bist den ganzen Tag mit Toby fort gewesen, und Holly löchert mich schon dauernd, daß sie herüberkommen will. Ich kann ihr Gejammere keine Sekunde länger ertragen. Erlöse mich!« Hazel ging durchs Zimmer zu Kincaid und gab ihm einen Kuß auf die Wange. »Mmm, du riechst gut. Und das Hemd ist auch hübsch«, fügte sie hinzu und rieb das Material zwischen Daumen und Zeigefinger.

»Danke, Hazel. Das ist das Netteste, das heute jemand zu mir gesagt hat.«

Es war Gemmas Lieblingshemd, ein dunkelblaues Feincordhemd, das Kincaids graublaue Augen tiefblau leuchten ließ. Die Erkenntnis, daß er es für den Besuch bei Vic getragen hatte, brachte Gemma erneut in Rage.

»Tante Hazel!« Toby stürmte ins Zimmer und umklammerte Hazels Bein wie ein Ertrinkender. »Dürfen wir wirklich *König der Löwen* sehen?« Er gab Töne von sich, die wie das Gebrüll eines Löwen klingen sollten, und schlich dann in der drohenden Haltung des Königs der Savanne um sie herum.

»Ich schätze schon«, sagte Gemma und gab nach. »Sonst hätten wir keine ruhige Minute mehr.« Sie fuhr ihm durch sein blondes Haar.

»Du auch, Mammi! Du sollst es mit angucken!« forderte er.

»Nein, Liebling. Ich ...«

»Tu's ruhig, Gemma«, unterbrach Kincaid sie. »Ich muß sowieso gehen. Es war ein langer Tag, und morgen haben wir früh Dienst.« Er griff nach seinem Jackett, gab Gemma einen flüchtigen Kuß, der ihren Mundwinkel gerade eben verfehlte, kauerte dann nieder und hielt Toby die flache Hand hin, damit dieser einschlagen konnte. »Auf bald, Kumpel!« An der Tür drehte er sich um. »Tschüs, Hazel. Gemma, wir sehen uns morgen im Yard.« Er lächelte sie an und ging hinaus.

Gemma und Hazel starrten sich an, während das Echo der zuschlagenden Tür verhallte, dann hörten sie das ferne Aufheulen des Sportwagenmotors.

»Gemma, meine Liebe, habe ich was falsch gemacht?« fragte Hazel stirnrunzelnd. »Habe ich irgendwie gestört?«

Gemma schüttelte wortlos den Kopf und stieß dann gepreßt hervor: »Was bildet der sich eigentlich ...« Sie verstummte.

Hazel erfaßte die Situation sofort. »Zeit, daß wir beiden Frauen uns mal unterhalten«, entschied sie. »Ich bin dafür, wir wechseln den Schauplatz. Was meinst du, Gemma?« Sie nahm Gemmas Nicken als Zustimmung und drängte sie und Toby aus der Tür.

Die umgebaute Wohnung in der ehemaligen Garage lag rechtwinklig zur viktorianischen Villa der Cavendishs hinter dem Garten und etwas unterhalb des Gartenniveaus. Gemma schloß ihre gelbe Wohnungstür ab und ging hinter Hazel die Treppe hinauf, die vom Garagenhof zum Haus führte. Sie traten durch das Eisentor und tasteten sich im Dunkeln den Plattenweg entlang. Toby lief sicher wie eine Katze voraus. Die Fenster der Garagenwohnung lagen jetzt auf der Höhe von Gemmas Kies. Sie sah hinunter durch die halb geöffneten Jalousien. Leer und licht wirkte die Wohnung in ihrer Schlichtheit, und doch bewohnt. Es gab Gemma einen Stich in die Herzgegend, als ihr klar wurde, wie sehr sie mittlerweile an diesem Zuhause hing. Die Wohnung war ihre Zuflucht vor dem bürgerlichen Reihenhausleben, das sie hatte führen sollen, und sie gab ihr Unabhängigkeit, denn sie konnte sie sich ohne fremde Unterstützung und eigene Opfer leisten.

Toby erreichte Hazels Hintertür als erster und ging hinein, denn er war bei den Cavendishs ebenso zu Hause wie in der Wohnung seiner Mutter. Gemma, die hinterherkam, fand in der Küche Hazels Ehemann Tim, der am Herd stand und in einem Topf rührte, während die Kinder wie Kobolde »Kakao! Kakao!« skandierten. Hazel nannte die beiden Tag und Nacht, denn das blonde Haar des blauäugigen Toby war glatt, während Holly die Locken der Mutter und das dunkle Haar und die dunklen Augen des Vaters geerbt hatte.

Hazel war klinische Psychologin, setzte jedoch vorübergehend in ihrem Beruf aus, um sich ganz ihrer kleinen Tochter widmen zu können, und hatte inzwischen darauf bestanden, tagsüber auch Toby zu sich zu nehmen – da zwei Kinder viel leichter zu versorgen waren als eines allein. Sie nahm von Gemma das für eine Tagesmutter übliche Honorar. Allerdings vermutete Gemma, daß dies nicht aus finanzieller Notwendigkeit geschah, sondern aus Rücksicht auf ihren Stolz.

»Möchtest du auch einen Kakao zum Video, Gemma?« Tim lächelte ihr freundlich zu.

Hazel gab ihrem Mann im Vorübergehen einen liebevollen Klaps und sagte: »Ich glaube, Gemma und ich unterhalten uns erst mal, Liebling. Wir müssen die Ereignisse dieses Wochenendes aufarbeiten.« Damit holte sie Kakaobecher, Löffel und die Büchse mit Kakaopulver aus dem Schrank.

Nachdem sie zerbrochene Kreide und eine Babypuppe beiseite geräumt hatte, sank Gemma auf einen Stuhl am Küchentisch. Es war unmöglich, sich in diesem Raum nicht wohlzufühlen. Bunte Kochbücher und Hazels Wollvorräte machten sich gegenseitig den Platz auf den Arbeitsflächen streitig, ein Korb mit Spielzeug und Bilderbüchern stand neben dem Kühlschrank, und der Flickenteppich auf dem Fußboden lud zu Phantasiespielen unter dem Tisch ein. Selbst die pfirsichfarbenen Wände und graugrünen Schränke vermittelten tröstliche Gemütlichkeit.

»Ich wollte dir Kaffee und frischen Strudel anbieten«, sagte Hazel zu Gemma, als sie Tim mit Kakaotablett und Kindern ins Wohnzimmer entlassen hatte. »Aber jetzt schlage ich vor, daß wir die Flasche Riesling aufmachen, die ich für dich aufgehoben habe. Du siehst aus, als hättest du ein therapeutisches Getränk nötig.«

»Unsinn, Kaffee ist prima. Heute abend wäre der gute Wein an mich verschwendet. Nach feiern ist mir nicht zumute.« Um nicht undankbar zu erscheinen, fügte sie mit einem gezwungenen Lächeln hinzu: »Aber auf deinen Strudel verzichte ich nicht.«

Hazel betrachtete sie nachdenklich und ernst. »Etwas Süßes wird dir guttun.« Wenige Minuten später stellte sie Kaffeekanne und eine Platte mit warmem Apfelstrudel auf den Tisch und setzte sich Gemma gegenüber. Sie schenkte Kaffee ein und lud zwei große Stücke Kuchen auf die Teller. »Also gut. Erzähl!«

Gemma zuckte mit den Schultern, stocherte in ihrem Strudel und legte dann die Gabel beiseite. »Er ist heute bei seiner Ex-Frau gewesen. Dr. Victoria Kincaid McClellan heißt sie jetzt. Nach zwölf Jahren absoluter Funkstille ruft sie ihn an, und er funktioniert wie auf Knopfdruck. Ist das zu fassen? Sie erzählt ihm von einem Fall. Sie möchte, daß er die Polizeiakte einsieht. Und er ist einverstanden. Ihr Mann scheint mit einer seiner Studentinnen durchgebrannt zu sein. Und statt daß er sich sagt, geschieht ihr recht, tut sie ihm leid.« Gemma nahm einen Schluck Kaffee und zuckte zusammen, als sie sich daran den Mund verbrannte.

»Aber du hast doch davon gewußt, oder?« fragte Hazel mit hochgezogenen Augenbrauen. »Ich meine, er hat dir doch gesagt, daß er vorhatte, sie zu besuchen?«

»Blieb ihm ja nichts anderes übrig. Schließlich war ich dabei, als sie angerufen hat.« Widerwillig fügte Gemma hinzu: »Obwohl – wenn ich mich recht erinnere, wollte er, daß ich mit ihm fahre.«

»Wenn du dich recht erinnerst?« fragte Hazel amüsiert. »Wie ich dich kenne, hast du dich aufs hohe Roß gesetzt und abgelehnt, was?«

»Ich hatte Toby versprochen, mit ihm heute zu Mum und Dad zu fahren. Du weißt, wie sie sich immer freuen.« Gemma selbst kam das plötzlich wie eine fadenscheinige Ausrede vor. Sie hätte den Besuch schließlich ohne weiteres verschieben können.

Hazel schonte sie nicht. »Wem bist du denn eigentlich böse? Ihm oder ihr?«

»Ihr natürlich«, entgegnete Gemma. »Ich finde, sie hat wirklich Nerven. Nach allem, was sie ihm angetan hat.« Sie hob die Tasse an die Lippen und hielt inne, als sie Hazels Ausdruck sah. »Ja, schon gut. Ich bin wütend auf ihn, wenn du's unbedingt wissen willst. Er hat sich so gemein benommen. Er hat behauptet, ich rede von Dingen, die ich nicht verstehe –

und die mich auch nichts angehen. Nicht wörtlich natürlich, aber es war deutlich genug.«

Hazel aß ein Stück Strudel. »Was weißt du eigentlich über Duncans Ehe?«

Gemma zuckte die Achseln. »Nur, daß sie ihn aus heiterem Himmel und ohne ein Wort verlassen hat.«

»Und der Grund? Hat er das gesagt?«

»Angeblich, weil er sie über seiner Arbeit vernachlässigt hat«, erwiderte Gemma zögernd.

»Wenn er dieser – wie hieß sie doch? Victoria? – nicht die Schuld gibt, warum tust du es dann? Kann dir doch nur recht sein, daß sie ihn verlassen hat, oder?« Hazel grinste verschmitzt. »Sonst hättest du echte Konkurrenz.«

»Stimmt. Du hast recht.« Gemma schob die Kaffeetasse von sich. »Könnten wir die Flasche Wein vielleicht doch noch aufmachen?« Sie sah zu, wie Hazel die Flasche aus dem Kühlschrank nahm.

»Was ist denn dann so kompliziert?« Hazel stellte Flasche und zwei Gläser auf den Tisch. »Warum fühlst du dich durch seine Beziehung zu Victoria bedroht?«

»Vic. Er nennt sie immer Vic.«

»Also dann Vic.«

»Ich fühle mich nicht bedroht«, protestierte Gemma. »Ich bin auch nicht eifersüchtig. Ich behaupte schließlich nicht, daß er sich an jede Frau ranmacht, die ihm über den Weg läuft.« Sie nahm das Glas, das Hazel ihr reichte. »Es ist nur ... Ich weiß einfach nicht, was zwischen den beiden ist.«

»Warum fragst du ihn nicht? Sag ihm, daß dich die Situation beunruhigt.«

»Das kann ich nicht.« Gemma hatte sich am Wein verschluckt und hustete, bis ihre Augen tränten. Als sie wieder sprechen konnte, fügte sie hinzu: »Schließlich habe *ich* darauf bestanden, daß wir uns gegenseitig unsere Freiheit lassen. Ich hatte Angst, in einer Beziehung zu ersticken. Und nachdem er sich so mies benommen hat, wie hätte ich da was sagen sollen?«

»Könnte es nicht sein, daß er so wortkarg war, weil er Angst vor deiner Reaktion hatte?« gab Hazel zu bedenken. »Und ich schätze, seine Befürchtungen haben sich bewahrheitet. Dafür hast du gesorgt. Reichlich sogar.«

»Leugnen hätte keinen Zweck«, bemerkte Gemma zerknirscht. »Ich war schon das ganze Wochenende auf hundertachtzig. Heute abend habe ich dann bei der erstbesten Gelegenheit einen Streit vom Zaun gebrochen. Manchmal wünschte ich, ich wäre stumm auf die Welt gekommen.«

Sie schüttelte den Kopf. »Was soll ich jetzt nur machen?«

»Zu Kreuze kriechen?« Hazel lächelte amüsiert. »Darf ich dir einen Tip geben? Vergiß deinen Ex-Mann. Nur dieses eine Mal. Überwinde deine Abneigung gegen vermeintliche Zwänge. Deine berufliche Zusammenarbeit mit Duncan funktioniert doch nur so gut, weil ihr miteinander redet.« Sie stieß Gemma den Zeigefinger in die Brust. »Warum übertragt ihr das nicht auf euer Privatleben? Wie lange spielst du jetzt schon das blödsinnige Spiel ›Wer an eine Beziehung Ansprüche stellt, hat verloren‹? Seit November? Am Anfang war das ganz in Ordnung. Aber in einer Beziehung dreht sich alles um Ansprüche, Pflichten und Verpflichtungen. Und wenn eure Beziehung von Dauer sein soll, dann muß einer von euch mal etwas zulegen.«

Das Gewitter war vorbei. Zurück blieb kühle, gereinigte Luft. Vic zog den Gürtel ihres Morgenmantels enger und trat von der Terrasse in den dunklen Garten, so daß sie ungehindert zu den Sternen aufsehen konnte. Sie hatte die Sternbilder nie auseinanderhalten gelernt. Während sie jetzt zum Himmel aufsah, hatte sie plötzlich das Bedürfnis, die einzelnen Sternkonstellationen bei ihren Namen nennen, sie mit den Strichzeichnungen in Verbindung bringen zu können, die sie als Kind gesehen hatte. Vielleicht sollte sie Kit eine jener in der Dunkelheit leuchtenden Sternenkalender kaufen, die sie in der Buchhandlung in Cambridge gesehen hatte. Dann konnten sie es gemeinsam lernen.

Armer Kit, dachte sie wehmütig. Seit Ian sie verlassen hatte, hatten es sich ihre Eltern zur Aufgabe gemacht, die Lücke in seinem Leben zu füllen, und sich damit nur zum Hauptziel seiner Aggressionen gemacht. Je mehr er bockte, desto heftiger drängten sie ihn. Vic war die undankbare und immer schwieriger werdende Aufgabe zugefallen, Schiedsrichter bei dieser Kraftprobe zu spielen. Heute hatten sie Kit in London vom Zug abgeholt, fest entschlossen, mit ihm ins British Museum zu gehen, während Kit sich darauf versteift hatte, daß sie mit ihm die Videotheken am Piccadilly Circus ansahen.

Natürlich war er mürrisch und enttäuscht nach Hause gekommen. Vic hatte von vornherein gewußt, daß seine Wünsche nicht die Spur einer Chance gegen die rigide Tagesplanung ihrer Mutter haben würden. Trotzdem hatte sie ihn überredet, zu den Großeltern nach London zu fahren. Für eine Begegnung zwischen Kit und Duncan war sie noch nicht bereit gewesen. Nicht, solange sie nicht sicher gewesen war, daß Duncan sich in den wesentlichen Dingen nicht verändert hatte.

Sie wandte sich nach Norden, wo Nathans Cottage außer Sichtweite direkt hinter der Straßenbiegung lag. Sie hatte ihn anrufen wollen, gehofft, sich auf ein Glas Wein vor seinem offenen Kamin für eine halbe Stunde aus dem Haus schleichen zu können. Aber Kit hatte sie gebraucht, und ihre Schuldgefühle hatten verlangt, daß sie den Abend mit ihm vor einem schrecklichen, aber sehnlichst gewünschten Actionfilm verbrachte.

Jetzt war es zu spät, Nathan anzurufen. Sie fühlte sich rastlos und aufgewühlt. An den dringend benötigten Schlaf war nicht zu denken. Sie hätte sowieso nur wach im Bett gelegen und über ihre Unterhaltung mit Duncan nachgedacht. Hatte sie zuviel gesagt? Hatte sie genug gesagt? Hatte er sie ernst genommen oder sie nur einfach reden lassen?

Sie schloß für einen Moment die Augen, überließ sich ganz der Dunkelheit und ging dann abrupt ins Haus zurück. Sie mußte etwas übersehen haben, etwas Entscheidendes, das sie ihm als Beweis nennen konnte. Sie tastete sich den dunklen Korridor entlang, schlich in ihr Arbeitszimmer und starrte auf das Durcheinander von Papieren im Schein ihrer Schreibtischlampe. Sie mußte noch einmal anfangen, und zwar ganz von vorn.

Newnham
7. Oktober 1961
Liebste Mutter,
wie sehr wünschte ich, Du wärst hier. Alles ist, wie wir es erträumt, und doch ganz anders, als wir es uns eigentlich vorgestellt hatten. Newnham ist kein bißchen kalt und unnahbar; der rote Backsteinbau mit den weißen Holzverzierungen ist anheimelnd, und ich habe das schönste Zimmer, ein Eckzimmer mit Blick auf die Gärten. Sobald ich meine Drucke an die Wände gehängt und meine Habseligkeiten ausgepackt habe, werde ich in meinem Sessel vor dem Gasofen sitzen und lesen, lesen, lesen ... Heute habe ich mit dem Dekan meiner Fakultät gesprochen. Es ist Dr. Barrett. Ich glaube, wir kommen gut miteinander aus. Schwierig ist nur zu entscheiden, welche Vorlesungen ich hören und welche Scheine ich dieses Semester machen will. Ich fühle mich wie das Kind im Süßwarenladen – überwältigt von den Möglichkeiten.

Bis jetzt scheinen die anderen Mädchen trotz anfänglicher Zurückhaltung ganz nett zu sein. Mit Daphne, einer großen Rothaarigen vom Zimmer gegenüber, kann ich mich, glaube ich, anfreunden. Sie ist wie ich aus einem kleinen Dorf auf dem Land. Aus Kent. Damit haben wir schon eine Gemeinsamkeit.

Gestern abend bin ich zum ersten Mal beim Evensong im King's College gewesen. Es war toll! Diese Stimmen ... ich war wie in Trance. Ich saß neben einem Jungen vom Trinity College. Er wirkte sehr ernsthaft und hat mich für Donnerstag zu einer Lesung in seinem Zimmer eingeladen. Wie du siehst, habe ich bereits gesellschaftliche Kontakte. Du brauchst dir also keine Sorgen zu machen.

Wenn Sonntag das Wetter schön ist, will ich am Fluß entlang nach Grantchester wandern. Dann tu ich so, als sei ich Virginia Woolf auf dem Weg zu Rupert Brooke. Wir trinken dann Tee im Garten der Old Vicarage und diskutieren über wichtige Dinge: über Poesie und Philosophie und das Leben.

Liebste Mutter, ich habe mich noch gar nicht richtig bedankt. Du hast mich zur Arbeit angetrieben, wenn ich müde und übellaunig war; Du hast mich ermutigt, wenn ich einen Rückschlag nicht verwinden konnte. Wären deine Weitsicht und Entschlossenheit nicht gewesen, wäre ich vermutlich hinter der Ladentheke einer Apotheke anstatt hier an diesem herrlichen Ort gelandet. In ein paar Tagen schreibe ich Dir meinen Stundenplan.

Deine Dich liebende ... Lydia

4

Rastlos meine Seele zittert,
wissend, daß stets und auf besondre Art
dies Aprilne Zwielicht auf dem Fluß
Angst in meinem Herzen rührt.

RUPERT BROOKE
aus ›Blauer Abend‹

Kincaid hielt gegenüber Vic Wort und rief Montag morgen Chefinspektor Alec Byrne an. Erst Mittwoch mittag jedoch fand er Zeit, nach Cambridge zu fahren. Er beschloß allerdings, nach einer hektischen Woche sich und dem Midget eine Pause zu gönnen und den Zug zu nehmen. Er streckte die Beine in einem leeren Abteil aus und döste vor sich hin. Etwas über eine Stunde nach der Abfahrt von King's Cross stieg er vor dem halbmondförmigen Gebäudetrakt an der Parkside Road in Cambridge, in dem das Polizeipräsidium von Cambridge untergebracht war, aus dem Taxi.

Ein blonder weiblicher Constable brachte ihn zu Byrnes Büro.

»Schön, dich wiederzusehen, Alec«, begrüßte Duncan seinen ehemaligen Kollegen. »Sie behandeln dich hier offenbar gut, deinem feudalen Arbeitsplatz nach zu schließen.« Er betrachtete wohlwollend Teppiche und Möbel, die einen deutlichen Fortschritt gegenüber der Büroausstattung bei Scotland Yard darstellten.

»Ich kann mich nicht beklagen.«

Etwas jedoch kam Kincaid ungewohnt vor. Dann fiel es

ihm ein. Alec Byrne hatte offenbar das Rauchen aufgegeben. Auf seinem Schreibtisch war kein einziger Aschenbecher zu entdecken. Die Fingerkuppen von Daumen und Zeigefinger seiner rechten Hand waren rosarot und nicht nikotingelb wie einst. Kincaid kannte den Freund seit ihren gemeinsamen Anfängen bei der Kripo und hatte ihn seither nie ohne Zigarette erlebt.

»Ich sehe, du hast es aufgegeben«, bemerkte Kincaid und setzte sich in den Besuchersessel.

»Gezwungenermaßen. Leider. Hatte einen Schatten auf der Lunge.« Byrne zuckte unter seinem tadellos sitzenden Jackett mit der knochigen Schulter. »Fand es nicht wert, daran zu krepieren.«

»Du siehst gut aus.« Kincaid meinte das ehrlich. Der kleine hagere Mann wirkte drahtig und fit. Nur sein rötlichblondes Haar war schütterer geworden.

»Ich bin ehrlich genug zuzugeben, daß ich mich auch besserfühle.« Byrne lächelte. »Ich wußte, daß ich es nur schaffe, wenn ich eine Radikalkur mache. Also habe ich meine Eßgewohnheiten geändert und mit Sport angefangen. Ich rudere wieder. Ob du's glaubst oder nicht, ich bin sogar einem Club beigetreten.«

Byrne hatte die Farben von Cambridge stets lässig und unaufdringlich getragen, jedoch stets dafür gesorgt, daß jeder der übrigen Polizeikadetten wußte, wo er studiert hatte. Und seine Sportlichkeit hatte viel dazu beigetragen, deren Mißtrauen gegenüber seiner vornehmen Herkunft zu zerstreuen. Die Skepsis, die Byrnes Cambridge-Vergangenheit damals geweckt hatte, erschien im Licht der Gegenwart völlig absurd. Trotzdem kam es Kincaid so vor, als habe der Mann von jeher einen Instinkt dafür gehabt, wie man seiner Zeit voraus war.

»Vielen Dank, daß du dir Zeit für mich nimmst, Alec. Ich weiß, wie beschäftigt du sein mußt.«

»Nur zu gut aus eigener Erfahrung, schätze ich, und deshalb frage ich mich natürlich, was dich eigentlich so weit aufs Land treibt. Aber ich will nicht neugierig sein. Ich habe mir die betreffende Akte aus dem Keller kommen lassen. Ich schlage vor, du siehst sie dir in der Kantine bei einer Tasse Kaffee an.« Byrne reichte Kincaid einen Schnellhefter über den Schreibtisch. »Vergiß nicht, daß ich damit bei dir was gut habe, alter Junge.«

»Schätze, du wirst dir schon was Entsprechendes einfallen lassen.« Kincaid nahm die dicke Akte entgegen.

»Du kannst mir ein Bier spendieren, wenn du fertig bist. Die vermissen mich hier sicher nicht.«

»Das Privileg der Bosse?« bemerkte Kincaid.

Byrne lächelte zynisch. »Kaum der Rede wert, wenn du mich fragst.«

»Du bist im Fall Lydia Brooke nicht zuständig gewesen, wie ich festgestellt habe«, sagte Kincaid, als sie sich später bei einem Bier im ›The Free Press‹ gegenübersaßen. Das Lokal lag in einem Wohngebiet hinter dem Präsidium und war, so hatte Byrne ihm eifrig erzählt, seines Wissens nach die einzige Nichtraucherkneipe in Großbritannien.

»Nein, der Fall Brooke gehörte Bill Fitzgerald. War einer seiner letzten, bevor er sich mit seinem Magengeschwür in die Pension und nach Spanien verabschiedet hat. Schickt uns gelegentlich 'ne Postkarte von dort.« Byrne prostete Kincaid zu.

»Zum Wohl. Vielleicht folgen wir einst seinen Spuren.«

»Darauf trinke ich.« Zum ersten Mal seit Jahren kam Kincaid bruchstückhaft die Erinnerung an seine kurze Hochzeitsreise mit Vic nach Mallorca in den Sinn. Sonne, Felsen und scharlachrote Bougainvilleen an weißen Mauern ... Er schüttelte den Kopf, um die Bilder wieder loszuwerden. »Was Lydia Brooke betrifft – hast du sie aus deiner Zeit in Cambridge gekannt?«

Byrne schüttelte den Kopf. »Nein, sie ist ein paar Jahre vor meinem Studienbeginn von der Uni abgegangen. Aber ich habe gelegentlich von ihr gehört. An ihren Tod allerdings erinnere ich mich gut. Muß ungefähr um diese Jahreszeit gewesen sein – vor fünf Jahren. Stimmt's? Sie starb an einer Überdosis ihres Medikaments gegen Herzrhythmusstörungen. Geerbt hat alles ihr Ex-Mann. War Selbstmord. Ganz offensichtlich. Jedenfalls kam sie damit wieder in die Schlagzeilen – zumindest in den Lokalblättern. ›Tragischer Tod einer preisgekrönten Cambridge-Poetin‹ und so weiter.«

Kincaid zog sein Notizbuch aus der Brusttasche, schlug es auf und trank einen Schluck Bier. »Sieht so aus, als hatte die Brooke zu diesem Zeitpunkt bereits etliche Selbstmordversuche hinter sich.«

»Soweit ich mich erinnere, galt sie als leicht überspannt. Was will man von einer Künstlerin schon erwarten.«

»Blödsinn«, sagte Kincaid. »Meiner Erfahrung nach sind Künstler disziplinierter als der Durchschnittsbürger.« Er lehnte sich zurück und hob erneut den Bierkrug an die Lippen. »Erinnerst du dich noch an Einzelheiten ihrer früheren Selbstmordversuche?«

Byrne schüttelte den Kopf. »Kaum. Allerdings schienen sie ziemlich sorgfältig inszeniert gewesen zu sein – was ja übrigens auch für den letzten gilt.«

»Ja ... Allerdings kommen mir bei ihrem letzten Selbstmordversuch doch ein paar Dinge recht merkwürdig vor. Ihre Kleidung zum Beispiel.«

»Kleidung? Kann mich nicht entsinnen, daß daran was merkwürdig gewesen sein sollte.«

»Genau das ist der Punkt. Lydia Brooke scheint einen ausgeprägten Sinn für Dramatik gehabt zu haben.« Kincaid sah Byrne lächelnd an und warf dann erneut einen Blick auf seine Notizen. »In der Akte steht, daß auf der Stereoanlage eine

Platte spielte, als man ihre Leiche fand, und zwar Elgars Cellokonzert. Der Plattenspieler war auf Wiederholung gestellt. Ich weiß nicht, ob du das Stück kennst, aber ich würde sagen, es ist die traurigste Musik, die ich je gehört habe.«

»Ich weiß«, murmelte Byrne. Er schloß einen Moment die Augen, summte ein paar Takte und schlug mit den Fingern den Rhythmus. »Muß dir recht geben. Ziemlich starker Tobak.«

»Ich stelle mir das so vor«, fuhr Kincaid fort. »Sie lag auf dem Sofa in ihrem Arbeitszimmer, die Arme über der Brust gekreuzt, eine Kerze brannte auf dem Couchtisch. In ihrer Schreibmaschine steckte das Fragment eines Gedichts über den Tod, und aus der Stereoanlage ertönte das Cellokonzert.« Er schob seinen Bierkrug beiseite und beugte sich vor. »Dazu trug Lydia Brooke eine Khakihose und ein T-Shirt mit dem Aufdruck ›Ernährt euch biologisch‹. Unter den Fingernägeln hatte sie Gartendreck. Mein Gott, Alec! Die Frau hatte im Garten gearbeitet. Dürfen wir daraus vielleicht schließen, daß Lydia Brooke eine besonders schwerwiegende Auseinandersetzung mit ihrem Kräuterbeet hatte und deshalb beschloß, ihrem Leben ein Ende zu setzen?«

Byrne trommelte mit seinen langen Fingern auf die Tischplatte. »Ich verstehe. Du bist also der Meinung, sie hätte sich passender kleiden können, nachdem sie ihren Selbstmord so sorgfältig in Szene gesetzt hatte, oder? Trotzdem ist das ein bißchen weit hergeholt ... Was ist schon Logisches an einem Selbstmord?«

Kincaid zuckte die Achseln. »Hm. Kommt mir nur irgendwie komisch vor. Schätze, es hat wohl niemand nachgesehen, ob sie ihre Gartenwerkzeuge draußen liegen gelassen hatte, oder?«

»Habe nicht die leiseste Ahnung. Meinen Hut würde ich jedenfalls nicht drauf verwetten.«

»Erinnerst du dich an die Aussage des Mannes, der sie gefunden hat?«

»Nein«, erwiderte Byrne, der zunehmend gereizt klang. »Kann nicht behaupten, daß ich die Akte je gelesen habe. Ich weiß nur, was damals hier im Präsidium geredet wurde.«

Kincaid studierte erneut seine Notizen. »Der Mann heißt Nathan Winter. War offensichtlich sowohl ein Freund als auch ihr literarischer Nachlaßverwalter. Die Brooke hatte ihn angerufen und gebeten, zu ihr zu kommen. Als er später vor ihrem Haus eintraf, brannte über der Haustür kein Licht. Auf sein Klingeln rührte sich nichts. Er hat die Klinke runtergedrückt und festgestellt, daß die Tür nicht abgeschlossen war. Weißt du, ob je jemand rausgefunden hat, warum die Außenbeleuchtung nicht eingeschaltet gewesen ist?«

Byrne musterte Kincaid stirnrunzelnd. »Ich ahne, worauf du hinauswillst, und ich finde, ich habe meine Neugier lange genug im Zaum gehalten. Weshalb interessierst du dich für einen absolut eindeutigen Fall, der seit fast fünf Jahren abgeschlossen ist? Bist du der Ansicht, daß wir schlechte Arbeit geleistet haben, oder was?«

»Blödsinn, Alec! Du weißt genau, daß ich nie auf diese Idee käme. Also spiel jetzt nicht den gekränkten Provinzler. Außerdem war's nicht dein Fall. Du bist damals der Neue im Team gewesen. Wär's nicht einfach möglich, daß der gute alte Bill sich zu diesem Zeitpunkt schon mehr für Reiseprospekte als für die lästige Kleinarbeit bei einem Fall interessiert hat, der ihm praktisch fix und fertig auf dem Tablett serviert worden war?« Byrne schien vorübergehend nur darauf konzentriert, seinen Bierkrug exakt in der Mitte des Bierdeckels zu placieren. Dann sah er Kincaid an. »Mal angenommen, du hast recht – und das halte ich für ziemlich unwahrscheinlich –, weshalb steckst du deine Nase in diese Angelegenheit?«

Jetzt war es Kincaid, der zögerte. Er zeichnete Kreise in die feuchten Abdrücke auf der Tischplatte. Schließlich antwortete er: »Es ist eine persönliche Angelegenheit.« Als Byrne nur erwartungsvoll die Augenbrauen hochzog, fuhr Kincaid fort: »Meine Ex-Frau – Victoria McClellan – arbeitet an einer Biographie über die Brooke. Sie ist am All Saints' College Mitglied des Lehrkörpers und Dozentin an der Universität«, fügte er so hastig hinzu, als habe Byrne genaue Auskunft gefordert.

»Verstehe«, sagte Byrne gedehnt. »Sie hat dich gebeten, die Einzelheiten rauszufinden, damit sie sie in ihrem Buch verwenden kann. Findest du das in Ordnung?«

Kincaid entging die versteckte Maßregelung nicht. Er hatte Mühe, seinen Ärger zu verbergen. »Das trifft es überhaupt nicht. Erstens fände ich so was nicht in Ordnung, und zweitens ist der Skandalwert der Informationen das letzte, das Vic interessiert. Und sie neigt nicht zu übersteigerter Phantasie. Aber sie ist eine hervorragende Kennerin von Lydia Brooke und deren Werk. Und als solche glaubt sie nicht, daß die Brooke Selbstmord begangen hat.«

»Mord?« Byrne lachte. »Erzähl das mal meinem Chef! Aber ich will unbedingt dabeisein, wenn sein Gesicht so herrlich blaulila anläuft.« Er bedachte Kincaid mit einem mitleidigen Blick. »Duncan, das kann ich dir gleich sagen: Du hast keine Chance, ihn dazu zu bringen, den Fall wieder aufzurollen. Es sei denn, du kannst ihm neue, absolut eindeutige Beweise oder ein Geständnis servieren.« Er schüttelte traurig den Kopf. »Und ich schätze, deine Chancen in diesem Punkt sind gleich Null.«

Kincaid stand vor dem Polizeipräsidium und beobachtete die Eichhörnchen, die sich über die grüne Rasenfläche von Parker's Piece jagten. Zwei junge Männer spielten Frisbee mit einem Hundemischling, und eine Frau schob auf dem Weg einen Kinderwagen.

Widerwillig zog Kincaid sein Handy aus der Brusttasche und wählte Vics Nummer. Er wollte es am besten gleich hinter sich bringen, mit ihr sprechen, während er in Cambridge war, und ihr sagen, daß er getan hatte, was er konnte. Alec Byrne hatte recht: Ein paar ungelöste Fragen würden kaum das Interesse des Chefs der örtlichen Polizei an einem Fall erregen, den man lieber auf sich beruhen ließ.

Während er auf das ferne Rufzeichen horchte, schob sich eine Wolke vor die Sonne und löschte für einen Augenblick die langen nachmittäglichen Schatten. Er hörte ein Klicken, dann Vics Stimme, und diese klang so unmittelbar und natürlich, daß er einen Moment brauchte, um zu merken, daß sich ihr Anrufbeantworter eingeschaltet hatte. Beim Piepton zögerte er kurz, dann legte er auf, ohne eine Nachricht hinterlassen zu haben. Er warf einen Blick auf die Uhr, bevor er erneut sein Notizbuch zückte. Vielleicht konnte er sie noch im College erreichen. Dann mußte er feststellen, daß er die Telefonnummer nicht hatte. Als er aufsah, entdeckte er ein Taxi, das um die Ecke bog. Wenn er sich beeilte, traf er sie dort vielleicht noch persönlich an.

Das schwarze Taxi brachte ihn schnell zu einem viktorianischen Gebäude am anderen Flußufer. Nachdem er den Chauffeur bezahlt hatte, verharrte er kurz vor dem Schild am Tor mit der Aufschrift: ›University of Cambridge Faculty of English‹. Eine dichte Wand von Nadelbäumen verbarg einen Parkplatz neben dem Gebäude, aber auf einem überdachten Stellplatz vor dem Haus entdeckte er einen alten Renault und einen Volvo. Offensichtlich würde er auch noch nach fünf Uhr ein paar Nachzügler antreffen.

Das Gebäude aus grauem Klinker mit dem Spitzgiebel hatte bessere Zeiten gesehen. Wucherndes Gebüsch und abgestorbene Kletterpflanzen an der Fassade vermittelten einen desolaten Eindruck, der nur durch die weißen Fensterumrandungen und eine glänzende marineblaue Tür gemildert wurde. Kincaid klopfte leise, drehte den Türknauf und ging hinein. Er fand sich in einer kleinen Empfangshalle wieder, und während er innehielt und überlegte, wo er nun sein Glück versuchen sollte, ging eine Tür zu seiner Linken auf, und eine Frau streckte den Kopf heraus.

»Ich habe jemanden gehört und den Gang nicht erkannt.« Sie trat lächelnd in die Diele. Sie war mollig und sympathisch, mit dichtem braunem Haar und einer Brille auf der Nasenspitze. »Kann ich was für Sie tun?« fragte sie.

»Ich dachte, ich erwische Dr. McClellan noch vor Dienstschluß«, sagte Kincaid, dem etwas verspätet Skrupel kamen. War es ratsam gewesen, sich unangemeldet in Vics Berufsleben zu drängen?

»Das ist wirklich Pech! Sie haben sie nur um Minuten verpaßt. Kit hat heute nachmittag ein Fußballspiel. Dr. McClellan ist dabei. Wann immer sie Zeit hat.« Die Frau streckte ihm die Hand entgegen. »Ich bin Laura Miller, die Fakultätssekretärin. Kann ich vielleicht was ausrichten?«

»Duncan Kincaid«, stellte er sich vor und schüttelte ihr die Hand. »Sagen Sie ihr einfach, ich hätte vorbeigeschaut ...« Er hielt inne, als über ihnen eine Tür zuschlug und schnelle, schwere Schritte auf der Treppe näher kamen.

»Verdammt, Laura! Ich kann das dämliche Fax nirgendwo finden. Sind Sie sicher, daß es nicht im Papierkorb gelandet ist?« Ein Mann – groß, mit Löwenmähne und der leicht geröteten Gesichtsfarbe des Cholerikers – folgte in persona dem Echo seiner Stimme. »Sie wissen, wie großzügig Iris mit den Unterlagen anderer Leute umgeht. Ein Wunder, daß man überhaupt noch was findet, das ...« Seine Tirade endete abrupt, als sein Blick auf Kincaid fiel. »Oh, Verzeihung. Hatte keine Ahnung, daß wir Besuch haben. Ist ja gespenstisch, wie hier alles verschwindet.« Eine Locke des dichten graumelierten Haars fiel ihm in die Stirn, als er Kincaid verlegen anlächelte. »Und die arme Laura kriegt dann immer geballt unseren Frust ab.«

Die Sekretärin warf ihm einen scharfen Blick zu, sagte jedoch gelassen: »Diesmal liegt es auf Dr. Winslows Schreibtisch, Dr. Eliot. Aber da es die gesamte Fakultät betrifft ...« Sie warf Kincaid einen Seitenblick zu und korrigierte, was immer sie hatte sagen wollen, zu: »Ich hole es Ihnen. Schätze, sie hat nichts dagegen, wenn Sie sich darum kümmern.«

Mit einem Lächeln zu Kincaid lief sie in ihr Büro und kam kurz darauf mit einem Fax zurück. »Iris Winslow ist unser Dekan«, erklärte sie. »Dr. Eliot ...« Sie nickte zu dem Mann mit der Löwenmähne hin ... »lehrt unter anderem Literaturgeschichte mit Schwerpunkt Literaturkritik. Dr. Eliot, das ist Mr. Kincaid. Er wollte zu Vic.«

Kincaid fühlte, wie das Niveau des Interesses im Raum schlagartig nach oben tendierte. Eliot musterte ihn kritisch.

»Was Sie nicht sagen! Können wir Ihnen irgendwie behilflich sein?« Das dringende Fax war offensichtlich vergessen. Eliot schob nach Art von Napoleon eine Hand in sein Jackett und ließ sie auf seiner pflaumenfarbenen Weste ruhen.

Die Weste sieht verdächtig nach Kaschmir und das Jackett nach Harris-Tweed aus, urteilte Kincaid. Eliot und die Sekretärin betrachteten ihn erwartungsvoll lächelnd mit wachem Blick, und er hatte plötzlich das Gefühl, in einen Schwarm Barrakudas geraten zu sein. »Nein, nicht nötig. Keine Umstände. Ich rufe Vic an.« Damit nickte er ihnen zu und ging.

Er schlenderte die West Road bis zur Queen's Road zurück. Die Ampel dort zeigte Rot. Während er wartete, sah er sich, die Hände in den Hosentaschen, um. Der Weg zum Bahnhof führte nach rechts über den Fluß. Um diese Tageszeit waren die Züge sicher überfüllt. Das warme, schöne Wetter hatte scharenweise Ausflügler aus der Stadt gelockt. Die Aussicht auf den Kampf um einen Sitzplatz war kaum erhebend. Er bereute plötzlich, nicht mit dem Wagen gekommen zu sein. Sonst hätte er jetzt nach Grantchester fahren und dort auf Vic warten können.

Trotzdem sah er keinen Grund, so früh nach London zurückzukehren. Seit Sonntag hatte Gemma ihn im Büro mit einstudierter Höflichkeit behandelt und sich abends mit Mutterpflichten entschuldigt. Er hatte keinen Grund zu der Annahme, daß es an diesem Abend anders sein würde.

Die Ampel schaltete auf Gelb. Er überquerte die Kreuzung in einem Pulk von Fußgängern und blieb auf dem gegenüberliegenden Bürgersteig stehen. Dann wandte er sich entschlossen nach links und schlug den Weg ein, der sich an den Backs entlangschlängelte. Von hier aus konnte er King's College Chapel auf dem anderen Flußufer sehen. Plötzlich riß die Wolkendecke auf, und die letzten Sonnenstrahlen des Tages leuchteten golden auf den Kirchturmspitzen. Wurden Ausblicke wie diese zur Selbstverständlichkeit, wenn man sie täglich sah? Kincaid ging nachdenklich weiter.

Waren sie für Lydia Brooke zur Gewohnheit geworden, während sie sich in Cambridge dem Studium und der Liebe hingegeben hatte? Oder war die Reihenfolge eher Liebe und Studium gewesen, fragte er sich mit einem Lächeln. Dann stellte sich die ernüchternde Erinnerung an den Bericht wieder ein, den er am Nachmittag gelesen hatte. Er verstand Alec Byrnes Trotzreaktion. Trotzdem waren die Ermittlungen in keiner Weise schlüssig. Wäre es sein Fall gewesen, hätte er sich mit dieser oberflächlich glatten Lösung nicht zufriedengegeben. Hatte sich überhaupt jemand die Mühe gemacht festzustellen, was Lydia Brooke an jenem Tag getan hatte? Wen sie gesprochen und was sie gesagt hatte? Und falls sie tatsächlich im Garten gearbeitet hatte, wofür vieles sprach, ob dabei vielleicht etwas Ungewöhnliches vorgefallen war? Hatte es Anzeichen dafür gegeben, daß sie auf diese Weise von ihrem Garten Abschied genommen hatte?

Auch die Sache mit der defekten Außenbeleuchtung beschäftigte ihn. Hatte man überprüft, ob sie schon einige Zeit nicht mehr funktioniert hatte oder nur rein zufällig am Abend von Lydias Tod ausgefallen war?

Kincaid blieb stehen und warf einen Blick auf seinen Taschenstadtplan von Cambridge. Die Gasse zu seiner Rechten führte zu einer Brücke über den Fluß, und Vics College lag direkt gegenüber am anderen Ufer. Er bog in diese Richtung ab. Auf dem Scheitelpunkt des Brückenbogens blieb er stehen, lehnte sich über das Geländer und sah flußabwärts zu den Weiden hinunter, deren tiefhängende Äste nach dem eigenen Spiegelbild zu greifen schienen. Ihre pelzigen, blaßgelben Kätzchen hätten vom Pinsel eines Seurat stammen können, und die vertäuten Ruderkähne bildeten den passenden Kontrast, kompakte Placken aus Grün und Dunkelbraun, die sanft auf dem Wasser schaukelten.

Auf der gegenüberliegenden Uferseite herrschte ein klotziges Backsteingebäude hinter einer Mauer über ausgedehnte Gärten. Das mußte das Gelände vom All Saints' College sein.

Als er sich umdrehte, um seinen Weg fortzusetzen, zischte ein Fahrradfahrer lautlos an ihm vorbei und streifte ihn an der Schulter. Kincaid hielt sich von da an vorsichtig in der Nähe des Geländers und sah sich immer wieder um. Auf der anderen Seite der Brücke verengte sich der Weg zwischen den Mauern von All Saints' zu seiner Rechten und denen vom Trinity College zu seiner Linken. Am ersten Tor des All Saints' College blieb er stehen und spähte neugierig in den peinlich sauber gepflegten Hof. Hatte in Lydias Akte nicht gestanden, daß Nathan Winter, der Mann, der die tote Lydia gefunden hatte, Professor im All Saints' College gewesen war? Cambridge ist wirklich ein Dorf, dachte er und fragte sich, ob Vic diesen Nathan wohl durch ihre Tätigkeit im College oder während ihrer Recherchen über Lydia Brooke kennengelernt hatte. Winter war laut Akte Botaniker, und er erinnerte sich vage, daß Vic Nathan bei ihrem Gespräch über den Garten erwähnt hatte. Es kam ihm jetzt ein wenig merkwürdig vor, daß Lydia einen Botaniker zu ihrem literarischen Nachlaßverwalter bestimmt haben sollte.

Kincaid ging achselzuckend weiter und bog um die Ecke in die Trinity Lane. Dabei fiel ihm noch etwas Befremdliches aus seinem Gespräch mit Vic ein. Lydia war ihrer Aussage nach nur einmal verheiratet gewesen, und zwar in jungen Jahren. Weshalb sollte Lydia alles einem Mann hinterlassen haben, von dem sie seit über zwanzig Jahren geschieden war?

Er drängte sich flach gegen eine Mauer, als eine Gruppe von Radfahrern vorbeischoß, und stolperte dann über ein Fahrrad, das vor einem Laden abgestellt worden war. Er fluchte unterdrückt. In dieser Stadt konnte man sich vor lauter unseligen Fahrradfahrern und ihren Gefährten kaum frei bewegen.

Newnham
16. November 1961
Liebste Mutter,

Dein Geburtstagsgeschenk kam sehr gelegen und reichte gerade für den Kauf eines soliden, gebrauchten Fahrrads. Es hat zwar ein paar Beulen und Lackkratzer, aber das ist in meinen Augen nur ein Zeichen von Charakter.

Cambridge ist ohne Fahrradfahrer nicht vorstellbar. Sie sausen überall an dir vorbei, die schwarzen Talare der Studenten flatternd wie Krähenflügel. Selbst wenn man den Erstsemestern Autos erlauben würde, wäre kein Platz zum Parken da, also funktioniert das System ziemlich gut.

Dank des Fahrrads erobere jetzt auch ich jeden Winkel der Stadt und entdecke überall neue faszinierende Ecken ... und Läden. Mein Taschengeld fließt in den Erwerb antiquarischer Bücher. Ich liebe den trockenen, muffigen Geruch alter Bücher, das Gefühl des seidigen Papiers zwischen den Fingern. Jedenfalls wächst die Büchersammlung in meinem Zimmer, und nichts, finde ich, macht eine Wohnung heimeliger. Manchmal empfinde ich schon ein Hochgefühl, wenn ich ein Buch nur in den Händen halte.

Das klingt fast, als würde ich das Leben einer Einsiedlerin führen. Aber ich versichere Dir, das ist nicht der Fall. In Cambridge gibt es Clubs für alles – von der Häkelgruppe bis zum Förderverein zur Gleichberechtigung der Pinguine –, und alle werben eifrig um Mitglieder. Die Hauptattraktion bei den entsprechenden Veranstaltungen sind die freien Getränke. Man sollte sich in Enthaltsamkeit üben, wenn man nicht später beim Spendensammeln zu locker in den Geldbeutel greifen will. Nur die Schriftstellerei ist bei all diesen Vereinigungen unterrepräsentiert. Aber ich lerne immer mehr Gleichgesinnte kennen, und vielleicht können wir bald unseren eigenen Club gründen.

Ich bin mittlerweile so häufig eingeladen worden, daß ich mich jetzt entschlossen habe, mich am Donnerstag in meinem Zimmer mit einer Sherry-Party zu revanchieren. Ich habe Adam eingeladen, den Jungen, den ich im King's College getroffen habe. Er ist ein Trinity-Student, hört Philosophie und scheint Dichtung nur als Vehikel für politische Ansichten zu betrachten. Über dieses Thema hatten wir schon herrlich hitzige Dispute.

Adam hat mich neulich zu einer Tanzveranstaltung des Labor Club geschleppt, wo ich einen attraktiven Jungen namens Nathan kennengelernt habe. Er ist ebenfalls eingeladen. Nathan ist muskulös, hat helle Haut und dunkles Haar und die lustigsten braunen Augen, die ich je gesehen habe. Er studiert Naturwissenschaften und will Dichter und Botaniker werden wie Lorren Eisley.

Mit Daphne von gegenüber sind wir dann zu viert. Ich serviere guten Sherry und Kekse und werde mich ausgesprochen intellektuell fühlen.

Und falls Du jetzt denkst, daß ich nur herumschwadroniere, versichere ich Dir, geliebte Mutter, daß ich eine beispielhafte Studentin gewesen bin. Ich habe mich auf die Themen festgelegt, in denen ich Scheine machen will. Mein Vorlesungsplan umfaßt elf Stunden in der Woche. Unter anderem höre ich übrigens Vorträge von F. R. Leavis über Literaturkritik. Ich fühle mich ganz klein bei der Vorstellung, Vorlesungen von Männern zu besuchen, deren Bücher in meinem Bücherregal stehen.

Ich habe mich entschlossen, meinen Geburtstag heute abend allein in meinem Zimmer zu feiern. Nicht, weil ich mich in Selbstmitleid ergehen will, sondern weil ich mich dann Dir und meinem Zuhause am nächsten fühle. Ich stelle mir vor, wie Du mit Nan nach dem Abendessen vor dem Kamin sitzt, und wenn ich meine Augen schließe und mich fest genug konzentriere, dann kann ich ... fast ... bei Euch sein.

In Liebe, Lydia

Vic nahm ihre alte Wolljacke vom Haken und schlich sich leise aus der Hintertür. Sie hatte Kit um zehn ins Bett gebracht, unter dem üblichen allabendlichen Protestgeschrei. Kit empfand sich mit elf Jahren als viel zu erwachsen, um eine bestimmte Schlafenszeit einhalten zu müssen, auch wenn er Gefahr lief, anderntags seinen Wecker zu überhören, was schon häufig genug vorgekommen war.

Vic schlüpfte auf der Terrasse in ihre Jacke und sah zum Himmel auf. Dem strahlend klaren Tag war eine kalte Nacht gefolgt. Die Sterne direkt über ihr waren durch einen hohen Nebelschleier nur schwach zu erkennen, während die im Norden im rosaroten Widerschein von Cambridge versanken.

Nachdem sich ihre Augen an die Dunkelheit gewöhnt hatten, trat sie auf den Rasen, überquerte ihn hastig und ging durch die Tür am Ende des Gartens. Kein Mond stand am Himmel, aber sie hätte den Weg zum Fluß auch blind gefunden. Ein Schatten bewegte sich unter den Kastanien am Ufer. Als sie näher kam, erkannte sie die Silhouette eines kräftig gebauten Mannes. Das schwache Licht der Sterne glänzte fahl auf seiner Öljacke und seinem silbergrauen Haar.

»Nathan.«

»Ich dachte mir, daß du vielleicht kommst. Hat Kit dir das Leben wieder schwergemacht?« So voll klang seine Stimme in der Dunkelheit, daß sie ihr wie losgelöst, körperlos, die Quintessenz seiner Persönlichkeit erschien.

»Es sind diese Träume«, sagte sie und zog die Jacke enger um sich, als sie die Kälte vom Fluß spürte. »Komisch, als kleiner Junge hatte er nie Alpträume.« Sie seufzte. »Hat vermutlich mit Ian zu tun. Falls er ihn vermißt, dann verliert er kein Wort darüber. Er will mir auch nicht sagen, wovon er träumt.«

»Die Fähigkeit der Kinder, sich mit ihren kleinen Leiden einzuigeln, verwundert mich immer wieder. Die Angewohnheit von uns Erwachsenen, alle unsere Traumata vor aller Welt auszubreiten, muß anerzogen sein.« Er lachte verhalten, und doch hatten seine Worte mitfühlend geklungen.

»Wie dumm von mir! Manchmal vergesse ich, daß du das alles schon hinter dir hast. Das kommt, weil ich dich als unabhängige Person und ohne all diese Familienanhängsel sehe, die wir anderen mit uns herumschleppen.« Dann, als ihr klar wurde, was sie gesagt hatte, hielt sie die Luft an und schlug die Hand vor den Mund. »Oh, Nathan. Entschuldige! Das war schrecklich gedankenlos von mir.«

Diesmal lachte er laut auf. »Im Gegenteil. Ich nehme es als Kompliment. Weißt du eigentlich, wie hart ich mir in den vergangenen Jahren diese Unabhängigkeit erarbeitet habe? Zuerst war es nur die Abwehr gegen all die wohlmeinende

Besorgtheit – ich konnte sie nicht mehr ertragen –, aber dann wurde daraus etwas, das ich für mich tun mußte. Ich hatte zwanzig Jahre lang als die eine Hälfte eines Ganzen funktioniert, und es gab Momente, da die Aufgabe nicht zu bewältigen schien.« Er hielt inne, als wehre er sich gegen die schleichende Resignation in seiner Stimme. Schließlich fügte er temperamentvoller hinzu: »Was meine Mädels betrifft, du kennst sie leider noch nicht. Aber ich versichere dir, ich habe mich als Vater durchaus bewährt. Auch wenn es mir gelegentlich nicht in den Kopf will, daß sie meine biologischen Ableger sein sollen. Vielleicht geht das allen Eltern so.«

Wie wenig ich ihn kenne, dachte Vic. Und wie vertraut ihr seine Gegenwart war, ausgerechnet ihr, die nie schnell Freundschaften geschlossen hatte. Sie mußte kurz nach dem Tod seiner Frau am All Saints' College angefangen haben, und sie erinnerte sich, ihn nur vage als attraktiven, etwas abwesend wirkenden Mann wahrgenommen zu haben, mit dem sie gelegentlich bei einem Glas Sherry im Aufenthaltsraum des Lehrkörpers Höflichkeiten ausgetauscht hatte. Außerhalb des Colleges hatten sich ihre Wege nur selten gekreuzt. Erst als sie mit den Recherchen über Lydia Brooke begonnen hatte, hatte sie erfahren, daß Nathan der literarische Nachlaßverwalter der Brooke war.

Sie hatte sich an ihn gewandt, und er war durchaus hilfsbereit gewesen. Er hatte sie mit Material über Lydia versorgt, ohne eigene Erinnerungen preiszugeben. Erst als sie eines Tages zufällig erwähnt hatte, daß sie in Grantchester wohnte, hatte er seine unpersönliche Haltung aufgegeben, und seit Ians Verschwinden hatten sie zunehmend mehr Zeit miteinander verbracht.

»Horch doch mal!« Nathan legte den Finger an die Lippen. »Hörst du das?«

Vic lauschte mit angehaltenem Atem. Sie hörte das Blut in

ihren Ohren rauschen, dann einen Schrei. »Was ist das?« flüsterte sie.

»Eine Schleiereule. Eine Seltenheit. Ist fast ausgestorben. Erinnert mich an meine Kindheit. Sie und das Quaken von Baumfröschen. Damals habe ich den Fluß geliebt. Manchmal hatte ich das Gefühl, als fließe er durch meine Adern.«

»Ich glaube, Kit geht das genauso. Ich beneide euch beide ein bißchen. Ich mag das hier sehr ...« Sie machte eine ausladende Handbewegung. »Aber ich fühle mich eher als unbeteiligte Betrachterin. Ihr dagegen scheint Teil dieses Ganzen zu sein. Kit kann Stunden hier unten verbringen und Käfer beobachten.« Sie lächelte.

»Ein angehender Naturwissenschaftler«, urteilte Nathan nachdenklich. »Ich möchte ihn näher kennenlernen. Liest er? Er sieht gar nicht so aus. Ich habe ihn offengestanden eher für einen Rugby- oder Fußballfan gehalten.«

»Oh, er ist gut im Sport, und er tut, was man in der Schule von ihm verlangt. Aber mit dem Herzen ist er nicht dabei. Und das ist komisch, weil er, was Schule betrifft, schon immer sehr ehrgeizig war – mehr noch, seit Ian fort ist. Gestern habe ich ihn dabei ertappt, wie er wegen einer Note in einer Schularbeit geweint hat. Und er war wütend auf mich, weil ich ihn dabei erwischt habe. Er hat zwei Tage nicht mit mir geredet.« Vic wußte plötzlich nicht recht, ob sie sich schuldig fühlen mußte, weil sie aus der Schule geplaudert hatte. Normalerweise besprachen Eltern das unter sich. Sie hätte allerdings Ian nicht einmal etwas davon erzählt, wenn er dagewesen wäre. Er hätte ihr nur einen salbungsvollen Vortrag gehalten, und wie immer am Thema vorbeigeredet.

»Armer Junge«, sagte Nathan, und seine Jacke knisterte, als er sich im Dunkeln bewegte. »Vielleicht kannst du ihn ermutigen, sich Wissen um des Wissens willen anzueignen, unabhängig vom Zuckerbrot-und-Peitschen-System der Schule.«

Vic hörte einen leisen Plumps vom Fluß her. Ein Frosch? Oder ein springender Fisch? Wie unwissend war sie doch außerhalb ihres kleinen Arbeitsgebiets. An diesem Abend erschien ihr der Fluß wie eine dunkle Leere in der Landschaft – sie hatte ihn nie als Brennpunkt eines Lebens begriffen, das so kompliziert und chaotisch war wie ihr eigenes.

Jetzt erlebte sie, daß man Licht und Bewegung sehen konnte, die Reflexion des Sternenlichts, das durch das Geäst der Kastanien fiel, wenn man nur lange genug aufs Wasser starrte. »Und wie bringe ich Kit bei, sich für Wissen um des Wissens willen zu interessieren?«

»Sieh dich selbst an«, erwiderte Nathan leise. »Hast du vergessen, warum du tust, was du tust? Das ist schon ein Anfang. Und ich habe ein paar Bücher, die ihm vielleicht gefallen. Warum kommst du nicht mit mir rauf zum Haus?« fügte er hinzu und nahm ihren Ellbogen. »Ich habe auch für dich etwas.«

Vic stellte fest, daß ihr neues Bewußtsein von der Erkenntnis über die Natur sich auch auf ihr Körpergefühl auswirkte. Sie spürte die Wärme von Nathans Hand durch den dicken Ärmel ihrer Wolljacke hindurch, die ein so schmerzlich drängendes Verlangen in ihr hervorrief, daß ihre Knie weich wurden. Gott, sie hatte sie fast vergessen, die Kraft dieses Gefühls, und es traf sie völlig unvorbereitet. Sie hatte plötzlich die Vision von Nathans Hand an ihrer Brust und stolperte blindlings vorwärts.

»Alles in Ordnung?« Er faßte sie fester.

»Jaja, schon gut«, sagte sie etwas atemlos, unterdrückte ein Lachen und versuchte des inneren Hochgefühls Herr zu werden. »Alles in Ordnung.«

»Möchtest du was zu trinken?« fragte Nathan. »Wein oder ...«

»Whisky«, fiel Vic ihm entschieden ins Wort. Sie stand vor

dem Kamin in seiner Wohnküche, als sei ihr kalt, doch ihre Wangen glühten.

Nathan beobachtete sie, während er zwei Gläser Whisky einschenkte, und fragte sich, ob sie eine Erkältung ausbrütete. Erst jetzt fiel ihm auf, daß sie sich in den vergangenen Minuten reichlich merkwürdig verhalten hatte. Sie hatte ihn nicht oft berührt, doch an diesem Abend, als er auf dem gefahrlosen Teil des Weges ihren Arm losgelassen hatte, um nicht aufdringlich zu erscheinen, war sie so dicht an seiner Seite geblieben, daß sich ihre Schultern berührt hatten.

Nathan reichte ihr das Glas und prostete ihr zu. »Zum Wohl.«

Vic trank einen für eine so zierliche Person erstaunlichen Schluck und bekam prompt einen Hustenanfall. Als er ihr vorsichtig den Rücken klopfte, begann sie zu zittern.

»Jetzt mal ehrlich, Vic! Dir geht's doch nicht gut. Laß mich …«

»Nein, es geht mir bestens, Nathan. Wirklich«, sagte sie mit tränenden Augen. »Das Zeug hier hat mich nur etwas überrascht.« Sie nahm einen kleineren Schluck. »Siehst du? Alles in Ordnung. Und jetzt erzähl mir von den Büchern für Kit.«

Er ging zu einem seiner Bücherschränke an der Wand gegenüber der Terrassentür, und sie folgte ihm. »Gerald Durrell«, sagte er, fuhr mit dem Finger suchend über die Reihe der Buchrücken und hielt bei einem schmalen Band inne. »Hat er je Durrell gelesen? Seine Bücher sind großartig. Er erzählt von seiner Kindheit auf Korfu und beschreibt ausführlich sämtliche Tiere und Insekten, die er dort kennengelernt hat. Und was ist mit Laurens Van der Post? Er hat in mir den Wunsch geweckt, Afrika zu erleben, den Spuren der Buschmänner zu folgen. Oder Konrad Lorenz, der Großvater der Verhaltensforschung bei Tieren?« Hör auf, sagte er sich, während er Buch um Buch aus dem Regal zog. Du schwafelst wie ein pubertärer Jüngling bei seinem ersten Rendezvous. Und noch schlimmer, du bildest dir vermutlich ein, daß ihre Nähe Absicht ist.

Als Vic die Bücher nahm und es sich damit im Sessel am Kamin gemütlich machte, entschuldigte er sich. »Idiot«, sagte er laut zu sich, als er ins Dunkel des Korridors trat. Dann holte er tief Luft und ging weiter in sein Arbeitszimmer. Als er zurückkehrte, blätterte sie oberflächlich in einem Buch, doch ihr Blick war ins Feuer gerichtet, und er hatte den Verdacht, daß sie nicht die leiseste Ahnung hatte, was sie überhaupt in der Hand hielt.

»Das hier habe ich kürzlich gefunden«, sagte er und setzte sich ihr gegenüber. »Oben im Speicher stehen noch ein paar Umzugskartons aus dem Haus in Cambridge. Ich dachte, du möchtest es vielleicht haben.« Sie blinzelte und lächelte verwirrt, als sie das Buch entgegennahm, und dann verschlug es ihr den Atem, als sie sah, was es war.

Sie berührte den Einband. »Oh Nathan, das ist fantastisch!« Sie schlug es auf, hob die Schutzfolie vorsichtig hoch und sah lächelnd in Rupert Brookes Augen. »Und was für ein großartiges Foto. Das kenne ich überhaupt nicht.« Sie betrachtete erneut den Einband und sah dann auf die Rückseite der Titelseite. »Es ist eine Erstausgabe von Edward Marshs *Rupert Brooke: Memoiren*«, sagte sie unnötigerweise. »Herausgegeben 1919. Woher hast du das?«

»Es hat Lydia gehört.«

Sie sah auf. »Aber ... bist du sicher, daß du ... bist du sicher, daß du willst ...«

»Ich kann über Lydias Sachen frei verfügen, und ich finde es nur passend, daß du es haben sollst.«

»Es muß doch sehr wertvoll sein.«

»Das spielt keine Rolle.«

Vic legte das Buch in ihren Schoß und schloß ihre langen,

schmalen Finger um den Einband. Er nahm das als Einverständnis. »Nathan, da ist etwas, das ich dich schon lange fragen wollte.« Sie trank einen Schluck aus ihrem fast leeren Glas. »In letzter Zeit habe ich manchmal das Gefühl, daß mein Biographieprojekt von Anfang an verhext war. Ich hätte nie gedacht, daß ich gegenüber den beiden Menschen, die mir am meisten helfen könnten, solche Skrupel habe zu fragen. Kannst du das verstehen?« Sie neigte nachdenklich den Kopf zur Seite. »Jedenfalls kannst du dir vorstellen, wie schwierig es ist, mit Darcy zu reden ...« Sie rollte die Augen, und Nathan lachte. »Er ist auch so schon unerträglich.«

»Soll das heißen, daß es für dich schwierig ist, mit mir zu reden?« fragte Nathan, der sich nicht ablenken ließ.

»Ich habe das Gefühl, daß es eine Zumutung für dich ist. Ich hatte Angst, es würde dich aufregen, über Lydia zu sprechen, und ich wollte nicht, daß es unsere ... Freundschaft ... trübt. Und die anderen ...« Mit einer Grimasse leerte sie den Rest Whisky. »Natürlich hat sich ihr Ex-Mann geweigert, überhaupt mit mir zu sprechen.« Die Erinnerung an die peinliche Begegnung mit Morgan Ashby trieb ihr die Röte ins Gesicht. Hastig fuhr sie fort: »Daphne Morris war außerordentlich höflich und völlig nichtssagend. Man hätte denken können, sie hat Lydia kaum gekannt. Und Adam Lamb ...« Vic starrte ins Kaminfeuer. »Adam Lamb wollte nicht mal am Telefon mit mir reden.«

»Vic, was willst du eigentlich von mir?«

Sie legte das Buch auf den Beistelltisch, stand abrupt auf und blieb vor dem Kamin mit dem Rücken zu ihm stehen. »Ich hasse es, um Gefallen zu bitten. Aber in letzter Zeit ist das alles, was ich tue – abgesehen davon, daß ich mich ständig entschuldige. Und jetzt komme ich mir geradezu unverfroren vor ... nachdem du so nett warst.«

»Vic ...« Er erhob sich aus seinem Sessel und stellte sich neben sie, so daß sie sich ihm zuwenden mußte. Sie hatte die Arme eng vor der Brust verschränkt.

»Würdest du ein gutes Wort für mich bei Adam Lamb einlegen?« fragte sie hastig. »Ihn fragen, ob er mich wenigstens ein paar Minuten anhört?«

Nathan lachte. »Großer Gott, ist das alles? Ich dachte, du würdest mich um etwas ganz Unmögliches bitten. Natürlich kann ich nicht garantieren, daß Adam auf mich hört, aber ich will's versuchen.«

Vic lächelte dankbar. »Und es macht dir nichts aus, über Lydia zu sprechen?«

»Es geht nicht darum, daß es mir etwas ausmacht, es ist nur alles so lange her. Du hast dich in einer Weise in Lydias Leben vertieft, wie ich es nie getan habe. Und für dich ist das die Gegenwart, für mich Vergangenheit. Aber du kannst mich alles fragen, und ich bemühe mich redlich zu antworten.« Er widerstand dem Impuls, ihre Wange zu berühren. Er hatte doch wirklich nichts gesagt, was die Intensität ihres Ausdrucks gerechtfertigt hätte?

»Nathan.« Vic holte tief Luft und ließ die Arme sinken. »Schlaf mit mir.«

»Wie bitte?«

»Du hast mich gehört. Das hat nichts mit Lydia oder Ian oder sonst wem zu tun. Es ist nur etwas zwischen mir und dir. Willst du es nicht?«

Sie hatte also Whisky getrunken, um sich Mut zu machen, ihn zu verführen, und die ganze Zeit hatte er wie ein Idiot um den heißen Brei herumgeredet und versucht, nicht zuviel aus ihrem Verhalten herauszulesen. »Natürlich will ich. Aber ich dachte nicht ... und ich bin alt genug, um ...«

»Sag jetzt bloß nicht, du seist alt genug, um mein Vater zu sein. Das ist absurd. Es sei denn, du wärst sehr frühreif gewesen. Und überhaupt? Was macht es schon?«

»Aber es ist ...« Seine Zunge brachte die Worte *seit Jeans Tod* nicht heraus. Er schluckte und sagte statt dessen »so lange her«. Aber Vic lachte jetzt, und er verstummte.

»Es ist wie mit dem Fahrradfahren, Nathan«, brachte sie schließlich lachend heraus. »Man verlernt es nie.«

Ihr Lachen erstarb so schnell, wie es gekommen war. Er berührte ihre Wange, und als sie ihr Gesicht in seine Hand legte, fühlte er, wie sie zitterte.

»Nein«, sagte er und fuhr die Linie ihres Kinns mit seinen Fingern nach, dann ihren Mundwinkel. »Ich glaube, es fällt mir alles sehr, sehr schnell wieder ein.«

5

*Ist es die Stunde? Verlassen wir nun diesen
   Ruheplatz,
den wir einander wohl bereitet.
Jetzt eine letzte, heftige Umarmung;
und dann der lange Weg, den nicht dein Lächeln
   mehr erhellt.
Ach! Der lange Weg, und du so weit von mir!
Oh, ich werde nichts vergessen! Doch – jeder lange
   Tag
läßt deine roten Lippen mehr und mehr verblassen,
   jede Meile
dämpft den süßen Schmerz der Erinnerung an dein
   Gesicht.*

Rupert Brooke
aus ›Die Wanderer‹

Morgan Ashby fuhr seinen alten Volvo in die Auffahrt des Hauses an der Grange Road. Es war gerade noch hell genug, um zu erkennen, daß die Hecke geschnitten werden mußte. Die Nachbarhäuser ringsum waren erleuchtet. Kein Lichtschein drang durch das Oberlicht der Tür von Nummer 53.

Die Tür des Volvo knarrte, als er sie aufstieß, und beim Aussteigen fühlte er eine vergleichbare Steifheit in seinen Knien. Rheuma? Alterswehwehchen schon in den Jahren, die er so hartnäckig als die besten im Leben eines Mannes bezeichnete? Schon möglich, dachte er. Aber er kannte die Wahrheit. Es war die Angst.

Die Erbschaft dieses Hauses war Lydias letzter übler Scherz gewesen, noch aus dem Grab, und er hatte mitgespielt. Mochte Gott ihre Seele verrotten lassen. Er zog den Schlüssel aus der Tasche und fummelte im Halbdunkel der Veranda am Schloß herum. Er hätte das Haus verkaufen sollen. Er hatte gewußt, daß er es hätte verkaufen sollen, sobald die Tinte auf der Nachlaßurkunde getrocknet war. Francesca hatte ihn angefleht, es zu verkaufen, die letzten Bande zu durchtrennen, und doch hatte irgendein perverses Gefühl ihn daran festhalten lassen. Hatte er geglaubt, aus dem nagenden Unbehagen könne noch etwas Positives entstehen, wie eine Perle guten Charakters, die sich bisher verborgen hatte? Er schnaubte verächtlich in die Dunkelheit, und der Sicherheitsriegel klappte auf.

Schließlich hatte er es an einen Arzt mit Frau und einer Schar lauter Kinder vermietet. Sie hatten es fünf Jahre bewohnt, ihn wenig belästigt, nur gelegentlich um die Reparatur eines Rohrs oder des Dachs gebeten und es in der vergangenen Woche, nachdem sich ihre Finanzlage gebessert hatte, wieder verlassen.

Er tastete nach dem Lichtschalter hinter der Tür und blinzelte in die aufflammende Dielenbeleuchtung. Blätter waren über die Schwelle geweht und lagen wie tote Vögel auf dem schwarzweißen Fliesenboden.

Die Rosentapete in Diele und Treppenaufgang wirkte noch heruntergekommener, als er sie in Erinnerung hatte. Die Ränder waren aufgeworfen, und von der Decke hatte sie sich teilweise vollständig gelöst. Lydia hätte die herabhängenden Bahnen vermutlich mit fleckigen Petticoats verglichen, dachte er und zog eine Grimasse. Auf Kniehöhe prangten Kreideschmierereien der Kinder.

Morgan vermutete, daß er dafür die Mietkaution in Anspruch nehmen konnte, war sich jedoch nicht sicher. Er ging weiter zur Rückseite des Hauses und machte sich innerlich auf noch mehr Schäden gefaßt. Zuerst kam das Wohnzimmer, kalt und leer, der Teppich abgewetzt und fleckig, das Kissen auf dem Fenstersims zerfetzt, die Füllung herausgerissen. Lydia hatte hier an schönen Vormittagen im warmen Schein der hereinströmenden Sonne gern gelesen. Er erinnerte sich, daß sie die Tapete ausgesucht hatte, mit ihrem verschlungenen Muster in Rosa, Grün und Dunkelgold. Damals hatte sich niemand um William Morris geschert. Es hatte Jahre gedauert, bis er wieder modern geworden war. Aber Lydia hatte sich nicht davon abbringen lassen. Sie hatte unbedingt etwas einbringen wollen, das an die Kunstgewerbe-Bewegung erinnerte.

Sie hatten deshalb einen fürchterlichen Krach gehabt, denn für seinen Geschmack hatten selbst ihre harmlosen Dekorationsbemühungen nach dem Einfluß ihrer kostbaren literarischen Freunde gerochen, die er verachtete.

Er ging weiter, den Flur entlang, an der Tür zu Lydias Arbeitszimmer vorbei. Was die kleinen Monster dort drinnen angerichtet hatten, würde vorerst unbemerkt bleiben, denn er brachte es nicht über sich, den Raum zu betreten, in dem Lydia gestorben war.

Die Küche war noch das beste von allem, dachte er, als er die Tür am Ende des Korridors öffnete. Zuerst gelangte man in den kleinen Vorraum mit dem Telefon und den Regalen für die Kochbücher. Dann, um die Ecke, lag die eigentliche Küche, und dahinter der Eßraum mit seiner gewölbten Decke und den Fenstern zum Garten hinaus. Diesen Teil des Hauses hatten sie mit Hilfe eines Teils seines Erbes gemeinsam geplant und ausgebaut. Er war weiß, sauber und unbefleckt gewesen. Sein Spiegelbild starrte ihm aus der schwarz glänzenden Fläche des vorhanglosen Gartenfensters entgegen – eine große, hagere Gestalt, leicht gebeugt, mit dunklem, lockigem Haar, das Gesicht eine verschwommene, weißliche Fläche. Die Momentaufnahme prägte sich ihm ein, dann blinzelte er.

Lydia und ihm war es gegeben gewesen, in Bildern zu denken. Er hatte ihren Zwang verstanden, Gedichte zu schreiben, so wie er fotografieren mußte. Es waren andere Dinge gewesen, die er nicht verstanden hatte: ihr Bedürfnis nach Dramatik und Atmosphäre, ihren Wunsch, in einer Gruppe zu existieren, ihre Obsession mit der Vergangenheit.

Er sah hinauf zum Schlafzimmer im ersten Stock. Lange Zeit hatten sie ihre Meinungsverschiedenheiten im Bett gekittet, mit einer Leidenschaftlichkeit, die stets in totaler Erschöpfung und Tränen endete. Destruktiv mochte diese Liebe gewesen sein, aber er hatte seither nie wieder ein so intensives, süchtig machendes Gefühl gekannt. In seinen dunkelsten Augenblicken wünschte er, er hätte damals zuerst sie und dann sich umgebracht, sie beide aus ihrem Elend erlöst.

Der Knall einer zufallenden Tür hallte durch den vorderen Teil des Hauses. Morgan blieb auf seiner Wanderung abrupt stehen und horchte. Vielleicht war es ein Nachbar, den das Licht im leerstehenden Haus alarmiert hatte? Das fehlte ihm gerade noch! Jetzt auch noch höflich Konversation machen zu müssen! Das ertrug er nicht, besonders nicht hier und nicht jetzt.

»Morgan, Liebling?«

Großer Gott, es war Francesca! Er hatte sie um keinen Preis aufregen wollen. Wie zum Teufel hatte sie ihn gefunden?

»Hier bin ich!« rief er und beeilte sich, sie auf dem neutraleren Terrain der Diele abzufangen. Sie stand neben dem kalten Heizkörper am Fuß der Treppe, in den alten braunen Mantel gehüllt, den sie anzog, wenn sie die Hunde ausführte.

Er packte sie bei den Schultern und sah in ihr angstvolles Gesicht hinab. »Fran, was machst du hier?«

»Ich bin mit Monica in die Stadt gefahren, um Wolle zu

kaufen. Das Indigo ist mir ausgegangen. Und als wir hier vorbeigekommen sind, habe ich den Wagen gesehen.«

»Das Wollgeschäft ist nicht mal in der Nähe der Grange Road«, entgegnete er sanft. »Außerdem fährst du in diesem alten Lumpenmantel nicht in die Stadt.« Er legte einen Finger unter ihr Kinn und hob ihr Gesicht zu sich auf, damit sie ihm in die Augen sehen mußte. »Woher hast du's gewußt?«

»Ich wußte, daß du herkommen mußt. Und ich wußte, daß du's mir nicht sagen würdest.«

»Nur, weil ich dir keinen Kummer machen wollte.«

Francesca strich ihm eine wirre Haarlocke aus der Stirn. »Wann kriegst du es endlich in deinen Dickschädel, daß das Nichtwissen, das Nicht-darüber-Reden alles nur schlimmer macht? Du tigerst schon seit Tagen übellaunig durchs Haus. Es war absehbar, daß du irgendwann hier landen würdest.«

»Nach all den Jahren müßte ich mittlerweile eigentlich kapiert haben, daß ich vor dir nichts verbergen kann«, sagte er mit gezwungenem Lächeln. »Davon abgesehen, muß ich mich um das Haus kümmern. Warum sollte ich dich damit belästigen?«

»Dann trenn dich diesmal davon, Morgan. Trenn dich von ihr. Du kratzt an dieser Wunde seit über zwanzig Jahren. Wenn du nicht aufhörst, heilt es nie. Ruf morgen einen Makler an. Dann mußt du dieses Haus nie wieder betreten. Wir haben ein gutes Leben, wir beide. Laß uns doch weitermachen wie bisher. Bitte.«

Morgan nahm seine Frau in die Arme und preßte ihr Gesicht an seine Brust. Er strich ihr über das dunkelblonde, von Silberfäden durchzogene Haar, das sie zu einem dicken Zopf geflochten trug. Francesca hatte ihn aus der Hölle seiner ersten Ehe gerettet, und er hatte sich in sie verliebt, weil sie alles verkörperte, was Lydia nicht gewesen war. Sie hatte keine Ansprüche an sich selbst, war klug, aber frei von jeder intellektuellen Arroganz. Sie war ihm eine unverrückbare Stütze in seinem Kampf gegen Depressionen gewesen, hatte andere vor seinen Launen und Ausfällen geschützt und mit Würde und Mut das Schicksal ertragen, die Kinder nicht bekommen zu können, die sie sich so sehr gewünscht hatte.

Sie hatten sich ein gutes Leben aufgebaut. Francescas Ruf als Textilkünstlerin hatte sich im Lauf der Jahre ebenso weit verbreitet wie sein Renommé als Fotograf. Gemeinsam hatten sie ihr renoviertes Bauernhaus auf dem Land westlich von Cambridge zu einem Künstlerzentrum ausgebaut. Was konnte er sich mehr wünschen?

Wie also sollte er Francesca klarmachen, daß er Lydia nicht loslassen konnte?

Der Nachmittagstee! Endlich, dachte Daphne Morris mit einem Seufzer der Erleichterung, als sie das Klopfen an ihrer Bürotür hörte. Sie sah von den Geschichtsaufsätzen auf, die sie korrigierte, und rief: »Herein!« Dann nahm sie die Brille ab und massierte sich die Nasenwurzel.

»Tut mir leid, daß es spät geworden ist«, sagte Jeanette und balancierte das Tablett durch die schwere Tür. »Es kam wieder einmal eines zum anderen.«

Daphne lächelte über ihren Handrücken hinweg. Bei Jeanette wurde es immer ein wenig ›spät‹, und es kam immer ›eines zum anderen‹. Aber sie war für die Schule so unentbehrlich, daß Daphne sich damit abgefunden hatte. Und auf ein paar Minuten kam es schließlich nicht an.

»War wieder mal diese Muriel«, erklärte Jeanette, stellte das Tablett auf den Schreibtisch und schenkte Tee ein. »Sie hat der Köchin zugesetzt und behauptet, die Mädchen hätten ›einstimmig‹ beschlossen, ›den Genuß von Rindfleisch zu verweigern‹. Was sagt man dazu?« Sie sank mit einem Seufzer auf den Stuhl vor Daphnes Schreibtisch.

Daphne rollte die Augen. »Nimmst du heute keinen Tee?«

fragte sie und deutete auf die Teekanne, als sie sich mit ihrer Tasse zurücklehnte und an einem Keks knabberte.

»Habe schon mit der Köchin Tee getrunken. Schien die beste Methode zu sein, die Scherben zu stopfen.«

Daphne nahm sich lächelnd vor, sich diese neue Version von Jeanettes vermischten Metaphern zu merken. »Schick Muriel zu mir. Ich bringe das schon ins Lot«, erklärte sie lustlos.

Insgeheim war sie froh, daß es Muriel Baines' letztes Jahr als Schulsprecherin an der St.-Winifred-Schule war, denn das Mädchen hatte Daphnes Politik der Unparteilichkeit auf eine harte Probe gestellt. Einige Lehrer, denen Muriels Schmeicheleien den Kopf verdreht hatten, hatten Daphne überredet, sie zur Schulsprecherin zu küren, und das wider besseres Wissen. Sie hatte Muriel mit der herrischen Art und dem spitzen Busen von vornherein nicht gemocht, und die nähere Bekanntschaft mit ihr hatte daran nichts geändert.

»Ich werfe mich lieber wieder ins Kampfgetümmel«, erklärte Jeanette und hievte sich aus dem Stuhl. Sie lächelte.

Was für ein gutes, freundliches Gesicht Jeanette doch hat, dachte Daphne wie so oft. Man konnte sie beim besten Willen nicht als hübsch bezeichnen, mit ihrer pockennarbigen Haut und dem glanzlosen, blonden, kurzen Haar. Aber wenn sie lächelte, sah sie wie ein Engel aus.

Jeanette war mehr als nur eine Assistentin. In den Jahren nach Lydias Tod war sie eine Freundin geworden – jemand, dem man sich anvertrauen, wenn auch nicht ihn lieben konnte, wie Daphne Lydia geliebt hatte.

Als Jeanette gegangen war, stand Daphne auf und ging zum Fenster. Ihr Büro lag im zweiten Stock, mit Blick auf die kreisförmige Auffahrt und die Parklandschaft, die bis zur Straße hinunterreichte. Selbst in der Dämmerung des frühen Abends konnte sie den Fleck Narzissen im Rasen unter den grünenden Bäumen erkennen. Sie waren in diesem Frühjahr spät gekommen, zögerten, ihr Gesicht nach einem besonders harten Winter zu zeigen.

Einen Moment lang gestattete sie sich das Gefühl, nichts habe sich geändert, sie könne diesen Aprilabend verbringen wie so viele andere davor. Sie stellte sich vor, sie könne sich nach dem Abendessen aus dem Gemeinschaftsraum wegschleichen und mit dem kleinen Volkswagen davonfahren, der hinter den Anbauten parkte. Dann ging es über die Auffahrt hinunter und wenige Minuten später in die Grange Road. Es folgten kostbare Stunden mit Lydia, die zusammengekauert auf dem Sofa im Arbeitszimmer saß, während sie Sherry tranken, Musik hörten, darüber sprachen, was sie während des Tages erlebt hatten.

Sie erzählte Lydia die neueste Anekdote über Muriel ... Lydia lachte, und sie verbrachten herrliche Minuten damit, sich perverse Folterstrafen für das arme Mädchen auszudenken.

Lydia las Daphne später das Gedicht vor, an dem sie gearbeitet hatte, sie diskutierten darüber, veränderten es so lange, bis Lydia zufrieden war. Obwohl Daphnes Spezialgebiet Geschichte war, hatte sie ein gutes Ohr, und Lydia hatte oft behauptet, daß allein der Vorgang des laut Vorlesens ihr zeige, was an einem Gedicht nicht stimme.

Ihre Freundschaft war zwanglos, anspruchslos und doch befriedigender gewesen als alles, was Daphne bis dahin gekannt hatte.

Sie wandte sich vom Fenster ab und strich ihren Rock glatt. Genug der Nostalgie. Mehr davon führte nur zu weinerlichem Selbstmitleid, und sie hatte Pflichten zu erledigen. Sie strich sich vor einem schmalen gerahmten Spiegel auf ihrem Bücherregal das Haar glatt und rückte den Kragen der weißen Seidenbluse zurecht, die sie zum Kostümrock trug. Sie beschloß, das maßgeschneiderte marineblaue Jackett anzuziehen, um die Baines ein wenig einzuschüchtern.

In jenen fernen Tagen in Cambridge, als sie alles und jeden nur zum Spaß in Frage gestellt hatten, hatte sie nicht im Traum daran gedacht, einst genau jene Stellung einzunehmen, gegen die sie so sehr rebelliert hatten.

Stirnrunzelnd ging Kincaid einer Gruppe kichernder Teenager aus dem Weg, die ihn beinahe überrannt hätte. Hampstead High Street schien für einen normalen Donnerstagabend ungewöhnlich bevölkert, und während er von der U-Bahnstation bergab schlenderte, betrachtete er die Leute auf den Bürgersteigen ohne auch nur den Anflug seiner üblichen guten Laune.

Er hatte im Büro herumgetrödelt, Papierkram erledigt, der bis zum nächsten Tag Zeit gehabt hätte, und dabei auf ein Wort mit Gemma gehofft, nur um schließlich feststellen zu müssen, daß sie das Büro längst verlassen hatte, ohne sich bei ihm abzumelden.

Während er nun im abendlichen Zwielicht nach Hause ging, war er wütend und beunruhigt. Er, der es gewohnt war, beruflich schnelle Entscheidungen zu fällen, war angesichts der distanzierten Höflichkeit, die Gemma zelebrierte, hilflos und unentschlossen. Erwartete sie möglicherweise eine Entschuldigung? fragte er sich, als er in die Carlingford Road einbog. Aber wofür sollte er sich entschuldigen? Er war sich keines Fehlverhaltens bewußt.

Er betrat das Apartmenthaus, stieg die Treppe hinauf, ohne die Beleuchtung anzuknipsen, und verließ sich lieber auf das schwache Licht, das durch die Fenster am oberen Treppenabsatz hereinfiel. In der zwielichtigen Stille des Treppenhauses hörte er das Klopfen seines Herzens und fragte sich verzagt, ob Gemma tatsächlich keinen Grund zur Klage hatte. Was hatte er wirklich gefühlt, als er Vic nach all den Jahren wiedersah?

Die Frage schwebte unbeantwortet im Raum, als er die

Wohnungstür aufschloß. Beim Geräusch der Tür sah Sid von seinem Platz auf dem Sofa auf, reckte sich, blinzelte und schlief prompt wieder ein.

»Du bist also auch nicht sonderlich begeistert, mich zu sehen«, sagte Kincaid und kraulte den trägen Kater hinter den Ohren. Er ging zur Glastür und trat auf den Balkon hinaus. Der Garten lag schon im Dunkeln, und während er dastand, flammte die Küchenbeleuchtung des Hauses gegenüber auf. Er fühlte sich einsam, und plötzlich erschien ihm die Vorstellung eines Abends allein in der Wohnung, nur mit einem Kater als Gesellschaft, außerordentlich unattraktiv.

Er erinnerte sich, daß es eine Zeit gegeben hatte, da ihm solche Abende als Kontrastprogramm zu den Anforderungen seines Jobs geradezu willkommen gewesen waren. Offenbar hatte er sich verändert, ohne es zu merken. Gemma fehlte ihm! Und er stellte überrascht fest, daß er auch Toby und das übliche Chaos der alltäglichen Abende mit den beiden vermißte.

Eine schattenhafte Bewegung im Garten unterhalb des Balkons erregte seine Aufmerksamkeit. Dann erkannte er die Silhouette des Nachbarn aus der Parterrewohnung. Major Keith, der vor einer Rabatte gekniet hatte, war aufgestanden. Obwohl er und der Major nach dem Tod ihrer Nachbarin Jasmine Dent Freunde geworden waren und der Major sich oft in seiner Abwesenheit um Sid kümmerte, hatte Kincaid ihn in den vergangenen Monaten selten gesprochen. »Major! Kommen Sie auf einen Whisky rauf!« rief er spontan. Diese Unterlassungssünde jedenfalls konnte er wiedergutmachen.

Der Major winkte ihm zustimmend zu, und wenige Minuten später stand vor Kincaids Tür ein frisch geduschter und gekämmter kleiner, untersetzter Mann. Seine Haut hatte die tropische Bräune nie verloren, die er sich während seiner Jahre in Indien zugelegt hatte, und sein schütteres eisgraues Haar war noch immer militärisch korrekt geschnitten. Kincaid wußte allerdings aus Erfahrung, daß sich hinter der schroffen und zurückhaltenden Art des Majors ein freundliches Herz und ein kluger Verstand verbargen. Kincaid mochte ihn und vertraute ihm.

Als es sich der Major in Kincaids tiefem Sessel mit einem großzügig eingeschenkten Glas Whisky bequem gemacht hatte, räusperte er sich und zog die Augenbrauen zusammen. »Nun, Mr. Kincaid, ich habe Ihre junge Dame in letzter Zeit hier bei uns vermißt.«

Das war die direkteste Frage, die Kincaid je vom Major gehört hatte. Sie verdiente eine ehrliche Antwort: »Hm, sie ist ein bißchen sauer auf mich. Meine Ex-Frau hat mich aus heiterem Himmel angerufen und mich um einen Gefallen gebeten. Das scheint Gemma verärgert zu haben.«

»Haben Sie Ihrer Ex-Frau den Gefallen getan?« erkundigte sich der Major.

»Soweit das möglich war, ja. War eine berufliche Angelegenheit. Ist noch nicht ganz abgeschlossen.«

Der Major sah ihn nachdenklich an: »Könnte es sein, daß Sie gar nicht so recht erpicht drauf sind, die Sache abzuschließen?«

Kincaid hielt dem steten Blick des Majors nicht stand. Verzögerte er die Sache mit Vic unnötig? Anfangs hatten ihn Neugier und seine Höflichkeit motiviert. Mittlerweile hätte er sich mit einem einzigen Anruf, in dem er Vic sagte, was er erfahren hatte, aus der Affäre ziehen können ... War es wirklich nötig gewesen, ein zweites Treffen zu verabreden?

Er mußte zugeben, daß ihn der Unterschied zwischen der Frau, die er gekannt hatte, und der Frau, die aus ihr geworden war, faszinierte. Gleichzeitig zog ihn die Vertrautheit an, die sie für ihn noch immer ausstrahlte. »Ich weiß es nicht«, erwiderte er schließlich.

Der Major schien diese unzulängliche Antwort gründlich

zu überdenken, während er an seinem Whisky nippte, dann sagte er bedächtig: »So verführerisch es auch sein mag, ich habe die Erfahrung gemacht, daß es sich nicht auszahlt, die Vergangenheit wiederzubeleben.«

Newnham
21. April 1962
Liebste Mami,
mein Brief kommt diese Woche spät, aber ich will schreiben, bis mir die Augen zufallen.

Der Tag begann grau und feucht, gut zum Arbeiten, also habe ich mich an meine Hausarbeit über die englischen Moralisten gemacht. Die Abhandlung ist meine Chance, alles, was ich in den letzten beiden Semestern gelesen habe, zusammenzufassen und meiner Meinung darüber Ausdruck zu verleihen. Das Vorhaben begeistert mich, so einschüchternd das Thema auch ist.

Bis zum Mittag hatte der Wind den Himmel von sämtlichen Wolken gesäubert, und ich hatte das dringende Bedürfnis, an die frische Luft zu kommen, den herrlichen Tag in mich aufzusaugen. Ich habe Daphne geweckt und sie überredet, mit mir einen Spaziergang zu machen. Armes Mädchen! Sie war noch im Nachthemd, gähnte und rieb sich die Augen, da sie die ganze Nacht über gebüffelt hatte. Mit ihrer kastanienbraunen Haarmähne und dem ovalen Gesicht sah sie ein bißchen wie die Venus aus dem Bade aus. Sie ist ein prima Kamerad und war bald ausgehfertig, so daß wir aufbrechen konnten.

Die Luft war rein und kalt, und unsere Schritte führten uns automatisch nach Grantchester. Wir wanderten zügig den Flußpfad entlang, den Nordwind im Rücken, und im Nu hatten wir die Flußauen erreicht. Es gibt dort, ungefähr auf halbem Weg, eine bestimmte Stelle, die ich liebe. Dort mache ich immer halt und lasse für einen Moment den Blick kreisen. Im Norden schweben die Türme von Cambridge losgelöst über der Ebene. Im Süden sind die Dächer und Schornsteine von Grantchester zu sehen, von denen Rauchsäulen auf-

steigen, die sich in der flachen blauen Schüssel des Himmels über Cambridge verlieren.

Daphne studiert Vergleichende Religionswissenschaften, und wir haben über die unterschiedlichen Richtungen in der Philosophie diskutiert. In letzter Zeit frage ich mich oft, ob an der Vorstellung der Wiedergeburt nicht etwas dran ist ... jedenfalls würde es eine Erklärung für meine Gefühle liefern. Und das ist nicht nur eine Frage des Raumes, sondern auch der Zeit. Ich fühle mich in unserer Gegenwart oft fehl am Platz.

Natürlich vermittelt Cambridge an sich schon ein Gefühl der Zeitlosigkeit. Trotzdem scheine ich eine besondere Affinität zu den Jahren vor dem ersten Weltkrieg zu haben. Lese ich von Rupert Brooke und seinen Freunden, so ist es, als könne ich sie beinahe vor mir sehen. Ich weiß, wie es gewesen sein muß dabeizusein, im Garten von The Orchard Tee zu trinken, einander Gedichte laut vorzulesen, vor dem Kamin in Ruperts Arbeitszimmer im Old Vicarage, oder im Mill Race zu baden.

Genau das haben wir dann auch getan ... Daphne und ich. Wir haben Tee im ›Orchard‹ getrunken unter den großen Apfelbäumen im Garten, die Gesichter in die Sonne gereckt. Und als das Licht schwand, sind wir nach drinnen gezogen vors prasselnde Kaminfeuer.

Später auf dem Heimweg haben wir durch den Zaun auf die ›Old Vicarage‹ nebenan gesehen und beobachtet, wie in der Dämmerung die Lichter angingen. Das Haus sieht ein wenig heruntergekommen und der Garten verwildert aus, aber ich glaube, Rupert Brooke hat es so gemocht.

Während ich das Haus betrachtet habe, habe ich mir vorgestellt, wie sie auf dunklen Pfaden im Garten gewandelt sind, Arm in Arm, die Frauen in langen, weißen, hochgeschlossenen Kleidern, die Männer in weißen Tennisanzügen oder gestreiften Jacketts. Der Wind hat ihre Stimmen wie von fern zu mir getragen, und ich glaubte, ihre Gesichter zu erkennen: Dudley Ward und Justin Brooke, Ka Cox, die Darwins, James Strachey, Jacques Raverat und die kleine Noel Olivier, vielleicht an Ruperts Arm, den dunklen Kopf gereckt, während sie ihm zuhörte? Sie haben über Politik, Sozialismus, Kunst gesprochen ... aber ich glaube, da waren auch viel Leid und Dummheiten im Spiel.

Ich fühle mich Rupert über unseren gemeinsamen Namen hinaus seelenverwandt. Ich teile seine Leidenschaft für das Wort und die Hingabe an seine Kunst – und ich hoffe, seine Selbstdisziplin zu haben. Wie wenig sich doch verändert. 1907 hatten Brooke und einige seiner Freunde vom King's College eine Gesellschaft namens The Carbonari gegründet; nur zum Zweck des Denkens und Diskutierens, um abzustecken, was sie über die Welt dachten. Eines Abends hat Brooke einmal gesagt: »Es gibt nur drei Dinge in der Welt. Das eine ist, Dichtung zu lesen, das andere ist, Gedichte zu schreiben, und das beste von allem ist, Poesie zu leben.«

So inspiriert haben mich diese Worte, daß ich schreibe, wo und wann immer ich kann. Ich stelle fest, es ist alles Wasser auf meine Mühlen. Man kann Poesie nicht vom Leben trennen –... das Leben beharrt darauf auszubluten, auf all seinen zahllosen und verschlungenen Wegen.

Ich habe ein langes Gedicht mit dem Titel ›Sonnenwende‹ vollendet und lege eine Kopie für Dich bei. Ich habe es gleichzeitig an eine Zeitschrift geschickt und erwarte nun die unvermeidliche Absage.

Daphne und ich freuen uns auf Sommerabende und Picknicks am Fluß. Nathans Familie lebt in Grantchester, habe ich Dir das schon gesagt? Er hat versprochen, uns bei schönem Wetter ein Wochenende zu sich nach Hause einzuladen, und vielleicht wagen wir ein mitternächtliches Bad in Byron's Pool, stromabwärts von Grantchester, hinter der Mühle. Es heißt, Rupert Brooke soll Virginia Woolf überredet haben, eines Sommers um Mitternacht dort nackt zu baden.

Alles Liebe an Dich und Nan
Deine schläfrige Lydia

Er hat doch halb sechs gesagt, dachte Vic, als sie auf ihre Uhr sah, und drückte noch einmal frustriert auf den Klingelknopf.

Sie hatte die Zeit sorgfältig in ihrem Terminkalender vermerkt; wie auch den Ort, obwohl sie die alte Trinity-Street-Kirche aus grauem Stein gut kannte. Als Adam Lamb sie beim ersten Mal abgewiesen hatte, hatte sie mit dem Gedanken gespielt, einen Sonntagsgottesdienst seiner Gemeinde zu besuchen, um ihn wenigstens aus der Ferne betrachten zu können.

Ob es Nathan freuen würde, daß seine Vermittlung ihr diese kleine Hinterhältigkeit erspart hatte? überlegte sie lächelnd. Die Gedanken an Nathan waren verlockend, selbst noch in der Kälte auf der Veranda des Pfarrhauses, aber sie lenkten ab. Statt dessen war sie bemüht, sich Adam Lamb vorzustellen, wie er auf Lydias alten Fotos ausgesehen hatte: ein jungenhafter Typ mit schmalem Gesicht und dichten, dunklen Locken, ernst – und jetzt ein feindseliger Mann, der sich nur aufgrund der Bitte eines Freundes bereit erklärt hatte, sie zu empfangen.

Vic fuhr sich mit der Zunge über die Lippen und klingelte erneut.

Die Tür ging auf, als sie sich schon halb abgewandt hatte. Sie hatte weder Schritte noch den Schlüssel im Schloß gehört und sog hastig und überrascht die Luft ein.

»Hallo, ich bin …«

»Entschuldigen Sie vielmals«, sagte Adam Lamb atemlos. »Hatte ein völlig verzweifeltes Gemeindemitglied am Telefon. Immer ist was los. Besonders wenn man's eilig hat. Geben Sie mir Ihren Mantel«, bat er lächelnd.

In der Diele des Pfarrhauses war es noch kälter als draußen auf der Veranda. Sie trug ein tailliertes Kostüm in Marineblau, ein langes, zweireihiges Jackett über kurzem Faltenrock, das sie in der Hoffnung gewählt hatte, gleichzeitig vertrauenswürdig und geschäftsmäßig auszusehen und Adam Lamb etwas zu bieten, falls er für Frauenbeine etwas übrig hatte. Jetzt schien es, als sei beides vergebene Liebesmüh gewesen. »Nein danke«, wehrte sie bedauernd ab. »Ich behalte den Mantel lieber an.«

»Kluge Entscheidung. Wenn Sie dieses Haus jetzt schon als zugig empfinden, dann sollten Sie mal mitten im Winter herkommen. Aber im Wohnzimmer habe ich das elektrische Kaminfeuer eingeschaltet. Und wir könnten ein Glas Sherry oder Madeira trinken, wenn Sie möchten.«

»Ein Sherry wäre großartig«, sagte Vic, hastete hinter ihm her und versuchte ihrer Überraschung Herr zu werden. Adam Lamb war größer, als sie aufgrund der Fotos vermutet hatte, und noch immer hager. Das dunkle, lockige Haar war ergraut, aber voll. Das schmale Gesicht war zerfurcht, als habe er kein einfaches Leben gehabt, und er trug eine dicke graue Wolljacke über der schwarzweißen Tracht des Geistlichen. All das paßte irgendwie zu dem Bild, das sie sich von ihm gemacht hatte – selbst die Brille mit Goldrand, die seinen blauen Augen etwas Eulenhaftes verlieh –, nichts jedoch hatte sie auf die ernste Freundlichkeit seines Lächelns vorbereitet.

Sie registrierte Linoleumbelag in verblaßten Farben und senfgelbe Wände. Dann öffnete er am Ende des Korridors eine Tür und schob sie hinein. Hier war es überraschend warm, und sie setzte sich dankbar in den Sessel, den er ihr anbot.

»Wenn Sie mich bitte kurz entschuldigen«, sagte er. »Ich hab vergessen, den Anrufbeantworter einzuschalten. Sonst werden wir nur dauernd gestört.«

Seine Abwesenheit gab Vic Gelegenheit, das Zimmer genauer zu betrachten, und sie sah sofort, daß er hier in der schäbigen Anonymität des Pfarrhauses seinen persönlichen Stempel hinterlassen hatte. Ein farbenfroher Teppich bedeckte den senfgelben Teppichboden, und vor den Fenstern, die zur schmalen Gasse neben der Kirche hinausführen mußten, hingen dunkelrote Samtvorhänge. Auf dem niedrigen Tisch vor ihrem Sessel standen zwei schöne Kristallgläser, deren blaue und rote Farbe im Schein des Heizofens im Kamin wie Juwelen funkelte.

Bücher nahmen jeden verfügbaren Platz an den Wänden ein, und zumindest das war keine Überraschung für sie.

Sie hatte gerade ihren Mantel ausgezogen und die Beine zum Ofen hin ausgestreckt, als Adam Lamb zurückkehrte. Er schenkte ihr aus einer Kristallkaraffe Sherry ein. Vic nippte daran. Er war sehr gut und sehr trocken, genau, wie sie ihn mochte.

Er faltete seine lange Gestalt in das rote viktorianische Zweiersofa ihr gegenüber und hob sein Glas. »Auf die Wärme«, sagte er nachdrücklich. »Ich habe fünf Jahre in Afrika verbracht, und ich glaube, mein Blut hat seine gute englische Widerstandskraft seither nie wiedererlangt. Manchmal träume ich von der Sonne und von Nächten unter dem Moskitonetz. Aber ich langweile Sie.« Er lächelte sein entwaffnendes Lächeln und trank einen Schluck Sherry. »Sie wollen über Lydia reden.«

»Ich möchte nicht unhöflich sein«, begann Vic zögerlich, »aber als ich Sie das erste Mal anrief, hatte ich den Eindruck, daß Sie nicht über Lydia reden wollen.«

»Das trifft es nicht ganz«, widersprach Adam. »Ich kannte Sie nur einfach nicht.«

»Mich?«

Adam beugte sich vor, die Hände auf den Knien, die Miene ernst. »Ich wußte nicht, ob Sie Lydia positiv gegenüberstehen. Sie hätten genausogut – bitte entschuldigen Sie den Ausdruck – eine Skandalreporterin sein können. Und ich möchte keinem Buch Vorschub leisten, das die etwas skandalträchtige Seite von Lydias Leben mehr auswalzt als ihr literarisches Werk. ›Der Dichter als Neurotiker‹, Sie kennen diesen Schrott.«

»Sie haben mit Darcy gesprochen.« Das war eher eine Feststellung als eine Frage. »Um sich über mich zu erkundigen.«

»Sie sagten in Ihrem Brief, Sie seien an der Englischen Fakultät.« Adam betrachtete auffallend konzentriert seine Finger. »Also schien er mir die richtige Person, um eine Meinung einzuholen. Ich hatte keine Ahnung, daß Sie Nathan kennen. Persönlich, meine ich, und nicht nur in seiner Eigenschaft als Lydias Nachlaßverwalter.«

»Und Darcy hat mich, vom akademischen Standpunkt her, als ›unsolide‹ bezeichnet, stimmt's? Er hat behauptet, ich wolle ein überspanntes feministisches Traktat schreiben, oder?« Vic fühlte, wie ihr das Blut in die Wangen stieg. Dann wurde ihr klar, daß sie den Schaden, den Darcy angerichtet hatte, nicht wiedergutmachen konnte, indem sie sich über Adam ärgerte, und holte tief Luft.

»Das hat er nicht unbedingt gesagt ...« Adams großer Mund verzog sich zu einem amüsierten Lächeln. Vic lächelte ebenfalls.

»Aber er hat es gemeint.«

»So ähnlich.« Adam hatte soviel Anstand, zerknirscht zu wirken. »Ich muß mich bei Ihnen entschuldigen, Dr. McClellan. Ich lebe lange genug in Cambridge, um über die zahlreichen fakultätsinternen Rivalitäten Bescheid zu wissen.«

Vic hielt es für das beste, nicht weiter darauf einzugehen und Darcy bei der nächstbesten Gelegenheit die Meinung zu geigen. »Nennen Sie mich Vic«, sagte sie laut. »Das tun alle meine Freunde.«

»Und ich bin Adam«, erwiderte er. »Meine Schäfchen sagen Vater Adam, aber dafür besteht bei Ihnen kein Anlaß.«

Nachdem diese Vertrauensbasis geschaffen war, versuchte Vic weitere Mißverständnisse im Vorfeld auszuräumen. »Adam«, begann sie und dachte unwillkürlich an den Jungen, den Lydia in ihren Briefen erwähnt hatte, obwohl sie jetzt einem erwachsenen Mann gegenübersaß. »Ich glaube, ich sollte keinen Zweifel an meiner Position lassen. Ich habe nicht die Absicht, mich auf die emotionalen Probleme in Lydias Leben zu konzentrieren. Aber ich kann auch nicht einfach darüber hinwegsehen. Welchen Sinn sollte eine Biographie haben, die eine Persönlichkeit nicht vollständig ausleuchtet? Man kann sich also entweder Darcys destruktiver Meinung anschließen, daß das Privatleben eines Künstlers keinerlei Relevanz für seine Kunst hat, weil das Leben eines Menschen nicht wichtig, sondern nur eine schwache Konstruktion des Ego ist, um seine Unzulänglichkeiten zu verbergen ...«

Vic trank einen Schluck Sherry und fuhr fort: »... oder man entscheidet, daß Kunst, oder in diesem Fall Poesie, aus dem Leben und dem Erfahrenen entsteht und nur in diesem Zusammenhang echte Bedeutung erlangt. Nicht, daß ich die Macht der Sprache nicht zu schätzen wüßte – das vor allem fasziniert uns an der Poesie –, aber wenn man sie nur als Spielerei von Stil und Phantasie nimmt, dann schafft man ein moralisches Vakuum.« Vic merkte, daß sie sich so weit vorgebeugt hatte, daß sie Gefahr lief, vom Sessel zu fallen. Sie stellte das Sherryglas vorsichtig auf den Beistelltisch, lehnte sich zurück und sagte: »Entschuldigen Sie. Leider ist das mein Steckenpferd, und da vergesse ich mich leicht.«

»Das ist in Ordnung.« Adam schenkte unaufgefordert Sherry nach. »Im ersten Moment bin ich mir wieder wie im College vorgekommen. Wir hatten die herrlichsten Diskussionen. Manchmal sind wir ganze Nächte im Park und am Fluß entlanggewandert und haben leidenschaftlich disputiert. Wir hielten uns für Revolutionäre, wollten die Welt verändern.« Er sagte das ohne Zynismus oder Bitterkeit, und für einen Moment sah Vic ihn, wie er damals gewesen sein mußte: ein Naiver in der intellektuellen Verkleidung eines Studenten im ersten Semester. Hatte Lydia sich deshalb zu ihm hingezogen gefühlt?

»Sie stammen auch aus einem Dorf, stimmt's? Genau wie Lydia.«

Adam lächelte. »Nur daß meines in Hampshire lag und keine literarische Prominenz besaß. Ich erinnere mich, daß Lydia mir am Abend, als wir uns kennenlernten, erzählt hat, sie käme aus einem Ort in der Nähe von Virginia und Leonard Woolfs Haus. Sie war restlos fasziniert von Virginia Woolf.«

»Glauben Sie, das war der Anfang ihres Interesses für Rupert Brooke?«

»Könnte quasi die Initialzündung gewesen sein. Sie hatte alles über Bloomsbury gelesen, dessen sie habhaft werden konnte. Und sicher wurde Brooke irgendwo erwähnt – auch wenn er nie offiziell dazugehörte.«

Eine Windböe zerrte an den Läden vor den Fenstern, und Vic wärmte sich mit einem Schluck Sherry. »Die Bloomsbury-Gruppe ... Warum glauben Sie, hat sich Lydia so von der Idee einer Gruppe aus intellektuell Gleichgesinnten angezogen gefühlt?«

Adam schlug die langen Beine übereinander. »Ihr familiärer Hintergrund liefert die offensichtliche Erklärung. Ein vaterloses Einzelkind, das in einem kleinen Dorf aufwächst ... Falls sie dort je Freunde gehabt hat, hat sie sie nie erwähnt. Ich schätze daher, daß sie sich nach solcher Gesellschaft gesehnt hatte, seit sie lesen konnte.«

»Und ihre Mutter? War Lydia wirklich eine so pflichtbewußte Tochter, wie es in ihren Briefen anklingt?«

»Sie hatten eine ungewöhnliche Beziehung. Sie waren eher wie Schwestern oder Freundinnen. Und falls Lydia unter dem Druck stand, die Träume ihrer Mutter auszuleben, so hat sie sie deshalb nie weniger geliebt.«

»Die Mutter war Lehrerin, oder?« spann Vic den Faden weiter, obwohl sie über das Leben von Mary Brooke genau Bescheid wußte.

»Sie muß ein sehr intelligentes Mädchen gewesen,

denn sie hatte schon vor dem Krieg einen Studienplatz in Oxford bekommen«, antwortete Adam. »Aber sie hat ihn nicht in Anspruch genommen, sondern ist zu Hause geblieben und hat ihren Jugendfreund geheiratet. Sie hatte nämlich Angst, daß er aus Frankreich nicht zurückkehren würde ...«

»Was ja dann tatsächlich passierte«, vollendete Vic für ihn und seufzte. »Ich frage mich, ob sie ihre Entscheidung je bereut hat.«

»Dann hätte sie Lydia nicht gehabt«, sagte Adam logisch, als wäre diese Alternative undenkbar. »Was möchten Sie noch wissen?« Er warf einen verstohlenen Blick auf seine Uhr. Vic vermutete, daß er eine Verabredung hatte, ihr das jedoch aus Taktgefühl verschwieg.

»Das Unmögliche.« Sie lächelte angesichts von Adams verblüffter Miene. »Ich möchte gern wissen, wie sie gewesen ist. Ich möchte sie mit Ihren Augen sehen, sie durch Ihre Ohren hören.«

Adam sah an ihr vorbei ins Leere. »Das war das erste, was einem an ihr auffiel«, sagte er schließlich. »Ihre Stimme. Sie war klein und behende, leichtfüßig wie eine Tänzerin und hatte herrliches dunkles, welliges Haar, das sie aufgesteckt trug – aber wenn sie redete, vergaß man alles andere.« Er lächelte bei der Erinnerung an ein Bild, das Vic nicht sehen konnte. »Sie klang, als habe sie in jeder verräucherten Bar von Casablanca bis Soho gesungen, aber auch noch aus dem rauchigsten Timbre war das Dorf in Sussex herauszuhören, aus dem sie stammte.«

»Also noch immer reizend englisch?«

Adam lachte. »Genau. Aber das interessiert Sie doch nicht, oder? Wie sie aussah, meine ich.« Er schenkte sich Sherry nach. »Wie soll ich Lydia nur beschreiben?«

»Nennen Sie einfach ein Adjektiv«, schlug Vic vor. »Ganz spontan, ohne nachzudenken.«

»Wie bei einem Gesellschaftsspiel?« Adam klang skeptisch.

»Finden Sie das nicht wissenschaftlich genug? Sehen Sie es als Wortspiel«, forderte Vic ihn auf. »Soviel ich weiß, hatten Sie ebenfalls Ambitionen als Dichter.«

Adam zog eine Grimasse. »Ich war nicht talentiert genug. Leider. Also bitte, ich versuch's.« Er runzelte die Stirn. »Leidenschaftlich, launisch, lustig, klug, aber vor allem leidenschaftlich. Leidenschaftlich in Liebe und Haß – und besonders leidenschaftlich, wenn es um ihre Arbeit ging.«

Vic nickte und nahm all ihren Mut zusammen, bevor sie sich auf gefährliches Terrain wagte. »Sie haben auch nach der Trennung von Morgan die Beziehung zu ihr aufrechterhalten, nicht wahr? Ich weiß«, fügte sie vorsichtig hinzu, »daß Sie es waren, der sie gefunden hat, sie beim ersten Mal gerettet hat. Was ich nicht weiß, ist, ob Sie ahnten, was sie vorhatte.«

»Jedenfalls hat sie nicht mit Selbstmord gedroht, wenn Sie das meinen. Hat es nicht mal angedeutet. Aber ...«

Vic fühlte, wie ihr Herz schneller schlug. »Aber sie verhielt sich sicher nicht normal, oder? Inwiefern war sie anders?«

»Ruhig«, erwiderte Adam. »Viel zu ruhig ... fast wie in Trance. Aber das ist mir damals gar nicht aufgefallen. Sie vergaß mitten im Satz, was sie sagen wollte, und lächelte einfach.« Er schüttelte den Kopf. »Ich hätte wissen müssen ...«

»Wie denn?« protestierte Vic. »Es sei denn, Sie hätten mit Depressionen Erfahrung gehabt.«

Adam schüttelte den Kopf. »Erst heute habe ich so oft damit zu tun, daß ich schon die ersten Symptome erkenne. Aber ein bißchen gesunder Menschenverstand hätte auch damals genügen sollen.« Seine Hände strichen rastlos über die Knie. »Wenn ich mehr an Lydia anstatt an mich gedacht hätte ...«

»Wie meinen Sie das?« fragte Vic verwirrt.

»Ich hatte andere Prioritäten, wissen Sie.« Adam vermied es, Vic anzusehen.

»Ich weiß nicht, was Sie damit ausdrücken wollen.«

»Es klingt alles so absurd ... lächerlich. Aber was soll's? Heute wie damals stehe ich als Idiot da.« Er preßte die Lippen aufeinander. »Ich war froh, daß Morgan sie verlassen hatte. Ich dachte, sie würde bald darüber hinwegkommen und es könnte vielleicht wieder so zwischen uns werden, wie es am Anfang war.«

»Am Anfang? Sie und Lydia?« Vic hörte die Überraschung aus ihrer Stimme und verfluchte sie. Sie konnte es sich jetzt nicht leisten, ihn zu verstimmen. »Natürlich«, fügte sie hastig hinzu. »Was wäre natürlicher gewesen? Und als sie gar nicht so unglücklich schien, dachten Sie ...«

»Es ist alles sehr lange her. Ich kann nur hoffen, daß ich im Alter nicht dümmer geworden bin.« Er stellte sein Glas so entschieden auf den Tisch zurück, daß man annehmen konnte, er habe genug vom Reden.

Er ist genauso alt wie Nathan, dachte Vic, und trotzdem macht er plötzlich den Eindruck, als ob das Leben ihn vernichtet habe.

»Adam«, sagte sie, bevor er ihr Gespräch beenden konnte. »Was ist mit Lydias zweitem Selbstmordversuch? Hatte sie da dieselben Symptome? Es muß doch auch Anzeichen gegeben haben ...«

»Das kann ich nicht beurteilen«, unterbrach er sie. »Ich war damals in Kenia. An einer Missionsschule.« Er stand auf, trat an das Bücherregal hinter dem kleinen Sofa und nahm etwas heraus. »Einer meiner Schüler hat das für mich gemacht.« Er hielt Vic eine kleine Keramikvase hin. Sie hatte eine glatte Glasur in der Farbe sonnengebräunter Haut. Eine schwarz aufgemalte Antilope sprang im ewigen Reigen über ihre leicht bauchige Oberfläche.

»Bezaubernd.« Vic nahm ihm die Vase aus der Hand. »Erinnert mich an eines von Lydias Gedichten. Es hat den Titel

›Gras‹. Ich habe mich immer gefragt, wie sie auf das Thema gekommen ist. Haben Sie ihr darüber geschrieben?«

Adam zuckte die Schultern. »Gelegentlich. Die Nächte konnten sehr lang sein. Vermutlich hat sie die Briefe nicht aufbewahrt. Oder irre ich mich?«

»Falls doch, habe ich sie bei meinem Material nicht gefunden.« Vic wußte nicht, ob ihn das tröstete oder verletzte. Dafür hatte sie jetzt einen Hoffnungsschimmer. »Lydia hatte Ihnen nicht zufällig auch geschrieben?«

»Ja, hat sie. Aber kurz vor meiner Rückkehr nach England hat es in der Mission gebrannt. Ich habe meine gesamte persönliche Habe verloren – darunter auch Lydias Briefe. Tut mir leid für Sie«, fügte er hinzu. Vic merkte daran, daß die Enttäuschung ihr anzusehen war.

»Kann man nichts machen.« Sie zwang sich zu einem Lächeln. »Es war für Sie ein viel größerer Verlust. Aber ich frage mich …« Sie zögerte, weiter in ihn zu dringen. »Erinnern Sie sich, ob in den Briefen Ungewöhnliches stand, bevor …«

»Bevor sie mit dem Wagen gegen den Baum gefahren ist?« Zum ersten Mal klang Ärger aus Adams Stimme. »Eine große Dummheit! Ich habe später erfahren, sie habe behauptet, die Kontrolle über den Wagen verloren zu haben. Das habe ich nie geglaubt. Sie war eine gute Autofahrerin, sehr konzentriert. Fast alles, was sie tat, machte sie gut.«

»Aber die Briefe …?«

»Sie hat mir nie mehr anvertraut als harmlosen Klatsch«, erwiderte Adam und stand abrupt auf. »Wenn Sie mehr über ihre Gemütsverfassung wissen wollen, fragen Sie Daphne.«

6

*In der Stille des Todes; vielleicht seh' und erkenne ich,
schemenhaft nur,
Über mich gebeugt, letztes Licht im Dunkel, noch
einmal, wie einst dein Gesicht.*

RUPERT BROOKE
aus ›Choriambi I‹

*Newnham
20. Juni 1962
Liebste Mami,
es gibt so viel zu erzählen, daß ich nicht weiß, wo ich anfangen soll. Ich habe mein Bett seit zwei Tagen nicht mehr gesehen, aber ich bin noch immer viel zu aufgeregt, um zu schlafen, und deshalb habe ich beschlossen, Dir die Woche der Maifeiern in Cambridge zu schildern, solang mir all die wunderbaren Dinge noch frisch in Erinnerung sind.*

Kaum hatte ich meine Examen geschrieben (ich war wie in Trance vor Erschöpfung), begann zum Glück der Party-Marathon, denn sonst hätte ich nur bange auf die Ergebnisse gewartet. Die Stimmung hier grenzt an Hysterie, denn alle sind erleichtert, ängstlich und völlig durchgedreht vom nächtelangen Pauken. Daphne und ich sind brav von College zu College treppauf und treppab marschiert, wild entschlossen, keine einzige Einladung auszulassen. Einige der Feste waren pompös, andere reichlich improvisiert mit Kartoffelchips und Bier, aber dafür meistens am amüsantesten.

Sogar auf den schicken Parties ging es entspannt und locker zu. Es wurde viel getrunken, geredet und getanzt. Wenn mir etwas den Spaß verdorben hat, dann die Tatsache, daß ich einen hartnäckigen Verehrer erworben habe – und ganz unfreiwillig. Er ist ein dunkelhaariger, düster dreinschauender Waliser namens Morgan Ashby; ein Kunststudent, der mir immer und überall an den Fersen klebt. Er beobachtet mich stets mit seelenvollem Blick aus der Entfernung, was mich irritiert. Irgendwann hat er den Mut gehabt, mich zu seiner Maifeier einzuladen, aber ich habe keine Lust, die Cathy zu seinem Heathcliff zu geben und habe die Einladung ausgeschlagen. Davon abgesehen war ich schon seit Monaten bei Adam eingeladen, und ich hätte den lieben, süßen Adam um keinen Preis der Welt versetzt.

Wir sind ein Kleeblatt, Adam und ich, Nathan und Daphne, und der Himmel hat es sich offenbar zur Aufgabe gemacht, für uns die perfekte Kulisse fürs Ende unseres ersten Jahrs und unseres ersten Maiballs in Cambridge zu schaffen: Vollmond und glitzernde Sterne in einer beinahe tropischen Nacht. Im Garten hatten sie Lichterketten in die Bäume gehängt. Es sah aus wie im Märchen. Wir haben auf dem Rasen getanzt. Daphne und ich trugen beide durchsichtiges Weiß und haben uns eingebildet, Najaden (oder heißen sie Dryaden?) zu sein und schweben zu können.

Wir können uns nun zu den Überlebenden zählen. Wir haben die Nacht durchgemacht und sind in den frühen Morgenstunden mit einem Nachen zum Frühstück nach Grantchester gestakt. Wir waren zwar geschafft, aber noch immer in Form. In Grantchester haben wir Adams Freund Darcy Eliot und seine Freundin getroffen, eine geistlose Blondine aus Girton. Leider, muß ich sagen, denn Darcy scheint entschlossen, zu uns zu gehören. Er sieht nicht nur umwerfend gut aus, ist charmant und ein vielversprechender Poet – seine Mutter ist auch noch Margery Lester, die Romanautorin. Du weißt, wie sehr ich ihre Bücher liebe – schließlich hast Du sie mir gegeben. Und ich wage kaum zu hoffen, sie eines Tages kennenzulernen.

Das Morgenlicht ist sanft und schattenlos geworden, und wenn ich die Augen schließe, kann ich einen Hauch von Regen riechen. Mein Ballkleid liegt auf dem Stuhl, ein bißchen verknautscht, jetzt im Ta-

geslicht. Ich fühle mich verloren, wie Aschenputtel am Tag danach. Diese Zeit kommt nie wieder, und ich frage mich, ob ich es je ertragen kann, sie verloren zu haben.

Meine Lider sind schwer. Aber eines, ein letztes, gibt es noch zu erzählen. Bei unserer Rückkehr nach Cambridge schließlich hingen meine Examensergebnisse am Schwarzen Brett vor dem Senate House aus. Es war gut, daß Adam mich stützen konnte. Die Knie wurden mir butterweich, und ich mußte die Augen zumachen, während er sie mir vorlas. Aber die Aufregung war umsonst. Ich habe besser abgeschnitten als erwartet, ich habe meine Sache sogar erstaunlich gut gemacht.

Jetzt freue ich mich nur noch auf die langen Semesterferien und zu Hause.

Lydia

Gemma bereute ihre Entscheidung mit jeder Meile mehr, die sie zurücklegten. Nach dem vergangenen Sonntag und dem Krach wegen Kincaids Ex-Frau (den Streit hatte sie vom Zaun gebrochen, erinnerte sie sich erneut) hatten Duncan und sie sich während der Woche im Büro gemieden. Zwar waren sie es nicht gewohnt, viel Zeit miteinander zu verbringen, aber bis Freitag hatte sie ihn doch so schrecklich vermißt, daß sie als Tatsache ins Auge gefaßt hatte, sich zu entschuldigen.

Gemma erwischte Kincaid in seinem Büro, als er gerade sein Jackett anzog. »Können wir mal miteinander reden?« fragte sie zögernd. »Wie wär's mit einem Bier in der Kneipe – wenn du nichts Besseres vorhast.«

Kincaid, der Akten von seinem Schreibtisch in die Aktentasche verfrachtete, hielt inne. »Beruflich oder privat?« fragte er und musterte sie aufreizend unbeteiligt.

»Privat.«

Er zog die Augenbrauen hoch. »Lädst du mich ein?«

Sie lächelte. Das war ein gutes Zeichen. Er schien nicht allzu böse auf sie zu sein. »Geizknochen. Ich schätze, ein Bier kann ich dir spendieren.«

»Abgemacht«, sagte er und schob sie zur Tür hinaus.

Ohne weitere Diskussion steuerten sie den Pub an der Wilfred Street in der Nähe des Yard an. Seit sie Partner geworden waren, tranken sie dort gelegentlich nach Dienstschluß ein Bier. Im Lauf des Tages war unverhofft ein eisiger Wind aufgekommen. Als sie den Pub erreichten, atmeten sie dankbar die Wärme des überfüllten Schankraums ein. Gemma hielt nach einem freiwerdenden Tisch Ausschau, während Kincaid sich in das Gedränge an der Theke stürzte. »Heute abend schone ich deinen Geldbeutel noch mal«, sagte er über die Schulter, bevor er in den Nikotindunst abtauchte. »Aber das nächste Mal bist du dran.«

Gemma ergatterte ihren Lieblingstisch in der Ecke neben dem Ofen. Das war ein gutes Omen. Das Paar, das dort gesessen hatte, stand in dem Moment auf, als Kincaid mit dem Bier kam. Sie hechtete wie ein Rugby-Stürmer darauf zu und sah mit strahlendem Lächeln von ihrem Stuhl auf, als er an den Tisch trat.

»Gut gemacht«, lobte er sie, stellte die Gläser ab und setzte sich neben sie. Er hob sein Glas und prostete ihr zu. »War eine verdammt lange Woche.«

Gemma erkannte ihre Chance und war wild entschlossen, sie zu nutzen. Sie trank einen Schluck Bier, um sich die Kehle zu schmieren, und legte los: »Das mit letztem Sonntag tut mir leid. Ich meine, was ich gesagt habe. Ich bin übers Ziel hinausgeschossen. Außerdem ging es mich nichts an.« Sie studierte eingehend ihren Bierfilz und hob dann den Blick zu ihm auf. »Es ist nur ... Ich weiß, es ist idiotisch ... aber die Vorstellung, daß du dich mit ihr triffst, macht mich ... beunruhigt mich.« Sie wandte erneut den Blick ab.

Kincaid schwieg einen Moment, und Gemma kam sich wie eine Idiotin vor. Dann sagte er: »Ich weiß. Das hätte mir von Anfang an klar sein müssen.« Überrascht sah sie auf und wollte etwas sagen, doch er fuhr fort: »Aber du hast keinen Grund, beunruhigt zu sein. Oder dich bedroht zu fühlen.«

Gemma schwieg. Sie traute ihrer Stimme noch nicht.

Kincaid drehte sein Glas auf dem Untersetzer und fügte hinzu: »Zugegeben, es hat mich umgehauen, Vic wiederzusehen. Es ist damals eine Menge ungeklärt geblieben zwischen uns.«

»Hast du ...« Gemma schluckte. »Ich meine, habt ihr das jetzt geklärt?« formulierte sie vorsichtig.

»Darüber habe ich die ganze Woche nachgedacht. Dabei ist mir erstaunlicherweise klargeworden, daß ich sie sehr mag. Aber ich bin nicht mehr in sie verliebt.« Er fing ihren Blick auf. »Vic hat gesagt, sie habe das Gefühl, daß jemand auf mich wartet. Ich habe geantwortet: Ich glaube schon.«

Beim Gedanken daran, wie sie ihn danach empfangen hatte, wurde sie rot vor Scham. »Und die Sache, die du für sie herausfinden solltest? Was hat dein Freund in Cambridge dazu gesagt?« erkundigte sie sich, um das Thema zu wechseln.

»Er hatte mit dem Fall nichts zu tun, aber ich konnte die Akte einsehen.« Kincaid zuckte die Schultern. »Da sind tatsächlich ein paar Dinge nicht ganz schlüssig. Aber ich sehe keine Möglichkeit, etwas dagegen zu unternehmen.«

»Hast du's ihr schon gesagt?«

Er schüttelte den Kopf. »Ich wollte das nicht am Telefon tun. Außerdem möchte ich ihr die Notizen geben, die ich mir während der Aktenlektüre gemacht habe. Vielleicht kann sie damit was anfangen. Ich fahre Sonntag zu ihr.« Er sah Gemma an und lächelte sein gewinnendstes Lächeln.

»Kommst du diesmal mit? Ich könnte moralische Unterstützung brauchen.«

Sie schaffte ein Nicken, bevor sie einen Rückzieher machen konnte. Er nahm ihre Hand. »Hast du heute abend was vor? Du hast mir gefehlt.«

Gemma nahm sehr bewußt die Form seiner Finger wahr, die sich über ihre Hand gelegt hatten, den Bartschatten, den ein langer Tag auf seinem Kinn zurückgelassen hatte, sein Knie, das ihr Bein unter dem Tisch berührte, das Gefühl seiner Nähe. Sie räusperte sich. »Ich habe Hazel gesagt, daß es heute spät werden könnte. Ist schließlich Freitag und so ...«

Kincaid grinste. »Schlaues Mädchen. Dann komm mit zu mir. Wir nehmen uns auf dem Weg was zu essen mit – oder möchtest du irgendwo schick essen gehen?« Ihre Miene schien Antwort genug zu sein, denn er zog sie auf die Beine. Das Bier blieb halb getrunken zurück. »Machen wir, daß wir hier rauskommen!«

Sie hatten sich also versöhnt, den Samstag gemeinsam verbracht und waren mit Toby in den Zoo im Regent's Park gegangen.

Jetzt war es unvermeidlich Sonntag, und sie fuhren auf der Autobahn in Richtung Cambridge. »Wann kaufst du dir einen neuen Wagen?« fragte Gemma, um ihre wachsende Nervosität zu überspielen. »Die Sprungfedern im Sitz bohren Löcher in meinen Hintern wie in einen Schweizer Käse.« Sie versuchte auf dem Beifahrersitz von Kincaids altem Midget eine bequemere Position zu finden. »Und durch die Ritzen kommt schon wieder das Wasser rein.« Es nieselte, so daß die Windschutzscheibe ständig vom öligen Spritzwasser der anderen Autos überzogen war, der Regen aber nicht ausreichte, um die Scheibe sauberzuwaschen.

Gemma sah Kincaid von der Seite an. »Ich weiß, was du sagen willst, also gib dir keine Mühe. Er ist ein ›Klassiker‹«, äffte sie ihn nach und rollte die Augen. »Einen alten Bentley nenne ich einen Klassiker. Oder einen Rolls. Etwas mit Stil und viel Chrom. Das hier ist kein Klassiker.«

»Damit haben du und Vic schon ein gemeinsames Thema«, sagte er mit hämischem Grinsen und seufzte. »Aber vermutlich hast du recht. Die Kiste ist schon recht altersschwach. Außerdem paßt Toby kaum noch mit rein.«

Gemma nahm diese unerwartete Bemerkung schweigend hin. Sie hatte keine Ahnung gehabt, daß derartige Fragen ihn überhaupt beschäftigten. Dahinter stand die Absicht einer dauerhaften Verbindung zu ihr, die sie gleichzeitig freute und erschreckte.

»Das stimmt«, erwiderte sie schließlich so neutral wie möglich. »Bei Ausflügen und so weiter.«

»Wir könnten im Sommer ans Meer fahren, wir drei. Toby würde das doch gefallen, oder?« Er betätigte den Winker. »Hier müssen wir abbiegen.«

»Hmm«, murmelte Gemma geistesabwesend. Hätte sie nur abgelehnt, mit ihm nach Cambridge zu fahren, wünschte sie insgeheim. Um eine passable Ausrede wäre sie nicht verlegen gewesen. Sie schluckte. Ihre Kehle war wie zugeschnürt. Die Neugier auf Vic und ihr Wunsch, gewisse Besitzansprüche auf Kincaid zu demonstrieren, hatten sich in Luft aufgelöst. Sie wünschte sich auf den Mond.

Ein paar Augenblicke später erkannte Gemma einige verstreut liegende Landhäuschen links und rechts der Straße, dann folgten ein paar Luxusreihenhäuser, und sie wußte, daß sie Grantchester erreicht hatten. Kincaid fuhr langsamer, bog nach rechts in die High Street ein und danach gleich nach links in die Auffahrt eines schiefergedeckten, rosarot verputzten Cottages. Selbst bei Nieselregen leuchtete die Farbe warm und einladend. Gemma schoß es durch den Kopf, daß eine Frau, die sich ein rosafarbenes Haus ausgesucht hatte, vielleicht gar nicht so übel war, wie sie angenommen hatte. Sowieso konnte sie nur so tun, als sei die Begegnung mit den Ex-Frauen ihrer Liebhaber eine Alltäglichkeit.

Sie lehnte den Schirm ab, den Kincaid ihr anbot. Es war den Aufwand nicht wert. Um ihre Kleidung war sie kaum besorgt. Sie hatte absichtlich eine naturfarbene Jacke über einem schlicht gemusterten Baumwollrock gewählt. Das Haar hatte sie locker im Nacken mit einer Spange zusammengefaßt. Was für ihre anderen Wochenenden gut genug war, mußte auch für dieses genügen. Gemma stieg aus. Sie ging langsam auf die Veranda zu und genoß nach der überheizten Luft im Auto das kühle Gefühl des Sprühregens auf ihrer Haut. Als Kincaid geklingelt hatte, wurde sie ruhiger und wappnete sich mit einem höflichen Lächeln.

Im nächsten Moment flog die Tür krachend auf, und Gemma sah in die zwei fragenden blauen Augen eines Jungen mit widerspenstigem weizenblondem Haar und einem Hauch von Sommersprossen auf der Nase. Er trug ein verwaschenes Rugbyhemd, das mehrere Nummern zu groß war, Jeans und Socken, deren ursprünglich weiße Farbe nur noch zu ahnen war. In der rechten Hand hielt er ein Nutella-Brot.

»Du bist bestimmt Kit«, begann Kincaid. »Ich bin Duncan, und das ist Gemma. Wir möchten zu deiner Mutter.«

»Oh, ja. Hallo.« Der Junge lächelte. Sein zahnlückiges Grinsen eroberte Gemma im Sturm. Dann biß er ein großes Stück von seinem Brot ab und sagte kauend: »Kommt rein.« Er drehte sich um und ging den Korridor entlang, ohne auf sie zu warten.

Sie traten sich die Füße auf der Türmatte ab und liefen hinter ihm her, als er hinter einer Biegung des Gangs verschwand. Als sie ihn eingeholt hatten, schrie er in ohrenbetäubender Lautstärke: »Mum!« und trat in ein Zimmer zu seiner Rechten.

Gemma erfaßte flüchtig einen kleinen, mit Büchern und

Akten vollgestopften Raum. Dann hielt eine Frau ihren Blick gefangen, die an einem Computer saß. Die Fingerkuppen ihrer langen, schmalen Hände ruhten auf der Tastatur, aber als Kit eintrat, schwang sie auf ihrem Bürostuhl herum und sah sie überrascht an.

»Duncan! Ich habe die Klingel gar nicht gehört. Sie funktioniert nicht richtig.«

»Sie macht leise ›Ping‹, aber ich kann's immer hören«, erklärte Kit und setzte sich auf die einzig freie Ecke auf dem Schreibtisch seiner Mutter.

»Ist auch egal. Ich bin froh, daß ihr hier seid«, sagte Vic lächelnd. Sie nahm ihre Hornbrille ab und stand auf. Sie war etwas kleiner als Gemma, schmal und feingliedrig, mit schulterlangem blondem Haar und einem zarten, ungeschminkten Gesicht. Sie trug einen langen, auberginefarbenen Pullover, schwarze Leggins und – dachte Gemma – hätte auch in einem Müllsack elegant ausgesehen.

»Sie sind vermutlich Gemma«, sagte Vic und hielt ihr die Hand hin. Er hatte also vorher angerufen und sie informiert, dachte Gemma, als sie Vics kühle, weiche Finger umfaßte. Sie warf Kincaid einen Blick zu und war nicht überrascht, als sie sein selbstgefälliges Grinsen sah. Dem gemeinen Kerl machte die Sache offenbar Vergnügen. Plötzlich wünschte sie, sie hätte sich zumindest die Haare gekämmt und ihren Lippenstift aufgefrischt.

»Kommt ins Wohnzimmer«, schlug Vic vor. »Kit und ich haben Tee und Gebäck für euch vorbereitet. Ich muß nur noch Wasser aufstellen. Dauert keine Minute.«

»Aber Sie hätten sich nicht soviel Mühe zu machen brauchen«, protestierte Gemma und trat zur Seite, um Vic vorbeizulassen.

»Es hat uns Spaß gemacht – und war ein willkommener Vorwand, den Kuchen zu backen, den Kit so liebt. Wir haben nicht oft Gäste.« Vic führte sie den Weg zurück, den sie gekommen waren und durch eine Tür am anderen Ende des Korridors.

Gemma folgte ihr und fand sich in einem gemütlichen, sehr bewohnt aussehenden Zimmer mit Polstersofa, Sesseln und Stehlampen wieder. Auf einem Beistelltisch lag neben einer Reihe Fotos in Silberrahmen ein ordentlicher Stapel Sonntagszeitungen. Am anderen Ende führte eine große Glastür in den regenfeuchten Garten.

»Macht es euch gemütlich. Kit zündet das Kaminfeuer an. Nicht wahr, Schatz?«

Kit zog eine angewiderte Grimasse und kniete vor dem Kamin nieder. »Wie oft soll ich noch sagen, daß du mich nicht so nennen sollst.«

»Wups, 'tschuldigung.« Vic grinste vergnügt und sah plötzlich selbst wie eine Zehnjährige aus.

»Kann ich helfen?« erbot sich Gemma wohlerzogen.

»Nein danke. Wir haben alles unter Kontrolle. Kit hat versprochen, heute den Hausdiener zu spielen – als Belohnung dafür, daß ich Scones und Kuchen gebacken habe.« Vic legte eine Hand auf Kits Rücken und schob ihn sanft aus dem Zimmer.

Kaum hatte sich die Tür hinter den beiden geschlossen, trat Gemma zu Kincaid. Er stand mit dem Rücken zum Kaminfeuer und wärmte sich die Hände.

Gemma brach nach wenigen Augenblicken das Schweigen. »Sie ist nett.«

Kincaid sah auf sie herab. »Was hattest du erwartet?« fragte er, unverhohlen amüsiert. »Eine Hexe auf einem Besen?«

»Überhaupt nicht. Es ist nur ...« Gemma schaltete schnell. Bevor sie Gefahr laufen konnte, sich in Ungereimtheiten zu verstricken, wechselte sie das Thema. »Hast du Kit schon bei deinem ersten Besuch kennengelernt?«

»Nein. Ich glaube, da war er bei seinen Großeltern.«

»Er kommt mir irgendwie so vertraut vor …«, bemerkte Gemma nachdenklich. »Vermutlich weil Toby in ein paar Jahren auch so aussieht.« Tobys Haar hätte dann sicher denselben weizenfarbenen Ton, und er würde sich mit derselben staksigen Eleganz bewegen. Toby begann bereits seinen Babyspeck zu verlieren. Bald würde er mager sein wie Kit, der aussah, als gehe bei ihm jede Kalorie ungebremst in kinetische Energie über.

Die Flurtür ging auf, und Kit balancierte ein schwerbeladenes Tablett herein. Gemma räumte hastig den Tisch frei. »Jetzt verstehe ich, weshalb du so scharf darauf bist, daß deine Mutter richtigen Tee zelebriert. Ich bin froh, daß wir nichts zu Mittag gegessen haben.«

»Sie bäckt Scones oder Kuchen gelegentlich auch nur für uns beide, aber nicht beides zusammen«, erwiderte Kit und sah zu Gemma auf. Er deckte das Geschirr vom Tablett auf den Tisch und arrangierte penibel jedes Gedeck. Eine Platte mit Scones, ein Glas Erdbeermarmelade, eine Schüssel mit Sahne, ein Teller mit Sandwiches aus Grahambrot, noch einen Teller mit dicken Scheiben Rosinenkuchen – alles mußte offenbar an exakt vorgegebenen Stellen stehen, und Gemma war klug genug, ihre Hilfe nicht anzubieten.

Schließlich betrachtete er zufrieden sein Werk. »Mum bringt den Tee«, erklärte er.

»Ich dachte, deine Mutter kann nicht kochen«, bemerkte Kincaid von seinem Platz am Kamin aus.

»Kann sie eigentlich auch nicht«, gab Kit zu. »Sie hat nur ein paar Rezepte gelernt – mir zuliebe. Und Sandwiches kann doch jeder.« Er griff nach einem Stück Kuchen, sah flüchtig auf und zog dann hastig seine Hand zurück, als er ihre Blicke auffing. »Ich kann kochen«, erklärte er, um abzulenken. »Ich kann Rührei auf Toast und Würstchen und Spaghetti.«

»Klingt perfekt«, sagte Kincaid. Dann deutete er auf den Kuchenteller. »Komm schon, nimm dir ein Stück!«

Kit schüttelte den Kopf. »Sie bringt mich um, wenn ich mich danebenbenehme. Ich darf nichts anrühren, bis der Tee auf dem Tisch steht.«

»In diesem Fall würde ich das Risiko auch nicht eingehen«, riet Kincaid ihm grinsend. »Wäre die Folgen kaum wert.«

Kit setzte sich auf die Sofalehne und betrachtete Kincaid neugierig. »Du bist Polizist, was?« fragte er nach kurzem Zögern. »Mum hat's mir gesagt. Warum trägst du keine Uniform?«

»Weil ich heute dienstfrei habe. Außerdem bin ich bei der Kripo, und da tragen wir normalerweise keine Uniform.«

Kit überlegte. »Soll das heißen, daß du Leute ausfragen kannst, ohne daß die wissen, daß du ein Bulle bist? Cool!«

»Wenn wir Leute befragen, müssen wir ihnen unseren Dienstausweis zeigen«, erwiderte Kincaid beinahe entschuldigend. »Sonst wär's nicht fair.«

Als er Kits Enttäuschung sah, deutete er auf Gemma: »Gemma ist auch Kriminalbeamtin.«

Kits Augen wurden groß. »Mann, ich dachte, so was gibt's nur in der Glotze. Der einzige Polizist, den ich kenne, ist Harry. Er ist der Dorfpolizist. Und er ist fett wie eine Sau und ...«

»Kit!« Vic war unbemerkt hereingekommen, in der Hand ein zweites Tablett. »Wie kannst du nur so was Häßliches sagen?«

»Es stimmt. Das weißt du doch genau.« Kit wirkte eher beleidigt als zerknirscht. »Hast du selbst gesagt.«

»Ich habe nichts dergleichen gesagt. Harry ist sehr nett.« Vic sah ihren Sohn strafend an.

»›Nettsein‹ ist die oberste Pflicht eines Dorfpolizisten«, warf Kincaid diplomatisch ein.

Gemma trat zu Vic. »Warten Sie, ich nehme die Tassen.«

Als der Tee eingeschenkt war, sagte Kincaid: »Ich finde, Kit hat sich lange genug kasteit.«

Vic lachte. »Na, gut, dann greif schon zu. Aber laß noch was für uns andere übrig.«

Kit fiel mit einem Aufschrei über den Kuchen her und legte zwei große Stücke auf seinen Teller.

»Ich weiß nicht, wo das alles bei ihm bleibt!« seufzte Vic. »Es verschwindet einfach. Und wenn der Kuchen vertilgt ist, kommen noch Sandwiches und Scones dran.« Sie nahm ein Sandwich. »Hoffentlich mögt ihr Gurken.«

Gemma nahm sich auch ein Sandwich, lehnte sich zurück, knabberte daran, während sie dem Geplänkel zwischen Mutter und Sohn zuhörte, und begriff immer weniger, daß die schlanke Vic mit dem sympathischen Lächeln jene gefühllose und gemeine Frau sein sollte, die Kincaid vor Jahren einfach verlassen hatte. Und sie begann sich zu fragen, ob sie nicht einige seiner Bemerkungen über Vic bewußt negativ ausgelegt hatte. Wußte sie überhaupt noch, was er wirklich über sie gesagt hatte?

Jetzt hätte sie gern Vics Sichtweise der Dinge erfahren. Warum hast du ihn verlassen? dachte sie. Und warum hast du ihn auf diese Weise verlassen, so ganz ohne ein Wort? Das laut zu fragen war völlig ausgeschlossen. Aber während sie die beiden beobachtete, versuchte sie, sich Duncan und Vic zusammen vorzustellen, was mißlang, da sie Kincaid nur durch die eigene Brille sehen konnte.

Vic hatte im Sessel ihr gegenüber Platz genommen, während Kit wie ein Vogel auf dessen Lehne hockte. Kincaid saß neben Gemma auf dem Sofa und balancierte seinen Teller auf dem Knie. Sie war sich seiner Wärme und Zuneigung so sehr bewußt, als berühre er sie, und sie fragte sich, was Vic wohl wichtiger gewesen sein mochte als dieses Gefühl.

»Noch einen Scone, Gemma?« erkundigte sich Vic.

Gemma schreckte aus ihren Gedanken auf und nahm sich vor, besser aufzupassen. »Tut mir leid, ich bringe keinen Bissen mehr runter. Danke. Es schmeckt alles köstlich.«

Kit hatte gerade das letzte Stück Kuchen verdrückt. Gemma sah, wie Vic Kincaid ansah, und spürte ein stummes Verständnis zwischen ihnen. Dann sagte Vic: »Kit, wenn du fertig bist ...«

»Ich weiß, daß du mich los sein willst«, erklärte er und sprang von der Armlehne. Es klang alles andere als unglücklich. »Du brauchst den Computer jetzt doch nicht, oder? Kann ich *Dark Legions* spielen? Bitte, bitte, Mammi?« flehte er grinsend und war schon sicher, daß er seinen Willen bekam.

»Na gut«, gab Vic würdevoll nach. »Aber nur, wenn du zuerst meine Datei sicherst.«

Kit beugte sich herab und gab ihr wie selbstverständlich einen Kuß auf die Wange. »Vorzüglicher Kuchen, Mum«, sagte er und lief aus dem Zimmer, bevor sie ihre Meinung ändern konnte.

Als die Tür hinter ihm zufiel, seufzte Vic: »Ich weiß nicht, weshalb ich ihn ständig ermahne. Er kennt sich besser mit Computern aus als ich. Er ist derjenige, der mir hilft, wenn ich nicht weiterkomme.«

»Die Illusion der Macht«, witzelte Kincaid.

»Sie haben Glück. Er ist ein netter Junge«, warf Gemma ein und merkte, wie banal das klang. Vic lächelte trotzdem zufrieden.

»Ich weiß. Es ist so ungerecht, was er im letzten Jahr durchmachen mußte.« Vic sah flüchtig zu Kincaid und dann wieder zu Gemma. »Hat er Ihnen von Ian erzählt?«

Gemma nickte. »Tut mir leid für Sie.«

»Braucht es nicht. Was mich betrifft jedenfalls. Und allmählich glaube ich, wegen Kit auch nicht. Ian war so kritisch – Kit muß das Gefühl gehabt haben, ihm nichts recht machen zu können.« Vic starrte nachdenklich in ihre Teetasse, sah dann zu Gemma auf und fügte leise hinzu: »Wissen Sie, was komisch ist? Nach so vielen gemeinsamen Jahren habe ich ihn nicht vermißt. Keinen Tag, keine Minute. Man sollte glauben, daß allein die Macht der Gewohnheit bewirkt, daß man einen Menschen vermißt. Aber ...« Sie stellte die Tasse auf den Tisch und lächelte. »Aber eigentlich wollten wir über was ganz anderes reden.«

Kincaid griff in die Innentasche seines Sportjacketts, das er zu Jeans trug. »Ich habe dir die Notizen mitgebracht, die ich mir über die Akte Lydia Brooke gemacht habe. Ich dachte, du liest sie lieber selbst.« Er reichte ihr mehrere in der Mitte gefaltete Blätter. »Du verstehst, daß ich die Akte nicht mitnehmen konnte?«

Vic nahm die Notizen wie ein kostbares Gut und hielt sie unter die Stehlampe, um besser lesen zu können. Sie studierte die Aufzeichnungen langsam und konzentriert, während Gemma und Kincaid schweigend warteten. Nur das Knistern des Kaminfeuers und das leise Trommeln des Regens an den Fensterscheiben waren zu hören.

Schließlich sortierte Vic die Notizblätter in ihre ursprüngliche Reihenfolge und sah sie an. »Nathan hat sie gefunden?« fragte sie ungläubig. »Nathan hat mir nie erzählt, daß er derjenige gewesen ist.«

Das grelle Licht der Lampe lag auf ihrem Gesicht, und Gemma entdeckte zum ersten Mal die welker werdende Haut um ihre Augen und die scharfen Falten an ihren Mundwinkeln.

»Wieso hätte er dir das denn erzählen sollen?« erkundigte sich Kincaid.

Vic wurde rot und sah weg. »Es ist nur ... Ich dachte ... wir wären Freunde.«

»Vielleicht wollte er Sie schonen«, vermutete Gemma und wünschte plötzlich, sie hätte die Notizen gelesen und sich nicht mit Kincaids kurzer Zusammenfassung zufriedengegeben. »Oder es fällt ihm schwer, darüber zu sprechen.«

»Außerdem muß es in einer der Zeitungen gestanden haben«, vermutete Kincaid.

»Wo denn zum Beispiel? Es gab nur zwei kurze Meldungen in den Lokalblättern. In der ersten steht, daß Lydia Brooke tot in ihrem Haus in Cambridge aufgefunden wurde, und in der zweiten, daß sie an einer Überdosis ihres Herzmedikaments gestorben ist und daß der zuständige Richter auf Selbstmord entschieden hat. Das ist alles.«

»Und an der Uni? Da ist doch sicher geklatscht worden?«

»Dieses eine Mal erwies sich die akademische Klatschbörse als merkwürdig unergiebig«, erklärte Vic angewidert. »Es ist, als sei einfach eine Tür zugefallen, als Lydia starb. Danach gab es weder Spekulationen noch irgendwelche Nachrufe, nichts.« Vic sprang unruhig auf und ging vor dem Kamin auf und ab. »Darauf war ich nicht vorbereitet. Ich bin kein Quentin Bell. Ich schreibe keine Biographie über eine Frau wie Virginia Woolf. Lydia war keine zentrale Figur der literarischen Szene ihrer Zeit. Selbst in Literaturzirkeln war sie kaum bekannt. Ich wußte also von Anfang an, daß ich nicht hoffen konnte, auf aufschlußreiche, informative Briefe in der Korrespondenz berühmter Leute zu stoßen. Trotzdem – mit dieser Gleichgültigkeit, was ihre Person betrifft, hatte ich nicht gerechnet. Niemand, der sie gekannt hat, will auch nur irgend etwas preisgeben. Ihr Ex-Mann ist beinahe auf mich losgegangen, als ich mit ihm reden wollte.

Und das hier ...« Sie wedelte mit Kincaids Notizen in der Luft herum. »... daran stimmt überhaupt nichts.«

»Was soll das heißen, es stimmt nicht?« fragte Kincaid. Gemma konnte sein flapsiger Ton nicht täuschen. Sie wußte, er war neugierig geworden.

Vic setzte sich auf die Lehne ihres Sessels und beugte sich

vor. »Die Sache mit Nathan, zum Beispiel. Warum hat Lydia Nathan angerufen und ihn zu sich gebeten?«

»Schätze, sie wollte lieber von ihm als von der Putzfrau oder einem Nachbarn gefunden werden«, vermutete Kincaid.

»Sie hätte ihm das nie zugemutet! Begreifst du das nicht? Nicht Nathan. Sie waren uralte Freunde, und er hatte wenige Monate zuvor, nach langem Kampf gegen den Krebs, seine Frau verloren. Sie hätte ihm das nie angetan.«

»Wenn Menschen deprimiert sind, tun sie oft Dinge ...«

Vic schüttelte energisch den Kopf. »Und was ist mit ihrer Kleidung? Lydia hatte Stil, verdammt. Die Vorstellung ist einfach absurd, daß sie ihren Selbstmord bühnenreif arrangiert haben soll, nur um sich schließlich in ihren alten Gartenklamotten umzubringen.«

»Ich muß zugeben, daß mir das auch komisch vorkam«, gestand Kincaid vorsichtig. »Aber gelegentlich ...«

»Und dann das Gedicht! Völliger Blödsinn!« fuhr Vic unerbittlich fort. Sie begann hastig zu blättern. »Laßt mich nur ...«

»Warum?« Die Schärfe in seiner Stimme ließ Vic aufsehen. »Wieso ist das Blödsinn?« wiederholte er.

»Es ist nicht von ihr«, antwortete Vic prompt. »Es ist eine Sequenz aus einem Rupert-Brooke-Gedicht mit dem Titel Choriambics.«

»Kann ich es sehen?« bat Gemma. Sie nahm Vic das Blatt aus der Hand. Als sie die Blicke der anderen auf sich gerichtet fühlte, las sie laut vor:

»In der Stille des Todes; vielleicht seh' und erkenne ich schemenhaft nur, über mich gebeugt, letztes Licht im Dunkel, noch einmal, wie einst, dein Gesicht.«

Gemma sah auf. »Scheint doch zu passen. Ganz besonders, wenn sie gerade eine große Liebe verloren hat.«

»Wenn sie eine so fanatische Anhängerin von Rupert Brookes Kunst war, was bitte lag näher, als eines seiner Gedichte wie eine letzte Botschaft zu benutzen?« warf Kincaid ein.

»Näher als eines ihrer eigenen Gedichte?« Vic schüttelte den Kopf und holte tief Luft. »Lydia war Lyrikerin aus Passion. Das hat aus ihr gemacht, was sie war. Deshalb wollte ich über sie schreiben. Frauen brauchen Vorbilder wie sie ... Wir anderen möchten die Geschichten von Frauen erfahren, die ihre Träume um jeden Preis ausgelebt haben. Vielleicht hilft uns das, unsere eigenen Ziele zu erreichen. Vielleicht, ohne so viel leiden zu müssen.«

»Warum sollte sie Zeilen aus einem Brooke-Gedicht in ihre Schreibmaschine eingespannt haben, wenn diese nicht als Nachricht für die Nachwelt gedacht waren?« wollte Kincaid mit skeptisch hochgezogenen Brauen wissen.

»Keine Ahnung. Aber ich weiß, daß sie sich niemals mit den Worten eines anderen verabschiedet hätte.« Vic rieb sich über die Stirn. »Wie soll ich euch das nur begreiflich machen? Worte waren alles für sie – Freude, Leid, Trost. Im Angesicht ihres Todes hätte sie niemals darauf verzichtet. Das wäre ihr als ungeheuerlicher Verrat erschienen.«

Im Kamin explodierte ein Stück Harz. In die folgende Stille hinein sagte Gemma: »Ich glaube, ich verstehe, was Sie meinen.«

»Sie halten mich nicht für verrückt?«

»Nein. Ich weiß zwar nicht viel über Lyrik, aber ich verstehe gut, daß man sich selbst treu bleiben will.«

Vic wandte sich Kincaid zu. »Und was ist mit dir? Habe ich dich überzeugt?«

Nach langen Minuten sagte er widerwillig: »Vermutlich. Aber ich verstehe noch nicht, wie ...«

»Inzwischen ist noch einiges dazugekommen«, fiel Vic ihm

ins Wort. »Seit wir uns das letzte Mal gesehen haben, meine ich. Vergangene Woche hat Nathan mir ein Buch gegeben, das er unter Lydias Sachen gefunden hatte. Edward Marshs Biographie über Rupert Brooke. Sie stammt aus dem Jahr 1919 und enthält die erste posthum erschienene Sammlung von Brookes Gedichten. Das Buch gehörte zu Lydias Schätzen – sie hatte es in einem Antiquariat in ihrem ersten Jahr in Cambridge entdeckt.

Es liegt ganz oben auf dem Stapel auf meinem Nachttisch.« Sie lächelte Kincaid verstohlen zu, und Gemma fragte sich, ob Vics Gewohnheit, mit Büchern ins Bett zu gehen, ein Streitpunkt zwischen ihnen gewesen war. »Aber erst gestern abend habe ich mir Zeit genommen, es mir genauer anzusehen. Ihr könnt euch nicht vorstellen, wie ich mich gefühlt habe, als dabei die Manuskriptseiten herausfielen.« Vic lächelte verzückt.

»Was für Manuskriptseiten?« fragte Kincaid verwirrt. »Wie war doch gleich der Name des Autors?«

»Edward Marsh«, sagte Gemma, aber Vic schüttelte den Kopf.

»Der tut nichts zur Sache. Es handelt sich um Gedichte – um Lydias Entwürfe. Korrigierte Rohfassungen. Ich zeige sie euch.« Sie lief aus dem Zimmer und kam kurz darauf mit einigen Blättern zurück. Sie hatte ihre Brille wieder aufgesetzt und nahm ihnen gegenüber Platz. »Lydia hat immer ihre Schreibmaschine und nie einen Computer benutzt. Sie war sehr eigenwillig ... Gelegentlich hat sie erste Entwürfe auch handschriftlich gemacht. Aber wenn sie sie getippt hat, dann nie ohne Durchschläge.«

Gemma sah jetzt, daß die Blätter aus dünnem Durchschlagpapier waren.

»Einige dieser Gedichte wurden in ihrem letzten Buch veröffentlicht«, erklärte Vic und faltete die Seiten wieder zusammen. »Aber da sind andere, die ich nie gesehen, geschweige denn gelesen habe.«

»Vielleicht sind es Gedichte aus ihrer Studentenzeit, die sie nicht für gut befunden hat«, gab Kincaid zu bedenken. »Angeblich besaß sie dieses Buch doch seit ihrem ersten Collegejahr.«

»Aber diese Gedichte hier sind besser als ihre besten – sprachlich vollkommen, reif. Außerdem passen sie thematisch genau zu den Gedichten in ihrem letzten veröffentlichten Band.« Vic hielt inne, als wöge sie ihre Worte sorgfältig ab. »Und ich bin sicher, daß sie in diese Anthologie gehören sollten.«

Kincaid sah Gemma an: »Vielleicht hatte sie sie aussortiert. Vielleicht war sie nicht zufrieden.«

»Ausgeschlossen. Lydia hat sich nie etwas vorgemacht. Sie erkannte, wenn etwas schlecht war, und sie wußte, wann sie gute Arbeit geleistet hatte.«

»Was vermutest du also?«

Vic machte eine hilflose Geste. »Ich weiß es selbst nicht.«

»Welchen Grund könnte sie gehabt haben, diese Gedichte nicht zu veröffentlichen?« fragte Gemma.

»Keine Ahnung«, seufzte Vic und fügte dann nachdenklich hinzu: »Eines der Dinge, die ich an Lydia am meisten bewundere, ist, daß sie immer getan hat, was sie tun mußte. Ohne Rücksicht auf die Verletzlichkeit anderer.«

Kincaid griff nach der Teekanne. »Könnte sich denn jemand durch diese Gedichte ...« Er deutete auf die Blätter auf Vics Knien. »... verletzt gefühlt haben?«

»Einige Männer. Sicher. Sie benutzt Sex darin häufig als Synonym für Tod. Natürlich versteckt. Aber es gibt Männer, die gewisse Vorstellungen über Geschlechterrollen sehr persönlich nehmen.«

»Der Himmel bewahre mich davor, einer von diesen Unholden zu sein!« sagte Kincaid mit gespieltem Entsetzen.

Vic rollte die Augen und sah Gemma an. »Ist er so emanzipiert, wie er denkt?«

»Nicht die Bohne.« Gemma lächelte. Die beiden Frauen schienen sich wortlos zu verstehen.

»Wenn ihr Damen euch genug auf meine Kosten amüsiert habt, könnten wir vielleicht weitermachen.« Kincaid nippte an seinem kalten Tee und zog eine Grimasse. »Vic ...«

»Ich koche noch eine Kanne«, sagte Vic und stand auf. Kincaid sah auf die Uhr und schüttelte den Kopf.

»Wir müssen uns langsam verabschieden. Toby hat die Geduld von Gemmas Eltern mittlerweile sicher schon genug strapaziert.«

Vic lehnte sich in ihrem Sessel zurück und faltete die Hände im Schoß wie ein Kind, das schlechte Nachrichten erwartet.

Kincaid räusperte sich. »Vic, ich bin deiner Meinung. Einige Umstände von Lydia Brookes Tod sind wirklich merkwürdig. Allerdings weiß ich nicht, was wir in diesem Punkt tun könnten. Wir haben nichts in der Hand, und die Polizei denkt nicht daran, den Fall ohne triftige Beweise wieder aufzurollen.«

Als Vic schwieg, fuhr er fort: »Ich habe in meinem Beruf lernen müssen, daß wir nicht immer eine schlüssige Antwort finden – das Leben läßt sich nicht in einfache Raster zwängen. Das mag frustrierend sein. Aber wenn ein Polizist nicht weiß, wann er aufhören muß, sollte er seinen Job aufgeben.«

»Willst du damit sagen, daß ich auch aufhören sollte?«

Er nickte. »Schreib ein gutes Buch über Lydia und ihre Lyrik. Die Geschichte zählt, nicht das Ende.« Er zuckte entschuldigend die Schultern. »Tut mir leid. Ich enttäusche dich ungern, aber ich sehe keinen anderen Weg.«

Vic saß reglos, ungläubig da. Schließlich straffte sie die Schultern. »Ich weiß nicht, was ich erwartet habe«, sagte sie und lächelte verkrampft. »Es war nett von dir, mir zuzuhören. Du hast getan, was du tun konntest.«

»Vic ...«

»Keine Sorge, Duncan. Ich weiß, du meinst es gut. Du warst wirklich eine große Hilfe. Ganz zu schweigen von der Tatsache, daß dein Besuch in der Fakultät die Gerüchteküche für Monate am Kochen halten wird. Ich bin sicher, sie haben inzwischen alle ihre Strafmandate bezahlt – für den Fall, daß du wiederkommst.«

»Nichts für ungut«, murmelte Kincaid etwas betreten. »Ich wollte dir keine Schwierigkeiten machen.«

»Ich bin nichts anderes gewohnt. Nicht auszudenken, daß ich mir mal eingebildet habe, in der akademischen Arbeit meinen Frieden zu finden. Darf ich deine Notizen behalten?«

»Selbstverständlich.«

»Kriegst du Schwierigkeiten beim Yard, wenn ich diese Informationen in meinem Buch verwende?«

»Darüber würde ich mir keine grauen Haare wachsen lassen.« Kincaids Lächeln war frostig. »Außerdem weißt du doch – Polizisten lesen nicht.«

»Da hast du auch wieder recht«, parierte Vic die Spitze gewollt gelassen. »Aber ihr müßt jetzt los. Ich bringe euch raus.«

Im Flur blieb sie stehen und rief nach Kit.

»Sekunde!« schrie er zurück. Einen Augenblick später kam er aus Vics Arbeitszimmer. »Ich mußte erst noch abspeichern«, erklärte er. »Ich hab's bis zum siebten Level geschafft.«

»Und was heißt das?« fragte Gemma.

»Das heißt, daß ich schlau, böse und cool bin.« Kit warf sich in die Brust. »Ich habe meine Feinde massenweise eliminiert.«

»Kit!« Vic zerzauste sein Haar. »Du klingst wie ein Kerl aus einem schlechten amerikanischen Film. Ich glaube, wir müssen den Videokonsum mal reduzieren.«

Kit ignorierte die Drohung. Vermutlich erkannte er, daß nichts dahintersteckte. Er ging zu Kincaid, der an der Tür stand. »Kann ich mir deinen Wagen ansehen? Mum findet ihn schrecklich. Das kann nur heißen, daß er richtig geil sein muß.«

»Klar. Wenn du willst, kannst du den Motor anlassen.« Sie gingen hinaus und über die Kiesauffahrt zu Duncans altem Sportwagen.

Gemma und Vic standen vor der Tür und sahen ihnen nach. Es hatte zu regnen aufgehört, und die blauen Risse in der Wolkendecke ließen auf einen schönen Sonnenuntergang hoffen. »Und Toby ist also Ihr Sohn?« fragte Vic.

»Er ist drei. Und er liebt Autos auch schon. Muß ihnen in den Genen liegen.«

»Ich weiß. Wenn ich daran denke, daß ich an die Theorie geglaubt habe, man müsse Kinder nur ohne die üblichen geschlechtsspezifischen Stereotype großziehen, um …« Sie legte die Hand leicht auf Gemmas Arm. »Ich bin froh, daß Sie mitgekommen sind.«

Der Motor des Midget heulte auf. Kit sprang vom Fahrersitz und rannte auf sie zu. »Er ist wirklich geil, Mum. Können wir auch so einen kaufen? Unser Auto ist schrecklich langweilig.«

Vic lachte. »Ich mag's langweilig.«

Kincaid war Kit gefolgt und schüttelte jetzt seine Hand. »Wenn du sechzehn bist, verkauf ich ihn dir.« Er gab Vic einen flüchtigen Kuß auf die Wange und nahm Gemmas Arm. »Wiedersehen! Und vielen Dank für den Tee.«

Es war etwas an Vics Körperhaltung, dachte Gemma, schon im Auto, das beredter war als jedes Wort – der Ausdruck einer sich selbst genügenden Entschlossenheit. Sie mochte die Wortkombination, wiederholte sie stumm und spürte, wie sich tief in ihr etwas lange Verborgenes regte.

Als sie die Autobahn erreichten, war die Wolkendecke noch weiter aufgerissen und gab den Blick auf einen strahlenden Sonnenuntergang frei. Für Kincaid hatten Sonnenuntergänge etwas sehr Weibliches, und dieser erschien ihm besonders üppig mit seinen rosagoldenen Wolkentürmen und Formen, die entfernt an einen Rubens-Akt erinnerten. Er lächelte unwillkürlich bei der Vorstellung und warf einen flüchtigen Blick auf Gemma. Würde sie ihn als Sexisten beschimpfen, wenn er ihr seine Gedanken verriet?

Sie saß schweigend neben ihm, betrachtete den Himmel und beklagte sich nicht einmal über seinen Wagen. Er wollte sie fragen, woran sie dachte, aber in diesem Moment spritzte ein überholender Lastwagen öligbraune Flüssigkeit gegen die Windschutzscheibe des Midget. Kincaid hatte alle Hände voll zu tun, die Turbulenzen hinter dem Laster auszugleichen, während ihm die Sicht genommen war. Als die Windschutzscheibe wieder sauber war, legte er ein Klavierkonzert in den Kassettenrecorder und konzentrierte sich aufs Fahren.

In Gemmas Wohnung brannten sämtliche Lichter, und auf dem Tisch stand eine Vase mit Osterglocken. Neben einem Topf mit Bohnen und einem Laib selbstgebackenen Brots lag eine Notiz von Hazel. »Guten Appetit!« stand auf dem Zettel. »Bohnen ›Gourmet‹ auf Toast.«

»Deine gute Fee war hier«, sagte Kincaid und tauchte einen Finger in die noch warmen Bohnen, um zu kosten. »Schade, daß sie schon vergeben ist.«

»Du hättest sowieso keine Chance bei ihr«, entgegnete Gemma gelassen. »Du kannst froh sein, daß gelegentlich was Eßbares für dich abfällt.«

Nachdem Toby gegessen hatte, ins Bett verfrachtet worden war und sie den letzten Toast und Tee verspeist hatten, rollte Kincaid die Hemdsärmel auf. »Ich übernehme den Abwasch«, erbot er sich. »Vorausgesetzt, ich kriege ein Glas Wein. Ich könnte in dem Tee ersaufen, den ich heute getrunken habe.«

»Rot oder weiß?« erkundigte sich Gemma und reckte sich nach den Gläsern im obersten Regalfach.

Kincaid betrachtete bewundernd die Linie ihres Körpers und die aufreizenden Formen, die sich unter ihrer Wolljacke abzeichneten. Er stellte sich hinter sie und legte die Hände auf ihre Hüften. »Mmmm, rot, glaube ich.«

Gemma entwand sich seinem Griff mit einem abwesenden Lächeln. Sie goß zwei Gläser Burgunder ein und räumte den halbmondförmigen Tisch ab. Kincaid hatte inzwischen das Spülwasser eingelassen und gab Spülmittel hinein.

»Setz dich hin!« befahl er ihr, während er abzuwaschen begann. »Für zwei ist hier kein Platz – das heißt, Platz wäre schon, aber das würde mich zu sehr ablenken.« Als diese charmante Anmache ohne Erwiderung blieb, sah er sich um. Gemma saß auf einem der Klappstühle am Tisch, die Beine weit von sich gestreckt, den Blick starr in das Weinglas gerichtet. Kincaid wollte etwas sagen, überlegte es sich dann anders und stellte den letzten Teller ins Abtropfregal, bevor er seine Hände abtrocknete.

»Gemma, was ist los?« Er setzte sich auf den Stuhl ihr gegenüber und sah sie an. »Du hast kaum ein Wort gesagt, seit wir Cambridge verlassen haben.«

»Oh!« Sie schaute auf, als hätte sie ihn völlig vergessen. »Tut mir leid. Ich habe nachgedacht.«

»Habe ich fast vermutet. Möchtest du dich mir mitteilen?«

Sie runzelte die Stirn. »Ich weiß nicht. Bin nicht sicher, daß ich die richtigen Worte finde.«

»Ist es wegen Vic?« wollte er ängstlich wissen.

Kincaid, der auf Vorwürfe gefaßt war, sah überrascht, daß Gemma lächelte. »Eigentlich hatte ich nicht damit gerechnet, aber ich mag sie. Obwohl zwischen euch noch was ist – es stört mich nicht. Keine Ahnung, weshalb ich solche Angst vor der Begegnung mit ihr hatte. Ich dachte, sie würde mich völlig plattmachen.«

»Plattmachen? Vic? Warum denn das?«

Gemma zögerte, schaute zur Seite und sagte stockend: »Du weißt, ich habe mein Abitur gemacht und mich dann aber für die Polizeiakademie und gegen die Uni entschieden. Ich dachte, ich könnte gar nicht mit ihr reden – wir hätten nichts gemeinsam. Sie mit ihrer Bildung und der Karriere an der Uni ...«

»Warum um Himmels willen sollte sie ...«

»Nein, laß mich ausreden.« Gemma sah ihn strafend an. »So ist es dann überhaupt nicht gewesen. Was sie gesagt hat, konnte ich sehr gut nachvollziehen. Und komischerweise habe ich vermutlich einiges verstanden, was du gar nicht begriffen hast.«

»Wovon redest du?« fragte er verwirrt.

»Du hast gesagt, das Ende ihres Buchs über Lydia sei überhaupt nicht wichtig. Du hast nicht kapiert, daß gerade das Ende entscheidend ist. Für die Wahrhaftigkeit der Biographie.«

Als er sie nur verständnislos ansah, schüttelte sie resigniert den Kopf. »Sieh es mal so. Vic hat recht. Frauen brauchen Geschichten über Frauen, die etwas erreicht haben. Kannst du dir vorstellen, wieviel es für mich bedeutet hätte, mich an den Erfahrungen einer anderen Frau orientieren zu können, als ich damals beim Yard angefangen habe?

Die Frauen, die beim Yard waren, konnte ich an den Fingern einer Hand abzählen. Und alle hielten sich an die Spielregeln der Männer. Ich hatte was anderes im Sinn. Ich dachte, ich könnte ein guter, vielleicht sogar ein besserer Polizist werden, gerade weil und nicht obwohl ich eine Frau bin ... Und dann gab es Momente, da hätte ich beinahe alles hingeschmissen. Niemand hat mich ermutigt, niemand hat mir gesagt, daß ich vielleicht einen besonderen Beitrag leisten kann, daß ich nicht komplett verrückt bin, daß ich es schaffe.«

»Das tut mir wirklich leid«, murmelte Kincaid. Ihre Heftigkeit hatte ihn erschreckt. »Ich hatte keine Ahnung, daß du dich so mies gefühlt hast. Du hast nie ein Wort gesagt.«

»Darüber spricht man eben nicht.« Sie lächelte humorlos. »Gerade deshalb sind die Geschichten anderer Frauen um so wichtiger – die von Lydia eingeschlossen. Wenn Lydia allerdings Selbstmord begangen hat, dann ändert das alles. Ich will nicht behaupten, daß ihre Geschichte damit wertlos wird. Sie wird einfach nur völlig anders.«

»Das verstehe ich nicht. Sie hätte doch am Ende dasselbe geleistet.«

»Nur hätte es nicht dieselbe Bedeutung gehabt. Selbstmord ist das Eingeständnis einer Niederlage. Damit wäre klar, daß sie ihren Traum nicht hat verwirklichen können, und wenn sie's nicht konnte, können wir es auch nicht.«

»Soll das heißen, daß ich Vic nicht hätte auffordern sollen, die Sache auf sich beruhen zu lassen?«

Gemma nahm endlich einen Schluck aus ihrem Weinglas. »Nicht unbedingt. Es ist egal, was du gesagt hast. Für Vic darf Lydia keinen Selbstmord begangen haben, also kann sie es nicht auf sich beruhen lassen. Das heißt es. Und das hast du nicht verstanden.«

»Was sonst hätte ich tun können?« entgegnete er trotzig. »Du warst doch diejenige, die dagegen war, daß ich mich überhaupt mit der Sache befasse.«

Gemma zuckte die Schultern. »Ist doch wohl noch erlaubt, seine Meinung zu ändern, oder?«

Newnham
30. Januar 1963
Liebe Mami,

manchmal glaube ich, Gedichte zu schreiben ist ein Fluch, keine Gabe. Die Worte verfolgen mich im Schlaf, verfolgen mich, wenn ich studieren sollte, lauern überall wie schwarze, kalte Ungeheuer, die sich nicht von mir zähmen lassen wollen. Sechs abschlägige Bescheide in dieser Woche, ohne ein Wort der Ermutigung. Warum kann ich es nicht lassen und mich statt dessen auf mein Studium konzentrieren? Und draußen regnet es unaufhörlich.

Ich habe einiges schleifen lassen und rudere jetzt verzweifelt, mein fehlendes Wissen aufzuholen. Aber was soll ich mit dem akademischen Titel anfangen, so ich tatsächlich einen erwerben sollte? Mädchen an einem trostlosen Gymnasium unterrichten und hoffen, daß eine von ihnen die Gabe besitzt, die ich nicht habe?

Weißt Du, wie wenigen Frauen es gelingt, Lyrik zu veröffentlichen? Und wenn, was die Kritiker mit ihnen machen? Ich hätte vermutlich doch die Stelle in der Apotheke annehmen sollen. Dann hätte ich einen netten Kerl kennengelernt, wäre freitags mit ihm ins Kino gegangen, und wenn er hartnäckig genug gewesen wäre, hätte ich ihn zum Tee mit heimgebracht. Dann hätten Ehestand und Babys am Horizont gewinkt, und ich wäre die Gespenster los.

Arme Mami, verzeih mir diesen elenden Erguß. Ich komme mir klein und mies vor, Dich damit zu belasten, aber ich kann ohne Hoffnung und Trost nicht weitermachen. Sag mir, daß diese Anwandlungen vorübergehen, daß es aufhört zu regnen, daß meine schlimme Erkältung vergeht, daß irgend jemand irgendwo eines meiner Gedichte veröffentlicht.

Deine Lydia

7

Sanft schließe ich dem Tag, den ich geliebt,
die Augen.
Und glätte seine ruhige Stirn und falte
seine magren
toten Hände.

Rupert Brooke
aus ›Tag, den ich geliebt‹

Vic dachte oft daran, wie lieb ihr diese Tageszeit war. Kit schlief, und das Haus war still und ruhig. Nur ein gelegentliches Knarren zeigte an, daß es atmete. Sie saß am Küchentisch, vor sich einen Becher heiße Milch, und dachte einfach nur über ihren Tag nach. Es war ein Ritual, das sie sich in den letzten Jahren mit Ian angewöhnt hatte, um das Bett so lange zu meiden, bis sie sicher sein konnte, daß er eingeschlafen war. Jetzt genoß sie diese Stunde einfach um ihrer selbst willen.

Für eine Renovierung der Küche hatte immer das Geld gefehlt. Sie hatte sich daher mit Farbe, Pinsel, Schnäppchen von Trödelmärkten und viel Phantasie geholfen, was ihr erstaunlich viel Spaß gemacht hatte. Herausgekommen waren dabei blaue Schränke, sonnenblumengelbe Wände, Krüge und Bierhumpen vom Trödelmarkt in den Regalen und auf den Fensterbrettern. Die walisische Anrichte mit dem blaugelben italienischen Keramikgeschirr hatte sie für wenig Geld bei einer Haushaltsauflösung erworben – zusammen mit dem Tisch mit herunterklappbaren Seitenteilen aus Eiche und ihrer Tiffanylampe. Jedenfalls bezeichnete sie sie als ›ihre Tiffanylampe‹, auch wenn sie vermutlich nur eine billige Imitation war.

Ihre Mutter schlug, immer wenn sie sie besuchte, beim Anblick der Küche die Hände über dem Kopf zusammen. Als Fetischistin hygienisch sauberer, synthetischer Oberflächen mit einer stillen Leidenschaft für technisches Gerät (ihre jüngste Neuerwerbung war ein Müllzerkleinerer) hatte Eugenia Potts keinerlei Verständnis für die Genügsamkeit der Tochter. Ein Glück, dachte Vic, daß ihr eine Spülmaschine oder ein überdimensionaler Kühlschrank kein Herzenswunsch war, denn ohne Ians Gehalt waren Neuanschaffungen in weite Ferne gerückt.

Einen Moment lang gestattete sie sich den Luxus zu überlegen, wie ihr Leben wohl verlaufen wäre, wäre sie bei Duncan geblieben. Würden sie in dem Apartment in Hampstead wohnen, das er ihr geschildert hatte? Mit dem Ausblick auf den Sonnenuntergang über den Dächern? Würde sie an einer Fakultät der Londoner Universität mit weniger komplizierten Kollegen lehren? Hätten sie und Duncan ihre Schwierigkeiten ausgeräumt? Hätte sich ihre Eifersucht auf seine Arbeit in dem Maße gelegt, wie sie von ihrer eigenen in Anspruch genommen wurde?

Einer Sache war sie sich ziemlich sicher. Sie hätte unter diesen Umständen nie eine Biographie über Lydia Brooke angefangen, und mittlerweile neigte sie fast zu der Ansicht, daß das ein Segen gewesen wäre.

Selbst nach so vielen Jahren war es ein merkwürdiges Gefühl, ihn an der Seite einer anderen Frau zu erleben. Sie hatte keine Eifersucht verspürt – im Gegenteil, sie fühlte sich zu Gemma hingezogen –, und doch war da die leise Beklemmung gewesen, verdrängt worden zu sein.

Wie ehrlich war sie hinsichtlich ihrer Gründe, ihn anzurufen, mit sich selbst gewesen? Oh sicher, sie hatte kriminalistischen Rat gebraucht, und er hatte sich als hilfsbereit erwiesen. Jetzt allerdings, da er in puncto Lydia getan hatte, was er glaubte tun zu können, merkte sie, daß sie sich seine Freundschaft gern erhalten wollte – um Kits willen und um ihrer selbst willen. Kit hatte nur wenige männliche Vorbilder in seiner Umgebung, und da Ian jetzt ...

Das Telefon klingelte. Sie schnappte hastig nach dem Hörer und hoffte, daß Kit nicht aufgewacht war. Schon als sie abhob, wußte sie, wer es war.

»Vic? Ich hoffe, es ist nicht zu spät, aber ich bin einen Tag früher von diesem Kongreß weggekommen.«

»Unsinn, ich bin noch auf«, erwiderte sie, und beim Klang von Nathans Stimme ging ihr Atem schneller.

»Habe ein absolut unerfreuliches Wochenende hinter mir, das kannst du mir glauben«, fuhr er fort, und sie ahnte, daß er dabei lächelte. Er war am Freitag lustlos zu einem Botaniker-Kongreß nach Manchester gefahren.

Sie hatte nicht oft mit ihm telefoniert, und jetzt fiel ihr dabei wieder ein, wie sehr sie seine Stimme mochte, tief und sonor, mit einem versteckten Lachen. Sie hatte von jeher ein Faible für Stimmen gehabt. Auch bei Duncan war es so gewesen mit der für Cheshire typischen schleppenden Sprechweise, die die Jahre in London mittlerweile etwas abgeschliffen hatten.

»Komm rüber, dann erzähl ich dir alles«, drängte Nathan.

Vic zögerte. Sie hatte plötzlich einen Kloß im Hals. Sollte sie ihn gleich heute abend zur Rede stellen? Die Sache auf die lange Bank zu schieben hat sowieso keinen Sinn, überlegte sie und holte tief Luft.

»Also gut. Aber ich kann nicht lange bleiben.«

»Komm zur Vordertür. Der Garten ist ein Sumpfloch.« Und spöttisch fügte er hinzu: »Um diese Zeit sehen dich die Nachbarn sowieso nicht.« Dann klickte es am anderen Ende, und das Rufzeichen gellte in ihr Ohr.

Er trug noch Jackett und Krawatte. Den obersten Hemdenknopf allerdings hatte er geöffnet und die Krawatte gelockert. Sie saß verwegen schief. »Ich hab den Kamin angemacht«, erklärte er und schob sie in die Diele. »Ich hole dir erst mal was zu trinken.«

Sie schüttelte den Kopf. »Nein, danke. Noch nicht.« Die Tür zum Musikzimmer stand auf, und die Lampe auf dem Flügel brannte. »Du hast gespielt«, murmelte sie, schlenderte zum Klavier und berührte das Blatt auf dem Notenhalter. Die Noten waren in Nathans energischer Handschrift geschrieben.

»Ich habe nur ein bißchen herumgeklimpert, während ich auf dich gewartet habe.« Er stand im Türrahmen und wirkte verwirrt.

Vic setzte sich auf den Klavierschemel und starrte auf die Tasten. Nach einer Weile begann sie mit einer zögerlichen, kindlichen Version von ›Alle meine Entchen‹. Mehr war ihr von den durch die Mutter erzwungenen Klavierstunden nicht geblieben.

Ballettunterricht war als nächstes gekommen. Sie hätte beim Klavierunterricht bleiben sollen.

»Hast du mir nicht mal erzählt, daß du Musikstücke schreibst, die auf DNA-Strukturen basieren?« fragte sie. »Ist das so was?«

»Teilweise. Ist eine Idee, die Leonard Bernstein in einer seiner Vorlesungen erwähnt hat. Sie hat mich immer fasziniert. Eine angeborene, universelle Musiksprache.« Er kam auf sie zu. »Vic, ich weiß zufällig, daß dein Interesse an Musiktheorie ebensogroß ist wie das an Atomphysik. Und du hast mich noch kein einziges Mal angesehen, seit du da bist. Ist was passiert?«

Sie wandte sich zu ihm um. »Nathan, warum hast du mir nie gesagt, daß du Lydia gefunden hast?«

Er starrte sie an. »Ist mir nie in den Sinn gekommen. Und wenn, hätte ich angenommen, daß du es sowieso weißt.«

»Nein, ich hatte keine Ahnung – bis ich heute eine Kopie des Polizeiberichts gelesen habe.«

»Ist es denn wichtig?« fragte er verwundert. »Hast du geglaubt, ich halte absichtlich etwas vor dir zurück?«

»Nein, eigentlich nicht«, erwiderte sie. Sie gab ungern zu, daß ihr dieser Gedanke angesichts seiner nüchternen Reaktion gekommen war. »Es ist nur – alles, was Lydias Tod betrifft, ist so wenig schlüssig.« Sie fröstelte unwillkürlich.

»Es ist kalt hier drin. Komm zum Kamin«, sagte Nathan besorgt, und diesmal folgte sie ihm bereitwillig.

»Warum hast du mich nie gefragt?« erkundigte er sich, nachdem er sie im tiefen Sessel dicht am Kaminfeuer placiert hatte. »Ich hätte dir alles gesagt, was du wissen willst.«

»Um fragen zu können, hätte ich zumindest einen Hinweis haben müssen. Und selbst jetzt ist mir die Fragerei unangenehm, weil ich befürchte, daß du nicht gern darüber sprichst, daß es schmerzliche Erinnerungen weckt.«

»Hm.« Nathan setzte sich ihr gegenüber und griff nach einem Drink, den er sich offenbar während des Wartens gemixt hatte. »Es war sehr schmerzlich – damals. Das stimmt«, antwortete er bedächtig. »Und ich habe mit niemandem darüber gesprochen, außer natürlich mit der Polizei. Aber ich habe immer angenommen, daß es trotzdem bekannt geworden ist, weil mir gegenüber jeder das Thema geflissentlich gemieden hat.

Aber das ist lange her. Und ich habe nichts dagegen, jetzt darüber zu sprechen, wenn du möchtest.«

Eine einfache Erklärung, dachte Vic. Weshalb hatte sie sich nur so in die Verratstheorie reingesteigert? Wurde sie paranoid? Witterte sie jetzt schon überall Verschwörungen gegen sich? Beherrscht sagte sie laut: »Die Polizei hat offenbar angenommen, daß Lydia dich an jenem Abend angerufen hat, damit du sie findest.«

Nathan zuckte die Schultern. »Ist wohl die logische Schlußfolgerung. Möglicherweise hatte sie auch gehofft, durch mich gerettet zu werden.«

»Wie Adam sie das erste Mal gerettet hat?«

»Armer Adam! Wenigstens habe ich sie nicht in ihrem eigenen Blut schwimmend gefunden. Entschuldige, Liebes«, fügte er mit einer Grimasse hinzu. »Keine schöne Vorstellung.«

»Sie hat darüber geschrieben – *Lebensblut/ Salz und Eisen/ wiegen sanft wie der Mutter Kuß* ...«, rezitierte Vic leise. Sie stand auf und ging zum alten Grammophonschrank, in dem Nathan im Wohnzimmer seine Getränke aufbewahrte. Sie schenkte sich ein großes Glas Sherry ein. »Was hat sie gesagt, als sie dich an jenem Tag angerufen hat, Nathan? Wie hat sie geklungen?«

Er dachte lange nach. »Angespannt ... erregt ... beinahe aggressiv. War wohl natürlich angesichts ihrer Selbstmordabsichten.«

»Aber was genau hat sie gesagt? Erinnerst du dich an die exakten Worte oder Sätze?« Vic kehrte zu ihrem Sessel zurück und kauerte sich mit angezogenen Beinen in die Polster.

Nathan schloß die Augen. »Sie hat gesagt ...« begann er langsam, »›Nathan, ich muß dich unbedingt sprechen. Kannst du heute abend vorbeikommen?‹ Und dann: ›Wir müssen miteinander reden.‹ Oder war es: ›Da ist etwas, worüber ich mit dir reden muß?‹« Er schüttelte den Kopf. »Tut mir leid. Ich erinnere mich nicht.«

»Und dann? Was hat sie dann gesagt? Hat sie aufgelegt?«

»Heiliger Strohsack!« Nathan rieb sich das Kinn. »Laß mich nachdenken. Sie sagte: ›Kommst du so gegen sieben auf einen Drink?‹ Das war eher eine Frage, aber sie hat meine Antwort nicht abgewartet. Und: ›Also bis später. Cheerio.‹ Danach hat sie aufgelegt.«

»Und du findest, daß das nach Selbstmordabsicht klang?« Vics Stimme wurde schrill. Sie konnte es nicht fassen.

»Ich muß zugeben, daß mir das jetzt auch eher unsinnig vorkommt«, antwortete Nathan resigniert. »Aber ich hatte einen eindeutigen Beweis, verdammt. Sie war tot.«

»Was hast du über das Gedicht in der Schreibmaschine gedacht?« fragte Vic prompt.

»Das von Rupert Brooke? Ich habe angenommen, daß sie die Trennung von Morgan nie überwunden hat und es ihre Art war, ihm Lebewohl zu sagen. Für Lydia war das zwar ungewöhnlich sentimental, aber als ich gehört habe, daß sie ihm alles hinterlassen hat, war es eine durchaus plausible Erklärung.«

»Die Polizei hat gedacht, Lydia habe dieses Gedicht geschrieben.«

»Wirklich?« Nathan zog überrascht die Augenbrauen hoch. »Mich haben sie danach nie gefragt. Ich hätte sie sofort aufgeklärt. Aber welchen Unterschied macht das schon?«

Noch nicht, dachte sie. Sie war noch nicht bereit, ihre Karten offen auf den Tisch zu legen. Und dann waren da die unbekannten Gedichte. »Nathan, hast du von den Gedichten gewußt? Ich meine von denen in dem Buch, das du mir geschenkt hast?«

»Das Buch über Rupert Brooke? Natürlich sind da Gedichte drin«, erwiderte er und sah sie an, als zweifle er an ihrem Verstand. »Es enthält schließlich seine erste Gedichtsammlung – zusammen mit Marshs doch sehr sexuell motivierten Memoiren, wenn ich mich recht erinn...«

»Nein, nein. *Die* Gedichte meine ich nicht«, protestierte Vic lachend. »Ich meine Lydias Gedichte.«

Nathan starrte sie schweigend an. »Wovon redest du, Vic?«

»Hast du mal in das Buch reingeschaut, bevor du es mir gegeben hast, Nathan?«

»Nur auf die erste Seite mit dem großartigen Foto. Kein Wunder, das Marsh ...«

»Dann ist alles klar«, erklärte Vic mit einem Seufzer der Erleichterung. »Kein Wunder, daß du sie nicht gesehen hast.« Sie erzählte ihm, wie sie die Durchschläge von Lydias vermutlich letztem Manuskript im Buch entdeckt hatte.

Als sie geendet hatte, sagte Nathan nachdenklich: »Wie seltsam. Du mußt Ralph fragen, ob er etwas von diesen Gedichten gewußt hat.«

»Ralph Peregrine? Ihr Verleger?« fragte sie.

»Ein netter Typ. Lydia und er haben sich gut verstanden. Kennst du ihn?«

Vic nickte. »Flüchtig. Er war sehr freundlich. Er hat mir alles erzählt, was er über Lydias Arbeitsmethode wußte, und hat mir Kopien von seiner Korrespondenz mit ihr gemacht.«

»Und darin stand nichts über diese Gedichte?«

»Absolut nichts. Sie hatte ihm über die Jahre einige nette, recht unterhaltsame Briefe aus dem Ausland geschrieben. Das Geschäftliche haben sie wohl ausschließlich persönlich besprochen.«

»Das macht Sinn. Schließlich lebten sie beide in Cambridge.« Nathan schwieg eine Weile. Dann lächelte er sie strahlend an. »Du könntest Daphne fragen.«

»Genau das hat Adam auch gesagt – nur in einem anderen Zusammenhang. Was ...?«

»Wie verlief denn dein Besuch bei Adam?« fiel Nathan ihr ins Wort. Das klang plötzlich gönnerhaft.

»Ganz anders, als ich erwartet hatte«, antwortete Vic lächelnd. »Adam war sehr charmant und hat mir guten Sherry serviert. Und alles nur wegen des Persilscheins, den du mir ausgestellt hast.«

»Adam hatte schon immer eine Schwäche für exquisiten Sherry – ist vermutlich der einzige Luxus, den sich der arme Kerl gönnt. Er war derjenige, der den Sherry-Party-Kult im College begründet hat.« Nathan schenkte sich prompt Whisky nach. »Lydia hat diese Tradition aufgegriffen, allerdings mit mehr Stil. Hatte ich fast vergessen.«

»Warum ist Adam eigentlich immer ›der arme Kerl‹ für dich?« wollte Vic neugierig wissen. »Zugegeben, das Pfarrhaus ist ein bißchen runtergekommen, wie Adam selbst auch, aber er scheint sich in diesen Verhältnissen recht wohl zu fühlen.«

Nathan zog eine Grimasse. »Da hast du absolut recht. Ist ziemlich arrogant von mir. Das kommt davon, wenn man die eigenen Ambitionen auf andere überträgt.« Er trank einen Schluck Whisky. »Aber wir alle – Adam, Darcy und ich – kamen aus gutsituierten Familien. Allerdings waren meine Eltern etwas weniger begütert als die von Adam und Darcy. Tatsache bleibt, daß wir dieselben Ansprüche ans Leben hatten. Darcy und ich haben es zu etwas gebracht, so bescheiden es auch sein mag. Aber Adam ...«

»Was?« drängte Vic, deren Neugier geweckt war. Er sah auf. Der Blick aus seinen Augen war unergründlich.

»Adam hat eines Tages aus heiterem Himmel beschlossen, daß ihm das alles nicht ausreicht. Er wollte seinen *Beitrag* leisten, sein eigenes kleines Biotop auf dieser Welt retten. Kann nicht behaupten, daß er Erfolg hatte – ein fehlgeschlagener Missionsauftrag, dann eine abbruchreife Kirche mit einer völlig überalterten, kranken Gemeinde.«

»Nathan«, sagte Vic entsetzt. »Das klingt ja, als seist du eifersüchtig. Das hätte ich nie gedacht!«

Er sah sie lange an. »Eifersucht? Nein. Schon eher Schuldgefühle. Leider«, sagte er schließlich. »Immerhin hat *er* wenigstens den Versuch gemacht, etwas für andere zu tun, während wir mit jedem Tag fetter, zufriedener und blinder geworden sind. Ich habe mir immer eingeredet, Barmherzigkeit sei auch Egoismus. Aber das fällt mir zunehmend schwerer.«

»Einen echten Zyniker hättest du nie abgegeben.«

»Danke.« Er lächelte. »Vielleicht habe ich ja noch Hoffnung auf Vergebung. Deine gute Meinung von mir hilft sicher.«

»Was ist mit Daphne? Hat sie auch unter der Seuche des Midlife-Tunnelblicks gelitten?«

»Daphne?« Nathan neigte nachdenklich den Kopf zur Seite. »Ich fürchte, das kann ich nicht beurteilen. Ich hatte nach dem College kaum noch Kontakt zu ihr. Oberflächlich betrachtet, war sie sicher auf der Erfolgsspur.«

»Aber du hast gesagt ...«

»Lydia und Daphne sind eng befreundet geblieben, ja. Ich muß gestehen, daß ich mich schon damals gefragt habe, ob Daphne vielleicht nur wegen Lydia überhaupt mit uns verkehrt hat. Daphne war diejenige, die am meisten über Lydias Arbeit wußte. Besonders in den späteren Jahren.«

»Aber ich habe mit ihr gesprochen.« Vic stellte ärgerlich die Füße auf den Boden. »Sie tut so, als habe sie Lydia seit dem College nicht mehr gesehen. Und in Lydias Unterlagen wird sie nie erwähnt, von den Briefen an die Mutter mal abgesehen ...«

»Daphne ist eine sehr zurückhaltende Person – genau wie Lydia. Als Lydia starb, hat Daphne mich gebeten, ihr alle Briefe an Lydia zurückzugeben. Ich sah keinen Grund, das zu verweigern.«

Vic merkte erst nach Sekunden, daß sie ihn mit offenem Mund anstarrte, und preßte schnell die Lippen aufeinander. »Aber du konntest doch nicht ... Aber was ist mit ...«

»Mit dem Interesse der Nachwelt?« ergänzte Nathan. »Ich dachte, die Wünsche der Lebenden hätten Vorrang.«

Vic atmete hörbar aus. »Da hast du natürlich recht. Guten Gewissens hättest du nicht anders handeln können.« Sie schüttelte den Kopf. »Was ist nur mit mir los? Werde ich allmählich zum Sensationsgeier?«

Nathan grinste. »Als nächstes bewirbst du dich vermutlich um einen Job bei der *Sun*!«

»Der Himmel bewahre mich!« Sie mußte trotz allem lächeln. »Damals, als ich angefangen habe, war ich naiv wie ein Kind. Ich hatte doch glatt die Illusion, eine Biographie sei eine rein akademische, kritische Auseinandersetzung mit einer Person. Kannst du dir das vorstellen? Dabei ist es Fiktion, ein Romanstoff. Wie sonst sollte man aus all den Bruchstücken, die wir hinterlassen, eine vollkommene Persönlichkeit zusammensetzen? Und wo zieht man die moralisch vertretbare Grenze, was die Privatsphäre betrifft – und zwar bei den Lebenden wie den Toten?«

»Keine Ahnung, meine Liebe«, sagte Nathan, der jede Leichtfertigkeit abgelegt hatte. »Aber ich vertraue deinem Urteil. Und das solltest du auch tun. Hab keine Angst! Verlaß dich auf deinen Instinkt. Sonst wirst du auch behäbig und selbstzufrieden. Was hat doch Rupert Brooke seinen Freunden geraten? Die Freiheit mit Freunden auf einer Insel zügellos genießen und sich umbringen, sobald man die Mitte des Lebens erreicht hat?«

»Du bist weder behäbig noch selbstzufrieden.«

»Vic ...«

»Also gut«, unterbrach sie ihn und bemühte sich, ihre Gedanken weiterzuspinnen. »Was ist mit Daphne? Was habe ich übersehen? Adam hat ein paar Schlaglichter auf Lydia geworfen, wie sie wirklich gewesen sein muß. Aber Daphne? Ist sie je etwas anderes gewesen als eine zugeknöpfte Schuldirektorin im reiferen Alter?«

»Daphne war alles andere als ›zugeknöpft‹«, entgegnete Nathan, und seine Augen blitzten amüsiert. »Sie war ein prachtvolles Weib. Waren sie übrigens beide, Lydia und Daphne, jede auf ihre Art. Daphne sah aus wie diese alterslosen weiblichen Fabelwesen – halb Göttin, halb Teufelin, mit vollem Busen und wallendem kupferrotem Haar.« Er hielt inne und fuhr dann stockend fort: »Während Lydia ... Sie war der androgynere Typ, fragil mit einem feenhaften Botticelli-Gesicht, aber nicht weniger attraktiv. Jedenfalls hatte sie die aggressive Sexualität, die Daphne abging.«

Vic runzelte die Stirn. »Aber ich dachte ... Daphne und du ... seid ein Paar gewesen? Und Adam und Lydia. Ich meine ...«

»Versuchst du jetzt taktvoll zu sein, Vic?« erkundigte sich Nathan mit einem hinterlistigen Grinsen. »Du überraschst mich.«

Vic fühlte, wie sie rot wurde, und sagte trotzig: »Also gut. Du hast mit beiden geschlafen. Ist es das?«

»Es waren die frühen sechziger Jahre, vergiß das nicht. Wir dachten, wir hätten den Sex erfunden.« Das klang spöttisch, doch seine Augen blieben ernst. »Wir hielten uns für wahnsinnig unkonventionell und liberal und haben uns dabei nur selbst beweihräuchert.«

»Klingt nicht, als hättest du dich dabei besonders wohl gefühlt.«

»Ich war ... wie alt? Neunzehn? Zwanzig? Ich glaube nicht, daß ›wohl fühlen‹ das ist, worauf es Männer in diesem Alter abgesehen haben. Da geht's um Elementareres.«

Vic wollte es nicht recht gelingen, sich Nathan mit neunzehn vorzustellen. Dazu war er in der Gegenwart viel zu präsent. Sie empfand die Vorstellung, daß er sowohl Daphne als auch Lydia geliebt hatte, als überraschend erregend. Sie mußte unbedingt noch einmal mit Daphne sprechen. Das Bild, das sie sich von Lydias Studienjahren gemacht hatte, war korrekturbedürftig. Die braven Briefe an die Mutter waren wohl eher irreführend. »Nathan«, begann sie, glitt vom Sessel und kauerte, das Kinn auf seinem Knie, vor ihm nieder. »Erzähl mir, wie es damals wirklich gewesen ist.«

Er strich ihr übers Haar. »Vielleicht mal, wenn du älter bist.«

»Nein, im Ernst.« Sie sah zu ihm auf. »Ich muß es wissen.«

»Das sollst du auch. Aber nicht heute abend. Es ist spät, und ich habe Angst, daß du dich plötzlich in einen Gartenkürbis verwandeln könntest.«

»Erst, wenn du mir meine gläsernen Schuhe ausgezogen hast«, sagte Vic und lächelte.

Newnham
29. April 1963
Liebe Mami,

Oh, was für ein großartiger Tag!

Als ich aus der Nachmittagsvorlesung bei Sonnenschein und Ostwind nach Hause kam, lag Post in meinem Fach. Und zuunterst entdeckte ich den vertrauten Umschlag.

Ich habe ein unverzichtbares Ritual für solche Fälle: die heilige Stille meines Zimmers, das Aufräumen der Vorlesungsunterlagen, Teekochen und dann erst der Brieföffner. Den Umschlag vom Zeitschriftenverlag habe ich mir – wie immer – bis zuletzt aufgehoben.

Ich habe nicht nur ein Gedicht verkauft, sondern drei! Den ›Jagdreiter‹, ›Das letzte Abendmahl‹ und ›Sonnenwende‹. Und die Themen aus der englischen Mythologie haben so viel Gefallen gefunden, daß sie auch den Rest lesen möchten.

Ich hab's noch niemandem erzählt – nicht mal Daphne. Du solltest die erste sein.

Ich weiß, Du hast Dir die letzten Monate Sorgen um mich gemacht. Aber das schwierige Gelände ist überwunden, und ich weiß jetzt, daß ich den rechten Weg gegangen bin.

Der Anfang ist gemacht. Jetzt muß ich den Erwartungen gerecht werden.

Alles Liebe, Lydia

Die Haustür knarrrte. Vic sah von ihrem Schreibtisch auf und horchte. Sie warf einen Blick auf die Uhr. Es muß der Wind gewesen sein, dachte sie – sie hatte noch eine halbe Stunde, bis Kit aus der Schule kam.

Nachdem ihre Tutorengespräche in der zweiten Hälfte des Nachmittags ausgefallen waren, hatte sie die Gelegenheit ergriffen, früh nach Hause zu fahren und eine Stunde in Ruhe zu arbeiten. Sie hatte ihren Schreibtisch teilweise freigeräumt, Lydias Manuskriptseiten mit den unbekannten Gedichten wie Teile eines Puzzles ausgelegt und die Reihenfolge immer wieder verändert.

Die Gedichte waren gut, kein Zweifel, sogar brillant – ein letzter Schritt nach vorn in der Entwicklungsgeschichte von Lydias Lyrik. Sie griff darin Themen aus ihrer ferneren Vergangenheit auf, verschmolz Elemente ihrer frühen, an der Mythologie orientierten Lyrik mit dem Bekenner-Stil der späteren Jahre und erzielte damit eine neue Harmonie. Fügte man diese bis dato unbekannten Gedichte in die letzte veröffentlichte Sammlung ein, gewann diese eine zuvor nie von ihr erreichte Dimension.

Vic hatte beschlossen, dafür zu sorgen, daß die Sammlung so veröffentlicht wurde, wie sie wohl ursprünglich gedacht gewesen war. Sozusagen als Hommage an Lydia Brooke.

Vic vertauschte erneut zwei Gedichte. Und da war es wieder, dieses Gefühl, daß es eine bestimmte Reihenfolge gab, ein Muster, das ihr immer wieder entglitt ...

Die Haustür fiel zu. Das klang eindeutig nach Kit. Im nächsten Moment hörte sie, wie sein Schulranzen mit einem dumpfen Knall vor ihrer Arbeitszimmertür auf dem Fußboden landete. »Hallo, Schatz«, sagte sie, ohne aufzusehen. »Wie war's in der Schule?«

Keine Antwort. Sie drehte sich um. Kit stand in der Tür. Trotz und Ärger standen ihm ins Gesicht geschrieben. Obwohl er gelegentlich unter der typisch pubertären schlechten Laune litt, war er normalerweise ein fröhliches Kind und besonders aufgekratzt, wenn die Schule erledigt war. »Was ist los, Liebling?« fragte Vic besorgt. »Alles in Ordnung?«

Er zuckte nur schweigend die Schultern.

Na gut, dachte Vic. Versuchen wir's mit einer anderen Taktik. Sie nahm die Brille ab und reckte sich. »Schlechter Tag?« erkundigte sie sich beiläufig.

Erneutes Schulterzucken. Er wich ihrem Blick aus.

»Mir geht's auch nicht besser«, sagte sie aufs Geratewohl. »Vielleicht hilft uns ein Spaziergang. Was meinst du?«

Diesmal schien sein Schulterzucken Zustimmung anzudeuten.

»Willst du zuerst was essen?« erkundigte sie sich und bekam als Antwort ein energisches Kopfschütteln. Das war ein schlechtes Zeichen. Normalerweise hatte er nach der Schule einen Bärenhunger. »Dann hole ich meinen Mantel.«

Sie hörte, wie er durch die Küche und auf die Toilette stapfte, dann schlug die Hintertür zu. Oh Gott, dachte sie und sank gegen das Waschbecken. Es kam immer aus heiterem Himmel. Und ausgerechnet heute hatte sie einen besonders schlechten Tag hinter sich. Sie hatte gleich am Morgen die Notizen für ihre Vorlesung verlegt, dann hatte eine Studentin einen hysterischen Anfall gehabt, und zu guter Letzt, nach dem Mittagessen, hatte alles in einer häßlichen Auseinandersetzung mit Darcy gegipfelt.

Der Streit war ausgerechnet darüber entbrannt, wer den Fotokopierer zuerst benutzen durfte.

Vic hatte einen Stapel Bücher in das Kopierzimmer getragen, um von einigen ausgewählten Gedichten bei ihrer Vorlesung über die Romantiker Handzettel verteilen zu können. Da sie einen Gedichtband vergessen hatte, war sie kurz in ihr Büro zurückgekehrt.

Als sie wiederkam, waren ihre Unterlagen beiseite geräumt, und Darcy stand am sanft brummenden Kopierer.

»Oh, tut mir leid! Waren das deine Bücher?« fragte er. »Du solltest deine Sachen wirklich nicht so herumliegen lassen. Wird viel geklaut heutzutage. Selbst die heiligen Hallen der Englischen Fakultät sind mittlerweile entweiht.«

»Du hast doch genau gewußt, daß das meine Unterlagen sind«, konterte sie verärgert. »Und kein vernünftiger Mensch klaut antiquarische Ausgaben von Keats und Shelley.« Sie warf einen Blick auf den Papierstapel im Einzugsschacht des Kopierers und stöhnte. »Kannst du mich nicht zwischendurch meine paar Seiten machen lassen, Darcy? Ich brauche sie für die Vorlesung morgen vormittag und habe in zehn Minuten ein Tutorengespräch. Immerhin bin ich zuerst dagewesen.«

Seine Gegenwart in dem kleinen Raum verursachte ihr Platzangst, und sein Atem roch nach dem Bier, das er vermutlich zum Mittagessen konsumiert hatte. Darcy war im Talar, und als er sich schwer gegen den Kopierer lehnte, die Arme vor der Brust verschränkt, sah er wie ein reichlich verlebter King Lear aus. Darcy hatte stets etwas übertrieben Theatralisches an sich. »Würde sie sich besser vorbereiten, geriete sie nicht in derartige Panik«, erklärte er hoheitsvoll.

Die heiße Wut, die in ihr aufstieg, überraschte sie selbst am meisten. »*Du* kritisierst *mich*, Darcy? Ausgerechnet du!« hörte sie sich schreien. »Dazu hast du kein Recht! Genausowenig wie du das Recht hattest, mich bei Adam Lamb schlechtzumachen. Du weißt genau, wie wichtig das Gespräch mit ihm für mich war.«

»Meine liebe Victoria …« Darcy zog die Augenbrauen hoch und sah über seine fleischige Nase hinweg auf sie herab. »Ich habe durchaus das Recht, Freunden gegenüber meine fachliche Meinung zu sagen. Und für Erfolg oder Mißerfolg deiner kleinen Projekte bin ich nicht verantwortlich.«

»Hör mit dem blasierten Geschwafel auf!« zischte sie und machte einen verspäteten Versuch, die Stimme zu dämpfen. »Natürlich bist du für meine Arbeit nicht verantwortlich. Aber es steht dir keineswegs zu, sie absichtlich zu sabotieren, nur weil sie nicht in deine antiquierte, kleinkarierte Vorstellung von wissenschaftlicher Verantwortung paßt. Hast du vielleicht Daphne Morris denselben Unsinn über mich eingeblasen wie Adam?«

»Oho!« sagte Darcy und spitzte die Lippen. »Sind wir jetzt mit Adam per Du? Wie nett für dich.« Und kalt fügte er hinzu: »Nur zu deiner Information: Ich habe Daphne seit Lydias Beerdigung nicht mehr gesehen. Und ich habe nicht die Absicht, das in naher Zukunft zu ändern. Ich kann diese Frau nicht ausstehen. Aber ihr beide müßtet euch eigentlich blendend verstehen.«

Während Vic fieberhaft nach einer passenden Entgegnung suchte, hatte Darcy schwungvoll seine Papiere aus dem Kopierer genommen und sich zum Gehen gewandt. »Laß dir nur Zeit«, empfahl er ihr zuckersüß. »Ich brauche meine Kopien erst für die Vorlesungen der nächsten Woche.«

Allein der Gedanke daran trieb Vic die Röte ins Gesicht. Darcy Eliot konnte sehr charmant sein – sie hatte gelegentlich beobachtet, wie zuvorkommend er sich anderen Mitgliedern des Lehrkörpers gegenüber benahm. Warum nur ließ sie sich von ihm zu dieser kindischen Verhaltensweise provozieren? Sie hatte vorgehabt, mit ihm über Adam zu reden; hatte sich vorgenommen, dies auf eine kultivierte, vernünftige Art zu tun, und zwar an einem Ort und zu einer Zeit, die sie bestimmte. Aber Darcy und sie gerieten immer wieder aneinander, und der ständige Schlagabtausch zwischen ihnen tat ihrem Ruf innerhalb der Fakultät nicht gut. In Zukunft würde sie sich mehr um eine konfliktfreie Kommunikationsebene bemühen müssen, so schwierig das auch sein mochte.

Mit einem Seufzer spritzte sie sich etwas kaltes Wasser ins Gesicht, fuhr sich mit der Bürste durchs Haar und ging hinaus zu Kit in den Garten.

Sie fand ihn an der Gartentür, wo er mit den Füßen in dem Haufen alter Blätter scharrte, den sie längst hatte aufrechen wollen. Er konnte ihr noch immer nicht in die Augen sehen. »Den Weg am Fluß entlang?« fragte sie, und er nickte.

Hinter der Gartenpforte wandten sie sich automatisch nach links in Richtung Cambridge. Vic verhielt sich neutral und vertraute darauf, daß die Bewegung und die Zweisamkeit letztendlich Kits Zunge lösen würde.

Die feuchte Luft verstärkte sämtliche Gerüche, und als Vic den vollen, erdigen Frühlingsduft einatmete, hatte sie das Gefühl, geradezu riechen zu können, wie alles wuchs. Ein Blick auf Kit, und sie sah, daß sich seine Miene bereits aufgehellt hatte, daß er seine Umgebung fast wieder mit normalem Interesse wahrnahm. Als sie den richtigen Augenblick gekommen glaubte, fragte sie: »Willst du mir sagen, was heute in der Schule passiert ist?«

Er sah sie an und zuckte die Schultern, aber kurz darauf erklärte er zähneknirschend: »Ich habe Miß Pope mit der neuen Lehrerin reden hören.«

»Miß Pope? Deine Englischlehrerin?«

Kit bedachte sie mit dem vernichtenden Blick, den sie für diese dämliche Bemerkung verdient hatte. Sie kannte Miß Elizabeth Pope sehr gut. Sie war um die Dreißig, unverheiratet und ganz offensichtlich Ians Charme erlegen, weshalb sie ihn zu regelmäßigen und unnötigen Elterngesprächen gebeten hatte. Ob Ian die günstige Gelegenheit ausgenutzt hatte, wußte Vic nicht, und es hätte sie nicht gestört – solange Kit davon unbehelligt blieb.

»Und was hat Miß Pope gesagt?«

»Sie haben bei der Essenausgabe angestanden, und ich mußte noch mal umkehren, weil ich die Gabel vergessen hatte«, begann er umständlich. »Sie haben mich nicht gesehen. Ich wollte gar nicht lauschen.«

»Das glaube ich dir«, pflichtete Vic ihm aufmunternd bei. Kit zog nur den Kopf zwischen die Schultern wie eine Schildkröte und starrte auf seine Joggingschuhe.

»Haben sie über mich geredet?« fragte Vic, als er beharrlich schwieg.

Kit nickte und trat nach einem Stein auf dem Weg, bevor es aus ihm heraussprudelte: »Miß Pope hat gesagt, daß du nur deine Arbeit im Kopf hast und Dad dich verlassen hat, weil er sich vernachlässigt fühlte. Sie meinte, du seist keine gute Ehefrau.«

Miststück, dachte Vic, hielt die Luft an und zählte bis zehn. Miß Pope konnte sich auf ein paar deftige Worte gefaßt machen, doch sie wollte ihre Wut nicht an Kit auslassen. Aber woher bezog Elizabeth Pope eigentlich ihre häßlichen Informationen? War Bettgeflüster im Spiel?

»Liebling«, sagte sie, als sie ihrer Stimme wieder traute. »Es war nicht richtig von Miß Pope, über Dinge zu sprechen, die sie nichts angehen. Das weißt du doch, oder?«

Kit machte eine leichte Bewegung mit den Schultern, ließ den Kopf jedoch gesenkt.

Vic seufzte. Wie sollte sie ihm erklären, was sie selbst nicht verstand? »Erstens kann keiner wissen, was zwischen zwei Menschen wirklich geschieht, außer den Betreffenden selbst natürlich. Und in einer Beziehung ist nichts so simpel, wie Miß Pope das glauben machen will.« Sie konnte Ian nicht die Schuld geben, so verführerisch es auch war. Sie wußte, der Versuch, Kit auf ihre Seite zu ziehen, konnte ihn noch mehr verletzen. »Manchmal entwickeln sich Menschen in unterschiedliche Richtungen, müssen unterschiedliche Bedürfnisse und Interessen ausleben, und dann wachen sie eines Tages auf und entdecken, daß es keinen Grund mehr gibt, zusammenzubleiben.«

»Bis auf mich«, schloß Kit messerscharf. »War ich als Grund nicht gut genug?«

Das ist der Punkt, die Krux der ganzen Sache, dachte Vic, und es fiel ihr keine Ausrede für Ian ein. Auch die Wahrheit war nur ungenügend. Und die konnte sie Kit sowieso nicht sagen. »Gelegentlich entscheiden Erwachsene, daß sie noch nicht erwachsen sind, und sie tun Dinge ohne Rücksicht auf die Gefühle anderer. Es mag falsch sein, aber es kommt vor, und wir müssen einfach das Beste daraus machen.« Sie konnte sich nicht überwinden, Kit damit zu trösten, daß Ian ihn liebhabe, denn sie war sich in diesem Punkt selbst nicht sicher. Außerdem wußte sie, daß Kit eine Antenne für falsche Töne hatte. Gerade bei ihr.

Sie waren mittlerweile fast bis Cambridge marschiert. In der Ferne waren bereits die Torpfosten des Sportplatzes von Pembroke aufgetaucht. Das Tageslicht nahm schnell ab, denn die tiefhängende Wolkendecke verschluckte jeden Schimmer eines Sonnenuntergangs. Ein kalter Wind war aufgekommen. Sie legte den Arm leicht um Kits Schultern. »Komm, Schatz. Kehren wir um. Es wird kalt.«

Sie drehten dem Wind den Rücken zu und machten sich auf den Heimweg. Vic warf einen Blick auf das noch immer unbewegliche Gesicht ihres Sohnes und merkte, daß sie noch längst nicht bis zum Kern seines Kummers vorgedrungen war. Was traf ihn so sehr, daß er es nicht aussprechen konnte?

Langsam fragte sie: »Hat Miß Pope dich so wütend gemacht, weil du findest, daß ich dich auch vernachlässige?«

Kit wandte mit einem Ruck den Kopf ab und nickte. Er hatte die Lippen so fest aufeinandergepreßt, daß sie weiß wurden. Wohl um zu verhindern, daß sie zitterten, wie Vic vermutete. Verdammte Miß Pope, dachte sie. Verdammter Ian! Sollte sie alle der Teufel holen! Aber sie wußte, daß sie die Schuld nur abwälzte, daß Kits Seelenheil allein in ihrer Verantwortung lag und sie versagt hatte.

Es war eine Dummheit gewesen, sich mit Nathan einzulassen. Noch im Bewußtsein von Kits Verwundbarkeit gab sie ihren Bedürfnissen den Vorrang, und sie war auch jetzt nicht sicher, daß sie es ertragen konnte, Nathan aufzugeben.

Und Lydia? War die fanatisch betriebene Beschäftigung mit Lydia Brooke es wert, Kit noch mehr Schaden zuzufügen, als Ian das bereits getan hatte? Vielleicht hatte Duncan recht gehabt, und sie sollte von dem Thema lassen. Aber sie wußte noch im selben Augenblick, daß das unmöglich war. Nur vorsichtiger sein und dafür sorgen wollte sie, daß diese Arbeit nicht den ersten Platz in ihrem Leben einnahm.

»Es tut mir leid, Kit«, murmelte sie und drückte ihn an sich. »Ich werde mich bessern, in Ordnung?«

Er nickte und sah flüchtig zu ihr auf. Seine Züge entspannten sich. Er lächelte sogar ein wenig.

Vic zog ihn enger an sich. »Was meinst du? Sollen wir uns ein Feuer im Kamin machen, heiße Schokolade kochen und Monopoly spielen?«

8

Mein Lieb, allein wir wissen, daß wir seufzen,
  küssen, lächeln;
jeder Kuß währt nur den Kuß; und Trauer geht
  vorüber;
Liebe hat nur ein Heim im Herzen.
Armselig die Strohhalme, die wir auf dunkler Flut
  kurz fassen,
uns daran klammern, bis wir auseinandertreiben in
  die Nacht.
Lachen stirbt mit den Lippen, ›Liebe‹ mit dem
  Geliebten.

RUPERT BROOKE
aus ›Unbeständigkeit‹

Die Uhr in der Diele schlug sechs, als Margery Lester den Perlenohrring anlegte. Ihr Kleid war neu, und sie fand es sehr chic, silbergrau mit einem Stich ins Grünliche, hoher Kragen und eine Reihe winziger Kugelknöpfe am Rücken. Sie hatte Grace bitten müssen, die Knöpfe zu schließen – einer der Nachteile, wenn man den Ehemann überlebte; gelegentlich war die Spezies doch recht nützlich.

Ja, das Kleid ist in Ordnung, überlegte sie beim letzten prüfenden Blick in ihren Schlafzimmerspiegel. Sie mied Pink, Blau und Lavendel, die sie als Altweiberfarben bezeichnete, wie die Pest – wenn sie auch kaum leugnen konnte, selbst die Schwelle zu dieser Altersgruppe längst überschritten zu haben. Es gab tatsächlich Augenblicke, da sie im Vorübergehen flüchtig ihr Spiegelbild sah und dachte: Wer ist diese alte Frau? Doch unmöglich die kleine Margery!

Margery war fit und braungebrannt vom Tennis in der Sommersonne; Margery fuhr ihr Cabrio etwas zu rasant; Margery lachte und nahm sich Liebhaber ... Die Trennlinie zwischen dem realen Leben und ihren Romanfiguren hatte sich allerdings im Lauf der Jahre verwischt, und sie fragte sich jetzt, ob sie je dieses Mädchen gewesen war oder ob sie es erfunden hatte wie die Protagonisten ihrer Bücher.

Sie hörte Graces schwere Schritte im Korridor. Einen Moment später tauchte ihr Gesicht im Spiegel auf.

»Madam, die Gäste dürften jede Minute eintreffen. Sie sollten unten sein, um sie zu begrüßen«, drängte Grace, trat zu ihr und schnippte imaginäre Fusseln von Margerys Schultern. Ihre strenge Miene ließ ihr Gesicht noch zerknitterter aussehen.

»Ich komme. Ich komme ja schon«, seufzte Margery. »Du bist immer so streng mit mir, Grace«, fügte sie hinzu und tätschelte die Hand auf ihrer Schulter liebevoll. »Ich verspreche, daß ich unten bin, bevor es klingelt.« Sie hatte es längst aufgegeben, Grace abzugewöhnen, Madam zu ihr zu sagen. Auch Grace wurde alt und schien mit jedem Jahr entschlossener, zur Persiflage auf ein altes englisches Familienfaktotum zu mutieren. Grace fing ihren Blick im Spiegel auf. »Diese Einladungen überfordern Sie völlig. Morgen sind Sie zu nichts zu gebrauchen. Haben Sie Ihre Tabletten genommen?«

»Laß mich in Ruhe, Grace. Ich bin kein kleines Kind«, wehrte Margery ab und sprühte Parfüm auf Ohrläppchen und Handgelenke. »Mir geht's großartig.« Tatsächlich war es Grace, die am nächsten Tag zu nichts zu gebrauchen sein würde. Dabei hatte Margery sie gedrängt, sich fürs Kochen und Servieren Hilfe zu besorgen. Margery warf einen letzten Blick in den dreiteiligen Spiegel und folgte Grace dann gehorsam die Treppe hinunter.

Ihre Dinnerpartys und Graces Kochkunst waren stadtbekannt. Doch obwohl Margery das Grace gegenüber nie zugeben hätte, empfand auch sie diese Einladungen zunehmend als ermüdend. Es kostete sie immer mehr Anstrengung, ihre Schriftstellerei lange genug zu unterbrechen, um zumindest die fundamentalsten sozialen Kontakte zu pflegen. Romanfiguren waren einfacher zu manipulieren als Menschen aus Fleisch und Blut. Man hatte sie fest im Griff, obwohl es auch hier keine Garantie gab.

Vielleicht waren die Menschen ja gar nicht schuld, vielleicht lag es daran, daß sie mit ihrer Zeit immer mehr geizte, spürte, wie der Sand der Lebensuhr immer schneller durchs Glas rann, während sie noch so viel zu sagen hatte.

Die Klingel schlug an, als sie den unteren Treppenabsatz erreicht hatte. »Sehen Sie! Ich hab's doch gewußt«, bemerkte Grace mit einem Lächeln.

Es war Darcy, früh wie immer, so daß er beim Empfang der Gäste und den Drinks helfen konnte. »Mutter, meine Liebe!« Er hielt inne, um sie zu küssen. »Du siehst göttlich aus!«

»Schmeichler«, wehrte sie lächelnd ab und berührte seine Wange. »Du bist ja eiskalt, Liebling. Komm an den Kamin, und schenk dir was ein, bevor die Massen anrollen.«

»Hatte eine verdammte Reifenpanne! Stell dir das mal vor!« stöhnte er und mixte sich einen Gin Tonic. Dann stellte er sich mit dem Rücken vor den Kamin. »Und mitten auf der Madingley Road bei starkem Verkehr. Ich bin naß wie ein Pudel und fange in deinem Wohnzimmer sicher bald an, wie einer zu stinken. Aber jetzt ist mir wenigstens von innen warm.« Er lächelte und leerte sein Glas mit einem Schluck zur Hälfte. »Wer kommt eigentlich? Wieso Massen?«

»Wir sind nur ein kleiner Kreis heute abend, fürchte ich«, antwortete Margery und schenkte sich einen Sherry ein. »Nur Ralph und Christine, und Iris. Enid hat in letzter Minute abgesagt. Sie hat Grippe. Oh, und Adam Lamb. Den hätte ich beinahe vergessen.«

Darcy lachte. »Wo um Himmels willen hast du denn den guten alten Adam ausgegraben?«

»In der Lebensmittelabteilung von Marks und Sparks. Bin ihm an der Gefriertruhe mit den Fertiggerichten in die Arme gelaufen. Er sah aus, als habe er seit Monaten nichts Anständiges gegessen. Da hat er mir leid getan.«

»Schätze, er hat entsprechend viele Bücklinge vor dir gemacht.«

»Darcy, das ist weder nett noch fair. Das weißt du. Er war sehr höflich und schien sich über die Einladung zu freuen. Daran ist nichts Anrüchiges.«

»Du siehst ihm alles nach, nur weil du mit seiner Mutter die Schulbank gedrückt hast«, entgegnete Darcy neckend. »Fehlt jetzt nur noch, daß du ihn als ›netten Jungen‹ bezeichnest.«

Die Türglocke ertönte erneut. Margery erhob sich vom Sofa. »Ich kann sagen, was ich will. Aber du, mein Junge, solltest dich lieber zurückhalten.«

Enids Absage kam sehr gelegen, dachte Margery und ließ bei Tisch ihren Blick in die Runde ihrer Gäste schweifen. Zum einen waren sie eine gerade Zahl, und zum anderen empfand sie Enids Aufgeregtheiten immer als ermüdend. Sie hatte Adam neben Iris placiert, da sich die beiden kaum kannten, und Darcy neben Christine, so daß sie die Freiheit hatte, ausgiebig mit Ralph zu plaudern.

Adam präsentierte sich recht passabel. Die Ellbogen seines Tweedjacketts glänzten leicht, aber er trug ein gestärktes weißes Hemd und war frisch rasiert.

Darcy hatte natürlich recht. Sie hatte eine Schwäche für Adam – wegen seiner Mutter. Helen war eine alte Schulfreundin gewesen. Sie und ihr Mann hatten große Pläne mit

Adam gehabt. Er sollte seinen Doktor in Geschichte machen, natürlich mit Auszeichnung, dann Jura studieren und später dem Vater in die Politik folgen. Schon damals hatte Margery Zweifel gehabt, daß eine Projektion der eigenen Wünsche auf die Kinder ratsam war, und hatte hilflos zusehen müssen, wie ihre Freunde herb enttäuscht wurden.

Es war Ironie des Schicksals, daß ausgerechnet sie, die sich nicht so ins Zeug gelegt hatte, angenehm überrascht worden war. Darcy hatte sich nicht schlecht rausgemacht. Es war abzusehen, daß Iris bald gezwungen sein würde, sich pensionieren zu lassen, und daß Darcy ihr im Amt als Leiter der Fakultät folgen würde. Dann endlich war er in der Position, sowohl seinem Machtinstinkt als auch seinem Charme Geltung zu verschaffen.

Und daß er Charme hatte, wurde gerade jetzt offenbar, als er sich dicht zu Christine Peregrines schmalem blondem Kopf hinüberbeugte und sicher irgendeine obszöne Geschichte zum besten gab. Ein Glück, daß sie und Ralph eine alte Freundschaft verband und Ralph nicht so leicht zu erschüttern war.

»Darcy ist heute abend gut in Form«, sagte Ralph und griff nach der Karaffe, um ihr Wein nachzuschenken.

»Dachte ich auch gerade«, erwiderte Margery. »Christine sieht heute abend besonders bezaubernd aus.«

Ralph lächelte. »Das wiederum dachte ich gerade. Ich hatte in letzter Zeit nicht oft die Gelegenheit, ihr an einem Tisch gegenüberzusitzen – sie ist gerade erst von einer Vortragsreise zurück.« Christine Peregrine, eine bekannte Mathematikerin, hatte für die Leidenschaft ihres Mannes für Bücher dasselbe liebevolle Unverständnis übrig wie ihr Mann für Mathematik.

Wie attraktiv Ralph doch ist, dachte Margery und betrachtete ihn im Kerzenschein. Der schlanke, dunkelhaarige Mann mit dem gewissen Etwas der Intellektuellen war von jeher ihr Typ gewesen – wenn sein dunkles Haar im Laufe der Jahre, die sie sich kannten, auch etwas schütterer geworden war. Sie hatten sich bei einer literarischen Soirée zu Margerys Ehren kennengelernt. Ralph war damals ein frischgebackener Doktor der Literaturgeschichte gewesen und hatte einen Traum, aber kein Geld gehabt, ihn zu verwirklichen. Margery, gleich Feuer und Flamme, hatte ihm unter die Arme gegriffen, was nur wenige wußten. Mittlerweile war das bekannte Peregrine-Logo ein Synonym für gute Literatur.

Am anderen Tischende lachte Iris laut über eine Bemerkung von Adam. Solange Adam sich durch eine große Portion von Graces Osso Buco gearbeitet hatte, hatte Iris die Unterhaltung in Gang gehalten. Jetzt schien er zu beweisen, daß er es mit Iris' reichlich dominantem Konversationsstil durchaus aufnehmen konnte.

Sein Priesteramt dürfte Adam allerdings gelehrt haben, mit dominanten älteren Frauen umzugehen, dachte Margery. Iris, der Schrecken von Lehrkörper und Studenten gleichermaßen, war auf eine geradezu perverse Art ihrer Perserkatze zugetan und konnte nachts ohne Wärmflasche nicht schlafen.

Margery richtete ihre Aufmerksamkeit wieder auf Ralph, der ihr von seiner neuesten Entdeckung, einem jungen Schriftstellertalent, erzählte. Und während sie auf seine Stimme und den Klang von Silber und Kristall horchte, war sie froh, sich die Mühe dieses Abends gemacht zu haben.

Sie hatten den Hauptgang hinter sich und mit Graces Mousse au chocolat begonnen, als Margery gedämpft das Telefon klingeln hörte.

»Dame Margery, dieser Nachtisch ist einfach himmlisch«, erklärte Adam. »Man möge mir das unpassende Adjektiv verzeihen«, fügte er mit einem zerknirschten Lächeln hinzu.

»Dein Boß wird dir diese kleine Entgleisung angesichts der vorzüglichen Qualität von Graces Mousse doch sicher nachsehen, oder?« bemerkte Darcy.

»Warum ersetzen Sie ›himmlisch‹ nicht einfach durch ›ambrosisch‹? schlug Ralph vor. »Das trifft es auch, und Sie treten niemandem auf den Schlips.«

Die Tür zur Küche ging auf, und Grace kam herein. »Wie machst du das, Grace?« fragte Darcy prompt. »Verrate uns dein Geheimnis.«

»Ja«, sagte Christine. »Bitte sagen Sie es uns. Diese Mousse ist so erstaunlich leicht ...«

»Entschuldigen Sie«, unterbrach Grace die Flut von Komplimenten. »Aber da ist ein Anruf für Miß Iris. Miß Enid ist am Apparat, und sie klingt entsetzlich aufgeregt.«

Iris wurde blaß. Ihr Löffel fiel klirrend auf den Teller. »O Gott! Es ist was mit Orlando! Orlando muß was zugestoßen sein.« Sie sprang auf und stieß dabei gegen den Tisch.

»Sie können das Gespräch im Wohnzimmer annehmen, Miß Iris«, erklärte Grace und führte sie hinaus.

»Wer ist Orlando?« fragte Adam verwirrt.

»Ihr Kater«, klärte Margery ihn auf. »Sie liebt ihn abgöttisch. Sie hat ihn nach Virginia Woolfs Romanfigur benannt.«

»Durchaus passend, findest du nicht?« bemerkte Darcy. »Das arme kastrierte Vieh weiß nicht, ob es Männlein oder Weiblein ist.«

Die Bemerkung entlockte einigen ein pflichtschuldiges Lächeln, ansonsten warteten alle schweigend und unruhig auf Iris' Rückkehr. Was zum Teufel sagte man, falls dem Kater tatsächlich etwas zugestoßen war, überlegte Margery.

Aber als Iris wenige Minuten später ins Speisezimmer zurückkam, wirkte sie alles andere als hysterisch. Sie ging langsam zu ihrem Stuhl, blieb hinter der Lehne stehen und umfaßte diese mit beiden Händen. Wie seltsam, dachte Margery, die auf ihre scharfe Beobachtungsgabe stolz war. Die übergroßen Fingerknöchel der Freundin waren ihr bislang nie aufgefallen. Jetzt waren sie ganz weiß, so fest hielt sie das Holz umklammert.

»Es tut mir leid, dir, Margery, und auch allen anderen diesen schönen Abend verderben zu müssen. Ich habe leider eine schreckliche Nachricht. Vic McClellan ist heute nachmittag gestorben.«

Teil II

*»... Frauen wurden schriftliche oder mündliche
Überlieferungen vorenthalten, durch die sie hätten
Macht gewinnen können über ... ihr Leben.«*

CAROLYN HEILBRUN
aus ›Darstellung eines Frauenlebens‹

9

... Glaubst du an einen fernen Ort, irgendwo,
Saum der Wüste, letzte Scholle, die wir kennen,
die karge letzte Grenze unsres Lichts,
wo wartend ich dich finde; und wir
gemeinsam wandern, wieder Hand in Hand, hinaus
in unbekannte Weiten, in die Nacht?

RUPERT BROOKE
aus ›Die Wanderer‹

Kincaid warf den Rest seiner Büroarbeit in den Ablagekorb, sah auf seine Uhr und gähnte. Es war erst halb sechs. Der Montag galt gemeinhin als der längste Wochentag, aber dieser trostlose Dienstag hatte den Vortag an Langeweile weit übertroffen. Er war froh, nach Hause zu kommen.

Er mußte nur noch auf Gemma warten, die unterwegs war, um letzte Informationen in einem Fall zu sammeln, der so gut wie gelaufen war. Wenigstens hat sie das Glück, aus dem verdammten Büro rausgekommen zu sein, dachte er, schaukelte auf dem Stuhl und reckte sich. Das Telefon klingelte. Er griff faul nach dem Hörer und erwartete, Gemmas Stimme zu hören. »Kincaid«, meldete er sich und klemmte den Hörer zwischen Ohr und Schulter, um weiter den Schreibtisch aufzuräumen.

»Duncan? Alec Byrne hier.« Die Verbindung war schlecht, und die Lautstärke schwankte. »Tut mir leid – aber das Mobiltelefon ist nicht in Ordnung. Jetzt wird's besser«, ertönte Byrnes Stimme klar und deutlich. »Hör zu, Duncan ...«

Er klang zögerlich, beinahe zaghaft. Amüsiert sagte Kincaid: »Was gibt's, Alec? Hast du deine Meinung geändert? Was den Fall Lydia Brooke betrifft?«

»Nein, Duncan. Tut mir leid ... Aber ich fürchte, ich habe schlechte Nachrichten.«

Kincaid kippte mit dem Stuhl wieder in die Waagerechte. »Wovon redest du, Alec?« Er konnte sich nicht erinnern, daß Alec je einen Hang zu schlechten Witzen gehabt hatte.

»Ich bin zufällig in der Einsatzzentrale gewesen, als der Anruf kam, und bin gleich persönlich rausgefahren. Der Name kam mir bekannt vor. Hieß nicht deine Ex-Frau Victoria McClellan?«

Kincaid kannte diese Art der Formulierung nur zu gut. Sein Herz setzte plötzlich mehrere Schläge aus. »Was meinst du mit ›hieß‹?«

»Tja, Duncan. Sie ist tot. Die Ärzte tippen auf Herzinfarkt. Sie konnten nichts mehr für sie tun.«

Der Raum begann sich um Duncan zu drehen. Byrnes Stimme klang wie von weither. Erst allmählich erfaßte er den Sinn seiner Worte.

»Duncan, alles in Ordnung?«

»Das muß ein Irrtum sein, Alec«, brachte Kincaid schließlich gepreßt unter der Zentnerlast heraus, die plötzlich auf seiner Brust lastete. »Es muß sich um eine andere Victoria McClellan handeln ...«

»Eine Englischprofessorin, die in Grantchester lebt?« sagte Byrne mit zögernder Sicherheit. »Tut mir leid, mein Freund. So viele Zufälle gibt's doch gar nicht. Kannst du mir sagen, wie wir ihren Mann erreichen ...«

Es war unmöglich. Byrne täuschte sich. Es muß eine dumme Verwechslung sein, dachte Kincaid. Und dann hörte er sich sagen: »Bin schon auf dem Weg.« Byrnes Stimme drang noch immer schwach aus dem Hörer, als Kincaid auflegte.

Während er im Korridor mit seinem Jackett kämpfte, stolperte er Chief Superintendent Childs in die Arme.

»Na, wollten Sie sich heimlich in die nächste Kneipe absetzen?« fragte Childs und richtete ihn an den Schultern wieder auf. Dann sah er Kincaids Miene. »Duncan, ist mit Ihnen alles in Ordnung? Sie sind ja leichenblaß, Mann!«

Kincaid schüttelte den Kopf und entwand sich Childs' Griff. »Ich muß los!«

»Warten Sie, Junge.« Childs bekam ihn erneut zu fassen. »Was ist los?« fragte er und baute sich vor dem benommenen Kincaid auf. »So kommen Sie mir nicht davon!«

»Es ist wegen Vic«, brachte Kincaid mühsam heraus. »Meine Frau ... Ex-Frau. Sie sagen, sie sei tot. Ich muß da sofort hin.«

»Wohin?« fragte Childs prompt.

»Cambridgeshire.«

»Wo ist Gemma? Sie sehen nicht aus, als seien Sie fahrtüchtig.«

»Schon in Ordnung«, sagte Kincaid, entwand sich erneut dem Griff seines Vorgesetzten und sprintete zum Lift.

Selbst in seinem Schockzustand war ihm klar, daß Childs recht hatte. Es war Unsinn, bei schlechtem Wetter mit dem Midget nach Cambridge zu rasen. Er nahm sich den erstbesten Wagen aus der Bereitschaft, einen neuen Rover mit starkem Motor.

Auf dem Weg nach Cambridge wiederholte er im Rhythmus der Reifen auf dem nassen Asphalt der Autobahn, was er nicht glauben wollte: *Es kann nicht Vic sein. Vic kann nicht an einem Herzinfarkt gestorben sein – sie ist zu jung. Es kann nicht Vic sein.*

Eine kleine Stimme der Vernunft meldete sich aus dem Hintergrund seines Bewußtseins und erinnerte ihn daran, daß er und Vic fast vierzig, also nicht mehr ganz so jung waren. Einige Monate zuvor war die Frau eines Kollegen, jünger als

Vic, plötzlich an einem Aneurysma, einer krankhaften Arterienerweiterung, gestorben.

Also gut, es kommt vor. Natürlich passiert so was. Aber nicht mir. Nicht Vic.

Sein Panzer begann zu bröckeln, als er die Ausfahrt Grantchester erreichte. Er umfaßte das Steuerrad fester, um das Zittern zu unterbinden, und versuchte, überhaupt nicht mehr zu denken.

Er sah das Blaulicht der Einsatzfahrzeuge, als er in die High Street einbog. Zwei Streifenwagen parkten am Straßenrand vor Vics Cottage, aber eine Ambulanz war nirgends zu sehen. Kincaid stellte den Rover in der Kieseinfahrt ab, wo er schon Sonntag geparkt hatte. Sonntag, dachte er. Am Sonntag war mit Vic noch alles in Ordnung gewesen.

Langsam stieg er jetzt aus dem Wagen und schlug die Tür zu. Seine Knie waren wie Pudding, als er unsicher über den Kies ging, und er atmete tief ein und aus, um des Schwindelgefühls Herr zu werden. Die Haustür ging auf, und eine dunkle Gestalt zeichnete sich gegen das Licht im Flur ab. *Vic? Nein, nicht Vic.* Alec Byrnes Schritte knirschten auf dem Kies, als er auf ihn zukam.

Byrne berührte seinen Arm. »Duncan. Du hättest den weiten Weg nicht zu kommen brauchen. Wir haben alles im Griff.«

»Wo ist sie?«

»Sie haben sie schon ins Leichenschauhaus gebracht«, antwortete Byrne leise. Er musterte Kincaid prüfend. »Komm, wir machen dir jetzt erst mal 'ne Tasse Tee.«

Leichenschauhaus. Noch nicht. Er konnte den Gedanken noch nicht akzeptieren. Noch nicht.

Kincaid ließ sich ins Haus und ins Wohnzimmer führen, während der unbeteiligte Teil in ihm daran dachte, wie komisch es für ihn war, einmal der umsorgte Part in einem Fall zu sein. Byrne schob ihn sanft zum Sofa, ein weiblicher Constable brachte ihm heißen, süßen Tee. Er trank gehorsam und durstig. Dann, nach einigen Minuten, begann sein Denkvermögen wieder zu funktionieren.

»Was ist passiert?« frage er Byrne. »Wo war sie? Bist du sicher, daß ...«

»Ihr Sohn hat sie in der Küche gefunden, als er vom Sport nach Hause kam. Bewußtlos, vielleicht auch schon tot – das wissen wir nicht sicher.«

»Kit?«

»Du kennst den Jungen?« fragte Byrne. »Wir konnten den Vater noch nicht erreichen, und es sollte jemand bei ihm sein, den er kennt.«

Kit, großer Gott! Er hatte nicht an Kit gedacht. Und Kit hatte sie gefunden. »Wo ist er?«

»In der Küche bei Constable Malley. Schätze, sie hat ihm auch Tee gekocht.«

»In der Küche?« wiederholte Kincaid, und alles, was er verdrängt hatte, war plötzlich wieder da. *Lydia Brooke tot aufgefunden in ihrem Arbeitszimmer. Todesursache offenbar Herzversagen. Irgendeine schriftliche Nachricht, die auf Selbstmord gedeutet hätte, gab es nicht. Kerzen und Musik und Gartenkleidung.* Er stand auf. »Was ist mit der Spurensicherung? Weshalb wird das Haus nicht gründlich untersucht?«

Byrne sah ihn skeptisch an. »Ich sehe keinen Grund dafür. Unter den Umständen ...«

»Du kennst die Umstände doch gar nicht!« schrie Kincaid ihn unvermittelt an und bemühte sich sofort, seine Stimme zu dämpfen. »Sie sollen nichts anfassen, bis wir den Obduktionsbefund haben. Der Himmel weiß, was schon verpfuscht worden ist.« Seine Wut war wie eine Erlösung, brannte sich eine saubere Bahn durch den Nebel in seinem Gehirn.

»Hör mal, Duncan«, begann Byrne und baute sich vor ihm auf. »Mir ist klar, daß du durcheinander bist. Aber das hier ist nicht dein Fall. Und ich führe eine Routineuntersuchung in einem normalen Todesfall durch. Und zwar so, wie ich es für richtig ...«

Kincaid stieß ihm seinen Zeigefinger gegen die Brust. »Und was ist, wenn du dich irrst, Alec? Kannst du's dir leisten, einen Fehler zu machen?«

Sie starrten sich an. Beide rot im Gesicht. Nach einem Moment entspannte sich Byrne und sagte: »Also gut. Du sollst deinen Willen haben. Wir haben schließlich nichts zu verlieren.«

»Ich rede jetzt mit Kit«, erklärte Kincaid. »Und du hältst uns die anderen vom Leib.«

Kit saß zusammengesunken auf einem Küchenstuhl, mit dem Rücken zu Kincaid, ihm gegenüber ein weiblicher Constable.

»Wir haben die Großeltern benachrichtigt«, flüsterte Byrne in Kincaids Ohr, als sie auf der Schwelle standen. »Sie sind auf dem Weg hierher.«

»Vics Eltern?«

»Ja. Ihre Mutter war ziemlich ... aus dem Leim.« Byrne machte dem Constable ein Zeichen. Sie stand auf und trat zu ihnen. »Wir warten im Wohnzimmer«, sagte er zu Kincaid. Damit gingen sie hinaus und machten die Tür zu.

Der Raum wirkte wie immer, völlig unberührt von dem, was in ihm geschehen war. Kincaid ging um den kleinen Tisch herum und setzte sich auf den Stuhl, den die Polizistin verlassen hatte. »Hallo, Kit.«

Der Junge sah auf. »*Du* bist gekommen«, sagte er mit fast entrücktem Erstaunen. Sein Gesicht war vor Schock so ausdruckslos, daß Kincaid ihn auf der Straße vermutlich nicht erkannt hätte.

»Ja.«

»Ich konnte sie nicht wach kriegen«, sagte Kit, als setze er eine unterbrochene Unterhaltung fort. »Ich dachte, sie schläft, aber ich hab sie nicht wach gekriegt. Ich habe 111 angerufen.« Die Teetasse vor ihm war unberührt.

»Ich weiß.« Kincaid streckte die Hand aus. Die Tasse war eiskalt. Er nahm sie, goß den Inhalt in den Ausguß und machte sich daran, frischen Tee für sie beide zu kochen. Kit beobachtete ihn teilnahmslos.

Als der Kessel kochte, gab Kincaid eine großzügige Portion Zucker in Kits Tee und fügte soviel Milch hinzu, daß er noch warm, aber schon trinkbar war. Dann kehrte er mit beiden Tassen zum Tisch zurück und schob Kit eine davon zu. »Trink deinen Tee.«

Kit hob die Tasse mit beiden Händen und trank sie aus, ohne abzusetzen, wie ein kleines Kind. Kincaid sah ihm zu. Nach einigen Minuten kam wieder etwas Farbe in Kits Wangen.

»Du hast nach der Schule heute noch Sport gehabt?« fragte Kincaid und trank einen Schluck Tee.

Kit nickte. »Laufen. Ich trainiere für die 500 Meter.«

»Bist du zu Fuß nach Hause gegangen?«

Er schüttelte den Kopf. »Zu weit. Ich fahre mit dem Fahrrad. Meistens.«

»Und wann bist du heute nach Hause gekommen?« Die Frage rutschte ihm einfach so raus, denn er hatte das dringende Bedürfnis, die Details wie Stützen anzulegen, vielleicht ein Gerüst zu bauen, das sie beide tragen konnte.

»Gegen fünf. Wie üblich.«

»Erzähl mir, was dann passiert ist.«

Kit scharrte ruhelos mit den Füßen. »Sie war nicht in ihrem Arbeitszimmer, also habe ich im Wohnzimmer nachgesehen. Wir hatten gestern Monopoly angefangen, und sie hatte versprochen, daß wir weiterspielen, wenn ich nach Hause komme.«

Kincaid hatte das Spiel registriert, ohne es wirklich wahrzunehmen. Es hatte auf dem Wohnzimmertisch, ganz an der Seite, gestanden. »Und was war dann?« *Vorsichtig, vorsichtig! Aber er mußte es wissen.*

Keine Antwort. Die Stille dauerte so lange, daß Kincaid schon glaubte, der dünne Draht zu dem Jungen sei abgerissen. Dann stieß Kit heftig hervor: »Die haben mir nicht geglaubt.«

»Haben was nicht geglaubt?« fragte Kincaid stirnrunzelnd.

»Ich hab jemanden gesehen. Ich bin in die Küche gekommen und habe aus dem Fenster geguckt. Bevor ich Mum ...« Sein Blick schweifte ab.

Kincaid wußte, was er nicht aussprechen konnte. »Was hast du vorher gesehen? Als du aus dem Fenster geschaut hast?«

»Eine Gestalt. Eine dunkle Gestalt. Bei der Gartentür unten am Grundstück. Dann habe ich gar nicht mehr daran gedacht.«

Kincaids Puls ging schneller. »Eine männliche oder eine weibliche Gestalt?«

»Keine Ahnung!« Zum ersten Mal schien Kit den Tränen nahe. »Es ging so schnell ... wie ein Blitz. Aber ich hab's gesehen. Ich weiß, daß ich's gesehen hab. Warum hören die nicht auf mich?«

»Ich glaube dir«, erklärte Kincaid mit wachsender Überzeugung.

Kit sah ihm in die Augen. »Wirklich?«

Die Tür ging auf, und Byrne schaute herein. Er machte Kincaid ein Zeichen, zu ihm in den Flur zu kommen.

»Bin gleich wieder da«, sagte Kincaid zu Kit und ging hinaus.

»Heute abend können wir hier nichts mehr ausrichten«, erklärte Byrne. »Würdest du auf die Großeltern warten?«

Nein, nur das nicht, dachte Kincaid. Sich mit Vics Eltern auseinanderzusetzen, war eine Pflicht, die er freiwillig nie übernommen hätte. Allerdings konnte er Kit auch nicht allein lassen. »In Ordnung«, antwortete er. »Ich warte. Alec, du hast mir nicht gesagt, daß Kit jemanden im Garten gesehen hat.«

Byrne zuckte die Schultern. »Er hat zusammenhangloses Zeug geredet, der arme Junge. Hat sich alles mögliche eingebildet.«

»Er redet jetzt aber gar kein zusammenhangloses Zeug. Und er ist glaubhaft, Alec. Schick lieber die Spurensicherung her. Gleich morgen früh.« Als er Byrnes abwehrende Haltung sah, fügte er hinzu: »Für alle Fälle. Es zahlt sich immer aus, auf Nummer Sicher zu gehen, Alec. Und bete zu Gott, daß es heute Nacht nicht regnet.«

Schließlich sagte Byrne widerwillig: »Also gut. Ich habe übrigens mit dem Pathologen telefoniert. Er kann die Obduktion erst morgen nachmittag durchführen. Willst du dabeisein?«

Kincaid schüttelte den Kopf und antwortete barsch: »Nein.« *Nicht das, noch nicht. Der Gedanke war unerträglich.*

»'tschuldige«, murmelte Byrne. »War taktlos von mir. Hör zu, Duncan. Die ganze Sache tut mir aufrichtig leid.« Er zuckte die mageren Schultern. »Ich rufe dich nach der Obduktion an.«

Kincaid, dem die Worte im Hals steckenblieben, nickte nur.

»Wir haben noch immer keine Ahnung, wie wir den Ehemann erreichen können. Kannst du vielleicht was aus dem Jungen rauskriegen? Oder ihren Eltern? Wir versuchen's morgen in seinem College.« Byrne zog eine Grimasse. »Verdammt unangenehme Geschichte.«

Sie verabredeten einen Ort, wo Kincaid die Schlüssel zum Haus deponieren sollte, dann trat Byrne mit kaum verhohlener Erleichterung den Rückzug an. Kincaid sah ihm nach, wie er, gefolgt von den anderen Beamten, abfuhr, dann kehrte er ins Haus zurück.

In der Küche saß Kit, als habe er sich während Kincaids Abwesenheit nicht bewegt. Wortlos durchsuchte Kincaid Schränke und Kühlschrank nach etwas Eßbarem. Er fand Brot und Käse und hatte kurz darauf ein Käse-Sandwich mit Butter und Pickles gemacht. Er faßte so wenig wie möglich an, begnügte sich mit einem Messer aus der Schublade und einem Stück Küchenpapier von der Rolle unter dem Hängeschrank. Für die Spurensicherung war schon fast alles verpfuscht, aber er sah keinen Grund, es noch schlimmer zu machen.

Er legte das Sandwich vor Kit auf den Tisch und setzte sich ihm gegenüber. »Ich weiß, du glaubst, daß du nichts runterkriegst«, begann er. »Aber es ist wichtig, daß du ißt. Versuch's mal.«

Einen Augenblick sah es so aus, als wollte Kit protestieren, aber dann biß er lustlos in das Brot. Er kaute zuerst mechanisch, dann schien er zu merken, daß er Hunger hatte, und er verschlang den Rest. »Ich hasse Pickles«, erklärte er, als er den letzten Bissen vertilgt hatte.

»Tut mir leid«, seufzte Kincaid. »Das nächste Mal weiß ich's besser.«

»Bleibst du?« fragte Kit mit einem Funken Hoffnung in den Augen.

Kincaid schüttelte den Kopf. »Nur bis deine Großeltern dich holen.«

»Ich gehe nicht weg«, erklärte Kit heftig. »Ich hasse sie. Ich will hierbleiben.«

Kincaid schloß die Augen und wünschte sehnsüchtig, Gemma wäre da. Sie würde wissen, was zu tun war. Sie würde auf ihre sanfte, praktische Art sagen: »Komm, Schatz, wir packen deine Sachen.« Sie würde vielleicht den Arm um Kit legen, sein Haar zerzausen. Alles Dinge, die Kincaid nicht wagte.

Er blinzelte und sagte: »Du kannst nicht hierbleiben, Kit. Soviel ich weiß, sind deine Großeltern dein gesetzlicher Vormund. Außerdem versuchen wir deinen Vater zu erreichen. Hast du eine Idee, wo wir ihn finden können?«

Kit schüttelte ungeduldig den Kopf. »Nein, das habe ich ihnen schon gesagt. Er hat uns nie geschrieben. Mum hatte nicht mal eine Adresse.«

»Wir finden ihn«, versprach Kincaid. »Er muß schließlich im College eine Adresse hinterlassen haben. Aber bis dahin bleibst du in Reading bei deinen Großeltern. Du willst doch sicher nicht, daß deine Großmutter deine Sachen packt, oder?« Er grinste Kit mit Verschwörermiene an, und nach einem Moment lächelte Kit widerwillig zurück.

»Also gut. Aber ich bleibe nur einen Tag. Ich kann da überhaupt nichts machen, und sie lassen mich nicht mal fernsehen.«

Kincaid verkniff sich jeden Kommentar. Er erinnerte sich nur zu gut an den sterilen Haushalt in Reading. Trost würde ein unglückliches Kind dort vergeblich suchen. Er ging mit Kit zum Fuß der Treppe, und als Kit zögerte, sagte Kincaid: »Ich komme gleich nach, ja?«

Er beobachtete, wie Kit die Treppe hinauf verschwand, und von seinem Blickwinkel aus schien der Junge nur aus großen Füßen und langen Beinen zu bestehen. Dann drehte er sich um und schlenderte den Korridor entlang in Vics Arbeitszimmer. Beinahe erwartete er, sie auf ihrem Platz am Computer zu entdecken, und merkte, daß er das Unwiederbringliche noch nicht begriffen hatte. Er konzentrierte sich darauf, sich alles einzuprägen, wie das seine Art war.

Etwas an ihrem Zimmer kam ihm seltsam vor. Er sah sich weiter um, ohne etwas zu berühren. Dann wußte er, was es war. Am Sonntag war ihr Schreibtisch mit Büchern und Papieren übersät gewesen. Alles hatte nach einem durchaus organisierten Chaos ausgesehen, in dem jedes Ding seinen angestammten Platz hatte. Wo waren die Bücher jetzt? Hatte sie sie weggeräumt? Eines lag mit der Vorderseite nach unten auf dem Boden, seine Seiten waren umgebogen. Vic war geradezu peinlich ordentlich gewesen – sie hätte ein Buch nie so liegenlassen.

Es sei denn, sagte die unbeteiligte Stimme in ihm, sie hatte sich nicht wohl gefühlt und das Buch von seinem Platz gerissen, als sie aufgestanden war, um sich vielleicht in der Küche ein Glas Wasser zu holen.

Das wäre eine logische Erklärung, sagte er sich und verdrängte die Gedanken an eine Vic, die krank war, Schmerzen und Angst litt, allein war. Er ignorierte also die Stimme und fuhr mit der Begutachtung ihres Schreibtischs fort. Ein dicker Stapel Manuskriptseiten lag neben dem Computer. Er schloß die Augen und dachte daran, wie es am Sonntag ausgesehen hatte … Der Stapel war geradezu militärisch gerade gewesen. Jetzt war er schief und krumm. Dann entdeckte er, daß die Reihenfolge der Seitennumerierung nicht mehr stimmte. Er dachte daran, wieviel Vic an ihrem Buch gelegen hatte, und er fühlte, wie sich ihm die Nackenhaare sträubten.

Er empfand plötzlich Widerwillen bei dem Gedanken, ihr Manuskript hierzulassen, ungeschützt, für jeden einsehbar. Er sah sich nach etwas um, in dem er es transportieren konnte. Auf dem Boden lag eine leere Büchertasche aus Leder : Sie erfüllte den Zweck.

Sorgfältig steckte er die losen Seiten in die Tasche. Dann begann er, wie von einem inneren Zwang getrieben, die alte Holzkiste zu durchsuchen, die Vic offenbar als Aktenablage benutzt hatte. Sie enthielt die Original-Unterlagen für die Biographie, Briefe in einer ihm fremden energischen Handschrift und Vics Notizen, Fotos und sogar ein paar Postkarten. Er steckte all das und was ihm unter den Dingen auf ihrem Schreibtisch sonst noch wichtig schien zum Manuskript in die Tasche, brachte sie zum Wagen hinaus und schloß sie in den Kofferraum ein.

Wieder in Vics Arbeitszimmer, schaltete er kurz den Computer ein. Offenbar hatte Vic ihre Arbeit auf der Festplatte und nicht auf einer Diskette gespeichert. Aber er hatte keine Zeit, ihre Dateien ordnungsgemäß zu öffnen. Er hatte Kit schon zu lange allein gelassen. Er konnte daher nur hoffen, daß Vics Ausdrucke auf dem neuesten Stand waren.

Kincaid war schon auf der Treppe, als ihm einfiel, daß er weder seine Notizen über Lydias Akte noch die Durchschläge der von Vic entdeckten Gedichte bei ihren Unterlagen gefunden hatte.

Kit saß auf seiner Bettkante, eine offene Reisetasche zu seinen Füßen. Als Kincaid hereinkam, hob er den Kopf und sagte tonlos: »Ich weiß nicht, was ich mitnehmen soll.« Das Zimmer hätte das von Kincaid sein können, als er im selben Alter wie Kit gewesen war. Es war voller Bücher, Sportgeräte und Spielsachen. In einem Regal lagen unterschiedliche Vogelnester, in einem anderen eine Steinsammlung.

Kincaid warf einen Blick in die Tasche und entdeckte auf dem Boden ein Sweatshirt und ein Paar Jeans. »Was ist mit einem Pyjama?« fragte er. »Zahnbürste? Bademantel?«

Kit zuckte mit den Schultern. »Hm, stimmt. Ist alles im Badezimmer.«

Er braucht Sachen, die er bei der Beerdigung tragen kann, überlegte Kincaid. Aber er braucht auch ein paar Tage, bevor er überhaupt daran denken kann. »Ich mach dir einen Vorschlag«, erklärte er. »Du holst deine Toilettensachen, und ich packe den Rest für dich. Okay?«

»In Ordnung«, stimmte Kit zu. Als er gegangen war, eilte Kincaid zum Schrank. Ein Schulblazer, eine Krawatte, eine dunkle Hose, ein weißes Hemd. Das mußte reichen. Er fand ein Paar schwarze Schnürschuhe, die ganz unten in der Tasche verschwanden. Dann kamen die anderen Sachen, sorgfältig zusammengelegt, und darüber das Sweatshirt und die Jeans. Als nächstes packte er Socken und Unterhosen aus der Kommode, dann ein Cambridge-Sweatshirt. Kincaid ließ den Blick durch den Raum schweifen, entdeckte einen abgeliebten Teddy auf dem Regal über Kits Bett und steckte ihn zuoberst in die Tasche.

Kit kam mit seinen Nacht- und Toilettensachen. Als Kincaid sie ihm abnahm, entdeckte er in den Falten des Bademantels den auberginefarbenen Pullover, den Vic am Sonntag getragen hatte. Er roch nach ihrem Parfüm und ihrer Haut.

Ihre Blicke trafen sich, als sie neben der Tasche knieten, und nach einem kurzen Augenblick faltete Kincaid Vics langen Pullover zusammen und packte ihn wortlos ein.

Kits Zimmer lag an der Frontseite des Hauses, und als sie den Reißverschluß seiner Tasche zuzogen, hörten sie Autoreifen über den Kies knirschen und das Schlagen einer Autotür.

»Gerade noch geschafft, was?« seufzte Kincaid aufmunternd.

»Nein.« Kit setzte sich auf die Fersen und zitterte fast vor Verzweiflung.

Der Junge wirkte wie ein verängstigtes Kaninchen auf der Flucht, und Kincaid wußte, er mußte verhindern, daß Kit völlig die Beherrschung verlor. »Komm, Junge«, sagte er, stand auf und nahm die Tasche. »Ich bin direkt hinter dir. Wir machen das zusammen.«

»Nein, warte! Ich habe Nathans Bücher vergessen. Ohne Nathans Bücher kann ich nicht gehen.« Kit nahm einen Stapel Bücher vom Nachttisch und stopfte sie in die schon pralle

Tasche. Dann begleitete Kincaid ihn, die Hand auf seiner Schulter, die Treppe hinab.

Kincaid hatte Vics Eltern seit dem Weihnachtsfest vor der Trennung nicht mehr gesehen, und er bezweifelte, daß Zeit oder Umstände die tiefe gegenseitige Abneigung gelindert hatten. Er und Kit empfingen sie an der Tür. Wobei Kincaid zumindest den Vorteil hatte, vorbereitet zu sein.

Eugenia Potts Gesicht, bereits rot und geschwollen vom Weinen, verlor bei seinem Anblick vor Schreck jegliche Kontur. In Bob Potts nichtssagenden Zügen zeichnete sich lediglich andeutungsweise so etwas wie Überraschung ab. Kincaid fragte sich, ob der Mann überhaupt Gefühle hatte.

»Hallo, Bob. Mrs. Potts.« Er hatte sich nur schwer überwinden können, Eugenia, und schon gar nicht, ›Mutter‹ zu ihr zu sagen.

»Du!« keuchte sie. »Was tust du hier?«

Kincaid nahm den vorwurfsvollen Ton gelassen. »Die Polizei hat mich angerufen«, erwiderte er höflich. »Kommt erst mal rein.«

»Das ist die Höhe! Welches Recht hast *du*, uns ins Haus unserer Tochter zu bitten?« Damit drängte sie sich an ihm vorbei. Ihre Stimme war schrill geworden. »Du gehörst hier nicht her. Und ich wäre dir dankbar, wenn ...« Dann sah sie Kit, der sich bislang hinter Kincaid verschanzt hatte, hielt inne und schlug sofort einen anderen Ton an. »Christopher, oh mein armer Liebling!« jammerte sie, riß ihn an sich und drückte seinen Blondschopf an ihren Busen.

Kincaid sah, wie Kit ganz steif wurde und versuchte, sich von ihr zu befreien. Ein Klaps auf den Arm erinnerte ihn, daß er, wie üblich, Bob Potts vergessen hatte.

»Danke, Duncan, daß du gekommen bist«, sagte Potts höflich. »Aber es ist nicht nötig, daß du bleibst. Gibt es etwas ... Ich meine, sollten wir ...«

Kincaid beschlich plötzlich das Gefühl, den Mann vielleicht doch falsch eingeschätzt zu haben. Leise sagte er: »Nein, ihr könnt nichts tun. Nicht bis morgen zumindest. Dann ruft man euch sicher an. Die Polizei ist fieberhaft darum bemüht, Kits Vater aufzutreiben. Hast du eine Ahnung …?«

»Dieser Mann!« zischte Eugenia, die, nachdem sie Kit fast erdrückt hatte, den letzten Gesprächsfetzen aufgeschnappt hatte. »Er ist an alldem schuld. Wenn er sie nicht verlassen hätte, wäre das alles nicht passiert. Mein Baby würde noch leben …«

Kit wurde bleich. Er drehte sich um und lief weg.

Kincaid platzte der Kragen. »Das reicht! Halt den Mund, bevor du noch mehr Schaden anrichtest!« Dann ließ er sie mit offenem Mund einfach stehen und rannte hinter Kit her.

Er fand ihn im Wohnzimmer auf dem Fußboden, vor sich, in alle Richtungen zerstreut, die Einzelteile des Monopoly-Spiels. »Ich hab danach getreten«, sagte Kit und sah zu Kincaid auf. Tränen rannen ihm übers Gesicht. »Warum hab ich das getan! Ich war so wütend. Und jetzt … jetzt krieg ich's nicht mehr zusammen.«

Kincaid kniete neben ihm nieder. »Ich helf dir.« Damit begann er, das Papiergeld in die Fächer zu ordnen. »Kit, kümmere dich nicht darum, was deine Großmutter sagt. Sie ist völlig von der Rolle. Du hast heute nachmittag alles richtig gemacht. Laß dich nicht unterkriegen.«

»Warum muß sie immer so gemein sein?« Kit hatte Schluckauf. »Warum ist sie so gemein zu dir?«

Kincaid seufzte. Er fühlte sich todmüde, und jedes Wort fiel ihm schwer. »Eigentlich will sie das ja gar nicht. Aber sie redet, bevor sie denkt. Versuch Geduld mit ihr zu haben.«

»Du hattest aber gerade auch keine Geduld mit ihr«, konterte Kit. »Ich habe gehört, wie du gebrüllt hast.«

»Stimmt«, gab Kincaid zu und grinste. »Ich bin da wirklich

kein Vorbild.« Er hörte bereits mit halbem Ohr auf das Gemurmel im Korridor. Eugenias Stimme wurde immer lauter, während Bob sie offenbar zu beruhigen versuchte. Dann wurde die Haustür leise geschlossen. »Sie sind zum Wagen gegangen, glaube ich«, murmelte Kincaid und stülpte den Deckel über die Monopoly-Schachtel. »Komm jetzt. Ich bring dich raus.«

Als sie die Veranda erreichten, stieg Potts aus dem Wagen und kam auf sie zu. »Ich muß mich für sie entschuldigen«, murmelte er. Die Lampe über der Tür spiegelte sich in seiner Brille, so daß Kincaid seine Augen nicht sehen konnte. »Ein Beruhigungsmittel und viel Schlaf, das braucht sie jetzt dringend.«

Und was ist mit Kit? dachte Kincaid, schwieg jedoch.

»Eugenia meint ... das heißt, wir sind der Ansicht, das Haus sollte gut abgeschlossen werden. Den Schlüssel wollen *wir* behalten ...« stammelte Potts und rang die Hände. »Das heißt, falls es dir nichts ausmacht ...«

Kincaid fischte den Schlüssel, den Byrne ihm gegeben hatte, aus der Tasche. »Ich hatte nicht vor, mit dem Tafelsilber durchzubrennen, Bob«, entgegnete er humorlos und hielt ihm den Schlüssel hin.

»Nein, nein. So war das nicht gemeint. Ich wollte damit nur sagen ...« Potts machte eine hilflose Geste in Richtung Haus. »Würdest du ... könntest du vielleicht ... bevor du gehst ... Ich glaube nicht, daß ich im Augenblick noch einmal ins Haus zurück möchte.«

Kincaid hatte begriffen. »Natürlich. Du wartest hier bei deinem Großvater, Kit. Ich bin sofort zurück.«

Er ging hastig durchs Haus, schloß die Terrassentür im Wohnzimmer, dann die Küchentür und löschte alle Lichter. Dann nahm er Kits Reisetasche, die noch in der Diele stand, ging hinaus und schloß die Tür hinter sich ab.

Bob und Kit warteten in der Auffahrt. Ihr Atem kondensierte in der windstillen, kalten Nachtluft. Kincaid drückte Vics Vater den Schlüssel in die Hand. »Alles in Ordnung. Fahrt jetzt lieber.«

»Auf bald, Junge«, sagte er zu Kit und klopfte ihm auf die Schulter.

Sie gingen die Einfahrt hinunter. Als Kit den Wagen erreichte, drehte er sich um, warf einen Blick zurück zu Kincaid, öffnete die Tür zum Rücksitz und verschwand im dunklen Inneren des Autos.

Kincaid beobachtete, wie der Wagen auf die Straße abbog, sah, wie die Bremslichter an der Coton-Road-Kreuzung aufflammten, bevor er ganz aus seinem Blickfeld verschwand.

Das Bewußtsein seiner Unzulänglichkeit drohte ihn plötzlich zu erdrücken, und er protestierte laut: »Was zum Teufel hätte ich denn tun können?«

Die einzige Antwort war das Echo seiner Stimme, und erst dann, als er allein vor dem dunklen, leeren Haus stand, gestattete er sich zu akzeptieren, daß sie wirklich nicht mehr da war.

Ralph war der erste, der das lähmende Entsetzen überwand. »Aber wie ... wo ... ein Unfall?«

Iris schüttelte den Kopf.

»Offenbar nicht. Die Polizei nimmt an, daß sie einen Herzinfarkt erlitten hat. Mehr weiß ich nicht.«

»Iris, ist mit dir alles in Ordnung?« erkundigte sich Darcy besorgt.

Durch Darcys Frage aufgeschreckt, sprang Adam wie elektrisiert auf und half Iris auf ihren Stuhl.

Sie sah dankbar lächelnd zu ihm auf. »Die Polizei hat Laura angerufen, und sie hat Enid gebeten, mich zu benachrichtigen. Natürlich muß Ian dringend informiert werden.«

»Wer ist Ian?« fragte Adam.

»Victorias Ehemann«, erklärte Darcy. »Anfang des Wintersemesters hat er sich nach Südfrankreich abgesetzt – mit einer appetitlichen Examensstudentin. Ohne Angabe einer Adresse.«

»Darcy ...«, begann Margery, aber sie hatte nicht den Mut, ihn vor allen anderen zurechtzuweisen. Sie war tief betroffen. Das überraschte sie selbst. Sie war Victoria McClellan nur wenige Male bei Fakultätsveranstaltungen begegnet. Aber die junge Frau hatte sie immer ein wenig an sich selbst in diesem Alter erinnert.

»Entschuldige, Mutter«, murmelte Darcy. »Die Macht der Gewohnheit, fürchte ich. Eine schreckliche Geschichte.«

Iris war den Tränen nahe. »Ich weiß, es ist egoistisch von mir, überhaupt daran zu denken, aber für die Fakultät ist das ein schwerer Schlag. Wie sollen wir nur so schnell Ersatz für sie finden?« Sie schüttelte den Kopf. »Manchmal glaube ich, wir stehen unter einem schlechten Stern. Zuerst die schreckliche Sache mit dem armen Henry ...«

»Sprechen wir heute abend bitte nicht darüber, Iris«, sagte Margery bekümmert.

»Ich bin ihr begegnet ... Dr. McClellan, meine ich«, bekannte Ralph. »Habe ich dir das erzählt, Margery? Ich mochte sie sehr. Ich frage mich, was jetzt aus ihrer Biographie über Lydia Brooke wird?« Er fing den Blick seiner Frau auf und las einen Vorwurf darin. »Oh, tut mir leid. Das war ziemlich unpassend. Ich habe das nicht aus Geldgier gesagt. Ich war nur neugierig.«

»Wir müssen gehen, Ralph«, sagte Christine liebevoll, »bevor du noch mehr ins Fettnäpfchen trittst. Wir könnten Sie mitnehmen, Iris. Die Nachricht hat Sie zu sehr mitgenommen. Sie sollten nicht Auto fahren.«

Iris protestierte halbherzig. »Aber Enid braucht den Wagen morgen. Es ist ihr Einkaufstag.«

»Dann fahren Sie mit mir«, schlug Christine vor. »Ralph kann Ihren Wagen fahren. Damit ist allen gedient.« Sie stand auf, und die anderen folgten ihrem Beispiel. Alle gingen in die Diele, murmelten Dankeschöns und Entschuldigungen.

»Du kommst doch mal wieder, Adam, ja?« sagte Margery, als er sich verabschiedete und wie verloren in ihrer Diele stand. »Unter fröhlicheren Umständen.«

Adam lächelte, und seine ehrliche Freude tat ihr gut. »Ja, gern. Jederzeit.«

Nachdem sich die Haustür hinter ihren Gästen geschlossen hatte, gingen Margery und Darcy in stummem Einverständnis ins Wohnzimmer.

»Mix mir bitte einen Drink, Darcy«, sagte Margery und sank in den Sessel am Kamin. »Und zwar einen großen.«

»Sollte ich dich nicht lieber ins Schlafzimmer bringen?« erkundigte er sich besorgt. »Es war ein anstrengender Abend.«

»Behandle du mich nicht auch noch wie ein Kind«, entgegnete sie ärgerlich. »Grace ist schon schlimm genug.« Sie starrte ihn wütend an, bis er seufzend zum Getränkewagen ging.

»Du bist unmöglich«, sagte er und brachte ihr dennoch einen nicht zu knapp bemessenen Whisky.

Margery war besänftigt. »Wenn ich nicht mehr allein ins Bett finde, hilft Grace mir. Da kannst du Gift drauf nehmen. Ehrlich gesagt, bin ich viel zu aufgewühlt, um an Schlaf zu denken.« Sie sah besorgt zu ihrem Sohn, der sich ebenfalls einen Whisky eingeschenkt hatte und auf das Sofa sank. »Die Frage, die mich bewegt, Darcy, ist, ob mit dir alles in Ordnung ist? Immerhin bist du derjenige, der von den Auswirkungen dieser ... dieser schrecklichen Geschichte direkt betroffen ist.«

»Ich weiß«, antwortete er, plötzlich zögernd. »Warum, liebste Mutter, schieben wir unsere guten Absichten immer so lange auf, bis es zu spät ist?« Er begegnete ihrem Blick über den Rand seines Glases. »Ich wollte mich immer mit ihr aussprechen, aber irgendwie ist es dazu nie gekommen. Mit Vater war es dasselbe.«

»Kann sein«, erwiderte Margery vage. »Es bleiben immer zu viele Dinge ungesagt. Das ist so unausweichlich wie der Tod.«

Adam fröstelte in seinem ungeheizten Wagen und wickelte sich den Schal enger um den Hals. Warum hatte er an Dame Margerys Tisch nicht offen gesagt, daß er Vic gekannt hatte? Daß auch er sie gemocht hatte? Er fühlte sich schuldig, als habe er sie durch sein Schweigen verraten.

»Sei nicht dämlich«, schimpfte er laut mit sich. »Du hast die Frau kaum gekannt.« Aber das half nichts. Tränen bildeten sich unter seinen Lidern. Sie war so bezaubernd gewesen, wie sie auf dem mottenzerfressenen Samtbezug seines Sessels gesessen und seinen Sherry getrunken hatte. In seinem Gedächtnis sah er wieder den Schwung ihres sanft gewellten blonden Haars, als sie den Kopf gedreht und über eine seiner Äußerungen gelacht hatte.

Sie hatte eine Zartheit, die Verlassenheit eines Kindes ausgestrahlt, die ihn irgendwie an Lydia erinnert hatte. Aber sie hatte auch Lydias Entschlossenheit gehabt. Er hatte sofort gespürt, daß sie sich mit vagen Antworten nicht würde abspeisen lassen. Trotzdem hatte er es nicht über sich gebracht, ihr mehr zu sagen.

Auch bei Lydia hatte er letztendlich versagt, wie er alle enttäuscht hatte, die ihm etwas bedeutet hatten.

Plötzlich war der Gedanke, allein in das Pfarrhaus zurückzukehren, unerträglich. Im Kreisverkehr an der Queen's Road blieb er auf der rechten Spur und fuhr weiter in Richtung Grantchester. Er wollte Nathan besuchen. Nathan hatte sie ebenfalls gekannt. Sie konnten über sie reden, und vielleicht würde dies das hohle Gefühl in ihm vertreiben.

Newnham
4. Juli 1963
Liebste Mami,

ich verstehe Deinen Kummer angesichts meiner Nachricht, aber es ist nichts mehr zu ändern. Ich habe während der Semesterferien so viel zu arbeiten, daß ich es mir nicht einmal leisten kann, nur für ein paar Tage nach Hause zu kommen. Und so gern ich Dich sehen würde, solltest du mich auch nicht besuchen.

Bitte, bitte, mach Dir keine Sorgen um mich. Mir geht es gut. Nur der Druck der Arbeit lastet auf mir. Ich muß einfach bei der Sache bleiben.

Und dann sind da noch meine Gedichte. Nachdem ich einmal in Schwung gekommen bin, muß ich weitermachen, Examen hin oder her, denn schließlich ist das ja das Ziel des ganzen Unterfangens, oder? Alles soll meinem Erfolg als Lyrikerin Vorschub leisten, und wenn ich das Ziel aus den Augen verliere, ist alles umsonst.

Alles Liebe, Lydia

Adam pochte nachdrücklich an die Tür des dunklen Hauses. Es war mehr die Angst vor dem einsamen Pfarrhaus als die Hoffnung, daß Nathan doch noch reagieren würde, die ihn ausharren ließ. Aber gerade, als er tatsächlich aufgeben wollte, hörte er Schritte, und die Tür schwang auf.

Er sah auf einen Blick, daß sein Freund sturzbetrunken war. Nathan hielt sich am Türknauf fest wie ein Ertrinkender, und seine Augen saugten das Licht in sich auf wie ein bodenloser schwarzer Brunnenschacht.

»Nathan?«

Nathan blinzelte, machte den Mund auf und wieder zu, als könne sein Gehirn nur schwer eine Verbindung zu seiner Zunge herstellen. Er versuchte es erneut. »Adam, du bist es«, artikulierte er mühevoll. Wieder blinzelte er wie eine Eule.

»Natürlich bist du es. Du weißt, daß du's bist. Dumm von mir. Komm lieber rein.« Er wandte sich ab, ging den spärlich beleuchteten Korridor entlang und überließ es Adam, die Tür zu schließen und ihm zu folgen.

Adam stolperte im spärlichen Licht unsicher hinter ihm her. Er erreichte die Tür am anderen Ende des Korridors. Seine Augen mußten sich erst an das strahlende Licht im Raum gewöhnen. Im Kamin flackerte ein Feuer. Nathan hatte sich in einen Sessel am Kamin gesetzt, und auf dem Tisch neben ihm glänzte eine Flasche im Schein der Flammen.

Adam tastete sich über den Teppich und setzte sich in den Sessel gegenüber. Er hatte Nathan seit dem Studium nur wenige Male in einem solchen Zustand erlebt, und jedesmal hatte er unter großem seelischen Streß gelitten. Adam glaubte zu wissen, was ihn diesmal zur Flasche hatte greifen lassen.

»Nathan, du hast es schon gehört, stimmt's? Das mit Vic McClellan.«

»Im College«, sagte Nathan und griff mit unsteter Hand nach der Whiskyflasche. »Dinner ... Fakultätsessen. Hat sich wie ein Lauffeuer verbreitet. Mußte mich beim Präsidenten entschuldigen.« Der Rest ging in Lallen unter.

»Du bist mitten im Fakultätsessen gegangen?« fragte Adam, der versuchte, den Sinn der Worte zu verstehen.

Nathan nickte. »Mußte ich. Konnte es nicht glauben, weißt du? Bin hingefahren. Haus war dunkel. Abgeschlossen. Niemand zu Hause.« Er hob die rechte Hand, und Adam sah zum ersten Mal, daß sie notdürftig mit einem blutigen Verband umwickelt war. »Kann nich' mehr Klavierspielen.« Die Hand fiel ihm in den Schoß, als habe ein Marionettenspieler die Schnüre durchtrennt. »Nachbarn kamen, haben gesagt, alles ist wahr.«

»Nathan, willst du damit sagen, daß du versucht hast, ihre Haustür einzuschlagen? Und die Nachbarn sind gekommen?«

Nathan lächelte, als habe Adam eine brillante Schlußfolgerung gezogen. »So isses. Muß gebrüllt haben. Kann mich nicht erinnern.«

»Hat jemand deine Hand untersucht? Du solltest zu einem Arzt gehen.«

»Is' doch egal«, murmelte Nathan, dann richtete er sich in seinem Sessel ein wenig auf und schien den Blick auf Adams Gesicht zu konzentrieren. »Ist egal«, erklärte er bedächtig. »Nichts spielt mehr eine Rolle.«

Großer Gott, dachte Adam. Er war ein Idiot, ein blinder Idiot gewesen. Nathans verschleierte Andeutungen über jemanden in seinem Leben, seine nervöse Erregung. Und der Ausdruck auf Vic McClellans Gesicht, als er Nathans Namen erwähnt hatte.

»Es tut mir so leid, Nathan. Ich hatte keine Ahnung.«

Nathan rutschte plötzlich in seinem Sessel nach vorn und stieß sein Glas vom Beistelltisch. Es fiel auf den Teppich und rollte mit einem sanften ›Klick‹ gegen den Kaminsockel. »Ich muß sie sehen«, sagte er klar und deutlich, als habe die Verzweiflung seinen Alkoholnebel vorübergehend gelichtet. »Verstehst du? Ich muß sie im Arm halten, berühren, damit ich weiß, daß es wahr ist. Ich habe Jean gehalten, bis sie nicht mehr Jean war. So hab ich's begriffen.« Er sah Adam stirnrunzelnd an, streckte erneut die Hand nach seinem Whiskyglas aus und starrte verdutzt auf den leeren Fleck auf dem Tisch.

Adam stand auf und holte das Glas. Als er zum Tisch zurückkam, sah er, daß die Flasche Whisky fast leer war. Wie voll war sie anfangs gewesen, fragte er sich. Mußte er eine Alkoholvergiftung seines Freundes fürchten?

»Komm Nathan, ich bringe dich jetzt ins Bett«, drängte er sanft.

Nathan schenkte den letzten Whisky in sein Glas und kippte ihn weg. »Will nich' schlafen. Dann muß ich nämlich aufwachen, kapiert?« Er legte den Kopf gegen die Rücklehne des Sessels und schloß die Augen. »Geh heim, Adam. Gibt nichts zu tun.« Nach wenigen Sekunden wiederholte er wie zu sich selbst: »Nichts zu tun.«

Adam blieb, beobachtete ihn, bis sich der Rhythmus seines Atems änderte. Ob Nathan eingeschlafen war oder das Bewußtsein verloren hatte, vermochte er nicht zu beurteilen. Aber seine Atemzüge waren tief und regelmäßig, und er reagierte nicht, als Adam leise seinen Namen rief.

Adam kniete vor dem Kamin nieder und häufte das Feuer auf. Dann befestigte er den Funkenschutz. Er nahm die Decke, die über seinem Sessel hing, und breitete sie über Nathans reglose Gestalt. Als es nichts mehr zu tun gab, verließ er das Haus.

Erst, als er in der tristen Stunde vor dem Morgengrauen in seinem Bett im Pfarrhaus aufwachte, wurde ihm klar, was er im flackernden Schein des Kaminfeuers bei Nathan kurz gesehen hatte: das alte Schrotgewehr von Nathans Vater, das im Schatten hinter der Gartentür gestanden hatte.

Als Kincaid in die Carlingford Road einbog, sah er Gemma im Widerschein der Straßenlaterne. Sie trug Jeans und den alten Marine-Kolani, den sie bei Ausflügen am Wochenende benutzte, und saß auf den Stufen vor dem Eingang seines Wohnhauses, die Arme um die Knie geschlungen, als sei ihr kalt.

Zuerst empfand er grenzenlose Erleichterung. Nur zu wissen, daß sie lebte und es ihr gutging, daß sie ihm nicht auch noch genommen worden war, beruhigte ihn. Bis sich in die Erleichterung jene sinnlose Wut mischte, die man einem Kind entgegenbrachte, das gerade einem Unglück entronnen war.

Er fuhr den Rover in eine Parklücke am Straßenrand, stieg aus und ging zu ihr. »Warum bist du nicht raufgegangen?« fragte er. »Du bist ja halb erfroren.«

»Ich bin drinnen gewesen«, antwortete sie. »Aber ich konnte nicht stillsitzen.« Sie stand auf. »Der Chef hat mir das mit Vic erzählt, Duncan. Es tut mir so leid.«

In diesem Moment wurde ihm klar, daß er alles ertragen konnte, nur ihr Mitgefühl nicht, daß er bei jedem Versuch einer Antwort seine so mühsam aufrechterhaltene Beherrschung endgültig verlieren würde. Er wandte den Blick ab. »Gehen wir rauf und trinken wir ein Glas.«

Gemma hatte bereits die Lichter in der Wohnung und die Heizung angemacht. Nachdem er zwei Gläser Scotch eingeschenkt hatte, setzte er sich zu ihr aufs Sofa. Sid sprang auf seinen Schoß und schnurrte, als sei er eine Woche weggewesen. »Hallo, Sportsfreund«, murmelte er und streichelte über das weiche schwarze Fell des Katers. »War ein verdammt langer Tag, was?«

»Erzähl mir, was passiert ist«, bat Gemma. »Ich weiß nur, was du Denis gesagt hast.« Sie zog die Beine an und schmiegte sich in die Sofaecke.

Er trank einen Schluck Whisky, und während der Alkohol noch in seiner Kehle brannte, sagte er barsch: »Kit hat sie in der Küche gefunden, als er aus der Schule kam. Die Ärzte sagen, sie hätten nichts mehr tun können. Vermutlich sei's ein Herzinfarkt gewesen.«

»Oh, nein!« sagte Gemma atemlos und schüttelte den Kopf. »Es ist einfach nicht zu glauben. Sonntag schien es ihr doch bestens zu gehen.«

»*Ich* glaube es auch nicht, Gemma.« Sid legte beleidigt die Ohren an, und Kincaid bemühte sich, seine Stimme zu dämpfen. »Das sind mir zu viele Zufälle.«

»Wie meinst du das?« erkundigte sich Gemma vorsichtig.

»Wenn du den ganzen Selbstmord-Zauber wegläßt, ist auch Lydia Brooke an einem Herzinfarkt gestorben.«

»Aber Lydia war herzkrank«, protestierte Gemma. »Ihr

Herzversagen wurde durch eine Überdosis ihres Medikaments verursacht.«

»Und wenn der Selbstmord vorgetäuscht war? Was, wenn jemand Lydia die Überdosis ihres Medikaments verabreicht hat? Das hat Vic vermutet. Auch wenn sie es nicht ausgesprochen hat.«

»Aber warum? Warum hätte jemand Lydia umbringen sollen?«

»Genau das hat Vic herauszufinden versucht. Und ich habe sie nicht ernst genommen.« Kincaid sah Gemma endlich an. Sie las die Verzweiflung in seinen Augen.

»Du hast es nicht voraussehen können«, sagte Gemma leise, aber sie wußten beide, daß das keine Absolution sein konnte. »Das ist alles Spekulation. Vic hatte doch nichts mit dem Herzen, oder?«

»Jetzt wirst du unlogisch. Das macht es doch nur noch unwahrscheinlicher, daß sie an Herzversagen gestorben ist. Und es wäre nicht auszuschließen, daß die Überdosis eines Herzmittels den Schaden angerichtet hat.«

»Ja, du hast recht«, gab Gemma zu. »Aber sicher sind wir erst, wenn wir die toxikologischen Untersuchungsergebnisse haben.«

»Der blöde Alec behandelt es wie einen normalen Todesfall.« Kincaid rutschte ruhelos hin und her. Sid streckte sich auf seinem Schoß.

»Das kannst du ihm unter den Umständen nicht zum Vorwurf machen ...«

»Ich kann und ich werde es tun, wenn die Ergebnisse der Obduktion positiv ausfallen. Das ist schlampige Arbeit, und das weißt du.« Er starrte sie wütend an. Als er ihren Ausdruck sah, murmelte er zerknirscht: »Tut mir leid, Gemma. Ich benehme mich wie ein Flegel. Es ist nur ...«

»Möchtest du, daß ich gehe?«

Er stand auf und deponierte Sid gefühllos auf dem Boden. Er ging zur Balkontür und starrte in die Nacht hinaus. »Nein. Bleib bitte«, sagte er schließlich. Er drehte sich zu ihr um. »Was ist mit Toby?«

»Hazel hat angeboten, daß er die Nacht bei ihr schlafen kann«, antwortete sie und runzelte die Stirn. »Duncan, was ist mit Kit?«

»Das ist eine andere Sache.« Er kam zum Sofa zurück, holte sein Glas und ging auf und ab. »Niemand scheint zu wissen, wo sein Vater zu erreichen ist. Also ist er mit zu seinen Großeltern gefahren.«

»Na und?« wiederholte Gemma verwirrt. »Das dürfte doch das beste sein, oder?«

»Du kennst sie nicht«, entgegnete er heftig und war überrascht, wie bitter er klang. »Ach, vermutlich hast du recht. Ich kann sie nur nicht ausstehen. Aber Kit war so ... verzweifelt.« Er räusperte sich. »Ich hätte es nicht zulassen dürfen, daß sie ihn mitnehmen.«

»Duncan, sei nicht unlogisch. Was hättest du denn sonst tun können?«

»Darauf kommen wir immer wieder zurück, was? Nichts, nichts und noch mal nichts! Aber ich komme mir so nutzlos vor.«

Sie sahen sich lange an, dann seufzte Gemma. »Ich glaube, ich gehe ins Bett. Ich laß dich ein bißchen allein. In Ordnung?«

Er nickte. »Tut mir leid, Liebes. Ich komme gleich nach.«

Sie trat zu ihm, legte ihre Hand leicht an seine Wange, dann wandte sie sich ab und ging ins Schlafzimmer.

Kincaid horchte auf das Klicken der Tür, und in die folgende Stille hinein begann der Kater zu schnurren. Sid war auf Gemmas Platz auf dem Sofa gesprungen und trat jetzt mit den Vorderläufen gegen das warme Kissen, die Augen vor Genuß zu schmalen Schlitzen verengt.

»Du bist leicht zu trösten, was, Sportsfreund?« fragte Kincaid leise. »Vielleicht sollte ich von dir lernen.«

Er goß Gemmas unberührt gebliebenen Whisky in sein Glas und trat erneut ans Fenster. Er sah sein eigenes Spiegelbild, verzerrt durch die Lichter des Hauses gegenüber, fremd und unbekannt.

*In süßer Schwermut schweben über braun
und weißer Nacht Gebete; Nachtwinde
kreisen sanft im Raum und seh'n dich an,
und durch die schrecklich langen Stunden
hielten Bäume und Wasser und Hügel
die heilige Wache über deinen Schlummer,
und legten einen Pfad aus Tau und Blumen,
wo des Morgens deine Füße wandeln.*

RUPERT BROOKE
aus ›Der Zauber‹

Gemma wachte mit einem Ruck und rasendem Herzklopfen im dunklen Zimmer auf. Es dauerte eine Weile, bis sie begriff, daß sie in Duncans Bett lag und allein war. Irgendwann jedoch mußte auch er ins Bett gekommen sein, denn sie hatte eine vage Erinnerung an die Wärme seines Körpers und wußte, daß sie das Licht nicht gelöscht hatte.

Sie war im Traum gefallen, war wie in ein dunkles Loch gesackt, und allein die Erinnerung an dieses Gefühl weckte wieder dieselbe schreckliche Angst. Sie sah auf die rote Leuchtanzeige des Weckers. Halb zwei. Sie glitt aus dem Bett, tastete nach etwas Anziehbarem, fand Duncans Morgenmantel, zog den Gürtel fest und machte sich auf die Suche nach ihm.

Kincaid saß mitten im Wohnzimmer auf dem Fußboden, umgeben von Büchern und Papieren. Er trug Jeans und Pullover. Sein Haar war ungekämmt, und eine Strähne hing ihm in die Stirn.

»Was machst du?« fragte Gemma.

Beim Klang ihrer Stimme sah er auf. »Konnte nicht schlafen. Wollte dich nicht stören.« Seine Augen waren vor Müdigkeit gerötet.

»Was ist das?« Gemma setzte sich auf die Kante des Couchtischs und bückte sich, um Sid zu streicheln, der es sich auf dem höchsten Papierstapel bequem gemacht hatte.

Kincaid deutete vage in die Runde. »Vics Manuskript. Und alle Unterlagen über Lydia Brooke, die ich finden konnte.«

»Du hast Vics Papiere mitgenommen?« Gemma war vor Schreck hellwach. »Aber das ist …«

»Unterschlagung von Beweismitteln? Schon möglich. Das nehme ich auf meine Kappe. Leider habe ich noch keine Ahnung, womit ich anfangen soll.« Er rieb sich das Gesicht. »Ich kann gerade mal Vics Handschrift von Lydias unterscheiden, aber weiter bin ich noch nicht gekommen. Für das Manuskript allein bräuchte ich Tage«, fügte er bekümmert hinzu.

»Dann komm doch jetzt ins Bett«, drängte Gemma. »Wir befassen uns damit, wenn wir das Ergebnis der Obduktion kennen. Vorher hat es sowieso keinen Sinn. Du bist völlig übermüdet … Wer weiß, was dich morgen noch erwartet.«

»Du bist die Stimme der Vernunft, wie immer«, seufzte er. »Ich bin in einer Minute bei dir, Gemma, Liebling. Das verspreche ich.«

Kincaid hielt Wort. Gemma war noch wach, als er leise ins Zimmer trat und sich im Dunkeln auszog. Seine Haut war eiskalt, als er sie flüchtig berührte.

»Du bist ja wie ein Eiszapfen«, murmelte sie, drehte sich um und preßte sich an ihn. Sie fühlte, wie er sich verkrampfte. Gemma fragte sich, ob seine stumme Abwehr etwas mit einem Gefühl von Verrat zu tun hatte. »Ich kann mir nicht vorstellen, daß Vic möchte, daß du allein bist, Liebster«, begann sie behutsam. »Warum darf ich dich nicht wenigstens in den Arm nehmen?«

Er sagte lange kein Wort. »Ich habe Angst«, gestand er endlich. »Ich habe Angst loszulassen. Ich habe sie Jahre nicht gesehen – sie hatte keinen Platz mehr in meinem Leben – aber es hilft nichts. Ich fühle mich, als ob ich einen schrecklichen Verlust erlitten hätte.« Er hielt inne und fügte dann leise hinzu: »Ich hoffe, ich bin auf dem Holzweg, Gemma ... in bezug auf das, was ihr zugestoßen ist. Wenn jemand sie nämlich umgebracht hat, sie dort liegenlassen hat, so daß Kit sie finden mußte, gebe ich keine Ruhe, bis ich denjenigen gefunden habe. Das schwöre ich.«

Die Kompromißlosigkeit dieser Ankündigung machte Gemma angst. Wut konnte man als eine Überreaktion abtun, sie mit tröstenden Floskeln besänftigen. Aber dieser eiskalten Entschlossenheit hatte sie nichts entgegenzusetzen. Sie hatte Vic nur kurz gekannt und empfand trotzdem Trauer. Wie sollte sie da hoffen, seinen Schmerz zu lindern? Hilflos sagte sie: »Denk jetzt nicht daran, Liebster. Es wird alles gut werden.« In ihrem Inneren wußte sie, daß das nur eine bedeutungslose Floskel war. Sie streichelte sein Gesicht. Er wandte blind den Kopf, bis sein Mund ihre Handfläche fand.

Die Wärme seines Atems und die Berührung seiner Lippen auf ihrer Haut verursachten ihr einen Schauer der Lust. Sie stöhnte atemlos auf.

Er küßte ihre Hände zärtlich, dann immer leidenschaftlicher, riß sie in seine Arme und begann das Liebesspiel mit einer Leidenschaft, als reagiere er eine stumme Wut an ihr ab, und sie war sich nicht einmal sicher, ob er dabei überhaupt an sie dachte.

Gemma ließ sich mitreißen, und zum Schluß fielen sie beide in einen tiefen, traumlosen und erholsamen Schlaf.

Den ganzen Mittwochvormittag versuchte er, sich darauf zu konzentrieren, das Beweismaterial des Falles für die Staatsanwaltschaft aufzubereiten, den Gemma und er zuletzt ermittelt hatten. Bei jedem Wimpernschlag jedoch tauchten Bilder und Szenen mit Vic auf seiner Netzhaut auf, und wann immer sein Telefon klingelte, riß er den Hörer ängstlich und erwartungsvoll von der Gabel.

Beim Mittagessen in der Kantine starrte Gemma ihn über den Tisch hinweg so lange an, bis er sich zwang, zum ersten Mal seit vierundzwanzig Stunden etwas zu essen. Wie Kit am Vorabend merkte er dabei plötzlich, daß er einen Bärenhunger hatte, und machte mit seiner Steak- und Nierenpastete und den Kartoffeln kurzen Prozeß.

Gestärkt kehrte er in sein Büro zurück. Er hatte das immer mächtiger werdende, dringende Bedürfnis, alles auf seinem Schreibtisch aufzuarbeiten.

Gemma war draußen am Kopierer, und er saß allein in seinem Zimmer, als der Anruf schließlich um halb fünf Uhr nachmittags kam.

»Duncan, Alec hier.« Byrnes Stimme war diesmal laut und deutlich zu verstehen. Kincaid wähnte ihn an seinem massiven Schreibtisch im Polizeipräsidium von Cambridge. »Weißt du zufällig den Namen vom Hausarzt deiner ... von Dr. McClellans Hausarzt?«

Kincaid wußte sofort, was das bedeutete. »Was gibt's, Alec? Was habt ihr entdeckt?«

»Die Obduktion ist abgeschlossen. Wir haben den toxikologischen Untersuchungen absolute Priorität eingeräumt. Dabei kam heraus, daß sie eine ziemlich hohe Konzentration von Digitalis im Blut hatte.« Byrne klang, als empfände er das Ergebnis als persönliche Beleidigung.

»Hat sie ein Herzmittel genommen?« fügte er hoffnungsvoll hinzu.

Diesmal, dachte Kincaid, wird es für euch nicht so einfach sein. »Meines Wissens nicht. Sie war eine gesunde, aktive Frau, Alec. Ich schätze, ihr Arzt wird das bestätigen. Wer ihr Arzt war, weiß ich allerdings nicht.«

»Schade! Ich hatte gehofft, du könntest uns Zeit sparen. Wir haben die Fakultätssekretärin gefragt – ohne Erfolg –, also müssen wir uns ihre persönlichen Unterlagen vornehmen.«

»Alec, ich habe einige von Vics Papieren«, gestand Kincaid, der wußte, daß ihm nur diese einzige Chance blieb. »Unterlagen zu ihrer Biographie über Lydia Brooke.«

»Hat Dr. McClellan sie dir gegeben, als du hier warst, um die Akte von Lydia Brooke einzusehen?« fragte Alec und öffnete ihm einen Ausweg aus der Klemme.

»Nein. Ich habe die Unterlagen gestern abend aus dem Haus mitgenommen. Ich hatte das Gefühl, daß jemand ihr Arbeitszimmer durchwühlt hatte, und wollte die Sachen nicht so einfach herumliegen lassen.« Das war nur die halbe Wahrheit, aber sie hatte den Vorteil, Byrne in Verlegenheit zu bringen. Übte er keine Nachsicht gegenüber Kincaid, geriet er in Zugzwang, seine Nachlässigkeit in einem Fall plausibel zu machen, den der Pathologe zweifelsfrei als Mord identifiziert hatte.

Das Schweigen am anderen Ende der Leitung bewies nur, daß Byrne die Zeichen der Zeit erkannt hatte. Byrne räusperte sich. »Hm, das ist zwar nicht ganz korrekt, aber unter den Umständen ... geht das in Ordnung. Bring mir die Unterlagen zurück. So schnell wie möglich.«

Kincaids Bürotür ging auf, und Gemma kam herein. Sie hatte einen Stapel Akten unter dem Arm. Als sie sah, daß er telefonierte, deponierte sie die Akten wortlos auf seinem Schreibtisch und setzte sich auf den Besucherstuhl.

»Morgen«, versprach Kincaid Byrne. »Die Uhrzeit kann ich noch nicht sagen. Alec, was das Digitalis betrifft – hat der Toxikologe einen Verdacht geäußert, welcher Herkunft es ist? Natürlicher oder synthetischer?«

»Die Dame meinte, das ließe sich nicht feststellen. Beide Stoffe zerfallen in dieselben Bestandteile. Es könnte von einer ganzen Liste von Arzneimitteln stammen.« Byrne hüstelte. »Duncan, ich verstehe ja, daß das alles ein Schock für dich ist. Aber du bist in diesem Fall nicht zuständig. Du hast offiziell keinerlei Handhabe. Ich fürchte leider, daß die Tatsache, daß du persönlich betroffen bist, dich zu ...«

»Zu Überreaktionen veranlassen könnte?« fiel Kincaid ihm ins Wort und fühlte, wie seine mühsam aufrechterhaltene Beherrschung allmählich zu bröckeln begann. »Alec, das dürfte jetzt doch wohl irrelevant sein, oder? Der Pathologe hat eindeutig nachgewiesen, daß ich nicht phantasiere – und daß Vic in bezug auf Lydia Brooke in die richtige Richtung gedacht hat. Haben deine Jungs im hinteren Gartenteil was entdeckt?«

Byrne zögerte. »Ich habe gerade ein Team losgeschickt ...«

»Großer Gott, Alec! Pennst du eigentlich?« explodierte Kincaid. »Mittlerweile sind rudelweise Hunde und Spaziergänger dort durchgetrampelt!«

»Ich brauche deine Ratschläge nicht. Ich weiß, wie ich meinen Job zu erledigen habe, Duncan. Dein rüder Ton gefällt mir nicht. Ich führe die Ermittlungen so, wie ich es für richtig halte. Damit mußt du leben«, kam es schneidend vom anderen Ende.

Kincaid erkannte sofort, daß er zu weit gegangen war. Es nützte ihm nichts, wenn er den Freund verärgerte. Dabei konnte er nur verlieren. »Entschuldige, Alec. Du hast natürlich recht. Ich habe mich vergessen«, murmelte er zerknirscht. »Wir sehen uns dann morgen in Cambridge.« Er legte auf, bevor Byrne noch etwas sagen konnte. Er merkte plötzlich, daß er schwitzte. In Gemmas bleichem, übernächtigtem und angespanntem Gesicht erkannte er die eigene Verfassung.

Sie sahen sich schweigend an. »Du hattest also recht«, seufzte sie schließlich. »Jetzt geht es los.«

»Ich fürchte, ja.« Er dachte an die Gedanken der vergangenen Nacht. Die Ereignisse hatten ihm die Entscheidung inzwischen abgenommen. »Gemma«, erklärte er. »Ich nehme Urlaub.«

»Was? Jetzt?«

»Ich rede mit Denis, sobald er von seiner Konferenz zurück ist.«

»Aber du kannst nicht einfach ohne Urlaubsantrag ... ohne die übliche Prozedur ...«

»Wieso nicht? Du weißt, wieviel Resturlaub ich habe. Dafür stelle ich einen Antrag, und bis zur Entscheidung lasse ich mich wenn nötig krank schreiben. Dann geht das alles seinen normalen Gang, Gemma.«

»Egal, welche Konsequenzen das hat?«

»Die Zeit ist zu knapp, um über Konsequenzen nachzudenken«, entgegnete er heftig. »Mir egal, was passiert.«

Sie starrte ihn an, die Lippen eigensinnig zusammengepreßt. »Was mit dir passiert, ist mir aber nicht egal«, sagte sie erstaunlich ruhig. »Ich weiß, was du vorhast, Duncan, und das macht mir angst. Du hast nicht die Absicht, den Fall der Kripo von Cambridgeshire zu überlassen, stimmt's? Du weißt, daß du offiziell nie den Ermittlungsauftrag bekämst. Aber du glaubst, es besser machen zu können. Und um das zu beweisen, setzt du sogar deine Karriere aufs Spiel.«

»Gemma ...«, begann er ruhiger, aber nicht minder bestimmt. »Du irrst dich. Es ist das einzige, was ich tun kann, um mir selbst zu helfen. Ich habe keine Wahl. Und ich *kann* es besser, weil ich mehr weiß und nicht den Weg des geringsten Widerstandes gehe.«

»Aber du bist nicht zuständig.« Gemma beugte sich zu ihm hin, versuchte ihn zur Vernunft zu bringen. »Es ist nicht deine

Schuld, daß Vic gestorben ist. Du hättest nicht mehr tun können, selbst wenn du gewußt hättest, was passiert.«

Er verzog den Mund zu einem Lächeln. »Du könntest recht haben. Aber mit letzter Gewißheit werde ich es nie wissen, oder?«

Gemma verließ den Yard gegen halb sechs. Sie hatte auf eine zweite Chance, auf ein neues Gespräch mit Kincaid gehofft, um ihn wenigstens dazu zu überreden, nichts zu überstürzen. Seine Besprechung hatte jedoch noch angedauert, als sie das letzte Mal einen Blick in sein Büro geworfen hatte. »Ich habe noch eine Weile zu tun«, hatte er kurz angebunden gesagt. »Leider, Gemma. Wir sehen uns morgen.«

Obwohl er nicht mehr hatte erklären oder gar die Konferenz verlassen können, ohne sie zu kompromittieren, hatte sie sich ausgeschlossen, zurückgestoßen gefühlt. Es war die Ironie des Schicksals, dachte sie, als sie langsam von der U-Bahnstation nach Hause ging, daß ihre Befürchtung, Vic könne sich zwischen Kincaid und sie drängen, erst nach Vics Tod wahr werden sollte. Und was konnte sie schon gegen seine Schuldgefühle ausrichten?

Gemma war schlicht zu müde, um fürs Abendessen einzukaufen. Sie hoffte einfach, daß Hazel für sie und Toby mitgekocht hatte. Anderenfalls mußte sie auf die mageren Vorräte in ihrem Kühlschrank zurückgreifen.

Die Klarinettenklänge des Straßenmusikers vor dem Supermarkt folgten ihr, bis sie in die Richmond Avenue einbog. Dann hallten sie nur noch schwach in ihrer Phantasie nach.

Das feuchte, trostlose Wetter der vergangenen Tage hatte während des Nachmittags aufgeklart, und als sie sich Thornhill Gardens näherte, breitete sich wie ein großes Bettlaken fahles Rosé über den Himmel und dunkelte allmählich bis zu einer einheitlichen Rosarot-Färbung nach. Gegen diesen

Hintergrund zeichneten sich die Häuser aus der Zeit der Jahrhundertwende mit düsterer Geometrie ab. Als Gemma ihr Garagenhäuschen erreichte, hatte sie so weit abgeschaltet, daß sie sich notdürftig auf das einstellen konnte, was sie gern als die ›Kehrseite‹ ihres leicht schizophrenen Lebens bezeichnete.

Sie entdeckte Hazel auf der Terrasse. Die Freundin genoß dort den letzten Rest des Sonnenuntergangs, während die Kinder im Garten spielten. Nachdem sie Toby umarmt hatte, sank sie auf den freien Stuhl neben Hazel und seufzte.

Auf dem kleinen Tisch zwischen ihnen standen eine Flasche Sherry und zwei Gläser. Hazel schenkte Gemma ein. »Prost!« sagte sie und hob ihr Glas. »Sieht so aus, als hättest du einen anstrengenden Tag hinter dir.« Sie zog die dicke Stickjacke enger um sich. »Es ist zu schön, um schon ins Haus zu gehen. Die Kinder haben zu Abend gegessen, aber noch nicht gebadet.«

»Hätte auch kaum viel genützt, was?« bemerkte Gemma, denn die beiden Kleinen schaufelten selbstvergessen an einem Matschloch hinter dem Rosenbusch. »Ich mache das nachher.« Sie lehnte sich auf dem alten schmiedeeisernen Stuhl zurück und schloß die Augen. Es würde sie entspannen, den Kindern beim Spielen in der Badewanne zuzusehen und ihre warmen glitschigen Körper im Arm zu halten, während sie sie abtrocknete.

Der Gedanke an Toby brachte das Bild zurück, das sie den Tag über verdrängt hatte – das Bild von Vic, die lachend auf der Veranda stand, den Arm um ihren Sohn gelegt ... Und damit kam auch die Angst, die Gemma sich nie eingestehen wollte. Was würde mit Toby passieren, wenn sie starb? Sein Vater war, wie Kits Vater, von der Bildfläche verschwunden. Was kaum ein Nachteil war, da er sich in der Vaterrolle als völlig unfähig erwiesen, sich nie für seinen Sohn interessiert hatte. Sie nahm an, daß ihre Eltern Toby zu sich nehmen und daß er dort Liebe und Geborgenheit finden würde. Trotzdem war es nicht dasselbe. Oder redete sie sich nur ein, unersetzlich zu sein?

Hazel streckte die Hand aus und tätschelte ihren Arm. »Was gibt's? Erzähl's mir.«

»Entschuldige«, sagte Gemma betreten. »Ich habe nur nachgedacht.«

»War nicht zu übersehen.«

Gemma lächelte. »Sind wir für unsere Kinder wirklich unersetzlich, Hazel? Oder können sie auch ohne uns einigermaßen glücklich leben, wenn der erste Schock vorüber ist?«

Hazel warf ihr einen schnellen Blick zu. »Kinderpsychologen würden dir vermutlich alle möglichen komplizierten Thesen über Waisen und Halbwaisen erzählen, die darunter leiden, weder eine Beziehung noch Vertrauen aufbauen können. Aber wenn ich ehrlich sein soll – ich weiß es nicht. Manche kommen gut, andere gar nicht mit ihrer Situation zurecht. Es hängt sowohl von der Mutter als auch vom Kind und den Pflegeeltern ab. Für eine verbindliche Wahrheit gibt es zu viele Variablen.« Sie trank einen Schluck Sherry und fügte hinzu: »Du machst dir Gedanken wegen Vics Sohn, stimmt's?«

»Er geht mir nicht aus dem Kopf«, gestand Gemma.

»Aber das ist doch nicht alles, oder?«

Gemma schüttelte den Kopf. »Nein. Alles deutet darauf hin, daß Vic vergiftet worden ist.« Sie erzählte Hazel von Kincaids Entschluß, Urlaub zu nehmen, und von ihren diesbezüglichen Ängsten. »Er hört nicht auf mich, Hazel. Er ist so verdammt eigensinnig. Und wütend. Er ist sogar böse auf mich, und ich weiß nicht mal, warum … Er läßt niemanden an sich ran.«

»Laß ihm ein paar Tage Zeit. Er muß das alles erst mit sich selbst abmachen. Vermutlich hat seine Wut mehr Ursachen als nur die Umstände von Vics Tod. Männer drücken Trauer oft durch Wut aus. Ist schließlich meistens die einzige Emotion, die sie sich gestatten. Du kannst daran im Augenblick nichts ändern, Gemma.«

»Aber ich verstehe ihn ja – mir geht es nicht viel anders. Ich fühle auch eine Verantwortung gegenüber Vic«, gestand Gemma. »Ich war von Anfang an der Meinung, daß sie berechtigte Gründe hatte, nicht an Lydia Brookes Selbstmord zu glauben. Trotzdem habe ich Duncan nicht ermutigt, mehr in der Sache zu unternehmen.« Sie zog eine Grimasse. »Ich wollte vermeiden, daß er Zeit dafür opfert, die er sonst mit mir verbracht hätte.«

»Glaubst du denn, Vics Tod steht mit dem Fall Lydia Brooke irgendwie in Verbindung?« fragte Hazel.

Gemma zuckte die Achseln. »Schon möglich.« Sie fröstelte. Es war mittlerweile dunkel und kalt geworden. »Aber Lydia ist eine Komponente von vielen. Ich wünschte, ich hätte mir Vics Unterlagen angesehen.«

»Hast du mir nicht erzählt, daß Lydia eine fanatische Verehrerin von Rupert Brooke war?«

»Ja. Leider weiß ich nicht viel über ihn. Außer ein paar Schulweisheiten über den ›begnadeten jungen Poeten‹ aus der Zeit vor dem Ersten Weltkrieg. ›Sollt ich einst sterben, so nimm dies von mir …‹ Wir mußten es in der Schule auswendig lernen. Ich fand die Verse damals dämlich.« Gemma sah zu den Kindern hinüber, die jetzt am Rand der gepflasterten Terrasse standen und kicherten, weil sie offenbar etwas Verbotenes mit Hollys Puppen machten.

»Also wenn du dich für Rupert Brooke interessierst …«, begann Hazel. »Ich glaube, da habe ich was für dich. Oder willst du Duncan die Sache allein übernehmen lassen?«

»Nein«, entschied Gemma, die so weit noch gar nicht gedacht hatte. »Natürlich nicht.«

Nachdem die Kinder gebadet waren und Gemma mit Tim und Hazel eine Gemüselasagne gegessen hatte, machte Tim den Abwasch, und Hazel führte Gemma ins Wohnzimmer. Rechts und links vom Kamin bedeckten Büchervitrinen die Wände. Es dauerte nicht lange, bis Hazel gefunden hatte, wonach sie suchte.

Mit einem Stapel Bücher bewaffnet, setzten sich die beiden Frauen auf die Couch. »Ist eine Ewigkeit her, aber ich habe auch mal für Rupert Brooke geschwärmt. Rupert Chawner Brooke, 1887 als Sohn eines Rektors in Rugby geboren«, zitierte Hazel lächelnd aus dem Gedächtnis.

Sie reichte Gemma das erste Buch. »Ich habe nur eine Taschenbuchausgabe von Marshs Biographie, aber die zeitgenössische Einführung ist lesenswert. Außerdem enthält der Band sämtliche Gedichte.« Stirnrunzelnd fügte sie hinzu: »Aber die anderen Titel hat Lydia während ihrer Collegezeit nicht kennen können. Die Biographie von Hassall ist 1964 herausgekommen, die Briefe 1968. Und die Sammlung seiner Liebesbriefe an Noel Olivier ist erst vor ein paar Jahren erschienen. Vic allerdings dürfte mit allen vertraut gewesen sein. Da bin ich sicher.«

»Wer war Noel Olivier?« fragte Gemma. »Eine Verwandte von Laurence?«

»Die jüngste der vier Schwestern Olivier, glaube ich, und soweit ich mich erinnere, waren sie Cousinen von Laurence«, klärte Hazel sie auf. »Als Rupert sie kennengelernt hat, war sie fünfzehn und er zwanzig. Er war ihr viele Jahre lang verfallen. Später blieben sie Freunde und haben sich regelmäßig geschrieben – bis zu seinem Tod.«

Während Gemma ein Buch nach dem anderen entgegennahm, wurde ihr ganz schwindelig. Worauf hatte sie sich da eingelassen? Sie betrachtete das Foto von Brooke auf dem Cover der Biographie. »Er sah ziemlich gut aus, findest du nicht?

Ich habe mich schon gewundert, warum alle so auf ihn fliegen.«

»Ja, er war ein ausgesprochen schöner Mann«, gab Hazel zu. »Aber das allein kann es kaum gewesen sein. Er war ein ungewöhnlich begabter Literat.«

»Ist er nicht im Krieg gefallen?«

»Eigentlich ist er während des Krieges 1915 auf der griechischen Insel Scyros an Blutvergiftung gestorben. Ein Schlachtfeld hat er nie gesehen«, erklärte Hazel. »Aber Churchill und den anderen Kabinettsmitgliedern kam sein Tod im Krieg sehr gelegen – immerhin hatte er in seinen Sonetten den Krieg verherrlicht. Ob er das immer noch getan hätte, wenn er je in das Kampfgeschehen hätte eingreifen müssen? Das habe ich mich oft gefragt.«

»Dann war Brooke also ein bedeutender Dichter?« wollte Gemma wissen.

»Offenbar. Und wer weiß, was noch aus ihm geworden wäre. Virginia Woolf allerdings hat in ihm eher einen kommenden Politiker gesehen.«

»Er hat Virginia Woolf gekannt?«

»Brooke kannte wohl jeden, der in der damaligen Zeit Rang und Namen hatte: Virginia Woolf, James und Lytton Strachey, Geoffrey und Maynard Keynes, die Schwestern Darwin. Die Liste könnte man endlos fortsetzen.«

»Er sieht irgendwie so ... jungenhaft unschuldig aus«, bemerkte Gemma, die den Fototeil in Geoffrey Keynes' Briefsammlung durchblätterte.

Hazel lachte. »Die Vorkriegsidylle von damals wird immer sehr nostalgisch verbrämt. Aber so unschuldig und heil war diese Welt, glaube ich, gar nicht. Unter diesen Blazern und weißen Gartenkleidern hat sich sicher auch viel Haarsträubendes verborgen. Und Rupert war mehr als nur ... kompliziert, was sein Sexualleben betraf.« Sie gähnte und reckte sich.

»Bleib noch zu einer letzten Tasse Tee. Wir machen das Kaminfeuer an und legen Musik auf. Dabei können wir uns Rupert-Brooke-Gedichte vorlesen.«

Gemma schüttelte den Kopf. »Danke, Hazel, lieber nicht. Toby vergißt sonst, wie es ist, in seinem eigenen Bett einzuschlafen, und außerdem ...« Sie klopfte auf die Bücher in ihrem Schoß. »... habe ich 'ne Menge zu lesen.«

Llangollen, Wales
30. September 1963
Liebe Mami,

bitte verzeih mir, daß ich Dir die Neuigkeit auf diesem Weg mitteile. Bestenfalls ist es unfair und schlimmstenfalls feige von mir. Besonders, da ich weiß, daß Du für mich immer nur das Beste willst. Es kam alles so plötzlich. Wir haben einfach den Sprung ins kalte Wasser gewagt und die Konventionen beiseite gelassen.

Morgan und ich haben gestern geheiratet, auf dem Standesamt in Cambridge.

Ich weiß, was Du denkst, geliebte Mami ... daß wir uns kaum kennen, daß wir völlig von Sinnen sein müssen. Aber wir kennen uns über ein Jahr, auch wenn wir erst in den letzten Monaten festgestellt haben, daß wir das Leben mit derselben Leidenschaft und Intensität sehen, daß wir dasselbe Ziel haben – nämlich dieses Leben ehrlich zu dokumentieren und es so gut zu leben, wie wir können.

Und was die Vernunft angeht, so haben wir sie gerade erst wiedergefunden. Mit Morgan sehe ich vieles mit völlig neuen Augen. Die Eindrücke sind viel intensiver. Oh Mami, seine Fotos werden Dir gefallen! Er ist so genial, so talentiert. Ich will ihm Stütze und Muse sein, wie er dasselbe für mich ist.

Ich schreibe richtig gute Gedichte. Und Morgan hat mir gezeigt, daß der Rest – all das akademische Brimborium und die hohlen Traditionen des Universitätslebens – nur hinderlich ist, wenn man wirklich das Beste geben will. Nächste Woche kehren wir beide nicht an die Universität zurück. Wir haben statt dessen beschlossen, zu leben und unserer Berufung nachzugehen. Wir haben eine kleine Wohnung in Cambridge gefunden – etwas grösser als ein Zimmer, aber es ist unser –, und wir haben unsere Habseligkeiten dort schon untergebracht. Morgan hat ein Angebot, als Assistent in einem Fotostudio in der Stadt zu arbeiten. Die Tätigkeit ist zwar langweilig, aber sie gibt ihm die Freiheit, nebenher seine eigenen Fotos zu machen.

Dr. Barrett war sehr verständnisvoll und hat freundlicherweise angeboten, mich als Tutorin einzusetzen. Wenn ich nicht arbeite, werde ich schreiben, schreiben und schreiben.

Keine Sorge, Morgan ist sehr praktisch. Unsere Mittel sind beschränkt, aber wir schaffen es. Und solange wir etwas zu essen und anzuziehen haben, wen kümmert's?

Ich verspreche, Du wirst ihn mögen, Mami. Hinter seiner etwas düsteren, dunklen Stirn verbirgt sich ein wunderbarer Sinn für Humor, und er hat eine Zärtlichkeit, die ich nur von Dir kenne. Er gibt mir das Gefühl, sicher und bewundert zu sein.

Freu Dich für mich ...
Lydia

11

Wollte, wollte Gott, du fändest Trost.

RUPERT BROOKE
aus einem Fragment

Adam entdeckte Nathan, in der Sonne sitzend, im Garten, mit einer Decke über den Knien, wie ein Greis.

Er überquerte den Rasen. Seine Schuhe hinterließen im silbernen Tau eine dunkle Spur im Gras. Er kauerte sich neben Nathans Stuhl. Nathan war bleich, aber die Blässe war längst nicht mehr so ungesund wie am Tag zuvor. Nur die Augen waren noch glanzlos wie Kiesel im getrockneten Flußbett.

»Wie geht es dir?« fragte er liebevoll.

»Wenn du meinst, ob ich nüchtern bin, lautet die Antwort ja«, erwiderte Nathan, seufzte und wandte den Blick ab. »Ich muß mich bei dir entschuldigen, Adam. Setz dich doch.« Er deutete auf den anderen Liegestuhl. »Wenn du die Wahrheit wissen willst ... Ich fühle mich wie von einer riesigen Welle ausgekotzt. Noch bin ich wie betäubt. Ich wünschte, der Zustand würde andauern. Aber ich glaube nicht daran.«

»Nein«, sagte Adam und sank in den Liegestuhl. »Das glaube ich auch nicht. Aber das Schlimmste ist vorbei.«

»Wirklich? Kann ich mir nicht vorstellen.« Nathan fröstelte und zog die Decke höher. »Denn inzwischen hat der verdammte Selbsterhaltungstrieb wieder seine häßliche Fratze gezeigt. Das Vergessen hätte ich ihm bei weitem vorgezogen. Schade, daß du deinen Pfarrer Denny geschickt hast, damit er mein Gewehr einkassiert.«

Adam hatte den Pfarrer von Grantchester in seiner panischen Angst angerufen und um Hilfe gebeten, bis er seine Gemeindearbeit soweit delegiert hatte, daß er sich selbst um Nathan kümmern konnte.

»Ich möchte deine Töchter anrufen, Nathan«, bat Adam wie schon am Vortag. »Würde dir guttun, sie bei dir zu haben.«

»Nein.« Nathan schüttelte den Kopf. »Ich ertrage sie jetzt nicht. Außerdem können die beiden sich sowieso nicht vorstellen, daß ein Mann über Dreißig empfinden kann ... was Vic und ich ...«

»Leidenschaft«, sagte Adam. »Die Jugend glaubt sie für sich gepachtet zu haben. Nur die Erfahrung wird sie eines Besseren belehren. Wir sind doch genauso gewesen.«

»Wirklich?« Nathan musterte Adam. »Du hast Leidenschaft für Lydia empfunden, stimmt's?«

»Ja. Aber das Alter hat sie gedämpft. Man lernt, sich auf andere Dinge zu konzentrieren, sogar Freude daran zu haben. Und trotzdem wünschte ich, sie hätte an jenem letzten Tag mich angerufen. Hat lange gedauert, bis ich dir das verzeihen konnte.« Adam sah, wie Nathans Augen groß vor Erstaunen wurden. Adam war selbst am meisten überrascht. Er hatte nie die Absicht gehabt, Nathan das zu sagen, niemals; und besonders nicht jetzt.

»Ich hatte keine Ahnung.«

»Spielt jetzt keine Rolle mehr. Habe mir nur immer eingebildet, ich hätte sie vielleicht umstimmen oder sie irgendwie trösten können ...«

»Du glaubst, sie hätte *dir* gesagt, was sie vorhatte? Oder denkst du, du hättest was gespürt, das mir nicht aufgefallen ist?« fragte Nathan leicht gereizt.

»Ist dir denn jetzt rückblickend nicht klar, daß sie längst alles geplant hatte?« entgegnete Adam.

»Nein, ist es mir verdammt noch mal nicht!« Nathan stieß die karierte Decke von sich. »Vic hat mich dasselbe gefragt. Aber Lydia klang vollkommen normal an jenem Tag, vielleicht ein bißchen aufgeregt, insistierend. Mein Gott, wenn ich daran denke, wie froh ich war, daß es dir erspart geblieben ist ...« Nathan verstummte.

In der folgenden Stille hörte Adam plötzlich die Spatzen in der Hecke zwitschern und fühlte die Wärme der Sonne auf seinem Gesicht. Dann sagte er: »Trotzdem. Es hätte mir wenigstens das Gefühl gegeben ... ihr nah zu sein. Ich kann gut verstehen, wie dir zumute war, als du ... Vic nicht mehr sehen konntest.«

»Vic und Lydia«, sagte Nathan etwas atemlos. »Lydia und Vic. Manchmal kann ich sie schon nicht mehr auseinanderhalten, nicht trennen, was mit ihnen geschehen ist.«

»Hm ... Ist doch komisch, daß Vic auch Herzprobleme gehabt haben soll ...« Adam dachte an Vics Besuch im Pfarrhaus und ihr Gespräch. »Diese vielen Fragen, die Vic wegen Lydias Selbstmord gestellt hat – sie hat nicht daran geglaubt, oder?«

»Bilden Sie sich bloß nichts ein. Ich weiß, was Sie vorhaben«, verkündete Chief Superintendent Denis Childs. »Sobald auch nur die kleinste Beschwerde von der Kripo in Cambridge bei mir landet, pfeife ich Sie gnadenlos zurück.« Sein Stuhl knarrte, als er sich zurücklehnte. »Seien Sie kein Idiot, Mann. Ich kenne Alec Byrne. Er ist ein guter Polizist. Was man von seinem Vorgänger nicht unbedingt behaupten kann. Lassen Sie ihn seine Arbeit tun.«

»Ich habe nicht die Absicht, ihn davon abzuhalten«, bekannte Kincaid, dankte seinem Chef und verließ dessen Büro. Und das ist nicht mal gelogen, dachte er, als er die M11 nach Cambridge nahm. Gleichzeitig wußte er jedoch, daß Alec Byrne nur mit halbem Herzen bei der Sache war.

Die Ledertasche mit Vics Unterlagen und ihrem Manuskript lag neben ihm auf dem Beifahrersitz des Midget. Eine exakte Kopie des Materials lag in seiner Wohnung. Es stand einer Rückgabe an Byrne also nichts mehr im Wege. Eine ganze Nacht hatte er gebraucht, um sich mit Vics Arbeit vertraut zu machen.

Lydia Brookes unfertige Biographie las sich so flüssig und spannend wie ein Roman. Kincaid war ihrer Geschichte bis zu dem Zeitpunkt gefolgt, als sie die leidenschaftliche Verbindung mit Morgan Ashby einging. Und Ashby sollte auch sein erster Anlaufpunkt in Cambridge sein.

Er mußte herausfinden, weshalb Lydias Ex-Mann sich geweigert hatte, mit Vic zu sprechen. Anschließend war Vics Freund und Nachbar, Nathan Winter, dran. Vor allen anderen jedoch stand ihm Alec Byrne bevor.

»Ich hätte den Obduktionsbericht gern gelesen, Alec«, sagte er, als er Byrne in dessen Büro gegenübersaß. »Ich bin ein braver Junge gewesen – also spricht doch eigentlich nichts dagegen.«

»Das sehe ich etwas anders. Du hast meine Freundschaft und Solidarität ganz schön strapaziert. Du hast dich in meinen Fall gemischt, am Tatort eigenmächtig gehandelt und bist dann auch noch unverschämt geworden. Für eine offizielle Beschwerde gegen dich ist das mehr als genug.«

Diesmal hatte Kincaid nicht die Absicht, sich provozieren zu lassen. Wenn er auf Byrnes Anschnauzer einging, bekam er nicht, was er wollte. Er versuchte es mit Zuckerbrot und Peitsche. »Du hast ja recht, Alec. Tut mir leid. Aber vielleicht wär's dir in meiner Lage ähnlich ergangen. Vic ist tot. Vielleicht verständlich, wenn mir da die guten Manieren ausgegangen sind. Aber was kann es schaden, mir den Obduktionsbericht zu überlassen? Möglich, daß ich euch unterstützen kann.«

Byrne zögerte. »Also gut. Ich sage dir, was drinsteht«, antwortete er schließlich. »Damit mußt du dich zufriedengeben. Dr. McClellan ist an der Überdosis einer Form von Digitalis gestorben, wie du weißt. Wann das Gift verabreicht wurde, steht nicht fest. Digitalis gibt es in Form von Digoxin oder Digitoxin. Wann ihre Wirkung einsetzt, ist unterschiedlich. Bei Digitoxin geht es sehr schnell, wogegen Digoxin mehrere Stunden braucht. Die meisten Fälle einer Digitalisvergiftung sind auf die versehentliche Einnahme einer Überdosis zurückzuführen, es steckt also keine Tötungsabsicht dahinter. Wir haben inzwischen Dr. McClellans Hausarzt ausfindig gemacht. Er hat bestätigt, daß sie keine Herzprobleme hatte und in letzter Zeit keinerlei Medikamente genommen hat.«

»Und Lydia? Welches Medikament hat sie genommen?« fragte Kincaid. Er hatte die Details aus Lydia Brookes Fall nicht mehr im Kopf.

Byrne zog einen Aktenordner aus seiner Schreibtischschublade. Kincaid registrierte erfreut, daß er zumindest Lydias Akte in Reichweite aufbewahrt hatte. »Mal sehen«, murmelte er und blätterte. »Lydia hat Digoxin gegen leichte Herzrhythmusstörungen genommen. Allerdings besagt eine Randbemerkung des Pathologen, daß Digoxin bei dieser Indikation normalerweise nicht verschrieben wird, weil die therapeutische Dosis fast mit der toxischen übereinstimmt. Hätte Lydia nicht schon mehrere Selbstmordversuche hinter sich gehabt, hätte er unfreiwilligen Medikamentenmißbrauch dafür verantwortlich gemacht.«

»Aber der Pathologe kann nicht sagen, ob Vic dasselbe Mittel verabreicht worden ist?«

Byrne legte die Fingerspitzen gegeneinander. »Nein. Wir können übrigens auch nicht sicher sein, daß Lydia Brooke tatsächlich an einer Überdosis ihres Medikaments gestorben ist. Obwohl man eine hohe Konzentration Digoxin bei ihr festgestellt hat. Ich bin zwar kein Chemiker, aber wenn ich den Bericht richtig verstanden habe, ist Digoxin ein Stoffwechselnebenprodukt von Digitoxin.« Er warf einen Blick in den Bericht.

»Das heißt also, es läuft letztendlich alles auf dasselbe hinaus«, bemerkte Kincaid. »Gibt es sonst noch was?«

Byrne tauschte die Akten. »Dr. McClellan hatte auch eine Spur Alkohol im Blut. Das ist alles.«

»Sie könnte also Wein oder Bier zum Mittagessen getrunken haben?« fragte Kincaid. Er hatte kaum erlebt, daß Vic früher tagsüber Alkohol getrunken hätte. Aber vielleicht hatte sich das geändert.

»Ihr Magen war leer. Aber das will nichts heißen. Zum Zeitpunkt des Todes hätte sie das Mittagessen sowieso verdaut gehabt. Allerdings wissen wir noch nicht, wo und mit wem sie zu Mittag gegessen hat.«

Kincaid verkniff sich die Bemerkung, daß sie dafür mittlerweile achtundvierzig Stunden Zeit gehabt hatten. Was zum Teufel hatten sie eigentlich getrieben? Laut fragte er jedoch: »Habt ihr im Garten was gefunden?«

Byrne verzog angewidert das Gesicht. »Auf der Flußseite der Gartenpforte sah es aus, als habe man dort eine Kuhherde vorbeigetrieben. Wir haben ein paar Abdrücke genommen, aber ich erwarte mir nicht viel davon.«

Kincaid hatte es kommen sehen. Fälle wie dieser zogen die Schaulustigen an wie der Leim die Fliegen. »Hm«, murmelte er nichtssagend. »Und im Haus?«

»Nichts von Interesse – bis jetzt. Sieht so aus, als sei Dr. McClellan im Begriff gewesen, sich eine Tasse Tee zu kochen, als sie ... ohnmächtig geworden ist. Der Doktor meint, sie habe vielleicht leichte Kopfschmerzen verspürt, oder Übelkeit. Wäre sie nicht allein gewesen, hätte man sie vermutlich retten können.«

Kincaid schloß für einen Moment die Augen. Großer Gott, laßt das bloß Kit nicht hören. Das Kind trug schon genug Schuldgefühle mit sich herum. »Was ist mit der Todeszeit?« wollte er wissen. »Kann die Pathologie da Genaueres sagen?«

Byrne lächelte. »Da legt sich die Pathologie nur ungern fest. Vic McClellans Sohn hat behauptet, sie habe vermutlich noch geatmet, als er sie um fünf Uhr gefunden hat. Ich schätze, das müssen wir vorerst so hinnehmen.« Er steckte die Berichte wieder in die entsprechenden Aktenordner. »Heute morgen hat die erste Verhandlung zur Untersuchung der Todesursache stattgefunden. Und die Familie hat den Pfarrer gebeten, einen Trauergottesdienst abzuhalten, da noch nicht abzusehen ist, wann die Leiche freigegeben werden kann. Die Großeltern meinen, es sei für den Jungen das beste, wenn ein Schlußstrich gezogen wird.«

Diesmal mußte Kincaid seinen ehemaligen Schwiegereltern recht geben. »Weißt du, wann die Trauerfeier stattfinden soll?«

»Freitag, ein Uhr. In der Kirche in Grantchester.«

»Morgen? Die haben's aber eilig, was?« Kincaid wurde plötzlich klar, daß er seine Eltern noch gar nicht verständigt hatte. Besonders seine Mutter hatte Vic sehr gern gehabt. Sie hatte das Scheitern der Ehe bedauert, sich jedoch nie über einen von ihnen kritisch geäußert.

»Und wie geht es jetzt weiter, Alec?« wollte er so beiläufig wie möglich wissen.

»Die übliche Routine. Wir haben angefangen, die Bewohner im Dorf zu befragen. Für den Fall, daß jemandem an besagtem Nachmittag was Ungewöhnliches aufgefallen ist. Und wir sprechen natürlich mit ihren Arbeitskollegen.«

Mit anderen Worten ›Scheiß drauf‹, dachte Kincaid und sagte laut: »Natürlich.«

Byrne beugte sich plötzlich vor, die Hände flach auf dem

Tisch. »Ich brauche deine Hilfe nicht, Duncan. Ich wäre dir dankbar, wenn du dich da raushieltest.«

»Alec, ich bitte dich. Sei vernünftig«, entgegnete Kincaid sanft und eindringlich. »Du kannst mich nicht davon abhalten, mit den Leuten zu reden. Antworten kann ich schließlich nicht erzwingen. Dazu fehlt mir die Handhabe. Also, warum juckt's dich? Und falls ich tatsächlich was rausfinde, erfährst du es. Da kannst du sicher sein. Ist doch alles nur zu deinem Vorteil. Schon irgendwas Neues vom Ehemann?«

Die Frage nahm Byrne den Wind aus den Segeln. »Er hat eine Adresse im College hinterlassen. Aber da ist er nicht mehr«, ergänzte er widerwillig. »Wir prüfen gerade, ob er vielleicht inzwischen wieder nach England gereist ist.«

»Hatte er nicht eine seiner Studentinnen mitgenommen? Vielleicht weiß ihre Familie, wo sie sich aufhalten.« An Byrnes Miene war deutlich abzulesen, daß er von diesem pikanten Detail keine Ahnung gehabt hatte. »Sicher kennt jemand von der Fakultät den Namen des Mädchens – und wenn du Druck machst, sicher auch noch ein paar Einzelheiten.« Grinsend fügte er hinzu: »Keine Sorge, Alec. Ich erwarte keine Dankbarkeitsbezeugungen von dir, nicht mal inoffiziell.«

Byrne lehnte sich mit leicht resignierter Miene zurück. »Ich will nur keine Beschwerden hören, daß du Leute belästigst oder dich mit falschen offiziellen Federn schmückst«, bemerkte er. Auf dieser freundlichen Basis verabschiedeten sie sich.

Kincaid verschlang ein hastiges, mittelmäßiges Mittagessen in Grantchester. Danach wartete er, bis der Mann hinter der Theke eine freie Minute hatte. »Wissen Sie zufällig, wo Nathan Winter wohnt?« erkundigte er sich.

Das runde, freundliche Gesicht des Mannes verdüsterte sich besorgt. »Nur zwei Cottages weiter die Straße rauf«, erwiderte er und deutete in Richtung Cambridge. »Das weiße mit dem schwarzen Fachwerk und dem Reetdach. Haufenweise Blumen im Vorgarten.« Er musterte Kincaid unverhohlen neugierig. »Dann wissen Sie das mit Dr. McClellan?« Er schüttelte den Kopf. »Wer hätte das gedacht? Eine schöne junge Frau stirbt einfach so weg. Und wer hätte gedacht, daß Nathan völlig durchdreht, als er von ihrem Tod erfährt? Hat versucht, ihre Haustür einzuschlagen. Die Nachbarn mußten ihn gewaltsam davon abhalten. Sie haben Dr. Warren geholt, damit er seine Hand verbindet.«

»Was Sie nicht sagen?« Kincaid zeigte das angemessene Erstaunen. »Kennen Sie Mr. Winter schon lange?«

»Seit unserer Schulzeit. Er lebt jetzt im Haus seiner Eltern. Sie sind vor ein paar Jahren gestorben. Nathan ist aus Cambridge zurückgekehrt und hat's renoviert. Seine Frau war gestorben. Schätze, es hat ihn abgelenkt.«

Typisch Dörfler, dachte Kincaid. Er bezeichnete eine weniger als drei Kilometer entfernt liegende Stadt als einen Ort, aus dem man ›zurückkehren‹ konnte.

»Armer Mann«, fügte der Barkeeper mitfühlend hinzu. »Hatte genug Kummer im Leben. Und wir dachten, daß er und Dr. McClellan nur entfernte Bekannte waren. Da sieht man wieder, wie wenig man die Leute kennt, was?«

Kincaid bedankte sich und ging, bevor er selbst zum Ziel der dörflichen Neugier werden konnte. Neugierige Nachbarn waren ein großer Segen, dachte er, als er in die Sonne hinaustrat. Das Schwätzchen war das Hühnchen mit Pommes frites wert gewesen.

Kincaid ließ den Wagen auf dem Parkplatz des Gasthofs stehen und ging, in Gedanken versunken, die Straße hinauf. War Vic in Nathan Winter verliebt gewesen? Und wenn, was war so überraschend daran, daß sie es *ihm* nicht gesagt hatte? Er hatte keinen Anspruch mehr auf ihr Privatleben gehabt, und zu diesem Stich von Eifersucht, der ihn durchfuhr, hatte er wahrhaftig keinen Grund. Doch was immer daran wahr war, es bedeutete, daß Vics Beziehung zu Winter wesentlich komplizierter gewesen war, als er geahnt hatte.

Er fand das Cottage ohne Probleme. Mit seinem gepflegten Äußeren war es nicht zu übersehen, ebensowenig wie der meisterhaft angelegte Garten. Zu beiden Seiten der Eingangstür blühten Tulpen in den Beeten ... hoch, elegant und blaßrosa vor den weißen Hauswänden, davor kürzere, peonienblütige in dunklerem Rosarot und dazwischen das tiefe Blau von Vergißmeinnicht. Kincaid bückte sich, pflückte eine der blauen Blüten, steckte sie in die Tasche und klingelte.

Der Mann, der die Tür öffnete, trug den steifen weißen Kragen des Geistlichen und hielt einen Strauß Kräuter in der Hand. Er war groß und hager, hatte lockiges graumeliertes Haar und trug eine Brille, die ihm auf die Nasenspitze gerutscht war. Er lächelte Kincaid freundlich an. »Hallo? Was kann ich für Sie tun?«

Kincaid verbarg seine Überraschung. »Hm, ich wollte eigentlich zu Nathan Winter.«

»Ich glaube, Nathan kann jetzt keine Besucher empfangen. Darf ich ihm was ...«

»Wer zum Teufel ist da, Adam?« drang eine sonore Stimme aus der Tiefe des Hauses zu ihnen.

»Ich bin Duncan Kincaid. Vic McClellans Ex-Mann.«

Die Augen seines Gegenübers wurden groß. »Oh! Dann kommen Sie lieber rein.« Er trat zurück. »Ich bin übrigens Adam Lamb.«

Das also ist Adam, dachte Kincaid. Er war froh, daß er wenigstens einen Teil von Vics Manuskript gelesen hatte.

Adam führte ihn den Korridor entlang. »Nathan ist in keiner guten Verfassung«, erklärte der Geistliche ruhig. »Sie wissen nicht ...« Er hielt mit einem Seitenblick auf Kincaid inne. »Ich nehme an, für Sie ist das auch nicht einfach.«

Sie erreichten eine Tür. Adam ging voraus in einen großen Raum auf der Rückseite des Hauses. »Wir sind heute morgen im Garten gewesen«, bemerkte er. »Wir wollten gerade was essen.«

Kincaid erkannte flüchtig ein Wohnzimmer zu seiner Rechten, das in maskulinen, gemütlichen Rottönen gehalten war. Dahinter führte eine Glastür in den Garten. Dann sah er den Mann, der links an einem Tisch in einer Küchenecke saß. Sein schlohweißes Haar stand in erstaunlichem Kontrast zu seiner glatten, gebräunten Haut und den dunklen Augen. Als er aufstand, wirkte er muskulös und durchtrainiert. In gesundem Zustand, überlegte Kincaid, mußte er eine sehr männliche Vitalität ausstrahlen. Kein Wunder, daß Vic sich angezogen gefühlt hatte.

»Nathan«, sagte Adam in diesem Moment. »Das ist Duncan Kincaid. Vics Ex-Mann.«

Kincaid sah bei seinem Namen Erkennen in Nathans Augen aufblitzen. Vic hatte also von ihm gesprochen. Der Gedanke war ihm eine kleine Genugtuung.

Sie starrten sich einen Augenblick an, bevor Nathan mit ausgestreckter Hand auf ihn zukam. Im letzten Moment schien er sich zu erinnern, daß seine Rechte bandagiert war, und er schüttelte Kincaid mit seiner Linken die Hand. »Kommen Sie, setzen Sie sich zu uns«, lud er ihn ein und deutete auf den kleinen Tisch.

»Es gibt Eier und Tomatenbrot«, erklärte Adam und legte seinen Kräuterstrauß auf die Küchentheke. »Das entspricht vielleicht nicht Nathans kulinarischem Standard, aber es schmeckt.«

»Danke, ich habe gerade gegessen«, wehrte Kincaid ab und setzte sich. Vom Herd her stieg ein verführerischer Duft auf, und sein fettes Mittagessen lag ihm plötzlich doppelt so schwer im Magen.

»Aber eine Tasse Tee trinken Sie doch.« Adam griff nach dem Teekessel. »Ich setze Wasser auf.«

Kincaid beobachtete interessiert, wie Nathan protestierend aufstehen wollte, dann auf den Stuhl zurücksank. Nathan betrachtete Adam leicht konsterniert, als sei er es nicht gewohnt, so bedient zu werden. Adam allerdings bewegte sich in der Küche des Freundes, als sei er dort zu Hause. Er hackte die Kräuter und gab sie in den Topf. »Ich habe Nathan fürs Abendessen einen Gemüseeintopf gemacht«, rief Adam ihnen zu. »Er duftet großartig, oder? Leider kann ich nur vegetarisch kochen. Der arme Kerl muß es erdulden.«

Während Adam mit den Töpfen klapperte, sagte Nathan: »Vic hat oft von Ihnen gesprochen. Ich glaube, sie mochte Sie gern.«

»Tatsächlich?« erwiderte Kincaid hilflos. »Wir hatten uns jahrelang nicht gesehen – bis vor kurzem. Ich hatte den Eindruck, daß sie sich sehr verändert hatte. Aber ich bin mir nicht mehr so sicher, ob ich sie überhaupt je richtig gekannt habe.«

Nathan rieb sich geistesabwesend den Verband an der Hand. »Ich auch nicht«, murmelte er und fing Kincaids Blick auf. »Jetzt ist das nicht mehr zu ändern.«

Adam kam mit dem Teegeschirr zurück. »Wie ich gehört habe, hat die Polizei Sie angerufen.«

»Der zuständige Polizeibeamte wußte von meiner ... Verbindung zu Vic«, erklärte Kincaid und ließ sich von Adam eine Tasse Tee einschenken. »Und das war gut so. Man hatte Kit mit einer Polizeibeamtin allein gelassen.«

»Wissen Sie, wo Kit jetzt ist? Ich habe mir schon Sorgen gemacht.« Nathan streckte eine unstete Hand nach seiner Teetasse aus, und Kincaid beobachtete, daß Adam die Tasse nicht losließ, bis sie sicher vor Nathan auf dem Tisch stand.

»Er ist bei seinen Großeltern – Vics Eltern. Und ich weiß, daß sie sich mit dem Pfarrer in Grantchester in Verbindung gesetzt haben. Er kann Ihnen vielleicht sagen, wie es Kit geht.«

»Der Pfarrer?« wiederholte Nathan, als begreife er nicht ganz.

»Wegen der Beerdigung«, sagte Adam mit einem fragenden Blick auf Kincaid.

»Es soll eine Trauerfeier geben. Morgen um ein Uhr.«

»So bald schon? Aber sie haben noch niemandem Bescheid gesagt ...«

»Ich bin sicher, daß Pfarrer Denny heute nachmittag vorbeikommen wird, Nathan«, unterbrach Adam ihn beruhigend.

»Aber es müssen doch nicht nur die Nachbarn informiert werden. Auch alle vom College, aus ihrer Fakultät. Ich muß sie anrufen ...« Er wollte aufstehen.

Adam hielt ihn am Arm zurück. »Alles in Ordnung, Nathan. Das mache ich schon. Du kannst mir eine Liste schreiben.«

»Was ist mit ihrem Mann?« fragte Kincaid. »Wissen Sie vielleicht, wo er zu erreichen ist?«

»Ian?« sagte Nathan. »Keinen Schimmer. Hat sich denn jemand mit ihm in Verbindung gesetzt?«

»Soviel ich weiß, nein. Er hat seine Spuren sehr erfolgreich verwischt, wie mir scheint.« Kincaid sah, wie Nathan angewidert das Gesicht verzog. »Wie ist er überhaupt, dieser bemerkenswerte Ian McClellan?«

»Was seine fachliche Kompetenz angeht, in Ordnung, soviel ich weiß«, erwiderte Nathan neutral.

»Aber?« drängte Kincaid. »Keine falsche Rücksichtnahme, bitte.«

Nathan lächelte. »Also gut. Ian McClellan gehört zu dieser ermüdenden Spezies Mensch, die glaubt, alles und jeden zu kennen. Der glatte ›Keine-Sorge-ich-kenne-da-den-Richtigen-für-dich‹-Typ ... Sie kennen die Show.«

»Ein Karrierist? Und warum sollte jemand wie er alles hinwerfen, um mit einem jungen Mädchen durchzubrennen?«

»Ehrgeizig nur im Kleinen, schätze ich«, antwortete Nathan. Er dachte kurz nach. »Ich habe den Mann nicht gut gekannt. Aber ich schätze, daß er das Alter der nagenden Selbstzweifel erreicht hatte und ein unkritischeres Publikum brauchte, um sich aufzuwerten.«

Nach dem, was Vic ihm erzählt hatte, klang das durchaus plausibel. Kincaid trank seinen Tee. Als er aufsah, merkte er, daß Nathan ihn beobachtete.

»Warum sind Sie hier?« fragte Nathan. »Wenn ich fragen darf. Hat Vic mit Ihnen über mich gesprochen?«

»Vic hat nur gesagt, daß Sie ein Freund sind. Aber sie hat mir etliches über ihre Biographie von Lydia Brooke erzählt. Ich habe den Polizeibericht über Lydias Tod eingesehen. Daher weiß ich, daß Sie die tote Lydia entdeckt haben.«

»Ah«, murmelte Nathan. »Ich hatte mich schon gefragt, woher Vic Details aus dem Polizeibericht kannte. Sie hat es mir nicht verraten.«

»Hat sie Ihnen gesagt, daß sie Zweifel an Lydias Selbstmord hatte?« fragte Kincaid.

»Nein ... nein. Aber ich habe so etwas vermutet«, erwiderte Nathan vorsichtig.

»Glauben Sie, es gab Grund zur Skepsis? Sie sind schließlich derjenige, der Lydia gefunden hat.«

»Ich ... ich weiß nicht«, seufzte Nathan. Kincaid sah die Unsicherheit in seinen dunklen Augen. »Damals hatte ich einfach angenommen, daß die Polizei alles genau überprüft hat.«

»Und wenn nicht?« erkundigte sich Kincaid beinahe wie zu sich selbst. Dann sagte er abrupt: »Warum hat Lydia ihr ganzes Vermögen ihrem Ex-Mann hinterlassen?«

Adam war der Unterhaltung aufmerksam, aber unauffällig gefolgt. Er war ein guter Zuhörer. War das angeboren oder erlernt? »Was meinen Sie, Adam?« wandte Kincaid sich an ihn. »Sie standen Lydia näher als irgendein anderer.«

»Ich fürchte, Sie irren, Mr. Kincaid«, widersprach Adam mit einem flüchtigen Lächeln. »Obwohl ich wünschte, es wäre so gewesen. Diese Zeiten gehörten zum Zeitpunkt von Lydias Tod längst der Vergangenheit an.«

»Und Ihnen ist nie die Idee gekommen, daß an Lydias Tod etwas faul sein könnte?«

Adam schien nachzudenken. »Nein«, sagte er schließlich. »Das kann ich guten Gewissens nicht behaupten.«

»Sind Sie Vic je begegnet?« wollte Kincaid wissen. Vic hatte so überzeugend über Adam geschrieben, daß er fast das Gefühl hatte, den Mann zu kennen – zumindest so, wie er in jenen frühen Jahren mit Lydia gewesen war. Eine Lüge traute er ihm nicht zu. Aber die Wahrheit?

»Ich bin ihr leider nur einmal begegnet«, antwortete Adam mit aufrichtigem Bedauern. »Als sie wegen ihres Buchs zu mir kam.«

»Und konnten Sie ihr helfen?«

Adam zuckte die Schultern. »Wie soll ich das wissen? Sie hat gefragt, wie Lydia wirklich gewesen sei, und ich habe nach bestem Wissen und Gewissen geantwortet. Aber allgemein verbindlich konnte meine Aussage nicht sein. So was ist immer rein subjektiv. Die objektive Wahrheit gibt es nicht.«

Kincaid nickte nachdenklich.

»Das hat Vic gewußt«, warf Nathan ein. »Die Wahrheit ist immer relativ. Und trotzdem hat selbst das vom Biographen gefärbte Portrait eines Menschen seinen Wert.«

Vic. Er hörte sie förmlich aus Nathans Worten sprechen, hörte ihre Eindringlichkeit, ihre Begeisterung. Die Trauer, die ihn plötzlich erfaßte, kam ganz unerwartet.

»Die Wahrheit ist nicht immer relativ«, erklärte er nachdrücklich. »Die Wahrheit, die ich jetzt meine, ist unumstößlich.« Nathan und Adam starrten ihn erwartungsvoll an. »Vic ist an Herzversagen gestorben. Aber nicht wegen einer Insuffizienz ihres Herzens. Sie ist vergiftet worden.«

Kincaid beobachtete die beiden Männer aufmerksam, sah ihnen in die Augen, wartete auf ein kurzes Aufflackern, das ihm sagte, daß sie es gewußt hatten. Aber alles, was er sah, waren Schock und Verständnislosigkeit.

»Das ist doch nicht Ihr Ernst«, brachte Nathan schließlich heraus. »Das ist nicht mö…«

»Ich finde, Nathan hat genug durchgemacht – auch ohne diese … diese Anspielungen«, unterbrach Adam ihn. Seine Hand legte sich beschützend auf Adams Arm.

»Tut mir leid«, seufzte Kincaid. »Ich wünschte, es wäre nicht wahr. Aber ich komme gerade aus dem Polizeipräsidium. Die Obduktion hat eine tödliche Konzentration Digitalis in ihrem Blut ergeben.«

Nathan sprang auf. Er stieß gegen den Tisch, und das Teegeschirr klirrte gefährlich. Er ging schwankend zur Glastür und starrte hinaus. Im Gegensatz zur farbenfrohen Blumenpracht an der Front des Hauses bestand der Garten hier aus harmonischen Grün- und Grautönen. Dicht am Haus entdeckte Kincaid ein Beet in Form eines verschlungenen Knotens.

Als sich Nathan für einen Moment zu ihnen umdrehte, war sein Gesicht aschfahl. »Könnte sie das Zeug aus Versehen selbst eingenommen haben?«

Kincaid schüttelte den Kopf. »Kaum wahrscheinlich. Sie hat nie Digitalis verschrieben bekommen. Auch in ihrer Hausapotheke fand sich kein Mittel mit diesem Bestandteil.«

»Aber warum? Warum sollte jemand so etwas tun?«

»Keine Ahnung«, sagte Kincaid. »Aber ich finde es heraus. Und mein logischer Ansatzpunkt ist Morgan Ashby.«

»Morgan?« Adam runzelte die Stirn. »Warum Morgan?«

»Warum hat Lydia ihr Vermögen einem Mann hinterlassen, von dem sie seit über zwanzig Jahren geschieden war?« konterte Kincaid.

»Woher soll ich das wissen?« stöhnte Nathan. Er steckte die Hände in die Hosentaschen und ging im Zimmer auf und ab. »Vielleicht hatte sie das Gefühl, es ihm schuldig zu sein. Sie hatten das Haus immerhin gemeinsam gekauft. Vielleicht gab es sonst niemanden, dem sie es hätte vererben können.«

»Oder ... sie hat ihn noch immer geliebt«, warf Adam leise ein. »Die Scheidung damals war ein schwerer Schlag für sie gewesen. Sie hat versucht, sich umzubringen.«

»Was spielt das denn schon für eine Rolle?« Nathan wurde heftig. »Was zum Teufel hat das mit Vic zu tun?«

Kincaid schob seinen Stuhl zurück, um Nathan nicht aus den Augen zu verlieren. »Vic hat mir erzählt, daß sie versucht hat, mit Morgan zu reden, und er hat sich geweigert ... ist beinahe handgreiflich geworden.«

»Ja, und?« fragte Adam. »Morgan ist von jeher ein Rüpel gewesen. Und uns hat er ganz besonders gehaßt.«

»Warum?« fragte Kincaid.

»Natürlich war er eifersüchtig.«

»Eifersüchtig auf euch alle?« fragte Kincaid überrascht. »Nicht nur auf Sie, Adam?«

Adam warf Nathan einen kurzen Blick zu, bevor er antwortete. »Also, natürlich bin vor allem ich gemeint gewesen. Aber er mochte Lydias Freunde von ... von früher alle nicht. Mr. Kincaid, das ist alles ein bißchen viel auf einmal.« Er deutete auf Nathan, der wieder in den Garten starrte. »Macht es Ihnen was aus ...«

»Natürlich, ich verstehe.« Kincaid stand auf. »Bevor ich gehe ... Können Sie mir sagen, wo ich Morgan Ashby finden kann?«

»Er und seine Frau betreiben einen Künstlerhof westlich von Cambridge«, antwortete Nathan, ohne sich umzusehen. »Hinter Barton an der Comberton Road. Sie können das Anwesen nicht verfehlen. Es besteht aus einem Bauernhaus mit einem großen Scheunen- und Stallkomplex – gelb angestrichen.«

»Für jemanden, der mit Morgan Ashby nichts zu tun haben will, sind Sie gut informiert.«

»Ich habe nicht behauptet, je dort gewesen zu sein.« Nathan wirbelte herum. »Ich weiß nur vom Hörensagen davon. Außerdem ist der Hof von der Straße aus nicht zu übersehen. Ich bin schon öfter daran vorbeigefahren.«

»Himmel, mein Eintopf!« Adam sprang auf. »Den habe ich völlig vergessen.«

»Ich halte Sie nicht länger auf«, seufzte Kincaid. »Danke für den Tee.«

»Ich bringe Sie raus.« Adam ging zur Tür.

»Schon gut, Adam. Ich mache das schon«, wehrte Nathan ab. »Kümmere du dich ums Essen.«

Adam schüttelte Kincaid zum Abschied die Hand. »Falls ich Ihnen irgendwie behilflich sein kann, Mr. Kincaid – Sie erreichen mich in der St.-Michaels-Kirche, Cambridge.«

Nathan führte Kincaid zur Haustür. »Wer hätte gedacht, daß Adam so gut kochen kann? Gemüseeintöpfe, ausgerechnet!« Dann blieb er an der Tür stehen und sah Kincaid an. »Wenn es stimmt, was Sie behaupten, ist Vic kaltblütig ermordet worden. Aber das ist unmöglich. Ich glaube es nicht.«

»Kann ich mir vorstellen«, sagte Kincaid. »Aber daran ist nicht zu rütteln.«

Nathan machte die Tür auf. Bevor Kincaid sich abwenden konnte, sagte er: »Morgen ... kommen Sie?«

»Ja.« Kincaid drückte Nathan die Hand und ging. Als er sich umsah, war die Tür geschlossen.

Kincaid vertraute auf seinen Instinkt. Er war sicher, daß die beiden Männer keine Ahnung gehabt hatten, daß Vic vergiftet worden war. Ihre Betroffenheit war ehrlich gewesen. Warum, so fragte er sich, hatte er dann das Gefühl, daß sie mehr wußten, als sie sagten?

Er griff nach seinen Schlüsseln in der Tasche. Seine Finger berührten die welken Blätter des Vergißmeinnichts.

Cambridge
21. April 1964
Liebste Mami,

ich weiß, es ist gemein, sich über den Tod eines Menschen zu freuen, aber Morgans Großvater ist gestern nacht gestorben, und ich bin so aufgeregt, daß ich kaum noch stillsitzen kann.

So, nachdem ich zugegeben habe, wie geschmacklos ich bin, will ich Dir die nötige Erklärung geben: Morgans Großvater mütterlicherseits war ein wohlhabender Unternehmer aus Cardiff. Er hatte schon lange Krebs, und sein Tod war eine Erleichterung für alle. Jetzt heißt es, daß er seinen sämtlichen Enkeln zu gleichen Teilen eine gewisse Geldsumme hinterlassen habe. Die Testamentseröffnung findet allerdings erst in einigen Tagen statt.

Sollte stimmen, was die Familie sagt, dann erbt Morgan zwar kein Vermögen, aber immerhin genug, um ein eigenes Atelier zu gründen und die Anzahlung für unser Haus zu leisten. Du kannst dir vorstellen, was das für mich bedeutet. Unsere kleine Wohnung war für uns beide gut genug, aber jetzt, da das Baby unterwegs ist, habe ich mir schon große Sorgen gemacht, wie es weitergehen soll. Wenn wir eine richtige Familie sein wollen, brauchen wir ein Haus mit einem Kinderzimmer.

Ich schreibe wenig. Sobald ich mich an meinen Schreibtisch setze, werde ich müde wie eine zufriedene Kuh. Man hat mir gesagt, daß diese Lethargie vorübergeht und ich plötzlich vor Energie übersprühen werde. Dann will ich alles nachholen.

Ich habe gestern Daphne bei Browns zum Frühstück getroffen. Sie schwitzt über ihrem letzten Examen und ist gelb vor Neid angesichts meines gesegneten Zustandes. Ich muß zugeben, daß ich das Universitätsleben gelegentlich vermisse. Aber diese Momente sind selten. Ich mache mir lieber meinen eigenen Stundenplan. Zwei Gedichte hat The New Spectator *angenommen. Eigentlich sollte das meine große Neuigkeit sein, aber dann hat mich die bourgeoise Geldgier übermannt, und ich hätte es fast vergessen.*

Lydia

12

Die ich hätte lieben können, zogen vorüber;
Häuser in schattigen Gärten dösten in der Sonne,
ich hörte das Flüstern nahen Wassers,
sah lockende Hände winken und versinken
im Grün und Gold. Und ich ging weiter.

RUPERT BROOKE
aus ›Flucht‹

Der Raum schimmerte im wassergrünen Licht, das durch die Jalousien drang. Als Gemma die Augen aufschlug, dachte sie für einen Moment, sie träume noch. Erst die scharfe Buchecke, die sich schmerzhaft in ihr Kinn bohrte, belehrte sie eines Besseren. Sie war über ihrer Rupert-Brooke-Lektüre eingeschlafen, hatte von ihm geträumt.

»Ups!« sagte sie laut, richtete sich auf und klappte das Buch schwungvoll zu. Sie stand auf, zog einen Bademantel an, kochte Kaffee, setzte sich an den kleinen Tisch, sah in den Garten und dachte an den Tag, der vor ihr lag.

Schließlich kam sie zu dem Entschluß, eine Grippe zu nehmen und sich krank zu melden. Sie war bisher so gut wie nie krank gewesen. Der Chief, gleichgültig ob er ihr glaubte, konnte ihr die Krankentage nicht verwehren. Ohne Kincaid lief sowieso nichts. Also wollte sie ihre Fähigkeiten sinnvoller einsetzen, als im Büro Beschäftigungstherapie zu betreiben.

Gemma wollte mehr über Lydia Brooke erfahren. Und der naheliegendste Ansatzpunkt war das zentrale Standesamt für ganz England.

Der Besuch im Somerset House lieferte ihr die Einzelheiten über Lydia Brookes Herkunft (geboren in Brighton als Tochter von Mary Brooke und William John Brooke am 16. November 1942) und ihre Ehe (mit Morgan Gabriel Ashby in Cambridge am 29. September 1963).

Ein Anruf beim Yard verschaffte ihr Morgan Ashbys gegenwärtige Adresse. Bewaffnet mit Hazels Cambridge-Führer und einem von Hazels belegten Broten, machte Gemma sich gegen Mittag auf den Weg in die Universitätsstadt.

Morgan Ashbys Adresse lautete ›Wood Dene Farm, Comberton Road‹. Ein Blick auf die Karte sagte Gemma, daß die Comberton Road westlich von Cambridge unweit von Grantchester verlief. Sie hoffte, die Farm schnell zu finden, um nicht anrufen zu müssen und eine telefonische Abfuhr zu riskieren.

Sie fuhr langsam und vorsichtig, betrachtete eingehend jede Einfahrt der umliegenden Bauernhäuser, bis rechts der Straße ein altes Fachwerk-Bauernhaus und daneben ein Komplex aus gelbgestrichenen niedrigen Scheunen auftauchte. Ein großes Schild trug die Aufschrift WOOD DENE FARM ARTS' CENTER.

Gemma stellte den Wagen in der Auffahrt neben dem Haus ab und stieg aus. Sie ließ ihren Blick kurz über die weitläufigen Gebäude schweifen und beschloß, es zuerst im Haupthaus zu versuchen. Auf ihr Klopfen rührte sich nichts. In der Hoffnung, dort mehr Glück zu haben, ging sie in Richtung Scheunen.

Als sie um die Hausecke bog, entdeckte sie im Garten eine Frau, die Wäsche aufhängte. Grellweiße Laken flatterten im Wind, und die Frau, Wäscheklammern im Mund, kämpfte mit dem widerspenstigen Stoff.

»Hallo!« rief Gemma ihr laut zu und eilte ihr zu Hilfe. Als sie das Laken mit vereinten Kräften festgeklammert hatten, wandte sich die Frau Gemma lächelnd zu.

»Danke. Sie haben mich gerettet. Eigentlich müßte ich für den Wind am Waschtag dankbar sein, aber das Aufhängen gestaltet sich gelegentlich zum Nahkampf.« Gemma schätzte sie auf Ende Vierzig. Sie war zierlich, hatte ein freundliches, ungeschminktes Gesicht und dunkelblondes Haar, das sie zu einem dicken Zopf geflochten trug. »Ich bin Francesca«, stellte sie sich vor. »Kommen Sie wegen des Atelierraums?«

»Nein, leider nicht. Ich bin Gemma James. Eigentlich wollte ich zu Morgan Ashby.«

Francescas Miene wurde ernst, und sie sagte vorsichtig: »Er ist nicht da. Kann ich Ihnen helfen?«

»Sind Sie seine Frau?« fragte Gemma und sehnte sich nach der eindeutigen Autorität ihres Dienstausweises.

»Richtig.« Francesca wartete ohne den Anflug eines Lächelns in ihren graublauen Augen ab.

»Ich war eine Freundin von Victoria McClellan«, begann Gemma und merkte überrascht, daß das der Wahrheit sehr nahe kam. »Und ich wollte Mr. Ashby über seine Gespräche mit ihr befragen.«

»Morgan hatte keine Gespräche mit Dr. McClellan«, entgegnete Francesca ausdruckslos. »Und er wäre kaum erfreut, Sie zu sehen. Er hat vor ein paar Minuten ihren Ex-Mann mit einem Schrotgewehr vertrieben. Die ganze Geschichte hat ihn entsetzlich aufgeregt. Und das ausgerechnet, als wir gerade gehofft hatten ...«

»Duncan ist hier gewesen?« fragte Gemma. »Es ist ihm doch nichts passiert?«

»Selbstverständlich nicht«, erklärte Francesca erstaunt. »Morgan hat nicht auf ihn geschossen. Er besitzt nicht mal Munition für das Gewehr.« Sie musterte Gemma stirnrunzelnd. »Ich schließe daraus, daß Sie Dr. McClellans Ex-Mann gut kennen.« Sie griff energisch nach dem Wäschekorb. »Kommen Sie lieber rein und erzählen Sie mir, worum es geht.«

»Aber was ist … wenn Mr. Ashby wiederkommt?« fragte Gemma, der das Schrotgewehr trotz allem unheimlich blieb.

»Wie ich Morgan kenne, marschiert er auf dem Wanderweg in Richtung Madingley, um seine Wut zu kühlen.« Francesca wandte den Blick nach Norden, wo sich weiße Wolken am Horizont auftürmten. »Und ich schätze, so lange, wie das dauert, hält auch das Wetter«, fügte sie mit einem Blick auf die Wäsche hinzu, die sich im Wind blähte, und ging zum Haus voran. Gemma folgte ihr gespielt gelassen.

Francesca führte sie durch die Hintertür in die Küche, wo ihnen das Aroma frischen Kaffees entgegenschlug.

»Hm, das duftet wunderbar«, seufzte Gemma, schloß die Augen und atmete tief ein.

»Ich hatte den Kaffee aufgesetzt, bevor ich mit der Wäsche raus bin.« Sie stellte den Wäschekorb neben die Tür. »Möchten Sie eine Tasse? Ist eine neue Mischung, die ich neulich in Cambridge entdeckt habe.«

»Ja, bitte.« Gemma sah sich bewundernd um, während Francesca zwei Keramikbecher mit Kaffee füllte und sie auf ein Tablett stellte. Es war ein einladender Raum, mit Wänden in der Farbe von Tomatensuppe und einem fröhlichen Durcheinander, das sie an Hazels Küche erinnerte. Es gab sogar die vertrauten Körbe mit Wolle, die große Teile der Arbeitsflächen und des Tischs verstellten. Francescas kurze handgestrickte Jacke war ihr gleich aufgefallen. »Haben Sie die Jacke gestrickt?« fragte sie, während Francesca eine frische Milchflasche öffnete.

»Ich bin Weberin – Textilkünstlerin«, erwiderte Francesca. »Ich stricke nur zur Entspannung. Eine geistlose Arbeit.« Dann fiel ihr offenbar ein, daß sie damit Gemma möglicherweise beleidigt hatte, und sie fügte mit einem ängstlichen Blick auf ihren Gast hinzu: »Das soll nicht heißen, daß die Muster nicht gelegentlich kompliziert sind. Aber wenn man einmal weiß, was man will, geht alles wie von selbst.« Sie stellte Zuckerdose und Milchkännchen aufs Tablett. »Gehen wir ins Wohnzimmer.«

Gemma folgte ihr. Auf der Schwelle blieb sie stehen. Auf den ersten Blick hatte man das Gefühl, auf ein Schlachtfeld zu blicken, auf den Schauplatz eines Persönlichkeitskonflikts. An den blaugrauen Wänden hingen zahllose dunkel gerahmte Schwarz-Weiß-Fotos, die eine seltsame Kulisse für das zentrale Stück im Raum bildeten: einen Webstuhl. Gemma ging wie magnetisch angezogen darauf zu und konnte der Versuchung nicht widerstehen, das zarte Gewebe zu berühren, das dort eingespannt war.

»Was wird das?« fragte sie Francesca.

»Ein Wandteppich. Damit verdiene ich das Geld zum Leben. Wandteppiche verkaufen sich gut. Aber ich mag sie auch.«

»Das kann ich verstehen.« Überall lagen und hingen Textilien in allen erdenklichen Farben und Mustern, gefaltet auf dem Arbeitstisch oder einfach über den Möbeln drapiert. Francesca mußte erst einige Stücke beiseite räumen, um auf dem Sofa Platz nehmen zu können – wie eine Maus im Nest, dachte Gemma.

Sie betrachtete die Fotografien näher, die sehr künstlerisch und eindrucksvoll waren. Ihre melancholische Strenge bildete einen ungewöhnlichen Kontrast zu Francescas Textilien.

»Sind die Fotos von Morgan?« fragte sie. »Faszinierend.«

»Natürlich sind das Morgans Fotos«, antwortete Francesca und sah Gemma prüfend an. »Wußten Sie nicht, daß Morgan ein bekannter Fotograf ist?«

»Ich fürchte, ich weiß in jedem Fall zu wenig.« Gemma setzte sich vorsichtig in den Schaukelstuhl gegenüber Francesca. Sie griff nach ihrem Becher auf dem niedrigen Tisch. »Eigentlich beschränkt sich mein Wissen auf die Tatsache, daß

Morgan mit Lydia Brooke verheiratet war und Vic ein Buch über Lydias Leben geschrieben hat.«

»Das mit Dr. McClellan tut mir leid«, murmelte Francesca und starrte auf den Becher in ihren Händen. Sie sah zu Gemma auf. »Sie machte einen sympathischen Eindruck – kaum zu glauben, daß eine so junge Frau plötzlich stirbt.«

»Sie ist keines natürlichen Todes gestorben, Mrs. Ashby. Sie wurde ermordet. Vergiftet.«

Francesca starrte sie an. »Aber das ist doch ... das ist unglaublich ... Warum sollte jemand sie umbringen wollen?«

»Das wissen wir nicht«, gestand Gemma. »Deshalb interessiert es uns natürlich, mit wem sie in letzter Zeit Kontakt hatte. Sie hat vielleicht zu irgend jemandem etwas geäußert ...«

»Sie ist hiergewesen. Aber Morgan hat sich unmöglich benommen. Leider. Er hat sie einfach rausgeworfen.« Francesca runzelte die Stirn. »Aber ich verstehe nicht, was Sie oder ... Mr. McClellans Ex-Mann damit zu tun haben. Oder wollen Sie Dr. McClellans Buch zu Ende schreiben?«

Gemma wappnete sich mit einem Schluck Kaffee. »Wir sind von der Polizei, aber wir haben in diesem Fall keinen offiziellen Auftrag – nur ein besonderes Interesse.« Als Francescas Augen groß wurden, fügte sie hinzu: »Hören Sie, Mrs. Ashby. Ich kann mich nicht verstellen, und ich kann Sie nicht zwingen, mit mir zu sprechen. Aber ich bin überzeugt, daß Vic sterben mußte, weil sie etwas über Lydia Brooke herausgefunden hatte. Ich möchte alles über Lydia wissen – alles, was Sie und Ihr Mann mir sagen können. Warum wollte Morgan weder mit Vic noch mit Duncan über Lydia sprechen? Sie ist seit fünf Jahren tot.«

Francesca stellte ihren Kaffeebecher auf den Tisch, stand auf und ging zum Webstuhl. Sie berührte leicht seinen Rahmen und wandte sich dann Gemma zu, die Arme vor der Brust verschränkt. »Glauben Sie, die Zeit spielt eine Rolle?« Sie schüttelte den Kopf. »Sie haben offenbar gar nichts verstanden. Haben Sie je erlebt, wie zerstörerisch Liebe sein kann? Lydia und Morgan haben dieses Spiel bis zur Perfektion getrieben. Sie waren wie besessen voneinander, und das hat sie vergiftet. Auch heute noch kommt Morgan nicht von ihr los. Sie frißt ihn von innen auf – wie Krebs.«

Gemma starrte Francesca an. Die vernünftige Gleichmut der Frau verblüffte sie. »Wie können Sie mit einem Mann leben, der so für eine andere gefühlt hat – oder noch fühlt?«

Francesca sah sie einen Moment mit leicht geöffneten Lippen an, als wolle sie ihr sagen, sie solle sich um ihren eigenen Dreck kümmern. Dann verzog sich ihr Mund zu einem Lächeln. »Es ist nicht so einfach. Ist es doch nie, oder?« Sie setzte sich Gemma gegenüber. »Und natürlich habe ich mir vorgestellt, daß es sich ändern würde. Das tut man am Anfang immer. Schließlich hat er Lydia meinetwegen verlassen. Ich dachte, das bedeutet, daß er mich mehr liebt.« Kopfschüttelnd sagte sie: »Was ich nicht begriffen habe, war, daß ich zufällig der nächstliegende Fels in der Brandung und verfügbar war, daß Morgan mit der Verzweiflung des Ertrinkenden nach einem Halt suchte, um zu überleben. Er hat erkannt, wohin die Reise letztendlich führen mußte – er wußte, wenn er sie nicht verließ, würde etwas Schreckliches passieren.«

»Wie meinen Sie das?« fragte Gemma. »Was sollte Schreckliches passieren? Hatte er Angst, sie würde sich umbringen?«

»Ich weiß nicht.« Francesca wandte die Handflächen nach oben. »Ich kann Ihnen nur sagen, daß er um Lydia und um sich Angst hatte. Deshalb ist er für die Außenstehenden zum Sündenbock geworden. Alle haben behauptet, sein Egoismus, die Tatsache, daß er sie verlassen hat, habe ihren Zusammenbruch und den Selbstmordversuch herbeigeführt.«

»Vic hätte diese Sichtweise vielleicht revidieren können«,

bemerkte Gemma. »Wenn sie die Chance gehabt hätte, seine Seite der Geschichte zu hören.«

»Das habe ich ihm auch gesagt, aber er wollte nicht hören«, sagte Francesca. »Ich war sogar versucht, selbst zu ihr zu fahren, nachdem sie hiergewesen war. Aber ich wollte nicht riskieren, daß er sich von mir verraten fühlte.«

»Was hätten Sie Vic erzählt?« fragte Gemma leise.

»Daß Lydia von Anfang an eine sehr labile Person gewesen ist. Sie litt an starken Stimmungsschwankungen, war unberechenbar – Lydia hatte Morgan über ein Jahr lang überhaupt nicht beachtet. Haben Sie das gewußt? Sie hat kaum ein Wort mit ihm geredet. Dann, von einem Tag auf den anderen, hat sich der Wind gedreht. Sie hat sich ihm praktisch an den Hals geworfen, hat alle Register gezogen, nur damit er sie heiratet.«

»Sie haben sie damals schon gekannt?«

»Damals noch nicht«, sagte Francesca und sah weg.

»Aber Sie kannten Morgan, und er hat Ihnen von ihr erzählt?« drängte Gemma.

»Nein, damals nicht.« Francesca vermied es noch immer, Gemma anzusehen. »Erst viel später. Ich kam zu ihm, um als seine Assistentin im Atelier zu arbeiten. Ich habe mit den Requisiten und den Kindern geholfen, die Sitzungen geplant, all so was. Künstlerische Fotografie war Morgans Traum, aber die Kinderportraits brachten damals das Geld zum Leben.

Er war so unglücklich, daß er mit mir über diese Dinge geredet hat, weil er niemand sonst hatte. Wir sind Freunde geworden.« Sie zuckte die Schultern. »Vermutlich klingt das sehr trivial.«

»Er fühlte sich unverstanden, und Sie haben ihm zugehört«, murmelte Gemma. »Nur weil es die alte Geschichte ist, ist sie nicht weniger wahr. Und was haben Sie gedacht, als Sie Lydia kennengelernt haben?«

»Es ist schwer, diese ersten Eindrücke von dem zu trennen, was ich vorher über sie gehört hatte und was ich später erfahren habe«, sagte Francesca stirnrunzelnd. »Ich hatte bereits mehrere Monate im Studio gearbeitet, bevor sie dort auftauchte. Zu diesem Zeitpunkt war sie in meiner Phantasie eine kreischende, hysterische Medusa.«

»Und war sie das wirklich?« wollte Gemma wissen.

»Natürlich nicht. Sie war klein, dunkelhaarig, hatte eine rauchige Stimme und war auf eine sehr exotische Art schön. Ansonsten machte sie einen völlig normalen Eindruck auf mich. Und sie war sehr nett zu mir.«

»Sie erschien Ihnen nicht rastlos und unausgeglichen?«

»Nur unglücklich«, antwortete Francesca mit einem Seufzer. »Je schwieriger es mit Morgan wurde, desto mehr Zeit verbrachte sie mit ihren alten Freunden von der Uni. Und das machte alles nur noch schlimmer. Morgan gab diesen Leuten die Schuld an der ganzen Misere, an Lydias emotionalen Problemen. Er behauptete, sie bestärkten sie in ihrer Vorstellung, mit Rupert Brooke verwandt ... seelenverwandt zu sein. Morgan sah darin ein Unglück.«

»Inwiefern?« wollte Gemma wissen.

»Lydia hat die Sache ein wenig zu weit getrieben. Sie hat sich als Rupert Brookes Reinkarnation gesehen, fühlte sich verpflichtet, das Lebensgefühl von damals wiederzubeleben. Sie wissen schon, das nackte Getanze in den Wäldern um Mitternacht und so weiter, der Kult der immerwährenden Jugend.« Francesca lächelte. »Hätte Rupert Brooke länger gelebt, wäre er dem Kinderkram vermutlich irgendwann auch entwachsen. Aber er hatte nie die Chance.«

»Aber Lydia ist dem schließlich entwachsen?«

»Ich weiß es nicht.« Francesca griff nach ihrem Becher. Der Kaffee mußte längst kalt sein. Sie sank in die Polster zurück. »Vielleicht hielt sie siebenundvierzig für den Beginn des mittleren Lebensabschnitts. So was gibt sich ja mit fortschreitendem Alter.«

Gemma erinnerte sich, wie sicher Vic gewesen war, daß Lydia keinen Selbstmord begangen hatte. »Vic – Dr. McClellan – hielt es für möglich, daß Lydia später im Leben noch ihr Glück ... oder zumindest eine Art Zufriedenheit gefunden hat.«

»Würde ich gern glauben«, seufzte Francesca. »Ich habe ihr nie etwas Schlechtes gewünscht.«

»Sie sagen, sie sei anfangs freundlich zu Ihnen gewesen. Und später? Als sie von Ihrer Verbindung zu Morgan wußte?«

»Er hat es so lange wie möglich vor ihr geheimgehalten. Um ihretwillen. Nicht um seinetwillen. Aber Cambridge ist ein Dorf, und wenige Monate, nachdem sie sich getrennt hatten, sind wir ihr eines Tages auf dem Markt begegnet.« Francesca rieb sich die Handflächen an den Knien ihrer Jeans. »Sie war höflich, aber es war nicht zu übersehen, daß es ein schwerer Schlag für sie war. Es war einer der schlimmsten Tage in meinem Leben.«

»Schlimmer als der Tag, an dem Sie erfuhren, daß sie sich die Pulsadern aufgeschnitten hatte?« fragte Gemma, der Kincaid von Lydias erstem Selbstmordversuch erzählt hatte.

»Ja«, erwiderte Francesca ohne Zögern. Und nachdenklicher: »Es ist komisch, aber dieses Damoklesschwert hatte schon so lange über unseren Köpfen geschwebt, daß die Tat eigentlich wie eine Erleichterung kam. Wir hatten den Eindruck, das Schlimmste sei endlich eingetreten und sei doch nicht so schlimm gewesen, wie wir befürchtet hatten.«

»Und als sie starb? Vor fünf Jahren?«

Francesca starrte durch das Fenster in den Vordergarten. »Ich weiß nicht. Zuerst waren wir geschockt. Dann empfanden wir es als eine Art Befreiung. Ich dachte, Morgan könne geheilt werden, könne endlich von ihr lassen.« Francesca riß den Blick mühsam vom Garten los und richtete ihn auf Gemma. Das kalte Nordlicht hob die Sorgenfältchen in ihrem hübschen Gesicht erbarmungslos hervor. »Dann stellte sich heraus, daß sie ihm das Haus hinterlassen hatte.«

»Warum hat sie das getan?« wollte Gemma wissen. »Finden Sie das nicht seltsam? Sie hatte ihn Jahre nicht gesehen. Die Trennung war für sie sehr bitter gewesen ...«

»Ich glaube, Lydia hatte es als eine Geste der Versöhnung gemeint«, antwortete Francesca nachdenklich. »Um einen Schlußstrich zu ziehen.«

»Und Morgan?«

Francesca sah ihr nur widerwillig in die Augen. »Morgan glaubt, daß sie ihn damit weiter quälen, noch aus dem Grab ihre Macht auf ihn ausüben wollte. Schuldgefühle, seine Liebe zu ihr, das hatte sich alles tief in seinem Inneren über die Jahre aufgestaut. Morgan hat einmal gedacht, er könne Lydia Halt und Sicherheit geben, aber dazu war er nicht stark genug. Das hat er sich nie verziehen.«

»Und jetzt versuchen Sie, Morgan Halt und Sicherheit zu geben?« fragte Gemma prompt.

»Oh!« Francesca wirkte überrascht. »Schätze, es muß so aussehen. Aber die meiste Zeit über ist es eher ein Balanceakt.«

»Und sicher ein ungleicher – wegen Lydia?«

»Nicht wirklich«, entgegnete Francesca mit unerwarteter Bestimmtheit. »Morgan liebt mich. Vermutlich sogar mehr, als er es je für möglich gehalten hat. Er sagt, der Friede und die Sicherheit, die ich ihm gebe, machen sein Leben lebenswert. Und er gibt mir so viel ...«

Hinten im Haus schlug eine Tür. »Frau? Wem gehört der Wagen in der Auffahrt?« rief eine Männerstimme.

Francesca sah Gemma stirnrunzelnd an und schüttelte heftig den Kopf. »Lassen Sie mich machen«, bedeutete sie ihr stumm, als Schritte im Korridor ertönten.

Gemma beugte sich instinktiv vor und zog ihre Handtasche näher zu sich heran.

»Hallo, Liebling.« Francesca lächelte, als ihr Mann das Zimmer betrat. »Das ist Gemma James. Sie kommt wegen des Studios.«

Gemma starrte Morgan Ashby wie ein hypnotisiertes Kaninchen an. Dann riß sie sich zusammen, stammelte eine Begrüßung und schüttelte die Hand, die er ihr entgegenstreckte. Sie konnte sich nicht erinnern, ein Foto von ihm in Vics Unterlagen gesehen zu haben. Nichts hatte sie vorbereitet. Selbst während er sie mißtrauisch und mürrisch musterte, war nicht zu leugnen, daß Morgan Ashby ein bestechend gutaussehender Mann mit einer Ausstrahlung war, die selbst einen Heathcliff in den Schatten stellte. Er war groß, gut gebaut, hatte eine dunkle, dichte Haarmähne, eine gerade Nase und dunkelgraue Augen, die bis in Gemmas Herz zu dringen schienen.

Francesca redete ununterbrochen, und es dauerte eine Weile, bis Gemma den Sinn ihrer Worte erfaßte: »... möchte sich umsehen. Sie weiß nicht, ob es für sie passend ist. Sie ist eine ...« Francesca warf ihr einen hilfesuchenden Blick zu.

»Töpferin«, behauptete Gemma spontan und schluckte. Sie hoffte, nicht weiter auf die Probe gestellt zu werden.

»Eine Töpferin«, wiederholte Francesca. »Und sie weiß nicht, ob der Brennofen ausreicht. Sie stellt ihre Sachen in Serie her.«

»Wirklich?« fragte Morgan, setzte sich auf die Sofalehne und legte seiner Frau eine Hand auf die Schulter. Sobald Francesca das Atelier erwähnt hatte, hatte er sich sichtbar entspannt. »Wenn es Sie wirklich interessiert, könnten wir die Stiftung vielleicht überreden, einen neuen Brennofen anzuschaffen.« Als er Gemma anlächelte, entstanden kleine Fältchen um seine Augen herum, die sein wahres Alter verrieten, ihn jedoch nicht weniger attraktiv machten.

Gemma kämpfte mit der Fassung, aber bevor sie etwas Dummes sagen konnte, mißdeutete Morgan ihre Schweigsamkeit: »Hat Fran Ihnen nicht erklärt, wie wir hier arbeiten? Wir haben eine Gruppe von Sponsoren, die es sich zur Aufgabe gesetzt haben, billigen Atelierraum für talentierte Künstler zur Verfügung zu stellen. Wohlgemerkt nur Arbeitsräume, verstehen Sie?« Als Gemma nickte, fuhr er fort: »Wir verkaufen die Arbeiten der Künstler allerdings nicht hier auf dem Hof. Dafür muß jeder selbst sorgen.«

»Sie verkaufen nicht mal Ihre eigenen Sachen?« fragte Gemma, deren Neugier bewirkte, daß sie endlich einen vernünftigen Satz herausbrachte.

»Oh, Morgan und ich benutzen die Atelierräume gar nicht«, erklärte Francesca. »Wir fungieren sozusagen nur als Hausmeister für die Stiftung. Wir haben unsere Ateliers hier im Haus. Morgans Fotostudio und Dunkelkammer sind im ersten Stock. Und ich arbeite am liebsten hier am Kamin«, fügte sie lächelnd hinzu. »Möchten Sie sich das in Frage kommende Atelier noch mal ansehen?«

»Nein, lieber nicht«, fing Gemma ihr Stichwort auf. Sie warf einen Blick auf die Uhr. »Ich habe noch eine Verabredung und bin schon spät dran.« Sie stellte ihren Kaffeebecher auf den Tisch und stand auf. »Sie waren sehr freundlich, mir so viel Zeit zu widmen. Darf ich Sie anrufen, sobald ich mich entschieden habe?«

»Selbstverständlich.«

Francesca drückte die Hand ihres Mannes und stand auf.

»Lassen Sie sich nicht zu lange Zeit«, bemerkte Morgan und begleitete sie zur Tür. Gemma fiel jetzt erst auf, daß er mit leicht walisischem Akzent sprach. »Eine Gelegenheit wie diese kommt so schnell nicht wieder.«

Ehemann und Ehefrau standen Schulter an Schulter auf der Türstufe, ein Bild der Harmonie. Aber als Gemma sich abwandte, warf die launische Nachmittagssonne einen Schatten zwischen die beiden, und sie fragte sich, ob Francesca Ashby wirklich darauf vorbereitet war, ohne das Gespenst Lydias zu leben.

Kincaid lenkte den Midget auf einen der Parkplätze gegenüber der Englischen Fakultät und zog die Handbremse an. Ihm war gar nicht klar gewesen, wie sehr ihn sein inoffizieller Status bei seinen Ermittlungen behindern würde. Er kochte noch vor Wut, wenn er an die Abfuhr dachte, die er sich gerade bei Morgan Ashby eingehandelt hatte. Der Mann hatte ihn mit einem Schrotgewehr bedroht. Falls Vic eine ähnliche Erfahrung gemacht hatte, wunderte es ihn nicht, daß sie auf jeden weiteren Kontakt mit Lydia Brookes Ex-Mann verzichtet hatte.

Kincaid hatte vor, Alec Byrne diesen Verrückten wärmstens zu empfehlen – für einen Besuch in Begleitung einer bewaffneten Polizeistaffel –, aber vorerst hoffte er aufgeschlossenere Informationsquellen in der Universität zu finden, wo sein inoffizieller Status eher ein Vorteil als ein Nachteil zu werden versprach.

Nach einem Blick auf die Wolkenbänke, die am nördlichen Horizont aufzogen, klappte er das Dach des Midget zu, befestigte es und überquerte die Straße zu dem Gebäude, in dem Vic, wie er annahm, ihren letzten Tag verbracht hatte.

Laura Miller, die Fakultätssekretärin, saß an ihrem Schreibtisch im Empfangsraum, hielt mit einer Hand den Telefonhörer ans Ohr gepreßt und schrieb mit der anderen etwas auf einen Block. Beim Geräusch der Tür sah sie auf, und als sie ihn erkannte, öffnete sich ihr Mund zu einer stummen Beileidsbekundung.

»Oh, Entschuldigung«, sagte sie, als sie sich wieder auf das Gespräch konzentrierte. »Könnte ich Sie zurückrufen? Danke.«

Sie legte den Hörer auf und starrte weiter Kincaid an, der beklommen beobachtete, wie sich ihre Augen mit Tränen füllten. »Es tut mir so leid«, sagte sie. »Sie haben keine Ahnung ... Wir sind alle völlig fertig. Ich weiß nicht, was ich sagen soll.«

Er setzte sich auf den Stuhl vor ihrem Schreibtisch und lächelte betreten. Seine Kehle war wie zugeschnürt. »Sie brauchen nichts zu sagen.«

»Ich habe gerade alle angerufen, die mir eingefallen sind – wegen der Trauerfeier, meine ich. Es ist einfach unfaßbar.«

»Ich weiß.« Er räusperte sich und versuchte, sich auf das Wesentliche zu konzentrieren. »Ich habe erst heute morgen von der Trauerfeier erfahren. Durch die Polizei.« Bei seinem letzten Wort wurde das normalerweise rosige Gesicht von Laura noch blasser, und Kincaid hätte sich für seine unsensible Bemerkung ohrfeigen können.

»Sie sind vor dem Mittagesssen hier gewesen. Sie behaupten, es war Mord.« Lauras dunkle Augen wirkten hinter den dicken Brillengläsern riesengroß. »Ich kann's einfach nicht glauben. Warum hätte jemand Vic umbringen sollen? Das kann doch nur ein Irrtum sein.«

»Nein, ein Irrtum ist ausgeschlossen«, widersprach er.

»Aber ...« Laura schien die Sinnlosigkeit ihrer Argumentation zu begreifen und hielt inne. »Entschuldigen Sie, daß ich mich so anstelle.« Sie wischte sich eine Träne von der Wange. »Aber ich muß dauernd heulen. Vic und ich, wir waren nicht nur Arbeitskolleginnen, wir waren befreundet. Mein Sohn Colin geht auf dieselbe Schule wie Kit, sogar in dieselbe Klasse. Oh, mein Gott, der arme Junge!«

Kincaid wollte nicht über Kit reden – allein der Gedanke an den Jungen drohte die eiserne Selbstbeherrschung ins Wanken zu bringen, mit der er sich so mühsam gewappnet hatte.

»Er hat doch wirklich schon genug durchgemacht, oder?«

fuhr Laura unbeirrt fort und rückte ärgerlich ihre Brille zurecht. »Und eigentlich sollte man annehmen, daß jeder vernünftige Mensch weiß, daß es wichtig ist, daß er nicht aus seiner gewohnten Umgebung gerissen wird – nur seine Großmutter ist da anderer Meinung. Ich habe sie angerufen und vorgeschlagen, daß Kit nach der Trauerfeier morgen zu uns zieht. Er könnte wieder zur Schule gehen, seinen Sport machen wie immer und seine Freunde treffen. Und er hätte wenigstens was, was ihn ausfüllt, bis die Sache mit seinem Vater geklärt ist.«

»Kein Erfolg, was?«

»Sie hat reagiert, als hätte ich vorgeschlagen, ihn in die Sklaverei zu verkaufen.« Laura schloß für einen Moment die Augen. Dann blinzelte sie. »Aber Sie kennen Eugenia Potts ja«, sagte sie und starrte Kincaid verwirrt an. »Tut mir leid, wenn ich unhöflich geworden bin.«

»Schon in Ordnung. Sie sprechen mir aus dem Herzen«, fügte er lächelnd hinzu. »Eugenia kann ziemlich ... Ich sehe keine Möglichkeit, das irgendwie diplomatisch auszudrücken. Sie vielleicht?«

Laura lächelte ebenfalls. »Ich habe nie begriffen, daß eine Frau wie Vic aus einer solchen Familie stammen sollte.«

»Früher habe ich immer behauptet, sie müßten sie auf den Kirchenstufen gefunden haben«, erwiderte er. Daran hatte er lange nicht mehr gedacht.

»Haben Sie Einfluß auf Eugenia Potts?« fragte Laura. »Der Vater scheint nicht unvernünftig zu sein. Sicher sieht er ein, daß es für Kit besser ist, wenn er wieder unter Kinder kommt.«

Kincaid schüttelte den Kopf. »Ich mische mich lieber nicht ein. Würde mehr schaden als nützen. Eugenia kann mich, gelinde gesagt, nicht ausstehen.«

»Eine bessere Empfehlung könnten Sie kaum haben«, erwiderte Laura, und diesmal lächelten ihre Augen mit.

»Verbindlichen Dank«, sagte er und nutzte die Gunst der Stunde. »Ich möchte Sie um einen Gefallen bitten.« Er zögerte. Wie weit konnte er sich ihr anvertrauen? Dann entschloß er sich zu einem Kompromiß. Er würde ihr sagen, was er von ihr wollte, jedoch den Grund verschweigen. »Wie hat Vic diesen letzten Dienstag verbracht? Das muß ich wissen. Und ich möchte deshalb mit sämtlichen Fakultätsmitgliedern reden, die sie gesehen und mit ihr gesprochen haben.«

»Dasselbe wollte die Polizei auch.« Laura sah ihm gerade in die Augen.

»Kann ich mir vorstellen.«

»Sie sind ebenfalls Kriminalbeamter. Das weiß ich von Vic. Helfen Sie der örtlichen Polizei?«

»Nicht unbedingt.« Er hielt ihrem Blick stand. »Mein Interesse ist persönlicher Art.«

Laura nickte langsam. »Ich muß ein paar Schriftstücke kopieren.« Sie sah auf die Uhr. »Und zwar sofort. Aber ich bin in ein paar Minuten wieder da. In der Zwischenzeit könnten Sie sich mit Iris – Professor Winslow – unterhalten. Sie wissen doch, unsere Fakultätsleiterin. Und Dr. Eliots Seminar ist in einer Viertelstunde beendet. Danach erwischen Sie ihn sicher. Die anderen haben Nachmittagsvorlesungen – aber sie hatten auch am Dienstag einen vollen Stundenplan, darum nützen sie Ihnen vermutlich sowieso nichts.« Laura stieß ihren Stuhl zurück, stand auf und strich ihr schlichtes graues Kleid glatt. »Ich hab's gestern gekauft«, murmelte sie. »Trauerkleidung ist zwar aus der Mode, aber irgendwie kam es mir passend vor.«

Kincaid nickte stumm.

Iris Winslow stellte Kincaids Motive erst gar nicht in Frage. Sie erhob sich hinter ihrem abgeschabten Eichenschreibtisch und schüttelte ihm die Hand. »Ich kann Ihnen gar nicht sagen, wie tief betroffen ich bin«, erklärte sie. Kincaid hatte überraschend Mühe mit dem aufrichtigen Mitgefühl, das man ihm überall entgegenbrachte.

Aber Iris Winslow war sowohl taktvoll als auch klug. Ohne eine Antwort zu erwarten, begann sie davon zu erzählen, wie sehr sie Vic gemocht hatte und wie gut sie zusammengearbeitet hatten. Das gab Kincaid Gelegenheit, seine Fassung wiederzugewinnen.

»Danke«, sagte er, nachdem sie geendet hatte. »Jetzt verstehe ich so manches, was Vics Arbeit betrifft, viel besser. Bis vor kurzem hatten wir ja keinen Kontakt.«

»Aber sie hat von Ihnen gesprochen ... Nicht am Anfang, natürlich. Erst nachdem wir uns besser kannten. Sie hielt große Stücke auf Sie.«

Und er hatte sie enttäuscht.

Dr. Winslow hatte dies als Trost gemeint und interpretierte sein Schweigen falsch. »Es hat uns alle getroffen«, bemerkte sie, sah aus dem Fenster und auf den Parkplatz hinaus. »Vics Tod war Schock genug. Aber dann hat die Polizei heute morgen von Mord gesprochen ...« Sie schüttelte leicht den Kopf.

»Ich weiß, es ist schwierig für Sie zu verstehen ...«

»Darum geht es nicht. Für mich war diese Neuigkeit eine Entscheidungshilfe. Ich mußte plötzlich feststellen, daß mir die Kraft fehlt, dergleichen in gewohnter Manier zu bewältigen. Und deshalb habe ich mich entschlossen, vorzeitig in den Ruhestand zu treten.« Sie wandte sich wieder Kincaid zu und fügte leicht amüsiert hinzu: »Keine Ahnung, warum ich ausgerechnet Ihnen das erzähle. Ich habe noch mit niemandem darüber gesprochen.«

»Ich bin ein Außenseiter«, vermutete er. »Ich kann weder eine Meinung dazu äußern noch eine Rechtfertigung für die Entscheidung fordern.«

Dr. Winslow lächelte. »Vielleicht sind Sie auch nur zu höflich, das zu tun.« Sie berührte flüchtig ihre Schläfe. »Aber Sie haben Vic nahegestanden – und ich habe einen Teil von mir in Vic wiedergefunden. Nie habe ich mir eingestanden, daß es eigentlich mein Wunsch gewesen wäre, daß sie mir auf diesem Posten nachfolgt. Aber das hat sich von selbst erledigt.«

»Und Sie sind sicher, daß Ihr Entschluß nicht übereilt ist?« fragte Kincaid zweifelnd.

»Nein. Ich spiele schon längere Zeit mit dem Gedanken. Vics Tod hat meinen Entschluß nur beschleunigt.« Dr. Winslow sah zu ihm auf. »Zweifellos wird Darcy Eliot aufgefordert werden, meine Nachfolge anzutreten – er hat es verdient, und der Zeitpunkt ist richtig. Vic und Darcy haben sich ständig gezankt wie unartige Kinder. Ich muß zugeben, daß ich unter einer Ägide ›Darcy‹ um Vics Position gefürchtet hätte. Sie wäre ihm ohne meinen Schutz ausgeliefert gewesen. Jetzt ist das kein Thema mehr.«

»Warum sind die beiden nicht miteinander ausgekommen?« Kincaid erinnerte sich an Vics verschleierte Andeutungen über Probleme mit Kollegen.

»Ach, das ist eigentlich eine ganz dumme Geschichte.« Dr. Winslow machte eine geringschätzige Handbewegung. »Aber Universitätsfakultäten sind wie jeder in sich geschlossene Mikrokosmos – der kleinste Konflikt oder die nichtigste Meinungsverschiedenheit wird unnötig aufgebauscht. Darcy war nicht einverstanden, daß Vic eine eher populärwissenschaftliche Biographie schreiben, eine große Leserschaft erreichen wollte. Er war der Ansicht, es schade dem Ruf der Fakultät, was mehr als scheinheilig ist in Anbetracht der zahlreichen populärwissenschaftlichen Bücher, die er geschrieben hat.«

»Deshalb kam mir sein Name so bekannt vor«, sagte Kincaid. »Meine Mutter mag seine Bücher sehr. Ich habe leider noch keines gelesen.«

»Sie sind sehr amüsant – geistreich und informativ, wenn auch nicht immer harmlos. Ich persönlich habe nie verstehen können, weshalb Bücher, ob Biographien oder kritische Abhandlungen über ein Thema, die die Leute zum Lesen ermutigen und gut aufgemacht sind, peinlich für unsere Fakultät sein sollten.« Für einen Augenblick glaubte Kincaid eine gewisse Ähnlichkeit zwischen Vic und dieser hochgewachsenen, eher unscheinbaren Frau zu erkennen.

Dann rieb sich Dr. Winslow die Stirn und fügte müde hinzu: »Aber in der Schlacht gegen geistige Arroganz steht man immer auf verlorenem Posten, und ich hänge mein Schwert an den Nagel. Ich werde in meinem Garten sitzen und lernen, wieder Freude an Büchern zu haben – das war es schließlich, was mich auf diesen Stuhl hier gebracht hat.«

»Fühlen Sie sich nicht wohl, Frau Professor?« erkundigte sich Kincaid, als Iris Winslow das Gesicht verzog und die Fingerspitzen fester gegen die Schläfen preßte.

»Es sind nur diese verfluchten Kopfschmerzen.« Sie legte die Hände auf den Schreibtisch und lächelte angestrengt. »Seit Dienstag. Und sie geh'n einfach nicht weg.«

»Vielen Dank, daß Sie mir so viel Zeit geopfert haben – besonders, da Sie sich nicht wohl fühlen«, sagte Kincaid und machte Anstalten aufzustehen. »Darf ich Ihnen noch eine letzte Frage stellen?«

Sie nickte und sah ihn abwartend an.

»Ist Ihnen Dienstag an Vic etwas Ungewöhnliches aufgefallen?«

Iris Winslow schüttelte bedauernd den Kopf. »Ich habe sie nur am Vormittag gesehen, leider. Wir haben kurz über eine Fakultätsangelegenheit gesprochen, dann war ich zum Mittagessen verabredet und hatte später eine Besprechung in Newnham. Sie hat einen völlig normalen Eindruck auf mich gemacht.« Sie hielt mit beiden Händen krampfhaft ihre Schreibtischkante umklammert. »Natürlich wünschte ich jetzt, ich wäre nach dem Mittagessen hierher zurückgekommen – so unsinnig das auch sein mag. Die Voraussicht, mich für immer von ihr zu verabschieden, hätte ich nie gehabt.«

Kincaid stand auf und sah sich im Zimmer um. Jeder freie Platz an den Wänden war mit Bücherregalen verstellt. Bücher stapelten sich auf Schreibtisch, Tischen und Stühlen. Es herrschte der leicht muffige Geruch nach altem Papier und Leim vor. Er machte eine ausladende Geste, die alles mit einbezog. »Wenn wir Menschen so logisch wären, wie wir gern glauben, wär's mit der Literatur nicht weit her, meinen Sie nicht auch, Professor?«

Was er nicht aussprach, war, daß er denselben sinnlosen Wunsch hegte – er wünschte, er hätte Vic noch einmal sehen können.

In der Eingangshalle wurde Kincaid klar, daß er vergessen hatte, sich nach Darcy Eliots Büro zu erkundigen. Er prüfte die anderen Türen im Erdgeschoß, konnte Darcy Eliots Namensschild nirgends entdecken und ging in den ersten Stock hinauf.

Im zweiten Stock schließlich fand er die gesuchte Tür unmittelbar gegenüber von Vics Büro.

Auf sein Klopfen ertönte ein brummiges: »Verdammt früh dran, Matthews, was?« Kincaid öffnete die Tür und spähte hinein. Darcy Eliot saß, der Tür halb zugewandt, einen Stapel Papiere in der Hand, hinter seinem Schreibtisch. Ohne aufzusehen, sagte er: »Warum, denken Sie, hat Gott die Uhr erfunden, Matthews? Damit der Mensch pünktlich sei, oder? Und das bedeutet in der ursprünglichen Definition des Wortes, daß er an einem bestimmten Ort weder zu früh noch zu spät sein sollte.«

»Werde den lieben Gott bei unserer nächsten Begegnung einschlägig befragen«, sagte Kincaid amüsiert.

Eliot wirbelte, wie von der Tarantel gestochen, herum und

musterte Kincaid stirnrunzelnd. »Sie sind nicht Matthews. Und das ist nur ein Vorteil, glauben Sie mir. Matthews ist ein pickeliger Quälgeist, der die Welt kaum je mit seinen intellektuellen Fähigkeiten beeindrucken wird. Aber irgendwoher kenne ich Sie ...« Seine Miene hellte sich auf. »Sie sind Victoria McClellans ehemaliger Polizist. Oder war es Ex-Mann und immer noch Polizist?«

»Das letztere, fürchte ich.« Kincaid deutete auf einen Stuhl. »Darf ich?«

»Ich bitte darum«, erwiderte Eliot. »Und verzeihen Sie meine Flapsigkeit. Alte Gewohnheiten und so weiter. Aber unter diesen Umständen wohl kaum angebracht.«

»Dr. Winslow hat mir gerade erzählt, daß Sie die Gewohnheit hatten, mit Vic geteilter Meinung zu sein«, begann Kincaid ohne Umschweife.

Eliot verschränkte die Finger über seiner kanariengelben Weste und lehnte sich in seinem Stuhl zurück. »Was mir großen Spaß gemacht hat. Vermutlich werden meine Tage reichlich eintönig werden, ohne die Vorfreude auf unsere kleinen Scharmützel.« Er runzelte die Stirn, so daß sich seine dichten Augenbrauen über der Nasenwurzel zusammenzogen. »Es mag Ihnen komisch vorkommen, Mr. ...«

»Kincaid.«

»... Mr. Kincaid, aber ich versichere Ihnen, daß es mir viel bedeutet hat. Victoria und ich waren die alleinigen Bewohner dieses luftigen Horsts, wie wir diese Etage gern nennen. Ich hätte schon vor Jahren in eines der größeren Büros in einem der unteren Stockwerke ziehen können – auf Grund meiner langjährigen Zugehörigkeit zur Fakultät –, aber ich habe mich hier wohl gefühlt. Allerdings bin ich von Natur aus kein Einsiedler, und der Einzug der blonden Victoria hat mich damals von der Zwangsvorstellung befreit, im sprichwörtlichen Elfenbeinturm gefangen zu sitzen.«

Kincaid dachte, daß im Fall von Iris Winslows Rücktritt Darcy Eliot doch noch eine Ortsveränderung ins Auge fassen mußte. Trotzdem konnte er verstehen, weshalb er an diesem Büro hing. Es war ein schöner Raum mit einem Erkerfenster. Die Wände bedeckten Büchervitrinen. Über den Regalen hingen gerahmte Karikaturen. Ein Pfeifenschränkchen auf einer der Vitrinen enthielt eine wertvoll aussehende Pfeifensammlung. Die Luft jedoch war frei von Tabakgeruch.

Eliot, der seinem Blick gefolgt war, sagte: »Habe es vor ein paar Jahren aufgegeben - als Folge der ersten Ahnung meiner Sterblichkeit –, aber ich konnte mich nicht überwinden, die Pfeifen wegzugeben. Sie unterstreichen so nett die Aura des Professoralen, finden Sie nicht?«

»Unbedingt. Und Ihre Studenten wissen es sicher zu schätzen, daß Sie sie nicht mehr einräuchern.«

Eliot lächelte. »Ganz wie Victoria. Ich hing noch am Nikotintropf, als sie hierherkam, und wir hatten deshalb endlose Auseinandersetzungen.«

Kincaid war erstaunt. Er hatte Vic immer für jemanden gehalten, der direkten Konfrontationen aus dem Weg ging. Offenbar hatte sie sich im täglichen Kontakt mit einem Mann geändert, der ein so offensichtliches Vergnügen an der Streitkultur fand. »Und als das Thema erledigt war? Worüber haben Sie danach mit ihr gestritten?« fragte er. »Dr. Winslow sagte, Sie hätten was gegen die Biographie, an der Vic schrieb.«

»Ich bin nicht gegen Vics Biographie im speziellen – obwohl ich die arme Lydia nicht als ein ergiebiges Thema ansehe –, sondern nur gegen die allgemeine Vorstellung, daß es amüsant sei, das Privatleben von Dichtern und Autoren vor der breiten Masse auszuschlachten. Sind Sie ein Freund der Literatur, Mr. Kincaid?«

Er dachte an den alten Witz mit Vic – *Polizisten lesen nicht* – und beschloß, daß dies ein Augenblick war, in dem er sich nicht verteidigen mußte. »Hm, nicht besonders«, erwiderte er und setzte eine zögerliche Miene auf.

Eliot hakte die Daumen etwas fester über seiner Brust ineinander und hob an, in jener vollmundigen Sprache zu reden, die Kincaid unweigerlich mit einem Vorlesungssaal verband: »Es ist meine Überzeugung, daß es kein Beispiel eines literarischen Texts ohne Widersprüchlichkeiten gibt, so daß es sich quasi per se als bedeutungslos abqualifiziert. Und wenn der Text selbst bedeutungslos ist, welchen Sinn hat es dann, das Leben eines Autors unter die Lupe zu nehmen? Und ich darf hinzufügen, da der Lebenswandel der meisten Autoren kaum von dem des normalen Sterblichen in seinem bemitleidenswerten Bemühen abweicht, negative Seiten seines Charakters zu vertuschen, können biographische Abhandlungen kaum von Interesse sein.« Er wippte mit seinem Stuhl hin und her und strahlte.

»Warum geben Sie sich dann die Mühe, etwas zu lehren, das Sie als grundsätzlich sinnlos erachten?« konterte Kincaid und fragte sich, ob ihm an Eliots Argumentation etwas entgangen war.

»Na, irgendwas muß der Mensch schließlich tun, oder?« Eliot saß noch immer selbstzufrieden auf seinem Stuhl. »Und ich finde es amüsanter als so manch andere Beschäftigung, die mir gerade in den Sinn kommt.«

»Darf ich annehmen, daß Vic mit Ihrer Theorie nicht einverstanden war?«

Eliot schüttelte den Kopf und spitzte bedauernd die Lippen. »Victoria bestand darauf, die kritische weibliche Betrachtungsweise mit einer Art aufpolierter Version von liberalem Humanismus zu verkuppeln – und damit ein schreckliches Hybrid zu schaffen, das bestenfalls unlogisch war und schlimmstenfalls nach Metaphysischem schmeckte.« Er schloß in gespielter Verzweiflung die Augen.

»Was Sie mir sagen wollen, ist doch, daß Vic die Dreistigkeit besaß, der Literatur *Wert* beizumessen, oder?« Kincaid zog die Augenbrauen hoch.

Eliot klatschte in die Hände. »Bravo, Mr. Kincaid. Gut analysiert. Leider haben Sie sich dabei verraten. Ihr zurückhaltendes Polizistengehabe ist mir gleich aufgesetzt vorgekommen. Besonders angesichts Ihres Akzents und Ihrer Erscheinung. Sie sind in Wirklichkeit ein Intellektueller.«

Und Sie sind ein selbstgefälliger Idiot, dachte Kincaid und lächelte. Er verspürte keine Lust, Einzelheiten seiner Herkunft mit Darcy Eliot zu diskutieren. Der Mann mußte Vic chronisch auf die Nerven gegangen sein. »Jetzt, da ich verstehe, wie brisant Vics Biographie rein vom theoretischen Standpunkt aus war, frage ich mich ... Sagen Sie, Dr. Eliot, kennen Sie jemanden, der ganz persönlich etwas gegen Vics Recherchen über Lydia Brookes Leben gehabt haben könnte?«

»Lydia war eine wenig bedeutende Lyrikerin, deren frühe Arbeiten angenehm leicht und unterhaltsam, wenn auch nicht unbedingt originell waren«, entgegnete Eliot gereizt. »Sie hat ein ganzes Leben lang mit der Geisteskrankheit geflirtet. Ihre späteren Gedichte verbanden eine ›bekennerhafte‹ Erforschung ihrer Krankheit mit trivialen Elementen des Feminismus. Mir fallen zahlreiche Leute ein, die sie mit ihren Gedichten beleidigt haben könnte, aber ich bezweifle, daß es je zu irgend etwas Dramatischem in ihrem Leben geführt hat.«

»Aber Sie haben Lydia persönlich gekannt«, bemerkte Kincaid. »Sie sind an der Uni befreundet gewesen.«

»Sind Ihnen noch alle sympathisch, mit denen Sie studiert haben, Mr. Kincaid?« Eliot zog eine buschige Augenbraue hoch. »Ich erlebe immer wieder, daß man aus derartigen Beziehungen mit den Jahren herauswächst. Allerdings in Lydias Fall ...« Er hielt inne und musterte Kincaid nachdenklich.

»Halten Sie mit Ihrer Meinung nicht hinterm Berg, Dr. Eliot«, ermunterte Kincaid ihn.

Eliot lächelte über Kincaids unverhohlenen Sarkasmus. »Soviel Taktgefühl wäre ganz untypisch, meinen Sie? Mir ist eingefallen, daß es möglicherweise eine Person gibt, die daran interessiert sein könnte, daß nicht alle Details aus Lydias Privatleben bekannt werden. Lydia flirtete nicht nur mit der Geisteskrankheit – und das zu einer Zeit, als lesbische Neigungen noch nicht als so chic galten wie heute.«

»Lydia hatte eine lesbische Beziehung?« fragte Kincaid überrascht. Falls Vic davon gewußt hatte, hatte sie es ihm gegenüber nicht erwähnt.

»Was die Einzelheiten betrifft – nun, das können nur die Betroffenen wissen. Jedenfalls wurde darüber gemunkelt. Und da die betreffende Dame heute Leiterin einer angesehenen Mädchenschule ist...« Eliot schnalzte mit der Zunge. »Ich bezweifle, daß der Elternrat der Schule die Geschichte amüsant fände.«

»Wer war die andere Frau, Dr. Eliot?«

Darcy Eliot fühlte sich offenbar nicht wohl in seiner Haut. Die Weitergabe von prickelnden Gerüchten nahm er als amüsantes Spiel. Namen zu nennen dagegen würde einen Verrat an seiner vornehmen Erziehung bedeuten. »Warum sollte ich Ihnen das sagen, Mr. Kincaid?«

Kincaid hatte diesen Schachzug erwartet. Er beugte sich vor und sah Dr. Eliot direkt in die Augen. »Weil Victoria McClellan tot ist und ich wissen will, wer Grund hatte, sie umzubringen.«

Eliot wandte als erster den Blick ab. »Ist vermutlich Grund genug. Obwohl ich mir nicht vorstellen kann, daß Daphne jemanden umbringen...«

»Daphne Morris? Lydias Freundin vom Newnham College?« Kincaid hatte aufgrund von Vics Beschreibung eine klare Vorstellung des Mädchens, die Lydias Zimmernachbarin im College gewesen war. »Direktorin eines Mädchenpensionats?«

»Hier in Cambridge. Direkt an der Hills Road in ...«

Es wurde zaghaft an die Tür geklopft, und ein pickeliges Jungengesicht sah zur Tür herein.

»Geben Sie mir noch eine Minute, Matthews, ja?« sagte Eliot gereizt. Der Junge zuckte betreten zurück und schloß die Tür mit einem Knall.

»Nur noch eines, Dr. Eliot«, sagte Kincaid und erhob sich. »Haben Sie Vic am Dienstag überhaupt gesehen?«

»Es war ein ganz normaler Tag«, antwortete Eliot bedächtig. »Da denkt man nicht darüber nach, was man tut. Das macht es um so schwieriger, sich später daran zu erinnern. Wir sind uns auf der Treppe begegnet, wir sind uns im Korridor begegnet, aber an die genaue Zeit kann ich mich nicht erinnern.«

»Erinnern Sie sich an etwas, das sie gesagt hat?«

Eliot schüttelte resigniert den Kopf. »Nur an ganz banale Dinge wie ›Morgen, Darcy‹, ›Kann ich den Kopierer heute vor dir benutzen, Darcy‹.« Er runzelte die Stirn. »Ich glaube, sie wollte ein Sandwich an ihrem Schreibtisch essen, während sie sich für das Seminar um halb zwei Uhr vorbereitete ... aber ich weiß nicht, ob sie das wirklich getan hat. Ich war zum Mittagessen aus und hatte dann den restlichen Nachmittag selbst Unterricht.« Er sah zu Kincaid auf und fügte ohne die übliche spöttische Miene hinzu: »Es tut mir leid. Nehmen Sie das als Beileidsbezeugung. Gelegentlich fällt es einem schwer, diese Dinge auszusprechen.«

»Alte Gewohnheiten?« fragte Kincaid.

»Sie sagen es.«

Die Tür zu Vic's Büro war geschlossen, aber nicht verschlossen, wie Kincaid entdeckte. Er öffnete sie langsam, ging hinein und fühlte sich wie ein Eindringling. In ihrem Arbeitszimmer im Cottage hatte er diese Skrupel nicht gehabt. Er wünschte sich plötzlich, er hätte sie hier gesehen, hier in ihrem Element, wo sie tat, was sie liebte, so daß er diesen Teil ihres Lebens wenigstens marginal mit ihr hätte teilen können.

Die örtliche Polizei hatte überall unauffällig ihre Spuren hinterlassen. Der Schreibtisch war völlig ausgeräumt, und die leeren Schubladen hingen wie offene Münder in den Leisten. Die Bücher und privaten Fotos auf den Regalen hatten sie nicht angerührt. Die Bilder von Kit hatte er erwartet. Da waren Babybilder, das erste Fahrrad, komisch steife Schulaufnahmen mit glatt gekämmtem Haar, dann eines aus der jüngsten Zeit mit einem Baseballschläger und konzentrierter Miene.

Von Ian keine Spur. Es kam Kincaid beinahe so vor, als habe Vic nicht gezögert, Ian dort aus ihrem Leben zu entfernen, wo seine Abwesenheit Kit nicht weiter tangierte.

Als er sich abwandte, erregte etwas Vertrautes seine Aufmerksamkeit – ein Schnappschuß, der hinter einem der Rahmen steckte.

Es war im hochsommerlichen Garten seiner Eltern gewesen. Vic und er saßen lachend im Gras. In Vics Schoß lag der Spaniel seiner Mutter. Sie waren damals gerade ein paar Monate verheiratet gewesen, und er hatte sie zu einem Besuch der Eltern nach Cheshire mitgenommen.

Er sah aus dem Fenster. Vics Büro lag gegenüber Darcy Eliots Zimmer, und ihr Fenster zeigte nach Süden, dorthin, wo Newnham lag. Lydias College. Vic, dachte er, hatte das sicher gefallen.

Laura Miller wartete an ihrem Schreibtisch bereits auf Kincaid.

»Sie sehen mitgenommen aus«, bemerkte sie. »Ich habe Teewasser aufgesetzt, als ich Darcys Schützling nach oben gehen sah. Ich dachte, Sie könnten vielleicht eine Tasse vertragen.«

Er sank in den bereits vertrauten Besuchersessel und lockerte seine Krawatte. »Danke.«

Laura verschwand in einer kleinen Küche und kam kurz darauf mit zwei Teebechern zurück. »Milch und Zucker? Richtig?«

»Wunderbar.« Kincaid umfaßte den warmen Becher mit beiden Händen. »Sind Sie sicher, daß mit Dr. Winslow alles in Ordnung ist? Sie scheint sich nicht wohl zu fühlen.«

Laura zog eine Grimasse, als sie sich am heißen Tee die Zunge verbrannte. »Ich drängle sie schon tagelang, wegen ihrer Kopfschmerzen zum Arzt zu gehen, aber sie ist eigensinnig.« Sie warf einen Blick auf Dr. Winslows Tür und senkte die Stimme. »Um die Wahrheit zu sagen, mache ich mir um sie schon seit Dr. Whitecliffs Tod im vergangenen Juni Sorgen. Das hat sie ganz offensichtlich aus der Bahn geworfen. Seither ist sie nicht mehr dieselbe. Wir haben sie immer wieder zu überreden versucht, einen von Vics Tees zu probieren ...« Sie verstummte entsetzt, und ihre Augen füllten sich mit Tränen. »Verdammt!« murmelte sie und kramte in ihrer Schublade nach einem Taschentuch.

»Erzählen Sie mir von Vics Tees«, bat Kincaid.

Laura lächelte. »Sie hat immer dieses scheußliche Zeug getrunken – Liebstöckel –, soll eine gute harntreibende Wirkung haben. Sie hatte diesbezügliche Probleme ...«

Kincaid hielt ihre Zurückhaltung für reichlich altmodisch. »Ich glaube, ich verstehe.«

»Wir haben uns oft auf Vics Kosten amüsiert ... Ich meine, an der Teesorte, die sie trank, wußten wir immer, wann im Monat es wieder soweit war ...«

»Hat sie auch Dienstag von einem ihrer Spezialtees getrunken?«

»Keine Ahnung«, erwiderte Laura mit großen Augen. »Sie glauben doch nicht ...«

»Noch glaube ich gar nichts«, beruhigte Kincaid sie. »Ich bin nur neugierig.«

»Vic ist früh gegangen. Deshalb haben wir an diesem Tag nicht zusammen Tee getrunken. Wir machen ... wir haben immer so gegen drei Uhr unsere Teepause gemacht.«

»Könnte sie allein Tee getrunken haben?«

»Sie hatte einen elektrischen Wasserkocher in ihrem Büro. Sie könnte sich eine Tasse zum Mittagessen oder auch früher aufgebrüht haben.«

»Sie hat nicht auswärts zu Mittag gegessen?«

Laura schüttelte den Kopf. »Das hatten wir eigentlich vor. Aber gleich am Morgen hat Vic die Verabredung abgesagt. Sie mußte die Mittagspause durcharbeiten, weil sie früh gehen wollte.«

Kincaid horchte überrascht auf. »Wohin wollte sie? Und wann haben Sie sie zuletzt gesehen?«

»Es war sicher nichts Wichtiges«, erwiderte Laura unglücklich. »Ich hatte den Eindruck, sie hatte sich über einen Vorfall in Kits Schule geärgert. Das war alles.«

»Aber sie hat nicht gesagt, worüber?«

»Vic hat nie geredet, bevor sie die Sache nicht aus der Welt geschafft hatte. So war es auch mit Ian. Sie hat nie ein Wort über Eheprobleme verloren. Dann kam sie eines Tages rein und erklärte: ›Übrigens ... Ian ist ausgezogen.‹ Ich bin fast vom Stuhl gefallen.«

Kincaid erinnerte sich an diesen Zug von Vic nur zu gut. In seinem Fall war allerdings sie diejenige gewesen, die ausgezogen war. »Vielleicht sollten wir das Pferd von hinten aufzäumen«, murmelte er. »Um wieviel Uhr hat sie die Fakultät verlassen?«

Laura starrte stirnrunzelnd in ihre Tasse. Dann sah sie auf.

»Halb zwei. Ich erinnere mich genau, weil Darcys Student zu spät kam.«

»Matthews?«

Sie lächelte. »Matthews. Der arme Junge.«

»Hat Vic denn tatsächlich gesagt, daß sie zu Kits Schule wollte?« fragte Kincaid.

»Nein, nicht wörtlich. Aber ich könnte den Direktor anrufen und fragen, ob sie dort gewesen ist.« Lauras Miene heiterte sich auf. Sie war froh, etwas tun zu können. Als Kincaid nickte, griff sie nach dem Telefonhörer und wählte eine Nummer.

Er hörte der einseitigen Unterhaltung mit wachsender Enttäuschung zu. Dann legte Laura auf.

Sie starrte ihn verwundert an. »Das verstehe ich nicht. Ich hätte schwören können, daß sie genau das vorhatte. Aber der Direktor sagt, er habe sie nicht gesprochen. Außerdem konnte er sich nicht vorstellen, worüber sie hätte verärgert sein können.«

»Vielleicht ist irgend etwas vorgefallen, und sie hat ihre Pläne geändert?« schlug Kincaid vor. »Hat sie zum Abschied sonst noch was gesagt?«

Laura schloß die Augen und dachte nach. Als sie sie wieder aufschlug, waren ihre Wangen leicht gerötet. »Sie war in Eile, ist heruntergekommen, hat ihren Mantel angezogen, ohne ihre Tasche aus der Hand zu legen, und hat gesagt: ›Männer. Allesamt wie kleine Kinder. Schade, daß wir nicht ohne sie auskommen können.‹ Dann hat sie mir zugewinkt. ›Ciao, bella! Wir sehen uns morgen.‹«

Kincaid lächelte unwillkürlich. »Klingt wie die gute alte Vic in bester Stimmung. Was meinen Sie? Hatte sie Nachricht von Ian? War was Ungewöhnliches in ihrer Post?«

»Nicht, daß ich wüßte. Ich hab ihr die Post gebracht. Aber die Telefongespräche laufen nicht über meinen Apparat. Sie konnte direkt wählen. Darüber weiß ich also nicht Bescheid.«

Eine Aufgabe für die Jungs von der Ortspolizei, dachte Kincaid. Er brauchte eine Liste der Telefonate, die von Vics Apparat aus geführt worden waren. »Dann ist an jenem Tag also nichts Ungewöhnliches passiert. Und sie war wohlauf, als sie die Fakultät verlassen hat«, bemerkte er.

»Trotzdem war sie kaum drei Stunden später tot«, sagte Laura ernst.

Kincaid sah durch sie hindurch und dachte laut nach. »Wohin ist sie also gefahren, und wie konnte jemand sie zwischen halb drei und fünf Uhr vergiften?«

13

Hilflos liege ich.
Und um mich wandeln die Füße deiner Wächter.
Über mir ein Rauschen und der Strahlenglanz von
Flügeln,
ein unerträglicher Strahlenglanz von Flügeln ...

RUPERT BROOKE
aus ›Im Freien schlafen: Vollmond‹

Der Tag von Victoria McClellans Begräbnis brach an, klar und kalt. Gemma kleidete sich besonders sorgfältig. Sie wählte einen schwarzen Rock mit passendem Jackett und nahm sich Zeit, ihr Haar zu einem Zopf zu flechten.

Sie hatte den Rest des vorausgegangenen Nachmittags damit verbracht, durch Cambridge zu wandern und sich mit der Stadt und ihren Colleges vertraut zu machen. Bei ihrer späten Rückkehr hatte sie eine Nachricht von Kincaid auf ihrem Anrufbeantworter vorgefunden. Er hatte ihr Termin und Ort der Trauerfeier mitgeteilt und sie gebeten, ihn anzurufen. Letzteres hatte sie unterlassen.

Was Gemma zu sagen hatte, wollte sie persönlich und nicht am Telefon besprechen. Also fuhr sie rechtzeitig nach Grantchester, um vor der Kirche auf seine Ankunft zu warten. Sie fand einen Parkplatz in der High Street unterhalb von Vics Cottage. Als sie ausstieg, atmete sie tief ein, um einen klaren Kopf zu bekommen. Die strahlende Sonne hatte das Wageninnere aufgeheizt und sie schläfrig gemacht. Mittlerweile war es so warm geworden, daß sie den Mantel im Auto lassen konnte. In der Luft lag die unverwechselbare Milde des Frühlings.

Vom Parkplatz ihres Wagens aus konnte Gemma den Kirchturm über den Baumwipfeln aufragen sehen. Die Turmuhr stand auf Viertel vor zwölf, nicht auf zehn Minuten vor drei, wie in Rupert Brookes Gedicht. Das gab ihr Zeit, dem alten Pfarrhaus einen Besuch abzustatten, in dem Rupert Brooke gelebt und gearbeitet und dem er in seinem Gedicht ›The Old Vicarage, Grantchester‹ ein Denkmal gesetzt hatte.

Ein kurzer Spaziergang führte sie auf der High Street bergab und zu einem schmiedeeisernen Tor. Gemma umfaßte zwei Eisenstreben mit den Händen und spähte in den Garten. Sie fühlte sich ein wenig wie ein vorwitziges Schulmädchen, entschuldigte sich jedoch damit, daß die Bewohner des alten Pfarrhauses an die Neugier der Öffentlichkeit gewöhnt sein mußten.

Das Haus, das schon vor Brookes Zeit nicht mehr als Pfarrei genutzt worden war, befand sich seit Jahren im Besitz eines bekannten Schriftstellers und dessen Frau, einer Wissenschaftlerin. Sie hatten das gemütliche Haus mit viel Gefühl und Rücksichtnahme auf die Legende ›Rupert Brooke‹ renoviert. Der aufwendig angelegte Garten allerdings hatte kaum Ähnlichkeit mit dem verwilderten Grundstück, das die Fotos in Hazels Büchern gezeigt hatten. Der gute Rupert, dachte Gemma, wäre angesichts der Vergewaltigung seiner herrlichen Wildnis sicher enttäuscht gewesen.

Gemma trat vom Tor zurück und warf noch einen Blick auf den Tennisplatz, der zum Haus gehörte. Sie ging an der Einfahrt von ›The Orchard‹ vorbei und hinunter zum Fluß, bis sie in das Gartenlokal mit seinen Tischen und Sonnenstühlen unter den knorrigen Apfelbäumen hineinschauen konnte. Dort, unter blühenden Bäumen, in jenen fernen Apriltagen der Jahrhundertwende, hatten sie gesessen: Rupert Brooke und seine Freunde, hatten gelacht, diskutiert und die Zukunft geplant, die für so viele von ihnen niemals stattgefunden hatte.

Jemand hatte vor das Denkmal auf dem Kirchhof ein Glas mit weißen Krokussen und gelben Osterglocken gestellt. Gemma fuhr die Worte mit dem Finger nach, die in den Obelisken aus Granit gemeißelt waren.

Zur Ehre Gottes in Liebe und dankbarer Erinnerung
★ ★ 1914–1918 ★ ★
unseren tapferen Männern

Sie ging zur Rückseite und las dort die eingravierten Namen der jungen Dorfbewohner, die ihr Leben im Ersten Weltkrieg gelassen hatten. Rupert Brookes Name stand unter ihnen.

Gemma hatte die Hand auf den warmen Stein gelegt, als Kincaids Stimme sie aus ihren Gedanken riß. »Gemma! Ich dachte, du kommst gar nicht!«

Sie drehte sich um. Kincaid eilte über den Rasen auf sie zu. Er trug einen streng anthrazitgrauen Anzug mit blütenweißem Hemd und dunkler Krawatte. Er sah müde aus.

»Ich wollte mit dir reden«, begann sie. »Vor der Beerdigung. Deshalb habe ich nicht angerufen.«

Angesichts dieser Logik zog er eine Augenbraue hoch, warf dann aber zustimmend einen Blick auf die Uhr. »Es ist noch früh. Gehen wir ein paar Schritte.«

Sie schlenderten durch das überdachte Tor auf den Friedhof und an den Reihen flechtenbewachsener Grabsteine entlang. Kein Grund, um den heißen Brei herumzureden, dachte Gemma und sah zu ihm auf. »Ich schulde dir eine Erklärung für Vorgestern«, begann sie. »Ich hatte kein Recht, dir Vorschriften zu machen.«

Er lächelte andeutungsweise. »Wann wäre das je ein Hinderungsgrund gewesen?«

Gemma ging auf das Geplänkel nicht ein. »Besonders, weil ich weiß, wie dir zumute ist.« Sie warf einen Blick zurück zur Kirche. »Ich verstehe, warum du herausfinden mußt, wer Vic getötet hat. Ich will dir helfen.«

Kincaid drehte sie zu sich um. »Nein, Gemma. Ich weiß dein Angebot zu schätzen, aber ich will nicht, daß du meinetwegen deinen Job riskierst.«

»Es ist nicht nur deinetwegen. Ich tue das für Vic. Ich bin schon mittendrin, es gibt also kein Zurück. Außerdem ...« Sie lächelte und legte den Handrücken gegen die Stirn. »... habe ich Grippe. Ich bin die nächsten Tage arbeitsunfähig.«

»Gemma ...«

»Was oder wer kann uns davon abhalten, mit Leuten zu reden? Gestern war ich bei Morgan Ashby und seiner Frau ...«

»Du warst wo? Der Mann ist ein Verrückter! Bist du vollkommen ...« Seine Miene erstarrte. Sein Blick war über ihre Schulter gerichtet, und sie fragte sich, was oder wer sie vor seiner Standpauke gerettet hatte.

»Großer Gott!« stöhnte er. »Da ist meine Mutter.«

Gemma starrte ihn verblüfft an. »Wie bitte?«

»Ich wollte es dir sagen ... Ich hatte sie angerufen. Sie wollte kommen, falls sie sich freimachen kann.«

»Aus Cheshire?« krächzte Gemma. »Aber das ist eine halbe Weltreise.« Sie wandte sich um, sah durch das Tor und suchte unter den Leuten, die sich vor der Kirche zu sammeln begannen, nach einem Gesicht mit vertrauten Zügen.

»Sie hat Vic gemocht«, erklärte Kincaid. »Komm! Ich stell dich vor. Und über die andere Sache reden wir später.«

Nachdem Kincaids Mutter ihren Sohn umarmt hatte, hielt sie Gemma lächelnd die Hand hin. »Ich bin Rosemary.«

Die Ähnlichkeit war vorhanden, dachte Gemma. Es waren das kastanienbraune Haar, die Augen und der Mund.

»Dein Vater wollte auch mitkommen«, fuhr Rosemary, an Kincaid gewandt, fort. »Aber Liza hat heute ihren freien Tag, und einer muß im Geschäft bleiben.« Sie sah zu ihm auf und berührte seine Wange kurz mit den Fingerkuppen. »Es tut mir so leid, mein Liebling.«

Kincaid lächelte und ergriff ihre Hand. »Die Kirche füllt sich schon. Gehen wir lieber rein.«

Gemma hielt absichtlich Abstand, um Mutter und Sohn einige Minuten allein zu lassen, aber Kincaid wartete, bis sie die beiden eingeholt hatte, und nahm ihren Arm. »Setzen wir uns in eine der hinteren Reihen«, murmelte er, und Gemma sah, wie er die Trauergäste beobachtete, die hereinkamen, sich jedes Gesicht einprägte.

Die Kirche hatte die nächtliche Kälte gespeichert, und Gemma fühlte die Wärme seines Körpers, als er sich über sie beugte und seiner Mutter zuflüsterte: »Sieht so aus, als habe Pfarrer Denny einiges mit uns vor.« Er wedelte mit dem reichhaltigen Programm des anstehenden Gottesdienstes, das auf jedem Sitzplatz lag. »Machen wir uns auf einiges gefaßt.«

Gemma empfand den routinemäßigen Ablauf des Trauergottesdienstes als tröstlich. Sie ließ Reden und Lieder über sich ergehen, während sie die Gesichter der Umgebung betrachtete und sich fragte, wer diese Leute sein mochten und was sie wohl Vic bedeutet hatten. Und was Vic ihnen bedeutet hatte, dachte sie mit einem verstohlenen Blick auf Kincaids verschlossene Miene. Nichts an ihm verriet dem unaufmerksamen Betrachter seine Emotionen.

Nach dem Gottesdienst erhob sich die Trauergemeinde und trat schweigend ins Sonnenlicht hinaus.

Gemma, Kincaid und Kincaids Mutter gehörten zu den ersten, die durch das Portal ins Freie gelangten. Kincaid dankte dem Pfarrer und führte die beiden Frauen dann beiseite, wo sie den zögerlichen Strom der Trauernden aus der Kirche beobachten konnten. »Die meisten scheinen nicht recht zu wissen, was sie jetzt anfangen sollen«, bemerkte Kincaid. »Es ist kein Empfang angesagt, aber sie scheinen sich auch nicht einfach so davonmachen zu wollen.«

»Das ist alles sehr seltsam.« Rosemary schüttelte den Kopf. »Ich bin überrascht, daß ihre Eltern so gar nichts organisiert haben. Ich hätte nicht erwartet, daß Eugenia je eine Gelegenheit auslassen würde, vor Publikum ihre gesellschaftliche ›Korrektheit‹ unter Beweis zu stellen.« Sie zog eine Grimasse. »Verzeihung, das war nicht nett von mir.«

Kincaid lächelte. »Du hast doch recht. Ich hab mir dasselbe gedacht.«

»Jedenfalls muß ich Eugenia und Bob erst mal kondolieren«, seufzte Rosemary wenig begeistert.

»Ich möchte gern mit Kit reden …«, begann Kincaid und sah dann lächelnd zu einer jungen Frau hinüber, die durch das Portal auf sie zukam. Gemma schätzte sie auf Vics Alter. Sie hatte kinnlanges braunes Haar und ein sympathisches Gesicht. Sie strahlte Kincaid an, als habe sie einen lange vermißten Bruder wiedergefunden.

»Gott sei Dank! Das haben wir hinter uns«, seufzte sie. Aus der Nähe sah Gemma die verschmierte Wimperntusche und die zuckenden Mundwinkel.

Zu Gemmas Überraschung nahm Kincaid ihre Hand und tätschelte sie. »Das ist Laura Miller, die Sekretärin von Vics Fakultät«, stellte Kincaid sie vor. »Meine Mutter, Rosemary Kincaid, und Gemma James.«

Gemma war Rosemary ebenso schlicht vorgestellt worden, und ohne den Panzer ihres offiziellen Status als Kriminalbeamtin fühlte sie sich seltsam unsicher.

»Entschuldigen Sie … ich bin ziemlich durcheinander.«

Laura tupfte sich mit einem Taschentuch die Augen. »Aber Eugenia Potts hat mich gerade zur Schnecke gemacht. Ich bin perplex. Sie erlaubt nicht, daß ich mit Kit rede. Ich wollte ihm nur sagen, daß seine Freunde aus der Schule nach ihm fragen. Was ist mit dieser Frau los?«

Kincaid wechselte einen Blick mit seiner Mutter. »Ich weiß nicht. Selbst für Eugenia ist das Benehmen ungewöhnlich. Wo sind die beiden überhaupt?«

»Noch in der Kirche. Iris hat sich nicht davon abbringen lassen, ihnen persönlich ihr Beileid auszusprechen. Hoffentlich stößt sie auf mehr Entgegenkommen als ich.« Laura runzelte die Stirn. »Iris kann im Augenblick wirklich nicht noch mehr Aufregung gebrauchen. So schlimm wie ...« Sie verstummte, starrte an Gemma vorbei. »Seht mal! Da ist sie ja.«

Gemma drehte sich um. Eine korpulente ältere Frau kam mit energischen Schritten auf sie zu. Im Schlepptau hatte sie eine kleinere, aufgeregt wirkende Dame.

»Wer ist die Begleiterin?« fragte Kincaid.

»Das ist Enid, Iris' ... hm, Freundin«, antwortete Laura leise und hastig, dann hatten die beiden Frauen die Gruppe erreicht, und man stellte sich gegenseitig vor.

Iris Winslow machte, wie Laura, kein Hehl aus ihrer Freude, Kincaid zu sehen. »Ich bin wirklich froh, daß Sie gekommen sind«, seufzte sie und fügte mit einem Seitenblick auf Enid hinzu: »Ich fand den Trauergottesdienst sehr angemessen. Egal, was andere sagen. Ich glaube, Vic wäre einverstanden gewesen. Und das ist doch die Hauptsache, oder? Sie ist nie fürs Pompöse gewesen.«

Enid kräuselte die Lippen und murmelte Zustimmendes.

Kincaid stöhnte unterdrückt. »War Eugenia Potts vielleicht mit dem armen Pfarrer Denny nicht zufrieden? Oder was?«

»Leider ist das der Fall«, erwiderte der großgewachsene, hagere Mann im Anzug eines Geistlichen, der sich in diesem

Moment zu ihnen gesellte. »Aber ich schätze, er kann damit umgehen.« Er lächelte, und Gemma fühlte sich sofort zu ihm hingezogen. Im nächsten Moment erfuhr sie, daß er Adam Lamb war. Iris begrüßte ihn überschwenglich.

Während Gemma der Unterhaltung nur bruchstückhaft folgte, ließ sie ihre Blicke über die Runde schweifen und versuchte die Anwesenden in die richtige Beziehung zu Vic zu setzen. Iris Winslow war offenbar ihre Vorgesetzte, und Darcy Eliot, der große Mann in der malvenfarbenen Weste, der inzwischen ebenfalls zu ihrer Gruppe gestoßen war, einer ihrer Kollegen. Was Adam betraf, war sie nicht ganz sicher. Jedenfalls schien er Iris und Darcy zu kennen. Dann hörte sie, wie Kincaid leise zu ihm sagte: »Wie hält sich Nathan?« Der Name wenigstens sagte ihr etwas. Nathan hatte Vic das Buch gegeben, in dem sie Lydias unveröffentlichte Gedichte entdeckt hatte. Außerdem wußte sie von Kincaid, daß er als Lydias Nachlaßverwalter fungierte.

Adam schüttelte unmerklich den Kopf. »War ein schwieriger Tag, fürchte ich. Er redet gerade mit Austin – Pfarrer Denny –, danach bringe ich ihn nach Hause. Da gibt's kein Pardon.«

War Nathan krank und Adam so etwas wie sein Pfleger? fragte sich Gemma. Aber dann trat auch Nathan Winter in den immer größer werdenden Kreis um Kincaid. Gemma musterte den überraschend gutaussehenden Mann Anfang Fünfzig erstaunt.

»Adam gebärdet sich in letzter Zeit zunehmend wie eine besorgte Gouvernante«, erklärte Nathan, als habe er das Gespräch zwischen Adam und Kincaid gehört. »Dabei geht es mir ganz gut.« Sein Optimismus wirkte aufgesetzt. Und seine glanzlosen Augen und die tiefen Falten an den Mundwinkeln straften ihn Lügen. »Außerdem habe ich nicht die Absicht zu verschwinden, ohne mit Kit gesprochen zu haben«, fügte er hinzu. »Gibt's was Neues von Ian McClellan?« fragte er Kincaid.

»Nicht die Spur«, erwiderte Kincaid. »Bin gerade heute morgen im Polizeipräsidium gewesen. Die sind keinen Schritt weiter. Der Mann scheint wie vom Erdboden verschwunden zu sein.«

»Mistkerl«, erklärte Nathan laut und deutlich, und die Unterhaltung um ihn herum verstummte vorübergehend.

Rosemary wandte sich an Darcy Eliot und sagte fröhlich in die gespannte Stille hinein: »Ich liebe Ihre Bücher, Mr. Eliot. Und ich verehre Ihre Mutter ... Wie lange ich schon ein Fan von ihr bin, sage ich lieber nicht laut.«

»Sehr freundlich«, bedankte Eliot sich. »Leider läßt mir die Bildungsbürokratie heutzutage kaum Zeit für diesen angenehmen Zeitvertreib. Meine Mutter andererseits scheint mit jedem Jahr produktiver zu werden.«

»Hätten wir doch alle etwas von Margerys Vitalität«, bemerkte Iris. »Ich weiß nicht, wie sie das macht.«

»Sie behauptet, das gelegentliche Glas medizinischen Sherrys sei eine große Hilfe«, erklärte Darcy mit einem Zwinkern.

»Und ich muß sagen, diese Art von Medizin hätten wir heute alle dringend nötig. Ist mir schleierhaft, weshalb ...« Er hielt inne und sah Iris stirnrunzelnd an. »Iris, hast du was?«

Iris war blaß geworden und hatte nach Enids Arm gegriffen, lächelte jedoch tapfer in die Runde. »Nichts, was ein kleiner Schluck aus der untersten Schublade deines Schreibtischs nicht beheben könnte, Darcy. Sind nur die Kopfschmerzen, die mich schon einige Tage plagen.«

»Fühlen Sie sich nicht wohl, Dr. Winslow?« erkundigte sich Adam besorgt. »Nathans Haus liegt gleich oben an der Straße – kommen Sie! Ich koche Ihnen eine Tasse Tee. Nathans Kräuter wirken Wunder. Soviel ich weiß, hat er auch eine Mischung gegen Kopfschmerzen.« Er nahm sie beim Ellbogen und wandte sich Nathan zu. Doch Nathan starrte nur stumm auf das Trio, das gerade durch das Kirchenportal ins Freie getreten war. Die verwelkte Blondine im dunklen Kostüm mit dem schwarzen Strohhut muß Vics Mutter sein, dachte Gemma, und der magere Mann mit dem schütteren Haar an ihrer Seite offenbar ihr Vater. In ihrer Mitte wirkte Kit bleich und elend. Die Ärmel seines marineblauen Blazers waren zu kurz, und die knochigen Handgelenke, die darunter hervorragten, erschütterten Gemmas Mutterherz mehr als alles andere.

Rosemary legte Kincaid kurz die Hand auf den Arm.

»Duncan, ist das Vics Sohn?« fragte sie, und ihre Stimme klang plötzlich rauh.

»Ja«, antwortete Laura, bevor Kincaid etwas sagen konnte. »Das arme Kind ist verdammt schlecht weggekommen, als der liebe Gott die Großeltern verteilt hat.« Ihr Mund war vor Wut ganz verkniffen.

Alle standen wie versteinert, als das Ehepaar Potts Kit in Richtung Auffahrt drängte. »Sie hat tatsächlich die Absicht, ohne ein Wort an uns vorbeizugehen«, bemerkte Rosemary völlig verdattert. »Das ist ja nicht zu fassen!«

Ihre Worte schienen Nathan aus seiner Starre zu reißen. Er machte einen Schritt vorwärts und rief: »Kit, warte!«, und alle anderen liefen wie die Lemminge hinter ihm her.

Vics Vater blieb stehen und drehte sich um. Gemma sah das Mißfallen, das aus der Haltung der Mutter sprach, als sie gezwungen war, ebenfalls stehenzubleiben.

»Hallo, Kit«, sagte Nathan, als sie die drei erreichten. Die anderen verschanzten sich verlegen hinter Nathans breitem Rücken. »Ich wollte mich nur erkundigen, wie's dir geht.«

Hinter dem schmalen Schleier ihres Strohhuts war Eugenias Gesicht vom Weinen geschwollen und gerötet. Sie hielt mit zitternder Hand ein Taschentuch an die Lippen und sagte kein Wort.

In der Stille klang Kits Antwort wie ein Schrei der Verzweiflung: »Ich wünschte, ich wäre tot.«

»Christopher!« jammerte Eugenia. »Hast du denn keine Achtung ...«

»Eugenia«, fiel Rosemary ihr ruhig ins Wort und trat vor. »Das mit Victoria hat mich sehr getroffen. Es muß schrecklich für dich sein.«

»Du weißt gar nicht, wovon du redest, Rosemary Kincaid. Wenn du dein einziges Kind verloren hättest ...«

»Ich möchte deinen Enkel gern kennenlernen«, fuhr Rosemary fort und unterbrach sie erneut. Sie hielt Kit eine Hand hin. »Hallo, Kit. Ich bin Rosemary. Duncans Mutter. Warte mal ...« Sie neigte den Kopf leicht zur Seite und sah ihn prüfend an. »Du mußt jetzt – wie alt sein? Zwölf? Dreizehn?«

»Elf«, antwortete Kit mit kurz aufflackerndem Interesse und straffte die Schultern.

»Und was spielst du in der Schule? Rugby? Fußball?«

»Fußball«, gab er mit einem ängstlichen Seitenblick auf die Großmutter zu.

»Dachte ich's mir.« Rosemary lächelte. »Du erinnerst mich etwas an ...« Sie wandte sich hilfesuchend an die anwesenden Männer. »Wie heißt doch der Bursche, der für Manchester United spielt?«

»Ich fühle mich elend, Robert«, warf Eugenia ein. »Bitte bring uns sofort nach Hause.« Sie sank leicht vornüber, und Kit stöhnte auf, als sie hilfesuchend nach seinem Arm griff.

»Selbstverständlich, meine Liebe«, sagte Bob Potts. »Warte hier. Ich hole den Wagen.«

»Ich möchte kurz mit Kit sprechen, wenn's recht ist«, meldete sich Kincaid zu Wort. »Es ist ziemlich wich ...«

»Mir wird schlecht«, jammerte Eugenia und fächerte sich

mit dem Gottesdienstprogramm Luft zu. »Robert!« Sie begann mit unsicheren Schritten die Auffahrt hinunterzugehen, ohne den Griff um Kits Arm zu lockern.

»Tut mir leid«, seufzte Bob Potts und zuckte entschuldigend die Schultern. »Ich fürchte, wir müssen uns verabschieden. Sie fühlt sich gar nicht wohl.« Er ging hinter seiner Frau her, drehte sich jedoch noch einmal um. »Tut mir wirklich leid«, wiederholte er. »War nett, dich wiederzusehen, Rosemary. Grüß Hugh von mir. Und ... danke.«

Die kleine Gruppe im Kirchhof sah zu, wie Bob Potts Eugenia und Kit einholte und ihnen in den Wagen half. Schweigend sahen die anderen zu, wie der Wagen auf die High Street einbog und hinter der Kurve verschwand.

Dann sagte Kincaid ruhig: »Er heißt in Wirklichkeit Bob. Einfach nur Bob. Hat er mir mal erzählt. Aber sie nennt ihn beharrlich Robert.«

»Mein Gott, was für eine Farce!« sagte Rosemary Kincaid, warf einen Blick auf die beherrschte Miene ihres Sohnes und ließ sich in den Liegestuhl sinken. »Solche Anlässe sind traurig genug, auch ohne zusätzlichen Zündstoff.« Sie hatte sich nicht davon abbringen lassen, Duncan und Gemma zum Tee im ›Orchard‹ einzuladen. »Wir haben alle eine Stärkung nötig«, hatte sie behauptet. »Und ich fahre nicht zu meiner Schwester nach Bedford weiter, ohne wenigstens ein paar Sätze mit dir gesprochen zu haben, Duncan.«

Rosemary Kincaid warf einen kurzen Blick auf die Speisekarte. »Ich bin dafür, wir gehen aufs Ganze. Tee, soviel wir trinken können, mit Sandwiches und Scones und Kuchen.«

»Nach dem Motto: ›Wer ißt, hat keine Zeit zu trauern‹?« bemerkte Duncan lächelnd. »Oder liegt Dad dir wieder in den Ohren, daß du mehr essen sollst?«

»Ich finde eine gute Portion Trost mit einem Schlag

Nostalgie ist mehr als angebracht. ›Zeigt noch die Turmuhr zehn vor drei? Und ist noch Honig da zum Tee?‹« zitierte sie Rupert Brooke.

»Gibt es«, sagte Gemma. »Ehrlich. Ich hab's auf der Karte gesehen.«

»Dann geh ich und gebe die Bestellung auf, Honig eingeschlossen«, erbot sich Duncan und rappelte sich aus seinem Gartensessel auf.

Rosemary beobachtete, wie er mit langen Beinen davonschritt, und konzentrierte sich dann mit unverhohlener Neugier auf die junge Frau ihr gegenüber. War sie schön? Vielleicht nicht im klassischen Sinn, dachte sie, aber sicher sehr attraktiv. Die Sonne leuchtete auf ihrem kupferfarbenen Haar. Sie hatte ein offenes, intelligentes Gesicht und strahlende Augen.

Sie waren Kollegen, das wußte Rosemary, aber Duncan hatte sie im vergangenen Jahr immer häufiger erwähnt, und als er Weihnachten zu Hause gewesen war, hatte sie gespürt, daß sich die Beziehung entscheidend verändert hatte. »Sie haben ihm gutgetan, Gemma«, begann Rosemary und beobachtete, wie die junge Frau rot wurde. »Die letzten Monate wirkte er entspannter als seit ... ich glaube, seit seiner Kindheit.«

»Sie wollten doch sagen ›seit seiner Ehe mit Vic‹, oder?« fragte Gemma.

»Ja. Aber mir ist klargeworden, daß das nicht stimmt.« Rosemary warf einen Blick auf Duncan, der in der Schlange an der Theke stand, die Hände in den Taschen. »Damals war er ein Arbeitstier. Er war gerade Inspektor geworden, und er stand unter großem Druck. Ich glaube, die Ehe hat ihn innerlich zerrissen – er konnte keiner Seite genug von sich geben. Und letztendlich hat der Job obsiegt.«

Gemma runzelte die Stirn. »Machen Sie ihn für Vics Schicksal verantwortlich?«

Rosemary zuckte die Schultern. »Eigentlich nicht. Die Situation war schwierig. Vics Reaktion darauf, wie ihre Mutter sie erzogen hat, ist strikte Selbstdisziplin gewesen. Sie hat es sich einfach versagt, jemals Gefühle zu zeigen, geschweige denn, darüber zu reden. Duncan ist in einer Familie groß geworden, die immer alles offen ausgesprochen hat. Also hat er ihr Schweigen für Zufriedenheit gehalten. Als beiden die Wahrheit klargeworden war, war der Schaden irreparabel.« Sie lächelte, als sie Gemmas angespannte Miene sah. »Und die Moral von der Geschicht', meine Liebe: Wenn Ihnen etwas, das er tut, auf den Keks geht, dann nehmen Sie kein Blatt vor den Mund.«

»Oh!« Überrascht über die Ausdrucksweise mußte Gemma unwillkürlich lachen. Das war Rosemarys Absicht gewesen.

»Männer haben immer Probleme, sich in andere hineinzuversetzen«, fügte Rosemary liebevoll hinzu. »Manchmal muß man sie mit der Nase darauf stoßen. Soviel ich weiß, haben Sie einen Sohn?«

»Toby. Er ist drei und ein harter Brocken«, seufzte Gemma stolz. »Möchten Sie ein Foto sehen?«

Rosemary nahm ihr das Foto aus der Hand. Sie betrachtete den kleinen blonden Jungen mit einem verschmitzten Lächeln. Das Leben wurde immer komplizierter. Würde Gemma auch bei Duncan bleiben, wenn sie damit die Sicherheit ihres Kindes aufs Spiel setzte? »Er ist süß«, murmelte sie. »Einfach süß. Und ich kann mir vorstellen, daß er Sie in Trab hält.«

»Wer? Ich?« fragte Duncan, der endlich mit dem Teetablett kam. »Ich weiß, ich bin süß, aber ich versuche, nicht damit zu kokettieren. Tut mir leid, daß es so lange gedauert hat. 'ne ganze Menge Leute hatte dieselbe Idee wie wir – mit dem Teetrinken, meine ich.«

»Die Wespen scheinen sich auch schon darauf zu freuen«, bemerkte Rosemary und wedelte mit einem Sandwich. »Macht euch auf einen Kampf gefaßt.«

Alle drei griffen hungrig zu. Duncan erläuterte ihnen dabei, wer auf der Trauerfeier gewesen war.

»Du meinst, Vic hatte eine Affäre – oder eine Beziehung, wie auch immer – mit Nathan?« sagte Gemma und bemerkte nicht, daß sie dabei einige Krümel verlor. »Das läßt einiges in neuem Licht erscheinen.«

»Warum? Hast du dich auch in ihn verguckt?« erkundigte sich Duncan flapsig, aber Rosemary glaubte etwas wie Eifersucht herauszuhören.

»Ich finde, er sah heute ziemlich schlecht aus«, erwiderte Gemma und strich Erdbeermarmelade auf einen Scone. »Unter anderen Umständen allerdings ...« Sie lächelte hinterhältig. »Aber ich bin zur Zeit nicht zu haben. Ich habe mein Herz an einen jungen Mann namens Rupert verloren. Vorn am Eingang gibt's ein paar bezaubernde Postkarten. Wenn ihr mich also entschuldigt ...«

»Natürlich«, sagte Rosemary, als Gemma das letzte Stück Scone in den Mund schob und ihren Tee austrank. »Würden Sie die schönste für mich aussuchen? Sie kommt zu meiner Sammlung.«

»Und jetzt?« fragte Duncan prompt, nachdem Gemma zum Kiosk gegangen war. »Kommt die mütterliche Standpauke? Und sag bloß, daß sie ein nettes Mädchen ist.«

»Sie ist ein nettes Mädchen. Obwohl sie den Ausdruck vermutlich unpassend fände. Sie ist eine attraktive, sensible Frau, und ich hoffe, du weißt, was du an ihr hast.« Rosemarys Ton klang halb belustigt, halb ernst, während sie ihren Sohn besorgt musterte. Er war zu klug und zu verletzlich – was, wenn er nicht damit fertig wurde? Sie haßte es, ihn noch mehr zu belasten, aber sie sah keine andere Möglichkeit. Leise fügte sie hinzu: »Aber ich wollte tatsächlich mit dir reden, mein Schatz.«

Noch immer bewußt flapsig erwiderte Duncan: »Das höre ich heute schon zum zweiten Mal. Ich fürchte, das ist kein gutes Omen.«

»Ich weiß nicht, ob gut oder schlecht dabei eine Rolle spielt. Es ist eher eine Frage, wie man mit der Wahrheit umgeht.«

»Der Wahrheit?« Duncan runzelte die Stirn. Er war verunsichert. »Wovon redest du, Mutter?«

»Sag mir, was du siehst, wenn du Kit anschaust, Liebling.«

»Einen netten Jungen, dem das Leben verdammt übel mitgespielt hat, und das ist verflucht unfair«, erwiderte er heftig. Er schien nichts begriffen zu haben.

Rosemary trank einen letzten Schluck Tee. »Dann will ich dir sagen, was ich sehe, mein Liebling. Als Kit heute aus der Kirche kam, in der Mitte zwischen seinen Großeltern, dachte ich einen Moment, ich hätte Halluzinationen.« Sie legte ihm flüchtig die Hand auf den Arm. »Ich habe *dich* gesehen, *meinen* Duncan mit zwölf Jahren. Nicht wegen seiner Haarfarbe natürlich – die hat er von seiner Mutter –, aber die Kopfform, die Art, wie sein Haar fällt, wie er sich bewegt, sogar sein Lächeln ...«

»Was?« Jede Farbe war aus Kincaids Gesicht gewichen.

»Was ich dir beizubringen versuche, ist, daß Kit *dein* Kind ist. Der genetische Stempel ist so unverkennbar wie ein Brandzeichen.«

Er machte den Mund zu und schluckte mühsam. »Aber das ist unmöglich ...«

»Bei Sex und seinen Folgen ist normalerweise nichts unmöglich, mein Liebling«, entgegnete Rosemary lächelnd. »Habe ich dir das mit den Bienen und den Blumen nie ordentlich erklärt?«

»Aber was ist mit Ian? Sicher hat er ...«

»Duncan, es ist eine einfache Rechenaufgabe. Der Junge ist elf. Du und Vic, ihr habt euch vor fast zwölf Jahren getrennt.

Ich bin sicher, du wirst feststellen, daß er innerhalb von sechs oder acht Monaten nach eurer Trennung geboren wurde.« Rosemary sah Duncans verschleierten Blick und seufzte. »Ich schätze, Vic hatte keine Ahnung, daß sie schwanger war, als sie dich verlassen hat. Und ich schätze, du hast keine Ahnung, seit wann sie mit diesem – wie heißt er noch? – zusammen war.«

»Ian. Erst seit unserer Trennung – möchte ich gern glauben. Aber ich weiß es nicht.«

Rosemary lächelte. »Sagen wir also kurz danach. Aber die Wahrheit kam vermutlich erst Jahre später ans Licht – wenigstens, was Vic betrifft.«

»Ich glaub es nicht. Du denkst doch nicht, Vic hat die ganze Zeit über gewußt – ich meine, als sie mich angerufen und mich eingeladen hat ...« Er verstummte und hatte schwer an Rosemarys Eröffnung zu knabbern.

»Eugenia Potts muß die Erkenntnis wie ein Schlag getroffen haben. Vermutlich hat sie sich die Ähnlichkeit nie eingestanden, aber ich schätze, als sie dich und Kit zusammen gesehen hat, konnte sie es nicht länger verdrängen.«

»Kit ... Gütiger Himmel. Sie ist völlig durchgedreht, als sie mich neulich abends mit ihm in Vics Haus antraf.«

»Sie hat dich nie gemocht. Was ein Pluspunkt für dich ist – du hast dich ihr nie untergeordnet.«

Er schwieg lange, schob die Brösel auf der Tischdecke mit den Fingern von einer Seite zur anderen. Dann sah er zu ihr auf. »Warum ist es mir nicht aufgefallen, wenn es so verdammt offensichtlich ist?«

»Vermutlich weil wir ein sehr statisches Bild von uns selbst haben. Wir sehen uns nicht so, wie andere uns sehen. Aber wenn du ein Foto von dir in dem Alter neben eines von Kit hältst, siehst du es auch.«

»Und wenn du dich irrst? Es ist doch nur Spekulation ...«, fügte er lahm hinzu. Er griff nach dem letzten Strohhalm.

»Wer hat mir Weihnachten erzählt, wie wichtig die Intuition für einen guten Kriminalbeamten ist?« Als er ernst blieb, fuhr sie seufzend fort: »Liebling, ich täusche mich nicht. Und ich will nicht streiten. Unter anderen Umständen – wenn Vic noch leben würde, und sie, Kit und Ian eine glückliche Familie wären – hätte ich vermutlich nie ein Wort gesagt. Aber so wie die Dinge jetzt liegen ... Du kannst es dir nicht leisten, dir keine Gewißheit zu verschaffen.«

Cambridge
21. Juni 1964
Liebe Mrs. Brooke,

bitte verzeihen Sie diesen Brief, aber ich konnte mich nicht überwinden, Ihnen die Nachricht telefonisch zu übermitteln. Lydia liegt in der Klinik. Es geht ihr sehr schlecht, nach der Fehlgeburt in der vergangenen Nacht. Das Baby war ein Junge, und ich habe ihn nach meinem Vater Gabriel getauft. Morgen findet hier in der Krankenhauskapelle eine Trauerfeier statt.

Lydia ist geschwächt und hat Fieber, und ich kann sie nicht beruhigen. Sie scheint sich die Schuld an allem zu geben, nimmt es als Strafe Gottes und ist für kein vernünftiges Argument zugänglich.

Würden Sie bitte kommen? Vielleicht können Sie ihr da Trost geben, wo ich versage.

Morgan

Kincaid klingelte weit nach Einbruch der Dunkelheit an Gemmas Wohnungstür. Er hoffte inständig, daß sie zu Hause war und ihn sehen wollte, denn er hatte sie in Grantchester ohne Abschied einfach stehenlassen.

Später war er wie blind durchs Dorf gerannt und hatte den Fußweg zum Fluß eingeschlagen. Wie lange er so gelaufen war, daran konnte er sich nicht mehr erinnern. Schließlich jedoch war es kalt geworden, und seine Füße hatten in den

Schuhen mit den dünnen Ledersohlen weh getan. Irgendwann, als die Sonne hinter den Dächern versank, war er wieder bei seinem Wagen in der High Street gelandet.

Er war nach London zurückgefahren. Sein Wunsch nach menschlicher Nähe war ebenso drängend geworden wie zuvor sein Bedürfnis, allein zu sein. Jetzt atmete er erleichtert auf, als er das Klicken des Riegels an Gemmas Türschloß hörte und das Licht von drinnen wie ein schmaler Silberstreif auf sein Gesicht fiel.

»Gemma? Darf ich reinkommen?«

Sie machte die Tür weiter auf. Sie trug jetzt Jeans und einen alten Pullover. Als er in die winzige Wohnung trat, fiel sein Blick auf die Bilderbücher auf dem Bett. Unter der Bettdecke zeichnete sich eine Kindergestalt ab. »Ist es zu spät?«

»Wir haben gerade vorgelesen«, erwiderte Gemma und nickte übertrieben in Richtung Bett. »Aber Toby scheint verschwunden zu sein. Ich glaube, er hat den Zauberkiesel gegessen, der kleine Jungs unsichtbar macht. Jedenfalls kann ich ihn nirgends finden.«

Kincaid räusperte sich und sagte mit bester Sherlock-Holmes-Stimme: »Laß mich meine detektivischen Fähigkeiten einsetzen. Wo ist mein Vergrößerungsglas? Also gut, Watson. Das Spiel beginnt.«

Es folgte das übliche Ritual des erprobten Versteckspiels. Sie überhörten das leise Kichern unter der Bettdecke geflissentlich, bis der gesuchte Junge schließlich mit viel Gekreische und Kitzelattacken aus dem Versteck befördert wurde.

»Mehr, mehr! Ich will mich noch mal verstecken!« jammerte Toby, als Gemma ihn zu seinem Bett trug und ihn mit dem Versprechen, das Spiel am nächsten Morgen fortzusetzen, unter die Bettdecke steckte.

All das habe ich versäumt, dachte Kincaid und spürte einen Stich in der Herzgegend.

»Alles in Ordnung?« fragte Gemma und machte Tobys Zimmertür leise zu. »Was zum Teufel ist mit dir am Nachmittag los gewesen?«

»Ich weiß nicht, wo ich anfangen soll«, murmelte Kincaid und rückte abwesend die Kerzen auf Gemmas Tisch hin und her.

»Fang von vorn an«, schlug Gemma vor. »Was hat deine Mutter zu dir gesagt? Du warst bleich wie der Tod, als ich vom Kiosk zurückgekommen bin.« Sie lehnte sich vor und fuhr mit den Fingerspitzen sein Kinn nach. Die Zärtlichkeit ihrer Berührung widersprach der Ungeduld ihrer Worte.

»Dir entgeht wirklich nichts«, seufzte er ausweichend. Gemma schnappte nicht nach dem Köder, sondern betrachtete ihn nur schweigend. Er holte tief Luft. »Meine Mutter behauptet, Kit sei mein exaktes Abbild in dem Alter. Sie glaubt, daß Kit mein Sohn ist.«

Gemmas Augen weiteten sich vor Überraschung, bis er sein Konterfei in ihren Pupillen erkennen konnte. »Großer Gott«, sagte sie atemlos. »Wie konnte ich nur so blind sein!«

»Du hast keine Zweifel?« Kincaid hatte insgeheim auf Gemmas Protest gehofft. Jetzt machte ihn ihre Reaktion beinahe froh.

Sie schüttelte bedächtig den Kopf. »Die Ähnlichkeit ist mir auch aufgefallen. Er kam mir gleich so bekannt vor – so als würde ich ihn schon lange kennen.« Sie berührte sein Gesicht mit einem Ausdruck der Verwunderung erneut. »Aber ... aber wieso hast du nicht gewußt, daß Vic schwanger war?«

Er schob seinen Stuhl zurück und stand auf. Die Wohnung war ihm plötzlich zu eng. »Laß uns spazierengehen«, schlug er vor.

»Ich möchte Toby nicht allein lassen.«

»Natürlich nicht. Dumm von mir.« Verdammt! Er hatte sich noch nicht einmal an die Verantwortung für ein Kind gewöhnt, geschweige denn für zwei. Er würde gar nicht wissen, wo er anfangen sollte.

Das merkwürdige Gefühl von Platzangst verstärkte sich. Um wenigstens irgend etwas zu tun, kramte er in der Brusttasche seines Anzugjacketts nach dem Streichholzheftchen, das er am Vortag in einem Lokal eingesteckt hatte. *Man kann nie wissen, wann man etwas gebrauchen kann,* schoß ihm die Pfadfinderweisheit durch den Kopf. War Kit bei den Pfadfindern gewesen? Konnte er Knoten machen? Durch die Zähne pfeifen? *Er hatte keine Ahnung, wo er anfangen sollte.*

Er beugte sich vor und zündete die Kerzen an. Als er das Streichholz ausgeblasen hatte, sagte er: »Zwischen mir und Vic gab es damals eine Menge Streß. Wir haben kaum ... miteinander geschlafen.«

»Einmal genügt«, unterbrach Gemma ihn lächelnd.

»Ja, schon.« *Himmel, war das peinlich!* Es hatte einen Krach gegeben und eine Versöhnung. Einige Wochen, bevor Vic ihn verlassen hatte. Er hatte es völlig vergessen.

»Ist sie in jenen letzten Wochen sehr sprunghaft gewesen? Die hormonellen Veränderungen am Anfang einer Schwangerschaft sind ...«

»Du meinst, daß Vic ausgezogen sein könnte – was ihr nicht ähnlich sähe –, *weil* sie schwanger war?« Es gab keinen Platz, um auf und ab zu gehen. Er zwang sich, sich auf die Fußstütze des Lederstuhls zu setzen, den er den Folterstuhl nannte. »Ich hätte es merken müssen. Da hast du recht.«

»Nein, das meine ich gar nicht. Sie könnte es selbst nicht gewußt haben ...«

»Trotzdem habe ich sie dann im Stich gelassen.«

Gemma glitt vom Stuhl und kniete vor ihm nieder, so daß sie in sein Gesicht aufsehen konnte. »Blödsinn. Du kannst nicht ändern, was passiert ist. Solche Gedanken sind unproduktiv. Aber du mußt entscheiden, was du jetzt tun willst.«

»Was kann ich denn tun?« protestierte er. »Kits Leben ist schon durcheinander genug. Er glaubt, Ian sei sein Vater ...«

»Glaubst du wirklich, daß Ian ihm viel nützt, selbst wenn er zurückkommen sollte? Und Kits Aussichten bei seinen Großeltern sind mehr als schlecht.« Sie nahm ihre Hände von seinen Knien. »Ich glaube, Liebling, daß du Angst hast, *dein* Leben durcheinanderzubringen.«

14

Und weil ich,
trotz aller Gedanken, nicht einen Moment
der guten Stunden fassen konnte, die vergangen.
War ich traurig und elend und wünschte den Tod.

RUPERT BROOKE
aus ›Kiefern und der Himmel: Abend.‹

Cambridge
3. September 1965
Liebe Mami,
Du bist so rührend besorgt um mich, aber so gern ich Dich hierhätte … es geht mir doch wirklich gut. (Obwohl ich zugeben muß, daß es ziemlich amüsant ist, wie Du und Morgan hinter meinem Rücken konspiriert.) Du hast im Augenblick selbst genug zu tun, jetzt, da Nell krank ist, und Morgan erweist sich als eine sehr liebevolle und erstaunlich kompetente Krankenschwester.

Obwohl diese letzte Fehlgeburt relativ einfach war, habe ich beschlossen, es nicht noch einmal zu versuchen. Ich habe mir eingeredet, es mir nicht mehr so verzweifelt zu wünschen, aber der Kreislauf von Hoffnung und Enttäuschung steckt noch tief und hält mich von meiner Arbeit ab. Auch für Morgan war es schwer, und er sagt, kein Kind sei es wert, daß ich meine Gesundheit und mein Wohlbefinden dafür opfere. Also mache ich tapfer weiter und versuche dankbar für alles zu sein, was mir beschert wird.

Daphne war ein großer Trost. Sie besucht mich oft. Morgan scheint sie um meinetwillen zu tolerieren.

Ich habe das Angebot von einem kleinen Verlag in Cambridge, meine neuesten Gedichte als Sammlung zu veröffentlichen. Sie wollen sich auf die Avantgarde spezialisieren, und ich bin ganz stolz, als eine Vertreterin derselben zu gelten. Es bedeutet Arbeit, aber ich freue mich darauf. Denk nur, endlich ein Buch! Es wird so eine Art Kindersatz werden, denke ich.

Morgan wurde von einer Londoner Galerie gebeten, eine Einzelausstellung in ihren Räumen vorzubereiten. Sie sind durch die Serie über die walisischen Bergleute auf ihn aufmerksam geworden. Du mußt zur Eröffnung unbedingt nach London kommen, dann machen wir uns einen schönen Abend.

Bitte mach Dir keine Sorgen ... Ich verspreche, rote Backen zu haben, wenn wir uns das nächste Mal sehen.

Alles Liebe, Lydia

Der Kaffeeduft holte Kincaid mit geradezu magischer Anziehungskraft aus den Tiefen des Bewußtseins. Obwohl er das Wachsein kaum mehr leugnen konnte, blieb er noch mit geschlossenen Augen liegen und versuchte zu erraten, wer ihm denn Kaffee kochte.

Bis ihm dämmerte, daß er weder in seiner Wohnung war noch in seinem Bett lag. Er war bei Gemma.

Normalerweise blieb er nicht über Nacht. Gemma hatte wegen Toby Gewissensbisse. Aber am vergangenen Abend hatte sie darauf bestanden. Im Bett hatten sie sich mit der stummen Leidenschaft ängstlicher Teenager geliebt, die Entdeckung fürchten. Die Erinnerung daran erregte ihn erneut. Er schlug die Augen auf und hoffte, Gemma willens zu finden, zu ihm ins Bett zurückzukommen.

Gemma saß angezogen am halbrunden Tisch, trank Kaffee und las in einem Manuskript.

»Du hast mich letzte Nacht nur benutzt«, sagte er beleidigt.

Gemma sah auf und lächelte. »Ihre Kombinationsgabe ist erstaunlich, Sir.« Sie reckte sich, und ihr kurzer Pullover enthüllte blanke Haut über ihrer Taille. »Entschuldige. Habe schon befürchtet, daß dich der Kaffeeduft wecken würde. Aber ich hab's nicht mehr ausgehalten ...«

»Gestern nacht hast du dasselbe gesagt«, neckte er und fügte hinzu: »Wie lange bist du schon auf?«

»Das brauchst du nicht zu wissen.« Gemma blätterte eine Seite weiter.

Kincaid hatte ihr am Vorabend gestanden, daß eine Kopie von Vics Manuskript im Kofferraum seines Wagens lag. Sie mußte ihm im Schlaf die Autoschlüssel entwendet haben. »Diebische Elster.«

»Ich habe auch dein Notköfferchen aus dem Kofferraum mitgebracht«, sagte sie und deutete auf Toilettenbeutel und Kleidung zum Wechseln, die er stets für alle Fälle dabeihatte.

»Dann habe ich jetzt vermutlich keine Ausrede mehr, noch länger im Bett zu bleiben«, seufzte er resigniert. Das grünliche Licht des frühen Morgens ging allmählich in einen warmen Goldton über. Toby mußte bald aufwachen.

»Ich finde, wir sollten heute vormittag noch mit Daphne Morris sprechen«, verkündete Gemma wenige Minuten später, als Kincaid das Hemd in die Hose steckte.

»Gemma ...«

»Keine Widerrede«, unterbrach sie ihn energisch. »Das ist Schnee von gestern.«

»Du bist unmöglich«, murmelte er. Er wußte, er hatte kapituliert, und fühlte sich trotzdem erleichtert.

»Gestern nacht hast du gesagt, Darcy Eliot hätte eine lesbische Beziehung zwischen Lydia und Daphne Morris angedeutet.« Sie pochte mit dem Finger auf das Manuskript. »Falls Vic einen Verdacht hatte, hat sie ihn mit keinem Wort erwähnt. Aber angenommen, sie ist erst kurz vor ihrem Tod darüber gestolpert? Die Direktorin einer Mädchenschule hätte viel zu verlieren, wenn so was ruchbar würde.«

Kincaid band sich die Schuhe zu und sah auf. »Vic hat mit Daphne Morris gesprochen. Das steht in ihren Notizen. Und in diesem Gespräch hat Daphne Morris den Eindruck erweckt, Lydia kaum gekannt zu haben.«

Gemma wirkte skeptisch. »Das ist ganz offensichtlich nicht wahr ... allein Lydias Briefe beweisen das Gegenteil. Weißt du, welche Schule Daphne Morris leitet?«

»Nein, aber ich weiß ungefähr, wo sie liegt. Dürfte nicht schwierig sein, den Rest herauszubekommen. »Was, meinst du, machen Schuldirektorinnen samstags?«

Schuldirektorinnen, so stellte sich heraus, verbrachten ihre Wochenenden in Landhäusern, aber Daphne Morris war aufgehalten worden. Sie erwischten sie beim Packen. Eine hagere Frau mit Pockennarben und resolutem Beschützerinstinkt führte sie in das Wohnzimmer ihrer Privatwohnung. »Ich muß Sie bitten, sie nicht lange aufzuhalten, ja?« verlangte sie, als sie sich zum Gehen wandte. »Sie braucht am Wochenende jede Minute ...«

»Schon gut, Jeanette«, kam es amüsiert von Daphne Morris, die in Reithose und Stiefeln, das glänzende kupferrote Haar mit einem Tuch zurückgebunden, das Zimmer betrat. Sie sah aus wie aus einer Werbeanzeige für ›Country Life‹. »Ich verspreche dir, in einer Viertelstunde aus dem Haus zu sein.

Jeanette befürchtete, ich könne zum mordenden Monster werden, wenn ich übers Wochenende nicht ausspanne«, fuhr Daphne Morris fort und rollte die Augen. Sie kam mit ausgestreckter Hand auf sie zu, zögerte und ließ den Arm sinken, als sie die frostigen Mienen ihrer Besucher sah. »Was ist? Habe ich was Falsches gesagt?«

»Ja wissen Sie es denn nicht?« fragte Gemma verblüfft.

»Tut mir leid«, erwiderte Daphne verunsichert. »Aber vielleicht hat Jeanette was falsch verstanden. Wer, sagten Sie, sind Sie?«

Kincaid stellte sich und Gemma vor und fügte hinzu: »Wir sind von Scotland Yard, Miß Morris. Wir möchten gern über Victoria McClellan mit Ihnen sprechen. Soviel wir wissen, ist sie wegen Lydia Brooke bei Ihnen gewesen.«

Daphne runzelte die Stirn. »Ja, das stimmt. Aber ich verstehe nicht, was das mit Ihnen zu tun hat.«

Kincaid warf Gemma einen Blick zu. Sie zuckte unmerklich die Schultern. Entweder hatte Daphne Morris keine Ahnung von Vics Tod oder sie war eine erstaunlich gute Schauspielerin. Das hatten sie nicht erwartet. »Miß Morris, dürfen wir uns setzen?«

»Oh!« entfuhr es ihr erschrocken. »Verzeihen Sie! Selbstverständlich.« Daphne deutete auf das Sofa vor dem Marmorkamin und nahm in einem kleinen goldenen Sessel Platz. Der Raum war hell, klassisch schlicht eingerichtet und eher steril und unpersönlich. Fotos, aufgeschlagene Bücher oder herumliegende Zeitschriften gab es nicht. »Also, worum geht es eigentlich?« Sie strahlt natürliche Autorität und Eleganz aus, dachte Kincaid. Ein Hauch von Schuldirektorin war spürbar geworden.

»Victoria McClellan«, begann er und räusperte sich. »Dr. McClellan ...«

»Dr. McClellan ist Dienstag verstorben«, kam Gemma ihm gelassen zu Hilfe.

»Aber das ist ja schrecklich ...« Daphne sah überrascht von Gemma zu Kincaid. »Davon weiß ich ja gar nichts. Sie war doch noch so jung ...«

»Sie ist ermordet worden, Miß Morris. Vergiftet«, erklärte Kincaid geradeheraus, ohne sie aus den Augen zu lassen. »Wir vermuten einen Zusammenhang mit ihren Recherchen über Lydia Brooke.« Daphne Morris wurde blaß. Ihre Augen wurden groß. Und Kincaid hätte schwören können, daß die Gefühlsregung echt war. Was steckte dahinter? Angst oder Schock? Bevor sie sich fassen konnte, fuhr er fort: »Bei Ihrem Gespräch mit Dr. McClellan haben Sie den Eindruck erweckt, Lydia und Sie seien nur flüchtige Bekannte gewesen – alte Collegekameradinnen, deren Wege sich gelegentlich gekreuzt hätten.«

»Aber ich ...«

»In Wirklichkeit sind Sie und Lydia langjährige, enge Freundinnen gewesen. Wollten Sie Dr. McClellan absichtlich täuschen?«

»Ich habe Dr. McClellan nicht getäuscht«, protestierte Daphne. »Es gab gar keinen Grund, mit einer Fremden über meine Privatangelegenheiten zu sprechen. Ich habe ein Recht auf mein Leben, meine Erinnerungen ...«

»Und was ist mit Lydia?« fiel Gemma ihr ins Wort. »Wenn Lydia Ihnen etwas bedeutet hat, müßten Sie doch den Wunsch haben, daß eine Biographin ihr gerecht wird? Aus Lydias Briefen geht unmißverständlich hervor, daß Sie ...«

»Briefe?« flüsterte Daphne aschfahl. »Was für Briefe?«

»Dr. McClellan hatte selbstverständlich Einblick in Lydias Korrespondenz«, erwiderte Gemma lächelnd. »Hat sie das nicht erwähnt? Einschließlich des ausgiebigen Briefwechsels mit ihrer Mutter. Und darin werden Sie häufig erwähnt. Daher wissen wir auch, daß Sie sich mit Morgan Ashby nicht verstanden haben. Gab es einen bestimmten Grund dafür, daß Morgan Sie nicht mochte?«

Im ersten Augenblick schien es Daphne die Sprache verschlagen zu haben. Dann reagierte sie mit Wut. »Das geht Sie nichts an. Wie Dr. McClellan Lydia darstellen würde, war mir egal. Biographien sind das Papier nicht wert, auf dem sie geschrieben werden. Ich habe für Leichenfledderei nichts übrig.« Sie holte Luft. »Verstehen Sie – ich unterstelle Dr.

McClellan keine schlechten Absichten. Aber auch noch so lange Briefe oder Gespräche hätten nie zeigen können ...«

»Mit Verlaub – diese Diskussion dürfte sich mittlerweile erledigt haben«, warf Kincaid ein. »Eine Biographie wird es *nicht* geben. Falls es jemand darauf angelegt hat, Details aus Lydias Leben vor der Öffentlichkeit geheimzuhalten, dürfte er sich jetzt die Hände reiben – Wochenenden auf dem Land beruhigt genießen, und so weiter.« Er lächelte. »Offenbar haben auch Sie gute Gründe, Einzelheiten Ihrer Beziehung zu Lydia Brooke bedeckt zu halten, Miß Morris. Zum Beispiel, falls Ihre Beziehung von einer, sagen wir, etwas unorthodoxen Natur war? Sexuell gesehen, meine ich. Ich bezweifle, daß so was im Elternbeirat Ihrer Schule Beifall finden würde.« Er sah sich unverhohlen bewundernd um. »Diese Schule ist ein ziemlich vornehmes Mädchenpensionat, soweit ich weiß.«

Daphne sprang auf und stieß den zierlichen goldenen Sessel um, der lautlos auf den tiefen Teppich kippte. »Da steckt doch Morgan dahinter!« schrie sie unvermittelt. »Er würde alles tun, nur um mich zu treffen. Morgan ist krank vor Eifersucht. Ein pathologischer Fall! Hat er Ihnen auch erzählt, daß man ihn wegen Körperverletzung verhaftet hat? Er hat Lydia geschlagen.« Daphne Morris registrierte das überraschte Schweigen ihrer Besucher mit tiefer Befriedigung. »Er hat ihr mehrere Rippen und den Kiefer gebrochen. Dachten Sie, Morgans berühmtes Künstlertemperament sei nur harmloses Theater gewesen?«

»Wann genau ist das passiert?« fragte Gemma gelassen.

Daphne fuhr sich mit zitternder Hand über den Mund und ordnete ihr wirres Haar. Kincaid registrierte erstaunt ihre großen Hände.

»Ich hätte das nicht sagen dürfen. Ich habe es Lydia versprochen.« Sie schüttelte den Kopf. »Und in all den Jahren habe ich nie ... niemals gegenüber Lydia ein Versprechen gebrochen.« Ihre Augen füllten sich mit Tränen.

»Sicher gibt es Beweise, Krankenberichte und so weiter ... Für den Fall, daß wir gezwungen sind, das zu überprüfen«, fuhr Gemma fort. »Trotzdem wäre es besser, Sie geben uns die nötigen Informationen. Ist das kurz vor Lydias Tod gewesen?«

Daphne starrte sie verständnislos an. »Wie bitte?«

»Sie haben uns erzählt, daß Morgan gegenüber Lydia handgreiflich geworden ist«, formulierte Kincaid vorsichtig. »War das kurz vor ihrem Tod?«

»Lydia hatte zum Zeitpunkt ihres Todes Morgan seit Jahren nicht gesehen. Jedenfalls so weit ich weiß. Es war Wochen vor der Trennung. Sie ist zu mir gekommen.« Daphne tastete sich zu ihrem Stuhl zurück, und Kincaid stellte ihn hastig für sie auf. »Warum reden Sie dauernd von Lydias Tod?« wollte sie wissen. »Was hat er damit zu tun?« Daphne klammerte sich an den Sitz des Stuhls, als müsse sie sich daran festhalten.

»Vic – Dr. McClellan – hat geglaubt, daß Lydias Tod kein ... Nein, sie war *überzeugt*, daß Lydia Brooke ermordet worden war«, verbesserte er sich. »Finden Sie es in diesem Zusammenhang nicht seltsam, daß auch Victoria McClellan eines gewaltsamen Todes gestorben ist?«

Cambridge
11. Februar 1968
Ich habe nie geglaubt, daß es dazu kommen würde. In Trümmern. Beobachtete und Beobachterin. Die eine Lydia leidenschaftslos, rational, wissend, daß es nur zwei unvermeidliche Lösungen gibt – Tod oder Trennung.

Die andere Lydia weiß, daß Tod die bessere Alternative gewesen wäre.

Lydia beobachtet Lydia, die zusammengekauert wie ein Fötus im schweißnassen Bett liegt. Lydia erkennt dies als Sabotageakt, weiß, daß die andere die große, schlichte Kraft dessen, was sie verband, nie ertragen konnte. Also hat die andere die Atmosphäre vergiftet, hat mit einem Wort hier, einer Bemerkung da provoziert, wo sie hätte Trost geben können, hat mit wildem Verlangen Blut gesaugt.

Und Lydia hat beobachtet, Elektra sprachlos, stumm, die Dichterin zum Schweigen gebracht.

Das ist das Ende.

»Sie hat es kein einziges Mal geleugnet«, bemerkte Gemma mit einem Seitenblick auf Kincaid, der am Steuer saß.

»Wer hat was nie geleugnet?« fragte Kincaid, der sich auf den Kreisverkehr konzentrierte. Er bog zur Barton Road ab.

»Daphne hat ihr lesbisches Verhältnis mit Lydia nie geleugnet.«

»Vielleicht war ihr die Anspielung zu läppisch, um überhaupt darauf zu reagieren«, gab Kincaid zu bedenken. »Vielleicht hält sie uns für übergeschnappt – wie Morgan Ashby. Vielleicht hat sie sich schon beim Yard über uns beschwert. Schließlich haben wir gerade eine angesehene Schuldirektorin einer lesbischen Beziehung – und des Mordes – bezichtigt. Und das ganz ohne Beweise.«

»Sie hat uns nicht die ganze Wahrheit gesagt«, eiferte sich Gemma. »Sie war richtig erleichtert, als sie merkte, daß wir die Briefe meinen, die Lydia an ihre Mutter geschrieben hat. War nicht zu übersehen.«

»Sie hat für den Nachmittag von Vics Tod ein wasserdichtes Alibi.«

Kincaid und Gemma hatten erneut mit Jeanette gesprochen und sich Daphnes Terminkalender angesehen. Beide bestätigten, daß Daphne an jenem Dienstag zahllose Gespräche geführt und mehrere Verabredungen gehabt hatte. Trotzdem wollte Gemma nicht so schnell klein beigeben. »Auch Alibis haben Lücken. Und wir wissen nicht, wohin Vic gefahren ist, nachdem sie die Fakultät am frühen Nachmittag verlassen hatte. Was ist, wenn sie zu Daphnes Wohnung gefahren ist? Daphne könnte ihr Büro unbemerkt verlassen und sie ohne Zeugen getroffen haben.«

Kincaid blieb skeptisch. »Also ... konzentrieren wir uns auf Morgan Ashby. Wie sollen wir ihn deiner Ansicht nach überreden, sich wie ein zivilisierter Mensch mit uns zu unterhalten?«

Gemma bekam eine Gänsehaut. Sie hatte Morgan Ashby angelogen. Selbst ein Mann, der ruhiger und ausgeglichener war, würde ihr das übelnehmen. Sie flüchtete sich in Galgenhumor. »Also wenn er auf dich nicht fliegt, müssen wir uns wohl auf meinen Charme verlassen.«

Diesmal hielten sie sich an die ländlichen Sitten und klopften zuerst an der Hintertür. Sie hatten Morgan Ashbys Wagen nirgends entdecken können, aber ihre Hoffnung, daß der Hausherr nicht zu Hause war und Francesca ihnen den Weg bereiten würde, war bald zunichte.

Morgan öffnete. Seine Miene war düster. Offenbar hatte er jemand anderen erwartet. Daß sie ebensowenig willkommen waren, wurde bald deutlich. »Sie schon wieder?« fuhr er Kincaid an. »Ich habe Sie doch neulich schon rausgeworfen.« Dann entdeckte er Gemma, die sich hinter Kincaid verschanzt hatte, und seine Züge entspannten sich. »Was machen Sie denn hier, Miß Ja ...« Er verstummte, sah erneut von Gemma zu Kincaid, und sein Blick wurde schlagartig giftig. »Sie interessieren sich gar nicht für den Atelierraum, was? Sie wollten nur rumschnüffeln. Verdammt, hätte ich mir denken können!« Er schüttelte angewidert den Kopf. »Jetzt reicht's endgültig. Ich wiederhole mich ungern, aber ich sag's noch einmal, zum Mitschreiben: Verpißt euch!«

»Mr. Ashby«, rief Gemma, als Kincaid die Hand ausstreckte, um zu verhindern, daß die Tür zugeschlagen wurde. »Wir sind Polizeibeamte. Beide. Von Scotland Yard. Wir müssen mit Ihnen reden.«

Morgan warf Kincaid einen verächtlichen Blick zu, aber zumindest hatte ihr Einwurf ihn daran gehindert, Kincaids Hand in der Tür einzuklemmen.

»Scotland Yard? Dann haben Sie mir also auch einen Haufen Lügen aufgetischt, was?« wandte Morgan sich an Kincaid. »Dieses Rührstück über Ihre Ex-Frau Victoria McClellan ...«

»Das ist die Wahrheit«, warf Kincaid ein. »Vic hat sich an mich gewandt, eben *weil* ich Polizist bin. Lydias Tod kam ihr nicht geheuer vor.«

»Lydias Tod?« wiederholte Morgan. Er zögerte. »Wovon reden Sie überhaupt?«

Gemma trat einen Schritt vor und schob sich zwischen Kincaid und Morgan. Sie erkannte ihre Chance und war entschlossen, sie zu nutzen. »Mr. Ashby«, begann sie. »Bitte lassen Sie uns rein. Wir bleiben nicht lange.«

Morgan starrte sie drohend an. Dann zuckte er plötzlich mit den Schultern und gab den Weg frei. »Sagen Sie, was Sie sagen müssen. Bringen wir's hinter uns.«

Trotz des rüden Tons trat Gemma hastig hinter ihm in die Küche. Kincaid folgte ihr und machte die Tür zu.

Socken und Unterwäsche hingen auf einer Leine über dem Ofen, und auf dem Herd kochte ein Topf Kartoffeln. Gemmas Magen knurrte. Ob vor Hunger oder Nervosität wußte sie nicht.

Morgan stellte sich mit dem Rücken zum Herd. Er bot ihnen keinen Stuhl an. »Was meinen Sie mit *nicht geheuer*?« fragte er und sah von einem zum anderen. »Weshalb interessierte sich diese McClellan für die Umstände von Lydias Tod? Hat ihr die nackte Tatsache nicht gereicht?«

»Vic hat einiges an Lydias Selbstmord als sehr unbefriedigend empfunden. Aber darauf kommen wir später. Gehen wir zuerst ein paar Jahre weiter zurück.« Kincaid trat einen Schritt auf Morgan zu. Gemma biß sich ängstlich auf die Lippe.

»Wir kommen gerade von einem Besuch bei Daphne Morris«, fuhr Kincaid fort. Gemma sah, wie Morgan bei diesem Namen erstarrte. »Sie alle scheinen ja gut miteinander bekannt gewesen zu sein. Die Dame hat uns ein paar faszinierende Einzelheiten über Ihre Beziehung zu Lydia erzählt. Zum Beispiel das Intermezzo mit den gebrochenen Rippen. Der Vorfall ist sogar aktenkundig bei der Polizei ...«

Gemma hörte Morgans Faust gegen Kincaids Kinnlade krachen, bevor sie überhaupt begriff, was passierte. Es folgte ein rascher Schlagabtausch. Die beiden Kampfhähne rangen schwer atmend und mit wild entschlossenen Mienen miteinander. Blut tropfte scharlachrot aus Kincaids geplatzter Lippe.

Gemma war mit zwei Schritten bei ihnen, zerrte sie beide an den Jacken und schrie: »Aufhören! Beide! Morgan, hören Sie mir zu! Lydia hat nicht Selbstmord begangen. Jemand hat sie *umgebracht*. Hören Sie? Sie können es nicht gewesen sein – Sie hätten sie niemals vergiftet. Aber jemand hat es getan. Sie müssen uns helfen, Morgan ...«

Plötzlich bekam Kincaid Morgans Arm zu fassen und bog ihn ihm routiniert auf den Rücken. Morgan verzog das Gesicht vor Schmerz.

»Lassen Sie mich los, verdammt noch mal!« brüllte er und trat gegen Kincaids Schienbein. Aber Gemma spürte, daß er nicht mehr mit ganzem Herzen dabei war.

Kincaid lockerte seinen Griff und keuchte wütend: »Dann behalten Sie jetzt gefälligst Ihre Pfoten bei sich, ja?«

Morgan riß sich von Kincaid los, trat zur Seite und berührte seine Nase. Er starrte verdutzt auf die Blutspuren an seinen Fingern und sah Gemma böse an. »Weshalb sollten sie sich die Mühe gemacht haben, sie umzubringen?« schnaubte er. »Hatten sie nicht schon genug Schaden angerichtet?« Gemma beobachtete entsetzt, wie sich sein Gesicht verzerrte und er laut aufschluchzte.

Morgan ließ sich widerstandslos von Gemma zu einem Stuhl am Küchentisch führen. Sie machte ein Geschirrhandtuch naß und reichte es ihm. Dann setzte sie sich ihm gegenüber. »Wer hat Lydia was angetan, Morgan?« fragte sie sanft.

»Diese verdammten Perversen.« Morgan tupfte sich die Nase. Obwohl er seine Gesichtsmuskeln jetzt unter Kontrolle zu haben schien, glitzerten Tränen in seinen Wimpern.

»Sprechen Sie von Daph ...«, begann Kincaid, aber Gemma brachte ihn mit einer heftigen Handbewegung zum Schweigen. Nach kurzem Zögern ließ Kincaid sich am oberen Ende des Tisches nieder und preßte sein Taschentuch gegen die Lippe.

»Sie ist ein gerissenes Aas«, bemerkte Morgan. »Sie hat sich in Geduld gefaßt all die Jahre, die treue, verläßliche Daphne, und nur auf ihre Gelegenheit gewartet.«

»Hat Lydia mit Daphne geschlafen?« wollte Gemma in neutralem Ton wissen.

»Geschlafen?« Morgan lachte harsch. »Das ist eine verdammte Beschönigung für das, was sie getrieben haben. Sie alle, nicht nur Daphne. Und Lydia hat es vor mir breitgetreten, wenn wir unsere Kräche hatten. Sie haben sie krank gemacht, sie so verbogen, daß sie zu einer normalen Beziehung gar nicht mehr fähig war.

Sie hatte Alpträume, wußten Sie das? Sie wachte schreiend und schwitzend aus Träumen auf, an die sie sich nie erinnern konnte. Und das Schlimmste – sie konnte es nicht ertragen, glücklich zu sein. Wir sind eine Weile gut ausgekommen, aber dann hat sie angefangen, herumzumäkeln, Kräche vom Zaun zu brechen. Jetzt glaube ich manchmal, sie wollte, daß ich ihr weh tat – aber damals hatte ich zu wenig Abstand. Ich habe nichts begriffen.«

»Brauchte sie vielleicht einen Grund, um Sie zu verlassen?« fragte Gemma.

»Oh nein! Das verstehen Sie ganz falsch.« Morgan schüttelte den Kopf. »Sie ist zwar zu Daphne gerannt, aber nach ein paar Tagen kam sie immer zu mir zurück, und es ging eine ganze Weile wieder gut.«

»Dann hat *sie* Sie erneut provoziert.« Gemma begann allmählich zu begreifen.

Morgan nickte und schloß kurz die Augen. »Erst als ich merkte, daß ich die Hände um ihren Hals gelegt hatte und sie schüttelte wie einen Hund, wußte ich, daß ich derjenige sein mußte, der den Schlußstrich zog.«

Gemma spürte, daß Kincaid auf dem Sprung war, und schüttelte heftig den Kopf. Sie wartete, widerstand dem Impuls, Morgan zu drängen oder ihm Worte in den Mund zu legen.

»Ich habe sie mit letzter Anstrengung losgelassen und hatte das Gefühl, meine Hände seien für immer befleckt. Wie hatte ich mich nur dazu hinreißen lassen können? Später in jener Nacht, als sie sich in den Schlaf geweint hatte, habe ich meine Sachen gepackt und bin gegangen. Am nächsten Tag habe ich die Scheidung eingereicht. Ich habe ihr das Haus und alles, was drin war, gelassen.« Er sah Gemma flehentlich an. »War es denn so schrecklich, die Ehe auf diese Art zu beenden?«

»Es blieb Ihnen doch gar nichts anderes übrig.« Gemma

berührte seine Hand. »Morgan, wer hat Lydia krank gemacht? Abgesehen von Daphne.«

Die Haut unter seinen Augen wurde knittrig, als er die Stirn in Falten legte. »Adam natürlich. Der ›Dieb ihrer Jungfernschaft‹, wie sie ihn gern genannt hat. Oder das ›Lamm Gottes‹. Sie fand das komisch.«

»Nur Adam?« drängte sie weiter.

»Adam und Darcy Eliot und dieser verdammte Scheinheilige, Nathan Winter, der später zum perfekten, moralisch unantastbaren Ehemann und Vater mutiert ist.« Morgan grinste höhnisch.

»Soll das heißen, daß Lydia mit allen geschlafen hat?« Gemma vermied es, Kincaid anzusehen. »Daphne eingeschlossen?«

»Sie hat mich als Spießer beschimpft, weil ich die Bande nach unserer Hochzeit nicht mehr bei uns sehen wollte.«

»Aber in bezug auf Daphne haben Sie nachgegeben? Nachdem Lydia die Fehlgeburten hatte. Weil Daphne die einzige Frau war, die sie in ihrer Nähe ertragen konnte. Was war später? Nach der Trennung? Ging die Affäre zwischen Daphne und Lydia weiter?«

Morgan schüttelte den Kopf. »Das weiß ich nicht. Ich habe Lydia nicht wiedergesehen – bis auf die wenigen Male, wenn wir eine Begegnung nicht vermeiden konnten.« Er wirkte plötzlich müde und erschöpft.

»Da war Francesca.«

»Francesca hat mich vor dem Wahnsinn gerettet. Tut sie immer noch. Und ich beneide sie nicht um diese Aufgabe.« Morgan versuchte ein Lächeln. »Wir wären beide besser dran gewesen, wenn ich ...« Er hielt inne und horchte. »Sie ist gekommen. Vom Einkaufen. Ich erkenne das Motorengeräusch des verdammten alten Volvo auf einen Kilometer Entfernung.«

Eine Autotür fiel zu. Sie warteten. Kurz darauf ging die Hintertür auf. Francesca Ashby trat ein, ihre Haltung sorgenvoll gespannt. Sie sah Morgan mit den Blutspuren im Gesicht und ließ ihre Taschen und Päckchen fallen, wo sie stand. »Morgan! Bist du ...«

»Alles bestens, Liebling. Keine Sorge«, beruhigte er sie.

»Aber ...« Sie warf einen Blick auf Kincaid, an dessen Wange sich die dunklen Umrisse eines Blutergusses abzuzeichnen begannen, und sah dann zu Gemma. »Was ist passiert?« fragte sie und stellte sich neben ihren Mann.

»Etwas, das schon lange hätte geschehen müssen«, erwiderte er und legte den Arm um ihre Taille. »Aber ich weiß nicht, ob ich es erklären kann. Es ist vorbei, Fran. Endgültig. Sie behaupten, jemand habe Lydia umgebracht. Sie hat nicht Selbstmord begangen.« Er sah zum ersten Mal seit ihrer Prügelei Kincaid an. »Sind Sie sich sicher?«

»Im Augenblick fehlen uns noch stichhaltige Beweise. Trotzdem bin ich davon überzeugt«, erwiderte Kincaid.

»Und Sie glauben, dieselbe Person hat Ihre Dr. McClellan umgebracht?«

Kincaid nickte. »Können Sie sich vorstellen, wer dazu fähig gewesen wäre?«

»Nein«, antwortete Morgan gedehnt. »Komisch – aber es ist mir auch egal.«

»Morgan, das ist nicht dein Ernst!« Francesca trat entsetzt von ihm zurück.

Er sah zu ihr auf. »Ich meine damit nicht, daß ich es richtig finde oder daß ich mir nicht wünsche, daß ihr Gerechtigkeit widerfährt – auf gewisse Weise. Aber begreifst du nicht, was das für mich bedeutet, Frannie?«

»Es ist nie deine Schuld gewesen, Morgan. Egal, wie sie gestorben ist.« Sie streichelte ihm übers Haar. »Du hattest diese Art der Absolution nicht nötig.«

»Doch, hatte ich«, widersprach er leise. »Ich verkaufe das Haus, Fran. Hilfst du mir?« Er wandte sich zu ihr um, und als sie zustimmend nickte, entfuhr ihm ein tiefer Seufzer, der fast wie ein Schluchzen klang. Er legte den Kopf gegen ihre Brust.

Gemma und Kincaid saßen für einen Moment bewegungslos da und betrachteten Francescas ruhige Züge. Dann standen sie auf und gingen leise hinaus.

*Und die Erinnerung kommt, geht, kehrt wieder, wird
   vergessen,
und ist doch da, an die Geschichte, die ich einst gehört
   oder erlebt,
an eine schale Geschichte von Müßiggang und
   Schmerz
von Zweien, die sich liebten – oder nicht geliebt –,
   und einem
dessen verwirrtes Herz leichtfertig Böses tat,
vor langer Zeit, an anderen Gestaden.*

RUPERT BROOKE
aus ›Waikiki‹

»Und was sagt uns das alles?« fragte Kincaid, griff nach seinem Tomaten-Käse-Sandwich und stöhnte vor Schmerz, als er beim ersten Bissen seine aufgeplatzte Lippe berührte. Gemma hatte sich bereits über ihr Sandwich hergemacht, und er beobachtete, wie der Eiersalat über die Ränder quoll, als sie erneut hineinbiß.

Sie saßen in einer Teestube im Tiefparterre nahe der St. John's Street, teils weil Hazel das Lokal empfohlen hatte, teils weil Kincaid mit Ralph Peregrine verabredet war, dessen Verlag in der Nähe lag. Kincaid mußte anerkennen, daß die Teestube ein angenehmes Lokal war, gemütlich warm, mit schweren Eichenmöbeln und hellblauen Tischdecken. Aber die Zeichnung von Alice im Wunderland auf der Speisekarte weckte Erinnerungen an Vic.

»Du hättest Morgan nicht so provozieren dürfen«, sagte Gemma mit leichtem Vorwurf, während sie besorgt zusah, wie er seine geplatzte Lippe betastete. »Und an der Backe kriegst du einen wunderbaren Bluterguß«, fügte sie sachlich hinzu.

»Der Mann schlägt Frauen – das hat er selbst zugegeben. Er hätte Lydia beinahe umgebracht. Wieso nimmst du ihn in Schutz?« konterte Kincaid trotzig.

»Normalerweise läßt du dich nicht von deinen persönlichen Vorurteilen leiten.« Gemma musterte ihn über den Rand ihrer blauweißen Teetasse hinweg. »Außerdem bin ich nicht sicher, daß das stimmt – ich meine, daß er Frauen schlägt. Ich glaube, er ist ein Hitzkopf, und Lydia hat ihn provoziert ...«

»Willst du damit sagen, Lydia hat nur gekriegt, was sie verdient hatte?« entgegnete er aufgebracht mit vollem Mund. »Das ist ungeheuerlich. Ich hab mich wohl verhört. Ausgerechnet du ...«

»Selbstverständlich habe ich das so nicht gemeint«, fiel sie ihm ebenso hitzig ins Wort. »Ich will damit nicht sagen, daß Morgan recht gehandelt hat. Aber das war eine Sache zwischen Lydia und Morgan. Zwei extreme Charaktere, eine brisante Mischung – was sie beide an die Grenzen des Wahnsinns getrieben hat. Außerdem gehe ich jede Wette ein, daß Morgan Francesca nie auch nur ein Haar gekrümmt hat.«

»Na und? Das bedeutet nicht, daß er Lydia vor zwanzig Jahren nicht umgebracht haben kann.«

»Er hat sie nicht umgebracht. Nicht so.« Gemma schüttelte heftig den Kopf. »Morgan handelt im Affekt. Giftmorde erfordern kaltes Kalkül – Absicht und Planung. Dazu ist Morgan nicht fähig.« Nachdenklicher fügte sie hinzu: »Mich interessiert, ob Lydia diese Szenen wirklich absichtlich provoziert hat oder ob das nur seine Sichtweise – seine Ausrede für sein Verhalten ist.«

»Das erfahren wir nie. Sowieso ist jede Diskussion sinnlos. Wir haben nichts Belastendes gegen Morgan Ashby in der Hand«, seufzte Kincaid. »Aber wenn du dir einer Sache sicher bist, gehst du mit dem Kopf durch die Wand ... Muhammed Ali.«

Gemma lächelte in der Pose der Siegerin. »Dann sollten wir jetzt nachprüfen, was Morgan uns erzählt hat, oder? Daphne erreichen wir erst Montag. Aber wir könnten es bei Darcy Eliot und Nathan Winter versuchen.« Sie trank ihre Tasse Tee aus.

»Also gut«, pflichtete er bei. »Aber zuerst möchte ich mit Ralph Peregrine reden. Die verschwundenen Gedichte liegen mir im Magen.«

Nachdem sie gezahlt hatten, stiegen sie die steile Wendeltreppe ins Parterre empor und gingen durch ein Ladengeschäft mit schöner Tischwäsche aus Leinen und Spitzen. Kincaid sah, wie Gemmas Hand sich nach einer besonders schönen Handarbeit ausstreckte, die neben der Tür ausgebreitet lag, und zurückzuckte, ohne sie zu berühren, bevor sie ihm auf die Straße hinaus folgte.

In der halben Stunde, die sie in der Teestube im Tiefparterre verbracht hatten, war das Wetter umgeschlagen. Der Himmel war wolkenverhangen, und die kühle Luft roch nach Regen.

Sie passierten einige Feinkostgeschäfte und erreichten wenige Minuten später das unauffällige Bürohaus an der Ecke zur Sidney Street. Ein Messingschild trug den Namenszug des Verlags.

Eine Klingel gab es nicht. Die Tür war offen. Sie betraten das Foyer. Eine Treppe führte in den ersten Stock und zu einer Milchglastür. »Bist du sicher, daß jemand da ist?« fragte Gemma. »Es ist still wie in einer Kirche. Und es ist Samstag.«

»Peregrine hat gesagt, daß er arbeitet«, versicherte Kincaid, als sie die Stufen hinaufstiegen. Er öffnete die Glastür im ersten Stock und ließ Gemma den Vortritt. Dahinter lag eine Art Vorzimmer mit schäbigem Sofa, Couchtisch, bunt gefüllten Bücherregalen und Stapeln von Manuskripten. Die Tür zu einem angrenzenden Büro war geschlossen. Kincaid hörte eine Männerstimme. Ralph Peregrine schien zu telefonieren.

»Die Exklusivität, die man mit dem Peregrine-Verlag verbindet, sucht man hier aber vergebens«, bemerkte Kincaid und fuhr mit dem Daumen über einen staubigen Aktenstapel. »Was meinst du, sind das Manuskripte?«

»Organisationsgenies scheinen hier nicht gerade am Werk zu sein.« Gemma rümpfte die Nase. »Ist ein Wunder, daß sie es schaffen, überhaupt Bücher zu ...«

»Hallo! Ich habe doch Stimmen gehört.« Die Seitentür hatte sich lautlos geöffnet. Ein hagerer, dunkelhaariger Mann in Cordhose und kirschrotem Pullover stand lächelnd auf der Schwelle. »Sie müssen Mr. Kincaid sein. Ich bin Ralph Peregrine.«

Nachdem Kincaid Gemma vorgestellt hatte, die unwillkürlich rot geworden war, führte Peregrine sie in sein Büro. »Hier ist es gemütlicher«, erklärte er und bot ihnen zwei antike Stühle an, die aussahen, als habe man sie aus einem Speisezimmer entwendet. Peregrines Büro war schon eine Nuance eleganter. Der Schreibtisch, auf dem sich gefährlich instabile Papier- und Bücherstapel türmten, sah wertvoll aus, und der Teppich unter ihren Füßen hatte die federnde Qualität eines echten Persers. Links vom Schreibtisch stand ein Computer modernster Machart mit Drucker auf einem Computertisch. Kincaid gefiel die Vorstellung, daß das Endprodukt dieser neuesten Technologie noch immer gedruckte Worte auf gebundenem Papier waren.

Peregrine setzte sich halb auf die Schreibtischkante und sah sie an, den Rücken dem großen Fenster hinter seinem Schreibtisch zugewandt. Er verschränkte entspannt die Arme vor der Brust und fragte: »Also, was kann ich für Sie tun?«

Es ist ein Kriminalfall, dachte Kincaid. Zitiere einfach die Fakten und laß dir den Blick nicht von den Gedanken an Vic verstellen. Er räusperte sich. »Wie ich schon am Telefon gesagt habe, geht es um Lydia Brookes letzten Gedichtband. Ich meine den, der posthum veröffentlicht worden ist. Vic McClellan hat bei Lydias Nachlaß Gedichte entdeckt, die ihrer Meinung nach in diesem Band hätten enthalten sein müssen. Deshalb stellt sich die Frage, ob es vielleicht Ihre redaktionelle Entscheidung war, gewisse Gedichte nicht in dieses Buch aufzunehmen.«

»Ganz sicher nicht«, erwiderte Ralph amüsiert. »Lydia und ich standen in bestem Einvernehmen. Ich hätte ihr nie ins Handwerk gepfuscht.« Er wurde ernst. »Und nach ihrem Tod, als wir uns nicht mehr absprechen konnten, hätte ich das erst recht nicht getan. Ich habe Lydias Manuskript so veröffentlicht, wie ich es von ihr bekommen hatte, und war sehr darauf bedacht, alles genau so zu machen, wie sie es sich gewünscht hätte.« Er nahm seine Brille ab und rieb sich den Nasenrücken. »Ich erinnere mich allerdings, daß ich damals gedacht habe, der Reihenfolge der Gedichte ginge eine gewisse Kontinuität ab. Sie erschien mir etwas sprunghaft. Aber nach Lydias Tod habe ich ihre Depressionen dafür verantwortlich gemacht.«

»War das Manuskript denn fortlaufend numeriert?« wollte Gemma wissen.

Ralph schüttelte den Kopf. »Nein. Lydia hatte die Angewohnheit, mit der Reihenfolge der Gedichte bis zum letzten Tag zu spielen, und da sie auf einer Schreibmaschine arbeitete, wäre es ein Heidenaufwand gewesen, die Seiten jedesmal neu durchzunumerieren.«

»Es hätte also jemand unschwer hier und dort eine Seite aus dem Manuskript verschwinden lassen können?« vermutete Kincaid.

»Schon. Vermutlich«, erwiderte Ralph verdutzt. »Aber warum um Himmels willen hätte das jemand tun sollen?«

»Das wissen wir nicht. Wir haben nur Vics Behauptung, daß etwas nicht stimmt.« Kincaid blinzelte, als wolle er die Vision von Vics erregtem Gesicht, als sie die Durchschläge mit den Gedichten vor ihrer Nase herumschwenkte, vor seinem geistigen Auge auslöschen.

»Gewiß war Dr. McClellan eine Expertin, was Lydias Werk betrifft. Aber wenn sie der Meinung war, daß jemand an Lydias Manuskript herumgepfuscht hat, warum hat sie das nicht mit mir besprochen?« wollte Ralph wissen. Der Mann hat ein intelligentes Gesicht, dachte Kincaid. Mit wachen dunklen Augen und einer hohen Stirn. Er war nicht zu unterschätzen.

»Sie hat das erst wenige Tage vor ihrem Tod entdeckt«, warf Gemma ein. »Die Zeit lief ihr einfach davon.«

»Haben Sie eine Ahnung, wer Zugang zu Lydias Manuskript gehabt haben könnte, bevor Sie selbst es gelesen haben?« fragte Kincaid.

Ralphs Blick schweifte über die zahllosen Bücher und Manuskripte in seinem Arbeitszimmer. Das sprach Bände. »Sie sehen ja, was hier los ist. Ich komme mir wie Sisyphus vor, der alle Aufgaben gleichzeitig zu erledigen versucht. Meine Assistentin kann nur das Schlimmste verhindern. Hier kommen viele Leute durch, aber wir hatten nie Grund, auf Sicherheitsvorkehrungen zu achten.« Er warf unauffällig einen Blick auf die Uhr. »Allerdings ist es möglich, daß Lydia aus irgendeinem Grund selbst beschlossen hat, Gedichte aus der Sammlung herauszunehmen. Aber was sollte das mit Dr. McClellans Tod zu tun haben? Das alles kommt mir doch ziemlich weit hergeholt vor.«

»Es könnte nicht nur etwas mit Dr. McClellans Tod, sondern auch mit Lydias Tod zu tun haben.« Kincaid, der Ralph aufmerksam beobachtete, erkannte, wie schnell der Mann die Andeutung verarbeitete.

»Lydia? Wie meinen Sie das?« Ralph klang ehrlich überrascht. Er sah verwirrt von einem zum anderen.

»Wir halten es für möglich, daß Lydia Brooke ermordet worden ist«, eröffnete Kincaid ihm.

Ralph starrte ihn an. »Ermordet? Aber ... das ist unmöglich. Lydia war eine mäßig erfolgreiche Lyrikerin mittleren Alters, die bekanntermaßen seit Jahren an Depressionen gelitten hatte. Weshalb sollte jemand sie ermordet haben?«

»Wir hatten eigentlich gehofft, Sie könnten uns da einen Hinweis geben«, gestand Gemma mit einem Lächeln. »Wir dachten, daß Sie vielleicht eine objektivere Einschätzung von ihr haben. Immerhin hatten Sie ein reines Arbeitsverhältnis mit ihr. Und sie kannten sich seit langem.«

»Ja, das ist richtig«, erwiderte Ralph bedächtig. »Lydia gehörte zu den ersten Autoren, die ich für den Verlag gewinnen konnte. Wir sind sozusagen zusammen groß geworden. Anfangs waren wir – beide – schrecklich naiv, was das Verlagswesen anging. Aber Lydia hat mir meine Fehler verziehen. Ich mochte sie sehr.«

Ralph betrachtete nachdenklich das Brillengestell in seiner Hand und sah dann auf die Uhr. »Tut mir leid, aber ich kann Ihnen wirklich nicht mehr sagen. Je älter Lydia wurde, desto eigenwilliger wurde sie. Und gelegentlich wurde sie auch ein wenig rührselig. Aber seit wann bringt man deshalb einen Menschen um? Sie war mit ihrer Zeit und ihrem Rat sehr großzügig – sie hat jüngeren Lyrikern oft geholfen. Sicher standen Leute in ihrer Schuld.«

»Und in ihrem Privatleben?« fragte Kincaid prompt.

»Lydia hat nie über Einzelheiten aus ihrem Privatleben mit

mir gesprochen, abgesehen von dem üblichen Geplänkel über Feuchtigkeit in den Hauswänden und Löchern im Dach.«

»Was ist mit Morgan Ashby?«

»Ich habe ihn natürlich zu Beginn meiner Zusammenarbeit mit Lydia kennengelernt. Er mochte mich wohl nicht besonders. Gesellschaftlich hatten wir kaum Berührungspunkte. Meine Frau und ich haben sie beide einmal zum Essen eingeladen. Daran erinnere ich mich. Das muß gegen Ende ihrer Ehe gewesen sein. Der Abend war kein Erfolg.« Diesmal war der Blick auf die Uhr vielsagend. »Wenn Sie mich jetzt entschuldigen. Ich habe eine Verabredung ...«

Sie hörten, wie die Tür zum Vorzimmer geöffnet und wieder geschlossen wurde. Dann ertönte eine Frauenstimme: »Entschuldigung, Ralph, Lieber. Ich bin zu früh.« Die Bürotür ging auf. »Oh, Verzeihung«, sagte die silberhelle Stimme atemlos. »Ich hatte keine Ahnung, daß du Besuch hast. Ich wollte nur ...«

»Nein, nein. Komm bitte rein, Margery.« Ralph ging hastig zur Tür, und Kincaid und Gemma drehten sich verlegen auf ihren Stühlen um. »Warum rennst du nur immer so die Treppe herauf«, sagte Ralph liebevoll besorgt. »Du bist ganz außer Atem.«

»Keine Betulichkeiten, mein Lieber. Du weißt, das macht mich alt«, erwiderte sie lachend.

Kincaid erhob sich schnell, als die Frau an Ralphs Arm das Zimmer betrat. Sie mußte um die Siebzig sein, schätzte Kincaid, und war ganz in Silbergrau gekleidet. Ein Farbton, der perfekt zum Klang ihrer Stimme paßte.

»Margery, darf ich dir Superintendent Kincaid und Sergeant James von Scotland Yard vorstellen?« Ralph nickte ihnen zu. »Dame Margery Lester.«

Die berühmte Schriftstellerin wie aus dem Bilderbuch, dachte Kincaid. Kein Wunder, daß seine Mutter sie verehrte.

Sie hatte ganz offenbar nicht nur Talent, sondern war auch eine Schönheit gewesen. Und Margery Lester war noch immer eine attraktive Frau; hoheitsvoll bis zum bläulichen Schimmer ihrer Porzellanhaut. Es überraschte ihn allerdings, daß seine Mutter mit ihrer generationenalten Labourtradition eine Frau bewunderte, die so perfekt altes Geld und elitäre Erziehung verkörperte. Aber vielleicht unterschätzte er seine Mutter. Vielleicht, überlegte er, als er in Margery Lesters helle, intelligente Augen sah, unterschätzte er sie beide.

»Dame Margery«, begann er und nahm ihre Hand. Nachdem sie Gemma begrüßt hatte, bestand er darauf, daß sie sich auf seinen Stuhl setzte. »Meine Mutter ist eine große Bewunderin von Ihnen«, fügte er hinzu und trat neben Gemma. »Ich frage mich allmählich, ob ich in dieser Beziehung etwas versäumt habe.«

»Ich schreibe keine ›Frauenbücher‹«, erklärte Margery und strich den Rock ihres silbergrauen Kostüms über den Knien glatt. »Ich hasse diesen Public-Relations-Trick, sämtliche Titel in blumige Cover zu pressen. Aber die Vertriebsheinis setzen immer ihren Kopf durch. Ich kann also nur hoffen, daß Männer gelegentlich trotzdem meine Bücher aufschlagen und entdecken, daß eine gute Story drinnen ist.« Sie lächelte, als wolle sie Menschen, die lesen, alles verzeihen.

»Möchte vielleicht jemand was zu trinken?« erkundigte sich Ralph, der gewandt in die Rolle des Gastgebers schlüpfte. »Die Sonne dürfte schon über den Deister sein. Außerdem ist es Samstag. Ich mixe anständige Gin Tonics – nur auf Limonen muß leider verzichtet werden.«

»Ich rühr das Zeug nicht an!« wehrte Margery abrupt ab. »Anweisung meines Arztes. Aber zu einem kleinen Sherry sage ich nicht nein.«

Ralph warf Kincaid einen fragenden Blick zu. Und Kincaid ertappte sich bei dem Wunsch, Margery Lester etwas besser kennenzulernen. »Ich schließe mich Dame Margery gern an«, erwiderte er und fühlte Gemmas erstaunten Blick, bevor auch sie für einen Sherry votierte.

Während Ralph sich an einem Schränkchen zu schaffen machte, beugte Kincaid sich vor und flüsterte Gemma ins Ohr: »Schließlich sind wir eigentlich nicht im Dienst.«

»Was führt Sie hierher, Mr. Kincaid? Verzeihen Sie meine Neugier«, bemerkte Dame Margery, und Kincaid überlegte, ob ihr Gehör noch so gut funktionierte wie ihre grauen Zellen.

Ralph sah von der Sherrykaraffe auf, aus der er einschenkte. »Die Herrschaften haben sich nach Victoria McClellan erkundigt.«

»Eine schreckliche Geschichte!« Margery schüttelte den Kopf. »Ich bin ihr mehrfach begegnet, wissen Sie? Bei Fakultätsfeiern. Sie war eine ausgesprochen charmante Frau. Man erwartet einfach nie, daß so etwas einem Menschen zustößt, den man kennt.« Sie sah Ralph an, der ihr das Sherryglas reichte. »Das läßt unser kleines Projekt regelrecht frivol erscheinen, nicht wahr?«

Ralph reichte Gemma und Kincaid je ein Glas. »Dem armen Henry wäre das nie frivol erschienen.«

»Und welches Projekt ist das, Dame Margery?« erkundigte sich Gemma prompt.

»Ich habe Ralph geholfen, Henry Whitecliffs Aufzeichnungen aufzubereiten, damit sie endlich veröffentlicht werden können. Der arme Henry ist vergangenen Sommer gestorben, bevor er sein Manuskript fertigstellen konnte.« Margery prostete Ralph zu, der sich ebenfalls einen Sherry genehmigte. »Zum Wohl!« sagte sie und nippte an ihrem Glas.

»Der Name sagt mir etwas«, murmelte Kincaid nachdenklich. »Aber warum wird er nur immer als der ›arme Henry‹ bezeichnet?«

»Das ist ganz unbewußt, schätze ich«, seufzte Margery. »Aber es sieht so aus, als habe der arme Henry ... Sehen Sie, jetzt ist es mir schon wieder rausgerutscht.« Sie lächelte und korrigierte sich: »Es sieht so aus, als habe Henry Whitecliff mehr als das übliche Bündel im Leben zu tragen gehabt. Dabei war er ein wunderbarer, freundlicher Mann, der es am wenigsten verdient hätte.«

Ralph kehrte zu seinem Platz auf der Schreibtischkante zurück. »Henrys einzige Tochter ist kurz vor ihrem sechzehnten Geburtstag spurlos verschwunden. Ich erinnere mich vage an sie – wir waren ungefähr gleich alt, gingen aber nicht auf dieselbe Schule.«

»Verity war ein bezauberndes Mädchen. Sehr intelligent, freundlich, wenn auch etwas eigenwillig – genau der Typ, der sich versucht gefühlt hätte, sich ins Swinging London von damals zu stürzen, nachdem es Krach mit den Eltern gegeben hatte. Henry und Betty waren untröstlich. Jahrelang sind sie der kleinsten Spur nachgegangen und haben immer gehofft, daß sie eines Tages nach Hause zurückkehren würde. Dann bekam Betty Krebs.« Margery verstummte und umfaßte den Stil ihres Glases mit beiden Händen. Kincaid fiel auf, daß sie noch immer schöne Hände hatte. Wenn auch blaue Adern auf den Handrücken hervortraten und die Knöchel leicht verdickt waren, als leide sie an Arthritis.

Nach einem besorgten Blick auf Margery spann Ralph die Geschichte weiter. »Nach Bettys Tod zog sich Henry vom Posten des Dekans der Englischen Fakultät zurück und begann sein Buch zu schreiben. Eine umfassende Geschichte von Cambridge. Er wollte es Verity widmen. Ich glaube, der Gedanke hat ihn jahrelang am Leben erhalten. Dann hat er sich eines Abends im vergangenen Sommer ins Bett gelegt und ist anderntags nicht mehr aufgewacht.« Er zuckte mit den Schultern. »Die Leute empfinden einen solchen Tod als einen Segen. Ich finde ihn unfair. Es bleibt einem keine Chance, Unvollendetes zu vollenden oder sich zu verabschieden.«

Wäre es besser gewesen, wenn er Gelegenheit gehabt hätte, Vic Adieu zu sagen? All die Dinge zu sagen, die er vielleicht gesagt hätte? Kincaid konzentrierte sich wieder auf Margery.

»... haben Ralph und ich beschlossen, das Manuskript zu vollenden und zu verlegen«, erklärte Margery. »Ein Akt der Liebe, wenn Sie so wollen.«

Ralph klopfte mit der flachen Hand auf ein dickes Manuskript in der Mitte seines Schreibtischs. Er starrte einen Moment darauf, dann sah er stirnrunzelnd zu Kincaid auf. »Diese Gedichte, von denen Sie sprachen – ich möchte sie gern sehen. Ich bin nicht so ... beschlagen, was Lydias Werk angeht, wie Dr. McClellan. Aber möglicherweise kann ich wirklich sagen, ob sie zum Manuskript gehört haben. Die Idee, daß Seiten eines mir anvertrauten Manuskripts sich selbständig gemacht haben könnten, gefällt mir überhaupt nicht.« Er sah Magery an und fügte hinzu: »Die Herrschaften sagen, daß Dr. McClellan Gedichte gefunden hat, die in Lydias letztem Band hätten veröffentlicht werden sollen.«

»Wenn ich sie hätte, würde ich Sie Ihnen gern zeigen«, erwiderte Kincaid. »Aber wir konnten sie bei Dr. McClellans Unterlagen nicht finden. Sie sind verschwunden.«

»Wie merkwürdig«, sagte Margery nachdenklich. Ihr Blick ruhte noch immer auf Henry Whitecliffs Manuskript. »Jetzt gibt es schon wieder ein unvollendetes Buch – das von Victoria McClellan. Ich weiß, mit welcher Hingabe sie an diesem Projekt gearbeitet hat. Es wäre eine Schande, wenn alles umsonst gewesen sein sollte.«

»Margery, daran solltest du nicht einmal denken«, warf Ralph entsetzt ein. »Du hast schon genug zu tun. Und der Arzt hat dich gewarnt ...«

»Als wenn der davon eine Ahnung hätte, der alte Knacker«,

entgegnete Margery geringschätzig. »Wenn ich auf ihn hören würde, könnte ich mich einbalsamieren lassen.« Sie lächelte Ralph verzeihend zu. »Ich weiß Deine Sorge zu schätzen, mein Lieber. Aber du weißt, daß die Arbeit mich am Leben hält. Und wenn ich so enden sollte wie Henry, dann habe ich nichts dagegen.«

»Dame Margery«, meldete sich Kincaid zu Wort. »Ich schlage vor, Sie lassen dieses besondere Projekt noch etwas ruhen. Ich bin auf wesentlich konkretere Art um Ihre Gesundheit besorgt – an Vic McClellans Manuskript zu arbeiten könnte sich als lebensgefährlich erweisen.«

Cambridge
27. März 1969
Liebste Mami,
Deine Ingwerplätzchen sind ein Gedicht, und ich knabbere sie, wenn ich an normales Essen nicht einmal denken kann. Ich habe die Büchse in die Mitte des Küchentischs gestellt, so daß ich sie zum Tee essen kann, während ich die Buchfinken im Garten beobachte.

Es war ein langer Winter. Aber ich glaube, ich habe mich jetzt mit allem abgefunden. Morgan hat eine Geliebte. Ich habe sie zusammen auf dem Marktplatz gesehen. Er war ganz bleich vor Elend, und ich bin sicher, er glaubt, daß ich ihm nur Schlechtes wünsche, aber das ist nicht wahr. Dazu fühle ich mich zu hohl, leicht und freischwebend wie eine leere Samenkapsel im Wind, und erst wenn der Scheidungsspruch ergeht, kann ich wieder ich selbst sein. Das Schreiben geht zäh voran, wenn überhaupt, und das fehlt mir mehr als alles andere.

Alte Freunde umsorgen mich – Adam mit nahrhaften Suppen und geistlichem Trost, und ich bin dankbar genug für seine Gesellschaft, um die unterschwelligen Hoffnungen zu ignorieren. Niemand ist es wert, das durchzumachen, was ich die letzten Monate, ja Jahre, durchgemacht habe.

Immer wieder taucht Darcy zum Cocktail auf und verbreitet akademischen Klatsch, und seine scharfe Zunge ist leichter zu ertragen als Mitleid. Nathan Winter und seine Frau Jean haben gerade ihr erstes Baby bekommen – ein Mädchen namens Allison, und ich soll Patin werden. Ich habe mich aufgerafft und das Taufgeschenk erworben, einen Silberbecher mit ihrem Namen und Geburtsdatum, und habe mir später ein Abendessen bei Browns genehmigt.

Daphne ist mein Fels in der Brandung, aber sie mußte sich schließlich wegen der Lehrerstelle in Bedford entscheiden, und ich konnte sie nur dazu ermutigen. Bedford ist eine angesehene Mädchenschule und nur eine Stunde Fahrt entfernt, so daß wir uns weiter an den Wochenenden sehen können. Ein tröstlicher Gedanke.

Alles Liebe, Lydia

Kincaid bat Gemma, Laura Miller anzurufen, um sich zu erkundigen, wo sie Darcy Eliot an seinen Wochenenden finden konnten. Sie schickte sie zum All Saints' College. »Er bewohnt dort seit einer Ewigkeit dieselben Räumlichkeiten«, klärte Laura sie auf. »Ich habe die männlichen Professoren immer um die Möglichkeit beneidet, ihr Domizil im College aufzuschlagen. Sie werden dort verköstigt, bedient und hängen am collegeeigenen Weinvorrat wie am Tropf. Darcy hat aus diesem Grund nie geheiratet – seiner Ansicht nach hätte er sich nur verschlechtern können«, fügte sie lachend hinzu und legte auf.

Gemma und Kincaid betraten die Portiersloge und wurden zur Rückseite des Collegegebäudes dirigiert. Gemma ging langsam. Sie war sich Kincaids Ungeduld wohl bewußt, ignorierte sie jedoch. Sie warf einen Blick auf den Faltplan, den sie vom Portier bekommen hatte, und sah dann zu den vier Gebäudetrakten hinüber, die den Hof umschlossen. »Das ist der Haupthof«, sagte sie. »Und hier links muß der Durchgang zur

Kapelle sein. Wir gehen hier durch« – sie deutete auf das vor ihnen liegende Gebäude – »und kommen auf der anderen Seite wieder raus.«

Als sie dort angelangt waren, blieb sie stehen und studierte erneut den Plan.

»Gemma ...« kam es ungeduldig von Kincaid.

»Schon gut.« Sie führte ihn über den Rasen und an den Gebäuden entlang, die sich zu ihrer Rechten halbmondförmig an den öffentlichen Park anschlossen und an der Mauer über der Cam endeten.

Darcy Eliots Aufgang erwies sich als der letzte in dem Gebäudeteil, der dem Fluß am nächsten lag. Den Anweisungen des Portiers folgend stiegen sie in den ersten Stock hinauf. Dort fanden sie die Tür mit Eliots Türschild ohne Schwierigkeiten. Bevor sie jedoch klopfen konnten, ging die Tür auf.

»Bill hat angerufen und Ihr Kommen angekündigt«, empfing Darcy Eliot sie erfreut. »Aber ich dachte schon fast, Sie seien in die Cam gefallen.« Er trat zurück und winkte sie herein. »Was hat Sie aufgehalten?«

»Tut mir leid, aber ich habe mir wohl alles zu genau angesehen«, gestand Gemma und schwenkte ihren Lageplan.

»Kann ich Ihnen kaum verdenken. All Saints' ist ein Kleinod – klein, aber fein, finden Sie nicht?« Eliot musterte sie neugierig. Er trug einen großen blauen Kaschmirpullover über der Hose und wirkte legerer und menschlicher, als sie ihn von der Beerdigung her in Erinnerung hatte. »Bitte nehmen Sie Platz.« Er deutete auf ein Samtsofa von demselben Blau wie sein Pullover.

Aber Gemma hatte bereits das Zimmer durchquert, wie magisch angezogen von dem Erkerfenster auf der anderen Seite. Die Männer folgten ihr und nahmen sie in ihre Mitte, während sie aus dem Fenster blickten.

»Drüben über der Flußbiegung, das ist St. John's«, erklärte

Darcy. »Es ist sehr schön, was? Ich werde meiner Aussicht nie überdrüssig.«

Einer der Fensterflügel war nur angelehnt, und Gemma fühlte die kühle, frische Luft auf ihrer Haut. »Ja, das verstehe ich«, murmelte sie mit einem Seitenblick auf den noch immer schweigsamen Kincaid.

Sie war eine gewisse Beständigkeit an ihm gewohnt, die es ihr erlaubte, als der impulsive Teil ihrer Partnerschaft zu fungieren, doch in den letzten Tagen war er nahezu unberechenbar gewesen.

Und in diesem Moment wurde ihr klar, wie sehr sie sich angewöhnt hatte, sich auf ihn zu verlassen – selbst wenn sie mit ihm stritt und seine Entscheidungen in Frage stellte. Das Gefühl, daß sie möglicherweise nicht mehr auf seine Stärke zählen konnte, machte ihr angst.

Gut, dann handle ich für uns beide, entschied sie, aber sie hatte dabei das Gefühl, daß es all ihres Geschicks bedurfte. Sie wandte sich lächelnd an Darcy Eliot.

»Sie müssen sich hier wie ein Feudalherr fühlen«, bemerkte sie, während er sie zur Couch zurückführte. Sie ließ ihre Blicke schweifen. Der Raum war mit viel Gold an den Bilderrahmen und Spiegeln, opulenten Stoffen und antiken Möbeln eingerichtet, die eine professionelle Hand verrieten. In der Mitte der Wand gegenüber den Fenstern stand ein reich verziertes Bücherregal aus Mahagoni, in dem die zahlreichen Titel aus Darcys Feder standen – einige mit dem mittlerweile vertrauten Verlagsemblem des Peregrine-Verlags. Gemma empfand die kleine Eitelkeit als ausgesprochen sympathisch.

Darcy nahm am anderen Sofaende Platz, legte bedächtig ein Fußgelenk über das Knie, wobei eine bunte Socke im Schottenmuster sichtbar wurde, und sagte: »Abgesehen von den Attraktionen meines Colleges – wem oder welchem Umstand habe ich Ihren Besuch zu verdanken?«

Dies war auch Vics College gewesen, erinnerte Gemma sich mit einem flüchtigen Blick auf Kincaid.

Er drehte sich um, gesellte sich jedoch nicht zu ihnen. »Wir hatten gerade ein angenehmes Gespräch mit Ihrer Mutter«, sagte er. »Ich kannte sie bislang nicht persönlich.«

»Sagen Sie jetzt bloß, daß meine Mutter Sie so übel zugerichtet hat.« Darcy starrte neugierig auf Kincaids geschwollene Lippe und den rotunterlaufenen Bluterguß. »Ihre Manieren sind normalerweise erstklassig.«

»Ihre Manieren *waren* erstklassig«, bestätigte Kincaid, ohne weiter darauf einzugehen. »Wir scheinen Ihre Verabredung im Peregrine-Verlag gestört zu haben, aber sie war sehr freundlich.« Er setzte sich in den Sessel gegenüber Darcy.

»Ah, das zweite Kind meiner Mutter«, bemerkte Darcy leicht belustigt. Als Kincaid fragend die Augenbrauen hochzog, fuhr er fort: »Hat sie nicht erwähnt, daß sie dem Verwaltungsrat angehört?«

»Sie hat nur gesagt, daß sie Peregrine bei der Aufarbeitung von Henry Whitecliffs Manuskript geholfen habe.«

»Henry saß ebenfalls im Verwaltungsrat«, führte Darcy aus. »Beide von Anfang an. Aber ohne die beträchtliche Unterstützung meiner Mutter hätte der Peregrine-Verlag nie das Licht der Welt erblickt. Sie und Ralph verbindet eine lange, produktive Beziehung.« Er lächelte. Gemma war ein wenig geschockt und fragte sich, ob es das bedeutete, was sie glaubte, daß es bedeute. Dame Margery mußte mindestens fünfundzwanzig Jahre älter sein als Ralph Peregrine, wenn nicht noch mehr. Sicher ...

»Hat Vic Ihnen gesagt, daß sie glaubte, einige Gedichte aus Lydias letztem Manuskript seien verschwunden?« hörte Gemma Kincaid in diesem Moment sagen.

»Das ist nicht Ihr Ernst?« Darcy sah von Kincaid zu Gemma. Sein Lächeln verschwand. »Es *ist* Ihr Ernst. Sie glauben doch wohl nicht, daß Ralph etwas damit zu tun hat? Er ist absolut ehrlich und integer.«

»Im Augenblick wissen wir noch gar nichts – mit Ausnahme der Tatsache, daß Vic dieses Manuskript Kopfzerbrechen bereitet hat«, erklärte Kincaid. »Ich dachte, sie hätte es Ihnen gegenüber vielleicht erwähnt.«

Darcy strich die Socke an seinem Fußgelenk glatt, bevor er das Bein auf den Boden stellte. »Nein, das hat sie nicht. Und ich bezweifle, daß Vic mich je ins Vertrauen gezogen hätte. Leider, muß ich gestehen. Wir waren nicht immer einer Meinung – was Lydias Werk betraf.«

»Ich erinnere mich, daß Sie nicht zu Lydias Bewunderern gehört haben, Dr. Eliot. Im Anbetracht der ... intimen Natur Ihrer Beziehung finde ich das interessant.« Kincaid lehnte sich im Sessel zurück. Er wirkte zunehmend entspannt, je unruhiger Darcy wurde.

»Lydia und ich waren viele Jahre befreundet. Aber ich habe Freundschaft nie als Grund für unkritische professionelle Bewunderung angesehen. Solche Dinge steigern nicht gerade das Ansehen in akademischen Kreisen.« Das klang, als habe Darcy etwas mehr Scharfsinn von Kincaid erwartet.

Kincaid zog die Augenbrauen hoch. »Soll das heißen, daß man gute Arbeit von Freunden lieber nicht loben sollte – aus Angst, als schwach und unkritisch zu gelten? Damit stellen Sie die Scheinheiligkeit auf den Kopf.«

Darcy lachte kurz und barsch. »Ich hätte eigentlich seit unserem ersten Gespräch wissen müssen, daß man Sie nicht unterschätzen darf, Mr. Kincaid. Natürlich haben Sie recht. Aber da ich ganz ehrlich nichts für die späteren Arbeiten von Lydia übrig habe, fühle ich mich nicht der Scheinheiligkeit schuldig. Ich finde die bekennende Stimme immer irgendwie peinlich, egal, wem sie gehört.«

»Trotzdem – was Lydia betrifft, sind Sie nicht ehrlich zu uns gewesen, Dr. Eliot. Sie haben mir gegenüber Lydias Beziehung zu Daphne Morris angedeutet, aber Sie haben kein Wort darüber verloren, daß die Dinge komplizierter waren. Nach Morgan Ashbys Aussage ...«

»Ah, das ist Ihnen und Ihrem Gesicht also zugestoßen«, fiel Darcy ihm grinsend ins Wort. »Sie haben eine kleine Kostprobe von Morgans berühmtem Temperament bekommen, was? Sie sollten ...«

»Morgan Ashby hat uns erzählt«, unterbrach Kincaid ihn seinerseits, »daß Sie ebenfalls ein Liebesverhältnis mit Lydia hatten. Des weiteren ist Morgan offenbar der Ansicht, Lydia habe mit jedem geschlafen – mit Ihnen, Adam, Nathan *und* Daphne.«

»Morgan Ashby ist geistesgestört und gehört in eine Anstalt«, erklärte Darcy unerschüttert. »Außerdem ist er krankhaft eifersüchtig. Den Mann hätte man schon vor Jahren einsperren sollen.«

»Heißt das, daß nicht stimmt, was er mir gesagt hat?« wollte Kincaid wissen.

Gemma, die die beiden Männer von ihrer Sofaecke aus beobachtete, gab sich mit der Zuschauerrolle zufrieden. Nach der Szene mit Morgan war sie froh, daß Kincaid wieder die übliche Ruhe und Gelassenheit an den Tag legte.

»Und wenn schon?« konterte Darcy. »Das waren die wilden Sechziger – erinnern Sie sich? Die Profumo-Affäre. Wir erlebten die Ausläufer der großen sexuellen Revolution, haben auf unsere reichlich zahme und provinzielle Art das imitiert, was, wie wir glaubten, in London Mode war. Wir waren jung, wir waren weg von zu Hause, und wir waren besoffen von der Vorstellung, wahnsinnig progressiv und unkonventionell zu sein.« Er grinste. »Gott, allein der Gedanke daran macht mir klar, wie spießig und alt ich geworden bin.«

»Wenn diese ... Dinge geschehen sind, bevor Lydia Morgan

geheiratet hat, warum hat er sich dann derart bedroht gefühlt?« wollte Gemma wissen. »Sie scheint ihn doch sehr geliebt zu haben.«

Darcy zog eine Grimasse. »Verknallt trifft es vielleicht besser. Natürlich hatte Lydia schon immer eine gewisse Ausschließlichkeit in ihrem Tun, aber ich hätte sie für klüger gehalten, als sich auf einen Mann mit Ashbys Herkunft zu konzentrieren.«

»Herkunft?« wiederholte Gemma, und die Nackenhaare stellten sich ihr auf. »Was hat Morgan Ashbys Herkunft damit zu tun?«

»Ach, Sie wissen schon. Walisische Bergmannsfamilie, Salz der Erde und so weiter – und die ganze Last des Puritanismus, die damit verbunden ist. Er konnte die Vorstellung nicht ertragen, daß Lydia es mit anderen mal genossen hatte, so sehr sie ihn auch liebte.« Darcy hielt inne und fügte düster hinzu: »Ich glaube, für Ashby war Genuß in jeder Form etwas Verwerfliches, sogar wenn es ihn selbst betraf.«

»Was man von Ihnen wohl kaum behaupten kann, Dr. Eliot«, warf Gemma lächelnd ein. Sie schaute zur Kommode hin, wo ein Tablett mit Gläsern neben einem Eiskübel und frisch geschnittenen Limonen bereitstand.

»Allerdings nicht«, sagte er gespielt beleidigt. »Obwohl ich zugeben muß, daß mir die Feiern der Examensstudenten heutzutage im Vergleich mit den guten alten Zeiten doch reichlich langweilig vorkommen.« Sein Lächeln erinnerte Gemma daran, daß er noch immer ein sehr attraktiver Mann war. Dann seufzte er übertrieben. »Aber selbst ich kann der Pflicht nicht vollkommen entgehen. Besonders, da es so aussieht, als müsse ich Iris Arbeit abnehmen.«

»Ist mit Dr. Winslow alles in Ordnung?« fragte Kincaid hastig und besorgt.

»Sie hat Montag einen Termin bei einem Spezialisten – wegen ihrer Kopfschmerzen«, erwiderte Darcy. Zum ersten Mal war nichts von dem Spott in seiner Stimme, an den sich Gemma beinahe schon gewöhnt hatte. »Das geht schon eine ganze Zeit, und ich muß sagen, daß mich die Sache beunruhigt«, fuhr er fort. »Iris ist eine der ältesten Freundinnen meiner Mutter. Wenn ihr etwas zustoßen sollte ...« Er sah auf und begegnete Gemmas Blick. »Es hat keinen Sinn, pessimistisch zu sein. Ich hasse es, in die Jahre zu kommen, in denen man ständig an die Sterblichkeit erinnert wird. Es verursacht mir Gänsehaut.«

»Soviel ich gehört habe, stehen Sie ganz oben auf der Liste der Kandidaten für die Nachfolge von Dr. Winslow«, warf Kincaid ein. »Das dürfte doch eine große Befriedigung für Sie sein.«

»Wobei *soviel ich gehört habe* gleichbedeutend mit *gerüchteweise* ist, oder?« Darcy schnippte eine Staubfussel von seiner Hose. »Ich habe schon vor langem gelernt, der akademischen Gerüchtebörse nicht allzuviel Bedeutung beizumessen. Wie in allen kleinen, inzestuösen Gemeinschaften wird vieles enorm übertrieben.«

Kincaid neigte den Kopf zur Seite, als habe ihn die Bemerkung an etwas erinnert. »Vic war sich dessen ebenfalls bewußt. Sie hielt es daher für seltsam, daß zum Zeitpunkt von Lydias Tod so wenig Spekulationen im Umlauf waren. Man hat die Selbstmordtheorie damals wohl fraglos hingenommen.«

Darcy sah Kincaid verdutzt an. »Wer Lydia gekannt hat, wußte um ihren Gemütszustand. Die Nachricht hat uns traurig gemacht, aber nicht überrascht. Was gibt es da viel zu sagen?«

»Zum Beispiel, daß man es sich ein bißchen zu einfach gemacht hat, indem man annahm, daß Lydia das getan hatte, was alle von ihr erwarteten. Vic ist jedenfalls zu dieser Ansicht gelangt. Sie war tatsächlich überzeugt, daß Lydia keinen Selbstmord begangen hatte.« Und bedächtig fügte Kincaid hinzu: »Sie war ziemlich sicher, daß Lydia ermordet worden war.«

Für einen Moment saß Darcy stumm da, protestierte nicht, das Gesicht ausdruckslos, dann schüttelte er den Kopf. »Ich fürchte, Mr. Kincaid, wir haben es hier mit dem Fall zu tun, in dem die Biographin sich etwas zu intensiv mit dem Gegenstand ihrer Arbeit identifiziert hat. Als Victoria McClellan an unserer Fakultät angefangen hat, war sie eine vernünftige und praktische Person. Daß sie soweit kam, diesen Unsinn zu glauben, beweist nur, wie ungesund Kritiklosigkeit sein kann.«

Kincaid lächelte. »Ich wäre Ihrer Argumentation vielleicht sogar gefolgt, Dr. Eliot – stünde es nicht zweifelsfrei fest, daß Vic ermordet wurde. Haben Sie das vergessen?«

»Damit habe ich so meine Schwierigkeiten«, gestand Gemma mit einem Seitenblick auf Kincaids Profil, während sie erneut durch den Kreisverkehr von Newnham fuhren. Diesmal waren die Grantchester Road und Nathan Winters Cottage ihr Ziel. »Ich hatte Männer vor Rob, aber immer nur einen zur Zeit.«

«Und keine Freundinnen?« fragte Kincaid mit einem flüchtigen Grinsen.

»Nicht in diesem Sinn«, entgegnete Gemma etwas spröde. »Bin ich deshalb spießig?«

»Sehr.«

»Daran ist vermutlich meine Herkunft schuld«, witzelte sie, doch sie hörte selbst die Verletzlichkeit in ihrer Stimme.

Kincaid sah sie an. »Du bist prima, so wie du bist, Gemma. Laß dir nichts einreden.« Er berührte leicht mit dem Handrücken ihre Wange. »Wenn jemand aus einer sehr bürgerlichen Familie kam, dann Lydia«, fügte er hinzu und griff nach dem Schalthebel. »Die Tochter einer Schullehrerin aus einem kleinen Dorf.«

»Was hätte sie zu einer Bäckerstochter aus Nord-London gesagt?« überlegte Gemma. »Allmählich geht es mir fast wie Vic – ich wünschte, Lydia würde plötzlich auftauchen und mit mir reden, mir erzählen, was sie dachte und wie sie wirklich war.«

»Wir können ja Nathan fragen«, schlug Kincaid vor und nahm Gas weg. Sie hatten die vereinzelt liegenden Häuser am Dorfrand erreicht. Über das Feld zu ihrer Linken hinweg konnten sie die Baumreihe sehen, die das Ufer der Cam markierte.

»Und Adam Lamb«, ergänzte Gemma. »Von allen ist er derjenige, zu dem das alles am wenigsten zu passen scheint – du weißt schon, das, was sie getan haben. Er wirkt so sanft und sensibel.«

Von Adams zerbeultem Mini war vor Nathans Cottage jedoch nichts zu sehen. Auf ihr Klingeln blieb alles still. Sie klingelten erneut und warteten, horchten auf ein Geräusch von drinnen, doch Gemma hörte nur das leise Flöten der Vögel und das gelegentliche Summen von Autoreifen auf dem Asphalt.

»Schauen wir mal in den Garten«, schlug Kincaid vor, trat von der Veranda zurück und sah nach beiden Seiten. »Dort rechts scheint ein Gartenweg ums Haus zu führen.«

Er wandte sich in diese Richtung. Gemma folgte. Als sie vorsichtig auf die Wegplatten trat, stieg ihr ein süßlich-würziger Geruch in die Nase. Sie bückte sich, kniete nieder und pflückte einige der winzigen grünen Stengel, die aus den Ritzen der Steine sprossen. Sie zerrieb die Blätter zwischen den Fingern und hielt sie sich unter die Nase. Der Duft war betäubend, und sie schloß für einen Moment berauscht die Augen. »Das ist Thymian, stimmt's?« sagte sie zu Kincaid, der näher gekommen war und sie beobachtete. »Schau doch, da wachsen alle möglichen Sorten.«

»Wie auf Prince Charles' Thymianweg in Highgrove? Ist das nicht für einen Landhausgarten ein bißchen hoch gegriffen?«

»Ich find's wunderbar.« Gemma richtete sich auf und klopfte sich den Staub von der Hose. »Am liebsten würde ich mich darin wälzen wie eine Katze in Katzenminze.«

»Tu dir keinen Zwang an«, sagte er und zog amüsiert eine Augenbraue hoch.

Sie hatten eine Steinmauer erreicht, in die ein weißes Gartentor eingelassen war. Er griff über die Pforte, um sie zu entriegeln. Dahinter öffnete sich vor ihnen ein Weg durch ein tunnelartig geschnittenes Eibenspalier. Gemma reagierte mit einem Frösteln auf die plötzliche Kühle und den Geruch nach Feuchtigkeit unter dem grünen Gewölbe. Dann traten sie am anderen Ende in den rückwärtigen Gartenteil. Die Sonne zauberte lichte Flecken auf das Gras und die Gestalt von Nathan Winter, der vor einem Hügelbeet kniete.

Er grub wild mit einer kleinen Gartenschaufel in der Erde. Sie beobachteten ihn einige Sekunden, bevor er aufsah und sie entdeckte. Der Wind hatte sein weißes Haar zerzaust, doch er trug nur eine Jacke, die aussah, als habe sie intensiven Kontakt mit dem Komposthaufen gehabt, und schmutzige Jeans. Rote Flecken glühten auf seinen Wangen, und Gemma fand, daß er trotz der körperlichen Aktivität noch kränker aussah als am Vortag. Als sie über den Rasen auf ihn zugingen, richtete er sich in der Hocke auf. Ein halbes Dutzend kleiner grüner Pflanzen glänzten auf dem Boden vor ihm, die Wurzeln nackt.

»Hat Ihnen mein Laubengang gefallen?« begrüßte er sie, als sie ihn erreichten. »Kit hat dort gern gespielt. Er war noch jung genug für Phantasiespiele mit Soldaten oder Entdeckern – in ein paar Jahren hätte er dort Zigaretten geraucht oder Mädchen geküßt.«

Gemma fröstelte, denn Nathan redete, als sei Kit ebenfalls

tot oder zumindest für ihn ebenso verloren wie Vic. Sie sah zu Kincaid hinüber, aber seine Miene war unbewegt, verschlossen. Er hatte seit dem Vorabend nicht mehr von Kit gesprochen, und sie hatte keine Ahnung, was er fühlte.

Da Nathan keine Anstalten machte aufzustehen, setzte sich Gemma zu ihm ins Gras. In der Hoffnung, dem Gespräch eine andere Wendung zu geben, berührte sie eine der welkenden Pflanzen und sagte: »Was graben Sie denn da aus?«

»Den verdammten Liebstöckel.« Er stieß wütend die Schaufel in die Erde. »Ich hatte ihn für Vic gepflanzt, aber jetzt habe ich keine Verwendung mehr dafür, oder?«

»Vics Tees, natürlich«, sagte Kincaid unvermittelt und schüttelte den Kopf. »Wie dumm von mir.« Er sank auf ein Knie und sah Nathan in die Augen. »Sie haben die Tees für Vic gemixt, stimmt's, Nathan? Ich erinnere mich, daß Laura gesagt hat, daß sie Liebstöckel-Tee getrunken hat.«

Nathan starrte ihn an. »Wer, haben Sie denn geglaubt, hätte sie sonst mixen sollen? Aber Liebstöckel ergibt eigentlich keinen Tee, sondern einen Sud. Er schmeckt ein bißchen nach Sellerie.«

»Haben Sie Fingerhut in Ihrem Garten?«

»Selbstverständlich habe ich Fingerhut. Direkt hinter dem Lavendel am Wegrand.« Er wollte in Richtung Plattenweg deuten, der vom Eibengang zur Terrasse führte, und sah dann wieder Kincaid an.

Er war bleich geworden, so daß die roten Flecken auf seinen Wangen beinahe wie aufgemalt wirkten. »Sie glauben doch wohl nicht, ich hätte Digitalis in Vics Tee gegeben, oder? Für was für einen Idioten halten Sie mich?« Er sprang auf die Beine und schwankte leicht.

Einen Moment lang dachte Gemma, er sei betrunken, doch er roch nicht nach Alkohol.

Kincaid, der sich ebenfalls aufgerichtet hatte, streckte die

Hand aus, um ihn zu stützen. »Könnte jemand anderer das Zeug in Vics Tees getan haben?«

»Ich habe die Blätter persönlich gepflückt und sie in der Küche getrocknet. Dann habe ich sie in Reißverschlußsäckchen gesteckt.«

Erst an der Steifheit im Nacken merkte Gemma, daß sie als einzige noch immer auf dem Rasen kniete. Sie kam auf die Beine und sagte: »Was war, nachdem sie die Säckchen mit in die Fakultät genommen hat, Nathan? Könnte dort jemand Digitalis beigemischt haben? Hätte sie es geschmeckt?«

»Das weiß ich nicht. Fingerhut ist hochgiftig ... es genügen winzige Mengen. Und der Geschmack von Liebstöckel ist vielleicht stark genug, um jede Bitterkeit zu übertünchen.«

Gemma hörte das Beben in Nathans Stimme. Schock, überlegte sie, und Krankheit? Sie streckte die Hand aus und berührte seinen Hals. Er fuhr vor ihr zurück, doch ihre Fingerspitzen hatten die Hitze seiner Haut bereits gespürt.

»Nathan, Sie haben hohes Fieber. Was machen Sie hier draußen im Wind?« Und Kincaid flüsterte sie zu: »Bringen wir ihn ins Haus.«

Kincaid nahm seinen Ellbogen und dirigierte ihn zur Terrasse. »Trinken wir eine Tasse Tee miteinander, Nathan. Wo ist Adam?«

Nathan ließ sich widerstandslos zum Haus führen. »Konnte ihn schließlich überreden zu verduften«, brummelte er. »Hab ihm gesagt, daß seine Mumien ihn mehr brauchen als ich.« Plötzlich entwand er Kincaid seinen Arm und sah zurück. »Meine Schaufel. Ich muß sie waschen – ich wasche sie immer gleich ab.«

»Ich hole sie«, erbot Gemma sich und rannte zurück

»... komisch, aber jetzt, da er weg ist, vermisse ich ihn«, sagte Nathan gerade schleppend, als sie wiederkam. »Guter alter Knabe. Wenigstens läßt er mich über sie reden, wechselt nie das verdammte Thema.« Er drehte sich plötzlich heftig um und sah Gemma aus fieberglänzenden Augen an. »Sie wollten mich schonen. Tun Sie aber nicht.«

Sie bugsierten Nathan durch die Flügeltür ins Wohnzimmer und in den nächstbesten Sessel. Zu diesem Zeitpunkt war sein leichtes Frösteln in Schüttelfrost übergegangen. Während Kincaid eine Decke holte, ging Gemma in die Küche, um Tee zu kochen.

Als Kincaid zu ihr kam, sagte sie leise: »Ein heißes Getränk hilft vielleicht, aber ich glaube, er ist ernstlich krank. Wundert mich, daß er nicht schon phantasiert.«

»Dauert nicht mehr lang. Sein Zustand verschlechtert sich minütlich«, erwiderte Kincaid. »Ich habe Adams Nummer in meiner Brieftasche. Ich rufe ihn an.« Er ging durch die Flügeltür wieder ins Freie, und Gemma sah, daß er sein Handy zückte, während sie den Wasserkessel füllte.

Sie brauchte einige Minuten, bis sie sich in der fremden Küche zurechtfand. Als das Teetablett fertig war, kehrte Kincaid von der Terrasse zurück. Er nahm ihr das Tablett ab und flüsterte ihr ins Ohr: »Adam ist unterwegs. Er bringt den Arzt mit.«

Sie gingen auf Zehenspitzen ins Wohnzimmer und stellten fest, daß ihr Flüstern umsonst gewesen war. Nathan schlief tief und fest.

Sie saßen am Küchentisch, tranken Tee und horchten auf Nathans leicht rasselnde Atemzüge. »Es haut nicht hin«, sagte Kincaid.

Gemma hatte sich im Zimmer bewundernd umgesehen und sich gefragt, ob Vic oft hier gewesen war. »Was?«

»Es wirkt zu schnell. Falls jemand in der Fakultät Digitalis in Vics Tee getan hätte, wäre sie schon krank gewesen, als sie die Universität verlassen hat.«

»Hat sie das Zeug auch zu Hause getrunken?« fragte Gemma. »Vielleicht hat sie sich eine Tasse nach ihrer Rückkehr genehmigt.«

Kincaid schüttelte den Kopf. »Die Spurensicherung hat nichts dergleichen gefunden.«

»Könnte jemand den Tee später entfernt haben?«

»Kits dunkle Gestalt im Garten?« Er starrte sie an. »Niemand hat bisher eine Erklärung dafür.« Sein Mund wurde hart. »Aber wenn sie noch gelebt hat – wie konnte der Mörder nur so gründlich aufräumen?«

Gemma zuckte zusammen, als von der Straße her ein Geräusch ertönte, das wie eine Gewehrsalve klang. Ihm folgten die merkwürdigsten Motorengeräusche. »Adam?« murmelte sie und trank den letzten Schluck Tee.

Adam war mit seinem Schlüssel im Haus, bevor sie überhaupt aufstehen konnten. Er begrüßte sie leise. Er wirkte gehetzt, sein Haar war vom Wind zerzaust, sein Kragen saß schief, aber Gemma fühlte denselben unmittelbaren Trost in seiner Gegenwart wie schon nach der Trauerfeier.

Ein Blick auf Nathan aus nächster Nähe schien eine Vermutung zu bestätigen, denn er wandte sich kopfschüttelnd zu ihnen um. »Das habe ich befürchtet. So war er auch nach Jeans Tod. Scheint seine Art von Schockbewältigung zu sein.«

»Gibt sich das wieder?« fragte Gemma.

»Es hat ihn schwer erwischt. Und das letzte Mal hat er eine Lungenentzündung gekriegt«, berichtete Adam. Dann lächelte er und bemühte sich, optimistisch zu sein. »Aber er ist störrisch wie ein Esel – vermutlich ist es die Reaktion seines Körpers, der sich damit Ruhe verschafft. Wahrscheinlich pumpt ihn der Arzt gleich mit all dem Zeug voll, das er bei vollem Bewußtsein ablehnt.« Er seufzte. »Danke, daß Sie mich angerufen haben. Ich warte auf den Arzt und bleibe dann bei ihm.«

Gemma warf einen letzten Blick auf Nathan, als Adam sie zur Haustür begleitete. Mit seinem weißen Haar und den im Schlaf entspannten Zügen sah er überraschend kindlich aus.

»Adam«, begann Kincaid, als sie die Tür erreichten. »Wir haben heute einige merkwürdige Dinge erfahren – über Lydia und Nathan, Darcy und sogar Daphne Morris. Morgan Ashby hat uns erzählt ...«

»Das stimmt alles«, unterbrach Adam ihn tonlos.

Kincaid starrte ihn an. »Aber ich dachte, Sie und Lydia ...«

»Oh, ich hatte die Ehre, richtig. Obwohl – wenn ich die Folgen nur geahnt hätte, hätte ich es nie getan. Jugend ist keine Entschuldigung für verantwortungsloses Verhalten – und unseres hat Lydia unendlich viel Leid gebracht.«

Gemma sah die Resignation in seinen Augen. »Adam, Sie haben Lydia geliebt, oder? Wie konnten Sie zulassen, daß sie ...«

»Wie konnte ich sie davon abhalten?« sagte er mit einer hastigen, ungeduldigen Handbewegung. »Was Sie nicht begreifen, ist, daß Lydia *immer* ihren Kopf durchgesetzt hat – gleichgültig, welche Folgen das für sie oder andere hatte.«

16

Ich stehe hier für die Vernunft,
unbesiegbar, tadellos und ewig,
für Sicherheit, Vorschrift, Pflastersteine,
Straßenlampen, Polizei, für Luxushäuser
reihenweise. Stehe für gesunden Geist, Komfort,
Zufriedenheit, für Wohlstand und Zylinderhüte,
Alkohol, steife Krägen, Fleisch …

Rupert Brooke
aus der Satire ›John Rump‹

Kit stemmte sich gegen den Wind, die Hände in den Taschen, den Kopf in den Kragen seiner Jacke eingezogen wie eine Schildkröte. Die Luft roch penetrant nach Regen, und obwohl es erst wenige Minuten nach vier Uhr war, war es bereits so dämmrig, daß sich die Straßenbeleuchtung eingeschaltet hatte.

Kit kümmerte weder das naßkalte Wetter noch die frühe Dunkelheit. Er war froh über die Gelegenheit, aus dem Haus zu kommen – die er sich unter dem Vorwand verschafft hatte, vom Supermarkt am Rand der kleinen Siedlung die Lieblingskekse seiner Großmutter zu besorgen.

Eugenia war voller Skepsis gewesen, und in seiner Verzweiflung hatte er zu einer List gegriffen. Mit falschem Lächeln hatte er gesagt: »Bitte, Großmutter! Dauert nur ein paar Minuten, dann hast du deine Orangenkekse zum Tee – und es geht dir gleich viel besser.«

Er wartete mit angehaltenem Atem, das Lächeln gefroren,

bis sich die Falten über ihrer Nasenwurzel glätteten und sie das malvenfarbene Bettjäckchen seufzend fester an ihrem Hals zusammenzog.

»In Ordnung. Aber nicht trödeln, Christopher. Vergiß das nicht. Du sollst deinem Großvater Tee kochen, wenn er nach Hause kommt. Ich kann mich schließlich nicht um alles kümmern«, fügte sie hinzu. Kit beherrschte sich mühsam. Sein Großvater hatte Eugenia bedient und gepflegt, seit Kit im Haus war, und sie doch nie zufriedengestellt oder länger von der Schachtel ablenken können, die immer neben ihrem Bett stand. Sie enthielt Souveniers aus der Kindheit seiner Mutter, Zeugnisse und Fotos, Kreidezeichnungen, Medaillen von Rechtschreibwettbewerben und ein Stückchen Spitze von einem Partykleid.

»Selbstverständlich, Großmutter«, erwiderte er im Brustton der Überzeugung. »Ich kümmere mich um alles.«

»Hol mir meine Handtasche aus dem Wohnzimmer. Ich gebe dir ein Pfund. Mehr brauchst du nicht. Und ich erwarte, das Wechselgeld nachgezählt zu bekommen.«

Eugenia sank in die Kissen zurück und schloß die Augen. Es sah aus, als habe sie die kleine Ansprache völlig erschöpft. Kit tat, was sie von ihm verlangte, bevor sie ihre Meinung ändern konnte. Sie war allerdings nicht so schwach, daß sie die Henkel ihrer Handtasche auch nur einen Moment aus der Hand gegeben hätte. Hatte sie kein Vertrauen zu ihm? Glaubte sie, er würde den Rest in die eigene Tasche stecken, wenn man ihm eine Pfundnote anvertraute?

Seit der Beerdigung am Vortag hatte sie zu Kits – und dieser vermutete, auch seines Großvaters – großer Erleichterung, das Bett gehütet. Der Großvater und er hatten endlos in der Küche Karten gespielt. Eine Zeitlang hatte die ruhige, selbstzufriedene Gegenwart des Großvaters den Druck auf seiner Brust erleichtert. Heute jedoch war Bob Potts mittags in sein

Versicherungsbüro gerufen worden. In der Abwesenheit ihres Mannes war Eugenia immer gereizter geworden, hatte so lange wegen Nichtigkeiten an Kit herumgenörgelt, bis er am liebsten laut geschrien hätte.

Seine Schritte wurden jetzt langsamer. Er hatte die Reihen flacher Backsteinhäuser passiert. Er wußte, daß der Tesco-Supermarkt am Ende der Straße bereits zu sehen sein mußte, aber er starrte beharrlich weiter auf die Spitzen seiner Joggingschuhe und schlurfte über das Pflaster. Der Schnürsenkel seines rechten Schuhs hatte sich gelöst, und als er niederkniete, um die Schuhe zu binden, fiel ihm ein, wie oft seine Mutter ihn wegen der Schnürbänder ermahnt hatte.

Plötzlich sah er sie lebhaft vor sich. Sah, wie sie sich das Haar mit resigniertem Lächeln aus der Stirn strich. Kit erstarrte, ein Knie gebeugt, die Hände bewegungslos über den losen Enden der Schuhbänder, und hatte Angst, die geringste Bewegung seinerseits könne ihr Bild zerstören.

»Du brichst dir eines Tages den Hals, Kit. Du wirst noch an mich denken«, sagte sie lachend. Es war ein stehender Ausdruck zwischen ihnen gewesen, ein Witz über all die unlogischen Dinge, die Mütter zu ihren Kindern sagen. Als sie die Hand ausstreckte, um ihm durchs Haar zu fahren, verschwand das Bild, und er fühlte nur noch den Wind.

Ein stechender Schmerz fuhr ihm in die Brust, und er schluchzte auf. Seine so mühsam bewahrte Beherrschung war im Eimer. Warum sie? Warum nicht er? Dann müßte er jetzt nicht hier sein, mit diesem Kloß in der Brust, der mehr war, als er ertragen konnte. Kit preßte das Gesicht auf sein Knie und weinte.

Zuerst schien das leise Rauschen vom Blut zu kommen, das in seinen Schläfen pochte. Dann wurde ihm allmählich klar, daß es sich um ein von ihm losgelöstes Geräusch handelte. Sein Schluchzen verebbte. Er horchte. Der Wind war es nicht

... der Wind wehte stetig, wie ein leises Stöhnen knapp unterhalb der Wahrnehmungsgrenze. Er sah auf, rieb sich das Gesicht. In diesem Moment traf ihn der Regen wie eine Dusche, prasselte wie tausend Nadelstiche auf ihn nieder und durchweichte seine Sachen in Sekunden bis auf die Haut.

Kit schoß wie ein Sprinter aus den Startblöcken hoch und rannte blindlings los, um sich irgendwo unterzustellen. Er hörte am Klang seiner Schritte, daß er den geteerten Parkplatz des Supermarkts erreicht hatte. Dann tauchte das Tesco-Zeichen vor ihm auf. Er erkannte blitzschnell, daß die Rückseite des Gebäudes näher war, schwenkte in Richtung der Mülleimerreihen ein und zwängte sich zwischen die Stapel leerer Kartons. Hier hielt das Vordach über der Laderampe den schlimmsten Regen ab. Keuchend lehnte er sich gegen die feuchte Pappe.

Nach kurzer Verschnaufpause strich er sich das nasse Haar aus der Stirn und starrte an sich hinunter. Er war klatschnaß. Die Großmutter würde ihn umbringen. Im Geiste hörte er bereits ihr Genörgle: ›Christopher, warum hast du dich nicht untergestellt? Warum bist du so gedankenlos? Und schau dir an, was du gemacht hast ... Mein Teppich ist ruiniert.‹

»Blöde alte Schachtel!« entfuhr es ihm gepreßt. Das gefiel ihm. Er saugte seine Lungen voll Luft und brüllte in den Regen: »Blöde Schachtel! Dumme Kuh!« Aber der Wind verschlang die Schreie. In seiner Nähe hörte er ein anderes Geräusch. Ein Kratzen zwischen den Kartons. Dann ein Fiepen. Er horchte, kniete nieder, hob den nächstbesten umgestürzten Karton hoch. Zwei schwarze Knopfaugen starrten ihn an. Der kleine Hund jaulte auf und zuckte vor ihm zurück.

»Ist ja gut«, murmelte Kit. »Ich tu dir doch nichts. Du bist auch naß. Und dir ist kalt, was Hündchen?« Er redete in leisem Singsang unaufhörlich weiter, sagte jeden Blödsinn, der ihm einfiel, und streckte dem kleinen Tier die Handfläche hin. Der Hund hatte ein struppiges, graubraunes Fell – Kit tippte auf eine Terriermischung und ahnte, daß sich unter dem drahtigen Haarpelz nichts als Haut und Knochen verbargen.

Nach einigen Minuten kroch der Hund langsam auf dem Bauch vorwärts und leckte Kits ausgestreckte Finger. »Gutes Hündchen. Braves Hündchen«, flüsterte Kit und drehte die Hand, bis er ihm das Ohr kraulen konnte. Dann berührte er vorsichtig seinen Rücken. Das Tier zuckte zusammen, verharrte jedoch zitternd an derselben Stelle. »Was soll ich nur mit dir machen?« überlegte Kit ernst, als erwarte er eine Antwort. »Hier kannst du nicht bleiben – ohne ein Dach über dem Kopf und ohne Fressen.« Er hörte auf, den Hund zu streicheln, während er nachdachte. Das Tier wandte den Kopf und stupste ihn mit der Nase an, um ihn aufzufordern weiterzumachen.

Bei der Berührung der kalten Hundeschnauze faßte Kit einen Entschluß. Er grub in seiner Jackentasche nach der Schnur, mit der ihm sein Großvater am Vormittag Schnurspiele beigebracht hatte. Es war nur ein notdürftiger Ersatz für Halsband und Leine, aber es mußte genügen.

Cambridge
21. Mai 1970
Liebste Mami,
ist es nicht seltsam, welche Affinität man zu gewissen Orten entwickelt? Während des Monats mit Dir und Nan habe ich mich davor gefürchtet, nach Cambridge zurückzukehren und die Scherben meines Lebens zu kitten. Es schien mir, als sei allein unser Häuschen mein Zuhause, und ich wünschte mir nichts sehnlicher als das tröstliche Alltagskorsett Eures häuslichen Lebens. Was es zum Tee geben soll ... was im Garten getan werden muß ... welcher Roman aus der Biblio-

thek geliehen werden soll ... all das ergibt ein überschaubares, beherrschbares Universum.

Aber die ganze Zeit fühlte ich den Drang zu schreiben stärker werden, so unabänderlich wie das Aufsteigen der Säfte im Frühling. Ich muß schreiben, komme, was wolle. Es macht mich zu dem, was ich bin, und dazu muß ich auf eigenen Beinen stehen, so wackelig diese auch sein mögen.

Aber all das hast Du längst gewußt, stimmt's, Mami? Du hast mir einen kleinen, sanften Schubs gegeben, bis ich mir selbst darüber klarwurde. Das komische ist, seit ich wieder hier in diesem Haus bin – das ich so voller Gespenster wähnte – fühle ich mich zu Hause. Durch einen unerfindlichen Fingerzeig des Schicksals ist es nicht länger Morgans Haus, nicht einmal Morgans und Lydias Haus, sondern meins. Und es ist so angenehm vertraut.

Ich versuche alles so einfach wie möglich zu halten. Ein eiserner Tagesplan aus Hausarbeit, Lesen und Schreiben hält die düsteren Schatten in Schach.

Bislang gehe ich kaum unter Menschen. Ich bin für ihre Fragen noch nicht bereit. Nathan und Jean hatten mich zum Abendessen eingeladen und mir das Gefühl gegeben, nie fort gewesen zu sein. Wir haben uns über normale und unverfängliche Dinge unterhalten - über Allisons Windeln und die besten Zutaten für Linsensuppe. Jean ist wieder schwanger.

Du hast nach Adam gefragt. Er ist wie üblich rührend besorgt, aber ich fühle den drängenden Wunsch, der dahintersteht, und ich fürchte, das ist mehr, als ich geben kann. Ich kann es mir nicht leisten, mich je wieder an einen Mann zu verlieren, für unverbindliche Romanzen fehlt mir die Kraft, und ich scheue das Risiko.

Deine Dich liebende Lydia

17

*Die stummen, unsichtbar schönen Toten
ruhen mit uns an diesem Ort ...*

RUPERT BROOKE
aus ›Mumien‹

Er schlief den tiefen, traumlosen Schlaf absoluter Erschöpfung, rührte sich nicht einmal, als der vorhanglose Fensterausschnitt seine Farben von Schwarz zu Grau, Rosa und schließlich zum verwaschenen Blau des Aprilmorgens wechselte. Als das Telefon klingelte, tastete er unbeholfen danach, ohne mehr als nur einen vagen Begriff von der Bedeutung des Geräuschs zu haben.

Als er schließlich den Hörer ans Ohr hielt, murmelte er: »Kincaid.« Er schlug ein Auge auf und sah blinzelnd zum Wecker. Es war acht Uhr, an einem Sonntag. Er fluchte innerlich. Er konnte nur hoffen, daß der Anrufer eine gute Ausrede hatte.

»Duncan?« Die Stimme klang angespannt und verlegen. »Bob Potts hier. Tut mir leid, daß ich stören muß. Aber wir haben hier leider ein Problem. Ich weiß nicht, wen ich sonst anrufen könnte.«

Kincaid hörte die Angst, die aus den umständlichen Sätzen sprach, und war sofort hellwach. »Problem? Was für ein Problem?«

Potts räusperte sich. »Es ist wegen Kit. Er scheint ... ehm ... also, er scheint verschwunden zu sein.«

»Was heißt ›scheint verschwunden zu sein‹? Sicher ist er nur spazierengegangen.« Kincaid setzte sich auf. Seine Stimme klang ruhig, aber das Herz klopfte ihm bis zum Hals.

»Sein Bett war unbenutzt. Ich wollte ihn wecken ...« Potts verstummte, räusperte sich. »Ich habe überall nach ihm gesucht. Keine Spur von ihm. Und der Hund ist auch weg.«

»Welcher Hund?« Kincaid fiel ein, daß Vics dringendster Kinderwunsch nach einem Haustier von ihrer Mutter immer boykottiert worden war. Er konnte sich nicht vorstellen, daß sie ihre Meinung inzwischen geändert hatte. Er griff nach Block und Bleistift auf seinem Nachttisch. »Erzähl mir alles von Anfang an.«

»Kit hat vom Supermarkt einen Hund mit nach Hause gebracht – einen streunenden Mischling«, erklärte Potts. »Aber ich verstehe nicht, was ...«

»Fang einfach von vorn an. Ich muß mir ein klares Bild machen können, wenn ich was unternehmen soll.« Kincaid versuchte seine Ungeduld zu unterdrücken.

»Also gut«, seufzte Potts zögerlich. »Kit hat den Hund offenbar gestern nachmittag hinter Tesco aufgegabelt, als er sich beim Unwetter untergestellt hatte. Er hatte beschlossen, ihn zu behalten, und natürlich hat Eugenia ... ehm ... das heißt, wir ... haben das nicht für passend gehalten.« Pott stockte und fügte hinzu: »Kit war ziemlich aufgebracht – obwohl wir zu einem Kompromiß gekommen waren.«

»Und wie sah der aus?« fragte Kincaid skeptisch.

»Ich hatte Eugenia überredet, daß sie ihm erlaubt, den Hund über Nacht in der Garage unterzubringen. Heute morgen wollte ich mit ihm ins Tierheim fahren. Dort hätte man sich bemüht, ein Zuhause für ihn zu finden. Das habe ich Kit gesagt ...«

Dürfte für Kit kaum ein Trost gewesen sein, dachte Kincaid. Er hatte sicher geahnt, wie gering die Chancen des Tieres waren. »Schätze, Kit war mit dieser Lösung nicht glücklich?«

»Nein, das war er nicht«, sagte Potts. »Er ist ohne Essen ins Bett. Deshalb wollte ich ihm heute morgen gleich sein Frühstück raufbringen ...«

»Fehlen Sachen von ihm?«

»Ich ... ich weiß nicht. Daran habe ich gar nicht gedacht«, erwiderte Pott der Verzweiflung nahe. »Ich habe zuerst draußen nach ihm gesucht ... dachte, er wäre mit dem Hund spazierengegangen. Aber er hätte längst zurück sein müssen. Das ist jetzt zwei Stunden her ...«

»Hat er eine Nachricht hinterlassen?«

»Ich habe nichts gefunden.«

Kann ein gutes oder ein schlechtes Zeichen sein, dachte Kincaid. »Hat er Geld genommen?«

»Ich ... ich fürchte, auch das weiß ich nicht. Bleib bitte einen Moment dran. Ich sehe nach.« Potts legte klappernd den Hörer ab. Kincaid hörte Stimmen, zuerst gedämpft, dann erkannte er Eugenias schrille Tonlage. Potts meldete sich wieder. »Eugenia hatte gestern noch eine Zwanzig-Pfund-Note in ihrem Portemonnaie. Die ist jetzt verschwunden«, berichtete er laut, um die Stimme seiner Frau zu übertönen.

»Wie konnte er nur?« hörte Kincaid Eugenia im Hintergrund zetern. »Nach allem, was wir für ihn getan haben. Wir haben schließlich schon genug gelitten ...«

»Ich finde, es ist Kit, der genug gelitten hat«, fuhr Kincaid auf. »Ihr solltet froh sein, daß er das Geld genommen hat. Dann hat er sich vermutlich nichts angetan.«

»Halt doch endlich deinen Mund, Eugenia!« brüllte Potts am anderen Ende. In die folgende Stille hinein sagte er zögernd: »Du glaubst doch nicht ...«

Kincaid bereute seinen unbeherrschten Ausbruch bereits. »Ich wollte dir keine Angst machen, Bob. Mit dem Jungen ist bestimmt alles in Ordnung. Aber er steht unter Schock und ist todunglücklich. Das macht ihn unberechenbar.«

»Was können wir tun?« fragte Potts, der hörbar um Beherrschung rang.

Kincaid überlegte. Die örtliche Polizei war kaum bereit, die Suche nach einem Jungen aufzunehmen, der erst seit zwei Stunden vermißt wurde. Trotzdem hatte er vor, sie wenigstens zu bitten, die Krankenhäuser zu überprüfen. Dann mußte er eine sinnvolle Beschäftigung für Bob Potts finden. Alles war besser als das Warten. »Habt ihr ein neueres Foto von Kit?« wollte er wissen.

»Er hat uns Weihnachten ein gerahmtes Schulfoto geschenkt«, antwortete Potts verwirrt. »Aber was …?«

»Klappere damit sämtliche Bus- und Bahnstationen ab. Kit hatte genug Geld für eine Fahrkarte. Frag die Leute an den Fahrkartenschaltern, ob sie ihn gesehen haben. An einen Jungen mit einem Hund dürften sie sich erinnern. Ich rufe die Ortspolizei an und bitte sie, die Augen offenzuhalten. Aber vorerst suchen wir lieber selbst.«

»Du hilfst uns?« Potts klang dankbar und überrascht. Kincaid fragte sich, was er eigentlich erwartet hatte.

»Natürlich helfe ich.« Und gnade ihm Gott, wenn er bei Kit versagte, wie er bei Vic versagt hatte. Er hätte das kommen sehen müssen.

Unter einem stumpfen grauen Himmel erstreckte sich die mittlerweile vertraute Autobahn nach Cambridge wie ein breites Band. Kincaid blieb auf der Überholspur, und die Nadel des Tachometers vibrierte, während er das Letzte aus dem Midget herausholte.

Beim Fahren versuchte er die Bilder zu verdrängen, die ungefragt vor seinem geistigen Auge aufflackerten – Kit verletzt, Kit zerlumpt und verloren wie die heimatlosen Straßenkinder, die er bettelnd vor der U-Bahn-Station Hampstead gesehen hatte. Er fragte sich, ob die zermürbende Angst, die er empfand, ein Teil dessen war, was ›Vater sein‹ bedeutete. Dabei wurde ihm klar, daß er mittlerweile davon ausging, daß Kit sein Sohn war.

Über diese Erkenntnis hinaus jedoch vermochte er nicht zu denken – noch nicht, nicht bis er Kit sicher und wohlbehalten wiedergefunden hatte. Vorerst konzentrierte er sich auf die Gegenwart, auf das Wesentliche. Er hatte nach dem Telefonat mit Bob eine Tasse Tee getrunken, Jeans und Pullover angezogen und dabei telefoniert.

Die Polizei von Reading hatte erwartungsgemäß zurückhaltend reagiert, sich jedoch bereit erklärt, ein paar Nachforschungen anzustellen. Laura Miller hatte nichts von Kit gehört, wollte jedoch sofort anrufen, falls er sich bei ihr oder anderen Freunden melden sollte. Gemma versprach, in ihrer Wohnung abzuwarten, ob er anrief.

Kincaid rieb sich mit dem Handrücken über die Bartstoppeln an seinem Kinn, als er sich der Ausfahrt Grantchester näherte, und überdachte seine Möglichkeiten. Er wußte aus Erfahrung, daß die ersten Stunden bei der Suche nach einem vermißten Kind entscheidend waren. Sollte sich sein Instinkt als falsch erweisen, mußte er aufs Ganze gehen und eine große Suchaktion einleiten.

Kincaid verließ die Autobahn und erreichte schnell die Außenbezirke von Grantchester. Die Straßen waren noch leer. Nur die Rauchsäulen über den Schornsteinen widersprachen dem Eindruck, daß das Dorf in einen Schneewittchenschlaf gesunken war. Er bremste fast auf Fußgängertempo ab, als plötzlich Zweifel in ihm aufkamen. Weshalb vergeudete er wertvolle Zeit, um einem derartig halbgaren Verdacht nachzujagen? Kit konnte es bis hierher kaum geschafft haben, hatte vermutlich nie die Absicht gehabt, nach Grantchester zu kommen. Wahrscheinlich war er mittlerweile längst in London, wurde bereits von den Zuhältern angemacht, die immer und überall auf Ausreißer lauerten, die sich als Strichjungen eigneten.

Trotzdem parkte er den Midget am Straßenrand und nicht in der Kiesauffahrt, wo das Motorengeräusch jeden im Haus gewarnt hätte. Er stieg aus dem Wagen, schloß leise die Tür und betrachtete einen Moment aufmerksam das Haus. Obwohl es erst wenige Tage leer stand, machte es einen verlassenen Eindruck. Der pinkfarbene Verputz wirkte gegen den grauen Himmel geradezu frivol.

Kincaid ging lautlos und vorsichtig ums Haus, überprüfte die Türen und Fenster an der Vorderseite und betrat dann durch die Gartentür den Hintergarten. Die große Glastür zur Terrasse war verschlossen. Das hatte er damals selbst geprüft. Aber als er das Küchenfenster erreichte, entdeckte er, daß an der Unterseite ein schmaler Spalt klaffte. Er zwängte sich zwischen den Büschen an der Hauswand hindurch und zog sich am Fensterbrett hoch. Das Fenster ließ sich problemlos nach oben schieben. Nach kurzem Zögern kroch er lautlos durch die Öffnung ins Innere.

In der Küche klopfte er sich den Staub von den Kleidern und sah sich um. Nichts deutete darauf hin, daß jemand hier gewesen war. Hatte *er* das Fenster bei seinem letzten Rundgang nachlässigerweise offengelassen? Er mußte plötzlich feststellen, daß sein Erinnerungsvermögen an den Abend von Vics Tod bestenfalls lückenhaft war.

Er warf einen Blick ins Wohnzimmer. Alles war noch so, wie er es verlassen hatte. Dann ging er in Vics Arbeitszimmer. Hier allerdings hatte die Polizei, wie schon in Vics Büro in der Englischen Fakultät, ihre Visitenkarte hinterlassen.

Leise stieg er die Treppe hinauf, prüfte methodisch zuerst das Gästezimmer, dann Vics Schlafzimmer. Schließlich blieb er im Flur stehen und hörte auf das Pochen seines Herzens. Solche Angst hatte er vor einem Fehlschlag, daß er das Naheliegendste bis zum Schluß aufhob. Er wartete, bis sein Atem wieder regelmäßig ging, dann öffnete er vorsichtig die Tür zu Kits Zimmer.

Nach dem Halbdunkel des Flurs zuckte er vor dem Licht, das durchs Fenster flutete, geblendet zurück. Er wartete, bis sich seine Augen an die Helligkeit gewöhnt hatten, sah das leere Bett und die unberührte Überdecke. Sein Mut sank. Er hatte sich getäuscht, und die Zeit, die er mit der Fahrt nach Cambridge vergeudet hatte, war unwiederbringlich verloren.

Dann, gerade als er sich abwenden wollte, hörte er ein Geräusch – ein Rascheln und ein verhaltenes Klopfen. Er erstarrte, horchte, und als es sich wiederholte, wußte er auch, woher es kommen mußte. Langsam durchquerte er den Raum und beugte sich über das Fußende des Bettes, bis er in die Ecke zwischen Bett und Wand sehen konnte. Dort lag ein kleiner, struppiger Hund auf einer zerknüllten Decke. Er hatte den Kopf zwischen die Pfoten gelegt und musterte ihn aufmerksam, während sein Schwanz leise auf den Fußboden klopfte.

Und unter der Decke lag Kit, die Augen geschlossen, einen Arm über den Kopf gelegt, als habe er geträumt. Er trug noch immer seinen Anorak, und seine Brust hob und senkte sich in gleichmäßigem Rhythmus, während er mit offenem Mund atmete.

Schwindel erfaßte Kincaid, und die Knie wurden ihm puddingweich. Er setzte sich aufs Bett, streckte die Hand aus und tätschelte den Hund, der prompt heftig mit dem Schwanz zu wedeln begann. »Du bist mir vielleicht ein Wachhund«, sagte er mit einem Lachen, das verräterisch belegt klang. Beim Klang seiner Stimme bewegte sich Kit und schlug die Augen auf. Kincaid sah den Ansatz eines Lächelns, als der Junge ihn erkannte, welches sich in blankes Entsetzen verwandelte, als er begriff, daß er entdeckt worden war.

Kit richtete sich auf und versuchte, sich von der hinderlichen Decke und dem Gewicht des Hundes auf seinen Füßen zu befreien.

»Hallo, Kit«, begann Kincaid grinsend. »Was zum Teufel machst du hier draußen?«

Kit ließ sich gegen die Wand sinken und musterte ihn verwirrt. Dann sagte er: »Ich verstecke mich. Ich dachte, falls sie hinter mir her sind, schauen sie vielleicht nicht hinters Bett. Ich habe Tess befohlen, still zu sein.«

»Sie ist ein gehorsames Mädchen. War nur ihr wedelnder Schwanz, der dich verraten hat. Warum hast du sie Tess genannt?«

Kit streichelte den Hund. »Weil ich sie hinter Tesco gefunden habe.«

»Ach, natürlich«, murmelte Kincaid. »Dumme Frage. Hat einer von euch seither eigentlich was gegessen?«

»Hamburger. Der zweite Lastwagenfahrer hat uns Hamburger spendiert. Aber das ist lange her.«

»Du bist also per Autostop hierhergekommen?« fragte Kincaid. Er dankte Gott, daß Kit seine Reise unversehrt überstanden hatte. Für eine Standpauke über die Unvernunft, in fremde Autos zu steigen, war jetzt nicht der richtige Zeitpunkt.

»Mit vier Lastautos«, erklärte Kit nicht ohne Stolz. »Aber von der Autobahn aus sind wir gelaufen. Ich hatte Angst, daß jemand anhält, den ich kenne.«

»Dann müßtest du jetzt eigentlich wieder Hunger haben«, sagte Kincaid leichthin. »Nicht weit von hier, an der Autobahn, gibt es ein Café. Was hältst du davon, wenn ich dir dort ein echtes Fernfahrerfrühstück spendiere? Und für Tess kriegen wir sicher auch was.«

Kit erstarrte und zog den Hund an sich. »Ich gehe nicht nach Reading zurück. Wenn du mich dazu zwingst, laufe ich nur wieder weg.«

Kincaid betrachtete den trotzigen Zug um Kits Mund und fragte sich, ob er ebenso aussah, wenn er sich auf etwas versteift hatte. *Wie der Vater, so der Sohn.* Seine einzige Chance war es, dem Jungen mit der Ehrlichkeit zu begegnen, die er auch für sich selbst beanspruchte. Er dachte kurz nach. »Ich kann dich verstehen, Kit. Aber du mußt schon vernünftig sein. Du weißt, daß du hier nicht allein bleiben kannst ...«

»Mein Vater kommt sicher zurück. Das weiß ich. Und dann kann ich bleiben ...«

»Das mag schon stimmen. Aber in ein paar Stunden fangen sie an, richtig nach dir zu suchen. Und dann finden sie dich hier. Dein Großvater ist außer sich vor Angst. Du willst doch nicht, daß er sich weiter Sorgen um dich macht, oder.«

»*Ihr* ist es ganz egal, was mit mir passiert. *Sie* sorgt sich doch nur um ihre beschissenen Teppiche.«

Kincaid seufzte. »Macht das die Gefühle deines Großvaters weniger wichtig?«

Kit starrte ihn an. Der Zug um seinen Mund entspannte sich. Er zuckte mit den Schultern. »Vermutlich nicht. Aber ich gehe nicht zurück. Da darf ich Tess nicht behalten.«

»Ich verspreche dir, daß wir eine Lösung finden. Und ich verspreche dir, daß ich nichts unternehme, bevor wir uns nicht abgesprochen haben. Aber irgendwo müssen wir anfangen. Und ich finde, Frühstück ist ein guter Anfang. Was meinst du?«

Kit sagte lange kein Wort. Dann nickte er kaum merklich. »Was hast du mit deinem Auge gemacht?«

In der anonymen Atmosphäre des Fernfahrerlokals bestellten Kit und Kincaid Eier, Speck, Würstchen, Champignons, Tomaten, gebratenes Brot und dazu eine Kanne Tee. Sie hatten Tess im Wagen auf der kleinen Decke zurückgelassen, die Kit für sie ausgegraben hatte, und sie hatte sich mit der Ergebenheit eines Hundes, der so etwas gewohnt war, aufs Warten eingerichtet.

Im Cottage hatte Kit die Hände gewaschen und die Haare gebürstet, dann ohne weitere Klagen seine Sachen zusammengesucht. Als er fertig war, hatte er aus der Küchenschublade einen Ersatzschlüssel genommen.

»War das Fenster nicht verriegelt?« hatte Kincaid gefragt, den sein mögliches Versäumnis beunruhigte.

»Das Schloß schnappt nicht richtig ein«, erwiderte Kit. »Das konntest du nicht wissen. Ich komme immer dort rein, wenn ich meinen Schlüssel vergessen habe. Mami ist dann stocksauer ...« Er hielt entsetzt inne, und Kincaid drängte ihn hastig aus dem Haus, den Arm um seine Schultern.

Diesmal behielt Kincaid den Schlüssel. Die Fahrt zum Fernfahrerlokal war schweigend verlaufen.

Ihr Tee kam, heiß und stark, und als sie in ihren Tassen rührten, warf Kincaid einen Blick auf die Uhr und zog sein Handy aus der Jackentasche. »Ich rufe Gemma an. Sie soll deinem Großvater sagen, daß du wohlauf bist. »Nein, warte«, fügte er hinzu, als Kit protestieren wollte. »Das ist im Moment alles. Wir machen immer nur einen Schritt nach dem anderen. Ist das fair?«

Kit nickte. Kincaid wünschte, er wäre wirklich so zuversichtlich, wie er sich gab. Was er Kit verschwiegen hatte, war, daß er nicht wußte, was der nächste Schritt sein sollte. Er wußte nur eines: Wenn er Kit jetzt seinen Großeltern auslieferte, verlor er ihn vermutlich für immer.

Er wählte Gemmas Nummer, informierte sie kurz und sagte dann: »Ruf Kits Großvater an und sag ihm Bescheid, daß Kit sicher in meiner Obhut ist. Nicht mehr und nicht weniger. Dann melde dich bei Laura Miller. Bitte, Liebling.«

»Was willst du jetzt tun?« fragte Gemma. »Du hast kein Recht, ihn ohne ihre Erlaubnis bei dir zu behalten.«

»Ich weiß«, antwortete er ausweichend. »Aber im Moment sehe ich keine Alternative.«

Am anderen Ende war es still. »Dann bring ihn hierher«, sagte Gemma schließlich. »Bis wir eine Lösung gefunden haben. Hier gibt's wenigstens einen Garten für den Hund.«

»Was sagen Hazel und Tim dazu?«

»Ich rede gleich mit ihnen. Wir sehen uns dann in ein oder zwei Stunden«, fügte sie hinzu und legte auf.

Kincaid betrachtete Kit, der aufmerksam zugehört hatte, obwohl sein Frühstück gekommen war. »Wir besuchen erst mal Gemma«, erklärte er. »Einverstanden?«

Statt einer Antwort runzelte Kit die Stirn. »Ich wußte gar nicht, daß du die Millers kennst.«

»Sie haben sich Sorgen um dich gemacht. Gemma und ich haben uns Sorgen gemacht. Und ich schätze, all die Freunde, die Laura Miller angerufen hat, haben sich auch Sorgen gemacht.«

Kit wirkte betreten. »Daran habe ich nicht gedacht. Ehrlich. Ich wollte nur ...«

»Ich weiß. Gelegentlich verlieren wir den Überblick.« Kincaid zeichnete mit der Gabel einen Bogen in die Luft. »Iß dein Frühstück. So viele Stunden ohne Futter schaden dem Wachstum.«

»Du klingst wie Mum«, sagte Kit und konzentrierte sich auf sein Würstchen. Er aß eine Weile schweigend, dann sah er Kincaid an. »Es hat nichts genützt, weißt du? Ich meine, nach Hause zu fahren. Das hat sie auch nicht zurückgebracht.«

Gemma stand an der Spüle von Hazel und Tims Küche und machte nach dem Sonntagsessen den Abwasch. Kit hatte zwei große Portionen von Hazels Spaghetti vertilgt. Und das, nachdem er spät gefrühstückt hatte.

Seine anfängliche Zurückhaltung hatte er schnell abgelegt,

wozu die vorbehaltlose und klettenhafte Bewunderung von Toby und Holly sicher mit beigetragen hatte. Hazel und Tim hatten ihn liebevoll, aber ohne großes Aufheben willkommen geheißen, und nach dem Essen hatte Hazel taktvoll vorgeschlagen, er möge Tess doch in der großen Badewanne im ersten Stock baden. Jetzt verpaßten er und Kincaid der Hundedame vor dem Kamin im Wohnzimmer eine Föhnfrisur. Die Kleinen waren natürlich dabei, waren dem Vorgang jedoch eher hinderlich, wie Gemma vermutete. Hazel und Tim nutzten die Gelegenheit zu einem Spaziergang.

Gemma war froh, ein paar Minuten für sich allein zu haben. Der Anblick von Duncan und Kit hatte ihr ganz unerwartet ein seltsames Gefühl beschert. Es kam ihr so vor, als habe das Wissen um die mögliche Verwandtschaft zwischen den beiden ihre Wahrnehmung verändert, denn jetzt fand sie die Ähnlichkeit zwischen ihnen so eindeutig, daß sie selbst nicht begriff, wie ihr das hatte entgehen können. Worauf sie allerdings nicht vorbereitet gewesen war, war die geradezu schmerzhafte Zärtlichkeit, die sie gegenüber beiden empfand. In diese mischte sich jedoch die Unsicherheit darüber, wie es mit Kit weitergehen sollte und wie Kit ihrer aller Leben verändern würde.

Die Tür ging auf, Kincaid kam herein und klopfte sich Hundehaare von seinem Pullover. »Ich stinke bestimmt nach nassem Hund«, sagte er grinsend. »Aber dafür riecht Tess jetzt eindeutig besser. Als nächstes müssen wir Kit in die Badewanne kriegen.«

Gemma trocknete die Hände an einem Geschirrtuch, ging zu ihm und schlang die Arme um seine Taille. Sie sah ihm in die Augen. »Jetzt hast du keine Zweifel mehr, oder?«

Er zog sie an sich und strich ihr übers Haar. »Nein«, sagte er leise. »Aber das macht mir angst. Es ist zu komisch ... ich hatte bereits zu fürchten begonnen, daß es vielleicht doch nicht wahr ist. Was passiert, wenn Ian McClellan zurückkommt und ihn mit nach Frankreich nimmt?«

Gemma löste sich von ihm, damit sie ihm ins Gesicht sehen konnte. »So weit sollten wir nicht denken. Ich koche uns eine Tasse Tee und erzähle dir dann, was hier alles passiert ist.«

Er ließ sie gehen, und kurz darauf kam Gemma mit zwei dampfenden Tassen Tee an den Küchentisch. »Was hat sein Großvater gesagt, als du ihn angerufen hast?« fragte er, als sie sich setzten.

»Er schien erleichtert. Er wartet auf deinen Anruf. Aber ich konnte Eugenia im Hintergrund hören. Sie ist entschlossen, Kit zu bestrafen.« Gemma schüttelte den Kopf. »Ist mir schleierhaft, wie bei dieser Familie aus Vic ein vernünftiger Mensch werden konnte.«

Kincaid dachte nach. »So schlimm ist es mit Eugenia wohl erst in den letzten Jahren geworden. Auf anderen herumzuhacken ist vielleicht ihre Art, die Trauer um ihre Tochter zu bewältigen – oder nicht zu bewältigen.«

»Zu liebenswürdig von dir«, murmelte Gemma.

Er zuckte die Schultern. »Also gut. Die Frau ist eine Hexe. Wichtig ist, daß sie in ihrem gegenwärtigen Zustand als Vormund für Kit nicht geeignet ist und das wahrscheinlich auch nie sein wird.«

»Hazel hat gesagt, daß Kit so lange wie nötig im Gästezimmer bleiben kann, und als ich heute morgen mit Laura Miller gesprochen habe, hat sie auch angeboten, Kit bei sich aufzunehmen, zumindest bis zum Schuljahresende.« Gemma stützte die Ellbogen auf den Tisch und beugte sich vor. »Das braucht der Junge – Schule und Freunde und so was wie ein normales Familienleben.«

»Da rennst du bei mir offene Türen ein, Liebes.«

»Du mußt nur die Großeltern überzeugen. Eugenia hat Laura einen Korb gegeben.«

»Ich weiß.« Er griff nach seinem Handy. »Aber ich habe nicht die Absicht, mit Eugenia über irgend etwas zu verhandeln. Ich werde die Sache nach meinem Gutdünken regeln.«

Er drückte ein paar Tasten. »Hallo, Bob. Duncan hier.« Nach einem Moment sagte er. »Nein, nein. Es geht ihm gut. Aber er bleibt die Nacht über hier bei Freunden in London. Beide sind Psychologen. Sie wissen, wie man sich in einer solchen Situation verhält.« Er hörte kurz zu und fuhr dann fort: »Ich schätze, du kannst Eugenia überzeugen, daß *sie* jetzt Ruhe braucht. Du hast meine Telefonnummer. Ich bin jederzeit für dich erreichbar. Wir reden morgen weiter.«

Damit legte er auf. Gemma merkte plötzlich, daß sie nicht mehr allein waren. Sie drehte sich um. Kit stand in der Küchentür. Bevor Kincaid etwas sagen konnte, berührte sie seinen Arm und deutete zur Tür.

»War das mein Großvater?« fragte Kit mit ausdrucksloser Miene.

Kincaid nickte. »Hazel und Tim laden dich ein, über Nacht hierzubleiben – vorausgesetzt, es ist dir recht.«

»Warum kann ich nicht bei dir bleiben?«

»Komm, setz dich her und trink eine Tasse Tee«, forderte Gemma Kit auf und verschaffte Kincaid damit Zeit, sich seine Antwort zu überlegen.

Als Kit langsam zum Tisch kam, sagte Kincaid: »Sicher könntest du auch auf meinem Sofa schlafen. Aber bei mir gibt's keinen Zugang zum Garten für Tess. Ich wohne im obersten Stock.« Er hielt einen Moment inne. »Wenn du lieber hierbleibst, solange ich in der Nähe bin, kann ich bei Gemma nebenan übernachten. Vorausgesetzt, sie ist einverstanden.«

Gemma zog ihm eine Grimasse und reichte Kit die Tasse Tee. »Ich denke, das können wir hinkriegen.«

»Was ist mit morgen?« erkundigte sich Kit vorsichtig.

»Daran arbeiten wir noch.« Kincaid beobachtete ihn,

während er seinen Tee trank. »Möchtest du eine Weile bei den Millers bleiben, wenn wir das vereinbaren könnten? Sie möchten, daß du zu ihnen kommst, und dann könntest du wieder in die Schule gehen und deine Freunde sehen.«

»Was ist mit Tess?«

»Laura freut sich, wenn du sie mitbringst«, erwiderte Gemma. Laura war im Gegenteil sogar wütend geworden, als sie von Eugenias Weigerung erfahren hatte, den Hund ins Haus zu lassen.

Kit starrte in seine Tasse Tee und runzelte die Stirn. »Ich weiß nicht, ob ich wieder in die Schule will.«

»Die ersten Tage ist es sicher ein bißchen peinlich«, sagte Gemma. »Weil die anderen nicht wissen, was sie zu dir sagen sollen. Aber das regelt sich von selbst.«

Kit schüttelte den Kopf. »Das ist es nicht. Es ist Miß Pope.«

Gemma sah Kincaid an, der überrascht die Augenbrauen hochzog.

»Wer ist Miß Pope?« fragte er. »Eine Lehrerin von dir?«

»Englisch.« Kit zog eine Grimasse. »Ich hasse Englisch. Ich will Biologe werden – wie Nathan. Und ich hasse Miß Pope.«

Gemma spürte, daß mehr dahintersteckte als die Abneigung gegen ein bestimmtes Unterrichtsfach. »Hat Miß Pope etwas gesagt, das dich richtig wütend gemacht hat?«

Kit nickte. »Sie ... hat schlecht über meine Mutter geredet. Über meine Mum und meinen Dad. Sie hat behauptet, wenn Mum eine gute Ehefrau wäre, wäre Dad nie fortgegangen.«

»Großer Gott!« flüsterte Kincaid. Dann sagte er vorsichtig: »Kit, hast du deiner Mutter davon erzählt?«

Kits Augen füllten sich mit Tränen. Er wischte sie wütend weg und nickte. »Am Tag bevor sie ... Zuerst dachte ich, daß sie deshalb gestorben ist, weil sie sich so aufgeregt hat. Sie haben gesagt, daß es ihr Herz war. Aber gestern nacht ...« Er hielt inne und zog die Nase hoch.

»Weiter«, drängte Kincaid. »Was ist gestern nacht gewesen?«

»Tess war nicht der einzige Grund, weshalb ich fortgelaufen bin. Ich habe sie reden gehört. Großmutter hat gesagt, daß Mum ... sie hat gesagt, daß Mum ermordet worden ist. Aber ich versteh das nicht. Warum wollte jemand meine Mutter umbringen?«

Kincaid schloß kurz die Augen, und Gemma vermutete, daß er all seine Beherrschung zusammennehmen mußte, um wegen Eugenia nicht ausfallend zu werden. »Wir wissen es nicht«, antwortete er schließlich. »Die Polizei versucht es gerade herauszufinden. Aber was auch geschehen ist, es ist nicht deine Schuld. Es hatte nichts mit dir zu tun.«

Ein leises Fiepen war aus dem Wohnzimmer zu hören. Dem folgten Kindergekicher und aufgeregtes Hundegebell.

»Ach herrje!« stöhnte Gemma. »Wir haben die kleinen Kobolde zu lange allein gelassen.« Sie schob ihren Stuhl zurück.

»Ich mach das schon!« erbot sich Kit und sprang auf. »Ich hab ihnen vorhin ›101 Dalmatiner‹ ins Videogerät geschoben. Kann sein, daß sie inzwischen einen Pelzmantel aus Tess gemacht haben.« Kit rannte hinaus, und Gemma sank auf ihren Stuhl zurück.

»Zwei Dinge weiß ich jetzt«, murmelte Kincaid. »Einmal, daß wir sicher sein können, wohin Vic gefahren ist, nachdem sie an jenem Nachmittag ihre Fakultät verlassen hat. Und zum anderen«, er machte eine Pause und sah Gemma in die Augen, »daß ich nicht zulasse, daß Kit nach Reading zurückkehrt. Um keinen Preis der Welt.«

18

*Was ich gesagt, daß ich dich herzlich liebe, es ist nicht
wahr.*
*Solch flache, rasche Dünung erschüttert kein von
Land umschloss'nes Wasser.*
*Wie bei Göttern oder Toren fällt das ganze Risiko –
dir zu –*
Die reine, klare Bittersüße, die ist nichts für mich.

RUPERT BROOKE
aus ›Sonnet‹ (Januar 1910)

Park Lane Hotel, Piccadilly
5. Juni 1974
Liebe Mami,
verzeih, daß ich lange nicht geschrieben habe, aber es ist so viel passiert, daß ich kaum eine Minute zur Ruhe komme, geschweige denn Briefe schreiben kann.

Ich bin gestern zu meiner Buchpräsentation hergekommen und habe beschlossen, ein paar Tage zu bleiben. Gelegentlich tut es gut, dem Leben und der Gesellschaft in der Provinz zu entfliehen.

Die Präsentation gestern war wunderbar. Danach werden mir die Treffen zu Punsch und Keksen bei den Heffers in der nächsten Woche noch trostloser vorkommen. Daphne lungert dann stets herum und versucht, nicht weiter aufzufallen, während Darcy alle, die es hören oder auch nicht hören wollen, mit einem Vortrag über die komplizierten Zusammenhänge des Dekonstruktivismus langweilen wird. Du weißt, was sie immer sagen: Wenn du nicht schreiben kannst ...

Wenigstens ist Adam nicht da und trauert still wie eine verlassene Krähe. Er tut irgendwo in Afrika gute Werke.

Hast Du den Artikel in der Times gelesen? Wenn nicht, schicke ich Dir eine Kopie. Sieht so aus, als fände meine Arbeit endlich doch die Aufmerksamkeit der Kritiker, die sie verdient, obwohl ich finde, daß sich der Autor etwas besser hätte informieren können.

Muß laufen, man erwartet mich zur nächsten glamourösen Dinnerparty.

In Liebe, Lydia

Diesmal standen sich Gemma und Kincaid in Daphne Morris' plüschigem Vorzimmer die Beine in den Bauch. Sie hatten London am frühen Morgen in Gemmas verbeultem Ford Escort verlassen, nachdem Kincaid durch ein neues Motorengeräusch beim Midget aufgeschreckt worden war. Trotz heftigen Montagsverkehrs hatten sie Cambridge in Rekordzeit erreicht. Kit war ohne Widerrede einverstanden gewesen, bei Hazel und den Kleinen zu bleiben.

Daphnes Assistentin Jeanette, die noch immer die sackartige Jacke trug, an die sich Gemma vom Freitag her erinnerte, erklärte ihnen, daß der Terminplan der Direktorin keinen Raum für ungebetene Besucher zuließ. Das bedeutete, sie mußten warten, bis ihre Geschichtsstunde vorbei war.

Bevor die dafür angesetzten sechzig Minuten jedoch abgelaufen waren, erschien Daphne unverhofft persönlich, jeder Zoll die respektable Schuldirektorin, in marineblauem Kostüm und mit aufgestecktem Haar. Sie dirigierte sie in ihr Büro und nahm hinter dem massiven Schreibtisch Platz wie hinter einem Bollwerk. »Was kann ich heute für Sie tun?« fragte sie mit jenem gefälligen und doch genervten Lächeln, mit dem sie vermutlich sonst aufdringliche Eltern in Schach hielt.

»Hatten Sie ein angenehmes Wochenende?« entgegnete

Kincaid und machte es sich in einem der sehr femininen Besuchersessel bequem. »War's entspannend und so weiter?«

Daphne sah ihn nur an. Gemma beobachtete, wie sie vergeblich nach dem Füller auf ihrem Schreibtisch tastete und schließlich die Hände auf der Tischplatte verschränkte.

»Das hoffe ich doch. Wir hatten nämlich ein sehr interessantes Wochenende. Stimmt's, Gemma?«

Daphnes Blick wanderte von Gemma zu dem blauunterlaufenen Bluterguß unter Kincaids Auge. Ihre Nervosität schien zu steigen. »Falls das hier ein netter Plausch werden soll, Mr. Kincaid, muß ich Sie bitten ...«

»Wir hatten ein sehr aufschlußreiches Gespräch mit Morgan Ashby ...« Kincaid lächelte. »Zumindest, nachdem er sich etwas beruhigt hatte. Sieht so aus, als hätte Morgan guten Grund gehabt, mit ihrer Beziehung zu Lydia nicht einverstanden zu sein – abgesehen von der Tatsache, daß Lydia mit Ihnen intim war.«

»Natürlich waren wir intim«, sagte Daphne gereizt. »Lydia war meine engste Freundin.«

»Keine Ausflüchte, bitte, Miß Morris. Sie wissen genau, daß ich das nicht gemeint habe. Aber wenn Sie möchten, daß ich deutlicher werde, dann tue ich das gern. Sie hatten ein festes Liebesverhältnis mit Lydia Brooke. Laut Morgan hat sie damit geprahlt, wenn sie sich stritten. Es muß ihr Spaß gemacht haben, ihm das Gefühl des Versagens zu geben.« Kincaid schüttelte enttäuscht den Kopf. »Sie hat Ihnen das nie erzählt, was?«

»Ich weiß nicht, wovon Sie reden. Ich ...« Daphne schluckte und verschränkte die Hände fester. »Es stimmt nicht. Sie hätte Morgan nichts dergleichen erzählt. Sie hat gesagt, er habe sie zu einem Geständnis zu zwingen versucht, aber sie habe sich nicht kleinkriegen lassen.«

»Heißt das, daß sie keinen Sex mit Lydia hatten, oder einfach nur, daß Sie glauben, Lydia hätte ihr Geheimnis nicht mit ihrem Ehemann teilen wollen?« Kincaid machte eine Kunstpause, bevor er fortfuhr: »Aber wenn sie es *ihm* erzählt hat, dann hat sie es vielleicht auch anderen erzählt – vielleicht ist sie so weit gegangen, es jemandem zu erzählen, der es dazu benutzen konnte, Ihre Karriere zu ruinieren.«

»Nein!« Daphne stand auf und stützte sich auf die Schreibtischkante. »Sie begreifen gar nichts. Morgan war ein Choleriker und krankhaft eifersüchtig. Er hat sich alle möglichen Dinge eingebildet. Wenn überhaupt, dann hat Lydia ihm etwas gesagt, weil er sie bedroht hat. Die beiden waren Gift füreinander. Er hat sie dazu getrieben …«

»Warum hat sie ihn dann geheiratet?« erkundigte sich Kincaid, und Gemma dachte an Morgan, der vor dreißig Jahren ein geradezu gefährlich gutaussehender Mann gewesen sein mußte. Die Leidenschaft seiner Gefühle für Lydia dürfte am Anfang mehr als schmeichelhaft für sie gewesen sein. Gemma bezweifelte, daß Lydia geahnt hatte, welche Abgründe sich dahinter auftun würden.

»Ich weiß es nicht«, erwiderte Daphne. »Ich habe es nie verstanden. Ich kann Ihnen nur sagen, daß in jenem Sommer etwas passiert sein muß. Danach war Lydia nie mehr dieselbe.«

»Morgan behauptet, *Sie* seien an dieser Veränderung schuld, hätten sie in den Wahnsinn getrieben – Sie und die anderen.« Kincaid beugte sich vor und zeigte mit dem Finger auf Daphne. »Sie hat mit allen geschlafen – mit Ihnen, Adam, Nathan und Darcy –, und das hat sie seelisch nicht verkraftet. Das hat sie krank gemacht.«

»Wir haben mit Darcy gesprochen. Er hat es bestätigt«, warf Gemma ein. »Vielleicht haben Sie recht, und Morgan ist ein Paranoiker. Aber wir haben keinen Grund, Darcy nicht zu glauben, wenn er sagt, daß Sie und Lydia ein Liebespaar gewesen sind. Weshalb sollte er lügen?«

Daphne starrte auf ihre Hände. Ihre Knöchel waren weiß. Nach einigen Minuten ließ sie die Schreibtischkante los und ging langsam zum Fenster. Sie hatte ihnen den Rücken zugewandt, als sie sagte: »Darcy ist ein Schwein. Was weiß er schon von Liebespaaren ... oder Liebe? Er, der immer nur auf die Befriedigung seiner eigenen Bedürfnisse aus gewesen ist? Außerdem war es viel komplexer.« Sie verstummte und starrte auf den gepflegten Schulgarten hinunter.

»Komplexer? Was?« wollte Gemma wissen.

»Das mit Lydia.« Daphne schüttelte den Kopf. »Ich habe Lydia vom ersten Moment an geliebt. Ich stand im Eingang von Newnham ... und sie rannte die Treppe mit einem Stapel Bücher in den Armen hinauf. Sie hat gelacht. Sie schien so viel lebendiger, so viel gefühlsbetonter zu sein als andere Menschen. Man hatte das Gefühl, daß man nur nahe genug an sie herankommen müsse, damit etwas von diesem Besonderen auf einen abfärbte.

Aber Lydia war auch leicht verwundbar. Und damit war sie vermutlich das gefundene Fressen für Morgan.« Sie drehte sich um. »Ich sage Ihnen, was Sie wissen wollen. Ich habe das Versteckspiel satt. Es geht schon zu lange ...« Sie schloß kurz die Augen und holte tief Luft. »Am College haben wir ein bißchen herumprobiert. Für Lydia war es damit erledigt. Erst als sie nach ihrem Selbstmordversuch nach Cambridge zurückgekommen war, haben wir eine ernsthafte Affäre miteinander angefangen. Aber selbst dann hatte sie andere Prioritäten. Sie suchte nur Trost, seelischen Beistand. Sie hatte für sich beschlossen, keine Beziehung zu einem Mann mehr zu riskieren. Bei mir war sie in Sicherheit.« Daphne lächelte humorlos.

»Und selbst damals im College hat es ihr nur dann wirklich Spaß gemacht, wenn die Jungs zugesehen haben. Lydia hat mir also mehr oder weniger einen Gefallen getan – dafür, daß ich ihr Freundschaft und Halt gegeben habe.«

»Und das war Ihnen von Anfang an klar«, bemerkte Gemma.

»Oh, natürlich habe ich erst versucht, mir etwas vorzumachen. Aber lange hält man das nicht durch. Und als Lydia wieder Boden unter den Füßen hatte, hat sich mich als ... lästig empfunden. Sie hatte einigen Erfolg mit ihrer Lyrik, und sie bewegte sich in intellektuellerer und spektakulärerer Gesellschaft, als ihre alten Freunde ihr bieten konnten.« Daphne verstummte und starrte an ihnen vorbei ins Leere.

»Also hat sie die Beziehung zu Ihnen abgebrochen, und Sie haben angefangen, Ihre Rache zu planen«, warf Kincaid ein.

Daphne schien einen Moment verdutzt zu sein. Dann lachte sie laut auf. »Blödsinn, Mr. Kincaid. *Ich* habe die Beziehung abgebrochen. Ich wollte niemandem zur Last fallen. Also habe *ich* Lydia verlassen.« Ernster fügte sie hinzu: »Die Folgen allerdings – die waren für mich damals nicht abzusehen.«

»Was ist passiert?« fragte Gemma und warf Kincaid einen scharfen Blick zu.

»Lydia war völlig am Boden zerstört.« Daphne hielt inne. Sie lehnte sich entspannt gegen das Fensterbrett und verschränkte die Arme vor der Brust. Die Aussprache schien ihr gutzutun. »Sie hat mir einen Brief geschrieben. Darin stand, alle Menschen, die sie liebe, würden sich von ihr abwenden, und das sei ihre Schuld, weil sie sich selbst hasse. Das Schreiben lag in meiner Post, nachdem sie ihren Wagen gegen einen Baum an der Straße nach Grantchester gefahren hatte.«

Das war der zweite Selbstmordversuch, dachte Gemma. Der, für den Vic keine Erklärung gefunden hatte. »Und danach?«

»Sie hat sich langsam erholt, und ich habe ihr geholfen. Ich habe aufgehört, mehr von ihr zu erbitten, als sie mir geben konnte. Wir sind Freundinnen geworden – auf andere Art. Es waren die besten Jahre meines Lebens. Von da an bis zu Lydias Tod.« Daphnes kühle, mitleidslose Analyse machte Gemma frösteln.

»Und vor ihrem Tod? Ist da nichts mehr geschehen?« wollte Kincaid wissen. »Keine Kräche, keine seltsamen Verhaltensweisen?«

Daphne schüttelte den Kopf. »Tut mir leid, da muß ich Sie enttäuschen, Mr. Kincaid. Nichts Ungewöhnliches. Und ich habe Lydia nicht umgebracht, um meinen Ruf zu schützen, falls Sie darauf hinauswollen. Und auch Ihre Dr. McClellan nicht. Vor Lydias Tod hatte ich mit dem Gedanken gespielt, mich frühpensionieren zu lassen. Deshalb habe ich das Wochenendhaus gekauft. Damit Lydia und ich zusammen arbeiten konnten. Sie an ihren Gedichten, ich an meinem Roman.«

Daphne schwieg und schien zu einem Entschluß zu kommen. »Das ganze Wochenende habe ich darüber nachgedacht, was Sie neulich gesagt hatten. Daß Lydia möglicherweise ermordet wurde. Ich weiß nicht, wer so was getan haben sollte, und der Gedanke, daß man ihr das Leben genommen hat, bevor sie für den Tod bereit war, ist furchtbar. Trotzdem war diese Vermutung für mich wie eine Befreiung. Ich weiß jetzt, daß Lydia glücklich war – glücklich mit dem, was wir in den letzten Jahren zusammen hatten. Und in diesem Fall muß ich vollenden, was wir begonnen haben. Ich will diesen Roman schreiben, und zwar schnell. Ich habe mich mittlerweile damit abgefunden, daß Lydia nicht dasein wird, um mir zuzuhören.«

»Wer hat außer Daphne ehrlich um Lydia getrauert?« fragte Gemma, als sie die Auffahrt hinuntergingen, die sich von der Schule zum Parkplatz schlängelte. »Ich meine, um Lydia, wie sie war, als sie starb, nicht um die Lydia der Vergangenheit.« Es war ein schöner, windiger Tag, und der Wind riß an ihrem Rock, wickelte ihn um ihre Beine. Sie mußte stehenbleiben und eine lose Haarsträhne aus dem Gesicht streichen, bevor sie den Wagen aufschließen konnte.

»Vic«, sagte Kincaid, als sie im Wagen saßen. »Ich glaube, Vic hat um sie getrauert.«

Gemma sah ihn an und befestigte den Sicherheitsgurt. Er war den ganzen Vormittag über ungewöhnlich schweigsam gewesen. Sie wußte nicht, ob ihn die Sorge um Kit oder der Fall beschäftigte. »Du glaubst nicht, daß Daphne mit Lydias Tod etwas zu tun hatte? Oder mit Vics?«

Er schüttelte den Kopf. »Welches Motiv sollte sie gehabt haben? Es sei denn, sie wollte was vertuschen? Aber warum hat sie uns dann die Wahrheit gesagt? Wir hatten keinen Beweis. Die haben offenbar penibel darauf geachtet, keine Beweise für ihre Beziehung zu hinterlassen. Ich glaube, nicht mal Vic hat es vermutet.«

Gemma schaltete die Zündung ein. »Was jetzt?« fragte sie. »Wir stecken in einer Sackgasse.«

»Bleibt uns wohl nichts anderes übrig, als mit dieser mehr als taktlosen Miß Pope ein Wörtchen zu reden«, antwortete Kincaid grimmig. »Ich habe gestern abend Laura angerufen. Sie hat gesagt, die Jungenschule sei in Comberton, gleich gegenüber von Grantchester auf der anderen Seite der Autobahn.«

Nach einem Blick auf die Landkarte fuhren sie erneut durch den Kreisverkehr von Newnham. Eine Viertelstunde später waren sie in Comberton. Das Dorf hatte nichts von dem Charme von Grantchester. Es hatte eher Vorstadtcharakter.

Sie fanden das Gymnasium auf Anhieb. Es war ein großzügig angelegter Gebäudekomplex. Die Nachfrage im Sekretariat wies ihnen den Weg zum Lehrerzimmer, wo sie Miß Pope in der Pause zwischen zwei Stunden erwischten.

Miß Pope war eine Wasserstoffsuperoxyd-Blondine mit

dunklen Haarwurzeln, etwas mollig und zu auffällig geschminkt. Ihre Augen waren gerötet, als hätte sie geweint.

Sie musterte ihre Besucher unsicher. »Ja, ich bin Miß Pope. Was kann ich für Sie tun?«

Kincaid stellte Gemma und sich vor und fragte, ob sie sich irgendwo ungestört unterhalten könnten.

»Sie sind von Scotland Yard? Aber was ... Ich meine ... Warum ich? Worum geht es?« Sie rang die Hände.

»Es dauert nicht lange, Miß Pope«, versicherte Gemma ihr. »Wir haben nur ein paar Routinefragen.«

Miß Pope führte sie in ein leeres Klassenzimmer. Kincaid schloß die Tür. »Miß Pope, ist Vic McClellan vergangenen Dienstag nachmittag bei Ihnen gewesen?«

Elizabeth Popes Lippen begannen zu zittern, und Tränen traten in ihre Augen. »Ich wollte niemandem weh tun. Ehrlich nicht. Ich habe ihr gesagt, daß ich nie die Absicht hatte, den armen Kit ...« Sie zog ein Papiertaschentuch aus dem Ärmel und trocknete sich die Augen.

»Meinen Sie damit die Unterhaltung, die Kit mit angehört hat?« erkundigte sich Gemma.

Miß Pope putzte sich die Nase. »Ich habe leider die dumme Angewohnheit zu reden, ohne nachzudenken. Und er ist ein so attraktiver Mann, Dr. McClellan, meine ich. Er sieht so gut aus und ist immer so charmant. Ich habe nie begriffen, wie sie ihn gehen lassen konnte, ohne ...«

»Was genau hat Vic zu Ihnen gesagt?« fiel Kincaid ihr ins Wort.

»Sie war natürlich wütend. Und ich konnte es ihr nicht verübeln. Sie hat gesagt, Kit sei sehr deprimiert, und ob ich bitte ...« Miß Pope schluchzte auf und zögerte. Nach einem Blick auf Kincaid fuhr sie fort: »Sie meinte, die Trennung sei für Kit schon problematisch genug, und ich sollte nicht über Dinge klatschen, die mich nichts angingen. Dann hat sie gesagt, niemand kenne die Wahrheit über eine Beziehung – es sei denn, die Betroffenen selbst.« Sie rang erneut die Hände. »Wenn ich daran denke, daß sie wenige Stunden später tot war und daß ich sie so aufgeregt habe, als sie sich sowieso schon nicht gut gefühlt hat ... Und der arme Kit! Was soll denn jetzt aus ihm werden?«

»Was soll das heißen, daß sie sich ›nicht gut gefühlt hat‹?« hakte Kincaid hastig ein.

»Sie war blaß. Zuerst dachte ich, vor Wut und Erregung. Aber dann, nachdem wir uns ausgesprochen hatten, hat sie vermutet, das Wetter tue ihr nicht gut. Sie habe Kopfschmerzen. Und ihr standen Schweißtropfen auf der Stirn. Daran erinnere ich mich genau. Ich habe ihr Paracetamol angeboten, aber sie sagte, sie wolle nach Hause und sich einen Tee machen.«

Kincaid sah Gemma an. »Wenn wir gewußt hätten, daß sie sich bereits schlecht gefühlt hat ...«

Kincaids Sender piepte. Er zog ihn aus dem Gürtel und sah auf das Display. »Nathan Winter bittet dringend um Rückruf.«

»Nathan Winter kann es nicht gewesen sein, verstehst du?« Kincaid nahm die Hände aus den Taschen, während sie durch die Schwingtüren der Schule ins Freie traten. »Sie muß vergiftet worden sein, bevor sie ihren Arbeitsplatz verlassen hat, nicht nachdem sie nach Hause gekommen war. Und es kann nicht Digitalis gewesen sein ... das Digitoxin-Gemisch wirkt zu schnell.« Er hatte währenddessen Nathans Nummer gewählt. Als sie den Wagen erreichten, drückte er auf die Hörertaste.

»Nathan, Duncan Kin ...« Er verstummte und hörte zu. Dann sagte er: »Verdammter Mist. Können Sie ihn aufhalten, bis wir kommen? Prima. Geben Sie uns zehn Minuten.«

Er drückte auf die Hörertaste und sah Gemma an. »Ian McClellan ist im Cottage und lädt Sachen in seinen Wagen.«

19

Liebe weckt Liebe! Ich fühlte deinen heißen Puls
  erschauern,
und der verrückte Sieg, den ich geplant,
ward Wirklichkeit in deinem brennenden, gebeugten
  Haupt ...
Das Blut des Eroberers in mir war kalt wie ein tiefer
  Fluß
im Schatten; und mein Herz unter deiner Hand
stiller als ein toter Mann auf seinem Lager.

RUPERT BROOKE
aus ›Lust‹

»Es ergibt einfach keinen Sinn«, sagte Kincaid, als Gemma den Wagen rückwärts vom Parkplatz der Schule fuhr. »Wenn es nicht Digitoxin gewesen ist, muß es Digoxin gewesen sein. Die Wirkung von Digoxin tritt nach fünf bis sechs Stunden ein. Wenn man Laura glauben darf, haben sich bei Vic keinerlei Symptome gezeigt, als sie die Fakultät um halb drei verlassen hat, und doch ist sie kurz nach fünf Uhr gestorben. Also war es für Digitoxin zu langsam und für Digoxin zu schnell.« Er hörte sich selbst reden, als habe Vics Tod nichts mit ihm zu tun, sei ein Fall für die Statistik, ein einfach zu lösendes Problem, und er wußte, daß diese Art von Distanz wichtig war, wenn er ihren Mörder finden wollte. Und deshalb brauchte er sie – vorerst.

Er warf einen Seitenblick auf Gemma. Sie starrte ärgerlich auf die Rücklichter eines Traktors, der aufreizend langsam vor ihnen herfuhr. In Rekordzeit würden sie es kaum bis Grantchester schaffen. Er überlegte kurz, schlug sein Notizbuch auf und sah eine Nummer nach. Dr. Winstead, der Pathologe des High Wycombe General Hospital, war Kincaid schon bei mehreren Gelegenheiten eine große Hilfe gewesen, seit sie sich bei einem früheren Fall kennengelernt hatten. Außerdem war er ein Experte, was Gifte betraf.

»Hallo, Winnie«, sagte er, als der Pathologe sich meldete. »Duncan Kincaid hier.«

Nachdem er Winsteads fröhliche Begrüßung erwidert hatte, kam Kincaid zur Sache und beschrieb ihm grob den vorliegenden Fall. »Weißt du zufällig, ob es etwas gibt, das die Wirkung von Digoxin verstärkt?« Er rollte mit den Augen, als Winstead über die Molekularstrukturen von Giften zu dozieren begann, die sich von Digitalis ableiteten. »Augenblick, Winn. Ich habe nicht viel Zeit. Gib mir einfach eine Liste, ja? Reserpine ... Chinine ... Succinylcholine ...« wiederholte er, während er sich alles notierte. »Schädigend als Laxativ ... führt zu Kalzium- und Kalium-Verlust nach der Einnahme von harntreibenden Mitteln ...« Mit einem verblüfften Blick auf Gemma sagte er: »Winnie, welche Art harntreibender Mittel? Sie hat Kräutertees getrunken.« Er hörte kurz zu. »Könnte jemand die Tabletten in ihren Tee getan haben? Wie viele wären nötig gewesen? Sie war nie wegen Herzproblemen in Behandlung ... Richtig. Richtig. Okay, danke, Winnie. Ich sag dir Bescheid.«

»Was ist?« fragte Gemma, als er aufgelegt hatte. In diesem Moment wurde die Straße breiter, und sie konnte den Traktor überholen. »Blödes Vehikel!« murmelte sie.

»Winnie meint, ihr Tee könnte die Wirkung von Digoxin verstärkt haben. Allerdings weiß er nicht, ob er den Geschmack der Tabletten übertönt hätte. Die Tabletten sind klein und schnell löslich. Bei Lydia genügten offenbar wenige, da sie bereits an das Medikament gewöhnt war. Vic brauchte das Doppelte.«

»Also müßte der Tee bitter geschmeckt haben«, resümierte Gemma. Kincaid antwortete nicht. Sie hatten die Autobahn überquert und würden Grantchester in wenigen Minuten erreichen. Eigentlich hatte er mit Ian McClellans Rückkehr nicht gerechnet. Und die erwartete Erleichterung wollte sich auch nicht einstellen. Dabei war es für Kit sicher das beste, wenn er in der Umgebung bleiben konnte, wo er glücklich gewesen war ...

Trotzdem ist es eine Katastrophe, dachte Kincaid, als sie die Kreuzung an der High Street erreichten. Die Aussicht auf eine Konfrontation mit Ian McClellan versetzte ihn jetzt schon in Wut, und die Vorstellung, daß McClellan ihm Kit wegnehmen konnte, machte ihm angst.

Gemma bremste in der Einfahrt des Cottages, daß der Kies hinter den Reifen wegspritzte, und versperrte damit einem neueren Renaultmodell die Ausfahrt, das dicht vor der Hintertür parkte.

Neben der Kühlerhaube des Renault stand Nathan Winter und redete auf einen schlanken, bärtigen Mann im braunen Cordjackett ein. Ihren Mienen und Gesten nach zu schließen, handelte es sich um keinen freundlich-nachbarschaftlichen Plausch. Als Gemma und Kincaid aus dem Wagen stiegen, hörte er McClellan sagen: »Soweit ich weiß, ist das verdammt noch mal immer noch mein Haus. Niemand kann mich daran hindern, meine Sachen da rauszuholen.«

»Guten Morgen«, wünschte Kincaid, als sie zu den beiden traten. »Sie müssen Ian McClellan sein.«

McClellan drehte sich um und starrte sie an. »Wer zum Teufel sind ...« Er verstummte abrupt, und seine Augen wurden groß, als er Kincaid musterte. »Heiliger Strohsack!« sagte er übertrieben langsam. »Ich glaub, ich träume. Der Ex-Mann höchstpersönlich eilt zur Rettung herbei. Sie haben doch glatt die Frechheit, hier aufzutauchen!«

Kincaids Wut wuchs in schwindelnde Höhen. Bevor er wußte, was er tat, packte er McClellan beim Revers und zog ihn dicht zu sich heran. »Die Begrüßung wäre schon eine Unverschämtheit gewesen, als Vic noch gelebt hat«, knurrte er. »Aber jetzt ...«

»Duncan!« Gemma zerrte an seinem Arm. »Duncan, laß ihn los!«

Kincaid holte Luft, ließ McClellans Jackett los und trat einen Schritt zurück. »Sie sind derjenige, der sie verlassen hat«, erklärte er und deutete mit dem Finger auf ihn. »Und Kit.«

»Ah, der Herr möchte über Kit sprechen, was?« McClellan lächelte, lehnte sich rücklings gegen den Wagen und verschränkte lässig die Arme, aber an seinem Hals pochte eine Ader. »Ich finde, damit haben Sie sich ja reichlich Zeit gelassen.«

Kincaid starrte ihn an. »Was ... was wollen Sie damit sagen?«

»Sie hätte ich sogar im Dunkeln erkannt, Kincaid. Sie hat Fotos von Ihnen aufbewahrt, haben Sie das gewußt? Versteckt in ihren Lieblingsbüchern, in ihrem Arbeitszimmer, in ihrem Schreibtisch. Früher habe ich mir oft überlegt, ob sie sie gelegentlich rausholt und ihn mit Ihrem Konterfei vergleicht – überprüft, was er für Fortschritte macht.«

»Verdammt!« keuchte Kincaid und schüttelte den Kopf. »Sie haben es die ganze Zeit über gewußt.«

»Was gewußt?« fragte Nathan und trat zwischen sie. »Wovon reden Sie?« Er sah noch immer nicht gesund aus, aber der fiebrige Glanz in seinen Augen war verschwunden.

Kincaid hatte Nathan völlig vergessen. »Nathan, warum gehen Sie nicht mit Gemma ...« begann er jetzt.

»Anfangs hat's mich weniger gestört«, fuhr McClellan unbeirrt fort. »Sie hatte mir geschworen, daß sie sich ihrer Sache nicht sicher sei, und ich war damals in großzügiger Stimmung. Immerhin hatte sie sich eindeutig für mich entschieden, oder? Und ein Kind war ein Kind. Und ich war ein zivilisierter, aufgeklärter Mann.« Er lachte.

Nathan berührte Kincaids Arm. »Was sagt er da? Daß Kit Ihr Sohn ist?«

»Ich hab's nicht gewußt«, antwortete Kincaid leise. »Bis vor ein paar Tagen nicht.« Er wandte sich wieder an McClellan. »Und inwiefern hat sich das dann geändert?«

McClellan zuckte die Schultern und sah weg. »Ich dachte, es würde noch mehr Kinder geben. Einen Sohn von mir – vielleicht sogar eine Tochter. Aber sie war viel zu sehr mit ihrer Karriere beschäftigt. ›Nicht dieses Jahr‹, hieß es beständig. Irgendeine Ausrede hatte sie immer. Und die ganze Zeit über hat sie ihn beobachtet.« Er musterte Kincaid mit bohrendem Blick. »Ich muß schon sagen, lange hat sie nicht gewartet, nachdem ich sie verlassen hatte, um eine Ausrede zu finden, Sie anzurufen.«

»Es war keine verdammte Ausrede, Mann!« brüllte Kincaid wütend. »Himmel, sie ist tot! Läßt Sie das denn völlig kalt?«

»Was wissen Sie schon über meine Gefühle?« schrie McClellan zurück. »Was ich fühle, geht Sie verdammt überhaupt nichts an. Halten Sie endlich Ihr dummes Maul!« Er wischte sich Speichel von der Lippe, und seine Augen glänzten von ungeweinten Tränen.

Gemma trat schützend vor McClellan. »Hören Sie, Ian. Warum beginnen wir nicht noch einmal ganz von vorn. Wenn Sie hier miteinander herumstreiten, kommen wir nicht weiter.«

»Dann lassen Sie mich endlich in Ruhe meine Siebensachen packen«, erklärte McClellan mit einer müden Geste in Richtung Haus. »Ich muß noch etliche Kartons einladen, bevor ich die Schlüssel dem Makler übergeben kann.«

Kincaid starrte ihn verblüfft an. »Makler? Sie verkaufen doch nicht ...«

»Was haben Sie denn gedacht? Daß ich hierher zurückkomme? Und in diesem Haus wohne?«

»Aber was ist mit Kit?« Kincaid schüttelte ungläubig den Kopf. »Er könnte weiter in seine Schule gehen ...«

»Wer redet von Kit? Ich will wieder nach Frankreich – sobald Ihr Chefinspektor mein Visum geprüft hat.«

»Aber Sie sind Kits gesetzlicher Vormund. Sie können nicht einfach ...«

»Chefinspektor Byrne hat gesagt, daß er bei seinen Großeltern ist. Ich bin sicher, das ist genau das, was Vic gewollt hätte.«

»Was Vic gewollt hätte? Woher wissen Sie, was Vic gewollt hätte?« Kincaid wurde wieder laut. »Und Sie – Sie haben ihn als Ihren Sohn großgezogen. Wie können Sie ihn jetzt einfach im Stich lassen?« Kincaid hob wütend und frustriert die Hände. Sie zitterten. Oh Gott, er verlor erneut die Beherrschung. Er schloß die Augen und atmete tief. Um Kits willen mußte er sich zusammennehmen. Gemma sagte leise etwas zu Nathan, doch die Worte verwehte der Wind.

Kincaid blinzelte. *Benutze deinen Verstand, Mann. Tu so, als sei's ein Fall, einfach ein Fall wie jeder andere.* Er ließ die Arme sinken und senkte die Stimme. »Ian, wir müssen reden. Gehen wir einen Augenblick rein.«

»Ich koche uns Tee«, erbot sich Gemma.

McClellan schien sie zum ersten Mal wahrzunehmen. Er schüttelte den Kopf. »Nicht in die Küche. Sie haben gesagt, daß sie ...«

»Ich bring den Tee ins Wohnzimmer«, versprach Gemma. Sie führte ihn zum Haus. Nathan und Kincaid folgten.

»Das mit Kit wußte ich nicht.« Nathan schien verwirrt. »Sie hat nie ein Wort gesagt.«

Kincaid musterte ihn flüchtig. Nathan hatte den betäubten Ausdruck eines Menschen, dem man einen Schlag zuviel versetzt hat. Ob er sich fragte, was Vic ihm sonst noch verschwiegen hatte? »Vic hat ihre Geheimnisse streng bewahrt. Wie übrigens Lydia auch. Vielleicht ist das ein Grund, weshalb sich Vic zu ihr hingezogen fühlte.«

Im Wohnzimmer hockte sich Nathan vorsichtig auf einen Fußschemel, während Ian in den Sessel sank, den noch vor einer Woche Vic und Kit eingenommen hatten. Der Raum strahlte die kalte Atmosphäre von Verlassenheit und längst verloschenen Kaminfeuern aus.

Einen kurzen Augenblick lang versuchte er sich alle drei – Vic, Kit und Ian – als Familie vorzustellen. Welche Auseinandersetzungen hatten Ians Eifersucht und Wut genährt? Und welche Wunden hatte Vic für sich behalten? »Wo sind Sie Dienstag gewesen, Ian?« fragte er, als er sich setzte.

»Fangen Sie bloß damit nicht auch noch an«, entgegnete Ian, aber seine anfängliche Aggressivität hatte sich gelegt. »Durch diese Mühle hat mich Chefinspektor Byrne schon gedreht. Ich war in Südfrankreich, wo ich mit meiner Freundin lebe. Durch ihre Eltern hat mich das College benachrichtigt. Ich bin sofort gekommen.«

Die Examensstudentin, dachte Kincaid. Ian hatte uneingeschränkte Bewunderung bei einer Frau gefunden, die zu jung war, um es besser zu wissen, und das würde er nicht aufgeben, nur um die Verantwortung für einen elfjährigen Jungen zu übernehmen, der nicht sein Kind war. »Sie hatten nicht mal die Absicht, mit ihm zu reden, was?« sagte er verächtlich.

»Es ist nicht, wie Sie denken«, protestierte Ian. »Ich wollte ihn nicht aufregen ...«

»Blödsinn! Wie, glauben Sie, fühlt er sich, wenn er rausfindet, daß Sie sich durch ihn nicht bei ihren Schäferstündchen stören lassen wollten ...«

»Schnauze!« Ian kam halb aus dem Sessel. »Halten Sie die Klappe. Es ist noch zu frisch. Ich ertrage das nicht. Ich kann Kit nicht ansehen, ohne Vic in ihm zu sehen. Und das halte ich jetzt nicht aus. Kapieren Sie das nicht? Ich habe sie geliebt ...« Er schlug die Hände vors Gesicht.

Nach kurzem Schweigen begann Kincaid: »Ian, Kit ist nicht bei seinen Großeltern. Er ist von dort ausgerissen.« Er sah flüchtig Nathans verdutzte Miene und hob die Hand. »Ich habe ihn hier gefunden. In diesem Haus. Jetzt ist er bei Freunden in London, bis wir alles geklärt haben.«

Ian hob den Kopf. Seine Augen waren gerötet, die Lider geschwollen. »Aber warum hat er das getan? Er war immer ein braves Kind, trotz ...«

»Das alles ... Vics Tod ... ich weiß nicht, wie schlimm es um die Großmutter vorher stand, aber jetzt ist sie einem Kind nicht zuzumuten. Sie will ihn unbedingt bei sich behalten, aber das ist undenkbar. Und ich weiß nicht, inwieweit sich der Großvater durchsetzen könnte ...«

»Oh, Mann!« Ian rieb sich die Stirn. »Eugenia war immer eine alte Hexe. Aber ich dachte, bei Kit ...«

Kincaid schüttelte den Kopf. »Kit will nicht dort bleiben. Und wir können nicht riskieren, daß er immer wieder ausreißt.«

»Ich kann ihn nicht bei mir behalten, verstehen Sie das nicht? Und ich kann nicht zurückkommen.« Das klang fast wie eine Entschuldigung.

»Dann will ich Ihnen sagen, was ich vorschlage.« Als Gemma mit dem Tee kam, hatte Kincaid seinen Plan dargelegt.

Nachdem die Becher gefüllt waren, sagte Kincaid: »Ian, für Kit sind Sie sein Vater. Sie müssen mit ihm sprechen. Sagen Sie ihm, daß das, was wir vorhaben, Ihre Idee und daß es das beste für ihn sei. Sagen Sie ihm, er könne Sie am Schuljahresende besuchen. Opfern Sie ihm eine halbe Stunde, dann haben Sie's hinter sich.«

Ian wandte den Blick ab. Er seufzte. »Also gut. Ich komme heute abend. Und ich rede mit den Großeltern. Meinen Entschluß müssen Sie akzeptieren. Das Recht ist auf meiner Seite.« Er schrieb Gemmas Adresse auf ein Blatt, das Kincaid aus seinem Notizbuch getrennt hatte.

Kincaid fing Ians Blick ein. »Sagen Sie ihm nichts von mir. Das kann er jetzt nicht verkraften.«

Ian hielt seinem Blick stand. Dann nickte er. »Ich hole meine restlichen Sachen«, murmelte er. »Falls Sie nichts dagegen haben ...« Er lächelte spöttisch und stand auf.

»Ian«, hielt Kincaid ihn zurück. »Sie haben bei ihren Unterlagen nicht zufällig eines von Vics Büchern gefunden?« Er beschrieb die Biographie von Marsh. »Es waren lose Blätter mit Gedichten drin ...«

»Lydias Gedichte?« fiel Nathan ein. »Die, die Vic in Marshs Buch gefunden hatte?« Er musterte Kincaid stirnrunzelnd. »Warum haben Sie mich nicht gefragt? Vic hat sie mir zurückgegeben.«

Cambridge, Addenbrooks Hospital
15. Dezember 1975
Liebe Mami,
nein, ich kann nicht nach Hause kommen. So sehr ich mich auch sehne, Dein liebes Gesicht zu sehen und den Trost zu spüren, den nur Du mir geben kannst. Ich muß es allein schaffen. Rein physisch bin ich in Ordnung – bis auf ein paar Schürfwunden, Beulen und Blutergüsse. Nichts, was nicht heilen würde. Sie behalten mich noch ein, zwei Tage zur Beobachtung im Krankenhaus. Danach holt Daphne mich und sorgt für mich. Sie hat Weihnachtsferien.

Ich glaube wirklich nicht, daß ich mir etwas antun wollte, obwohl ich mit der ›großen Geste‹ geliebäugelt hatte. Ich habe mir vorgestellt, nobel und von Tragik umflort wie Virginia Woolf ins Wasser zu gehen, um die lauten Stimmen des Wahnsinns zu ertränken, doch es war meine eigene Stimme, die ich zum Schweigen bringen wollte, die, die mir ständig vorgehalten hat, was aus mir geworden ist.

Wie habe ich nur Daphnes Vergebung verdient – oder Deine? Warum liebst Du mich so beharrlich? Ich habe Jahre damit verbracht, vor meinem Leben, meiner Vergangenheit, mir selbst davonzulaufen. Ich habe flache und auf billige Wirkung bedachte Gedichte über das Elend anderer geschrieben. Ich habe meine Stimme für ein paar hochgestochene Kritiken in der Times verkauft. Ich habe meine Freunde um der Gesellschaft von Speichelleckern willen verraten. Ich habe versucht, das letzte Stück von mir selbst zu verlieren, das wichtig ist, und nur Deine Liebe hat darauf vertraut, daß auch in mir Verantwortung steckt. Ich begreife jetzt, daß ich ihr gerecht werden muß – anders kann ich es nicht ertragen.

Lydia

Sie hatten den Großteil des Nachmittags im Präsidium an der Parkside Road verbracht und waren mit Byrne noch einmal die Fakten durchgegangen. Viel war nicht herausgekommen. Aus Ian McClellans Papieren ging eindeutig hervor, daß er zum Zeitpunkt von Vics Tod außer Landes gewesen war.

Byrne hatte sich Kincaids Bericht über Miß Pope angehört. Ihre Aussage war der Beweis dafür, daß Vic sich bereits um halb drei Uhr nachmittags schlecht gefühlt hatte und offenbar schlapp und krank gewesen war. »Wir gehen die Aussagen noch mal durch. Aber was sollte das bringen? Wir haben kein Motiv für einen gewaltsamen Tod von Dr. McClellan – genausowenig wie bei Lydia Brooke. Und die Gedichte, von denen Sie glaubten, der Mörder habe sie gestohlen, sind nur einfach an einem anderen Ort gewesen.« Byrne machte eine Pause. »Ganz offen, Duncan – wir haben keine einzige gute Spur in diesem Fall. Und ich habe nicht genug Leute zur Verfügung, um ins Blaue hinein zu ermitteln. Du kennst das ja. Ich muß ein Kind finden, das vermißt wird, den nächtlichen Überfall auf eine Achtzigjährige aufklären ...« Er zuckte die Schultern.

»Du willst Vics Fall also im Archiv schmoren lassen? Alec ...«

»Wenn was auftaucht, stelle ich jeden verfügbaren Mann für den Fall ab. Aber bis dahin ...« Nach einem flehentlichen Blick auf Gemma wandte er sich wieder Kincaid zu. »Was würdest du an meiner Stelle tun?«

Kincaid mußte Byrne widerwillig recht geben. Würde er weitermachen, wenn er nicht persönlich betroffen wäre?

Zurück in London parkten sie den Wagen vor Gemmas Garagenwohnung. Kincaid war mittlerweile zu einem Entschluß gelangt. Wie Alec hatte er gelernt, einen gewissen Prozentsatz an Mißerfolgen bei seinem Job zu akzeptieren. Aber er hatte sein ganzes Berufsleben damit verbracht, das Handwerk zu lernen, wie man Mörder fängt – und mit dem Wissen war die Verantwortung gekommen. Jemand hatte Vic vorsätzlich getötet, hatte nicht nur ihr das Leben genommen, sondern das Leben ihres Sohnes für immer verändert. Er wollte nicht aufgeben, bis er die Wahrheit kannte, gleichgültig, wie lange es dauerte oder was es ihn kostete. Er wollte dafür sorgen, daß Vic und Lydia Gerechtigkeit widerfuhr.

Der Wind vom Vormittag hatte sich gelegt, und der Nachmittag war unerwartet warm geworden. Kit spielte mit den Kleinen im Garten. Er summte unmelodisch vor sich hin, während er mit alten Ziegelstücken irgend etwas baute, und lächelte erfreut, als er sah, daß sie ihn beobachteten. Offenbar hatte er wenigstens vorübergehend Trost gefunden.

Kincaid hatte ihn daraufhin beiseite genommen, ihm gesagt, daß Ian zurückgekommen war, aber nur vorübergehend, und ihn und Tess noch am Abend zu den Millers bringen würde. Kit hatte ihn angestarrt – die Miene unergründlich –, dann auf dem Absatz kehrtgemacht und war wortlos im Haus verschwunden.

Kincaid, der jetzt aus dem Küchenfenster in die Dämmerung hinaussah, fragte sich, was er erwartet hatte. Erleichterung? Wut? Enttäuschung? Alles, dachte er, wäre besser gewesen als das Schweigen, mit dem Kit seine Sachen zusammengepackt hatte und mit Tess in den Garten hinausgegangen war.

Er konnte die Umrisse des Jungen und des Hundes, zwei kleine Gestalten, die auf der Treppe kauerten, nur schwach erkennen. »Was denkt er jetzt nur?« fragte er, als Hazel neben ihn trat. »Warum habe ich das Gefühl, ihn enttäuscht zu haben?«

»Du hast unter den Umständen das Beste getan«, antwortete Hazel leise. »Manchmal gibt es einfach keine richtigen Antworten. Und vielleicht denkt er überhaupt nicht nach. Emotionale Überbeanspruchung – zu viel, um auf einmal damit fertig zu werden. Gib ihm Zeit, sein Gleichgewicht wiederzufinden.«

»War es ein Fehler, ihm noch nicht die Wahrheit zu sagen?« erkundigte sich Kincaid. »Ist es besser, ihn glauben zu lassen, daß ihn der Mann nicht liebt, den er für seinen Vater hält, statt ihm zu sagen, daß er nicht ist, wofür er ihn gehalten hat?«

Hazel antwortete nicht. In die Stille hinein hörten sie gedämpftes Lachen aus dem ersten Stock, wo Gemma Holly und Toby badete. »Aus psychologischer Sicht tust du sicher das Richtige«, sagte Hazel nachdenklich. »Persönlich weiß ich, wie schwierig es für dich sein muß, das durchzuhalten. Auf alle Fälle solltest du ihm die Sicherheit geben, daß er auch in Zukunft mit dir rechnen, auf dich zählen kann. Wenn du Teil seines Lebens bleibst, kann er sich an die Vorstellung gewöhnen.« Sie berührte seinen Arm und sah ihn an. »Aber Duncan – du mußt dir deiner Gefühle, des Engagements, der Verantwortung für ihn absolut sicher sein, anderenfalls ist es besser, du läßt ihn in Ruhe.«

»Das ist mir klar.« Er sah in den Garten hinaus. Zum erstenmal begriff er das Ausmaß von Gemmas Verantwortung gegenüber Toby. War er dessen fähig? War er fähig, Kit die Sicherheit zu geben, die er brauchte? Und woher sollte er es wissen, solange er es nicht versucht hatte?

Die Türglocke schlug an. »Ich gehe«, sagte Hazel. »Sag doch Kit Bescheid, damit er sich von Gemma und den Kleinen verabschieden kann. Ich führe Ian ins Wohnzimmer.« Sie drückte seinen Arm und lächelte. »Vertrau auf deinen Instinkt. Daraus besteht ein Großteil der Aufgabe, Eltern zu sein.«

Gemma kaute an einem Bleistift, während sie auf die Blätter starrte, die sie auf Hazels Küchentisch ausgebreitet hatte. In seiner Eigenschaft als literarischer Nachlaßverwalter hatte Nathan darum gebeten, die Originale der Gedichte, die in Marshs Biographie aufgetaucht waren, behalten zu dürfen, aber er hatte ihnen Kopien gemacht, bevor sie Grantchester verlassen hatten. Und Gemma hatte sich gleich nach ihrer Rückkehr nach London darüber hergemacht.

Sie sah auf, als die Flurtür sich öffnete und Kincaid hereinkam. »Sind sie fort?« fragte sie, als er sich ihr gegenübersetzte. Seine Krawatte war gelockert und hing schief, sein Haar war zerzaust.

Er nickte. »Ja. Ich habe gerade Laura Miller angerufen und ihr gesagt, daß sie auf dem Weg sind.«

»Ich wollte nicht auch noch um euch rumstehen. Deshalb habe ich mir die Sachen hier noch mal angesehen«, murmelte sie und deutete auf den Stapel Bücher und Papiere. »Wie hat sich Kit Ian gegenüber verhalten?«

»Er hat kaum ein Wort gesagt. Ian hat sich bemüht. Das muß man ihm lassen.«

Toby und Holly hatten ihre weichen, feuchten Arme um Kits Hals geschlungen, als er nach oben gekommen war, um sich zu verabschieden. Und während Gemma beobachtete, wie er sich an die Kinder geklammert hatte, war ihr klar geworden, wie oberflächlich seine Beherrschung sein mußte. »Es ist Kit schwergefallen zu gehen. Und *du* wolltest ihn auch nicht gehen lassen«, fügte sie leise hinzu, als sie sah, wie müde Kincaid wirkte. Er hatte in der vergangenen Woche viel durchgemacht – aber wie sollte er sich über seine Gefühle für Kit klarwerden, solange er keine Lösung für Vics Tod gefunden hatte? Und wie konnte sie ihm helfen?

Mit einem Blick auf die vor ihr ausgebreiteten Gedichte sagte Gemma zögernd: »Ich bin keine Dichterin, und ich war nicht auf der Uni. Aber ich habe Vics Manuskript gelesen, und alle Gedichte von Lydia, derer ich habhaft werden konnte. Und ich glaube, Vic hatte recht. Diese Gedichte sind anders. In ihnen ist etwas Zwingendes, eine Direktheit, die neu ist.« Sie runzelte die Stirn und griff ein Gedicht heraus. »Sie beginnen mit einem ganz allgemeinen Gefühl, einem Thema. Hör dir dieses an.« Sie lehnte sich zurück und begann zu lesen.

> *Sie haben mir meine Stimme genommen,*
> *die Zunge an der Wurzel durchtrennt,*
> *Wut wie Atem gesaugt*
> *gestohlen von Kindermund.*

> *Am Anfang war das Wort,*
> *aber es war nicht unser,*
> *sie haben uns nur gelassen*
> *ein Flüstern von uns'rem vermischten Blut.*

> *Und doch teilen wir willig*
> *die Verschwörung zu uns'rem Verlust,*
> *machen weiter dies stumme Vermächtnis*
> *unsern Töchtern zum Geschenk.*

Gemma sah prüfend in sein Gesicht. »Es sagt dir nichts oder?« Sie preßte die Faust gegen die Brust. »Es handelt von Frauen, die nicht sprechen, keine Stimme haben und doch dasselbe Verhalten an ihre Töchter weitergeben. Begreifst du?«

»Glaube schon. Aber was hat das mit ...«

»Warte. In den anschließenden Gedichten scheint das Thema immer mehr auf den Punkt gebracht zu werden, bis wir zu diesem hier, dem letzten, kommen. Hör zu. Es trägt den Titel: ›Warten auf Elektra‹.«

> *Längst vergangenes Lachen regt sich im tiefen Grün*
> *des dunkel erinnerten Waldes beim nahen und*
> *heiligen Teich.*
> *In ruhigem Schlummer erwarten die Dichter*
> *ihr Kommen,*
> *ihr Schritt ein Rascheln auf dickem Blätterteppich,*
> *und das alte Herz*
> *schlägt schneller im gedämpften Licht.*
> *Silber gleitet über den Helm ihres Haars, über*
> *die unberührte Landschaft*
> *ihrer Haut, und sie lächelt, als*
> *sie hinuntergleitet in*
> *das dunkel wartende Wasser.*
> *Sie fühlt die wild sich gebärdende Freiheit,*
> *dann die alte Angst, die Wahrheit all dessen*
> *unmittelbar und schmerzlich wie die Vergewaltigung*
>   *eines Kindes.*
> *Für die Jahre verloren liegt sie vergessen,*
> *verraten im Malvenhain*
> *des stillen schwarzen Sommers.*
> *Wer erhebt jetzt seine Stimme? Für sie, die Wahrheit,*
> *nie betrauert, ungesagt im eisigen Herzen*
> *unserer Erinnerung?*

Gemmas Vortrag war gegen Ende des Gedichts immer stokkender geworden. Jetzt starrte sie auf das Blatt Papier, bis die Schrift vor ihren Augen verschwamm. Seltsam, dachte sie, als sie feststellte, daß sich ihr die Haare auf den Unterarmen sträubten, daß die Worte sie Dinge fühlen ließen, die sie nicht auszudrücken vermochte. Sie sah zu Kincaid auf. »Sie erzählt doch eine Geschichte, oder?«

»Vermutlich könnte man das von allen Gedichten sagen. Sie sind eine Methode, um unsere Gefühle in Sprache umzusetzen.« Er tippte auf das Blatt Papier. »Das hier ist vermutlich eine Methapher für das Erwachsenwerden, den Verlust der Jungfräulichkeit ...«

»Nein, nein.« Gemma schüttelte den Kopf. »Ich meine, sie erzählt eine Geschichte, die wirklich passiert ist. Der Anfang erinnert mich an das, was ich über Rupert Brooke und seine Freunde gelesen habe, wie sie nackt in Byrons Teich schwimmen – im Teich des Dichters, verstehst du? Das ist das Gefühl der erregten Vorfreude. Aber dann passiert was, etwas Düsteres und Unerwartetes ...«

»Gemma, ist das nicht ein bißchen weit hergeholt?«

»Findest du? Lydia ist tot. Vic ist tot. Und jemand wollte diese Gedichte haben. Daß Nathan sie hatte, bedeutet nicht, daß Vics Mörder nicht hinter ihnen her war.« Sie starrte ihn an. Er nickte zögernd.

»Gut. Und weiter?«

»Mal abgesehen von den Sprachbildern«, fuhr Gemma fort. »Was erzählt Lydia? Was passiert?

Denk wie ein Polizist. Picke die nackten Tatsachen heraus.«

Kincaid runzelte die Stirn. »Es findet eine Vergewaltigung statt. Die Vergewaltigung eines Kindes.« Er griff über den Tisch nach dem Gedicht und drehte das Blatt zu sich herum. »Aber sie sagt nicht genau ...«

»Sie deutet es nur an. Aber sie beschreibt, daß ein Mädchen

zu einem Teich im Wald geht, wo die Dichter auf sie warten.« Gemma zog das Blatt wieder zu sich herüber. »Sie ist nackt ...«

»Jungfräulich ...«

»Sie nehmen sie mit ins Wasser ...«

»Vergewaltigen sie ...«

»Sie ist verloren, verraten. Was meint Lydia damit?« fragte Gemma nachdenklich. »Verloren ... im Malvenhain des stillen schwarzen Sommers‹?«

»Wilde Malven wachsen an Böschungen, an Teichen«, sagte Kincaid. »Könnte sie ertrunken sein?«

Gemma nickte. »Aber was hat das mit Lydia zu tun? Und warum wartet das Mädchen auf Elektra?«

»Wer wartet auf Elektra?« wollte Hazel wissen, die in die Küche kam. Sie hatte die Kinder ins Wohnzimmer und vor ein Video gesetzt, damit die Erwachsenen in Ruhe zu Abend essen konnten. »Klingt wie ein Theaterstück.«

»Es ist der Titel eines Gedichts«, erwiderte Gemma. »Wer ist Elektra gewesen? Ich habe nur noch eine vage Erinnerung daran, was wir in der Schule gelernt haben.«

Hazel hob den Deckel des Topfs mit Hühnersuppe und rührte um. »Elektra war die Tochter von Agamemnon und Klytämnestra, die ihren Bruder Orest dazu verleitet hat, ihre Mutter zu töten, um den Mord am Vater zu rächen.« Sie kostete die Suppe. »Gerade fertig«, erklärte sie. »Ich schätze, man könnte Elektra als die ›Stimme der Rache‹ bezeichnen, wenn ihr selbst auch die Hände gebunden waren – sie nicht handeln konnte.«

»Die Stimme der Rache«, wiederholte Gemma und drehte das Blatt Papier erneut um. »Verstehst du? Wieder geht es um das Schweigen der Frauen, um das Bedürfnis, zu reden ... Sieht sich Lydia als die Elektra, die die Wahrheit ausspricht?« Sie überlegte kurz. »Was, wenn die Dichter in diesem Gedicht nicht Rupert Brooke und seine Freunde, sondern Lydias Dichterfreunde sind? Also Adam, Nathan, Darcy und Daphne? Erinnerst du dich, was Daphne heute morgen gesagt hat? Über Lydia und Morgan? ›... daß in jenem Sommer etwas passiert sein muß – danach war sie nie wieder dieselbe‹. Hier steht es geschrieben – alle Hinweise auf den längst vergangenen Sommer. Und wenn Lydia Elektra ist, wer ist das Mädchen?«

»Woher willst du so sicher wissen, daß Lydia nicht über sich selbst schreibt?« fragte Kincaid skeptisch. »Was, wenn Lydia vergewaltigt wurde? Das ist sicher ein Trauma, das vieles ändert und in einem anderen Licht erscheinen läßt.«

Gemma ließ sich nicht beirren. »Nein. Wenn die Dichter Lydias Dichterfreunde sind, kann's das nicht gewesen sein – sie hatte bereits mit ihnen allen geschlafen. Aber was war es, das sie vor allen anderen geheimhalten wollten? Alec Byrne hat heute irgend etwas gesagt ...« Sie dachte angestrengt nach. »Es wird ein Kind vermißt ... Er sucht nach einem vermißten Kind. Und es gab ein Mädchen, das vor langer Zeit verschwunden ist ...« Sie blinzelte, als ihr der Gesprächsfetzen aus Ralph Peregrines Büro wieder in den Sinn kam. »Die Tochter von Margery Lesters Freund. Wie war doch ihr Name? Hepe? Charity?«

»Verity«, sagte Kincaid, und seine Stimme klang plötzlich erregt. »Verity Whitecliff. Die Tochter von Henry Whitecliff, dem ehemaligen Dekan der Englischen Fakultät.«

Den Löffel in der Hand, war Hazel zu ihnen getreten und drehte das Blatt mit dem Gedicht zu sich herum. »In dem Gedicht steht was von ›Wahrheit nie betrauert, ungesagt ...‹ Was, wenn ›Wahrheit‹ hier sowohl eine Person also auch ein abstrakter Begriff ist? *Verity* ist ein veraltetes Wort für Wahrheit.«

»Was ist, wenn Verity Whitecliff gar nicht durchgebrannt ist? Was, wenn sie ermordet wurde?« überlegte Kincaid. Er zog sein Notizbuch aus der Tasche und tippte eine Nummer in sein Handy.

»Hallo, Laura? Duncan hier. Ich habe eine Frage. Können Sie mir sagen, wann genau Verity Whitecliff damals verschwunden ist?« Er hörte einen Moment zu, dann sagte er: »Aha. Ich erklär's Ihnen, sobald ich mehr weiß. Bis dahin wär's mir recht, wenn Sie mit niemandem darüber sprechen würden. Genau. Danke.« Er drückte auf die Hörertaste und sah von Hazel zu Gemma. »Verity Whitecliff ist an einem Abend im Sommer 1963 heimlich aus dem Haus gegangen und nie wieder zurückgekommen. Sie hatte ein Sommerkleid an und hat nichts mitgenommen. Sie war fünfzehn Jahre alt.«

»Großer Gott!« sagte Hazel atemlos. »Das arme Kind. Und ihre Eltern ...«

»Lydia hat Morgan im September 1963 geheiratet«, stellte Gemma fest. »Nur Wochen nach Veritys Verschwinden hat sie sich nicht nur bedingungslos einem Mann an den Hals geworfen, von dem sie bis dahin nichts wissen wollte, sie hat sogar aufgegeben, was ihr bis dahin am wichtigsten war. Sie hat die Universität verlassen.« Sie fing Kincaids Blick auf. »Was könnte so schrecklich gewesen sein, daß es sie veranlaßt hat, ihr Leben völlig umzukrempeln?« fragte sie, und noch während sie das sagte, ahnte sie die Wahrheit.

Der leise Klingelton von Kincaids Handy ließ sie alle zusammenfahren. Er schaltete es hastig ein und meldete sich barsch: »Kincaid!« Sein Mund wurde schmal, während er zuhörte. »Wir sind so schnell wie möglich da«, erklärte er und legte auf.

Gemma erfaßte Angst. »Was ist passiert?«

»Das war Adam Lamb. Er sagt, Pfarrer Denny habe angerufen und gesagt, daß Nathans Schrotgewehr aus dem Pfarrhaus verschwunden sei. Dann hat Adam Nathan anzurufen versucht. Aber dort meldet sich niemand.«

20

Oh, ist das Wasser süß und kühl,
sanft und braun über dem Teich?
Und lacht noch der unsterbliche Fluß
unter der Mühle, unter der Mühle?

RUPERT BROOKE
aus ›Das alte Pfarrhaus, Grantchester‹

»Was, wenn wir uns täuschen?« Gemma plagten Zweifel, als sie sich auf den Beifahrersitz des Escort fallen ließ. »Was, wenn Verity Whitecliff tatsächlich durchgebrannt ist? Wir haben nicht den Hauch eines Beweises, daß es nicht so gewesen ist.«

Kincaid lenkte den Wagen in den Verkehrsstrom auf der Liverpool Road. Sie fuhren in Richtung Norden. Gemma hatte ihm widerstandslos die Schlüssel überlassen. Sie wußte, daß er das Letzte aus dem Auto herausholen würde, etwas, das sie nicht gewagt hätte. »Stimmt. Wir bauen unsere Theorie auf verdammt vielen Spekulationen auf«, bemerkte er. »Aber es ist die einzige Theorie, die dem, was wir wissen, einen logischen Zusammenhang gibt. Nach jenem Sommer hat sich nicht nur Lydias Leben verändert. Nathan hat Jean geheiratet und offenbar die Verbindung mit dem Rest der Gruppe auf Eis gelegt. Und Adam hat beschlossen, Geistlicher zu werden.«

»Was ist mit Daphne und Darcy?« fragte Gemma. »Die haben eigentlich weitergemacht wie zuvor.«

»Vielleicht hatten sie nichts mit der Sache zu tun. Ich glaube kaum, daß Daphne den Sommer erwähnt hätte, wenn es für sie etwas zu verbergen gäbe.« Er warf Gemma einen Seitenblick zu. »Was ist los?«

»Was, wenn ...« begann sie. »Du glaubst doch nicht ... Was, wenn Lydia Verity umgebracht hat? Und sie so lange Selbstmordversuche unternommen hat, bis ihr einer geglückt ist?«

»Und Vic ganz zufällig an der Überdosis eines Herzmedikaments gestorben ist, das sie nie genommen hat?« Kincaid zog die Augenbraue hoch. »Daß paßt doch nicht. Jemand hat Lydia zum Schweigen gebracht – genauso wie Vic, als sie der Wahrheit zu nahe gekommen ist.«

»Was ist dann wirklich in der Nacht passiert, als Verity verschwunden ist?« Gemma dachte daran, wie ein Junge sie überredet hatte, aus ihrem Schlafzimmerfenster in der Wohnung über der Bäckerei zu klettern. Sie hatte Angst gehabt, weiter als bis zur nächsten Ecke zu gehen, und ihr Vater hatte sie erwischt, als sie sich durch die Bäckerei wieder ins Haus hatte schleichen wollen. Das Ganze war die paar feuchten Küsse nicht wert gewesen. »Wer von ihnen hat sie aus dem Haus gelockt?« fragte sie.

»Sie könnte praktisch jeden von ihnen gekannt haben«, seufzte Kincaid. »Lydia und Darcy haben Englisch studiert, aber alle haben sich für Lyrik interessiert, dürften Henry Whitecliff also gekannt haben.«

»Für Verity muß die Gruppe schon sehr faszinierend gewesen sein. Sie haben Gedichte rezitiert und so weiter. Sie hat sich bestimmt geschmeichelt gefühlt dazuzugehören. Sie waren älter, die Jungs sahen alle blendend aus ...«

»Und Lydia hatte den Reiz der sexuell Erfahrenen«, ergänzte Kincaid. »Ich kann es verstehen, wenn Verity die Gruppe unwiderstehlich gefunden hat. Aber was haben die nur in Verity gesehen?«

»Intellektuell und brillant zu sein macht doch erst dann richtig Spaß, wenn man jemanden damit beeindrucken kann.

Verity war vermutlich ein dankbares Publikum. Vielleicht hatten sie in jener Nacht einen harmlosen Streich geplant, um Eindruck auf sie zu machen. So eine Art Initiationsritus.«
Gemma schloß die Augen und dachte an die Zeilen des Gedichts. »Sie haben im Wald auf sie gewartet«, sagte sie leise. »Vielleicht trugen sie sogar Kostüme aus der Zeit der Jahrhundertwende. Als sie kam, haben sie ihr gesagt, daß sie so tun wollten, als seien sie Rupert Brooke und seine Freunde. Sie haben sie ausgezogen und sie mit ins Wasser genommen – und dann ist plötzlich alles schiefgegangen.«

Gemma fröstelte leicht, als sie sich vorstellte, wie sie im Dunkeln durch den Wald rannten, über ihren Mut lachten wie Kinder beim Versteckenspielen, Waldnymphen, besessen von Pan ... Hatten sie bei ihrem Spiel mit heidnischen Gottheiten den Kopf verloren? Mehr riskiert, als sie gewollt hatten?

Sie konzentrierte sich aufs Praktische. »Wenn Lydia Verity nicht umgebracht hat, dann muß es einer der Jungs gewesen sein«, vermutete sie. Sie dachte an Adams hinreißendes Lächeln, an seine Sorge um Nathan, und sie dachte an Nathans geradezu selbstzerstörerische Trauer um Vic. Sicher war das nicht gespielt. »Aber könnte es Trauer *und* Schuld sein?« überlegte sie laut.

»Was?« Kincaid sah sie flüchtig an und starrte wieder auf die Straße.

»Nathan. Wenn er nun Vic umgebracht hat und jetzt krank vor Schuldgefühlen ist?«

Kincaid schüttelte den Kopf. »Das glaube ich nicht. Ein zweifacher kaltblütiger Mörder kriegt nicht plötzlich Gewissensbisse. Das paßt nicht zusammen. Und weshalb hätte Nathan uns dann die Gedichte zeigen sollen?«

»Dann also Adam?« schlug sie widerwillig vor. »Vic ist nach ihrem Besuch bei Adam ermordet worden. Sie hat ihm vielleicht gesagt, was sie entdeckt hatte ...«

»Wir haben von Vic persönlich gehört, daß sie die Gedichte erst später an demselben Abend fand«, gab Kincaid zu bedenken. »Er konnte also nichts davon wissen.«

»Aber angenommen, Lydia hat Adam all die Jahre zurückgewiesen, weil sie wußte, daß er Verity ermordet hat? Er könnte eine Menge Wut und Haß gegen sie aufgestaut haben, und als er dann die Gedichte zu Gesicht bekam, ist er durchgedreht.«

»Und was ist mit Vic?« Kincaid war skeptisch. »Warum hätte er sie umbringen sollen?«

»Wir haben keine Ahnung, was Vic zu ihm an jenem Tag gesagt hat. Vielleicht hat er sich bedroht gefühlt.«

Kincaid zuckte die Achseln. »Möglich ist alles. Aber kommen wir auf die Gedichte zurück. Wenn wir davon ausgehen, daß der Mörder vor dem Angst hatte, was Lydia darin enthüllt, müssen wir auch annehmen, daß der Mörder sie gelesen hat. Richtig?« Er warf ihr einen Blick zu. »Warum hat er dann gewartet, bis Lydia ihr Manuskript abgegeben hatte, um sie umzubringen?«

»Vielleicht ... hatte er erst Zugang zum Manuskript, nachdem Lydia es Ralph Peregrine übergeben hatte«, überlegte Gemma. Damit wäre Daphne erneut aus dem Schneider. Sie muß die Gedichte gelesen haben, als Lydia sie geschrieben hat.«

Kincaid dachte einen Moment nach. »Wer also könnte die Gedichte gesehen haben, nachdem Lydia sie dem Verleger gegeben hatte?«

Gemma kaute auf ihrem Finger. »Ralph natürlich. Vermutlich auch Margery Lester.«

Die Ampel schaltete auf Gelb, dann auf Grün. »Margery Lester nackt bei nächtlichen Umtrieben im Wald mit ihrem Sohn Darcy und seinen Freunden? Und Ralph ging damals noch zur Schule. Es gibt keinen Anhaltspunkt, daß er die anderen zu diesem Zeitpunkt überhaupt gekannt hat.« Kincaid schüttelte den Kopf und legte den ersten Gang ein. »Ist viel zu kompliziert. Versuchen wir eine andere Schiene. Wenn Lydia mit ihrem eigenen Herzmittel umgebracht wurde – weil sich die günstige Gelegenheit ergab –, ist der Mörder wieder auf seine bewährte Methode verfallen, als er wegen Vic nervös wurde. Aber woher hatte er diesmal das Digitoxin?«

Gemma starrte auf die vorbeigleitenden Nord-Londoner Vorstädte hinaus. Die Straßenlaternen waren von einem durch die Luftfeuchtigkeit klar abgegrenzten gelblichen Lichtschein umgeben. *Margery und Ralph ...* Woran erinnerte sie das? Die Szene in Ralphs Büro fiel ihr wieder ein. Margery, atemlos vom Treppensteigen, Teint und Lippen bläulich gefärbt. »Ich wette, Margery Lester hat Herzprobleme«, sagte sie plötzlich ebenfalls atemlos. »Und ich tippe auf Gefäßverengung – ihrer Gesichtsfarbe nach zu urteilen. Und wird Digoxin normalerweise nicht ...«

»Chinin!« Kincaid schlug mit der Hand aufs Steuerrad. »Erinnerst du dich an die Liste wirkungsverstärkender Substanzen, die Winnie durchgegeben hat? Chinin gehörte dazu. Und Tonic Water enthält Chinin. Margery hat den Gin Tonic bei Ralph abgelehnt – mit der Begründung, er sei ihr vom Arzt verboten. Also muß sie wissen, daß gewisse Substanzen die Wirkung von Digoxin verstärken. Und sie hätte leicht über Vics Tees Bescheid wissen können. Abgesehen von Ralph ist sie die Person, die das Manuskript am ehesten hätte einsehen können.« Er schüttelte den Kopf. »Aber weshalb sollte Margery Verity getötet haben? Und es paßt auch nicht zum Gedicht.«

»Was wenn ...« Gemma versuchte ihre Gedanken zu ordnen. Sie dachte an Margery, elegant, charmant, erfolgreich ... Was könnte eine solche Frau zu einem Mord verleiten? »Was, wenn Margery Lydia und Vic ermordet hat, um Veritys Mörder zu schützen?« *Und wen sollte Margery schützen, wenn nicht ihren eigenen Sohn?* Plötzlich hatte sie es begriffen, sah alles in seiner bestechenden Einfachheit vor sich, als sich das Puzzle zusammenfügte.

»Willst du behaupten, Margery habe sie ermordet, um Darcy zu schützen?« Kincaid warf ihr einen skeptischen Blick zu.

Gemma schüttelte den Kopf. »Nein. Ist alles viel einfacher. Alles, was wir über Margery sagen können, trifft auch auf Darcy zu. Der Zugriff auf das Medikament seiner Mutter ist für ihn ein Kinderspiel. Er brauchte es nur für sie von der Apotheke zu holen.«

Sie hatten die Autobahn erreicht. Gemma starrte geblendet auf die feuchte, reflektierende Oberfläche des Asphalts. »Margery trinkt keinen Gin Tonic – aber Darcy schon«, führte sie aus und erinnerte sich wieder an seine routinierte Gastfreundschaft und den Teller mit Limonenscheiben in seiner Wohnung. »Und er muß über Chinin Bescheid wissen …«

»Und hat immer eine Flasche Gin in seiner Schreibtischschublade«, ergänzte Kincaid. »Wir waren auf dem falschen Dampfer. Was den Tee betrifft. Er hat die Tabletten in Gin Tonic aufgelöst und auf die Bitterkeit von Tonic Water vertraut, das den Geschmack übertönen sollte, während der Chiningehalt gleichzeitig die Wirkung verstärkte.«

»Aber wie hat er Vic dazu gebracht, daß Zeug zu trinken? Vic trank doch mittags normalerweise keinen Alkohol?«

»Sie kann die Wahrheit über ihn nicht gekannt haben. Sonst hätte sie den Drink nicht angerührt. Aber er muß befürchtet haben, daß sie ihm dicht auf den Fersen war. Ich schätze, er hat sie ganz unverhofft zu einem Versöhnungsdrink eingeladen. Vic hätte ein Friedensangebot bestimmt nicht ausgeschlagen. Und nachdem er ihr das Gift eingeflößt hatte, hat er abgewartet und ist zu gegebener Zeit mit dem Fahrrad zum Cottage gefahren.«

»Kits Schatten im rückwärtigen Garten«, schloß Gemma daraus. »Darcy hat verdammt viel riskiert.«

»Mit Risiken kann er offenbar umgehen. Vic muß noch gelebt haben, während er das Haus durchsuchte. Danach ist er schnurstracks zur Dinnerparty seiner Mutter gefahren, als wäre nichts geschehen.« Kincaids Stimme klang völlig unbeteiligt. Der Anblick seines Profils im vorbeihuschenden Schein der Straßenbeleuchtung beunruhigte Gemma. »Darcys Einwände gegen Vics Biographie hatten nichts mit ästhetischen Prinzipien zu tun. Er wollte, daß die Vergangenheit weiter im Dunkeln blieb. Als das zu scheitern drohte, hat er es mit Täuschungsmanövern versucht. Er hat uns auf die Fährte von Lydias Beziehung zu Daphne gelockt, erinnerst du dich?«

»Aber was ist mit Lydias Manuskript?« fragte Gemma. »Wie konnte er von den Gedichten gewußt haben?«

»Vielleicht hatte Lydia genug gesagt, um ihn mißtrauisch zu machen. Gedichte zu schreiben mag Lydias Methode gewesen sein, mit ihrer Anklage an die Öffentlichkeit zu gehen. Vergiß nicht, sie hatte Nathan an jenem Tag angerufen und gesagt, sie wolle mit ihm über etwas reden.«

»Oder vielleicht ist Darcy auch rein zufällig in Ralphs Büro darüber gestolpert und konnte nicht widerstehen, einen Blick hineinzuwerfen«, gab Gemma zu bedenken. »Die Gedichte schrien geradezu ›Verrat‹, also hat er die mit den deutlichsten Anspielungen verschwinden lassen.«

»Und nachdem er das getan hatte, ist ihm klargeworden, daß Lydia zum Schweigen gebracht werden mußte. Jedenfalls – Zugang zum Manuskript hätte er ohne Schwierigkeiten gehabt«, spann Kincaid den Faden weiter. »Ich schätze, er ist beim Peregrine-Verlag ein- und ausgegangen. Die Rolle der Mutter und seine eigenen Veröffentlichungen im Haus verschafften ihm jederzeit Zugang. Allerdings mußte er sich erst vergewissern, daß Ralph die Gedichte nicht gelesen hatte. Danach hat er Lydia einen unverhofften Besuch abgestattet.«

Gemma nickte.

»Muß für ihn narrensicher gewesen sein. Er hat vermutlich die Birne aus der Außenbeleuchtung geschraubt, damit er beim Verlassen des Hauses nicht gesehen wurde. Dann hat er Lydia angeboten, ihr einen Gin Tonic zu mixen. Und was wäre willkommener gewesen, nach der Gartenarbeit an einem warmen Tag? Vielleicht hat er sie danach allein gelassen und ist später zurückgekommen, um die Selbstmordszene mit Musik, Kerzen und dem Gedicht in der Schreibmaschine zu arrangieren.«

»Aber warum Rupert Brooke?« fragte Gemma. »Warum hat er keinen Abschiedsbrief gefälscht?«

»Ich tippe darauf, daß ihn sein Sinn fürs Theatralische einfach übermannt hat. Es war wieder ein Täuschungsmanöver. Es sollte so aussehen, als trauere Lydia noch immer um Morgan Ashby.«

»Was ich nicht verstehe«, begann Gemma nachdenklich, »ist, warum die anderen ihn nach Veritys Tod gedeckt haben.«

»Sie müssen sich schuldig, als Mittäter gefühlt haben. Und sie hatten einen starken Gruppensinn. Keiner konnte erzählen, was Darcy getan hatte, ohne die anderen zu verraten.« Kincaid verstummte und überholte einen langsamen Lastwaren. »Aber ich schätze, damit war es irgendwann vorbei. Nur Nathan und Adam sind noch übrig, und Nathan hat nichts mehr zu verlieren. Ruf lieber Alec Byrne an. Frag ihn, ob bei der toxikologischen Untersuchung Chinin in Vics Blut gefunden wurde. Und sag ihm, er soll uns in Grant...«

»Die Gedichte«, fiel Gemma ihm ins Wort und schlug sich mit der flachen Hand gegen die Stirn. »Nathan hat die Gedichte heute nachmittag zum ersten Mal gelesen. Und wenn wir erraten haben, was mit Lydia und Vic passiert ist, dann er erst recht.«

Dann in einem Garten schweigend im Wind ... Wie war es weitergegangen? *Warm in des letzten Sonnenlichts Glut* ... Danach war etwas über Liebende gekommen, aber Nathan konnte sich nicht recht erinnern. Rupert war zu großer Form aufgelaufen, wenn es um Gärten, Sonnenuntergänge und Mondschein ging, soviel erinnerte er sich. Und Lydia hatte die Traumatmosphäre dieser Gedichte geliebt.

Vielleicht träume ich auch, dachte er, während er das Vorrücken der tiefgrünen Schatten unter den Bäumen beobachtete. Die Luft hatte eine schimmernde Durchsichtigkeit, fast, als befände man sich unter Wasser, und sie roch nach längst vergangenen Frühlingszeiten.

Trotzdem war ihm kalt, das Stahlgewicht des Schrotgewehrs seines Vaters auf den Knien, und damit wußte er, daß er wach war, in der Dämmerung in der hintersten Ecke seines Gartens saß. Sobald es richtig dunkel wurde, wollte er gehen.

Seine Füße würden den Pfad von allein finden – *auf dem dicken Blätterteppich* – auf dem Weg, den sie vor über dreißig Jahren gegangen waren. Er hatte so lange versucht zu vergessen, was in jener Nacht geschehen war, es unter seiner Liebe zu Jean und den Töchtern, unter seiner Arbeit, seinen Gärten begraben. Und doch war er zurückgekehrt, in dieses Haus, um abzurechnen.

Wie hatte er nicht sehen können, welches Monster sie mit ihrem Schweigen geschaffen hatten? Zuerst Lydia, dann Vic ... Großer Gott, seine Blindheit war ihr Todesurteil gewesen – so als habe er das Gift persönlich in ihren Drink getan.

Nathan stand auf und verharrte einen Augenblick am Gatter, die eine Hand am Riegel, die andere locker um den abgewetzten Griff des Schrotgewehrs. *Die Dichter erwarten ihr Kommen* ... Lydia hatte es sich nicht gestattet zu vergessen; sie hatte es klar und deutlich im Gedächtnis bewahrt und in Worte gefaßt. Das Gedicht war für ihn, für Adam, für Darcy bestimmt gewesen. Als er es an diesem Nachmittag gelesen hatte, nachdem Kincaid und seine Kollegin gegangen waren, hatte er es gewußt, so deutlich, als habe Lydia zu ihm gesprochen. Hatte sie ihn deshalb angerufen, am Tag, als sie gestorben war? Hatte sie gewartet, bis seine Mädchen erwachsen und aus dem Haus waren, bis Jean tot war, so daß er frei von jeder Pflicht war, seine Familie zu beschützen?

Er öffnete den Riegel und suchte sich im Mondschein den Weg über die Weide ... *und das alte Herz schlägt schneller im gedämpften Licht* ... Auch in jener Nacht hatte der Mond geschienen. *Und die Mädchen trugen weiße, fließende Gewänder, sie trugen immer Weiß* ... Nein, das war aus einer anderen Zeit, eine andere Erinnerung. In dieser Nacht war Daphne nicht gekommen. Sie war unerwartet verhindert gewesen, und ihre Abwesenheit hatte sie verschont.

Der Flußpfad fühlte sich weich und vertraut unter seinen Schuhen an. Er brauchte jetzt Vertrautheit, hieß die Erinnerungen sogar als seinem Zweck förderlich willkommen. *Sie waren mit dem Fahrrad von Cambridge aus gefahren, er und Lydia und Adam. Lydia trug ein Zigeunerkleid und lange Ohrgehänge. Sie hatte eine Rose aus dem Collegegarten gepflückt und in ihr dunkles Haar gesteckt. Sie hatte Hemden für ihn und Adam auf dem Flohmarkt gekauft, mit weiten, fließenden Ärmeln, und als sie sie angezogen hatten, hatte sie sie geküßt und sie ihre ›Herren‹ genannt. Es war Darcy, der auf Verity gewartet hatte, mit dem Wagen seiner Mutter. Er hatte ein Auge auf sie geworfen, und sie hatten darüber gelacht.*

Zu seiner Rechten sah er im Vorübergehen das Tor zum ›Orchard‹ schimmern, und dahinter die knorrigen Silhouetten der Apfelbäume. *Weißer Blütenregen, die Luft schwirrend vor Wespen ... Sie saßen in den tiefen Segeltuchstühlen, tranken Tee, aßen Kuchen und diskutierten ... Rupert Brooke mit dem sandfarbenen Haar, der Kuchen in den Mund stopfte und lachte, als die Krümel stoben ...* Nein, das war nur ein altes Foto, es waren nur sie vier,

Nathan, Adam, Daphne, Lydia gewesen ... Es war die Woche der Maifeiern, und die Blüte war längst vorüber ... Sie waren hundemüde von den Examensbüffeleien, albern und sentimental, und als er in die Runde gesehen und jedes Gesicht betrachtet hatte, hatte er gedacht, wie sehr er sie liebte, und gewünscht, er könne die Zeit anhalten ... Lydia hatte es gewußt, sie hatte es immer gewußt. ›Laßt uns feiern‹, sagte sie. ›Wir müssen nicht alt werden. Wir schwimmen nackt in Byrons Teich heute nacht.‹ Rupert hatte nicht alt werden wollen, und Rupert hatte zuletzt gelacht ...

Er hatte mittlerweile das Alte Pfarrhaus erreicht ... *Rupert saß in einem Stuhl im verwilderten Garten, im weißen Tennisanzug, Bücher vor sich auf dem Tisch ausgebreitet. Sie hatten über ihm geschwebt wie Gespenster, hatte er sie dort gespürt? Er hatte gewußt, wie zerbrechlich die Grenze zwischen den Lebenden und den Toten war ... Rupert steht am Ufer und läßt die Kleider fallen, der Körper golden, tastende Füße und Hände ... Ist das Wasser süß und kühl, sanft und braun über dem Teich?*

Byrons Teich ... Und in den dämmrigen Wassern schwimmt der Geist seiner Lordschaft noch immer ... Die Nacht ist warm und nah, schwer von Feuchtigkeit, Nathan und Adam und Lydia warten auf sie an einem Platz zwischen rosafarbenen Malvenblüten. Sie lassen eine Flasche Wein und einen Joint kreisen, den Lydia einem befreundeten Musiker abgeschwatzt hat ... Sehvermögen, Hörvermögen und Tastsinn sind so scharf und intensiv, die Zeit dehnt sich endlos – Verity kommt, so wunderschön und unberührt, das dicke, glatte honigfarbene Haar duftet nach Rosen ... Sie entkleiden sie zwischen den weichen Blättern, Mondschein gleitet über ihre Haut, und sie lacht über die Zartheit ihrer Finger, als sie sie streicheln ... Adam singt einige Takte aus ›Till There Was You‹, sie brechen in hysterisches Gekicher aus, während Darcy mit ungeduldiger Erregung zusieht, sein keuchender Atem an Nathans Ohr ... ›Komm‹, lockt Darcy sie, ›ich bin Rupert und du bist Virginia, wir nehmen ein mitternächtliches Bad‹, und er läßt sie ins dunkle Wasser gleiten ...

Nathan nimmt die Rose aus Lydias Haar, während Adam ihre Sandalen öffnet ... ihr Körper entwächst dem Kleid wie ein Schmetterling der Puppe ... Nathan streicht mit der Rosenblüte über ihre Haut ... in diesem Augenblick ist Lydia das schönste Wesen, das er je gesehen hat, die zarte Linie ihres Halses, die Rundungen ihrer Schultern, die perfekte Silhouette ihrer Brüste mit den dunklen Brustwarzen ... Sie lacht zu ihm auf, als Adam ihre Zehen küßt ...

Ein Schrei vom anderen Ende des Teichs, schwach wie ein Nachtvogel, eine Bewegung des Wassers ... Nathan hebt den Kopf, um zu horchen, aber Lydia zieht ihn herab zu ihrem Mund und beginnt sein Hemd zu öffnen. Er versinkt hilflos in ihrer Glut, in der Dunkelheit ihrer Lippen und ihrer Zunge ... Dann, mit einem Teil seines Bewußtseins, merkt er, daß Adam aufsteht, und hört ihn sagen: »Darcy?« Und wieder: »Darcy?«

Ein unterdrückter Laut, erneut ein Platschen, dann Darcys Stimme, schrill vor Panik. »Ich kann sie nicht finden! Ich kann sie verdammt noch mal nicht finden!« Adam ist schon im Wasser, als Nathan auf die Füße stolpert und folgt. Das kalte Wasser saugt sich in seine Kleider, seine Schwimmstöße sind schwerfällig, die wenigen Meter eine nahezu unüberwindbare Strecke.

Adam erreicht Darcy als erster, verschwindet unter der Wasseroberfläche und taucht schwer atmend wieder auf. »Ist schwarz wie die Nacht da unten!« Er nimmt Darcy bei den Schultern und schüttelt ihn. »Wo ist sie untergegangen? Du verdammter Idiot? Rede!«

»Dort!« Darcy deutet. »Genau dort. Ich wollte sie nicht ...«

Nathan taucht, öffnet die Augen in der samtigen Finsternis. Blütenstengel berühren ihn, dann etwas Festeres, eine Hand. Er folgt ihr, zieht sie leicht nach oben, spürt keinen Widerstand, hebt sie in seine Arme. »Ich hab sie!« Eine heftige Fußbewegung, ihren Kopf in seinen Armen über dem Wasser, dann hilft Lydia ihm, sie das glitschige Ufer hinaufzuziehen. »Sie atmet nicht. Großer Gott, sie atmet nicht.«

Adam kniet neben ihm, hält die Finger an ihre Kehle. »Kein Puls. Ich kann keinen Puls finden.«

Darcy jammert. »Ich wollte sie nur daran hindern, zu schreien! Sie wollte nicht ... Ich wollte ihr nichts tun ...«

»Halt die Klappe!« schreit Lydia, und Nathan hört ein Klatschen. Sie zerrt Nathan am Arm. »Hol Hilfe! Wir müssen Hilfe holen.«

»Keine Zeit.« Er versucht sich an Einzelheiten eines Erste-Hilfe-Kurses im Gymnasium zu erinnern. Luftröhre freimachen. Kompression. Mund-zu-Mund-Beatmung. Kompression. Mund-zu-Mund-Beatmung. Ihre Lippen sind kalt, ihre Haut ist schwammig unter seinen Fingern. Kein Atemhauch schlägt seiner Atemspende entgegen. Schweiß bricht aus all seinen Poren, tropft auf ihre leblose Brust, bis er fühlt, wie Adam ihn wegzieht.

»Hat keinen Sinn, Nathan. Du kannst ihr nicht mehr helfen.« Adam hält ihn in den Armen. Lydia weint, kleine, ängstliche Schluchzer wie Schluckauf.

Darcy sinkt neben ihnen auf die Knie. »Es war nicht meine Schuld. Ich wollte ihr nicht weh tun. Sie hätte nicht ...«

»Halt's Maul, du Mistkerl!« Lydia stürzt sich wie rasend auf ihn, tritt und boxt nach ihm. »Du blöder Bock! Du hast sie ertränkt, du Scheißkerl. Wir müssen die Polizei rufen, jemandem sagen ...«

Keuchend gelingt es Darcy, ihr die Arme auf den Rücken zu biegen. »Das wirst du nicht tun. Du sagst niemandem was. Weil du genauso schuldig bist.«

Nathan reißt sich von Adam los. »Spinn nicht rum, Darcy! Du weißt, daß wir nicht ...«

»Aber sonst weiß es eben niemand, oder?« Darcy ist eiskalt und entschlossen. »Sagt ihnen doch, was passiert ist. Na, macht schon! Ihr habt sie hergebracht, sie ausgezogen, ihr Wein und Drogen eingeflößt – und danach habt ihr sie nicht mehr angerührt? Oh, nein! Und selbst, wenn sie euch glauben, fliegt ihr von der Uni, das wißt ihr doch, oder? Eure Eltern werden benachrichtigt, und deine sind doch krank, nicht wahr, Adam? Vielleicht bringt es sie sogar um, aber das spielt wohl keine Rolle, solange ihr nur das Richtige tut.«

»Fick dich ins Knie, du Hurensohn«, sagte Adam, aber Nathan hörte die Unsicherheit aus seiner Stimme heraus. Er dachte an seine Eltern, wie stolz sie auf ihn waren, er das erste Kind der Familie, das die Universität besuchte, und an Lydias Mutter ... Ein Blick in Lydias verzweifeltes Gesicht sagte ihm, daß der Dolchstoß gesessen hatte.

»Was jetzt mit ihr geschieht, macht ihr nichts mehr aus, kapiert ihr?« fuhr Darcy fort. »Es tut mir leid, daß sie tot ist ...« Seine Stimme schwankte, und er räusperte sich. »... aber es war ein Unfall, und ich sehe nicht ein, was es ihr hilft, wenn wir deshalb das Leben unserer Eltern und unsere Karriere ruinieren.«

»Du bist ja verrückt.« Nathan fuhr sich mit der Zunge über die Lippen. »Damit kommen wir nie durch.«

»Niemand wird es je erfahren. Nicht, solange wir alle dichthalten.« Darcy sah von einem zum anderen. »Wenn einer von uns redet, büßen wir alle dafür.«

In der folgenden Stille sah Nathan sein erhofftes Einser-Examen in Naturwissenschaften in Schutt und Asche fallen, sah die unerträgliche Scham seiner Eltern angesichts des Skandals. Und er hatte versucht sie zu retten, hatte alles getan, was er konnte ...

»Was ...«, begann Lydia so leise, daß er es beinahe überhörte. Sie rieb eine schmutzige Hand über ihr tränenverschmiertes Gesicht. »Was sollen wir ...«

Darcy ließ sich in die Hocke sinken und schloß für einen

Moment die Augen, dann holte er zitternd Luft: »Ich kenne eine Stelle im Moor ...«

Nathan überquerte die Straße unterhalb der Mühle und nahm den Pfad zu Byrons Teich. Der Weg war heimtückisch, wo er am Fluß entlangführte, uneben und holprig, mit knorrigen Baumwurzeln durchsetzt, und er tastete sich vorsichtig durch die Dunkelheit. Als er den Rand der Lichtung am Weiher erreichte, blieb er stehen. Nach einem Augenblick erkannte er einen schwärzeren Schatten zwischen den Bäumen, nur wenige Meter entfernt, dann hörte er das Knacken von Ästen, so als verlagere jemand sein Gewicht.

»Darcy?«

»Du bist von jeher pünktlich gewesen, Nathan. Ist eine deiner angenehmeren Eigenschaften.« Darcy trat einen Schritt vor, klopfte seine Weste ab. »Aber ich wußte nicht, daß du einen Hang zu Räuberpistolen hast. Ist ein bißchen dick aufgetragen, darauf zu bestehen, daß wir uns klammheimlich im Wald treffen sollen.«

Die Luft fühlte sich warm und feucht auf Nathans Haut an, wie damals in jener längst vergangenen Nacht. Er wußte jetzt, was er damals hätte tun sollen; er hatte es immer gewußt, wie er auch irgendwie gewußt hatte, wozu es jetzt kommen würde. Er fühlte, wie seine blinde Wut zu eisiger Ruhe wurde. »Du bist ein Schwein, Darcy«, sagte er. »Das warst du immer, aber bis heute habe ich gedacht, du hättest noch einen Funken menschlichen Anstand in dir. Ich habe bis heute nicht geahnt, daß du sie umgebracht hast – Lydia ... und Vic.«

Er hörte, wie Darcy hastig die Luft einsog, spürte, wie er die Situation analysierte. »Mach dich nicht lächerlich, Nathan.« Darcys Stimme hatte einen besorgt nachsichtigen Ton, als spräche er zu einem Kind. »Du redest Schwachsinn. Du warst krank, und ich fürchte, dein Polizist hat dir einen Haufen Flöhe ins Ohr gesetzt. Warum gehen wir nicht zu dir, trinken ein Glas und sprechen uns aus?«

»Glaubst du, ich wäre blöd genug, mit dir was zu trinken? Lydia hätte es besser wissen müssen – sie wußte, was du bist –, aber sogar sie muß geglaubt haben, daß du nie so tief sinken würdest, einen kaltblütigen Mord zu begehen.«

»Du hast keinerlei Beweise«, erklärte Darcy, noch immer ungerührt, aber Nathan sah, daß er sich leicht vorbeugte, das Gewicht auf die Fußballen verlagerte. Das Mondlicht löschte die Farben seiner Kleidung aus, machte eine monochrome Masse aus seiner Westenmarotte.

»Ich brauche keine Beweise.« Nathan schwang den Lauf des Schrotgewehrs hoch und lud es durch. Das Geräusch war in der Stille unheilverkündend und unmißverständlich. Das Gewehr ruhte federleicht in seinen Händen, er hielt es in schrägem Winkel vor dem Körper. Sein Vater hatte ihm das Schießen beigebracht, vor vielen Jahren; das alte Schrotgewehr war sein ganzer Stolz gewesen. »Darüber sind wir längst weg«, fuhr er fort.

»Nathan, laß nicht zu, daß die Verdächtigungen eines Fremden eine lebenslange Freundschaft zerstören«, erwiderte Darcy eindringlich und änderte die Taktik. Nathan fing das Blinken einer Uhrenkette auf, als Darcys Brust sich hob und senkte. Wann hatte Darcy angefangen, Uhrenketten zu tragen? Früher hatte er die albernen Westen und Uhrenketten nicht nötig gehabt. Sein Charme und geistreicher Witz waren genug gewesen – genug, um Lydia zu veranlassen, in seiner männlich-attraktiven Erscheinung Rupert zu sehen, genug, um sie alle zu narren. »Du hast uns manipuliert. All die Jahre. Du hast dich darauf verlassen, daß unsere gegenseitige Loyalität dir unser Schweigen sichert, und als du gesehen hast, daß diese zu bröckeln begann, bist du auf Mord verfallen. War's jedesmal ein bißchen einfacher, Darcy? Vic stellte längst keine solche Bedrohung dar wie Lydia. Vielleicht hätte sie das Puzzle nie gelöst.«

»Ohne deine Hilfe nicht. Aber eure mögliche Kooperation konnte ich doch nicht riskieren, oder? Wenn dir erst Zweifel an Lydias Selbstmord gekommen wären, wäre ich nie mehr davor sicher gewesen, daß du dich nicht derselben Selbstgerechtigkeit hingeben würdest, die Lydias Verderben war. Eines allerdings muß ich unserer blonden Vic lassen – sie hatte eine sehr eigenwillige Beharrlichkeit«, fügte Darcy hinzu.

Nathan fühlte, wie seine Selbstbeherrschung zu bröckeln begann, die Wut sich wie Säure durch seine Adern fraß. »Du gemeines Schwein, ich habe sie geliebt. Hast du das gewußt? Und für dich war ihr Leben nur eine Unannehmlichkeit. Aber letztendlich hat sie dich überlistet. Beide haben dich überlistet. Lydia hat Kopien der Gedichte, die du aus dem Manuskript entwendet hast, in einem Buch versteckt, das sie mir vermacht hat, und Vic hat sie mir wiedergegeben, nachdem sie sie gelesen hatte. Deshalb hast du sie nicht gefunden, als du das Cottage durchsucht hast. Die Polizei hat sie jetzt.«

Darcy lachte laut. »Das wird ihnen auch nichts nützen. Gib auf, Nathan. Es ist hoffnungslos. Und selbst wenn ich so dämlich wäre, ihnen zu sagen, wo sie Veritys Knochen suchen müssen, haben sie nur Adams und dein Wort, daß ich an jenem Abend überhaupt dabeigewesen bin.«

Nathan erkannte seinen Irrtum in dem Sekundenbruchteil, den er brauchte, um den Gewehrlauf auf Darcys Brust zu richten. *Adams und sein Wort.* Er hatte den Gegner unterschätzt; das hätte ihm klar sein müssen, als Darcy sein erstes Zugeständnis gemacht hatte. Darcy würde ihn umbringen, wenn er konnte, und danach Adam. Es spielte keine Rolle, was sie beweisen konnten – allein der Verdacht über Darcys Beteiligung an nur einem der Todesfälle würde ihn seine gehätschelte Position an der Universität kosten; dafür würde schon Dame Margery sorgen, wenn es sonst niemand tat.

Aber in dem Moment, als er den Druck des Gewehrschafts in der Schulterbeuge spürte, die scharfe Kante des Abzugs am Finger, als er abdrückte, sprang Darcy auf ihn zu. Der Schuß löste sich, als Darcy den Lauf heftig nach oben und aus Nathans Fingern schlug.

Der Rückstoß ließ das Gewehr aufzucken, dann warf Darcys Gewicht sie zu Boden, und brennender Schmerz fuhr durch Nathans Schulter, als ihm das Gewehr aus der Hand flog. Finsternis ... Er konnte nichts sehen, und seine Ohren dröhnten vom Knall des Schusses. Eine salzige Wärme auf seinen Lippen – war es sein Blut oder Darcys? Nässe auch in seinem Nacken ... noch mehr Blut? Nein, Wasser. Sein Kopf hing halb im Teich, und der Druck auf seiner Kehle rührte von Darcys Händen her, die zudrückten.

21

Sag, ist dort Schönheit noch zu finden?
Geborgenheit? Und Ruhe dort?
Und tiefe Wiesen noch, um zu vergessen
die Lügen und die Wahrheit und den Schmerz – Oh!
Zeigt noch die Kirchuhr zehn vor drei?
Und ist noch Honig da zum Tee?

RUPERT BROOKE
aus ›Das Alte Pfarrhaus, Grantchester‹

Kincaid bog auf der Kreuzung an der High Street scharf nach links ab und brachte den Escort hinter Adam Lambs Mini zum Stehen. Aus der offenen Haustür von Nathans Cottage fiel Licht.

»Das gefällt mir nicht«, murmelte er, als er die Handbremse anzog und aus dem Wagen sprang. Er hörte Gemma dicht hinter sich, als er die Auffahrt hinauflief.

Adam kam ihnen bereits entgegen, groß und hager und ganz in geistliches Schwarz gekleidet. Beim Blick in ihre fragenden Gesichter schüttelte er nur den Kopf. »Kein Erfolg, fürchte ich. Niemand hat ihn gesehen. Pfarrer Denny und einige der Kirchendiener suchen mit Fackeln am Flußufer.« Sein Gesicht war von Sorge und Erschöpfung gezeichnet. »Ich habe gesagt, daß ich hier auf Sie warte.«

Kincaid nahm Adam am Arm und zog ihn mit in die Diele. »Adam, erzählen Sie uns von Darcy und Verity Whitecliff.«

»Großer Gott!« Adam sank gegen die Wand. Er war leichenblaß. »Was ... was hat das damit zu tun?«

»Hat er sie umgebracht?« drängte Kincaid, die Hand auf seiner Schulter. »Hat er Verity getötet?«

Adam fuhr sich mit zitternder Hand übers Gesicht, dann faßte er sich. Er richtete sich auf. »Es ist komplizierter. Wir haben uns alle schuldig gefühlt. Wir hätten es nie so weit kommen lassen dürfen.«

»Hat er sie getötet? Ja oder nein?« Kincaid packte Adams Schulter unwillkürlich fester.

Adam stöhnte auf, wich seinem Blick jedoch nicht aus. »Ja«, antwortete er mit einem Seufzer. »Ja, das hat er getan.«

Kincaid ließ Adams Schulter los, wandte sich an Gemma und sah flüchtigen Triumph in ihren Augen aufflackern. Sie hatten also schließlich doch recht gehabt. »Adam, wir glauben, daß Lydia endlich öffentlich aussprechen wollte, was passiert war. Sie hatte ein Gedicht über Veritys Tod geschrieben, das Darcy vermutlich aus dem Manuskript zu ihrem letzten Buch entwendet hat. Vic hat eine Kopie in einem Buch gefunden, das Nathan ihr geschenkt hatte, aber Nathan hatte von seiner Existenz keine Ahnung. Möglicherweise hat er es heute nachmittag zum ersten Mal gelesen.«

Adam sah von Kincaid zu Gemma. »Das bedeutet doch, daß Darcy Lydia und Victoria McClellan umgebracht hat, oder? Und daß Nathan gerade dahintergekommen ist?«

»Ja.« Gemma legte die Hand auf seinen Arm. »Wie meinen Sie, hat er reagiert?«

Adam schüttelte den Kopf. »Ich hätte es wissen müssen. Vielleicht nicht gleich, als Lydia gestorben ist, aber mindestens, als Victoria McClellan anfing, ihren Selbstmord in Frage zu stellen. Ich habe mich mutwillig und sträflich blind gestellt.« Er kämpfte mit Tränen. »Wir haben alle geglaubt, wir könnten wiedergutmachen, was wir getan haben, jeder auf seine Weise. Aber es war nicht genug. Nathan weiß das jetzt. Ich rechne mit dem Schlimmsten.«

Kincaid beschlich eine böse Vorahnung. »Wo ist er hin? Zu Darcys College?«

»Ich glaube nicht ...«

»Psst!« Kincaid hielt eine Hand hoch und horchte. Er hätte schwören können, daß da ein gedämpfter Knall gewesen war. »Was war das?«

»Ein Schuß!« sagte Gemma. »Könnte es ein Gewehrschuß gewesen sein?«

»Es kam aus dieser Richtung«, murmelte Kincaid und deutete zum Rand des Dorfes. »Ich würde sagen, in einer Entfernung von einem Kilometer.«

»Der Teich«, krächzte Adam. »Byrons Teich. Ungefähr 500 Meter hinter der Mühle. Dort ist Nathan hin.«

Kincaid überlegte sich eine Strategie. »Wie können wir ihn finden?«

»Da ist ein Schild. Und der Fußweg ist deutlich gekennzeichnet«, erwiderte Adam. »Aber ich kann Ihnen zeigen ...«

»Nein. Sie bleiben hier und warten auf Chefinspektor Byrne«, erklärte Kincaid, schon halb aus der Tür. »Zeigen Sie ihm den Weg«, rief er über die Schulter zurück und sprintete zum Wagen. Gemma war ihm dicht auf den Fersen.

»Meinst du, Darcy war einverstanden, ihn zu treffen?« fragte Gemma, als sie die Autotüren zuschlugen und der Motor aufheulte.

»Ich glaube kaum, daß Nathan das Glück hatte, eine Absage zu bekommen«, erwiderte Kincaid grimmig. Die Lichter der Häuser flogen an ihnen vorüber, als sie durchs Dorf rasten. Dann fuhren sie bergab über die alte Steinbrücke bei der Mühle. Kincaid nahm Gas weg, als sie die kurvenreiche Straße erreichten, die auf der anderen Seite bergauf führte. »Dort!« Er deutete auf ein Hinweisschild, kaum lesbar im Scheinwerferlicht. »Byrons Teich. Und da ist ein Parkplatz.« Der kleine Kiesplatz war leer.

»Nathan ist zu Fuß gegangen«, vermutete Gemma, als Kincaid den Wagen anhielt. »Und Darcy muß seinen Wagen irgendwo anders geparkt haben. Er wollte nicht, daß er gesehen wird. Die Taschenlampe liegt unter dem Sitz«, fügte sie hinzu, als sie hastig aus dem Wagen kletterten. »Schau, da ist ein Weg.«

Kincaid richtete sich mit der Taschenlampe in der Hand auf. »Wir benutzen sie lieber noch nicht«, beschloß er ruhig. »Unsere Augen gewöhnen sich gleich an die Dunkelheit. Wir wollen schließlich keine Zielscheiben abgeben.« Er legte die Hand auf Gemmas Schulter und fühlte, wie sie vor Anspannung zusammenzuckte. Einen Moment war er versucht, sie zum Auto zurückzuschicken. Nur die Vorstellung, daß sie allein auf dem Parkplatz möglicherweise Darcys Fluchtweg versperrte, hielt ihn davon ab. Er tätschelte ihre Schulter. »Bleib hinter mir, Liebes. Und beim ersten Anzeichen von Schwierigkeiten gehst du in Deckung.«

Der Pfad war uneben, jedoch heller als der Untergrund der Umgebung. Kaum hatten sich Kincaids Augen an die Lichtverhältnisse gewöhnt, ging er schneller. Der Parkplatz war bald verschwunden. Die Bäume und die Geräusche der Nacht hatten ihn verschlungen.

»Warte!« Gemmas Hand faßte ihn beim Ellbogen. »Ich habe was gehört«, flüsterte sie an seinem Ohr.

Er horchte angestrengt in die Dunkelheit. Ein Rascheln – dann ein Laut wie ein Stöhnen. Er nickte Gemma stumm zu, drehte sich wieder um und lief weiter. Von jetzt an setzte er behutsam einen Fuß vor den anderen. Cowboy und Indianer, dachte er. Wir spielen Cowboy und Indianer. Und er achtete auf jeden Ast. Als Kind hatte er immer Indianer sein wollen, und es war ihm plötzlich bewußt, wie er die Füße bei jedem Schritt über den Waldboten weich abrollte. Dann machte der Weg eine Biegung, und er blieb abrupt stehen.

Sie befanden sich am Rand einer kleinen Lichtung, vom Mondschein schwach erleuchtet. Auf der gegenüberliegenden Seite rangen zwei Gestalten miteinander. Wenige Meter von ihnen entfernt blinkte etwas im Gras. Das Gewehr.

In diesem Augenblick richtete sich die Gestalt, die die Oberhand gehabt hatte, mühsam auf und wandte sich mit der Bedrohlichkeit eines in die Enge getriebenen Tieres in ihre Richtung. Es war Darcy.

Kincaid hechtete blindlings vorwärts, schlitterte über das Gras und auf das Gewehr zu. Er rollte ab und kam mit der Waffe in den Händen auf die Knie.

Vor ihm stand leicht schwankend Darcy. Die Hälfte von Gesicht und Hals waren im schwachen Mondlicht fast schwarz. Ein Schatten? Nein, Blut, erkannte Kincaid. Er setzte einen Fuß auf und kam langsam auf die Beine, ohne den Schaft des Gewehrs auch nur einen Millimeter aus der Achselbeuge oder den Lauf von Darcys Brust wegzubewegen.

Er könnte Darcy erschießen. Jetzt. Der Gedanke kam ihm mit kalter Berechnung. *Notwehr. Tötung bei Vorliegen eines Rechtfertigungsgrundes. Wer sollte das in Frage stellen?* Er hatte schon so viele Regeln verletzt, warum nicht eine mehr?

Darcy scharrte mit den Füßen, beugte mit nach vorn gelehntem Oberkörper leicht die Knie.

Er will davonlaufen. Laß ihn! Dann erschieß ihn. Niemand könnte je behaupten, daß du nicht richtig gehandelt hast.

Das Weiß von Darcys Augen blitzte auf, als er sich zu orientieren versuchte. Die Hände hatte er zu Fäusten geballt.

»Auf den Boden mit Ihnen«, befahl Kincaid kalt. »Die Hände auf den Rücken. Wenn Sie nicht tun, was ich sage, schieße ich.«

Einen Augenblick stand Darcy bewegungslos da. Kincaids Muskeln waren gespannt, wappneten sich unwillkürlich gegen den Rückstoß des Gewehrs. Dann sank Darcy schwerfällig auf die Knie. »Ich brauche Hilfe. Ärztliche Hilfe«, sagte er. »Er hat mich angeschossen. Ich bin verletzt.«

»Runter mit Ihnen!« schrie Kincaid, und all seine Wut und Verzweiflung machte sich in diesem Schrei Luft. »Ist mir egal, ob Sie verbluten, Sie Schwein. Haben Sie kapiert?« Er fuchtelte mit der Waffe vor Darcy herum. Darcy streckte sich mit einem Stöhnen auf dem Gras aus. »Gemma ...«

Sie war sofort neben Darcy. »Ich habe ein Tuch.« Sie band ihm die Hände auf den Rücken, dann rannte sie zu Nathan.

Kincaid hörte sie flüstern: »Lieber Gott! Bitte ...«, als sie neben ihm niederkniete.

»Atmet er noch?«

»Ich glaube schon. Ja.« Sie versuchte Nathans Kopf aus dem Wasser zu heben. »Aber er ist vollkommen mit Blut verschmiert.«

Es war ein heiseres Husten, das wie Würgereiz klang, zu hören, dann ertönte keuchend Nathans Stimme: »Es ist sein Blut. Ich hab auf ihn geschossen.«

Dann hörte Kincaid Autoreifen quietschen und Türen schlagen. Einen Moment später bewegten sich die Lichtkegel von Taschenlampen zwischen den Bäumen auf sie zu. Er ließ das Gewehr sinken.

»Die Kavallerie ist im Anmarsch.«

»Ich hatte keine Ahnung, wie sehr ich am Leben hänge, bis er mir seine Hände um den Hals gelegt hat«, sagte Nathan, seine Stimme nur ein heiseres Flüstern. Sie saßen um den Tisch in seiner Küche, er und Adam, Kincaid und Gemma, und tranken Kräutertee.

Die Sanitäter hatten die schlimmsten seiner Schürf- und Platzwunden verarztet, aber er hatte sich geweigert, ins Krankenhaus zu gehen. »Dabei wollte ich eigentlich sterben«, fuhr er nach einem Schluck Tee fort. »Ich hatte vor, zuerst ihn und dann mich zu erschießen. Aber ich habe in zweierlei Hinsicht versagt.«

Gemma legte ihre schmalen Finger auf seinen Handrücken. »Sie haben nicht versagt, Nathan. Warum hätten Sie Ihr Gewissen mit Darcy belasten sollen? Weder Vics noch Lydias Tod hätte dadurch einen Sinn bekommen.«

»Wir haben alle versagt«, warf Adam ein. »Vor uns selbst und gegenüber Darcy. Er war nicht immer so gemein und böse. Er wollte Verity sicher nicht umbringen. Aber sie hat ihn zurückgewiesen, und da ist er durchgedreht.« Er lockerte seinen steifen weißen Kragen. »Wir werden nie erfahren, was aus ihm geworden wäre, wenn wir ihn für das, was er in jener Nacht getan hat, zur Verantwortung gezogen hätten.«

»Aber jetzt sorgen Sie dafür, daß er zur Verantwortung gezogen wird«, sagte Kincaid.

Nach einer ersten Untersuchung hatten die Sanitäter Darcy unter Polizeibewachung in die Addenbrooks-Klinik gebracht. Er hatte viel Blut verloren. Nathans Schrotladung hatte ihn an der rechten Gesichtshälfte, an Hals und Schulter getroffen. Trotzdem hatte er noch unaufhörlich seine Unschuld beteuert.

»Ihre Zeugenaussage ist für die Staatsanwaltschaft entscheidend.« Kincaid sah von Adam zu Nathan. »Das Problem ist, daß Sie damit natürlich auch zugeben, Verity Whitecliffs Tod gedeckt zu haben.«

»Mit der Geheimniskrämerei ist jetzt Schluß, finde ich«, erklärte Adam.

Nathan sah zu ihnen auf, die Augen unergründlich. »Wie groß ist die Chance, daß er allein auf Grund unserer Aussage verurteilt wird? Es gibt keine Beweise mehr, wie Verity gestorben ist oder daß er sie getötet hat.«

Kincaid warf Gemma einen Blick zu. »Wir können der Staatsanwaltschaft nur eine Empfehlung geben, aber ich schätze, sie machen ihn für Vics und Veritys Tod verantwortlich und benutzen in Vics Fall Lydias Tod als Beweis seiner typischen Vorgehensweise. Die beste Chance, Beweise zu finden, haben wir beim Mord an Vic. Bei Verity kann das Gericht allein aufgrund von Zeugenaussagen entscheiden. Deshalb kommt es auf Sie und Adam an.«

»Ich tue, was getan werden muß«, erklärte Nathan. Dann schüttelte er den Kopf. »Wenn ich nur gewußt hätte, welchen Verdacht Vic hatte ...«

»Tja, damit müssen wir alle leben«, warf Kincaid schwerfällig ein und stand auf. »Ich rate Ihnen, jetzt schlafen zu gehen. Sie werden Ihre Kraft brauchen.«

Sie verabschiedeten sich von Nathan und Adam an der Tür. Als Kincaid Nathans Hand nahm, fühlte er eine starke Verbundenheit. Sie hatten Vic beide geliebt.

Er folgte Gemma langsam zum Wagen und gab ihr die Schlüssel. Er war plötzlich zu müde, um zu fahren. Er setzte sich auf den Beifahrersitz und lehnte sich zurück. Doch bevor Gemma den Motor anlassen konnte, griff er nach ihrer Hand und hielt sie fest.

»Ich dachte, du würdest ihn erschießen«, gestand Gemma und wandte den Kopf.

»Ich auch.«

»Wäre ihm recht geschehen.« Sie musterte sein Gesicht. »Warum hast du's nicht getan?«

Er dachte einen Moment nach, versuchte eine Antwort zu formulieren. »Ich bin nicht sicher«, erwiderte er schließlich. »Vermutlich, weil es bedeutet hätte, Gewalt als Lösung zu akzeptieren.« Er fuhr mit den Fingern zärtlich über Gemmas Hände und sah ihr dann in die Augen. »Und was hätte mich dann noch von Darcy unterschieden?«

Cambridge
1. September 1986
Liebste Mami,

vergangene Woche bin ich durch die Hölle gegangen, habe mit dem Schicksal gehadert, das Dich von mir genommen hat, mit Dir gehadert, weil Du nicht zugelassen hast, daß ich mich an falsche Hoffnungen klammere. Bis jetzt hatte ich geglaubt, im Leben auf eine harte Probe gestellt worden zu sein ... ich war selbstgefällig genug zu denken, ich hätte mehr erduldet, als ich es verdient hatte, und habe diese Erfahrung wie eine besondere Auszeichnung vor mir hergetragen.

Aber als Deine Nachricht kam, mußte ich feststellen, daß mich nichts darauf vorbereitet hatte, daß der Mut, auf den ich so stolz war, nichts als Schein war.

Ich bin heute morgen früh aufgewacht. Auf den Fenstersimsen lag der erste Reif, und die Luft roch nach Herbst. Ich habe mich angezogen und bin hinausgegangen, von einem Drang getrieben, den ich nicht verstand, und bin gelaufen, bis ich die Wiese am Fluß erreicht hatte. Du warst diejenige, die mich die heilende Wirkung von Spaziergängen gelehrt hat – das Wunder der Harmonie von Atem und Schritt, die die Verbindung zwischen Herz und Bewußtsein herstellt.

Dann irgendwann im klaren Raum zwischen Feld und Himmel sah ich meine Wut als das, was sie war.

Dich zu verlieren bedeutet, daß ich erwachsen werden muß – endlich. Und ich habe geschrien und um mich getreten wie ein Kind, das nicht auf die Welt kommen will.

Du allein hast mich der Aufgabe gewachsen geglaubt, also muß ich es sein.

Warum sind die alten Wahrheiten so einfach und doch so schwer zu begreifen? Liebe ist ein zweischneidiges Schwert – etwas anderes kann sie nicht sein. Ich bin für immer reich durch Deine Liebe und für immer arm durch den Verlust von Dir.

Lydia

Die Luft unter den Eiben fühlte sich kühl und feucht auf Kits Haut an. Sie hatte den modrigen Geruch, der ihn an den Matsch erinnerte, in dem er am Flußufer gegraben hatte, aber die Freude über die Erinnerung war von kurzer Dauer. Es schien jetzt keinen Sinn mehr zu haben, Naturwissenschaftler zu werden.

Tess jaulte und zerrte an ihrer Leine, aber Kit blieb beharrlich stehen. Er war noch nicht bereit, aus dem Halbdunkel des Laubengangs zu treten. Er hatte die Bücher dabei, die Nathan ihm geliehen hatte, und er hatte das Gefühl, ihre Rückgabe würde das letzte Band zum Dorf zerschneiden.

Mrs. Miller hatte ihn am Morgen zum Cottage gefahren, um ihm beim Packen seiner restlichen Sachen zu helfen. Nach seinem Besuch bei Nathan wollte sie kommen und ihn abholen. Colin hatte sich schüchtern erboten, ihn zu begleiten, aber Kit hatte abgelehnt. Er wollte ein paar Minuten für sich haben, um dem Cottage Adieu zu sagen.

Er hatte lange im Vordergarten gestanden und auf das Haus gestarrt, sich seine Linien und Unvollkommenheiten eingeprägt. Dann hatte er mit aller Kraft gegen das Schild des Immobilienmaklers getreten. Es war nicht fair. Nichts war verdammt noch mal fair. Wie konnte sein Dad den Gedanken ertragen, daß eine andere Familie im Haus lebte? Und wie konnte sein Dad fortgehen ...

Kit hielt an diesem Punkt auf den ausgefahrenen Gleisen seiner Gedanken inne. Er wollte nicht mehr an seinen Dad denken. Er zog sanft an Tess' Leine und trat in das Sonnenlicht und in Nathans rückwärtigen Garten hinaus.

Nathan kniete am Rand des Beets in Form eines verschlungenen Knotens und grub mit einem Schäufelchen in der Erde. Er sah lächelnd auf, als Kit und Tess über den Rasen kamen. »Hallo, Kit. Das ist also dein Hund?«

»Sie heißt Tess.« sagte Kit und ging neben ihm in die Knie.

»Sie ist hübsch«, sagte Nathan und kraulte das drahtige Fell und die rosaroten Innenseiten der Ohren. »Warum läßt du sie nicht im Garten frei laufen?« schlug er vor - »Hier kann ihr nichts passieren.«

»Was pflanzt du denn?« wollte Kit wissen, als er Tess von der Leine ließ und zusah, wie sie in großen Sätzen auf die Rotkehlchen zurannte, die an der Hecke pickten. »Die Dinger sehen verdammt welk aus.«

Nathan legte die Schaufel auf seine Knie und starrte auf die erbärmlichen Kräuterpflanzen. »Ja, du hast recht. Ich war nämlich krank und hatte sie schon rausgerissen. Aber mein Freund Adam ist gekommen und hat sie für mich ins Wasser gestellt. Sie wären verdorrt, wenn er nicht gewesen wäre.«

Kit runzelte die Stirn. »Warum hast du sie denn rausgenommen, wenn sie noch in Ordnung waren?«

Nathan streckte die Hand aus und glättete die Erde um die letzte Pflanze mit der Handfläche. »Ich hatte sie für deine Mutter gepflanzt«, sagte er. »Ich dachte, wenn ich sie rausreiße, würde ich sie nicht so sehr vermissen. Ich habe mich getäuscht. Gelegentlich hilft es, sich zu erinnern.«

Kit starrte ihn an. Er glaubte plötzlich zu verstehen. »Du hast meine Mutter liebgehabt, was?«

»Ja, habe ich.« Nathan beobachtete ihn aufmerksam.

»Macht es dir was aus?«

»Weiß ich nicht«, sagte Kit, denn sein kurzer Eifersuchtsanfall ging in den Gedanken über, daß Nathan zumindest verstehen konnte, wie ihm zumute war. »Nein ... vermutlich nicht.« Er sah erneut auf die Pflanzen, dann hielt er Nathan die Plastiktüte hin. »Ich hab dir deine Bücher zurückgebracht.«

Nathan sah auf die Tüte, nahm sie jedoch nicht an. »Ich möchte, daß du sie behältst«, erklärte er dann. »Wir können uns darüber unterhalten, wenn du mich besuchen kommst. Du kommst doch, oder?«

Kit beobachtete Tess, die, die Schnauze dicht am Boden, glücklich durch den Garten trabte, fühlte die Wärme der Mittagssonne wie warmen Honig in seinem Haar, und für einen Moment fühlte er sich an diesem lichten Ort seiner Mutter nah.

Er nickte.

22

Er trägt
die ungebrochene Blüte der Ruhe; stiller noch
als ein tiefer Brunnen am Mittag oder Liebende
vereint,
als Schlaf oder das Herz nach dem Zorn. Er ist
das Schweigen, das großen Friedensworten folgt.

Rupert Brooke
aus dem Fragment einer Elegie,
gefunden in einem Notizbuch
nach seinem Tod

Kincaid und Gemma standen am Ende der Brücke über den Graben bei Sutton Gault, die Weite des Himmels von East Anglia grau und endlos über ihnen. Unter ihnen arbeitete ein Team der Spurensicherung im weichen Erdreich am Rande des Wasserlaufs. Sie hatten am Vortag unter Adam Lambs Anleitung zu graben begonnen, aber die hereinbrechende Dämmerung hatte sie gezwungen, ihre Arbeit auf den nächsten Tag zu verschieben.

»Ich bringe Kaffee«, sagte der Inspektor der Ortspolizei, der mit zwei dampfenden Plastikbechern über die Wiese auf sie zukam. »Gehen Sie doch rüber und essen Sie was zu Mittag«, schlug er vor und deutete über die Schulter auf ein hübsches Gasthaus, das in einer Senke auf der anderen Seite der Straße lag. »Die Leute kommen sogar aus London, um hier zu essen. So gut ist es.«

»Vielleicht ein andermal, danke«, wehrte Kincaid ab. Bei einem schicken Mittagessen zu sitzen, während die Leute von der Spurensicherung Verity Whitecliffs sterbliche Überreste ausgruben, erschien ihm unpassend.

Als der Inspektor das steile Ufer zum Team der Spurensicherung hinunterkletterte, rückte Gemma näher an Kincaid heran. Sie hielt den Becher Kaffee in beiden Händen, um sich zu wärmen. Es wehte ein schneidender Wind. »Ich muß immer daran denken, wie es für die vier in jener Nacht gewesen sein muß, als sie Verity begraben haben. Das verfolgt mich bis in meine Träume.«

Kincaid sah sie an. »Muß ein Alptraum gewesen sein«, murmelte er. »Trotzdem – es rechtfertigt nicht ihr Schweigen.«

»Nein«, antwortete sie leise. »Aber Verity ist nicht unbetrauert gestorben, und die Wahrheit wird ans Licht kommen.« Gemma runzelte die Stirn. »Ich weiß nicht, ob ich so stark wäre wie Dame Margery.«

Kincaid dachte an ihren Besuch bei Dame Margery am vorangegangenen Nachmittag. Sie hatte sie in ihrem taubengrauen Salon empfangen, tadellos gekleidet wie immer. Sie hatte sehr gebrechlich gewirkt, so als sei sie seit jenem Tag in Ralph Peregrines Büro um Jahre gealtert. Inzwischen hatte sie die Nachricht vom Gehirntumor ihrer Freundin Iris Winslow und von der Mordanklage gegen ihren Sohn verkraften müssen.

Wenn auch Kincaids Notizen über den Fall weiter verschwunden blieben, so hatte die Polizei doch eine kleine Emailledose mit Digoxin-Tabletten bei Darcy sichergestellt. Beim Verhör hatte er behauptet, er habe sie stets für den Fall bei sich getragen, daß seine Mutter sie plötzlich brauche.

»Hatte Ihr Sohn die Angewohnheit, Ihre Medikamente mit sich herumzutragen, Dame Margery?« fragte Kincaid, nachdem sie Sherry und Tee als Erfrischung abgelehnt hatten.

»Ich habe ihn jedenfalls nie darum gebeten«, erwiderte sie

behutsam und versuchte, das Zittern ihrer Hände zu verbergen, indem sie sie auf ihrem Schoß verschränkte.

»Haben Sie je erlebt, daß er Ihr Medikament im Notfall bei sich gehabt hat?« kam Kincaid jetzt auf den Punkt.

»Nein. Nein. Habe ich nicht. Es ist ja schließlich kein Medikament für den Notfall. Digoxin nimmt man regelmäßig ein.« Dame Margery sagte das ruhig, beinahe gleichmütig. Kincaid nahm trotzdem an, daß sie sich über die Konsequenzen ihrer Worte im klaren war.

»Dame Margery, sind Ihnen in letzter Zeit in bezug auf dieses Medikament Unregelmäßigkeiten aufgefallen?«

Sie wandte den Blick ab. »Ja. Meine letzte Ration war etliche Tage früher aufgebraucht als sonst.«

Gemma sah überrascht auf.

Margery drehte sich zu ihr um. »Haben Sie erwartet, daß ich lüge, Miß James? Welchen Sinn hätte das? Aus den Unterlagen des Apothekers hätten Sie jederzeit die Wahrheit erfahren. Ich habe nicht vor, meinen Sohn unnötig zu belasten, aber ich decke ihn auch nicht.« Ihre Hände krampften sich zusammen. Dann sagte sie beinahe flehentlich: »Habe ich als Mutter versagt? Wäre etwas anderes aus meinem Sohn geworden, wenn ich ihm Vorrang vor meiner Arbeit gegeben hätte?«

»Dame Margery ...«

Sie schüttelte den Kopf. »Ach was, das können Sie mir gar nicht beantworten, Mr. Kincaid. Niemand kann das. Die Frage war nicht fair.« Sie starrte durch die Terrassentür auf die ersten Rosenblüten in ihrem Garten. »Er war ein entzückendes Kind. Aber schon damals hatte er seinen eigenen Kopf.«

Dame Margery straffte energisch die Schultern. »Ich werde Victoria McClellans Buch zu Ende schreiben«, erklärte sie. »Ich lasse nicht zu, daß all ihre Mühe umsonst gewesen ist - ungeachtet der ... persönlichen Komplikationen. Victoria und

Lydia haben es verdient, Gehör zu finden. Und Verity ...«
Zum ersten Mal bebte ihre Stimme. »Ich trage ihr gegenüber eine Schuld, die ich nie wiedergutmachen kann.«

Gemmas Berührung riß Kincaid aus seinen Gedanken. »Erzählst du Kit von Lydia und Verity?« fragte sie.

Er nickte. »Selbstverständlich. Er muß wissen, warum seine Mutter gestorben ist.«

»Duncan.« Zu seiner Überraschung hakte sich Gemma bei ihm ein. Offenbar war es ihr egal, was die anderen dachten. »Was willst du wegen Kit unternehmen?«

Er starrte auf die weite Ebene hinaus, sah endlos wechselnde Möglichkeiten, die er weder vorhersehen noch kontrollieren konnte. Es blieb ihm nichts anderes übrig, als behutsam und Schritt für Schritt den richtigen Weg zu finden. »Ich rufe ihn täglich an. Treffe ihn so oft wie möglich. Dann, wenn er sich an mich gewöhnt hat ...«

»Sagst du ihm die Wahrheit.«

»Ja. Keine Geheimnisse mehr. Und dann sehen wir weiter.«

Gemma umfaßte seinen Arm fester. »Es macht mir ein bißchen angst«, gestand sie schließlich. »Es wird einiges zwischen uns ändern. Ob zum Besseren oder Schlechteren ... weiß ich nicht. Vielleicht wird es einfach nur anders sein.«

Er lächelte. »Mir macht es sogar eine Heidenangst.«

Unter der Brücke ertönte ein Schrei. Der Inspektor machte ihnen ein Zeichen. Sie ruschten das glitschige Ufer zum Wasser hinunter. Als sie die Grabungsstätte erreicht hatten, kauerten sie sich nieder und starrten auf das hinunter, was der Mann von der Spurensicherung hochhielt.

»Sie hatten recht«, erklärte er zufrieden. »Es ist das Schulterblatt eines Menschen. Und da ist noch mehr. Aber die Verwesung ist weit fortgeschritten. Wird schwierig sein, alles rauszuholen.«

Der Knochen sieht viel zu klein, zu zart aus, um einem

Menschen gehört zu haben, dachte Kincaid. Im sauren Moorboden hatte er die Farbe alten Elfenbeins angenommen.

Gemma streckte die Hand aus. Ihre Finger schwebten über dem Knochen, als wolle sie ihn berühren. Sie blickte zu Kincaid auf. »Aus Lydia ist doch noch die ›Stimme der Rache‹ geworden.«

Danksagung

Danken möchte ich: Dr. Mary Archer für ihre großzügige Gastfreundschaft in ihrem Haus ›The Old Vicarage‹ in Grantchester und für die freizügige Nutzung ihres Rupert-Brooke-Archivs (einschließlich der Geistergeschichten); Jane Williams, der persönlichen Assistentin von Dr. Archer; Mary Ann Marks für die liebenswürdige Führung durch The Old Vicarage; Dr. Karen Ross, M.D. vom Gerichtspathologischen Institut Dallas für die Aufklärung über Gifte und toxikologische Wirkstoffe; Betty Petkowsek, R.Ph. für ihren Rat auf dem Gebiet der Medikamentenkunde; Diane Sullivan, RN, BSN, für die Nachhilfe in Medizin; Paul Styles, dem pensionierten Chefinspektor von der Cambridgeshire Constabulary, der mir Fragen zur polizeilichen Ermittlungsarbeit beantwortet hat; Terry Mayeux, Barbara Shapiro und Carol Chase sowie dem EOTNWG für die Durchsicht des Manuskripts. Außerdem gilt mein Dank meinem Mann Rick Wilson für seine geduldige und nimmermüde praktische Unterstützung.

GOLDMANN

*Das Gesamtverzeichnis aller lieferbaren Titel erhalten Sie
im Buchhandel oder direkt beim Verlag.
Nähere Informationen über unser Programm erhalten Sie auch im Internet unter:*
www.goldmann-verlag.de

★

Taschenbuch-Bestseller zu Taschenbuchpreisen
– Monat für Monat interessante und fesselnde Titel –

★

Literatur deutschsprachiger und internationaler Autoren

★

Unterhaltung, Kriminalromane, Thriller
und Historische Romane

★

Aktuelle Sachbücher, Ratgeber, Handbücher und
Nachschlagewerke

★

Bücher zu Politik, Gesellschaft, Naturwissenschaft und Umwelt

★

Das Neueste aus den Bereichen
Esoterik, Persönliches Wachstum und Ganzheitliches Heilen

★

Klassiker mit Anmerkungen, Anthologien und Lesebücher

★

Kalender und Popbiographien

★

Die ganze Welt des Taschenbuchs

★

Goldmann Verlag • Neumarkter Str. 28 • 81673 München

Bitte senden Sie mir das neue kostenlose Gesamtverzeichnis

Name: _____

Straße: _____

PLZ / Ort: _____